Catherine Bennetto

Und jetzt auch noch Liebe

atb aufbau taschenbuch

CATHERINE BENNETTO wurde in Neuseeland geboren und ging nach England, um von Design bis Biomedizinische Wissenschaften alles Mögliche zu studieren und als Regieassistentin beim Film zu arbeiten. Mit ihrem Mann und ihren zwei kleinen Jungen ist sie überall auf der Welt zu Hause, zurzeit in den Weinanbaugebieten Südafrikas.

Mehr unter www.catherinebennetto.com

Emma träumt von der Liebe, aber als sie von ihrem langjährigen Problemfreund Ned schwanger wird, wird ihr klar, dass er einfach nicht als lebenslange Lösung taugt. Also hakt sie den Traum vom Glück zu dritt ab. Ausgerechnet jetzt läuft Emma ein Mann über den Weg, der der Richtige sein könnte. Dumm nur, dass der eigentlich eine andere heiraten will. Und sie das Kind des Falschen erwartet. Und außerdem ihren Job verloren und eine zwar liebevolle, aber sehr anstrengende Familie hat, die nichts als Chaos stiftet. Liebe stand jetzt nicht auch noch auf ihrer Tagesordnung ... Aber wie soll sie einem Kind das Leben schenken, wenn sie selbst das Gefühl hat, dass es ihr entgleitet? Denn der Termin der Geburt rückt näher, ob es ihr gefällt oder nicht, und gerade wenn alles schiefläuft, sollte man nicht aufhören, an seine Träume zu glauben.

Catherine Bennetto

UND JETZT AUCH NOCH LIEBE

Aus dem Englischen von
Teja Schwaner und Iris Hansen

atb aufbau taschenbuch

Die Originalausgabe unter dem Titel
How Not To Fall In Love, Actually
erschien 2017 bei Simon & Schuster, London.

MIX
Papier aus verantwortungsvollen Quellen
FSC® C083411
FSC www.fsc.org

ISBN 978-3-7466-3343-5

Aufbau Taschenbuch ist eine Marke
der Aufbau Verlag GmbH & Co. KG

1. Auflage 2017

Published by Arrangement with Simon & Schuster UK Ltd., London, England
Umschlaggestaltung www.buerosued.de, München,
unter Verwendung von Motiven von www.buerosued.de, München
Gesetzt in der Chaparral Pro durch die LVD GmbH, Berlin
Druck und Binden CPI books GmbH, Leck, Germany
Printed in Germany

www.aufbau-verlag.de

KAPITEL 1

»UND CUT! WO BLEIBT PRÜGELPROSTITUIERTE NUMMER 3?«

Ich schoss in die Senkrechte und schnappte mir das Sprechfunkgerät vom Schreibtisch, den Finger zögernd über der Sendetaste. *Prügelprostituierte Nummer 3? Prügelprostituierte Nummer 3? Ist denn heute Prostituierten-Tag? Ich dachte, es sei Autounfall-Tag?*

»Quentin an Emma«, tönte es wieder knarzend aus dem Funkgerät. »Bitte Prügelprostituierte Nummer 3 zum Set bringen.« Ohne die flehentliche Bitte zu beachten, blätterte ich durch einen überquellenden Aktenordner und warf einen Blick auf die Buchungsliste für Komparsen. Verletzter Zuhälter Nummer 1, Verletzter Zuhälter Nummer 2, Junge mit Beinbruch, drei Krankenschwestern, zwei Ärzte, ein Pförtner und ein Rebhuhn in einem Birnbaum, okay, kein Rebhuhn. Aber auch keine Prügelprostituierte Nummer 3.

»O nein.«

Ich sah die beiden Kollegen an, mit denen ich mir das Büro teilte: Sophie, die kurzhaarige Sechsundzwanzigjährige aus Somerset, deren Eltern eine Käserei betrieben, und Douglas, der mit siebenundzwanzig, allmählich schütter werdendem Haar und Nickelbrille wie ein verirrter Buchhalter wirkte. Wie er in die abgründige Welt der Produktion zweitklassiger Krankenhausserien gelangt war, entzog sich meiner Vorstellungskraft.

Sophie sah mich aus rotgeränderten Augen an. »Du hast vergessen, sie zu buchen?«

Ich nickte.

Wenn Prügelprostituierte Nummer 3 in der Notaufnahme nicht zu weinen anfing, konnte unsere Hauptdarstellerin (eine knackige Zweiundzwanzigjährige, schon als Kind erfolgreiche Turnierreiterin, die trotz ihrer Körpergröße von einem Meter siebenundzwanzig auf alle Menschen von oben herabblickte) Prügelprostituierte Nummer 3 nicht besänftigen und ihre qualvollen Schluchzer nicht zum Verstummen bringen. Und wenn der männliche Hauptdarsteller (ein solariumgegrillter Blödmann mit nur zwei Gehirnzellen, von denen er eine leider immer zu Hause ließ) nicht erlebte, wie Prügelprostituierte Nummer 3 getröstet wurde, konnte er sich nicht in die kleine Pferdenärrin verlieben, und wir konnten die Szene nicht drehen.

»QUENTIN AN EMMA, HÖRST DU MICH?«

»Mi-hist.« Mit flehendem Blick zu Sophie hob ich mein Sprechfunkgerät und drückte die Sendetaste. »Ja, tut mir leid, Quentin. Also ... wir brauchen noch fünf Minuten mit der Prostituierten. Over.« Sophie schüttelte den Kopf, so dass ihr winziger diamantener Nasenstecker im Licht der Neonröhren an der Decke aufblitzte.

»Bitte, Sophie, ich beschwöre dich!« Ich stand vor ihrem mit Aktenmappen überladenen Schreibtisch.

»Tut mir leid, Emma. Kommt nicht in Frage.« Sie nahm einen unordentlichen Stapel Terminnotizen zur Hand. »Ich hab neue Drehbücher; eine Terminplanung, die ohnehin nicht realistisch ist, und dann hat auch noch der Erste Regieassistent den gesamten Drehplan für morgen umgestellt, so dass ich vierzig Amputierte aufs Neue buchen muss und bei Uber nicht genügend behindertengerechte Wagen kriege. Ich hab sie schon so weit, dass sie mehrere auf einmal transportieren würden, aber die ohne Arme können ja keine Rollstühle schieben, oder? Und ...«

»Ach, komm ...« Ich schlug die Hände zusammen. »Letzte Woche hab ich für dich doch auch die Autoaggressive gespielt.«

»Muss die Prostituierte unbedingt eine Frau sein?« Douglas schob die Brille auf die Stirn und bot seine Dienste an.

Unsere Freundschaft wurde an jenem Tag besiegelt, als wir beide vor sechs Jahren bei der Serie anfingen und feststellen mussten, dass es nirgends vernünftigen Kaffee gab. Seither brachte er mir jeden Morgen einen Costa Coffee mit.

»Könnte ich nicht einspringen? Ich habe meine Arbeit so gut wie erledigt, und ich …«

»Danke, Douglas. Aber wir brauchen definitiv eine Frau. Eine äußerst ramponierte Frau, die ordentlich was auf die Mütze bekommen hat und deswegen außer sich ist.« Ich warf Sophie einen bedeutsamen Blick zu, die inzwischen ein paar Zettel in der Hand hielt und telefonierte.

»Sophie am Apparat. – Okay, haben Sie keine Beine oder keine Arme?«

»Quentin an Emma.« Die Stimme aus dem Funkgerät klang nicht fröhlich. »Bringt mir sofort diese Tussi her.«

»Was für ein Arsch.« Ich drückte die Sendetaste. »Ist schon auf dem Weg.«

Es war bereits nach halb zehn, als ich die Eingangstür meiner dunklen Wohnung in Tooting öffnete. Mein Job beim Fernsehen sollte mir eigentlich exotische Schauplätze, inspirierende Geschichten und ein so gutes Einkommen bieten, dass die Salami von Waitrose für mich erschwinglich wäre. Ich war ausersehen, eine wesentliche Rolle in der Avantgarde britischer Filmkunst zu spielen, dessen war ich mir sicher. Gebührte es mir etwa nicht, in eine von angenehmen Düften geschwängerte Wohnung heimzukehren, in der eine Perserkatze wartete, die ihres eigenen Werbespots für Fleisch in Gelee würdig war und sich bereits die Schwuchtelpfoten danach leckte? Stattdessen war ich nur ein ganz normales kleines Rädchen und arbeitete in einem gedrungenen Backsteingebäude aus den Siebzigern, das garantiert von jemandem entworfen worden war, der mit der Wiedereinführung der Fenstersteuer rechnete. In meiner Wohnung roch es nach nichts Besserem als Abwasser, einem schmutzigen Kühlschrank und Tomatensoße von vorgestern. Ich stieg über ein Paar halb zerfetzte Skate-Schuhe und lud meine Tasche zwischen die Stapel von Hochglanzflyern ab, die für *Zwei Pizzas essen, eine bezahlen* und billige Telefonverbindungen nach Polen Werbung machten. Mit ihren feuchten Wänden und geräuschvollen Heizkörpern war unsere Wohnung ein Parterreloch, das mein Freund Ned gefunden und angesichts meiner offensichtlichen Verzweiflung mit dem Ausruf »Aber die Küche hat Teppichboden!« angepriesen hatte, als sei das etwas besonders Erstrebenswertes. Wir konnten uns eines gut besuchten Puffs im Nachbarhaus erfreuen, und direkt neben uns hauste ein Paar, das sich voller Hingabe gegenseitig versohlte – beim Geschlechtsakt oder wann auch immer und obendrein ungeniert laut. Die Huren waren ganz nett, wenn auch ein wenig abgetakelt, aber die Versohler nagelten ständig zu nachtschlafender Zeit irgendwelche Sachen an die andere Seite unserer Schlafzimmerwand. Vielleicht auch einander.

»Ned?«, rief ich.

»Hier drinnen«, erwiderte eine gedämpfte Stimme aus dem Schlafzimmer.

Ned saß in der Ecke an seinem Computer. Hingekritzelte Notizen lagen verstreut auf dem nicht gemachten Bett.

»Hey, Babe!« Er sprang von seinem Stuhl auf und hätte mich mit seiner ungestümen Umarmung beinahe zerquetscht. Seine Bartstoppeln schmirgelten mir die Wangen. »Wie war dein Tag?«

»Ach, du weißt schon. Wie immer.« Ich blickte auf seinen Computerschirm, auf dem eine nicht sonderlich originelle Sammlung von Motivationszitaten zum Start einer gigantisch erfolgreichen, aber noch nicht näher spezifizierten geschäftlichen Unternehmung prangte, und dann auf einen Haufen schmutziger Wäsche auf dem Fußboden. »Heute viel geschafft?«

»Recherche«, sagte Ned. Sein Handy bimmelte. Er tobte durchs Zimmer, grinste über die Nachricht und machte sich sofort daran, zu antworten.

Ich ging in die Küche und musste feststellen, dass sich dort weder Essbares noch Trinkbares finden ließ und man am Fußboden inzwischen kleben blieb. Ich verscheuchte jeden Impuls zu hausfraulicher Betätigung, ließ mich aufs Sofa fallen und schaltete den Fernseher ein, um mir eine alte Episode *Friends* reinzuziehen. Nach ein paar Minuten kam Ned ins Wohnzimmer. Die Jeans schlackerten an seinem Klapperskelett, und eine seiner nicht zusammenpassenden Socken war durchlöchert. Bei näherer Inspektion stellte sich heraus, dass die Lochsocke mir gehörte.

»Hast du was zu essen besorgt?« Er ließ sich aufs Sofa plumpsen und legte mir den Arm um die Schulter.

Diese Gesprächseröffnung machte mich fassungslos. Wieder einmal kam es mir vor, als habe er meine Existenz erst wahrgenommen, als ich an diesem Abend zur Tür hereingekommen war.

»Ob ich was zu essen besorgt habe?« Mir schwoll der Kamm.

»Na ja ...« Er blinzelte. »Du kommst doch auf dem Weg nach Hause am Laden vorbei, und daher dachte ich, weißt du ...«

»Ob ich fürs Abendessen eingekauft habe?«

Ned sah mich von der Seite an. »Ähm ...«

»Ich? Die ich heute Morgen um halb sieben aus dem Haus gegangen bin, während du weiß Gott wie lange im Bett geblieben bist und dir den Hintern gekratzt hast?«

Ned hörte sofort auf, eben dieses zu tun.

»Ich? Die ich den gesamten Nachmittag als verprügelte Prostituierte verkleidet herumlaufen musste, weil ein Schauspieler im Verkehr stecken geblieben war, ein anderer ›Continuity-Probleme mit seiner Frisur‹ hatte und ein dritter dann auch noch glutenfreie Pizza mit lactosefreiem Käse verlangte, bevor er an die Arbeit gehen wollte. Und die ganze Zeit hatte ich keine Gelegenheit, mich umzuziehen.«

»Ich könnte uns ein paar Bohnen warm machen ...?«

»Ich? Die zum Feierabend vergessen hatte, die Verkleidung als vermöbelte Nutte loszuwerden« – ich wedelte hektisch mit dem Finger vor meinem Gesicht – »und die auf der Straße von einer Frau angesprochen wurde, ob alles okay sei oder sie die Polizei rufen sollte? Die deswegen noch einmal zum Studio zurückrennen musste? Ob ich etwas zu essen besorgt habe?« Mein linkes Auge zuckte, als sich Ross und Rachel auf dem Bildschirm küssten.

»Da ist noch immer was ...« Ned deutete zaghaft mit dem Finger auf meine Nasengegend. »Da hast du immer noch ein bisschen ...«

Im trüben Lichtschein einer nackten Glühbirne ließ ich mir Badewasser ein. In der Küche schepperte ein Topf zu Boden, und Ned jaulte auf. Sollte er tatsächlich versuchen, ein Abendessen für uns zu machen, würde er mit der abgelaufenen Hühnerbrühe und einer sehr fragwürdigen Tomate mächtig zaubern müssen. Oder war es ein fragwürdiger Apfel, der noch sein einsames Dasein im Kühlschrank fristete? Ich ließ mich in die Wanne gleiten und schloss die Augen. Ned und ich waren seit meinem sechsundzwanzigsten Geburtstag zusammen, als ich auf dem Weg von einer Bar zur anderen war, alle meine Freunde aus den Augen verloren hatte, über die eigenen Füße stolperte und wie ein Häufchen Unglück neben einem Typen landete, der in einem Hauseingang saß und eine Tüte Chips futterte. Ned Dixie. Er gab mir von den Chips ab und spendierte mir ein Geburtstag-Kebab, das ich am nächsten Morgen in meiner Handtasche wiederfand und zum Frühstück mampfte. Ned hatte mich an jenem Abend in meine Wohnung begleitet, und ich war die ganze wilde Nacht nicht aus dem Lachen über seine Imitationen von John Cleese als Basil Fawlty herausgekommen. Sein Rotfuchshaar reckte sich in jedem erdenklichen Winkel spitz in die Höhe, und auf seiner Nase tummelte sich eine kleine Schar Sommersprossen. Wie sehr ich Rotfüchse liebte. Man denke nur an Kenneth Branagh, Eric Stoltz in seiner Glanzzeit so ungefähr um 1985 und natürlich den aus *Homeland*. Nie wollte mir sein Name einfallen. Geht's etwa nur mir so? Jedenfalls hatte Ned rotes Haar, ausdrucksvolle Augenbrauen und ein verruchtes Grinsen. Ich fand ihn sexy. Und er war so kreativ und erkannte in den alltäglichsten Dingen Potential für die eine, die bahnbrechende Geschäftsidee, die sein Leben für alle Zeit ändern würde. Wie etwa Hygienegeländer: Treppengeländer, an denen man sich die Hände desinfizierte, wenn man sich an ihnen entlanghangelte; Loven, der Lunch-Ofen: eine Lunchbox, die Pasteten backte; Furzfüm: Luftkissen, die man in der Gesäßtasche trug und über einen diskret angebrachten Knopf in der Hosentasche aktivierte, wenn man versehentlich in der Öffentlichkeit gefurzt hatte, damit sie parfümierte Luft entweichen ließen und die peinliche Ausdünstung neutralisierten. Aber ja doch, Ned hatte Ideen.

Innerhalb weniger Wochen waren wir zum liebestrunkenen Paar mutiert und sahen uns nach einer gemeinsamen Wohnung um. Er war ein ewig aufgekratztes, übermütiges, unrealistisches und ausgelassenes Bündel tollpatschig chaotischer Verliebtheit. Und ich war total verrückt nach ihm. Einmal war ich arbeiten, geplagt von einem paralysierenden Kater (jener Art, bei der einem der kalte Schweiß den Nacken hinunterrinnt und man fast in Ohnmacht fällt, wenn man auch nur die Augen bewegt), als ich die Nachricht erhielt, Ned sei mit einem üblen Beinbruch ins Krankenhaus eingeliefert worden. Ich hastete aus dem Studio und verfluchte meinen Freund dafür, dass er dem kleinen alten Mann drei Türen weiter versprochen hatte, dessen Satellitenschüssel zu reparieren. Ich hatte kaum das Studio verlassen und kämpfte noch mit dem Drang, Tequila pur auszuspeien, als ich ihn erblickte, grinsend, mit einer Schinken-und-Ei-Monsterstulle und zwei funktionstüchtigen Beinen: Ned.

»Dachte mir, du könntest einen Tag blaumachen«, sagte er und bot mir seinen freien Arm. Dankbar verkrümelte ich mich in seine Umarmung. Wir fuhren mit der U-Bahn nach Hause, und Ned verbrachte den restlichen Tag damit, meine Katerkrankenschwester zu spielen. Er streichelte mein Haar, machte mir auf dem Sofa ein Bett und sah mit mir zusammen zum 1217ten Mal

Die Braut des Prinzen. Zusammengerollt auf dem Sofa, umschlungen vom Arm eines Mannes, der mit wachsendem Vergnügen »*Mein Name ist Inigo Montoya. Du hast meinen Vater getötet. Jetzt bist du des Todes!*« wiederholte, und das mit einem spanischen Akzent, der eher nach der China-Oma im Schnellimbiss klang. Und er gab nicht auf, bis seine Freundin ihren Kater mit anhaltenden Kicherkrämpfen verscheucht hatte. Unsere Stimmung trübte sich etwas, als wir Schien- und Wadenbeinbruch googelten (womit er in der Telefonzentrale aufgetrumpft hatte) und einsehen mussten, dass Ned zu meiner Betriebsfeier in zwei Wochen seine angebliche Verletzung unter einer Orthese verstecken müsste, die wir hoffentlich günstig unter den Kleinanzeigen bei eBay finden könnten. Überdies ließ er sich eine raffinierte Geschichte einfallen, in der ein ungesichertes Baugerüst, ein verirrtes Vögelchen und eine der ansehnlicheren Prostituierten von nebenan vorkamen.

Er belegte online einen Businesslehrgang und verkündete, er werde mit unternehmerischen Initiativen der einen oder anderen Art ganz groß herauskommen. In New York. Wir sahen uns online Apartments in Brooklyn an, nahmen diverse Rassen wohnungstauglicher Hunde in Augenschein und träumten davon, dass ich an einem Film der Gebrüder Weinstein mitarbeiten würde. Ich hatte mich schrittweise von Teeköchin/Papierkorbausleererin zur Zweiten Regieassistentin emporgearbeitet und damit begonnen regelmäßig etwas beiseitezulegen. Dann schmiss Ned seinen Lehrgang. Und keine seiner Erfindungen brachte es weiter als bis zum Stadium Notizgekritzel-auf-der-Rückseite-der-Wasserrechnung. Meine New-York-Träume lösten sich zusehends in Luft auf, und bisher hatte ich keinen Ersatz für sie gefunden.

»Babe?« Ned klopfte an die Tür. »Babe, kommst du raus? Ich hab was für dich.« Als er mich das letzte Mal mit diesen Worten aus dem Bad gelockt hatte, mussten meine Augen nach dem Öffnen der Tür sehen, dass er sich die Vorhaut über den Bund seiner Jeans gezogen hatte, sie seine getrocknete Aprikose nannte und sich darüber amüsierte wie ein Schuljunge. Ich holte tief Luft, wickelte mich in ein heizkörpergewärmtes Handtuch und öffnete die Tür. Feixend stand er da.

»Folgen Sie mir bitte, gnädige Frau.« Er bot mir den Arm und führte mich ins Wohnzimmer. Über dem Teppich hatte er eine Decke ausgebreitet, auf der in nicht zusammenpassenden Töpfen und beschädigten Tellern ein Picknick angerichtet war. Auf dem Couchtisch hatte er Kerzen angezündet, deren Wachs sich tropfend ausbreitete.

»Madame, heute hätten wir anzubieten ...« Ned hob den Deckel einer alten beigefarbenen Schüssel. »... junge Erbsen in Minzsoße.« Er lüftete die Serviette über einer kleinen Konservendose. »Thunfisch in Quellwasser – für die Dame selbstverständlich delphinfreundlich gefangen – serviert mit Crackern von Huntley and Palmers.« Er nahm einen Cracker und verbog ihn, ohne dass er brach. »Nicht mehr ganz frisch, aber sehr bekömmlich.« Er wies auf den Tomatenapfel, der auf einem braunen Teller schlaff vor sich hin vegetierte. »Und was das dort ist, weiß ich leider nicht.« Ned setzte ein hoffnungsfrohes Lächeln auf, und ich spürte meine Widerborstigkeit dahinschwinden.

Er rückte näher und zog mich zu einem Kuss an sich. Ned mochte seine Bankkarte (auf deren Rückseite die Pin-Nummer notiert war) letztes Jahr zweimal in der U-Bahn vergessen haben, und vielleicht war er häufiger, als es für normale Menschen nachvollziehbar war, mit dem Auto zum Einkaufen gefahren und dann mit dem Bus wieder nach Hause gekommen. Außerdem hatte er für die feine Gesellschaft möglicherweise zu viele Sommersprossen und zu rote Haare. Doch ein prima Küsser, das war er zweifellos. Ich ließ mein Handtuch fallen. In meinem Bauch starteten die Schmetterlinge, als seine Lippen von meinem Mund abließen, hinunter über meine Brüste wanderten, an meinem Bauchnabel vorbei und schließlich ...

Nach einigen Minuten hob ich den Kopf.

»Soll ich ...?«

»Nein.«

War auch an seiner Kussfertigkeit nichts auszusetzen, schien es Ned leider nicht immer vergönnt zu sein, die genaue Position der Klitoris zu orten. Meistens fand er sie irgendwann doch noch, und bis dahin vertrieb ich mir die Zeit mit Gedanken ans kommende Wochenende. Ich war mit meiner Freundin Helen zum Brunch verabredet. Sie arbeitete als Event-Koordinatorin für eine Firma am Russel Square, die in Medienunternehmen investierte und sich darauf spezialisiert hatte, nur die allerzeitgeistigsten Musiker, Drehbuchautoren, Produktionsleiter und so weiter zu promoten. Sie konnte daher stets mit Geschichten aufwarten, an deren Ende man »um fünf Uhr in der Frühe in einer stillgelegten Hausschuhfabrik landete und einer Privatvorführung eines neuen Films des holländischen Regisseurs beiwohnen durfte, der alles in Schwarzweiß auf seinem iPhone gedreht hatte, und zwar in Alaska und mit Russisch sprechenden Marionetten«. Wir hechelten Helens aktuelle Kerle durch (normalerweise Männer, die sie durch ihren Job kennengelernt hatte, in der Regel dünn, gesellschaftliche Außenseiter und kurz davor, entdeckt zu werden). Dann bestellten wir Spiegeleier, Speck, Würstchen und ... Pilze!

Er hatte sie gefunden!

Nachdem er sie lokalisiert hatte, gab es kein Halten mehr, und anderthalb Stunden später lag ich – alle viere von mir gestreckt – auf dem Sofa. Er lehnte sich zu mir herüber und küsste mein Ohr.

»Morgen kaufe ich uns was zum Essen, Babe.« Dann stand er auf, schnappte sich sein Bier und ging aus dem Zimmer, um durch eBay-Angebote zu surfen. Ich rollte mich zusammen und sah mir eine Folge *Would I Lie to You?* an.

»Hmmmm.« Ich seufzte wohlig und reckte mich, die Augen noch geschlossen.

Seit jenen friedvollen neun Monaten im Mutterleib hatte ich

nicht mehr so ausgezeichnet geschlafen. Ich schlug die Augen auf. Noch immer lag ich weich gebettet auf dem Sofa.

»Ach, du meine Güte!« Ich sprang auf und rannte ins Schlafzimmer.

Ned lag voll bekleidet auf dem Bett, inmitten einer Ladung Popcorn, die er über mein Kissen verteilt hatte. Ich schnappte mir mein Handy vom Nachttisch.

Achtzehn verpasste Anrufe.

»Ned, ich bin spät dran!«

Ned schreckte auf wie Dracula aus einem Sarg, das Haar schnittig zu einer Seite gespreizt und Popcorn an der Backe.

»Nein! Kann nicht sein!« Er sah mich entsetzt an.

»So ist es aber, verdammt!« Ich wühlte mich durch den Wirrwarr auf dem Boden. »Achtzehnmal haben sie mich vom Set angerufen. Das Telefon lag direkt neben dir. Man wird mich rausschmeißen, und ich bin die Einzige, die hier Geld verdient!«

Ich stieg ins nächstbeste Paar Jeans.

Neds Gesichtszüge entspannten sich, so dass er nur noch verkatert aussah. »Ach, das meinst du mit spät dran.« Er legte sich in sein Popcornbett zurück. »Ich dachte schon, du meinst frauenmäßig spät dran.«

Ich unterbrach meinen Ringkampf mit dem Reißverschluss am Hosenstall und konzentrierte mich für einen kurzen Moment auf Menstruationsmathematik.

»O nein …«

Ich blickte zu Ned hinüber, der inzwischen wieder ohne Bewusstsein war, gelassen in der Gewissheit, dass ich nur gefeuert würde, aber kein Kind erwartete.

»Darüber kann ich gerade nicht nachdenken.« Ich schlüpfte in irgendwelche Turnschuhe und stürzte zur Tür hinaus.

Ich stürmte ins Büro, löste meinen Schal, geriet mit den Armen in eine Handtasche/Schal/Parkaärmel-Verwicklung und hätte beinahe den Weihnachtsbaum umgeworfen, den noch ein paar einsame Streifen Lametta und die Rod-Stewart-Engel zierten, die ich eines Nachmittags gebastelt hatte, als ansonsten nicht viel zu tun war.

»Hat Quentin nach mir gefragt?«, erkundigte ich mich keuchend, schleuderte das Schal/Parka/Handtaschen-Knäuel auf meinen Stuhl und nahm mein Sprechfunkgerät, das auf seinem aufgeräumten Schreibtisch lag, in Besitz. »Irgendwas schiefgelaufen?« Sophie und Douglas sahen einander an.

»Was?«

»Na-jaah«, hob Douglas an. »Wahrscheinlich war es nicht deine Schuld ...«

»Aus irgendeinem Grund hast du vergessen, den Toten Obdachlosen im Sumpf zu buchen«, unterbrach Sophie. Sie nahm ihre Zigaretten und kam um den Schreibtisch herum auf mich zu. »Und leider oder glücklicherweise – das hängt wohl von der Perspektive ab – passte das Kostüm unserem Quentin.«

»Nein«, stöhnte ich.

»Und deshalb musste er heute Morgen ungefähr eine Stunde lang mit dem Gesicht nach unten am Ufer des Wandle River liegen«, sagte Douglas.

Zwei Tage hintereinander im Drehbuch aufgeführte Komparsen zu vergessen, war schon schlimm genug, aber dass der Erste Regieassistent – mein Boss – einspringen und im Dezember mit dem Gesicht nach unten an einem sumpfigen Flussufer liegen musste, das war ... war ... Mir wurde schlecht bei dem Gedanken.

»Besonders gutgelaunt ist er jedenfalls nicht«, sagte Douglas und schob seine Brille stirnaufwärts.

»Es war so kalt, dass die Make-up-Mädels sein Gesicht mit einem Föhn enteisen mussten, bevor er wieder richtig sprechen konnte«, fügte Sophie hinzu.

»O mein Gott.« Ich schlug mir gegen die Stirn.

»Ach komm.« Sophie bot mir eine Zigarette an. »Inzwischen ist alles paletti. Sie sind im Studio, Quentin hat wieder Gefühl in den Lippen, und du siehst aus, als könntest du eine von denen hier brauchen.«

Ich nickte.

»Douglas? Hältst du für uns die Stellung?«, fragte Sophie auf dem Weg nach draußen.

Wir setzten uns in den Raucherbereich, einen Metallkäfig, flankiert vom Container für den Catering-Müll und einer lärmenden Klimaanlage.

»Du bist so still«, sagte Sophie, die zusah, wie ich auf etwas Matschiges starrte, das neben dem Container lag, und gleichzeitig versuchte, die genauen Eckpunkte meiner Perioden auf die Reihe zu kriegen.

»Dachte nur gerade, wie schnell die Zeit vergeht, wenn man hier arbeitet«, erwiderte ich.

»Das kannst du wohl laut sagen ...« Sophie verfiel in einen Monolog darüber, dass sie vergangenen Freitag aufgewacht war und festgestellt hatte, dass es schon wieder Dezember war. Anschließend wurde ihr bewusst, dass sie nicht mehr fünfundzwanzig war, sondern bereits sechsundzwanzig und dass sie langsam mal so was wie einen festen Freund an Land ziehen müsste, eine Lebensversicherung, BHs ohne Löcher, Sofas, auf denen man nicht sitzen durfte, Autos, in denen das Essen verboten war ...

Ich blickte auf die Zigarette in meiner Hand. Ich warf sie auf den Boden und trat sie aus.

»... und ab wann sollte man eigentlich keine Plüschtiere mehr im Bett haben? Das sagt einem doch keiner. Und ich muss zugeben, ich habe noch nicht ein einziges Mal in meinem Leben einen französischen Film gesehen. Ich war zwar mal in Frankreich und bin auch ins Kino gegangen, aber der Film wurde auf Englisch mit französischen Untertiteln gezeigt. Das zählt nicht, oder?«

»Quark«, murmelte ich.

KAPITEL 2

»Gehen Sie gerade durch«, sagte die unfreundliche Dame an der Anmeldung, als ich am nächsten Tag frühmorgens im Wartebereich der Praxis ankam.

Ich hatte mich krankgemeldet und auf Neds Frage nach dem Grund Frauenprobleme genannt. Er war erblasst und hatte sich schnell Socken gesucht, die sortiert und zusammengelegt werden mussten. Ich ging den schäbigen Flur hinunter und betrat das Sprechzimmer.

»Emma.« Mein Onkel stand von seinem winzigen Arztschreibtisch auf und drückte mir einen Willkommenskuss auf die Stirn. »Was für eine schöne Überraschung! Aber solltest du nicht bei der Arbeit sein? Geht es dir nicht gut?«

Ich schüttelte den Kopf, wusste nicht, was ich sagen sollte, und brach stattdessen in Tränen aus.

»He, he.« Onkel Mike beugte sich herunter, um mir ins Gesicht sehen zu können. »Was ist los?« Er führte mich zu dem abgewetzten Sessel neben seinem Schreibtisch und nahm mir gegenüber Platz. »Ist bei der Arbeit etwas vorgefallen? Geht es um Ned? Nein, warte, es ist wegen deiner Mutter, oder? Was hat sie wieder angestellt?« Er reichte mir ein Papiertaschentuch und sah mir dabei zu, wie ich es in einen breiigen Klumpen aus Rotz und Wasser verwandelte. »Also, Liebes, was ist los?«

Der Schwangerschaftstest fiel positiv aus, und ich schluchzte so sehr, dass mein ganzer Körper bebte. Onkel Mike gab den Rest seiner Termine an seinen jüngeren Kollegen ab und ging mit mir in die schmierige Imbissbude um die Ecke.

»Also.« Er betrachtete mich aus seinen rehbraunen Augen.

»Ich weiß gar nicht, wo ich anfangen soll.« Ich zupfte verzweifelt an meiner Nagelhaut. »Worüber ich als Erstes nachdenken sollte. Ergibt das Sinn?« Ich probierte meinen Tee und schob den Becher angewidert weg.

»Absolut.« Er nahm einen großen Schluck von seinem Kaffee und stellte ihn abschätzig beiseite. »Bis du dich entscheidest, unternehmen wir erst einmal gar nichts. Dein Ultraschalltermin ist in vierzehn Tagen, aber – Emma, du bist in der zehnten Woche. Du und Ned, ihr müsst eine Entscheidung treffen.«

»Ich weiß.« Ich versuchte zu lächeln.

Onkel Mike drückte meine Hand. Seine schlanken Finger waren ein wenig kalt, so war es schon immer gewesen. Er war der Vater, den ich nie hatte. Das heißt, es gab schon einen, aber der hatte sich, als ich fünf und meine Schwester Alex drei war, mit einer Frau aus dem Staub gemacht, die älter, kleiner und beschränkter war als meine Mutter. Seitdem hatten wir außer auf seltener werdenden Geburtstagskarten nichts von ihm gehört. Mum sagte, sie werde sich von diesem Schlag niemals erholen. Wäre die Frau das Ebenbild von Cindy Crawford gewesen, hätte sie es zumindest verstehen können. Doch der Name der Frau war Ruth, und sie arbeitete an der Anmeldung einer Behörde, im Merton Council.

Ich starrte an Onkel Mike vorbei nach draußen auf die Straße. Am liebsten wäre ich einfach in diesem Laden mit seinen Plastikstühlen und dem fiesen Tee geblieben. Hinauszugehen würde bedeuten, sich in ein anderes Leben zu begeben. Eines, über das ich keinerlei Kontrolle zu haben schien. Mein Blick fiel auf einen Bauarbeiter, der einen Toast mit Schinkenspeck und Eiern aß. Seinen rundlichen Bauch presste er gegen den Rand des Resopaltischs, in seinen Mundwinkeln sammelte sich Eigelb. Mir drehte sich der Magen um. Ich sprang auf und raste zur Toilette.

Wenig später setzte ich mich vorsichtig wieder auf den Stuhl gegenüber von Onkel Mike. Der Bauarbeiter war fort, und Onkel

Mike, der mittlerweile die Rechnung bezahlt hatte, faltete die Quittung zu einem Schwan.

Onkel Mike lächelte. »Komm mit zu uns.« Er blickte auf meine unangetasteten Spiegeleier, die in Fettpfützen schwammen. »Ich mach dir ein vernünftiges Frühstück.«

Ich nickte. »Ja, in Ordnung.«

Hoffentlich war mein kleiner Cousin Archie nicht in der Krippe, so dass ich mit seiner Play-Doh-Knete spielen und so tun konnte, als sei nichts passiert.

Als wir die Imbissbude verließen, öffnete Onkel Mike seine Aktenmappe und reichte mir ein paar Flyer der NHS-Gesundheitsbehörde.

»Nur für den Fall.«

Ich las die Überschriften auf den Deckblättern. *Gesunde Schwangerschaft. Du und dein Fötus. Welche Geburt ist die richtige für mich? Umgang mit Morgenübelkeit.*

»Danke«, sagte ich und verstaute sie schnell in meiner Tasche.

»Die letzte Broschüre wird dir im Moment besonders nützlich sein. Hilft dir vielleicht gegen das plötzliche Gerenne auf Toiletten, zu Papierkörben und an Straßenränder.«

Als wir die Straße überquerten, blickte ich auf meine Füße.

»Weißt du, als deine Mutter mit dir schwanger war, übergab sie sich einmal genau vor einem gutbesuchten Café in Chelsea. Sie lehnte sich an einen Briefkasten und würgte direkt in den Gully.«

Ich sah auf, wollte mehr davon hören.

»Sie litt ziemlich stark unter Morgenübelkeit«, sagte er mit einem liebevollen Funkeln in den Augen. »Es hörte während der gesamten Schwangerschaft nicht auf.«

»Im Ernst?«, fragte ich grübelnd, weil mein Rachen und ich uns noch sehr gut an den Brechanfall erinnerten, den wir soeben erlebt hatten.

»Als ein Mitarbeiter aus dem Café mit einem Stuhl und einem Glas Wasser nach draußen gerannt kam, beschimpfte sie ihn, weil das Wasser zu warm sei. Sie schickte ihn wieder hinein, Eis zu holen, und verlangte auch noch ein Stück Möhrentorte.« Onkel Mike lächelte und schüttelte den Kopf. »Mit ihrem dicken Bauch saß sie mitten in Chelsea auf dem Gehweg und aß den Kuchen, während der Kellner ihr das Glas Wasser mit den Eiswürfeln reichte.« Ich prustete vor Lachen. Meine Mutter war nicht für ihre Feinsinnigkeit bekannt. Oder für ihre Sorge darum, was die Leute von ihr dachten.

Archie und ich spielten am Küchentisch, während meine Tante Sinead am anderen Ende saß und Millie fütterte, ihr speckarmiges neun Monate altes Baby. Mum war schon neun gewesen, als Onkel Mike geboren wurde (einen wunderbaren Unfall hatte Grandma ihn genannt), und daher waren meine Cousins so viel jünger als Alex und ich. Millie kleckerte sich ihren Gemüsemampf aufs Kinn und von dort auf den Tisch, spuckte Himbeeren durch die Gegend und fand das alles irre komisch. Das Ganze war eine ziemlich schmierige Angelegenheit, von der ich mich achtsam fernhielt. Ich bin vielleicht nicht das modebewussteste Mädel auf Erden, aber zumindest versuche ich, meine nicht allzu moderne Kleidung sauber zu halten. Onkel Mike stand am Aga-Herd und bereitete ein Festmahl zu. Eine Tasse Tee ließ Bergamotte-Aroma bis unter meine Nase wabern. Von nun an war erst einmal Schluss mit starkem schwarzem Kaffee, das hatte ich schon gemerkt. Anscheinend nicht gut für ungewollte Föten. Sinead erzählte Onkel Mike von einem Wohltätigkeitsessen, an dem sie teilnehmen sollten.

»Schon wieder? Wirklich?« Er nahm Eier aus dem retroblauen italienischen Kühlschrank und stolperte über eines von Archies Spielzeugen.

Obwohl die Haushaltshilfe sich alle Mühe gab, herrschte in ihrem riesigen Haus immer Chaos.

»Können wir ihnen nicht einfach Geld überweisen und nicht hingehen?« Mit der geübten Fingerfertigkeit eines leidenschaftlichen Kochs schlug er die Eier auf.

Sinead kochte nicht und arbeitete nicht. Sinead bekam Babys. Alice war acht, Jess sechs, Archie vier und Millie war die Jüngste.

»Mein Vater möchte, dass wir in Erscheinung treten. Du weißt, wie er sein kann.«

»Ja, weiß ich. Aber ich würde gern mal ein Wochenende mit meiner Frau zu Hause verbringen, meine scharfen Chicken-Wings kochen und ein wenig fernsehen.«

Sinead kratzte mit dem Löffel Essen von Millies Kinn und schaufelte es ihr in den Mund zurück. Die Kleine spuckte es wieder aus. Im Stillen applaudierte ich ihr. Am Kinn hängengebliebenes, recyceltes Essen war eklig, da gab es nichts zu diskutieren.

»Hätte nach Yorkshire ziehen und eine eigene Praxis auf dem Lande aufmachen sollen«, murmelte Onkel Mike, als er den Speck auf die bereitgestellten Teller verteilte. »Ohne diesen Wohltätigkeitsquatsch und die Bälle und die Luftküsserei. Wozu küsst man überhaupt die Luft?«

»Mein Lieber, du führst offenbar schon wieder Selbstgespräche.« Sinead wischte Millie übers beschmierte Gesicht. Ich genoss die Ablenkung. Die Frage »Gehen wir zu einem Wohltätigkeitsball oder nicht?« war harmlos im Vergleich zu meinem persönlichen Dilemma: »Bringe ich ein ungeplantes Kind zur Welt oder nicht?«

»Du machst das falss, Emma«, bemerkte Archie.

Er hatte durchaus recht. Abgemacht hatten wir, Zauberlöwen aus Play-Doh zu formen, aber weil ich keine Ahnung hatte, wie Zauberlöwen aussahen, hatte ich ziemlich erbärmlich aussehende Katzen aus der lila Knete fabriziert.

»Oh, sorry.« Ich gestattete ihm, meine Katze auseinanderzureißen und einen vernünftigen Zauberlöwen zu formen, wobei er hin und wieder aufsah und sich vergewisserte, dass ich aufpasste.

»Frühstück ist fertig«, sagte Onkel Mike und tischte schwerbeladene Teller auf.

Nie zuvor erlebter Hunger überkam mich. Ich schob das Play-Doh zur Seite, strich Butter auf ein Stück Toast, biss einen riesengroßen Happen ab und schluckte nach nur dreimal Kauen alles hinunter. Ich spürte das Bedürfnis, etwas Gewicht in meinen von Übelkeit geplagten Magen zu laden.

Nach ein paar Minuten angenehmer Stille hob Sinead ihre Kaffeetasse und sprach: »Und, Emma, wirst du es wegmachen lassen?«

Mit dem glatten braunen Haar, das im Nacken von einer Stabhaarspange zusammengehalten wurde, und ihrem fast uniformhaften Outfit – weißes Leinenhemd mit gebügelter Hose in Schwarz oder Braun – wirkte sie wie die Harmlosigkeit in Person. Doch der konventionelle Kleidungsstil war nur Tarnung für ihre gnadenlose Offenheit, die mit einer ausgeprägten Gleichgültigkeit gegenüber statthaftem Verhalten einherging.

»Verdammt, Sinead«, sagte Onkel Mike.

Archie sah von seinem Frühstück auf.

»Tut mir leid, Archie, ich wollte nicht fluchen. Iss deinen Toast, Großer.« Er schüttelte den Kopf. »Ehrlich ...«

Sinead zuckte mit den Achseln.

»Daddy?«, sagte Archie mit nachdenklichem Blick. »Warum hast du ›tut mir leid‹ gesagt?«

»Ich habe ein unhöfliches Wort gesagt, aber das wollte ich eigentlich gar nicht, okay? Iss deinen Toast.«

Archie widmete sich wieder seinem Frühstück.

»Ich verstehe nicht, warum wir nicht darüber sprechen sollten. Sie hat schon fast ein Drittel hinter sich.« Sie wandte sich mir zu. »Du musst einige schnelle Entscheidungen treffen.«

Mir wurde schlecht. »Nun ...«

»Welches unhöfliche Wort hast du gesagt, Daddy?«, fragte Archie.

»Das ist nicht wichtig, Großer. Iss deinen Toast.« Er wandte sich wieder an Sinead. »Emma muss sich so viel Zeit nehmen, darüber nachzudenken, wie sie braucht ...«

Sinead ignorierte ihren Ehemann. »Man hört immer diesen Mist von wegen ›Leben schenken‹, aber seien wir doch ehrlich –

es ist eher so, dass dir mit einem Kind zunächst einmal dein eigenes Leben genommen wird.«

»Hast du ›Sseiße‹ gesagt, Daddy?«

Wir sahen Archie an, der voller Unschuld auf eine Antwort wartete.

»Nein, Archie. Sinead, könntest du Emma bitte in Ruhe lassen?«

»Schon gut. Ich muss wohl tatsächlich darüber nachdenken, was ich tun soll«, versuchte ich, das hitzige Gespräch über meine Situation zu beenden.

»Siehst du«, sagte Sinead. »Ihr macht es nichts aus, darüber zu reden. Bleibt doch alles in der Familie –«

»Oder hast du ›fuck‹ gesagt, Daddy?«

Onkel Mikes Augen weiteten sich. Sinead wirkte amüsiert. Ich kicherte hinter meiner Teetasse.

»Nein, Archie. Sei jetzt still. Und iss deinen Toast.« Onkel Mike starrte Sinead an und wandte sich mir zu. »Du tust, was immer sich für dich richtig anfühlt. Wir sind alle für dich da, ganz gleich –«

»Oder ›Wichsser‹?«

»Archie!« Onkel Mike schüttelte den Kopf. »Woher hat er diese Ausdrücke?«

»Von mir, Liebling«, sagte Sinead nüchtern.

»Mir ist schlecht«, murmelte ich.

»Das geht bald vorbei.« Sinead tätschelte meinen Arm. »Aber du bist ein bisschen dünn. Du solltest dir öfter mal was Süßes einverleiben.«

»Daddy?«

»Ja«, sagte Onkel Mike argwöhnisch.

»Mistsstück ist tein sslimmes Wort, wenn man es beim Autofahren sagt.«

Onkel Mike warf seiner Frau den Blick eines Besiegten zu. Sie schlürfte ihren Kaffee. Ich legte Messer und Gabel zusammen, entschuldigte mich und zog mich ins Musikzimmer zurück. Durch die hohen Glastüren fiel das Sonnenlicht in den Raum, in dem dicke Perserteppiche lagen und ein drei Meter hoher echter Tannenbaum stand, der in gleichmäßigen Abständen mit roten und goldenen Schleifen sowie mit Christbaumkugeln geschmückt war und einen angenehmen Nadelholzduft verbreitete. Ich durchstöberte meinen iPod, wählte ein Album aus und legte mich aufs Sofa.

Also.

Ich war schwanger.

Wollte ich ein Baby?

Ich war siebenundzwanzig, ich besaß kein Zuhause, das diesen Namen verdient hätte, auf meinem Bankkonto lagen ein paar tausend Mäuse – nicht viel, aber auch nicht fürchterlich wenig, und obwohl ich mich in den letzten Jahren auf der glanzvollen Leiter der Film- und Fernsehbranche nach oben gekämpft hatte, stand ich noch immer mit einem Fuß auf der ersten Sprosse. Und mein Freund hatte trotz aller Begeisterung für Unternehmertagungen und »Money: Master the Game«-Apps in den letzten beiden Jahren keinen Penny verdient.

Niemand in meinem Alter hatte Kinder. Das Leben war zu teuer, um sich schon mit Mitte zwanzig (mit siebenundzwanzig ist man noch so was von Mitte zwanzig!) niederzulassen, ein Haus zu kaufen und über Lebensversicherungen nachzudenken. Und zu aufregend. Leute in meinem Alter gingen noch monatelang auf Reisen, verbrachten ihren Heiligabend damit, Lines von den Spülkästen irgendwelcher Clubs zu ziehen und sich zu überlegen, was sie tun würden, »wenn sie irgendwann einmal erwachsen wären«. Was, wie wir wohl alle dachten, so weit sein würde, wenn wir die dreißig geknackt hatten.

Später am Abend bog Onkel Mikes Wagen in meine dunkle Tooting Street ein und hielt vor meiner Wohnung, wo er einen schmuddeligen Trunkenbold störte, der gerade an unsere Backsteinwand schiffte. Onkel Mike beobachtete mit vertraut besorgtem Blick, wie der Mann den Reißverschluss seiner Jeans zuzog und über die eigenen Füße davonstolperte. Auf der Fahrt von seinem warmen, nach Nadelholz duftenden Heim in Wimbledon zu meiner schäbigen Bude in Tooting hatten wir nicht gesprochen. In zwei Wochen stand meine Ultraschalluntersuchung im St George's Hospital an. Bis dahin würde ich eine Entscheidung treffen müssen. Ich war mir ziemlich sicher, dass ich wusste, was zu tun war. Schließlich war ich wohl kaum in der Lage, für ein Baby zu sorgen.

Ich öffnete die Autotür. »Sagst du Sinead danke, dass sie mich heute ausgehalten hat?«

Onkel Mike tat meine Bitte mit einem Lächeln ab. Ich gab ihm einen flüchtigen Kuss auf die Wange, schloss die Tür und wandte den Blick von seinen Rücklichtern ab, als mein Telefon klingelte. Es war Alex.

»Hey.«

»Ich wollte dir nur sagen, dass ich meinen Job hasse«, sagte meine kleine Schwester aufgekratzt.

Alex arbeitete in Dhaka für ein Wasseraufbereitungsprojekt der UN. Sie wohnte in einem Betonapartment mit Gitterstäben vor den Fenstern und Außentoilette. Bei vierzig Grad im Schatten saß sie in einem Büro mit papierdünnen Wänden und tippte Berichte, analysierte Tabellen und druckte Haushaltsinitiativen aus, die nie jemand las. Und für dieses Privileg zahlte sie Flüge nach Bangladesch, Unterkunft und Essen aus eigener Tasche. Sie hatte jedes Recht, ihren Job zu hassen.

»Letzte Woche hast du ihn noch geliebt.«

»Ja, aber letzte Woche durfte ich auch Projektarbeit vor Ort leisten. Letzte Woche wurde ich Zeuge, wie ein drei Jahre alter Junge zum ersten Mal in seinem Leben sauberes Wasser trank. Seine Mutter weinte. Ich weinte. Letzte Woche war toll.« Sie seufzte. »Ich hab einfach die Schnauze voll von diesem Holzverschlag. Ich will wieder mal auf einer richtigen Toilette sitzen.«

»Ist dein Einsatz nicht in ein paar Wochen vorbei?«

»Ja, schon, aber ich weiß noch nicht, wohin sie mich dann schicken. Könnte sein, dass ich wieder hier lande. Ich weiß ja, dass ich lieben sollte, was ich tue, weil ich helfe, das Leben von Menschen zu verbessern – bla bla bla. An manchen Tagen spüre ich einfach das Bedürfnis, meine Haare mit Wasser zu waschen, das nicht nach Scheiße riecht.«

»Das geht uns allen so.«

Alex lachte. »Mir geht es ja gut. Ich liebe meinen Job tatsächlich. Wo sonst bekäme ich so absurde Dinge zu sehen wie hier? Vor unserem Gebäude hat ein elf Jahre alter Junge einen Stand, an dem er Waffen und Honig verkauft.«

Ich schwieg. Alex würde merken, dass etwas nicht in Ordnung war, sobald ich etwas sagte. Aber normalerweise ließen wir einander nicht einen einzigen Satz zu Ende sprechen, so versessen waren wir darauf, der anderen die jüngsten Ereignisse unseres Lebens aufzutischen.

»Was ist los?«

»Nichts.« Ich hüllte mich fest in meine Jacke.

»Lügnerin.«

»Nein.«

»Doch.«

»Nein.«

»Irgendetwas stimmt nicht.«

»Quatsch.«

»Ich höre nur Ein-Wort-Sätze.«

»Stimmt nicht.«

Alex stöhnte. »Okay, darf ich raten?«

»Wenn du willst.«

»Du hast mit Ned Schluss gemacht?«

»Nein.«

»Mum hat etwas angestellt?«

»Das wäre ja nichts Ungewöhnliches.«

»Du bist schwanger?«

»Ja«, sagte ich mit schwacher Stimme. »Und außerdem bin ich mir sicher, dass ich gefeuert werde.« Ich presste meine Lippen zusammen.«

Alex schwieg, jedoch nur eine Sekunde lang.

»Du machst Witze, oder?«

»Nein.« Ich wischte mir mit dem Ärmel über die Nase.

»Bist du dir sicher? Ich meine – wirklich sicher? Warum gehst du nicht zu Onkel Mike und lässt dich richtig ...«

»Schon geschehen. Kein Zweifel.«

»Und ... freust du dich? Du klingst nicht gerade begeistert. Was hat Ned dazu gesagt? O Gott, weiß Mum Bescheid?«

Ich sah Alex vor mir, wie sie in ihrem Büro auf und ab marschierte und ihr Gehirn auf der Suche nach der vernünftigsten Lösung Überstunden schieben ließ. Manchmal hatte ich das Gefühl, Alex wäre die ältere Schwester.

»Ich weiß nicht, was ich will. Ich komme gerade von Onkel Mike zurück. Hab's noch niemandem erzählt. Nicht einmal Ned.«

»Ich dachte, du nimmst die Pille?«

»Tue ich.«

»Aber wie konnte es dann passieren?«

»Weiß nich ...«, sagte ich wenig überzeugend.

»Wie ist es passiert?« Alex bohrte nach, und ihre Stimme klang jetzt wie die einer rügenden Schulrektorin.

»Na ja, da war diese eine Woche ...«

Alex atmete aus. »Ach, *Emma*.«

»Ich hatte so viel Stress bei der Arbeit und habe deswegen einen Termin bei meiner Ärztin verpasst, und dann hab ich auch noch vergessen, einen neuen Termin für ein neues Rezept zu machen, aber gedacht, auf der sicheren Seite zu sein, weil ich von all meinen Kolleginnen gehört hatte, dass sie ein Jahr brauchten, bis sie nach dem Absetzen der Pille schwanger geworden sind. Bei mir war es doch nur eine Woche!« Ich bekam Kopfschmerzen. »Könnten wir das Thema wechseln?«

»Wir sollten unbedingt weiter darüber sprechen.«

»Bitte!«

»Okay. Äh … Cal ist befördert worden.«

»Das ist gut. Was macht er jetzt?«

»Immer noch Investment …«

Alex ließ eine Tirade von Wörtern wie Börse, Floating, Finanzen, Sektor, Marge, Umtausch, Hedge und so weiter los, von denen ich jedes für sich verstand. Kombiniert ergaben sie in meinen Ohren jedoch ebenso wenig Sinn wie von Sylvester Stallone intonierte klingonische Sätze. Alex war seit dem Studium mit Cal zusammen. Er hatte beruflich irgendetwas mit Geld zu tun. Ich wusste nur, dass er etwa alle zwölf Monate an einen anderen bedeutenden Finanzstandort versetzt wurde. Alex könnte niemals die typische Bankerfreundin spielen, die in exklusiven Apartments sitzt und mit den Ehefrauen anderer Banker shoppen geht. Daher hatte sie ihren Traum, für die UN zu arbeiten, verwirklicht und die letzten Jahre damit verbracht, sich von New Delhi nach Osttimor und schließlich nach Bangladesch schicken zu lassen. Ihre Beziehung hielten sie mit Vertrauen, Skype und ein paar gemeinsamen Wochen im Jahr am Leben.

Irgendwann sagte Alex: »Du hast kein Wort verstanden, oder?«

»Ist er reich?«

»Er macht andere Leute reich.«

»Dann macht er etwas falsch.«

Alex prustete los.

»Soll ich nach Hause kommen?«, fragte sie nach einem kurzen Moment des Schweigens.

Mir wurde warm ums Herz. Ihr Angebot war ernst gemeint, das wusste ich. Sollte ich ja sagen, würde meine durch und durch loyale Schwester das erstbeste notdürftig zusammengeschweißte bengalische Flugzeug gen Heimat besteigen. Aber Dhaka brauchte sie und ihre ungelesenen Auditberichte.

Nachdem wir uns verabschiedet hatten, wurde es Zeit, mit Ned zu sprechen. Ich inspizierte mein Gesicht im Taschenspiegel und schlug den Weg in Richtung Wohnung ein.

»Was zum ...« Rauchschwaden drangen durch den Türschlitz ins Treppenhaus. »Scheiße!« Hektisch steckte ich den Schlüssel ins Schloss und schlug die Tür auf. Dicke Rauchwolken quollen mir entgegen.

»NED!«, schrie ich. Ich hielt mir die Jacke vor den Mund und stolperte nach drinnen, ertastete den Weg durch den Flur zum Schlafzimmer. Dort angekommen, drückte ich die Tür auf, aber der Raum war leer, der Computer noch eingeschaltet. »NED! WO ZUM TEUFEL BIST DU?!«

Ich taumelte in Richtung der Küche, aus der mir noch mehr Rauch entgegenschlug, und verfluchte Ned dafür, dass er die Batterien aus dem Rauchmelder für seine neueste Erfindung (eine ferngesteuerte Fernbedienung) missbraucht hatte. Aus einem Objekt auf dem Herd quoll Rauch. Mein Blick erstarrte. Im Flur atmete ich in der marginal besseren Luft tief ein, wankte quer durch die Küche zum Herd und hob einen qualmenden Topf von der Platte, wobei meine Jacke als Topflappen herhalten musste. Den Topf ließ ich ins Spülbecken fallen. Anschließend drehte ich den Wasserhahn auf, musste aber anschließend vor dem zischenden und spritzenden Wasser zurückweichen. Auf der Arbeitsfläche stand eine offene Dose gebackener Bohnen, an deren Seite Soße heruntertropfte. Ich inspizierte den Topf im Spülbecken. An seinem Boden war eine schwarze harte Masse festgebrannt. Aus dem Toaster lugte ein einsamer eiskalter Toast hervor. Als der Rauch sich aus der Wohnung verzogen und ich den zerstörten Topf entsorgt hatte, griff ich nach meinem Telefon und entdeckte eine SMS von Ned.

Bin b Gerry. Abeiten an geschäftsidee. Nt zm essen da. Lb d. X

Ich wählte seine Nummer. Meine Finger wanderten zu der Furche, die sich zwischen meinen Augenbrauen bildete.

»Babe!«

»Du bist ein Idiot«, sagte ich mit kalter, ruhiger Stimme.

»Wa …? Was hab ich nun wieder verbrochen?« Als ich Neds Jammerton hörte, kam ich mir vor wie seine Mutter, nicht wie seine Freundin.

»Deinetwegen wäre fast unser Haus abgebrannt! Das hast du verbrochen!« Ich hörte das unverwechselbare Geräusch, das beim Öffnen einer Bierdose entsteht. »Trinkst du?«

»Babe, es ist Samstagabend.«

»Es ist Mittwoch!«

KAPITEL 3

Endlich wurde es Sonntagmorgen. Ich hetzte fröstelnd über den Borough Market. Diverse Imbisswagen produzierten wabernde Fleischgerüche aller Art. Meine beste Freundin Helen saß bereits im Café und hatte den besten Tisch mit Beschlag belegt.

»Hi.« Ihre ungestüme Umarmung presste mir meine Brüste platt, die in letzter Zeit so merkwürdig voluminös geworden waren, ein duftender Kuss landete auf meiner Wange, und dann trat sie zurück und bedachte mich mit einem musternden Blick, der sich unter ihren dunklen Ponyfransen hervorstahl. »Du hast zugenommen.«

Genau wie meine Mutter besaß Helen die erstaunliche Fähigkeit, Gewichtsschwankungen im Grammbereich wahrzunehmen. Und sie war nur zu erpicht darauf, es anzusprechen.

»Die meisten Mädels würden eine solche Bemerkung als Beleidigung auffassen«, sagte ich, schüttelte mir den Parka von den Schultern und zog einen Stuhl heran.

»Ja, aber die meisten Mädels sind fette Gänse. Du wurdest langsam zu dürr.« Sie setzte sich mir gegenüber und schaffte es, die Aufmerksamkeit eines Kellners allein durch eine leichte Bewegung ihres Kinns zu wecken.

Obwohl ihr Job es mit sich brachte, dass sie rund um die Uhr mit angehenden Indie-Rock-Stars oder Graffiti-Politpoeten unterwegs war, stand niemals eine ihrer makellos getuschten Wimpern auch nur einen Millimeter quer. Sie hatte ihre üppigen weiblichen Formen in einen zutiefst ausgeschnittenen engen Pullover gesperrt, trug Jeans, die wie eine zweite Haut saßen, und kniehohe Stiefel. Ihre halb entblößten Brüste ruhten in ihrem Kaschmirnest wie hefegesättigter Pizzateig. Sie verkörperte die sexy

Seite von pummelig. Selbst ich konnte mich ihrer sinnlichen Ausstrahlung nicht entziehen. Ich hingegen trug wie immer meine Jeans und dazu einen Kapuzenpullover. Das nasse Haar thronte zum Dutt geschlungen auf meinem Kopf.

»Mein Vater ist seit neuestem besessen von japanischen Gameshows«, antwortete sie auf die Frage nach dem Befinden ihrer Eltern. »Den lieben langen Tag streamt er sie aus dem Internet. Ich wünschte, du hättest ihm das nicht gezeigt.«

»Das war nicht ich, das war Ned«, sagte ich und erinnerte mich an die Silberne Hochzeit, die Helens Eltern mit einer Grillparty gefeiert hatten. Ned war den gesamten Nachmittag damit beschäftigt gewesen, Helens Vater über die Wunder des Internets zu belehren. Ich war ziemlich sicher, dass sie noch immer per E-Mail korrespondierten.

»Ich hab Mum eine Episode gezeigt, in der eine Lady fermentierte Tintenfischeingeweide getrunken hat. Mum musste kotzen.«

»Iiih!«

»Dann hat der Hund alles gefressen.«

Ich musste würgen.

»Dann musste der Hund kotzen.«

»Gütiger Gott!«

Wir lachten uns schlapp.

Ein junger Kellner brachte unser Essen und schaffte es nur mit Mühe und Not, den Blick von Helens bloßliegendem Vorbau loszureißen. Auch ich war mir nicht zu schade, meine Titten ins Spiel zu bringen, wenn ich mir dadurch Vorteile erhoffte, aber solange Helens Gala-Melonen in der Nähe prangten, würde sich niemand für meine Grapefruits interessieren. Sie lehnte sich zurück und schwang einen Arm über die Rücklehne ihres Stuhls, um dem Kellner die Maximalaussicht zu bieten. Der lief dunkler an als eine Backpflaume und machte, dass er wegkam. Der Mann am Nebentisch fing sich einen ätzenden Blick von seiner Begleiterin ein.

Später, als ich jene Zufriedenheit genoss, die nur gebratener

Speck auslösen kann, schob ich meinen Teller zur Seite und sah aus dem Fenster.

»Du denkst an Ned, nicht wahr?« Helen legte laut klappernd das Besteck auf den Teller. »Du hast diesen ›Wehe mir!‹-Ausdruck.«

Ich seufzte. »Unser Verhältnis ist gerade so, als wäre ich seine Mutter.«

»Das geht ja wohl gar nicht.«

»Du verstehst mich nicht richtig.« Ich zog eine Grimasse. »Ich sage ihm, wann er duschen soll, was er dann trotzdem nicht tut. Ich kaufe ihm Unterwäsche. Ich schreibe ihm Listen mit Sachen, die im Haus erledigt werden müssen, und schimpfe, wenn er sie nicht erledigt.« Ich fiel auf meinem Stuhl in mich zusammen. »Noch ein weiteres Paar dreckiger Socken am Fußende unseres Betts, und er kriegt Hausarrest.« Helen schüttelte mitleidig den Kopf.

»Emma«, sagte sie, und ich verstand, es würde ein bedeutsamer Rat folgen. »Du musst wissen, dass meine Worte von Herzen kommen, aber ich hab die Faxen dicke, was dich und deinen Ned und seine gottverdammten verfickten Scheißsocken betrifft.«

»Sag schon«, forderte ich zwischen zusammengepressten Lippen.

»Du musst dich von ihm trennen. Ich weiß, er ist süß, und wir alle lieben es, wenn er Lindsay Lohan als Llama parodiert, aber süß und witzig ist eben nicht alles.«

Ihr prüfender Blick durchbohrte mich von der anderen Tischseite. Ich studierte meine Hände.

»Er hat jeden scheiß Businesslehrgang besucht, der im Angebot war«, fuhr sie fort. »Und ich sehe weit und breit kein Business. Du arbeitest dir den Arsch ab, und ich weiß, dass er vielleicht eines Tages ›ganz groß rauskommen‹ könnte, aber, ganz ehrlich, ich sehe diesen Tag nicht kommen, bevor du die Wechseljahre hinter dir hast und sein kümmerliches Büschel Brusthaar grau geworden ist.«

Helen sah mich unverwandt an, während ich die Ecken meines Tischsets zu Eselsohren kniff. Am Anfang meiner Beziehung mit Ned fand ich seine Marotten liebenswert. Es muss mir gefallen haben, jemanden zu bemuttern und zu hätscheln. Er war so lieb, und er meinte es ernst. Mir war es gelungen, über seine Unfähigkeit hinwegzusehen, die banalsten Anforderungen an einen lebensfähigen Erwachsenen zu erfüllen: zum Beispiel das Bezahlen von Rechnungen und das Wäschewaschen. Aber im Laufe der Jahre hatte ich sämtliche Verantwortlichkeiten in unserer Beziehung übernehmen müssen, so dass mir sein wirklichkeitsfremdes Naturell allmählich zum Hals hinaushing. Ich wurde zur Meckerziege und konnte nicht ertragen, was in seiner Gesellschaft aus mir geworden war. In seiner Nähe kam ich mir immer Jahrzehnte älter vor, als ich war.

»Ich weiß nicht, was ich tun soll«, sagte ich.

»Du musst mit ihm Schluss machen«, verkündete sie. »Und dann musst du mit jeder Menge Männer schlafen. Auch mit Frauen, wenn du möchtest.«

»Aber …«

»Kein aber. Du hast jetzt schon die meisten deiner besten Schlampenjahre mit diesem tollpatschigen Träumer vergeudet. Schmeiß ihn raus, und zwar jetzt – es wird nicht gern gesehen, wenn jemand noch in den Dreißigern meint, sich sexuell und auch sonst so orientieren zu müssen.« Sie warf mir einen bedeutsamen Blick zu, mit dem sie signalisierte, dass sie damit das letzte Wort zu dieser Sache gesprochen hatte. Dann gab sie dem Kellner, der am anderen Ende des Raumes war, durch ein subtiles Handzeichen zu verstehen, er möge die Rechnung bringen.

»Manche sehen es schon nicht gern, wenn man das in den Zwanzigern macht.«

»Manche sind bescheuerte Nonnen.«

Zwei Wochen später quietschte ich über den Linoleumboden der Pränatalabteilung in St George's, trat an den Tresen und sagte meinen Namen.

»Setzen Sie sich, meine Gute. Leider wird es ein Weilchen dauern. Leute mit Problemen kommen zuerst dran, da müssen Sie zurückstehen.« Die Frau überflog ihre Notizen. »Sie haben doch keine Probleme, meine Gute, oder?« Bergeweise hatte ich Probleme. Aber stattdessen sagte ich: »Nein, heute nicht.« Und setzte mich auf einen Plastikstuhl unter einem mitgenommenen Strunk grünen Lamettas. Ich war für meine erste Ultraschalluntersuchung hergekommen und entsprechend nervös. Noch immer hatte ich mich nicht entschieden, was ich tun wollte. Während der letzten beiden Wochen war mein Kopf tief im Sand versteckt geblieben. Ich hatte mich verhalten wie gehabt, während Ned versuchte, das Baked-Beans-Desaster wiedergutzumachen. Er kochte mir ein Spezialdinner, das sowohl Huhn als auch Fisch enthielt, aber weder nach dem einen noch dem anderen schmeckte. Er machte mehrmals die Wäsche und bescherte mir prompt einen extrem verkleinerten Lieblingspullover. Er ging weg, vergaß jedoch sowohl seine Schlüssel als auch, die Dusche abzustellen, so dass der Flur geflutet wurde. Meine häufigen, von Übelkeit hervorgerufenen Tempotrips ins Bad verstärkten Neds Schuldgefühle. Er dachte, ich würde mich ins Bad verziehen, um zu weinen. Ich hatte ihm immer noch nichts von der Schwangerschaft gesagt, weil ich nicht wusste, was ich von ihm wollte. Bis mir das klarwurde, wollte ich die Nachricht für mich behalten und arbeitete nachts daran, mir so etwas wie Zukunftsperspektiven auszumalen, während er schnarchend neben mir lag. Onkel Mike hatte mir gesagt, dass ich etwas zu wenig wog und mehr Kalorien zu mir nehmen müsse, wenn ich eine gesunde Schwangerschaft wünschte. Ich sagte ihm, ich wolle überhaupt keine Schwangerschaft, gönnte mir jedoch trotzdem ab und zu eine Extraportion Carbonara. Mein Bauch begann postwendend sich entsprechend zu runden, so dass ich mich auf weit geschnittene Oberteile und strategisch drapierte Tücher verlegte.

Ich hatte meiner Mutter noch nichts gesagt, aber das war nicht besonders schwer gewesen. Ich verschwieg ihr die Wahrheit nicht – ich hatte sie einfach nicht zu Gesicht bekommen. Sie war in der Toscana, wo sie das Innere einer toskanischen Villa aus dem fünfzehnten Jahrhundert für einen italienischen Modeschöpfer in eine Hommage an das Neon-Miami der achtziger Jahre verwandelte. An meinem Arbeitsplatz war die Situation prekär. Ich musste andauernd vom Set rennen, um mich zu übergeben, und wurde beschuldigt, bei der Arbeit getrunken zu haben (nicht meine Schuld, sondern die des Babys), ich hatte entgegen den ambitionierten Ansprüchen unseres Regisseurs nicht genügend Komparsen für eine Krawallszene im Krankenhaus gebucht (nicht meine Schuld, der Produktionsleiter hatte mir nur einen Mini-Etat zur Verfügung gestellt). Und ich war von einer widerlichen Schauspielerin angeschrien worden, weil ich es versäumt hatte, ihre Textzeilen am Abend vor dem Dreh auf ihren Anrufbeantworter zu sprechen (auf jeden Fall meine Schuld, denn ich fand, dass sie ihr verdammtes Skript endlich einmal selbst lesen könnte). Dafür hatte ich mir eine formelle Abmahnung eingehandelt. Alex hatte jeden Tag angerufen, geskypt oder getextet. Manchmal aus ihrem stickigen Büro, manchmal aus ihrer stickigen Wohnung, manchmal kichernd aus einer stickigen Bar in Bangladesch.

»Miss George?« Eine Schwester in zerknittertem Kittel stand in der Tür, eine Akte in der Hand. Sie führte mich in einen kleinen Raum, in dem eine Frau mit freundlichem Gesicht darauf wartete, mich mit ihrem Ultraschallgerät zu untersuchen.

»Lehnen Sie sich bitte zurück, und knöpfen Sie die Jeans auf«, sagte die Ultraschallfrau, nachdem sie in die Akte geschaut hatte. Ihre sanfte Stimme wirkte entspannend. Ich wand mich aus meinen Jeans und legte mich auf die Liege. Sie ließ Gummihandschuhe über die Finger schnappen und zog einen Rollwagen mit Bildschirm und Tastatur zu sich heran.

»Hatten Sie einen angenehmen Tag?«

»Ja, danke.«

Ich hatte den Nachmittag in der Küche von Onkel Mike und Sinead verbracht und Lebkuchenmänner gegessen. Von Archie war ich informiert worden, dass es nicht richtig sei, sie Männer zu nennen, weil Frauen genauso wichtig seien, woraufhin Sinead mich aufklärte, dass Archies Kindergärtnerin »politisch gesehen« eine leichte Nervensäge sei, »lesbisch angehaucht« dazu. Ich hatte mir angehört, wie meine Tante und mein Onkel sich über meinen Zustand zankten und darüber, was ich tun sollte. Archie war mittags aus dem Kindergarten gekommen und hatte auf meine Frage, wie es ihm dort gefallen hatte, mit amerikanischem Akzent geantwortet: »Ich hatte einen megageilen Tag!«, und dann um einen »Peanut Butter and Jelly«-Sandwich gebeten. Onkel Mike hatte Sinead missmutig angesehen, als sie erklärte, dass der Kleine den Akzent bei ihrer Freundin aufgeschnappt hatte, der amerikanischen Börsenmaklerin, die gerade zu Besuch war. Anschließend war ich Zeuge geworden, wie Onkel Mike versuchte, die private Handynummer der »Supernanny« herauszufinden.

»Geht's Ihnen gut? Keine Übelkeit?« Die Ultraschallfrau ergriff eine Plastikflasche mit Verschlussklappe und schüttelte sie.

»Na ja, ein wenig übel ist mir schon, aber sonst ist alles in Ordnung. Allerdings bin ich ständig müde.« Müde war ich wirklich. Nachmittags um zwei Uhr sackte ich fast schon mit der Nase in meine heiße Schokolade.

»Ja, Sie sollten sich in den nächsten Wochen viel schonen. Trinken Sie viel Wasser, und schlafen Sie, so viel Sie können. Essen Sie Gemüse.« Sie lächelte wieder.

Ich mochte ihr nicht sagen, dass dieses Baby vielleicht gar nicht bei uns bleiben sollte.

»Werd ich machen. Danke.«

»Also schön. Bereit, sich Ihr Baby anzuschauen?«

Ich antwortete nicht.

»Es wird jetzt ein bisschen kalt.« Sie hielt die Flasche über meinen Bauch und öffnete den Verschluss. Kaltes blaues Gel flutschte auf meine Haut. »Okay ...« Sie streckte mir ein Gerät entgegen, das wie ein Barcodeleser aussah. »... jetzt wird es etwas drücken, aber nicht weh tun.«

Sie senkte den Scanner auf meinen Bauch und ließ ihn über das blaue Gel gleiten. Computerisierter Herzschlag hallte mit einem Mal im Raum wider, und neben dem Bett erwachte ein Monitor zum Leben. Ich wandte schnell den Kopf ab. Wenn ich es nicht sah, existierte es nicht, und ich würde eine logische, emotionslose Entscheidung fällen können. Die richtige Entscheidung.

Die Ultraschallfrau schob den Scanner über meinen Bauch und gab leise, zufriedene Bemerkungen von sich: »Gut, okay, da hätten wir's ...« Und so weiter. Sie schrieb auf der Tastatur Anmerkungen in meine Akte, während ich mich auf ein Poster konzentrierte, das in Querschnitten einen Frauenkörper in den verschiedenen Schwangerschaftsphasen zeigte. Das Baby auf dem Bildschirm schien größer und größer zu werden, ohne sich um die lebenswichtigen Organe zu scheren, die es dabei zunehmend einquetschte. Und mir fiel auf, dass die Größe des ausgewachsenen Babys und die Größe des abgebildeten Geburtskanals, den es durchqueren musste, absolut nicht zueinanderpassten.

»Die Nabelschnurlänge ist gut, die Plazenta ist gesund und liegt richtig«, sagte sie und notierte es. Sie ließ den Kugelschreiber klicken, steckte ihn in ihre Kitteltasche und lächelte. »Bei Ihnen, Miss George, scheint alles auf eine gesunde Schwangerschaft zu deuten.«

Ich sah sie an und beherrschte mich, keine dreißig Zentimeter nach links auf den Bildschirm zu blicken.

»Wollen wir versuchen, ein paar Fotos von Ihrem Baby zu machen, die Sie mitnehmen können?«

»Äh ... oh ... hm ...«

Ohne meine Antwort abzuwarten, führte sie den Scanner entschlossen über meinen Unterbauch.

»Ich denke, da bekommen wir ein sehr hübsches Bild.«

Ich starrte wieder auf das Querschnittposter.

Großes Baby, kleiner Geburtskanal.

»Wollen wir doch mal sehen, ob wir das Kleine dazu kriegen, dass es sich bewegt. Ich möchte eine hübsche Profilaufnahme.« Sie drückte den Scanner fest auf die Bauchdecke und klickte ein paar Knöpfe an.

Echt großes Baby. *Echt* kleiner Geburtskanal.

»So ist es fein. Genau so wollen wir's. Bleib mal so, Kleines.«

Klick. Klick.

Scheiß großes Baby. Und wo ist noch mal der Kanal?

»Sehen Sie doch, sie winkt.«

Bevor ich merkte, was ich tat, schwang ich schon den Kopf zur Seite und hatte den Bildschirm mit meinem Baby vor Augen.

»Sehen Sie?« Die Ultraschallfrau tippte mit einem lackierten Fingernagel gegen den Bildschirm. »Sie hebt eine Hand.« Tatsächlich. Eine bohnenförmige winzige Babyhand. Die Miniaturnase im Profil und die Hand, die winkte. Winzige Finger waren zu sehen und die Ansätze winziger Zehen.

Mir schnürte es die Kehle zusammen.

»Sie ist fast voll ausgeformt. Jetzt muss sie nur noch wachsen.«

»Sie? Wissen Sie, dass es ein Mädchen ist?« Ich bemühte mich angestrengt, das Fehlen männlicher Körpereigenschaften zu erkennen, aber die winzigen Beine waren fest zusammengekniffen.

Die Augen der Ultraschallfrau warfen Fältchen, als sie lächelte. Sie reichte mir ein Papiertuch.

»Nein, meine Liebe, ich nenne alle Babys in diesem Stadium ›sie‹. Wir können das Geschlecht erst später bestimmen.«

Ich wollte schlucken, doch ein rauer Mauerstein blockierte meine Kehle.

»Soll ich Sie einen Moment allein lassen?«

Ich nickte, ohne den Blick vom Bildschirm zu nehmen.

»Ich hole Ihnen ein Glas Wasser.« Sie ging und schloss die Tür hinter sich.

Ein Baby ...

Mein Baby …

Zwei Beine, zwei Arme, ein Kopf und ein Po. Perfekt geformt, ganz ohne meine Anleitung oder Erlaubnis. Ich hob die Hand und legte die Fingerspitze auf die winkende kleine Hand.

Ich schluckte den rauen Mauerstein.

Ich liebte es.

Die Vordertür schlug zu. Ich hörte, wie Ned seine müffelnden Turnschuhe von den Füßen kickte, und wusste, dass sie die Wand wie immer an derselben Stelle trafen. Der entsprechende Schmutzfleck war auch mit intensivstem Säuberungseinsatz nicht mehr zu entfernen.

»Babe?«

»Hier bin ich.« Ich saß im Wohnzimmer und wärmte meine Hände an der dritten Tasse Tee. Seit zwei Stunden wartete ich darauf, dass Ned nach Hause kam. Er war mit Gerry zusammen gewesen.

»Gerry und ich haben eine neue Geschäftsidee«, schallte seine Stimme durch den Flur.

»Du kennst doch Ben und Jerry's?« Das Gesicht rot vor Aufregung kam er zur Tür herein. Ich nickte.

»Also, was hältst du von Ned und Gerry's?«

»Ned und Gerry's – was?«

Er sah mich an, als sei ich schwer von Begriff.

»Eiscreme? Alles klar?« Er flegelte sich neben mich, einen erwartungsvollen Ausdruck im Sommersprossengesicht. Ich hielt inne. Meine Lippen öffneten und schlossen sich wieder. Ich versuchte, die richtigen Wörter zu finden.

»Ich halte das für eine dämliche Idee.«

»Was? Sie ist brillant!« Er stand auf und tigerte durchs Zimmer. »Denk doch mal nach. Du siehst Ben und Jerry's im Regal mit ihrem ›Chunky-Monkey‹ oder wie das heißt und gleich daneben: Ned und Gerry's.« Er blieb stehen. »Also, wofür entscheidest du dich? Dasselbe langweilige Zeug, das du schon immer gegessen hast, oder das aufregende Neue, das da vor deiner Nase steht?« Fragend hob er die Handflächen.

Ich massierte mir die Schläfen. »Wir fangen an mit Verkaufswagen, ziehen über die Sommerfestivals.« Er begab sich von neuem auf Tigertour, fuchtelte voller Eifer mit den Armen. »Wir erfinden unsere eigenen Geschmacksrichtungen. Gerry möchte Bloody-Mary-Eis. Schon bald haben sich unsere Ersparnisse verdreifacht …«

»Nein!«, sagte ich. »Das Geld fasst du nicht noch einmal an. Ich habe zu hart gearbeitet, um wieder von vorn anzufangen.«

Vorm Sofa blieb Ned stehen.

»Emma, das wird ein Selbstläufer. Zum Ende des Sommers könnten wir genug beisammenhaben, um eine Wohnung anzuzahlen. Oder eine Reise nach New York …?« Er streckte mir die offenen Handflächen mit gespreizten Fingern entgegen. Mit hochgezogenen blassroten Augenbrauen versuchte er, überzeugend zu wirken. Früher hatte ich diese enthusiastischen Brauen angehimmelt.

»Ich bin schwanger.«

Ned blinzelte mir zu. Ich blinzelte Ned zu.

»Zwölfte Woche.«

Er stand da wie erstarrt, die Hände immer noch ausgestreckt.

Ich atmete tief durch, stand vom Sofa auf und trat ihm entgegen.

»Ich behalte das Baby.«

Furcht verdüsterte sein Gesicht.

»Ich werde dich nicht hindern, Teil unseres Lebens zu bleiben, aber ich finde … ich denke, wir sollten uns trennen.«

Neds Hände sanken nach unten. Er bewegte seine Lippen, als wolle er etwas sagen, doch es kam kein Wort heraus. Sein Blick wanderte hektisch durchs Zimmer, als würde er die Quelle meiner Worte suchen.

»Ich … ich glaube nicht, dass ich dich noch liebe, und …« Mir traten Tränen in die Augen. Ich zauderte. »Ich ... ich glaube auch nicht, dass du mich liebst.«

Sein Blick irrte nicht mehr umher, sondern blieb an mir haften. Bohrend.

»Emma ...« Er trat mir einen Schritt entgegen und griff nach meiner Hand, hielt aber inne, als ich unwillkürlich zurückzuckte.

Wir standen einander gegenüber, Ned mit einer ausgestreckten Hand und ich mit vor der Brust gekreuzten Armen, den Blick auf die Zehen gesenkt. Ich hörte die Nachbarn wieder mal gegen die andere Seite der Wand bumsen.

Ich verdrückte eine Träne.

»Babe?« Ned streckte wieder die Hand nach mir aus.

»Bitte, tu das nicht.« Ich wich zurück, wandte den Blick aber nicht von meinen flauschigen Socken. »Ich weiß, was ich will, und das bedeutet, ich werde tun, was ich kann, um diesem Baby das allerbeste Leben zu bieten.«

»Und ich habe keinen Anteil daran?« Neds Stimme brach.

»Nein«, erklärte ich meinen Füßen. »Ein Baby braucht Stabilität.«

Ned traten Tränen in die Augen. Er verzog den Mund und versuchte, nicht zu weinen.

»Ich möchte kein Vater sein.«

»Ich weiß.« Ich schluckte schwer.

»Jetzt noch nicht, meine ich.«

»Ich weiß.«

»Bist du sicher, dass du es nicht einfach loswer...«

»Halt. Sprich es nicht aus.« Ich wollte nicht mehr daran erinnert werden, dass ich einen ähnlichen Gedanken bis vor wenigen Stunden ebenfalls gehabt hatte.

Ned trat mir entgegen und ergriff mit beiden Händen meine Hand. Er drückte sie inständig. »Ich will mich nicht von dir trennen.« Er suchte meinen Blick.

»Ich mich aber von dir.«

KAPITEL 4

»Er ist also richtig ausgezogen?«

In ihrem Büro war das allgegenwärtige *Flick-flick* der Ventilatoren aus den siebziger Jahren zu hören. Ich hatte Alex angerufen, kaum dass die Haustür hinter Ned ins Schloss gefallen war.

»Er muss morgen, wenn ich bei der Arbeit bin, noch einmal kommen und seinen Computer holen. Viel Zeug hat er nicht. Das meiste gehört mir.«

»War es schrecklich?«

»Nicht wirklich. Er will kein Vater sein. Zu viel Verantwortung, hat keinen Job, bla bla bla.«

»Mmmm.«

»Es gab keinen Streit oder irgendwas, und nach einer Weile haben wir uns irgendwie darauf geeinigt, dass wir ... einander entwachsen sind.«

»Das ist gut, oder?«

»Nicht gut fürs Ego. Gegen ein bisschen ›Ich kann ohne dich nicht leben‹ oder ein paar durch die Gegend gefeuerte Töpfe hätte ich nichts einzuwenden gehabt. Ich komme mir tatsächlich ein bisschen wie eine Verliererin vor.«

»Es musste sein.« Alex war pragmatisch.

»Es musste sein«, stimmte ich ihr zu.

»Aber vermissen werde ich ihn schon. Würde es dir etwas ausmachen, wenn ich ihm trotzdem noch ab und zu Mails schreibe? Er interessiert sich ernsthaft für die Arbeit, die wir hier draußen leisten und ...«

Ich hustete meine Verärgerung durchs Telefon.

»Sorry«, sagte Alex zerknirscht. »Und weißt du schon, was du jetzt zu tun hast?«

»Nein.« Ich wusste es, aber ich wollte es nicht wahrhaben.

Wie erzählt eine siebenundzwanzigjährige Frau ihrer Mutter, dass ihr erst nach zwei Monaten das Ausbleiben ihrer Regel aufgefallen ist? Dass sie einen Ultraschall hat machen lassen, das Baby behalten will und sich soeben vom Vater getrennt hat? Und dass sie möglicherweise ihren Job verliert?

»Sag ihr, dass du eine verantwortungsvolle erwachsene Frau bist und weißt, was du tust.« Nicht einmal Alex klang überzeugt.

»Ich könnte sagen, meine Freundinnen hätten mir Druck gemacht, biologische Uhr und so weiter?«

»Du könntest sagen, dass es nicht von Ned ist. Dann würde es ihr nicht so viel ausmachen.«

»O ja! Wer könnte der Vater sein?«

»War nur Spaß.«

»In meinem Fitnessstudio gibt's einen echt hinreißenden Trainer. Vielleicht könnte es seins sein?«

Alex prustete los. »Du gehst nicht ins Fitnessstudio!«

»Doch, tue ich, die haben ein Starbucks.«

Wir kicherten einhellig. Zwölftausend Meilen Entfernung, und dennoch kam es mir vor, als säße sie neben mir.

»Wie spät ist es bei dir?«, fragte ich gähnend. Ich fühlte mich erschöpft. Es war nach elf Uhr abends, und am nächsten Morgen musste ich früh bei der Arbeit sein. Dort hatte ich von einem Notfall in der Familie gesprochen. Damit blieb ich nahe an der Wahrheit. Schließlich war ich dabei, einen persönlichen Beitrag zur Erweiterung meiner Familie zu leisten, und diese Tatsache versetzte mich in eine Art Ausnahmezustand.

»Es ist fünf Uhr morgens.«

»Oh, sorry.«

»Nein, hast mich nicht geweckt. Das war der Typ, der mit seiner Rikscha in die Verkaufsstände unten in meinem Gebäude gekracht ist.«

»Geht's ihm gut?«

»Tut es. Allerdings nicht der Rikscha. Und dem Verkaufsstand auch nicht. Und jetzt schreien und schimpfen alle durcheinander. Hier, hör mal.«

Sie hielt das Telefon in die Höhe, und ich hörte Geschrei, Sirenen, Hupen und Verkehr. Genau wie bei mir in Tooting. Nachdem wir uns verabschiedet hatten, schaltete ich alle Lampen aus. Die im Flur ließ ich aus alter Gewohnheit heraus für Ned an, dann ging ich zu Bett. Als mir klarwurde, was ich gerade getan hatte, ging ich zurück in den Flur und schaltete auch dort die Lampe aus. Doch jetzt, in der Dunkelheit, deprimierte es mich, dass mein Leben sich so mir nichts, dir nichts geändert hatte, und ich einfach von einer Minute auf die andere Single war. Also schaltete ich sie wieder ein. Und aus. Und wieder ein. Nachdem ich noch eine ganze Weile Überlegungen zum Lampenthema angestellt hatte, beschloss ich, mir eine Pause zu gönnen. Die letzten Wochen hatten mich emotional doch etwas mitgenommen, und ich entschied mich dafür, die Flurlampe eingeschaltet zu lassen, damit die Nachbarn nicht auf die Idee kamen, ich hätte eine Mitten-in-der-Woche-Privatdisco eröffnet. Dann stieg ich ins Bett, zog die Decken bis ans Kinn und blickte kurz auf Neds leere Seite, bevor ich mich umdrehte und sofort einschlief.

»Morgen!« Nachdem ich zum ersten Mal seit langer Zeit sieben Stunden gesunder Nachtruhe genossen hatte, schlenderte ich ausgeschlafen in unser Büro.

Sophie sprang auf, um mich zu begrüßen. »Hey! Wo warst du gestern? Alles in Ordnung?«

»Hi Emma.« Douglas schaute lächelnd hinter seinem Computer hervor.

»Hey Douglas. Ja, alles gut.« Ich ging weiter zu meinem Schreibtisch, während Sophie noch an meinem Ellenbogen hing. »Nur ein paar häusliche Probleme.«

»Ist jemand gestorben?«

»Sophie!«, keifte Douglas.

»Nein, jemand ist nicht gestorben, das ist wohl eher das Problem.« Ich schaltete meinen Computer ein und setzte mich, wobei ich darauf achtete, dass mein Schal zusammengeknüllt auf meinem Schoß liegen blieb und den zunehmend gewölbten Bauch verdeckte.

»Oh.« Sophie wirkte fast enttäuscht.

Douglas sah sie missbilligend an. »Du hast gestern etwas sehr Lustiges verpasst.« Grinsend verrenkte er sich um seinen Computer herum.

Sophie schaute Douglas fragend an, bis ihr einfiel, was er meinte. »Ach ja!« Sie bekam einen Kicherkrampf.

»Ja, und?« Ich begann durch meine Mails zu scrollen.

Einen Tag frei, und schon hatten sich einhundertsiebenundfünfzig ungelesene Nachrichten angesammelt. Ich öffnete die erste, eine Aufforderung vom Produzenten, keine der anstehenden Szenen, in denen eine ältere Dame zu sehen sein sollte, für die Abendstunden einzuplanen, da die hierfür gecastete Schauspielerin wirklich sehr alt und gebrechlich sei. Klang vernünftig, allerdings hätte er das bedenken sollen, als er ein Drehbuch zur Produktion freigab, in dem eine in die Jahre gekommene Alzheimerpatientin mitten im Winter mitten in der Nacht in einem stillgelegten Steinbruch gefunden wird. Es würde spaßig werden, wenn ich diese Information an Quentin weitergab. Ich klickte zur nächsten Mail. Als mir klarwurde, dass Sophie und Douglas noch nicht geantwortet hatten, sah ich auf. Douglas hatte die Schultern hochgezogen, Sophie stand mitten im Raum und gackerte vornübergebeugt weiter in sich hinein.

»Was?«, fragte ich.

»Quentin ...« Sophie schlug sich auf die Schenkel.

»... Flitzer!« Douglas nahm die Brille ab und rieb sich die tränenden Augen.

»Was?«

Die beiden krümmten sich hysterisch vor unterdrücktem Lachen.

»... hat Panik, dass seine Freunde es sehen könnten!« Sophie gluckste.

»Erzählt mir einfach, was passiert ist!«

Sophie lehnte sich an ihren Schreibtisch und winkte prustend in Douglas' Richtung. »Erzähl du!«

Douglas setzte die Brille wieder auf und sammelte sich. »Sie haben die Szene gedreht, in der herauskommt, dass der Hausmeister der Krankenhausexhibitionist ist«, sagte er noch immer japsend.

Ich nickte. Den Hausmeister hatte ich in der Woche zuvor gebucht, nachdem ich auf den Websites der Komparsenagenturen eine Ewigkeit nach einem passenden Typen hatte suchen müssen.

»Na ja, der Komparse, den du als Hausmeister fürs Krankenhaus gebucht hast, war zu jung ... oder was auch immer. Der Regisseur mochte ihn jedenfalls nicht.«

Ich stöhnte. Typisch für diesen analfixierten, Linsen essenden, Yoga praktizierenden Mist-Regisseur. Dann komm mir doch endlich mit der finalen Abmahnung!

»Der Regisseur stapfte anscheinend eine Zeitlang umher, bis er dann Quentin von Kopf bis Fuß musterte.« Douglas' Stimme zitterte. »Quentin wurde ziemlich sauer, hat man mir erzählt.«

Sophie rieb sich mit dem Handgelenk die tropfende Nase.

»Du spinnst.« Ich wusste, dass mir Ärger ins Haus stand, aber diese Geschichte war zu haarsträubend, um sie nicht zu genießen.

»Eine der Schauspielerinnen erzählte allen brühwarm, was vor sich ging, so dass sich die gesamte Belegschaft am Set versammelte.« Douglas war kurz davor, seine eben erst wiedergewonnene Fassung zu verlieren. Tränen rannen ihm übers gerötete Gesicht.

»Von überall aus dem Gebäude kamen die Leute angelaufen«, sagte Sophie mit gequetschter Stimme.

»Sie holten ihre Telefone hervor und fotografierten.« Douglas nahm erneut die Brille ab.

»Quentin musste in weißen Feinrippunterhosen durch die Krankenhausflure rennen, während die Krankenschwestern ›Exhibitionist! Exhibitionist!‹ riefen und mit Gummihandschuhen nach ihm warfen!«

Wir bogen uns unter Lachkrämpfen.

»Sie mussten den Take fünfzehnmal wiederholen, weil Quentin immer wieder über die Gummihandschuhe stolperte!«, kreischte Sophie. »Einer der Schauspieler hat es auf YouTube gestellt!«

Als wir ein wenig Selbstbeherrschung zurückerlangt hatten, baten Sophie und ich Douglas, uns zu vertreten, und gingen nach draußen. Sophie, um eine zu rauchen, ich, um so zu tun, als würde ich eine Detoxphase einlegen.

»Wieso entgiftest du denn?« Sophie nahm einen tiefen Zug von ihrer Camel Light. Ich hüllte mich tiefer in meine Jacke.

»Weiß auch nicht.« Ich blickte auf ihre Zigarette. Mir war noch nicht einmal danach, zu rauchen. »Irgendwie entgifte ich gerade mein ganzes Leben. Habe mit Ned Schluss gemacht.«

Sophie zog ihre dreieckigen Augenbrauen hoch. Sie sah aus wie die kleine Fee Tinkerbell. Tinkerbell mit einer Kippe im Mundwinkel.

»Wirklich?«

»Ja.« Ich nickte und war selbst überrascht, wie wohl ich mich dabei fühlte.

»O Mann, das ist traurig«, sagte sie, wobei ihre Augenbrauen absanken. »Ich mag Ned.« Auf meinen Blick hin errötete sie. »Aber … äh … weißt du noch … als er diese verwaisten Fuchsjungen fand und sie mit nach Hause brachte und ihr euch beide die Räude einfingt?«

»Ja, das weiß ich noch«, sagte ich und warf ihr einen Was-soll-der-Scheiß-Blick zu.

»Oder als er sich daran versucht hat, Parmaschinken zu trocknen, die Schweinekeule in eurem Kleiderschrank aufhängte, so dass alles nach verwester Leiche roch, und ihr euch komplett neu einkleiden musstet? Weißt du das noch?«

»Ja.«

Ned hatte die Liste der Konservierungsmittel auf der Rückseite der Verpackung meines Lieblingsparmaschinkens mit Abscheu gelesen. Er entschied, dass er dasselbe mit viel weniger Chemie (und Erfahrung) bewerkstelligen könnte, wurde jedoch eines Besseren belehrt, als fauliger Saft auf all meine Schuhe tropfte und jedes einzelne Kleidungsstück mit einem so grässlichen Geruch durchzog, dass wir einen Umzug in Betracht zogen.

»Und erinnerst du dich auch noch an die Taube mit dem Klumpfuß, die er mitbrachte? Die alles vollgeschissen hat und dann in eurer Badewanne verendet ist?«

»Mhm.«

»Oder damals, als er ...«

»Ich erinnere mich an alles, Sophie.«

»Sorry«, sagte sie kleinlaut.

»Schon gut.« Ich sah auf meine Uhr. In fünfzehn Minuten würden die Aufnahmen beginnen, und dann sollten Sophie und ich unbedingt an unseren Schreibtischen sitzen und die Funkgeräte bereithalten. »Lass uns reingehen und Quentin auf YouTube anschauen.«

»O Gott, ja!« Sophie warf ihre Zigarette zu Boden und trat sie mit ihren rosafarbenen Converse-Turnschuhen aus.

Als wir um die Ecke in unser Büro kamen, sahen wir, dass Quentin mit seinen nikotingelben Fingern auf meinem Computerbildschirm trommelte.

»O nein«, flüsterte ich Sophie zu, aber sie tippelte bereits an mir vorbei zu ihrem Schreibtisch.

»Hallo Emma.« Quentin stand neben meinem Schreibtisch, den Mund zu einem höhnischen Grinsen gezogen. »Auch mal wieder da?«

Zickiger Sarkasmus stand erwachsenen Männern ganz und gar nicht.

»Oh, hi Quentin.« Ich eilte zu meinem Schreibtisch. »Das mit gestern tut mir sehr leid – ich verspreche, dass es nicht wieder vorkommt. Ich werde hundertprozentig keine Fehler mehr machen. Ich hatte in der letzten Zeit nur ...«

»Ich habe das Gefühl, ich sollte überprüfen, ob du für die Zeit nach der Weihnachtspause wirklich alles gebucht hast.« Sein herablassender Ton löste in mir das Bedürfnis aus, ihm einen Tacker in seine flatternden Nasenlöcher zu rammen.

»Richtig.« Ich griff meine Akte. »Wirklich, ich kann dir versichern ...«

»Und ich kann dir versichern, dass der nächste Fehler, den du machst, dein letzter sein wird.« Seine Augen wurden schmaler.

Ich öffnete den Mund, um mich zu rechtfertigen, als eine Schauspielerin, die so widerwärtig war, dass wir sie »teuflisches Höllenweib« getauft hatten (ein schlichtes »Miststück« hätte es einfach nicht getroffen), mit einem Skript unterm Arm um die Ecke gestürmt kam, das Hängebackengesicht vor Wut verzerrt.

»Wo ist diese schwachköpfige Emily?«

Philomena (ihr richtiger Name) war eine maskulin aussehende Frau um die sechzig mit heftigen Tränensäcken, die an ein Paar ausgedienter Ledertaschen erinnerten. Ihr Gesichtsausdruck verriet, wie sehr sie darunter litt, von uns nicht berühmten Menschen umgeben zu sein. So sehr, dass sie gar nicht erst versuchte, sich irgendwelche Namen zu merken. Also hieß ich mal Emily, manchmal Eleanor, dann wieder Emma und hin und wieder auch Rebecca.

Sie feuerte das Skript auf meinen Schreibtisch, so dass Pläne, Stifte, Drehbücher und mein beleuchteter Desktop-Tannenbaum in die Luft flogen. Die Produktionsleiterin und ihre Sekretärin kamen mit Pappkaffeebechern zur Tür hinein, machten jedoch auf den Absätzen kehrt, als sie Philomena entdeckten. Hastig beseitigte ich das Chaos und spürte dabei in den Wangen glühende Hitze aufsteigen.

»Was kann ich für Sie tun, Philomena?«

Ich traute mich nicht, ihr in die Augen zu sehen, weil ich bestimmt zu Stein erstarrt wäre.

»Sind Sie zu blöde, Ihren Job zu machen?«

Wie kann man auf eine solche Frage antworten? *Äh, nein, meine Blödheit ist nur ganz schwach ausgeprägt. Sie hindert mich nicht daran, meinen Job zu erledigen.*

Zwei junge Runner tauchten auf, jeder mit einem Stapel bunt markierter Drehbuchänderungen beladen. Sie gingen auf Douglas' Schreibtisch zu, wobei sie einen weiten Bogen um Philomena machten.

»Sorry, Philomena, ich bin mir nicht sicher, um welches Problem es geht«, sagte ich mit allem Selbstbewusstsein, das ich aufzubringen vermochte.

»Niemand hat mir gestern Abend die Änderungen am heutigen Skript aufs Band gesprochen. Soll ich jetzt etwa ans Set gehen, ohne meinen Text zu können?« Sie rotierte ihren mächtigen Busen in Quentins Richtung. »Es ist doch nicht zu viel verlangt, oder? Sie brauchen uns nur jeden Tag anzurufen und über die Änderungen informieren. Jeder Affe könnte das.«

Quentin schüttelte den Kopf, seine Mundwinkel zuckten.

Nicht zu viel verlangt? Philomena hatte ihren Fahrer, der sie jeden Tag abholte und wieder nach Hause fuhr, ihr Skript wurde ihr übers Telefon vorgelesen, und die PR-Abteilung regelte den Rest ihres Leben für sie. Ich musste sogar die Weihnachtsgeschenke für ihre Enkelkinder besorgen. Zu gern hätte ich ihr etwas in die Nasenlöcher gerammt.

»Lassen Sie mich kurz im Originaldrehbuch nachsehen«, sagte ich und griff meinen Ordner.

Philomena verschränkte die Arme vor der Brust. »Wenn das möglich wäre.«

Meine Wangen brannten, und hinter den Ohren bildete sich

ein Schweißfilm. Sophie und Douglas lugten seitlich hinter ihren Computerbildschirmen hervor, und die beiden Runner sahen aus, als würden sie am liebsten im Teppich versinken. Ich blätterte durch die Seiten meines Originalskripts, bis ich die Szene fand, die sie mir unter die Nase geschleudert hatte, wanderte mit einem Finger über die Dialogzeilen und verglich sie mit denen von Philomena. Am Ende angelangt, blickte ich auf.

»Es ist ... es ist nur ein einziges Wort, Philomena.«

Sie zog die Augenbrauen hoch. »Wie bitte? Wollen Sie mir sagen, wie ich meine Arbeit zu machen haben?«

»Na ja, es dreht sich nur um ein einziges Wort. Statt ›*Es ist bösartig, Sir*‹ sagen Sie: ›*Es ist gutartig, Sir.*‹ Außerdem war ich gestern gar nicht hier.«

»Es reicht!« Sie stützte ihre mit Altersflecken übersäte Hand auf meinen Schreibtisch und beugte sich ganz nahe vor mein Gesicht, so dass sich meine Speiseröhre beim penetranten Geruch ihres von Kaffee und Nikotin geschwängerten Atems schmerzhaft zusammenzog. »Der ganze Ton der Szene ist verändert! Sie können den Regisseur wissen lassen, dass ich jetzt in meine Garderobe gehen muss, um meinen Text neu zu lernen.« Sie hievte ihren massigen Körper von meinem Schreibtisch und schnappte sich ihre Skriptseiten. Als sie davonstapfte, sah ich zur offiziellen »Set-Uhr« an der Wand.

»Okay, aber in vier Minuten müssen Sie am Set sein«, sagte ich.

Sie drehte sich wieder um. Ihre Gesichtszüge waren unvorteilhaft entgleist.

»Das ist Ihr Problem. Ich brauche mindestens zwanzig Minuten, um diese Szene noch einmal auswendig zu lernen, und wenn es während dieser Zeit irgendjemand wagen sollte, an meine Tür zu klopfen, werde ich gar nicht ans Set kommen.« Sie machte auf dem Absatz kehrt und marschierte Richtung Tür.

»Es ist nur ein verdammtes Wort. Mein Gott, jeder Affe könnte das.« Ich murmelte vor mich hin, während ich meine Akten aufräumte und die Tomatenröte aus meinem Gesicht zu vertreiben versuchte.

»Was haben Sie eben gesagt?« Philomena wirbelte herum. Ihre Blicke hätten töten können.

»Ja, Emma, was hast du gerade gesagt?«, feixte Quentin und schaute mich schadenfroh an.

Ich spürte, wie sich tief in mir ein Hebel umlegte. Wie in der Szene in *Titanic*, in der sie den Eisberg sehen und das vorwärtsdrängende Schiff in die entgegengesetzte Richtung zwingen müssen. Ich blickte Quentin und Philomena an, und schon in diesem Moment waren sie Teil meiner Vergangenheit.

Ich stand auf, ging einen Schritt auf Philomena zu und erwiderte ihren herausfordernden Blick.

»ICH SAGTE, ES IST NUR EIN VERDAMMTES WORT! JEDER AFFE KÖNNTE DAS!«

Sophie presste die Hand auf den Mund. Douglas rückte seine Brille zurecht. Die Unterkiefer der Laufburschen klappten herunter.

Philomenas Augen wurden zu kleinen Schlitzen. Sie sprach durch blutlose, brettsteife Lippen. »Wie können Sie es wagen? Wie können Sie es *wagen*!«

»Und bevor Sie sich Gedanken darüber machen, ob ich meinen Job los bin, oder mir erzählen wollen, dass ich nie wieder in der Filmbranche arbeiten werde, können Sie Ihr runzeliges altes Kuchenloch lieber gleich wieder zumachen, denn ich würde lieber die Kanalisation im Wandsworth-Gefängnis putzen – nackt – am Tag nach dem Curry-Abend –, als jemals wieder mit Leuten wie Ihnen zusammenarbeiten zu müssen!« Ich zeigte mit dem Finger auf einen sprachlosen Quentin und eine entsetzte Philomena. Dann löste ich das Funkgerät vom Bund meiner Jeans und knallte es Quentin vor die Brust. »Falls ich Sie je wiedersehen muss, dann hoffentlich nur in Unterhosen auf YouTube.«

Quentin erblasste. Sophie brachte mir meine Jacke und machte ein winzig kleines Daumen-hoch-Zeichen, bevor sie sich wieder in die sichere Nähe ihres Schreibtisches begab. Von Douglas empfing ich ein kurzes anerkennendes Nicken …

»Also gut«, sagte ich, nahm meine Handtasche und sah Sophie und Douglas fröhlich an. »Wir sehen uns!« Ich drehte mich um und schwebte Richtung Tür, nicht ohne auf dem Weg dorthin Philomena einen stummen Mittelfinger zu zeigen.

Beschwingt trabte ich die langen Flure hinunter, vorbei an Produzenten und Redakteuren, Autoren und Assistenten, verteilte Grüße – »Hey« – »Hi« – »Morgen« – »Alles klar?« – »Ja danke!« –, bevor ich mich aus den Studios hinaus und in die kühle Morgenfrische begab. Ich sah auf meine Uhr. Acht Uhr siebzehn. Schnell berechnete ich im Kopf die Uhrzeit in Dhaka. Vierzehn Uhr siebzehn. Alex saß vermutlich in ihrem stickigen Büro und fächerte sich mit einem Auditbericht Frischluft zu. Ich wählte.

»Mmm?«

»Was ist los?« Sie klang krank.

In meinem Kopf stiegen Horrorbilder einer einsam sterbenden Alex auf, gebadet in Schweiß von Diphtherie oder Malaria oder einer anderen Dritte-Welt-Krankheit mit vielen Vokalen.

»Nichts. Du hast mich angerufen, ich bin rangegangen.«

»Ja, ich weiß, aber du klingst krank. Bist du krank? Gibt es dort ein Krankenhaus?«

»Emma, mir geht es gut. Ich schwitze und bin übersät mit knopfgroßen Moskitostichen, aber es geht mir gut. Was ist mit dir los?«

»Nichts. Aber du, wie geht es dir? Bist du nicht krank?«

»Emma! Es geht mir gut, verdammt.«

»Oh. Na gut. Stell dir vor, was passiert ist!«

»Was?« Gähnend bekundete sie ihr intensives Interesse.

»Ich habe gekündigt!«

Stille.

»Alex?«

»Ich bin noch da.«

»Und, was sagst du dazu?«

Sie freute sich anscheinend nicht annähernd so sehr für mich, wie ich erhofft hatte. Mein Adrenalin versickerte. Ich brauchte Ermutigung, sonst würde ich mich auf dem Gehweg zusammenrollen und in einen tiefen Verleugnungsschlaf fallen.

»Ich finde, das ist die beste Neuigkeit, die ich seit einer Ewigkeit von dir gehört habe. Abgesehen davon, dass du ein Baby bekommst. Wieso?«

Froh über die Billigung meiner kleinen Schwester strahlte ich ins Telefon.

»Erinnerst du dich an diese furchtbare Schauspielerin, von der ich dir erzählt habe?«

»Pferdenärrin?«

»Nein ...«

»Die mit nur einer Gehirnzelle? Ach nein, das war ja ein Typ.«

»Nein, die ...«

»Die, mit der du nur über ihren persönlichen Assistenten kommunizieren konntest? Oh! Die, die in ihrer Garderobe immer Pornos liegen lässt?«

»Nein! Erinnerst du dich noch an die, die einen Laufburschen feuern ließ, weil er angeblich Tee auf ihren Laptop geschüttet hatte, obwohl sie diejenige war, die mit Tee gekleckert hatte? Und obwohl der Laufbursche zur fraglichen Zeit nicht einmal in ihrer Garderobe war?«

»Ah, ja. Die klang entzückend.«

Ich schilderte ihr den Austausch mit Philomena und Quentin. »Ich weiß nicht, was in mich gefahren ist, aber ich war auf einmal so ... so wütend!«

»Hormone.«

»Vermutlich.«

»Und was machst du jetzt in Sachen Geld? Du brauchst einen Job, du bekommst ein Baby.«

Alex konnte noch jede Unterhaltung schnell wieder in die Realität zurückführen.

»Das stimmt. Darüber habe ich mir noch keine Gedanken gemacht.« Ich hatte einen Anflug von Panik gespürt, mich jedoch entschieden, es Scarlett O'Hara gleichzutun und erst am nächsten Tag über meine Probleme nachzudenken. »Ich finde etwas. Außerdem habe ich meine Ersparnisse. Für eine Weile komme ich klar.«

»Gut. Also, ich freue mich wirklich für dich.« Alex gähnte schon wieder.

»Du klingst erschöpft. Kannst du nicht für eine Weile nach Hause gehen?«

»Zu Hause ist es nicht besser. Hier gibt es zumindest Menschen, mit denen ich mich unterhalten kann. Und keine Bettflöhe.«

»Ich kann es kaum abwarten, dass du woandershin versetzt wirst.«

»Ich auch nicht.«

»Weißt du was? Ich werde jetzt Weihnachtsgeschenke einkaufen gehen. Wie aufregend. Ich weiß gar nicht mehr, wann ich das letzte Mal während der Woche das Tageslicht gesehen habe.«

»Kauf nichts aus Regionen, in denen es Kinderarbeit gibt. Hab dich lieb.«

»Versprochen. Hab dich auch lieb.«

Ich legte auf und ging gerade um die Ecke zur U-Bahn-Station, als mein Telefon klingelte. Das Display verriet, dass es Onkel Mike war.

»Hi!«

»Hallo meine Liebe, wie geht es dir?«

»Großartig. Stell dir vor!«

»Äh ... Emma, Liebling? Ich muss dir etwas sagen.« Onkel Mike sprach mit belegter Stimme. Mir drehte sich der Magen um. War meiner Mutter etwas zugestoßen? Sinead? Archie?

»Was?«

»Es geht um deine Großmutter. Sie ... sie ist gestorben.«

KAPITEL 5

Zu Hause packte ich meine Reisetasche. Mum kam aus Italien zurückgeflogen, und die Familie würde sich bei ihr treffen. In vier Tagen war Weihnachten, weshalb nahm ich ausreichend Sachen mitnahm, um nicht zwischendurch in meine Wohnung zurückzumüssen. Ich mochte gar nicht glauben, dass Grandma nicht bei uns sein, ihren Tee nippen und mit einem Ausdruck der Zufriedenheit im zart gepuderten Gesicht zuschauen würde, wie sich ihr Sohn und ihre Tochter in die Haare gerieten.

Unsere Weihnachtsfeste verliefen nach derselben Routine wie überall in England, was meiner Liebe zu ihnen keinen Abbruch tat. Bescherung vorm Frühstück, unausgeschlafene, überdrehte und kreischende Kinder, Mum und Sinead, die anfingen, ihre Geschenke zu tauschen, kaum dass sie sie ausgepackt hatten, Getränke, die auf Designermöbel ausgeschüttet wurden, Onkel Mike, der mit Natron zur Hilfe eilte, ein Spielzeug, gerade erst vor fünf Minuten ausgewickelt und schon kaputt, die unvermeidliche Diskussion, wie viel Alkohol vorm Mittagessen zu viel Alkohol war, endlose Völlerei und schließlich Mittagsschläfchen für die Erwachsenen, während die Kids das Haus auf den Kopf stellten, unter Zuckerstrom und im Glückstaumel wegen Massen an Neubesitz. Grandma Ivy pflegte in einer Ecke zu sitzen, zu stricken und in ihren Earl Grey zu kichern. Die dicken rosa Hüttenschuhe, die sie mir zu Weihnachten vor drei Jahren gestrickt hatte, trug ich noch immer.

Entgegen meiner Gewohnheit ließ ich davon ab, fünf Paar Reserveschlüpfer in die Tasche zu packen (Bin ich eigentlich die Einzige, die in ihrem Reisegepäck stets Massen von Schlüpfern transportiert, als sei sie gerade erst aus den Windeln raus und müsse mindestens dreimal am Tag das Höschen wechseln?) Ich setzte mich auf die Bettkante und dachte an Grandma. Klar, sie war alt gewesen und zunehmend gebrechlicher geworden, sie hatte zuletzt eine Lungenentzündung und eine Bronchitis und all die Krankheiten bekommen, die mit den Atemwegen in Zusammenhang standen, aber das hinderte sie nicht daran, immer wieder eine neue Portion Teegebäck herbeizuzaubern, anschließend auf den Sofaplatz neben sich zu klopfen und mich nach meiner Arbeit zu fragen oder nach Ned. Oder ob ich schon das neue Buch von Jodi Picoult gelesen hatte.

Später am Tage kam ich nach einer Fahrt in der stickigen U-Bahn bei meiner Mutter in Belsize Park an. Sie bewohnte eines von acht winzigen Häusern, die eine alte Pflasterstraße säumten. Onkel Mikes Wagen stand unglücklich geparkt quer vor der Eingangstür. Rechteckige Lichtflecken schienen schräg über die nassen Pflastersteine, und das Aroma von gegrilltem Fleisch waberte in der Luft. Mum hatte das Haus nach ihrer Scheidung gekauft, als es noch ein modriger, heruntergekommener Kasten war, und dann für eine totale Transformation gesorgt. Beim Haus wie bei sich selbst.

Dad und Mum waren Sandkastenspielgefährten, die geheiratet hatten, als sie beide gerade mal einundzwanzig waren. Dad hatte an der Universität Englisch studiert und wollte Dichter werden, aber als Mum, damals erst zweiundzwanzig, mit mir schwanger wurde, stellte er seine literarischen Ambitionen zurück und nahm einen »anständigen« Job bei British Telecommunications an. Und wurde daraufhin offenbar ein verbitterter Geizhals. Er drehte jeden Pfennig zweimal um, überließ Mum nur ein lächerliches Haushaltsgeld und weigerte sich, auch noch etwas für die Betreuung der Kinder auszugeben, so dass Mum nicht zur Modeschule gehen konnte – wenn er seine Träume nicht wahrmachen durfte, sollte sie das auch nicht können. Er besorgte ihr eine Stelle bei BT. Mum sagte, sie habe das Gefühl gehabt, nach und nach aller Lebensenergie beraubt zu werden. Die Scheidung sei für sie ein

Befreiungsakt gewesen. Jetzt stand sie jeden Morgen früh auf, um den Tag bei den Hörnern zu packen. Sie trank, aß, machte ihre Yoga-Übungen, ging einkaufen, reiste, tanzte, liebte und frönte einer zuvor unbekannten Sucht nach Seidenschals von McQueen, obskurer Fotokunst und überhaupt allem, was in Neonfarben daherkam.

Als ich das Haus betrat, traf mich ein Schwall warmer Luft sowie der Radau kreischender Mädchenstimmen.

»Emma! Emma! Guck doch mal!«

Alice und Jess, die beiden Ältesten von Onkel Mike und Sinead, standen auf dem oberen Absatz der schmalen Treppe. Jesse schwang ihr Bein übers Geländer, rutschte höllenschnell bis nach unten und landete auf einem Haufen Roberto-Cavalli-Kissen.

»Sehr gut«, sagte ich, als Jess in die Höhe sprang, widerspenstige Haarsträhnen hinter ein Segelohr klemmte und mich mit einer herzhaften Umarmung um die Oberschenkel bedachte.

»Jetzt ich!« Alice kam auf dem Geländer heruntergeschossen.

Ich zog Jess aus dem Weg, und bevor ich es merkte, hatte ich zwei chaotische blonde Mädchen nicht am Hals, aber an der Taille und schleppte sie mit mir über den leopardengefleckten Teppich im Flur.

»Wo ist Ned?«, fragte Jess.

»Er kommt nicht.«

»Wieso nicht?« Jess, die Jüngere und eindeutig der Kerl unter den beiden Mädels, hatte Ned von Anfang an gemocht.

Er hatte ihr gezeigt, wie man aus nassem Toilettenpapier Geschosse für ein Blasrohr machte. Sineads Haushälterin musste sie später in stundenlanger Fummelarbeit von den Zimmerdecken abkratzen.

»Sssssch, Jess!« Alice funkelte ihre Schwester an und sagte in übertriebenem Flüsterton. »Weißt du noch, was Daddy gesagt hat?«

»Was hat euer Daddy gesagt?« Ich blieb stehen und sah die Mädchen fragend an.

»*Weißt du es noch?*« Alice versuchte sich an einem strengen Blick, für den sie locker ein paar Jahrzehnte zu jung war.

»Ja, ja.« Plötzlich erinnerte sich Jess und grinste mich an. »Mummy hat gesagt, dass du endlich deinen kartoffelhirnigen ... kartoffelhirnigen ...?« Sie runzelte die Stirn und sah ihre Schwester hilfesuchend an.

»Mistkerl«, half ihr Alice, die an meiner linken Hüfte klebte, auf die Sprünge.

»Ja, diesen kartoffelhirnigen Mistkerl, und dass du außerdem ...« Sie schaute wiederum ihre Schwester an.

»... gefeuert wurdest«, sagte Alice.

»Genau – verfeuert«, bestätigte Jess.

»Daddy hat Mummy ausgeschimpft, dass sie sich darüber ausgelassen hat, was allein Schweinesache ist, und dass sie auch noch schlimme Wörter benutzt hat. Danach hat er sich mit dem Supernanny-Buch ins Musikzimmer verzogen«, sagte Alice und legte im Bestreben, allwissend zu wirken, das Kinn an die Brust.

»Dabei bin ich gar nicht verfeuert worden«, sagte ich kleinlaut.

Ich war bestürzt, dass meine sechs und acht Jahre alten Cousinen offenbar bestens informiert waren, was allein meine »Schweinesache« war.

»Alice! Jess!« Sinead kam in den Flur. »Ah, Emma.« Sie umarmte mich unter Einsatz all ihrer Knochen, besonders der Ellbogen und Schulterblätter. »Mädchen, runter von eurer Cousine. Euer Vater hat Kekse gebacken.«

Alice und Jess tobten kreischend und einander gegen die Wand schubsend in die Küche.

Im Marmorkamin flackerten die Flammen. Links und rechts leuchteten Lichterketten. Das Aroma winterlicher Duftkerzen hing in der Luft und weckte nostalgische Gefühle. Auf dem Flachbildschirm in der Ecke lief der neueste Pixar-Film, der Millie und Archie in seinem Bann gefangen hielt. Archie hatte dabei ein Exemplar von Madonnas Buch »Sex« auf dem Schoß. Onkel Mike saß auf einem schwarzen Chesterfield-Sofa und schwenkte Whisky in seinem opulenten Kristallglas. Mum saß auf einem übergroßen goldenen marokkanischen Hocker, schwenkte ebenfalls ihren Whisky und wirkte nachdenklich. Und leicht angeduselt.

»Hi Mum.«

Wie hypnotisiert hatte sie ins Feuer geblickt. Jetzt wandte sie sich ab. »Schätzchen!« Sie stand für ihr Alter erstaunlich flott und anmutig auf, schob Onkel Mike, der fast eingedöst war, ihren Drink unter die Nase und stürmte durchs Zimmer, um mich fest in die Arme zu schließen. Sie trug ihre Allzweckklamotten: enge schwarze Jeans, dazu ein weißes Hemd, das bis zum Brustansatz offen stand, und mit diversen Anhängern beschwerte Goldketten, die zwischen gebräunten Brüsten baumelten.

»Du hast mir gefehlt, mein Baby.«

»Du mir auch«, sagte ich tränenfeucht. »Ich bin so traurig wegen Grandma.«

»Ich weiß, ich weiß.«

Nach einer Schweigeminute an ihrem goldenen Busen ließ sie mich aus der Umklammerung frei.

»Deine Brüste kommen mir größer vor«, sagte sie, tupfte ihre Augenwinkel und überprüfte instinktiv das Gesamtbild, das ich abgab. »Hast du den Push-up-BH an, den ich dir geschickt habe? Hab ich nicht gesagt, dass es sich lohnt, einen zu tragen, auch wenn das Ding unbequem ist? Um die Hüften hast du anscheinend auch ein bisschen zugelegt, mein Schatz. Hast du etwa ...« Mum merkte, dass alle sie ansahen. »Warum starrt ihr alle mich so an?«

Ich sah hinüber zu Onkel Mike, Onkel Mike sah zu Sinead, und Sinead sah mich an. Ich betrachtete meine Füße. Gerade als Sinead den Mund öffnete, um hinauszuposaunen, was ich noch nicht bereit war, meiner Mutter mitzuteilen, sprang Onkel Mike auf und rettete mich.

»Ich glaube, wir sind alle ein wenig gefühlsselig.« Er führte mich zu dem lila Samtsofa. »Emma, Liebes, setz dich erst mal. Ich kümmere mich um das Essen. Sinead, gehst du mir zur Hand?«

Ich setzte mich neben Mum an den Kamin und nahm Millie auf den Schoß, während Onkel Mike und Sinead das Abendessen vorbereiteten. Es war klar, dass sie mir Gelegenheit geben wollten, meiner Mutter die Neuigkeit mitzuteilen. Aber dummerweise ergab sich nicht ein einziges Mal der geeignete Moment, ihr zu sagen: *»Ja, da bin ich ganz deiner Meinung – Grandma war ja so oft krank, dass ich mir Sorgen gemacht habe, ob sie in ihrem Alter überhaupt noch allein wohnen sollte, oh, übrigens, ich bin schwanger, arbeitslos und Single.«*

Nach dem Abendessen schauten Mum und ich uns die Zirkusvorstellung an, die Alice, Jess, Archie und Millie boten, als sie gebadet und ins Bett gebracht wurden, ausgerüstet mit ihrem Lieblingsspielzeug, Schmusedecken und Gutenachtgeschichten. Danach machten wir es uns erschöpft im Wohnzimmer bequem, dämpften das Licht und feuerten die Flammen im Kamin an. Ich saß in meiner Lieblingsecke auf dem Sofa und streichelte Grandmas Katze, ein gesprenkeltes Exemplar namens Sprenkel.

»Hat jemand Alex angerufen?«, fragte ich und kraulte Sprenkel unterm Kinn.

Mum sah Onkel Mike fragend an. Der schüttelte den Kopf und wandte sich an Sinead.

»Sieh mich nicht so an, ich weiß doch nie, in welchem Land das Mädchen gerade ist!« Sie blätterte in dem Buch von Madonna, das sie hin und wieder auf den Kopf stellte.

Mum stand auf. »Ich rufe sie an.«

Sie wählte die Nummer und verließ das Zimmer.

»Na?«, wollte Sinead wissen.

»Na, was?« Ich zupfte an meiner Nagelhaut.

»Wann willst du es ihr sagen?« Sinead zog das Buch näher an sich heran, um irgendetwas besser zu erkennen. Ich wandte mich an Onkel Mike, damit er mir den Rücken stärkte.

»Tut mir leid, meine Süße, aber du musst es langsam mal angehen.«

Ich sank noch tiefer ins Sofa. »Hast ja recht.«

»Ihr Telefon ist abgestellt.« Mum kam ins Zimmer zurück und setzte sich neben mich aufs Sofa. »Ich versuch's nachher noch mal.« Sie wandte sich mir zu, zog die Beine unter sich. »Schätzchen, wo ist eigentlich dein Ned?« Sie rang sich ein Lächeln ab.

Ich hatte es längst akzeptiert, dass meine Mutter Ned nicht leiden konnte. Laut Mum war er ein Träumer, der genau wie mein Vater irgendwann erfolglos, frustriert, verbittert und boshaft (in der Reihenfolge) enden würde. Ihre Furcht um meine Zukunft war es, die sie während der letzten fünf Jahre schmallippig und eisig auf meinen eigentlich doch ganz umgänglichen Freund hatte reagieren lassen.

»Wir haben uns getrennt.«

»Ach, das ist ...« Mum fing unwillkürlich zu lächeln an, zwang sich aber gleich darauf, die Mundwinkel unten zu halten. »... furchtbar, Liebling ...« Ihre Muskeln wollten nicht gehorchen – sie musste wieder lächeln. »Wirklich ... ganz ... schrecklich.« Sie machte ein bestürztes Gesicht und bemühte sich, ihren Mund unter Kontrolle zu bringen, damit er einen Anflug von Betroffenheit signalisierte. »Erzähl mal, was passiert ist.«

»Nichts ist passiert«, sagte ich. »Mir ist nur klargeworden, dass ich jemanden brauche, der ...«

»... motivierter ist«, sagte Mum. Die Euphorie war ihrer Nasenspitze anzusehen.

»Ned *ist* motiviert. Ihm fehlt es nur an ...«

»Können? Verstand?«

Jetzt reichte es aber. »Mach nur weiter so. Diese Trennung hat mich ziemlich mitgenommen. Könntest du bitte Rücksicht darauf nehmen?«

»Ja, natürlich.« Schuldbewusst blinzelte sie in Richtung Onkel Mike.

Sinead beobachtete uns, das Madonna-Buch lag zu ihren Füßen. Ich sah Onkel Mike an, der mir ermutigend zunickte. Der Schein der Lichterketten tanzte über die ovalen Gläser seiner randlosen Brille.

»Na ja, dann kannst du dich ja jetzt ganz auf deine Karriere konzentrieren«, sagte Mum. »Willst du jetzt die wirklich wichtigen Jobs in Übersee ins Visier nehmen? Ich habe da auf Malta einen Produzenten kennengelernt ...«

»Ich hab gekündigt.«

»Was?« Mum war verwirrt. »Wieso denn?«

»Hätte ich nicht gekündigt, wäre eine weitere Abmahnung fällig gewesen, und man hätte mich rausgeschmissen.«

»So? Also ...« Sie lehnte sich auf dem Sofa zurück. »Was war denn los?«

»Ich hab ein paar Sachen gesagt ... und jemandem den Finger gezeigt.«

»Verstehe ...« Mum fuhr sich mit der Hand über die Stirn.

»Es kommt noch mehr.«

»Was?« Mum beäugte mich zwischen roten Fingernägeln.

Sinead starrte uns an. Onkel Mike wusste nicht, wohin mit seinen Händen.

»Ich bin sozusagen ... also – schwanger?«

Mum setzte sich auf, die Augen schreckgeweitet.

»Dreizehnte Woche.«

»O Gott!« Sie sackte zusammen.

»Und ... ich hab beschlossen, es zu behalten.«

»Was?« Sie schoss in die Höhe. »O Gott! Wer ist der Vater? Bitte sag nicht, dass ... Es ist doch nicht ... Er doch wohl nicht ...«

»Es ist Ned.«

»O Gott!« Sie ließ sich aufs Sofa zurückfallen und presste einen Arm aufs Gesicht. »Ich brauche einen Whisky. Und ein Handtuch. Ein heißes Handtuch. Nein. Ein kaltes Handtuch. O Gott!«

Onkel Mike stahl sich davon. Sinead reichte Mum ihr Whiskyglas und setzte sich gebannt uns zu Füßen.

»Hätte es nicht irgendein Fitnesstrainer sein können? Jemand mit weniger Sommersprossen?«, sagte Mum flehentlich.

Ich verdrehte die Augen und dachte an mein Gespräch mit

Alex. Wäre sie nur hier, um mit der Autorität der jüngeren Schwester auf Mum einzuwirken, sich zu zügeln.

»Oder vielleicht ...«

»Es ist zweifellos von Ned.«

»O Gott!«

Onkel Mike kam mit einem Handtuch angelaufen, das Mum ihm entriss und sich aufs Gesicht presste.

»Mum, du sagst ununterbrochen ›O Gott‹.«

»Ich weiß, Liebes, aber er will mich nicht erhören«, klang ihre Stimme gedämpft durchs Handtuch. »Er tut es einfach nicht.« Sie hob das Handtuch, und darunter verschwand ihr Whiskyglas. Das einzige Geräusch im Zimmer war das Klirren der Eiswürfel in ihrem Glas. Sinead ermunterte mich mit zwei erhobenen Daumen.

Ich sah Onkel Mike an und formte mit den Lippen ein fragendes »Okay?«.

Er nickte und antwortete ebenso lautlos. »Gut gemacht.«

»Sinead? Mike? Ihr seid so schrecklich still. Was haltet ihr von alldem?« Mum war nur undeutlich zu verstehen.

Sinead und Onkel Mike erstarrten.

»Wir sind schockiert!«, legte Sinead los. »Wir sind erschüttert bis ins ...«

»Wir wussten es schon, Diana«, sagte Onkel Mike.

Das Handtuch segelte zu Boden.

»Was sagst du?«

»Tut mir leid, Mum, ich ...«

»Sinead?«

»Sie brauchte Rat.« Sinead zuckte die Achseln.

»Rat?« Mum wandte sich mir zu. »Wer hätte dir besser Rat geben können als deine eigene Mutter?«

»Du warst im Ausland ...« Ich riss die Augen und versuchte, traurig und bemitleidenswert auszusehen wie ein zartes Nagetier in einem Disney-Film, aber Mums Miene blieb unbarmherzig.

»Liebste Diana ...«, meldete sich Onkel Mike.

»Komm mir nicht mit ›Liebste Diana‹!«

»Mum …«

»Nein! Gib dir keine Mühe, Schätzchen.« Sie stand auf, ihr Whiskyglas an die Brust gepresst. »Ich weiß, wann ich überflüssig bin.«

Sinead, Onkel Mike und ich sahen zu, wie sie das Telefon zur Hand nahm, eine Kurzwahlnummer drückte, mir einen bekümmerten Blick zuwarf und dann den Flur ansteuerte. »Hallo, mein Bester …« Wir hörten sie schniefen. »… nicht gut, meine Mutter ist verstorben, meine Erstgeborene ist arbeitslos, schwanger und plötzlich ledig, und mein Wandbord von Terence Conran ist immer noch nicht eingetroffen … Ich bin nicht sicher, wahrscheinlich Lieferschwierigkeiten …« Ihre Stimme verklang auf dem Weg zur Küche.

Höchstwahrscheinlich war es Charlie, den Mum angerufen hatte, ihr Langzeitgefährte. Er trat in unser Leben, als ich acht war und Alex fünf, und obwohl die beiden nie geheiratet hatten, war er immer Teil der Familie. Abgesehen davon, dass er all die Jahre seine eigene Wohnung in Fulham behalten hatte und regelmäßig einige Nächte pro Woche dort verbrachte, sahen wir in ihm einen ganz normalen Stiefvater. Er war Öko-Architekt und seit den siebziger Jahren ein Vorreiter umweltbewusster Bauweise. Einzig und allein, wenn Charlie darauf hinwies, dass vierzehn Zebras dem Tod durch Unterernährung hatten nahe kommen müssen, ein Eisberg geschmolzen und eine winzige pazifische Insel vom Ozean verschluckt worden war, nur damit Mum ihren Designer-Teppich bekommen konnte, gab es Anlass für Streitigkeiten zwischen ihnen.

»Nun …«, fing ich an.

»Hmm …«, sann Sinead und nahm das Madonna-Buch wieder zur Hand. Das Drama war vorüber.

»Lief doch gut«, sagte Onkel Mike und verzog dabei das Gesicht.

Ich sah auf meine Uhr.

»Ich bin müde.« Ich stand auf und spürte das Gewicht der Ereignisse der letzten Wochen auf mir lasten. »Könnt ihr Mum sagen ...« Ich zauderte. »Also ... könnt ihr sagen ...?«

Onkel Mike stand auf, legte mir den Arm um die Schulter und führte mich zur Tür. »Geh nur. Sie wird sich schon beruhigen.« Er schmunzelte. »Und wenn nicht, füllen wir sie ab.«

Ungefähr eine Stunde später torkelte Mum in mein Schlafzimmer, ziemlich »whiskyfiziert«, wie sie zu sagen pflegte. Die meisten Menschen würden es besoffen nennen.

»Liebling? Bist du wach?«, flüsterte sie.

»Mum, das Licht ist an, ich sitze hier und lese. Womöglich bin ich also tatsächlich wach.«

»Oh.« Sie kicherte leise und schwankte zum Bett. »Darf ich?«

Ich rutschte zur Seite, und sie ließ sich fallen.

»Ich hab mit Alex gesprochen«, sagte Mum.

»Ich weiß. Sie hat mir gesimst.«

»Ich hab ihr gesagt, sie soll nicht zur Beerdigung herfliegen.« Mum wirkte geradezu zerbrechlich. »War das richtig?« Ich war zu sehr mit meinen eigenen Problemen beschäftigt gewesen, um angemessen darauf zu reagieren, dass Mum gerade ihre Mutter verloren hatte. Ein tragisches Ereignis für jede Altersgruppe.

»Ja, Mum. Mach dir keine Sorgen.«

Sie schien nicht überzeugt.

»Alex würde ungefähr vier Tage brauchen, um zurückzukommen. Wahrscheinlich müsste sie dabei zeitweilig einen Ochsenkarren benutzen und könnte sich glücklich schätzen, unterwegs nicht zwangsverheiratet zu werden.«

Ein leichtes Lächeln ließ ihre Mundwinkel vibrieren.

»Sie befindet sich wirklich mitten im Nirgendwo. Und Onkel Mike hat gesagt, die Beerdigung wird schon bald sein. Du hast genau das Richtige getan. Kein Zweifel.«

»Okay«, schniefte sie.

Wir saßen schweigend und dicht aneinandergedrängt auf meinem Einzelbett und hingen unseren Gedanken nach.

»Schätzchen?« Mum stellte ihr Whiskyglas auf dem Nachttisch ab.

»Ja?«

»Tut mir leid, wie ich mich verhalten habe. Ich war … ich war einfach schockiert.« Ihr Bedauern war echt.

»Ist schon gut.« Ich knitterte die Ecken der Zeitschrift.

»Bist du ganz sicher, dass du es behalten willst?«, fragte Mum mit sanfter Stimme. »Bist du sicher, dass es eine gute …«

»Ich behalte es«, sagte ich und legte beide Hände auf die Titelseite der Zeitschrift, um das starre Lächeln der fahlen Gwyneth zu verdecken.

Ich hatte diese Rede so oft in Gedanken gehalten und beherrschte sie perfekt, aber jetzt saß ich im Bett meiner Kinderzeit neben Reuben, meinem Stoffkaninchen, das bei mir im Bett gelegen hatte, bis ich dreizehn war, und mich mit seinen großen Plastikaugen anstarrte, und ich kam mir unglaublich jung vor. Meine Worte brachen aus mir hervor, stockend und in Schüben, als sei ich durch den Wind wie ein Teenager.

»Ich könnte niemals … nicht, nachdem ich es gesehen hätte … Es ist einfach … Ich könnte einfach nicht … Ich bekomme dieses Baby, und … und ich muss mich einfach mit dem Gedanken anfreunden, dass es von Ned ist, okay? Und ja, die Wahrscheinlichkeit, dass es Sommersprossen bekommen wird, ist groß, aber ich möchte, dass du es trotzdem liebst. Es ist mein Körper und … Ja, du warst doch selbst eine ganze Weile alleinerziehende Mutter, und sieh doch, was aus mir geworden ist … Es ist doch alles gut, ich bin nur schwanger und arbeitslos, aber davon abgesehen … Na ja, Alex hat doch auch was aus sich gemacht und hilft jetzt armen Menschen … Ned mochtest du ja sowieso nie … und ich …«

»Okay«, sagte Mum und berührte meine Zitterfinger mit beruhigender Hand. »Ist okay. Ich bin bloß deine Mutter und muss mir sicher sein, dass du auch weißt, was du tust.«

Ich starrte auf Gwyneth. Solcher Quatsch passierte einer Frau wie ihr nicht.

»Wenn du das Baby behalten willst …« Mum atmete tief durch. »Also dann … Wir sind hier, und wir werden dir auf Schritt und Tritt beistehen.«

Ich sah zu ihr auf. Sie drückte fest meine Hand.

»Und wir werden das Baby lieben. Mein Gott, wie wir es lieben werden.«

Ich lächelte und lehnte den Kopf an ihre Schulter. Sie hob ihr Whiskyglas, nahm einen Winzschluck und stellte es wieder ab.

»Mum?«

»Hmm?« Sie streichelte meine Hand und kontrollierte, ob ich an den Nägeln gekaut hatte.

»Ich hab Angst.«

»Alles wird gut«, sagte sie. Und tätschelte meine angewinkelten Knie.

»Wirklich?«

»Ja. Und das vorhin tut mir wirklich leid. Was auch immer du tust, ich bin stolz auf dich.«

»Mum, du denkst doch nicht, ich könnte vergessen, das Baby zu füttern, es versehentlich mit Bleichmittel waschen oder es im Supermarkt im Einkaufswagen zurücklassen, wie du es mit mir gemacht hast?«

Sie zuckte die Achseln. »Könnte passieren.«

»Was ist, wenn ich vor lauter Schlafentzug so durcheinander bin, dass ich es in die Waschmaschine stopfe? Du weißt doch, dass man die Dinger schon eine Minute, nachdem sie angestellt wurden, nicht mehr öffnen kann?« Ich warf die Zeitschrift beiseite und sah Mum an. »Was ist, wenn ich vergesse, dass ich ein Baby habe, und einfach ausgehe und es zu Hause lasse? Was ist, wenn ich es die Treppe hinunterfallen lasse? Was ist, wenn ich einschlafe, und das Baby badet noch?«

»Normal. Oder jedenfalls verständlich. Aber das alles wird dir nicht passieren.« Mum betrachtete mich nachdenklich. »Leg dich jetzt hin, Schätzchen.«

Ich kuschelte mich unter die Decke. Mum rückte zur Seite und strich mir das Haar aus der Stirn.

»Als du geboren wurdest, habe ich dich so sehr geliebt, dass ich mich nicht von dir trennen konnte, wenn du ins Bett gelegt werden musstest.« Sie schmunzelte, und die Fältchen um ihre Augenwinkel wurden sichtbar. »Ich ging in dein Zimmer und küsste deine hinreißenden Babybäckchen wieder und wieder und wieder und sagte dir, wie sehr ich dich liebe und wie wunderschön du seist.« Ich schloss die Augen und gab mich dem Gefühl der Geborgenheit hin, das die (leicht lallende) Stimme meiner Mutter in mir weckte.

»Ich ging zurück und setzte mich zu deinem Vater aufs Sofa, aber fünf Minuten später war ich wieder in deinem Zimmer, sah dich an und beobachtete, wie sich deine kleine Brust hob und senkte und wie deine langen, langen Wimpern auf deinen Wangen ruhten. Ich beugte mich hinunter zu dir und atmete deinen wundervollen Babygeruch ein. Und ich küsste und küsste dich immer wieder, bis dein Vater kam und sagte, ich möge dich in Ruhe lassen.«

»Und dann habe ich dir ein Lied vorgesungen.« Mum fing flüsternd zu singen an. »Hush, little Baby, don't say a word, Mama's gonna buy you an exotic rare bird ...«

Ich kicherte leise und spürte, wie der Schlaf mich in die Arme nahm.

»... and if the bird gets eaten by the cat, Mama's gonna buy you a Marc Jacobs hat ...«

KAPITEL 6

Als ich am nächsten Morgen in meinem rosafarbenen Flanellpyjama in die Küche kam, klebte mein Pferdeschwanz, noch vom Schlaf verformt, an der Seite meines Kopfes.

»Morgen«, begrüßte ich gähnend den Raum und alle Anwesenden.

Mum hob zum Gegengruß ihren Kaffeebecher. Ein Telefon am Ohr, flitzte sie durch die Küche und ließ die Absätze ihrer Peeptoe-Pumps über den Marmorboden klackern. Eine taillierte weiße Seidenbluse und ein marineblauer lederner Bleistiftrock brachten das Ergebnis von wöchentlich drei »Wikinger«-Fitnesseinheiten perfekt zur Geltung. Eine Whiskifizierung am Abend zuvor hatte meine Mutter noch nie davon abgehalten, den folgenden Tag voll und ganz zu nutzen. Onkel Mike pendelte zwischen Herd und Esstisch, um sein Frühstücksbankett zu servieren, und die Kinder stopften sich emsig den Bauch voll. Ein köstlicher, für mich verbotener Kaffeeduft lag in der Luft. Wehmütig sah ich die Kaffeekanne an, als sei sie ein Verflossener, und ließ mich dann auf dem Stuhl neben Archie nieder.

»Und was liegt heute an?«, fragte ich, während ich nach dem Saft griff.

»Ich werde wohl shoppen gehen, um lila Outfits für die Kinder und mich zu besorgen«, grummelte Sinead. »Ich kann es nicht fassen, dass du die Beerdigung auf morgen gelegt hast. Da bleibt uns viel zu wenig Zeit.«

Onkel Mike atmete hörbar irritiert aus.

»Morgen? Lila?« Ich blickte zu Mum, die noch immer telefonierte. »Morgen und – *lila*?« Sie runzelte die Stirn und bedeutete mir mit einer Handbewegung, leiser zu sprechen. Mal abgesehen von der Tatsache, dass es unmöglich schien, binnen eines Tages eine ganze Beerdigung (in Lila) zu organisieren, war morgen Heiligabend. Waren Beerdigungen am Heiligabend überhaupt erlaubt? Hatte Jesus denn gar nichts dagegen?

»Ja, morgen, und weil es der letzte Wunsch meiner Mutter war – in Lila, ja.« Onkel Mike schenkte sich Kaffee ein. »Diana trifft gerade die letzten Vorbereitungen. Wenn wir sie nicht morgen beerdigen, dann müssen wir bis nach Neujahr warten, und, na ja, dann werden wir alle recht viel um die Ohren haben.«

»Es ist viel zu ...«, setzte Sinead an.

»Außerdem«, fuhr Onkel Mike fort, »möchte ich nicht, dass Mutter am Christmas Day allein in einem Kühlschrank liegt.« Mit einem Kopfnicken signalisierte er Sinead, dass die Diskussion damit beendet war, und wandte sich mir zu, wobei sich seine Gesichtszüge entspannten. »Ich muss jetzt für ein paar Stunden in die Praxis flitzen, und du, meine Liebe, hast nichts anderes vor, als dich auszuruhen und dir vielleicht ein lila Kleidungsstück zu kaufen, das deine aufblühende Statur nicht wie eine Aubergine aussehen lässt.«

»Siehst du!«, rief Sinead. »Es ist irre! Emma wird aussehen wie eine Aubergine, ich wie eine Leiche – entschuldigt bitte die Geschmacklosigkeit, aber so ist es nun mal –, und Archie hat schon gefragt, ob er als Tinky-Winky von den Teletubbies gehen kann.«

Es war schon Mittagszeit, als Sinead alle Kinder geduscht und angezogen hatte und wir den Oxford Circus erreichten, um uns der verrückten Aufgabe zu widmen, einen Tag vor Weihnachten Outfits für eine lila Beerdigung zu finden.

»Wir teilen uns auf.« Sinead rief auf der überfüllten Straße die Kinder zu sich. Wir vereinbarten, uns später wiederzutreffen, und sie eilten davon, waren binnen Sekunden vom Weihnachtstaumel verschluckt.

Die Oxford Street lag unter einer puderzuckerartigen Eisschicht. Funkelnde Lichter spiegelten sich in den Schaufenstern, und eine tiefhängende steingraue Wolkenschicht vermittelte winterliche Geborgenheit.

Was meine Aussichten beim Shoppen anging, war ich schnell desillusioniert. Ich war im vierten Monat schwanger und hatte nur ein kleines Bäuchlein, aber was auch immer ich anprobierte, verwandelte mich in eine bierselige, Fußball glotzende Proletin mit zu viel Torte intus. Ganz und gar nicht in die strahlende, appetitliche werdende Mami, die mir vorschwebte. Draußen wurde es dunkel. Ich sah auf meine Uhr und raste in den Topshop-Laden, fest entschlossen, ihn erst wieder zu verlassen, wenn ich etwas gefunden hatte. Schließlich entschied ich mich für ein gerade geschnittenes Minikleid aus Wolle in einem dunklen Fliederton (der gerade noch so als Lila durchging). Mit einem geschickt drapierten Pashmina würde es ganz süß aussehen – und hoffentlich meinen Baby-Bierbauch kaschieren. Außer Ned und meiner Familie hatte ich noch niemandem etwas verraten. Ich war einfach noch nicht bereit, mich der Allgemeinheit als schwanger, frisch getrennt und arbeitslos zu outen. Und ganz sicher wollte ich mir diesen Schritt nicht auf der lila Beerdigung meiner Grandma zumuten.

Ich schickte Sinead eine SMS, während ich in der Schlange an der Kasse wartete und mich darauf freute, nach Hause zu kommen und vor dem Kamin eine heiße Schokolade zu trinken.

»Nächster bitte!«, sagte das Mädchen hinter dem Tresen.

Ich trat vor. Die Verkäuferin sah mich aus auffällig geschminkten Augen finster an.

»Hallo.« Ich reichte ihr mein Kleid.

Das Mädchen scannte das gute Stück ein und schleuderte es ohne Umschweife in eine Tasche, während sie unablässig mit ihrer Kollegin an der Kasse nebenan darüber sprach, wie sehr sie es hasste, in der Weihnachtszeit zu arbeiten. Ich lächelte. Es hatte fast etwas Tröstliches, an Weihnachten von einer griesgrämigen Verkäuferin im Teenageralter mit viel zu viel Make-up und engen Jeans, die mehr Hüftspeck freilegten als angemessen, wie ein störendes Nichts behandelt zu werden.

»Siebenundfünfzig Pfund fünfzig«, sagte die Verkäuferin in meine Richtung.

Ich tippte meine Geheimnummer ein. Das Mädchen behielt das Kartenlesegerät im Blick.

»Abgelehnt«, sagte sie, für meinen Geschmack etwas zu laut.

»Was?«

»Abgelehnt. Ihre Karte.« Mit einem übertriebenem Ausdruck der Erschöpfung sah sie ihre igelköpfige Kollegin an.

»Äh ... kann nicht sein. Könnten ... könnten Sie es bitte noch einmal versuchen? Ich muss die falsche PIN eingegeben haben.«

»Dann hieße es *Falsche PIN* und nicht *Abgelehnt*, aber hier steht *Abgelehnt*. Sehen Sie?« Sie schwenkte das Kartenterminal zu mir.

Ich spürte, wie die lange Schlange erboster Weihnachtseinkäufer hinter mir kollektiv die Fäuste ballte. Ich zögerte, und meine Wangen heizten sich auf. Ich verstand nicht, warum meine Karte nicht funktionierte. Seitdem ich ohne Job war, hatte ich mein Konto kaum angerührt.

»Können Sie nicht einfach bar bezahlen?« Sie trommelte mit ihren künstlichen Fingernägeln auf den Tresen, Augenbrauen hochgezogen. Beim Ringfinger war der aufgeklebte Nagel abgefallen und der echte darunter bis auf die Haut abgebissen.

»Äh, ich habe nicht genug dabei ...«, sagte ich, während ich in mein Portemonnaie sah und im Kopf die Möglichkeiten durchspielte. Ich könnte das Kleid hinterm Tresen zurücklegen lassen, versuchen, Geld aus dem Automaten zu holen, der so kurz vor Weihnachten vermutlich leer war, und mich dann wieder ans Ende dieser grauenhaft langen Schlange stellen. Oder ohne Outfit nach Hause fahren und die Beerdigung in einer lila Peinlichkeit aus Mums Kleiderschrank durchleiden. Keine der Optionen gefiel mir.

»Bist du fertig?« Sinead tauchte neben mir auf, im Schlepptau Kinder und Einkaufstaschen.

»Meine Karte funktioniert nicht, und ...«

»Kinder! Bleibt bei mir!«, sagte sie, als sie mit dem für Mütter typischen sechsten Sinn registrierte, dass ihre drei gehfähigen Kinder sich gerade in alle Richtungen davonmachen wollten. Millie schlief in dem mit Einkaufstaschen beladenen Buggy. »Okay, also …«

Sie war abgelenkt. Ich wollte das Kleid schon sausen lassen, als die Verkäuferin Sinead ansprach.

»Können Sie nicht einfach das Zeug Ihrer Tochter bezahlen?«

Sinead riss den Kopf herum in Richtung des Mädchens. »*Tochter?*«

Oh, Mist. Sinead war erst einundvierzig.

»Lass uns einfach gehen«, sagte ich.

Die Verkäuferin stieß einen tonnenschweren Seufzer aus und rollte theatralisch mit den Augen. »Dann drücke ich jetzt auf *Abbrechen*, in Ordnung?«

»Ja, ist gut …« Ich spürte die zappeligen Kunden im Nacken und gab Sinead ein Zeichen, dass wir gehen sollten.

»Nein. Du nimmst das Kleid. Ich lasse nicht zu, dass Diana dich als lila Schneeleoparden verkleidet.« Sie öffnete ihr Portemonnaie. »Archie, Liebling? Komm hierher, bitte.« Sie kniff die Augen zusammen und wappnete sich, der Verkäuferin zu geben, was sie verdient hatte.

Zu Hause hockte Sinead sich aufs Sofa, die Einkaufstüten zu Füßen, und tröstete sich mit der Erinnerung, wie Archie ihr geholfen hatte, die Verkäuferin ein gutes Stück kürzer zu machen. In aller Unschuld hatte er auf ihren Rettungsring gezeigt und gefragt, warum sie so schlampige Nägel und ein »nuttiges« Make-up habe. Onkel Mike ließ sich neben sie fallen und schlürfte mit gehetztem Gesichtsausdruck seinen Tee. Die Kids spielten im oberen Stockwerk, während Millie immer noch im Buggy schlief. Mum war bei Charlie. Von Onkel Mikes Verzweiflung abgesehen, war es im Wohnzimmer also beschaulich. Ich saß in einem Sessel am Kamin und überprüfte mein Bankkonto.

»Dann fing Archie an, auf weitere Schlampen zu zeigen und ihre Outfits zu kommentieren, was ziemlich lustig war, stimmt's, Emma?«, sagte Sinead, als sie sich ihre Einkäufe besah und hin und wieder ein Stück für Onkel Mike hochhielt, der geistesabwesend nickte.

»Das ist nicht lustig. Ehrlich, was passiert, wenn ...«

»ARSCHLOCH!«, rief ich.

Onkel Mike verschüttete seinen Tee. Sinead blinzelte. »Was?«, fragten sie unisono.

»Dieses miese kleine *Arschloch*!« Ich starrte auf meinen Laptop.

»*Was*?«, fragten sie, schon etwas eindringlicher.

»Mein Geld ist weg ...«

Ich hatte vergessen, dass Ned auf mein Konto zugreifen konnte. Wir hatten ein gemeinsames Konto eingerichtet, auf das jedoch nur ich einzahlte. Genau genommen, zahlte ich nicht nur ein, sondern mein gesamtes Gehalt wurde auf dieses Konto überwiesen, und auch meine gesamten Ersparnisse lagen dort.

Es war leer.

Bevor meine Wut sich hemmungslos entladen konnte, kroch mir Übelkeit durch die Speiseröhre bis in die Kehle hinauf, weil mir augenblicklich der Ernst meiner Lage bewusst wurde. Ich war schwanger, alleinstehend und hatte keine Arbeit. Ich hatte immer ganz gut mit Geld umgehen können, nie Unsummen für Klamotten ausgegeben, stattdessen lieber in einer Uniform aus Jeans, T-Shirts mit Sprüchen und bunten Converse gelebt. Ich hatte sogar stundenlang mit Mum über das Thema Veranlagung einerseits und Erziehung andererseits diskutieren müssen, wenn sie wieder mal darauf bestand, mich im »Bohemian«-Look zur Schule zu schicken, während ich einfach nur Turnschuhe tragen und nicht weiter auffallen wollte. Damals war ich erst elf Jahre alt.

»Bist du dir sicher?«, fragte Sinead und ließ ein Kleidungsstück in eine Einkaufstüte zurückfallen.

»Der Stand meines Kontos, auf dem gerade noch ein paar Tausend waren, lautet plötzlich null, und es sieht nicht so aus, als hätte ich ein paar Tausend im Portemonnaie. Also – ja, ich bin mir sicher«, sagte ich schroff und bedauerte es im selben Moment.

Sinead hatte mich gerade noch aus einer sehr peinlichen Situation freigekauft. Nun lehnte sie sich zurück und sah mich besorgt an.

»Sorry«, sagte ich leise.

Sie zuckte mit den Achseln, die Entgleisung hatte sie mir längst verziehen.

»O mein Gott.« Ich vergrub das Gesicht in den Händen. »Ich muss ihn anrufen.«

Ich griff mein Telefon und wählte seine Nummer. Es meldete sich sofort die Mailbox. Da ich mir nicht zutraute, eine Nachricht zu hinterlassen, ohne zu weinen und/oder gestammelte Beschimpfungen abzusondern, schleuderte ich das Telefon auf den Couchtisch und ließ mich wie betäubt in den Sessel zurückfallen. Im Zimmer war es still.

»Shit«, sagte ich.

»Shit«, wiederholte Sinead.

»Shit«, murmelte Onkel Mike.

Sinead und ich sahen ihn an.

»Na ja, du hast recht.« Er schüttelte den Kopf. »Er *ist* ein kleines Arschloch.«

Wir blickten starr ins Feuer, als ließe sich darin eine Lösung finden. Unser Schweigen wurde durch das Geräusch der zuknallenden Haustür und das Geklacker von Mums Stöckelabsätzen auf den Holzdielen unterbrochen. Beladen mit Tüten voller eingepackter Geschenke, kam sie ins Wohnzimmer geschwebt.

»Hallo, meine Lieben, ich habe ein paar ...« Als sie unsere düsteren Gesichter wahrnahm, hielt sie vor dem Sofa inne. »Gott, was ist nun wieder passiert?« Sie sah von mir zu Onkel Mike zu Sinead und wieder zu mir.

Ich schlug die Hände vors Gesicht, so sehr schämte ich mich, die Neuigkeiten bekanntzugeben.

»Ned hat Emmas Bankkonto leergeräumt«, sagte Onkel Mike mit ernster Stimme.

»Was?« Mum ließ ihre Tüten fallen. »Bist du dir sicher?« Sie schritt ums Sofa herum und setzte sich auf den Couchtisch.

Ich nahm die Hände vom Gesicht und warf meiner Mutter einen Lass-es-Blick zu.

»Dieses kleine *Arschloch*!«, spie sie aus.

Ich lächelte milde. Der Fall war mittlerweile klar: Ned war ein kleines Arschloch.

KAPITEL 7

Ich stand vor dem Spiegel, eine wohlproportionierte Aubergine, bereit für die Beerdigung ihrer Großmutter. Den Abend zuvor hatte ich mir überlegt, was ich zu Ned sagen würde. Frühmorgens, nachdem mein Anruf erneut direkt von der Mailbox angenommen worden war, hinterließ ich eine Nachricht. Ruhig und gelassen sagte ich ihm, dass meine Mutter ihn aufspüren und entmannen würde. Ohne zu weinen, wies ich ihn darauf hin, dass sein Kind verhungern und erfrieren würde, und auch als ich seine Mailbox fragte, warum er so egoistisch und so ein gottverdammter Wichser sei, wimmerte ich nicht. Doch dann heulte ich los und jammerte und ließ die Mailbox mit schriller Stimme wissen, dass ich zur Beerdigung meiner Grandma gehen musste und er gut daran täte, mich später anzurufen und alles zu erklären. Das war der Moment, als Mum meinen zitternden Händen das Telefon entriss und hineinsprach, dass sie ihm seine fuchsroten Barthaare ausreißen und ihn zwingen würde, sie zu essen, und im Hintergrund schimpfte Sinead ihn einen Arsch mit Ohren.

Inzwischen hatte ich mich wieder beruhigt. Ich strich mir das Haar nach hinten und band es zu einem lockeren Pferdeschwanz zusammen.

»Soll ich etwa selbst auf Großwildjagd gehen?« Mum kam die Treppe heraufgestampft und schnauzte dabei ins Telefon. »Als ich Animal-Print-Stoffmuster bestellt habe, hatte ich Leopard, Zebra oder Gepard im Sinn. Sie wissen schon – das Übliche. Eine dämliche graubeige Scheißfeldmaus aus Wales hatte ich ganz sicher NICHT im Sinn.« Vor meiner Tür blieb sie stehen. »Doch, ich vertraue Ihnen ... Bringen Sie das für mich in Ordnung ... Bitte, ich habe ›bitte‹ gesagt, oder?« Mum feuerte das Telefon auf meine

Kommode. »Entzückend«, sagte sie, während sie mein Outfit musterte, es offenbar guthieß und lächelte.

Mums Lächeln konnte einen ganzen Raum erstrahlen lassen. Sie war der personifizierte Charme, selbst am Tag der Beerdigung ihrer Mutter.

»Findest du?« Ich verdrehte mich, um im Spiegel meinen Hintern eingehend zu prüfen.

Im vierten Monat schwanger, war ich jetzt eindeutig fülliger, und meine Orangenhaut glich der Oberfläche eines Hefekuchens, aber es kümmerte mich nicht im Geringsten.

»Du hast so schöne Haare – wenn du sie doch hin und wieder offen tragen würdest«, sagte sie und blickte auf mein wie üblich zusammengerafftes Haarbündel.

»Komm schon, du müsstest längst daran gewöhnt sein. So bin ich. Haare zusammengebunden, kein Lidschatten. Und meine BHs passen nie zu den Slips, die ich trage.«

Mum schnappte nach Luft und schlug sich die Hand vor die Brust. »Habe ich dich verletzt?«, sagte sie und tat, als sei sie schockiert. »Warum glaubst du, mir solche Dinge sagen zu müssen …« Sie schüttelte den Kopf, und das Lächeln war wieder da. Ihre Hände ruhten auf meinen Schultern. Sie war gefühlt dreißig Zentimeter größer als ich, nicht zuletzt wegen der imposant hohen Stilettos, in denen sie lebte. Wir sahen einander im Spiegel an. Ihr Gesicht verlor seine strahlende Fassade.

»Ich werde sie vermissen.«

»Ich auch.«

»Obwohl sie mir mit ihrer lila Beerdigung exakt vierzehn neue graue Haare beschert hat, werde ich sie vermissen.«

Ich nickte.

»Ich bin jetzt eine Waise.« Ihre Augen wurden feucht. »Und ich habe ihre verdammte Katze am Hals, die nicht zu meiner Einrichtung passt, ganz und gar nicht.«

Sie betrachtete meinen runder werdenden Bauch. »Wir haben ein Leben verloren, bekommen aber ein anderes dazu.« Sie überprüfte im Spiegel ihre Wimperntusche. »Ich fühle mich zu jung, um Großmutter zu sein.«

»Ich fühle mich zu jung, um Mutter zu sein.«

»Als ich in deinem Alter war, hatte ich schon zwei Kinder.«

»Du warst verheiratet. Und es waren andere Zeiten.«

Mum presste die Lippen zusammen und warf mir einen strengen Blick zu.

»Ich wasche mir den Mund mit Seife aus«, sagte ich.

Mum sah auf ihre Uhr. »Über mein Angebot denkst du nach, in Ordnung?«

Angesichts meiner jüngsten finanziellen Entdeckung hatte Mum angeboten, mir genau den Betrag zu leihen, den Ned mir genommen hatte, und mich gebeten, bei ihr einzuziehen, bis ich wieder auf eigenen Füßen stünde. Ich zögerte. Geld von meiner Mutter anzunehmen wäre das endgültige Eingeständnis meines Versagens als Erwachsene. Es wäre der Anfang einer Abwärtsspirale, an deren vorläufigem Endpunkt Mum und ich vermutlich die gleichen Hausschuhe tragen oder gemeinsam Fernsehserien wie *Coronation Street* anschauen würden.

Noch nicht weit genug unten, um mich auf Derartiges einzulassen, lächelte ich. »Ich denk drüber nach.«

Als ich kurz darauf am Krematorium ankam, das gleich um die Ecke war, stand auf dem Parkplatz eine flotte Seniorenkutsche neben der anderen, und ich fragte mich, wie es meiner Mutter gelungen war, so viele Leute so kurzfristig davon zu überzeugen, Heiligabend einer Beerdigung beizuwohnen. Wer sie einfach nur als tatkräftige Frau bezeichnte, würde in Gandhi vermutlich einen Mann erkennen, der mal eine Diät gemacht hat.

Die Familie wartete schweigend im Foyer. Die Flügeltür öffnete sich, und Onkel Mike, Charlie und die anderen Träger – jeder trug am Revers eine lila Rose und in der Brusttasche ein lila Einstecktuch – erschienen mit dem Sarg. Ich winkte Charlie zu. Er war tief gebräunt, nachdem er die letzten paar Monate auf einer Studienreise durch Afrika verbracht hatte, und machte in seinem dunklen Anzug und mit den schokoladenbraunen Augen eine gute Figur. Er lächelte, und als er die Kinder entdeckte (Alice und Jess als lila Prinzessinnen, Archie als Tinky-Winky und Millie, als eine Art lebende Heidelbeere verkleidet), grinste er Onkel Mike so unverhohlen an, dass der errötete. Er war absolut gegen die Kostüme gewesen, hatte sogar angedroht, »mit der Faust auf den Tisch hauen« zu wollen, aber ich glaube, Sinead interessierte es nicht im Geringsten, wohin er mit seiner Faust haute. Sie würde »einen Tag vor Weihnachten ganz sicher nicht noch einmal mit den Kindern einkaufen gehen«. Recht so.

Wir nahmen unseren Platz hinter dem Sarg ein. Ein gutgebauter junger Typ mit rötlichem Haar (hmm, sexy!), dessen Kilt den Blick auf robuste Knie freigab, tauchte von irgendwoher auf und begann schwermütige Klänge aus einem Dudelsack zu pressen. Seine Wadenmuskeln wirkten unter der stark behaarten Haut wie zwei Sauerteigbrote.

Wir folgten dem heißen Typen samt seinem mit Pfeifen bewehrten Schottensack in den Hauptraum, wo unser lila Ensemble von den anderen Trauernden misstrauisch beäugt wurde. Wir mussten so wirken, als hätten wir gerade die Bühne eines Schulkonzerts verlassen und uns furchtbar verlaufen.

»Alle sehen uns an, Mummy«, flüsterte Jess laut.

Ein altes Ehepaar lächelte. Ich hielt Archies lila Pranke. Sein Bauch schlug an die Knie der Leute auf den Plätzen am Gang, und er musste immer wieder den Kopf mit dem antennenartigen Aufsatz hochschieben, um sehen zu können, wohin er seine überdimensionierten Füße setzte. Mum lief hinter uns. In ihrem lila Kleid mit Kaschmirgürtel wirkte sie geradezu normal gekleidet. Eine (für sie) bescheidene Anzahl goldener Armreifen klimperte an ihrem Handgelenk, als sie langsam voranschritt. Ich erreichte die Mitte des Raums und erblickte Helen, Sophie und Douglas, die nebeneinandersaßen. Sophie kicherte sich in die Fäuste, die Augen auf Archie gerichtet. Douglas versuchte vergeblich, sie zum Schweigen zu bringen. Er schob sich die Brille hoch und warf mir einen entschuldigenden Blick zu. Als ich am Abend zuvor Helen angerufen hatte, um ihr die Einzelheiten zur Beerdigung mitzuteilen, hatte ich ihr erzählt, dass Ned mein Konto abgeräumt hatte, und wie jede gute Freundin hatte sie mir angeboten, ihn von ihren so prolligen wie schlagkräftigen Cousins aus Peckham »ein wenig aufmischen zu lassen«. Jetzt nickte sie mir unterstützend zu, bis sie plötzlich mit ihren stets wachsamen stahlgrauen Augen auf meinen zaghaft geschwollenen Bauch starrte. Ich zog meinen Pashmina zusammen und sah schnell weg, um nicht auf ihren fragenden Stechblick reagieren zu müssen. Dann erkannte ich jemanden, den ich ganz und gar nicht erwartet hatte.

Ned.

Seine rotgeränderten Augen folgten dem Sarg den Gang hinauf. Er schnäuzte in ein Taschentuch. Ned hatte meiner Grandma nahegestanden – sie hatten die Vorliebe für verwaiste Tiere und den perfekten Käse-Toast geteilt –, und trotz meiner Wut auf ihn war ich von seiner offensichtlichen Trauer gerührt. Aber der Schreck, ihn zu sehen, brachte mich aus der Fassung, und ich geriet ins Straucheln.

»Liebling, alles in Ordnung mit dir?« Mum folgte meinem starren Blick und sah Ned. »Kleines *Arschloch*«, murmelte sie, deutete mit dem Finger am Hals einen Kehlenschnitt an und zeigte ihm einen manikürten Finger.

Aus Neds Gesicht wich die Farbe.

»Mum«, flüsterte ich. »Hör auf.«

Douglas, der zwei Reihen vor Ned stand, bezog die Todesgeste irrtümlich auf sich und zeigte mit zitterndem Finger auf seine Brust, Augenbrauen hochgezogen.

»Nicht du«, formte ich lautlos mit steifen Lippen. Mit kaum merklichen Kopfbewegungen zeigte ich auf Ned, der hinter ihm saß, aber Douglas Augen blieben geweitet und starr auf Mum gerichtet.

Sophie, die Mums Kehlenschlitzerei ebenfalls bemerkt hatte, schwenkte herum und entdeckte den vor Nervosität flatternden

Ned, der nach einem Fluchtweg aus dem vollgestopften Raum suchte. Sie drehte sich wieder zu Douglas und schüttelte sich vor unterdrücktem Lachen.

»Scheiße«, murmelte ich leise, während wir uns schleichend weiterbewegten.

Der heiße Dudelsackspieler erreichte das Ende des Gangs, während der Rest von uns die Plätze einnahm. Ich feuerte noch einen letzten Blick auf Ned ab und versuchte, ihm mimisch zu vermitteln, dass er am Ende des Gottesdienstes auf mich warten sollte, doch er starrte nur angsterfüllt auf Mum.

Für die nächsten vierzig Minuten vergaß ich die Einlage in meiner Gebärmutter und den Leerräumer meines Bankkontos hinter mir. Ich gedachte einer Lady, die ich nur als pelzwangige alte Dame gekannt hatte, deren Badezimmer voller Kosmetikprodukte stand, die in der modernen Welt niemand mehr benutzte, wie Talkumpuder und ein Lavendelduft namens Yardley, und die mir dennoch unglaublich vertraut gewesen war. Mum weinte, Onkel Mike standen Tränen in den Augen. Wir sangen, wir schluchzten, Millie machte in die Windeln, und dann nahm Mum ein letztes Mal das Mikrophon und rezitierte eines meiner Gedichte

Wenn du stirbst
dann gehst du einfach
Nicht nach oben
Nicht nach unten

Ich hatte es geschrieben, als ich zwölf war. Ich war Grandma durch ihren Garten gefolgt, hatte die verschiedenen Bohnen gekostet, die Petersilie und die Kirschtomaten gemampft, die sie gepflückt hatte, und es hatte mir gedämmert, dass sie eines Tages sterben würde. Niemals mehr Erbsen-aus-der-Schale-Drücken und dabei endlos von meinen Freunden erzählen, meinen Lehrern und den Lehrern meiner Freundin. Ich war nach drinnen getrottet, hatte das Gedicht geschrieben und es ihr beim nachmittäglichen Dattelbrot überreicht. Es hatte ihr so gefallen, dass sie es im Kreuzstich auf cremefarbenem Leinenstoff verewigte und sich im Schlafzimmer an die Wand hängte.

Warum nur diese ewige Heuchelei
Dass deine Zeit wird niemals gehn vorbei
Es wird aufhören
Der Tag wird kommen
Dann wirst du gehen
Doch deine Spuren werden nicht verwehen

Du bist im Duft der schönen Anemone
Du bist im Kratzen einer besonderen Socke
Du bist im Geschmack der so sauren Zitrone
Du bist im Schimmern einer hellgrauen Locke

Eine Aprikose, warm vom Sonnenstrahl
Eine Extrarosine im köstlichen Mahl
Ein Schal, ein Witz, das Grau einer Maus
Ein Lächeln, ein Hecheln, ein gemütliches Haus

Grandmas Sarg sank langsam hinab in die Eingeweide des Beerdigungsinstituts. Ich weinte hemmungslos. Um meine Grandma, die so liebenswert gewesen war. Um meine Mutter, der es das Herz brach. Um mein Baby, das in ein so unsicheres Leben geboren wurde. Um Ned und die Verletzungen, die das Ende unserer Beziehung hinterließ. Und um meine Schwester, die ich schrecklich vermisste.

Doch in meinem Herzen, Grandma, und in meinem Leben,
wird es dich, meine Liebe, für immer geben.

Der Sarg verschwand. Als die Trauergemeinde sich langsam erhob und ins Foyer zurückschritt, reckte ich den Hals und sah die

Spitzen von Neds zerzaustem Haar in der Mitte des Raums auf und ab hüpfen.

»Nimm du.« Ich übergab Archies Pranke an seine Mutter und bahnte mir so höflich, wie es in einem Raum voller wackeliger, verweinter alter Menschen möglich war, den Weg ins Foyer, während geträllerte Gesprächsfetzen an mein Ohr drangen.

»Ach, sie wird sich im Himmel einen kleinen Sherry genehmigen.«

»Hab noch nie auf einer Beerdigung Lila getragen.«

»Entzückend, der Minitubbie.«

»Hast du gesehen, wie Ivys Tochter mitten in der Prozession eine Halsabschneidegeste gemacht hat?«

Ich quetschte mich durch die Flügeltür ins Foyer und hielt inne, um die lila Menschenmenge abzusuchen. Plötzlich streckte Sophie mir durchs Gewühl ihre Hand entgegen.

»Hey!« Ihr elfengleiches Gesicht tauchte vor mir auf. Sie hatte ihren Diamant-Nasenstecker gegen einen winzigen lila Amethysten getauscht. »Schnell, er ist hier.« Sie verschwand in der Menge und zerrte mich an meinen Ärmel hinter sich her.

Entschuldigungen murmelnd, drängte ich mich an mir bekannten und unbekannten Leuten vorbei.

»Hab sie gefunden!«, sagte Sophie und schob mich voran.

Helen hatte sich mit ihren gesamten einhundertfünfundfünfzig Zentimetern Körpergröße eine halbe Armeslänge vor Neds ängstlichem Gesicht aufgebaut, um ihn an einer Wand zu fixieren, und stierte ihn bedrohlich an. Sophie schubste mich auf ihn zu und tippelte zu Douglas zurück, der ganz in der Nähe lauerte.

»Hey«, sagte ich.

»H-hi ...«

»Ich glaube, du könntest etwas mehr zu sagen haben als das, oder, du madenküssender Schweinepriester?« Helen rückte näher an Ned heran.

Der schien in die Wand hineinschrumpfen zu wollen. Sophie kaute auf einem Fingernagel.

»Ich bin okay, Leute. Meint ihr, ihr könntet ...«, ich wedelte sie davon, »... ihr wisst schon, uns einen Moment allein lassen?«

Douglas nickte und setzte sich in Bewegung, Sophie folgte ihm. Helen rührte sich nicht vom Fleck.

»Helen?« Ich tippte ihr auf die Schulter.

»Ich hab dich im Blick«, knurrte sie. »Von dort.« Sie zeigte auf eine Stelle, die nicht sehr weit entfernt war.

Ned schluckte. Sie wich zurück, und ich trat näher. Einen Moment lang sahen Ned und ich einander an. Als wir das letzte Mal von Angesicht zu Angesicht sprachen, hatte ich ihm erzählt, dass er Vater wurde.

»Ja ... war ein schöner Gottesdienst ...«, versuchte er einen Anfang.

»Hmm.«

»Ich mag Lila.«

»Jaaa.«

»Steht mir allerdings nicht.« Er wies auf sein rotes Haar.

»Du Arschloch«, sagte ich, während mir Tränen in die Augen stiegen.

»Bitte nicht weinen«, sagte er und sah sich um.

»Warum nicht? Sollen die Leute nicht wissen, was du getan hast?«

Scham schoss ihm ins Gesicht.

»Wie soll ich meine Miete und alles andere bezahlen? Ich habe keinen Job mehr.« Ich senkte meine Stimme. »Ich bekomme ein Baby. Dein Baby.« Ich grub mir die Fingernägel in die Handflächen.

»Ich weiß. Ich weiß. Es ... es tut mir leid. Ich zahle es zurück. Ich ...«

»Hast du es alles ausgegeben?«

Ned nickte.

»Wofür?«

»Einen Eiswagen. Gerry und ich ...«

»Gerry und du, ihr seid Vollidioten!« Ich schluchzte.

Helen trat einen Schritt an uns heran. Douglas hielt sie zurück. Sophie kaute auf den Nägeln.

»Ich zahle alles zurück.«

»Wie? Hast du etwa einen Job?«

Ned sah sich auf die Füße. »Nein. Aber Gerry und ich haben einen Business-Plan, und ...«

»Halt ...« Ich blinzelte ein paar heiße Wuttränen weg. »Halt ... einfach die Klappe.«

Ich wandte den Blick ab und betrachtete die Menschenmenge. Einige machten sich auf den Weg zum Haus meiner Mutter, um am Leichenschmaus teilzunehmen.

»Warum hast du keinen Job mehr?«

»Was?«, fragte ich abgelenkt.

»Dein Job. Was ist passiert?« Ned sah ernsthaft besorgt aus.

»Ich habe ein paar Sachen zu Quentin gesagt. Und Philomena den Finger gezeigt.«

»Super.« Ned grinste. »Das haben die absolut verdient.«

»Ja«, sagte ich, während meine Mundwinkel, von Neds Anerkennung ermutigt, nach oben wanderten. »Und dann habe ich gekündigt.«

Mein Gesichtsausdrück verdüsterte sich wieder, als mir bewusst wurde, dass ich an meiner Arbeitslosigkeit tatsächlich selbst schuld war. Ich hatte gekündigt. Zu einem denkbar schlechten Zeitpunkt. Hätte ich meinen Frust doch nur in mich hineingefressen und mich lieber mit stressbedingtem Haarausfall abgefunden.

Ned nahm meine Hand. »Emma, ich ... ich vermisse dich.«

»Und ich ... will nur, dass du mir mein Geld zurückgibst.«

Ned wirkte verletzt.

»Emma, bitte? Können wir nicht ...« Wie ein gestellter Verdächtiger, der seine Waffe fallen lässt, gab er plötzlich meine Hand frei. »O nein.«

Ich folgte seinem panischen Blick und sah, dass Mum mit großen Schritten durch die Menge auf uns zukam. Ihre Augen loderten. Als ich mich wieder zurückdrehte, war Ned verschwunden. Nur seinen Hinterkopf sah ich noch ganz kurz, als er über den Parkplatz verschwand.

»Ja, hau nur ab, Sommersprosse!«, rief Mum durchs Foyer. »Ich finde dich! Und dann …« Sie schlug sich mit der Faust in die Handfläche, dass es laut klatschte.

»Mum!«

Von der sicheren Seite des Parkplatzes drehte Ned sich noch einmal zu uns um. Er schenkte mir einen letzten reuevollen Blick, dann war er weg. Ich wandte mich zu Mum und meinen Freunden.

»Also?«, sagte Helen.

»Also …«, seufzte ich.

»Nein. Ich meine … *Also*?« Sie wies auf meinen Bauch.

»Ach, ja.«

KAPITEL 8

»Ich bringe ihn um!«, spie Helen aus.

»Ich auch.« Sophie schob sich ein Kanapee in den Mund und schnappte sich bei dem Kellner, der vorbeilief, zwei weitere.

»Was zum Teufel hatte er auf der Beerdigung zu suchen?« Helen knallte ihr leeres Sektglas auf den Couchtisch.

»Er hat sich wirklich gut mit Grandma verstanden. Wahrscheinlich wollte er ihr einfach die letzte Ehre erweisen.«

Helen hob zweifelnd eine Augenbraue.

»Sie hat ihm immer die Klassiker vorgelesen, ihr wisst schon, *Die Schatzinsel, Black Beauty, Huckleberry Finn* und so weiter. Er hat währenddessen auf dem iPad ihre Strickmuster digitalisiert.« Ich zuckte mit den Achseln. »Ned kann sehr gut mit Oldies umgehen. Besonders mit Großmüttern.«

»Ekelhaft«, sagte Sophie, die anscheinend in eine falsche Richtung dachte.

Ich wandte den Blick von den besorgten Gesichtern ab und sah mich im wuseligen Wohnzimmer meiner Mutter um. Die Trauergäste verschlangen Kanapees und zechten Sektcocktails. Mum wusste, wie man eine Party schmiss, selbst wenn es sich um einen Leichenschmaus voller Omis handelte.

»Emma?« Sophie richtete sich in ihrem Sessel auf. »Ich frage mich gerade ... äh ... Wie kommt es, dass du das Baby behalten willst?«

Douglas erstickte fast an seinem Pfannkuchen. Helens unnachgiebiger Stechblick setzte sich auf mir fest. Ich wusste, dass ich in die Mangel genommen werden würde. Freunde wären keine Freunde, wenn sie dir nicht sagen würden, dass dein Hintern und deine Beine in den engen Jeans aussehen wie umgedrehte Knoblauchzwiebeln, dein Freund ein madenküssender Schweinepriester ist oder ein durch einen Fehler entstandenes Baby zu behalten ein, na ja, ein Fehler wäre. Drei Augenpaare fixierten mich.

»Ihr wisst nicht, wie das ist«, seufzte ich. »Habt ihr jemals etwas gesehen und sofort gewusst, dass es das Richtige ist?«

»Ja«, sagte Helen. »Dieser perfekte sandfarbene Trenchcoat von Hugo Boss. Der, bei dem meine Taille aussieht wie die einer Balletttänzerin und der meine Brüste betont, und zwar auf die Ich-könnte-nichts-drunter-tragen-und-niemand-würde-es-merken-sexy-aber-klassisch-Art-und-Weise. Ich wusste sofort, der war der Richtige.«

Ich rollte mit den Augen. »Okay.«

»Aber Emma«, Helen lehnte sich vor, »das ist ein beschissener Mantel. Für meinen Mantel muss ich nicht in aller Öffentlichkeit die Brüste entblößen. Ich muss für meinen Mantel auch nicht fünfzehnmal mitten in der Nacht aufstehen. Mein Mantel wird nie krank sein, und ich muss ihn mir nicht aus der Vagina ziehen, wenn ich ihn tragen möchte.«

Douglas' Blick wanderte zu ein paar älteren Herren, die rechts von ihm saßen und offensichtlich noch über ihr volles Hörvermögen verfügten.

»Ja, und wenn sie genug von ihm hat, kann sie ihn jederzeit bei eBay verkaufen«, fügte Sophie hinzu. »Mit einem Baby geht das nicht.«

»Genau«, sagte Helen.

»Und man braucht Nissenshampoo«, sagte Sophie, und ihre Augenbrauen schossen in die Höhe. »Kinder bekommen ständig Läuse.« Sie nickte ernst. »Und das Shampoo ist unglaublich teuer. Zumindest, wenn du gutes kaufst. Und man sollte unbedingt das gute kaufen. Es riecht nicht gut, aber …« Als sie Helens langsames Kopfschütteln wahrnahm, verstummte sie.

»Scheiß auf das Nissenshampoo«, sagte Helen. »Sie werden ihre Vagina zusammenflicken müssen, und du redest über …«

»Helen«, Douglas versuchte, die trauernden alten Männer abzuschirmen, indem er ihnen den Rücken zudrehte.

Ich ließ mich in meinem Sessel zurückfallen. Meine Freunde waren besorgt, das war alles. Wir waren ungefähr im selben Alter und fühlten uns noch immer unglaublich jung. Mir schwante, dass ich mich irgendwann ausgeschlossen fühlen könnte. Ohne einen Partner, mit dem ich mein neues Leben teilen konnte, war ich wirklich auf die Unterstützung meiner Freunde angewiesen. Zum zigtausendsten Mal wünschte ich, meine Schwester wäre bei mir. Wenn sie nur in meiner Nähe war, fühlte ich mich schon besser. Wie konnte sie es wagen, den Armen dieser Welt zu helfen, obwohl ich es war, die Unterstützung brauchte? Wir saßen schweigend da. Sophie drehte ihr Glas auf dem Tisch hin und her. Douglas musterte mich so besorgt, dass es mir die Kehle zuschnürte.

»Emma, du musst ...«, setzte Helen an.

Douglas hob die Hand. »Darf ich?« Er wandte sich mir zu und legte seine blassen Hände sanft um meine. »Was hast du gesehen, als du es vor dir hattest und wusstest, dass es ›das Richtige‹ war?«

»Eine unscharfe graue bohnenähnliche Form.«

»Ja. Aber was hast du *gesehen*?«, fragte er und gestikulierte in die Luft.

Helen machte eine Grimasse zu Sophie.

»Ich sah ... ich sah mich mit dem Baby auf dem Arm im Krankenhaus?«, wagte ich eine Antwort.

Douglas nickte.

Was hatte ich gesehen?

»Ich sah kleine Finger, die sich um meine legten. Ich sah kleine Windeln und winzige Socken?«

Sophie biss sich auf den Fingernagel und beugte sich vor.

»Ich sah ...« Mir wurde warm ums Herz. »Ich sah flaumiges Haar und mitternächtliche Milchflaschen und Tränen und Erschöpfung. Ich sah Buggys und Parks und ältere Mütter, die mich musterten und über mich urteilten.«

Mit reuevollem Blick hob Helen den Kopf.

»Ich sah meine Mutter winzige Burberry-Strampler und Lätzchen mit Tiermotiven kaufen. Ich sah so was wie Badetage und Zu-Bett-geh-Zeiten. Ich sah lächerliche Disney-Filme und alberne Schulaufführungen, das erste Lächeln, den ersten Wutanfall, Eimer und Schaufeln am Strand, furchtbare Kunstwerke, die ich am Kühlschrank aufhängen musste, speckarmige Liebkosungen, schmatzende Küsse, erste Schritte, erste Wörter.« Ich lächelte Douglas an. »Und das war der Moment, als mir klarwurde, dass ich es schaffen würde, weil ... weil es mein Kind ist.«

Douglas lächelte zurück und warf Helen einen triumphierenden Blick zu.

»Das ist so ... so ...«, sagte Sophie und wischte sich mit dem Ärmel die Nase.

»Ach, reiß dich zusammen, du Elfentorte.« Helen stieß Sophie mit dem Ellenbogen in die Seite und tupfte sich die Augenwinkel.

»Emma, mein Mädchen!« Charlies tiefe Stimme dröhnte quer durch den Raum.

Er schlängelte sich durchs Zimmer, schloss mich in die Arme und hob mich dabei in die Luft. Helen und Sophie überprüften hastig den Sitz ihrer Kleider und Frisuren. Charlie war Ende fünfzig, hatte jedoch an Attraktivität mit den Jahren nichts eingebüßt. So zumindest deutete ich die Tatsache, dass meine Freundinnen in seiner Anwesenheit regelmäßig erröten. Für mich war er einfach nur Charlie, der Freund meiner Mutter, der Teil unseres Lebens wurde, als ich acht Jahre alt war. Der Mann, der im Griechenlandurlaub meiner Schwester und mir zeigte, wie man Arschbomben landet, der uns beibrachte, einen Wagen mit der Handbremse ins Schleudern zu bringen, und uns erklärte, wie man einem Typen in die Eier trat und sich mit seinem Portemonnaie davonmachte.

»Süße! Du siehst toll aus. Strahlst regelrecht, wie man so schön sagt.« Vorsichtig stellte er mich wieder auf den Boden und gab mich frei. »Deine Mutter hat mir all deine Neuigkeiten berichtet, und – alle Achtung – das sind ja so einige. Da macht man nur mal einen kleinen Ausflug nach Algerien, um nachhaltig bewirtschaftete Korkwälder zu suchen, und schon …« Er grinste.

»Tja, ich verwirkliche wohl meinen Traum«, sagte ich, während ich meinen Pferdeschwanz zurechtzupfte und mir den Rock glattstrich. »Obwohl es sich die meiste Zeit anfühlt wie ein Alptraum. Einer, in dem man sich nackt auf dem Schulhof wiederfindet und alle dich auslachen oder in dem man mit einem Jeep auf ein Kliff zufährt und der Fuß das Bremspedal nicht findet.«

»Sitzt du nackt am Steuer?«, fragte Sophie.

»Nein, Sophie. Ich bin bekleidet. Das Furchtbare ist, dass ich den Abgrund hinunterstürze.«

»Ach so. Stimmt.« Sie lächelte Charlie zu. »Hi, ich bin Sophie. Ich bin – also eher: war – Emmas Arbeitskollegin. Bis sie alle beleidigt hat und abgehauen ist, aber wir sind befreundet, wir sehen uns noch, wir …«

»Sophie, atme.« Helen verdrehte die Augen. »Muss das sein?«

»Ja, gut«, schmollte Sophie.

»Freut mich, Sophie, verehrte Ehemalige-Emma-Kollegin-jetzt-aber-nur-noch-gute-Freundin.« Charlie zwinkerte Sophie zu und küsste sie auf die Wange.

Sophie setzte sich wieder neben den amüsierten Douglas und hielt sich eine Hand an die errötende Wange.

Der Dudelsackpfeifer lief quer durchs Zimmer und nahm Helens geballte Aufmerksamkeit in Anspruch.

»Es wird mir eine Freude sein, das Plissee aus seinem Kilt zu bügeln«, schnurrte sie. »Ich sehe mal eben nach meinem Make-up.«

»Ich auch.« Sophie stand auf und strich sich Kanapeekrümel vom Schoß.

»Du trägst gar kein Make-up.« Douglas sah Sophie an, als wäre sie eine Fremde.

»Dann fange ich eben jetzt damit an. Sich allzeit verändern zu können ist das Privileg einer Frau.« Sie zeigte auf den Boden neben Douglas' Fuß. »Reichst du mir meine Handtasche?«

»Du hast keine Handtasche.«

»Dann …«, Sophie blickte unsicher zu Charlie und senkte die Stimme, »… gib mir einfach die Plastiktüte, in der mein Zeug ist.« Sie stocherte mit dem Finger in Richtung Fußboden. »Die da.«

Missbilligend hob Douglas die Tüte auf und übergab sie an Sophie.

»Danke.« Sie drehte sich auf ihren lila Converse um und verschwand im Pulk der vergnügten Trauergäste.

»FERDINAND!« Mum stand auf der anderen Seite des Zimmers und gestikulierte wild in unsere Richtung. Sie war umringt von einer Gruppe gefesselt lauschender Ladys mit weißen Haaren.

»Ich werde gerufen. Ihre Königliche Hochhackigkeit scheint sich vom Block der trauernden Omis bedroht zu fühlen. Süße, wir reden später in Ruhe.« Charlie küsste mich auf die Stirn und lavierte sich durch die Menge.

»Ferdinand?«, fragte Douglas. »Ich dachte, sein Name sei Charlie?«

»Ist auch so.«

»Ach so.« Douglas kratzte sich am Kinn. »Aber deine Mutter hat ihn gerade Ferdinand genannt …?«

»Vor vielen Jahren hat Charlie um Mums Hand angehalten, und Mum lehnte ab, sagte, sie könne niemals ›Charles und Diana‹ sein, weil es Unglück bringen würde und zu verrückt sei.«

»Wegen Prinz Charles und Prinzessin Diana?«

»Genau.«

»Verstehe …« Eigentlich verstand Douglas gar nichts, das war zu sehen.

»Mum sagte, sie würde nur dann in Betracht ziehen, ihn zu heiraten, wenn er seinen Namen änderte – wobei sie wusste, dass er das niemals tun würde.«

»Ach so …« Douglas runzelte die Stirn.

»Egal, jedenfalls ruft sie ihn bei jedem Namen im Größten Namensbuch aller Zeiten, außer bei seinem eigenen. Charlie macht immer wieder Heiratsanträge, woraufhin Mum stets nach seinem Namen fragt, er dann Charlie sagt und sie ihm wieder eine Abfuhr erteilt.«

»Das ist … schräg«, sagte Douglas, den Blick auf meine Mutter gerichtet, die ihre Arme um Charlies Hüfte gelegt hatte.

»Ich habe mich so daran gewöhnt, dass ich nicht darüber nachdenke. Für mich ist er Charlie, und für Mum ist er Hans, Reginald, Moses oder was auch immer.«

»Macht es ihm nichts aus?«

»Nö. Er kennt den wahren Grund. Nach all dem Mist mit meinem Dad wird Mum vermutlich nie wieder heiraten. Es ist tatsächlich zu einer Art Gewohnheit geworden.«

»Für mich klingt das romantisch«, sagte Douglas.

Wir sahen zu Mum und Charlie hinüber. Charlie hatte einen Arm um die Taille meiner Mutter gelegt. Sie grinste ihn an, während er die versammelten Omis unterhielt.

»Mir ist gerade etwas eingefallen.« Sophie ließ sich neben Douglas ins Sofa plumpsen. »Ich könnte deine Geburtsbegleiterin werden!« Sie sprudelte förmlich über vor Erwartung.

Douglas presste die Lippen aufeinander und sah mich mit weit aufgerissenen Augen amüsiert alarmiert an.

»Oh, ich weiß nicht …« Der Gedanke, Sophie würde zwitschernd und singend durchs Zimmer hüpfen, Dinge fallen lassen und sich in meinem Lachgas-Inhalationsgas-Schlauch verfangen, schreckte mich irgendwie ab.

»Ich bin dafür total gut geeignet. Ich hab früher schon bei den Kalbsgeburten geholfen. Also zumindest, seit ich groß genug war, um reinreichen zu können.« Sie stand auf und machte mit ausgestrecktem Arm vor, wie sie in etwas herumwühlte.

KAPITEL 9

Am nächsten Morgen sprangen die Kinder aus dem Bett und mussten feststellen, dass »Santa« ihre Weihnachtssocken falsch bestückt hatte. Alice' Puppenzubehör war in Jess' Strumpf gelandet, Jess' Spielzeugpistole und ihr Mini-Ballkorb steckten in dem von Alice, Archies Schleppboot in Millies Socke und die von Archie waren gänzlich verlorengegangen. Zum Glück hatten wenigstens alle eine Clementine bekommen. »Original-Santa« hatte beim Leichenschmaus zu viel Sekt getrunken und war um neun Uhr abends, die Slipper noch an den Füßen, vom Schlaf übermannt worden, bevor er die Tagesdecke hatte abnehmen können. »Reserve-Santa« war etwa vier Minuten später direkt daneben zusammengebrochen, und »Letzte Rettung Santa« hatte sich noch unter Whisky-Einfluss mehr darum gesorgt, wie sehr die bunt gefleckte Katze Sprenkel das farbliche Gleichgewicht ihres Wohnzimmers ruinierte.

Die eilig angeführte Erklärung, dass Santa vermutlich seine Brille zu Hause vergessen und daher die Namen auf den Socken nicht hatte lesen konnte, stellte die Kleinen zufrieden, und die verkaterten Erwachsenen (außer mir) fanden Trost in einem starken Kaffee auf dem Sofa.

Nachdem wir eine Stunde lang in unsere Becher gestarrt hatten, klatschte Mum in die Hände und bestand darauf, dass wir den Christmas Day noch einmal von vorn anfingen, diesmal mit einer positiveren Einstellung. Grandma hätte niemals gewollt, dass wir ihr zu Ehren Trübsal bliesen. Ich persönlich tat das auch zu Ehren einiger weiterer Details (schwanger, arbeitslos, Single, pleite), was ich jedoch für mich behielt. Mum traf die Chefentscheidung, dass man den Katzenjammer mit dessen eigenen Waffen schlagen müsse, und kredenzte (nicht für mich) als nächste Runde anregender Heißgetränke Irish Coffees. Wir stellten *Snoopy's Christmas* auf »Endlosschleife«, Sinead setzte eine riesige Sonnenbrille auf, und siehe da – die Stimmung war schon viel besser, und wir fingen an, die Geschenke zu verteilen.

»Du musst dir ein bisschen mehr Mühe mit deinem Äußeren geben, Emma«, sagte Mum, als sie meinen alarmierten Blick auf ihr Weihnachtsgeschenk wahrnahm. Sie hatte mir einen Rollkragen-Poncho geschenkt, der zweifellos sehr in Mode war, aber an seinem Kragen baumelten schnallenartige Dinge, die kompliziert geschnittene Vorderseite hatte etwas Gardinenartiges, die Seiten waren zum Schnüren, und bestimmt brauchte man mindestens fünf Minuten, um hineinzusteigen. »Du solltest, bevor du das Haus verlässt, nicht einfach nur in den Spiegel blicken und denken: *Alles Wichtige ist bedeckt – ich bin startklar*. Dass du die Einstellung *Zumindest bin ich nicht nackt* zu deinem Modemantra gemacht hast, werde ich nicht länger akzeptieren.« Sie lächelte und begann mein Geschenk für sie auszupacken, einen Schal, den Sophies Großtante gestrickt hatte.

»Ich habe kein Modemantra«, sagte ich und wich Jess' Mini-Basketball aus, der auf mich zugeflogen kam.

Mum sah mit scharfem Blick auf.

»Und ich sehe nicht immer in den Spiegel, bevor ich aus dem Haus gehe.«

Sie kniff die Augen zusammen. »Du versuchst ganz bewusst, mich zu verletzen. Das ist einfach nur grausam.«

Jess turnte übers Sofa, wobei sie Sprenkel zu Boden schubste und Sineads Kaffee umstieß.

»Mein Gott, Jess!«, sagte Sinead und stellte ihren Becher wieder hin. »Schalt mal einen Gang runter.« Sie stapfte aus dem Zimmer.

Ich legte das Poncho-Teil zur Seite. »Er ist hübsch, Mum. Danke.« Zur Anerkennung strich ich ehrfurchtsvoll über das Kleidungsstück. »Und er wird sehr praktisch sein, wenn ich dicker werde. Sobald ich herausgefunden habe, wie man hineinkommt.«

»Aber ich habe beim Kauf eigentlich nicht an einen Schwangerschaftsbauch gedacht. Warum auch? Das Kind war ja nicht geplant und überhaupt«, sagte sie und warf mir einen missbilligenden Blick zu. Sie befreite ihr Geschenk vom Papier und suchte nach Markenschildern.

»Daddy«, Archie lief mit Sineads riesigem Präsentkorb voller Montezuma-Schokolade quer durch den Raum. »Darf ich Ssotolade?«

»Da bin ich mir nicht so sicher«, sagte Onkel Mike und lehnte sich aus seinem Sessel vor, bis er mit Archies Gesicht auf einer Höhe war. »Weißt du, wenn ich daran denke, dass du Alice' neues Spielzeug kaputtgemacht hast, bin ich immer noch ein wenig unglücklich.«

Alice sah betrübt von ihren ordentlich aufgereihten neuen Spielzeugen auf.

»Tja«, Archie legte seinem Vater eine Hand auf den Arm, »willst du dann nicht lieber an etwas denken, das ich nicht taputt gemacht habe, damit du glücklich sein tannst?«

Sinead kam mit einem Wischlappen ins Zimmer zurück, griff sich die Schokolade und verkündete, sie sei »nur für Erwachsene«. Als Mum versuchte, sich ein Stück zu nehmen, machte Sinead weitere Einschränkungen – da sie schon alles andere in ihrem Leben teile, erklärte sie, habe sie nicht vor, auch noch von der verdammten Schokolade etwas abzugeben. Sie wich mit ihrem Korb vor Mum zurück und trampelte dabei auf Alice' eben erst repariertes Spielzeug. Alice brach in Tränen aus, Onkel Mike und Sinead machten sich daran, sie zu beruhigen, Jess' Ball flog wieder durch die Gegend, und Archie und Mum nutzten die Gelegenheit, um aus dem unbewachten Fresskorb Schokolade zu stibitzen. Inmitten dieses Wirrwarrs erhielt ich eine SMS.

Ich bin draußen.
Ned.

»Ich geh nur mal eben …« Als ich aufstand und das Chaos betrachtete, wurde mir klar, dass niemand meine Abwesenheit bemerken würde. Also zog ich meinen Mantel an und schlüpfte zur Vordertür hinaus.

Der Volvo Estate von Neds Mutter stand am Ende der kleinen Straße. Er kam vorgefahren und hielt an der Bordsteinkante. Das Beifahrerfenster öffnete sich, und ich beugte mich hinunter.

»Hi«, sagte Ned zaghaft lächelnd. »Frohe Weihnachten.«

»Was tust du hier?«, fragte ich, und die Schärfe in meiner Stimme ließ sein Lächeln ersterben.

Ned war verrückt nach Weihnachten und hatte jedes Jahr einen Riesenwirbel darum gemacht. Am ersten Dezember war stets alles dekoriert, an Heiligabend standen für Santa Claus Kekse und Bier vor der Tür, und wenn ich am nächsten Morgen aufwachte, erwarteten mich ein überfüllter Strumpf und ein Haufen wohlüberlegt ausgewählter Geschenke unterm Baum (gekauft mit Geld, das er von seiner Mutter geliehen hatte – in dieser Hinsicht war Ned unerbittlich: Ich sollte nicht auch noch meine eigenen Weihnachtsgeschenke finanzieren). Er ließ den ganzen Tag Weihnachtslieder laufen, röstete Kastanien und stellte sicher, dass jeder den Glühwein probierte, an dessen Optimierung er den ganzen lieben langen Dezember gefeilt hatte. Wenn wir die Festtage mal voneinander getrennt verbrachten, wusste ich immer, dass mich eine angenehm duftende Wohnung, ein Stapel DVDs mit kitschigen Weihnachtsfilmen und ganz am Ende des Tages ein letztes Überraschungsgeschenk erwarteten. Trotz der Wut auf ihn wegen der Plünderung meines Bankkontos hatte ich seine ansteckende Aufgeregtheit vermisst.

»Sorry, ich wollte nur … wollte dir deine Geschenke bringen«, sagte Ned und streckte einen Arm zur Rückbank aus. »Ich hatte sie gestern auf der Beerdigung dabei, aber … na ja, deine Mum hat mich zu Tode erschreckt.«

Er reichte mir eine Tüte voll eingepackter Geschenke durchs offene Fenster.

»Das wäre nicht nötig gewesen«, sagte ich. Ich war peinlich berührt.

»Ich weiß.« Er zuckte mit den Achseln. »Aber ich möchte es so.«

»Deine habe ich in der Wohnung gelassen«, sagte ich und versuchte, dabei gleichgültig zu bleiben, obwohl Traurigkeit in mir aufstieg. »Du kannst einfach reingehen und sie dir holen, wenn du magst. Sie liegen im Kleiderschrank, ganz hinten.«

»Okay, cool«, sagte Ned. »Danke.«

Wir sahen einander an, vorsichtig, aber auch unsicher, wie wir uns verhalten sollten.

»Na gut, ich gehe besser mal wieder rein ...«

»Oh, warte mal.« Ned griff noch einmal auf den Rücksitz und reichte mir eine kleine Schachtel durchs Fenster. »Das ist ... das ist fürs Baby.«

»Fürs Baby?«

Ich blickte von der kleinen Schachtel zu seinem ernsten Gesicht. Er mochte ja ein verantwortungsloser großer Junge sein, der nie erwachsen werden würde und in genau dem Moment, in dem er erfuhr, dass wir ein Baby erwarteten, nichts Besseres zu tun hatte, als meinen letzten Penny für das neueste seiner endlosen Luftschlösser auszugeben. Doch zugleich war er auch einer der liebsten Menschen, die ich kannte. War es ein Fehler gewesen, mich von ihm zu trennen? Würde ich meinem ungeborenen Kind einen permanent anwesenden, warmherzigen, nachsichtigen Vater vorenthalten? Oder beschützte ich es vor einem Leben in Unsicherheit? Ned errötete unter meinem Blick.

Ich zeigte auf die Schachtel. »Darf ich ...?«

Ned lächelte. »Natürlich.«

Ich hob den Deckel und fand einen winzigen silbernen Bierkrug mit eingraviertem Muster an der Seite. Ich zog ihn heraus, drehte ihn herum und sah mir die Verzierung genau an. Er war nicht größer als eine Pflaume und einfach das Niedlichste, was ich je gesehen hatte.

»Ned, der ist wunderschön.«

»Hab ich bei eBay ersteigert«, sagte er schüchtern. »Damit das Baby und ich unser erstes Bier zusammen trinken können.«

Ich lächelte und warf den Kopf zurück, um meine Tränen hinunterzuschlucken. »Klingt nach einem guten Plan.«

Ned strahlte.

In diesem Moment flog die Haustür auf, und Mum kam herausmarschiert, gefolgt von Sprenkel.

»O Scheiße!«, sagte Ned. »Tschüss!« Hektisch legte er einen Gang ein und fuhr mit quietschenden Reifen los.

»GLAUB NICHT, DASS DU MIR ENTKOMMST, DU VERDAMMTER ROTFÜCHSIGER STRAUCHDIEB!«, brüllte Mum dem davonrasenden Volvo hinterher.

»Mum, halt die Klappe«, sagte ich und suchte die Fenster der Nachbarn nach Gardinenbewegungen ab.

Der Wagen kam mit kreischenden Bremsen zum Stehen und jagte dann plötzlich rückwärts in unkontrollierten Schlangenlinien auf uns zu.

»DAS WAR'S, DU RÜCKGRATLOSES MISTVIEH, KOMM HIERHER, UND STEH GRADE FÜR DAS, WAS DU GETAN HAST!«

»Mum!«

Ned setzte das große Auto auf den Bordstein und kam vor unseren Füßen abrupt zum Stehen.

Weitere Geschenke flogen aus dem Beifahrerfenster und purzelten zu Boden, während Mum den Seitenspiegel festzuhalten versuchte.

»Für Archie und die Mädchen!«, rief Ned und legte schnell wieder den Vorwärtsgang ein. Der Wagen rumpelte den Bordstein hinunter, düste durch die winzige Straße und verschwand – zwei Räder fast ohne Bodenkontakt – um die Kurve.

»ICH KRIEGE DICH!«, grölte Mum ihm hinterher. »UND DANN KANNST DU …«

»O nein!«, sagte ich und sah auf das Fleckchen Bordstein, auf dem eben noch Neds Reifen gewesen war.

Mum wandte ihren Blick auf dieselbe Stelle und japste. »Sprenkel!«

»Und was habt ihr mit dem Leichnam gemacht?«, fragte Alex, während ihr verpixeltes Gesicht sich ein *bahji* oder irgendein anderes frittiertes Gemüse in den Mund schob.

»In einem von Mums riesigen Blumentöpfen beerdigt.« Ich zog auf mein Bett um und kroch unter die Decken. »Sie hat die ganze Zeit geweint, obwohl sie sich immer beschwert hat, dass Sprenkel nicht zur Tapete passte.«

»Arme Mum«, sagte Alex aufrichtig mitfühlend.

»Alice hat aus Zweigen ein Kreuz gebastelt. Die Kinder haben Weihnachtskugeln drangehängt und ›Hail Holy Queen‹ gesungen, in der *Sister-Act*-Version.«

»Ah, süß.«

»Die Erde war allerdings gefroren, und wir konnten nicht tief graben. Daher hat Onkel Mike, nachdem die Kinder ins Haus gegangen waren, Sprenkel exhumiert und in den Gefrierschrank gelegt. Er wird sie mitnehmen und im Garten beerdigen.«

»Was für ein schräges Weihnachten«, sagte Alex mit einem leisen Prusten.

»Allerdings. Und dann hat Sinead sich betrunken und mir einen detaillierten Vortrag über das Leben nach der Entbindung und das Mutterdasein gehalten.«

»Und?«

»Anscheinend werden meine Brustwarzen nach dem Stillen so vergrößert sein, dass ein beiläufiges Nippelzwicken sich anfühlt, als würde man einen Türknauf drehen.«

»Angenehm.«

»Sobald ich versuche, zu laufen, zu niesen, auf dem Trampolin zu springen oder zu lachen – eigentlich bei allem, das mehr Bewegung erfordert als schlafen –, werde ich mir angeblich in die Hose machen.«

Alex gluckste und stopfte ein weiteres *bahji* in sich hinein.

»Und wenn ich Sex habe, solange ich noch nicht abgestillt habe, kann es sein, dass mir beim Orgasmus Milch aus der Brust spritzt.«

»Also besser erst mal keinen Sex für dich.«

»Nie wieder wahrscheinlich. Aber, weißt du, wo mir die Songs aus *Sister Act* ohnehin so gut gefallen – vielleicht lass ich das mit dem Sex und den Männern einfach für immer bleiben und werde eine singende Nonne.«

»Bin ich froh, dass du einen vernünftigen Plan hast. Jetzt muss ich mir deinetwegen keine Sorgen mehr machen.«

»Stimmt. Meinetwegen definitiv nicht. Hier, ich serviere dir eine kleine Kostprobe: *Triumph all ye Cherubim, CHERUUUUBIIIIM ... Sing with us sweet Seraphim, SERAPHIIIIIM ...*«

»*HEAVEN AND EARTH RESOUND OUR HYMN!*«, grölte Alex.

Fünfzehn Minuten später schaltete ich das Licht aus und legte mich schlafen, die Musik noch im Ohr und im Herzen ein Lächeln.

KAPITEL 10

»Schätzchen«, Mum und Charlie stellten sich im weißen Sport-Outfit vor mir auf, Schlägertaschen über die Schulter gehängt. »Aloisius und ich gehen Badminton spielen.«

Charlie küsste mich auf die Stirn. Auf dem Sofa ausgestreckt, lächelte ich zu ihm auf.

»Okay.«

»Komm doch mit und sei unser Linienrichter! Du wirst auf Elmers Seite stehen müssen ...«, Mum zeigte mit dem Daumen in Charlies Richtung, »... er betrügt nämlich gern.«

»Ich bin nicht derjenige, der zwei Schläger mitnehmen muss, weil einer meinen Wutanfall nicht überlebt.«

»Ein einziges Mal ist das passiert und nur, weil du geschummelt hast.« Mum wandte sich wieder mir zu und registrierte den unordentlichen Wust auf ihrem Couchtisch. »Und? Wie wär's, Schätzchen? Seit einer Woche hast du keinen Fuß mehr vor die Tür gesetzt.«

»Nö.« Ich warf meine Zeitschrift zu Boden. »Ich werde mir einen Film ansehen.«

Charlie versuchte, Mum zum Gehen zu bewegen. Sie rührte sich nicht vom Fleck.

»Wie gedenkst du eigentlich, die Schwangerschaftspfunde, die du dir gerade anfutterst, wieder loszuwerden?«

»Mit filmischen Mitteln.«

»Filmischen Mitteln?«, fragte Mum skeptisch.

Charlies zuckende Mundwinkel verrieten ein unterdrücktes Lächeln.

»Ja, weißt du, am Anfang bin ich übergewichtig und schlechtgelaunt, trage einen dreckigen Trainingsanzug und auf dem Arm ein schreiendes, verrotztes Baby. Mein Haar ist fettig, meine Haut pickelig. Es gibt Einstellungen, in denen ich die Wäsche mache, und ein paar, in denen ich mit meiner nörgelnden Mutter zanke.«

Mum zeigte sich unbeeindruckt.

»Dann sehe ich in einer Zeitschrift ein Foto von einer sexy jungen Mutter und ihrem süßen Baby, die neben einem Typen mit gepflegtem Dreitagebart und weißen Zähnen steht. Ein paar Klänge einer Ballade von Kenny Loggins untermalen den Moment, in dem ich beschließe, mein Leben zu ändern. Während die Musik Fahrt aufnimmt, mühe ich mich mit den ersten Situp-Übungen ab und renne plötzlich in Lycra gestopft durch den Hyde Park (Zeitlupenaufnahme), die Zähne gebleicht, die Haare gesträhnt, die Brüste so kess vorgestreckt, dass sie als Regal dienen könnten. Derart verwandelt, schiebe ich mein Baby in einem ergonomisch und kinetisch optimierten dreirädrigen Kinderwagen vor mir her, der zu hundert Prozent kompostierfähig ist. Männer wenden den Blick von ihren schmollenden Model-Freundinnen ab, um mich und meine Anmut zu bewundern.«

»Sehr lustig«, sagte sie.

»Finde ich auch.«

»Komm jetzt, denk an unsere Platzreservierung. In einer Viertelstunde sind wir dran.« Charlie zwinkerte, während er Mum am Arm mit sich zog. »Ich lasse dich gewinnen. Dann kannst du dir den Ersatzschläger fürs nächste Mal aufsparen.«

Die Haustür wurde geöffnet.

»Mich gewinnen lassen – mal im Ernst, Marvin, du hast im Leben noch nicht gewonnen«, hörte ich Mum sagen.

»Für mich ist jeder Tag ein Gewinn, weil ich dich habe, meine Prinzessin.«

»Igitt.«

Die Tür knallte zu.

Was genau die Ursache war, wusste ich nicht, aber sobald man wieder im Haus seiner Eltern wohnte, schien man automatisch auf den unerträglichen Entwicklungsstand eines Teenagers zurückzufallen. Nachdem ich begriffen hatte, dass mir finanziell gar keine andere Wahl blieb, hatte ich meine Wohnung aufgegeben, mein Zeug zusammengepackt und war wieder in mein Kinderzimmer eingezogen. Die letzten Wochen hatte ich damit verbracht, im Pyjama durch die Zimmer zu wandeln, unzählige Tassen Tee zu trinken und mit Alex in Dhaka zu telefonieren/simsen/skypen. Unter der Bedingung, dass ich mir von diesem diebischen Befruchter (ihre Worte, nicht meine) bis auf den letzten Penny alles zurückzahlen lassen würde, hatte Mum Geld auf mein Konto überwiesen. Nach ein paar telefonischen Klärungsversuchen, bei denen Ned stotternd nach Ausreden suchte oder über ebenso gewaltige wie unrealistische Gewinnmargen für eine Eiscreme mit »Moscow Mule«-Geschmack fabulierte, versiegte meine Willenskraft, mit ihm zu streiten. Ihn bei der Polizei anzuzeigen, wie Mum vorgeschlagen hatte, lehnte ich ab. Ich würde eine andere Möglichkeit finden müssen, ihr meine Schulden zurückzuzahlen.

Der Silvesterabend war ein besonders ernüchterndes Ereignis gewesen. Sophie, Helen und ich waren mit ein paar von Helens Arbeitskollegen essen gegangen und anschließend in Shoreditch und Hoxton durch die Clubs gezogen. Ich sah nüchtern und zunehmend ermattet zu, wie Helen und Sophie Cocktails kippten und tanzten, während Helens Arbeitskollegen in ihren steifen Klamotten gelangweilt und unberührt herumstanden und hin und wieder ihre Fensterglasbrillen richteten. Ich war mit der Erkenntnis nach Hause gegangen, dass mein Leben sich änderte und ich mir lieber einen neuen Platz in dieser Welt suchen sollte. Mangels besserer Angebote hatte ich eben diesen im Haus meiner Mutter gefunden: vor dem Fernseher, am helllichten Tag im Pyjama.

Ich schob eine Hand unter mein Oberteil und fuhr mir mit den Fingern über den Bauch. Nach sechzehn Wochen Schwangerschaft konnte ich eine ansehnliche straffe kleine Beule vorweisen. Eine Bewegung des Babys hatte ich noch nicht gespürt, aber die Schwangerschaftsbücher versicherten mir, dass es jeden Tag passieren könnte. Schon ein paarmal hatte ich gedacht, es sei so weit, und sogar die Familie zusammengerufen, damit sie ihre Hände auf die winzige Delle legten, aber jedes Mal hatten sich die glucksende Wellen als plumpe Vorboten gewaltiger rektaler Entladungen entpuppt, die meine Lieben angewidert das Weite suchen ließen. Also wartete ich immer noch darauf, dass mein Baby sich physisch bemerkbar machte.

Nachdem ich vier Episoden *Friends* in Folge angesehen hatte, wandte ich den Blick gelangweilt vom Fernseher ab. Das soll nicht heißen, dass ich dieser Serie jemals überdrüssig werden könnte. Sie war für mich Lebenselixier, eine Quelle des Glücks, für deren Verfügbarkeit man nur ein paar Knöpfe auf der Fernbedienung drücken musste. Ich nahm mein Telefon in die Hand. Elf Uhr dreißig vormittags in London, das bedeutete fünf Uhr dreißig abends in Dhaka. Nach dreimal Klingeln nahm Alex ab.

»Hal-looo«, trällerte sie.

»Ich bin blau«, sagte ich so überzeugend wie möglich.

»Was? In deinem Zustand?«

»Nein, natürlich nicht, aber ich bin mies drauf und wäre gern blau.« Meine Schwester klang deutlich fröhlicher als am Tag zuvor, als sie hinter den durchhängenden Deckenpaneelen über ihrem Bett gerade eine Familie von Ratten entdeckt hatte, eine Großfamilie genauer gesagt, zu der auch Cousins sechsten Grades zählten. »Bist du betrunken?«

»Neeeein«, sagte sie ernst. »Ich habe lediglich mein Bewusstsein alkoholisch erweitert.« Sie kicherte. »Also, was ist los? Warum bist du mies drauf?«

»Ich habe alle Folgen von *Friends* gesehen, vom Anfang bis zum Ende, wenn sie schließlich alle ausziehen. Und Jennifer Aniston in der letzten Szene voll übertrieben weint.«

»Stimmt. Und deswegen bist du mies drauf?«

»Nicht weil die Serie zu Ende ist, ich könnte mir ja einfach alles von vorn ansehen. Es ist nur, dieses Geheule, es ist unrealistisch, verstehst du? Und das nervt mich. Niemand würde jemals so weinen, nur weil seine Freunde in eine andere Wohnung in derselben Stadt ziehen. Ich glaube, Jennifer hat ihre ganze Traurigkeit über das Ende der Serie rausgelassen, anstatt sich auf ›Rachels‹ Emotionen zu beschränken. Meinst du nicht auch?« Schweigen am anderen Ende der Leitung. »Bist du noch da?«

»Du hast vielleicht Probleme«, sagte Alex. »Willst du jetzt wirklich ernsthaft mit mir über das übertriebene Geheule von Jennifer Aniston reden?«

Weil ich befürchtete, Alex könnte mich abwürgen, versuchte ich, schnell ein anderes Thema zu finden, um sie bei der Stange zu halten.

»Okay, okay … Hey, du kennst doch Doctor Phil, diese Psychologie-Fernsehshow?«

»Ich muss auflegen«, seufzte Alex. »Ehrlich, Emma, du bist fernsehbesessen.«

»Doctor Phil hat eine so großartige Beziehung zu seiner Frau, und …«

»Ich mach Schluss!«

Geschlagen ließ ich meine Schultern fallen. »Okay.«

»Hab dich lieb.«

»Wie auch immer. Hab dich auch lieb.« Ich legte auf.

Ich scrollte durch meine Kontakte und entschied mich, Helen anzurufen. Für ein Klagelied über Doctor Phil und die Vorzüge einer Beziehung zu einem megareichen Psychologen mit eigener Fernsehsendung wäre Helen bestimmt zu haben. Aber bei ihr schaltete sich sofort die Mailbox ein. Was hatte ich erwartet? Es war Samstagmorgen. Vermutlich lag sie noch im Bett, neben ihr ein vernarrter, nackter Mann.

Sophie! Ich wählte ihre Nummer.

»Hi Emma!« Sie klang kurzatmig. Im Hintergrund hörte ich eine gedämpfte Stimme. »Was ist los? Wie geht's dir? Wie schön, dass du anrufst …«

»Sophie. Entspann dich.«

»Oh, ja.« Sie atmete aus. »Äh, also, wie geht's dir?«

Wieder hörte ich die Stimme. Eine männliche Stimme. Sophie deckte die Muschel ab und brachte jemanden zum Schweigen.

»Hast du einen Typen bei dir?« Weil meine Verärgerung völlig unangemessen war, versuchte ich, sie zu verbergen.

»Äh ... nein.« Sophie bewies die Durchtriebenheit eines Zweijährigen, der mit schokoladeverschmiertem Gesicht die Schuld an der leeren Schokokekspackung auf seinen Plüsch-Elmo zu schieben versucht.

»Wer ist es?«

»Es ist, äh, er, äh ... Hier ist niemand. Das ist ...« Ich konnte fast hören, wie sich die Zahnräder in ihrem Kopf drehten. »Das ist nur ... mein Kater. Er hat sich erkältet.«

Ich verdrehte die Augen. »Na gut, ich rufe nur an, um dich zu fragen, ob wir irgendwo zusammen zu Mittag essen wollen, aber du musst dich bestimmt um deinen ›Kater‹ kümmern.«

»Ja.«

Nachdem wir uns verabschiedet hatten, spürte ich einen unangenehmen Geschmack im Mund und in der Magengrube ein seltsames Gefühl, das ich mir nicht erklären konnte. Ich fühlte mich von meinen Freunden verraten, verstand jedoch nicht, warum. Doctor Phil hätte sicherlich Licht ins Dunkel bringen können, aber seine Sendung lief erst in ein paar Stunden. Daher beschloss ich, in die Küche zu gehen – vielleicht konnte ich dort irgendetwas finden, das mich inspirierte. Ich stand am Küchentisch und blickte durch die französischen Fenster auf die winzige Terrasse hinterm Haus, die vom Dauernieselregen klatschnass war. Ich zog mir einen Stuhl ran, setzte mich und stützte den Kopf mit den Händen. Ein beschäftigungsloser Geist mit einer gefüllten Gebärmutter.

Nachdringliches Klopfen weckte mich auf. Ich hob den Kopf und begriff, dass ich mit verschränkten Armen am Küchentisch eingeschlafen war. Nachdem ich mir halbgetrockneten Speichel von der Wange gewischt hatte, öffnete ich die Haustür. Alice und

Jess stürmten hinein, hängten sich an meine Oberschenkel und quietschten unisono: »Hi Emma!«

»Hallo Mädels.« Ich schälte sie von meinen Beinen ab. »Wo ist eure Mum?«

»Im Auto. Millie hat Archie an den Haaren gezogen«, sagte Alice missbilligend.

»Archie hat Millie eine kleine Hexe genannt«, fügte Jess hinzu.

»Und Mum telefoniert mit den Leuten vom Film«, schloss Alice.

Nachdem ich Alice und Jess in die Küche geschickt hatte, ging ich nach draußen. Sinead saß vorn in ihrem Geländewagen, das Telefon am Ohr, Millie brüllte auf dem Rücksitz, und Archie studierte etwas, das aussah wie ein Storyboard für einen Film.

»Woher hast du das, Archie?«, fragte ich, als ich ihn aus seinem Kindersitz losschnallte und die Regentropfen mir den Rücken hinunterliefen.

Sinead winkte mir zu, während sie Aha-hmm-Töne ausstieß.

»Die dicke Frau hat es mir gegeben.« Er zeigte auf das Bild eines kleinen Zeichentrickjungen neben einem Zelt.

»Das bin ich.«

»Okay«, sagte ich, setzte Archie auf dem Kopfsteinpflaster ab und fragte mich, wovon zum Kuckuck er eigentlich redete.

Darauf bedacht, sein Storyboard vor dem Regen zu schützen, trippelte er ins Haus. Als Millie mich entdeckte, hörte sie zu weinen auf und streckte mir die speckigen Ärmchen entgegen. Ich zog sie aus ihrem Autositz, wobei sie einen Schwall glänzender Spucke auf mich tropfen ließ. Sinead stieg aus dem Auto und folgte uns, wobei sie sich schützend die Tasche über den Kopf hielt und das Telefon weiterhin ans Ohr presste.

»Na gut, darf ich selbst entscheiden?«, fragte sie, stakste nach drinnen und schmiss die Tür hinter uns zu. »Nein, das kann ich nicht … Weil ich ein Leben habe, deswegen …«

Ich ließ mich aufs Sofa plumpsen, Millie auf dem Schoß. Sie

begann mit meiner Halskette zu spielen. Sinead ging rastlos auf und ab.

»Er wollte niemanden beleidigen ... Sie *ist* fett ... Na gut, grobknochig ... Wenn Sie mich fragen, braucht sie ein dickeres Fell ... Gut. Ich besorge selbst jemanden. Danke schön.«

Sinead feuerte das Telefon in ihre Tasche. »Mist. Gibt es hier irgendwas zu knabbern?«

Während ich Tee zubereitete, saß Sinead am Küchentisch, bestrich pikante Käse-Muffins mit Butter für ihre immer hungrigen Kinder und erklärte, was es mit dem Storyboard auf sich hatte.

»Archie hat eine Rolle in einem Film bekommen.« Sie stand auf, schenkte Milch in Gläser und verteilte sie.

»In einem Film?«, fragte ich und sah Archie an.

Versunken blätterte er zur nächsten Seite des Storyboards. Sein Muffin lag unangerührt daneben. Im Gegensatz zu ihrem Bruder hatte Millie sogar im Haar und in den Ohren Krümel, während Alice und Jess mit Milchbärten erfolglos wetteiferten, wer als Erste einen ganzen Muffin auf einmal in den Mund schieben könnte.

»Ja. Er spielt ein Gespenst. Oder sieht Gespenster. Oder so.« Sie setzte sich hin und nahm sich auch einen Muffin.

»Eine richtige Rolle? Mit Text und allem Drum und Dran? An einem richtigen Filmset?« Ich hielt inne.

Sinead nickte, den Mund vollgestopft.

»Großartig.« Mit etwas mehr Nachdruck als notwendig widmete ich mich wieder dem Tee. »Ich habe die letzten sechs Jahre meines Lebens damit verbracht, für Billig-Fernsehproduktionen mit drittklassigen Schauspielern zu arbeiten, und mein vier Jahre alter Cousin bekommt mir nichts, dir nichts eine Rolle in einem Film. Bitte sag mir, dass es keiner ist, in dem Emily Blunt mitspielt.«

»Emily Blunt spielt nicht mit.«

»Gut. Wer dann?«

»Was weiß ich, verdammt noch mal.« Sinead zog den Teller mit den Muffins von Jess und Alice weg. »Für mich sehen die alle gleich aus. Zähne, Haare, Brüste.« Sie fuchtelte mit den Händen, um üppige Formen anzudeuten. »Jedenfalls hat Archies Betreuerin gerade gekündigt, und jetzt muss mich um Ersatz kümmern.«

»Gekündigt? Warum?« Ich saß neben Millie und wich gerade noch rechtzeitig aus, als sie mit ihren klebrigen Fingern meine Haare zu betatschen versuchte.

»Sie ist anscheinend leicht beleidigt«, sagte Sinead.

Ich hob fragend die Augenbrauen, aber Sinead ignorierte mich. Sie sah Archie liebevoll an, und dann riss sie plötzlich die Augen auf.

»Du könntest das machen!«

»Was?«

»Das wäre perfekt!«

»Ich kann nicht. Ich habe ...«

»Was genau?«, fragte Sinead stirnrunzelnd, »Verpflichtungen, tagsüber vor dem Fernseher zu sitzen und noch mehr Orangenhaut zu produzieren?«

Ich öffnete den Mund, zutiefst gekränkt. Wie konnte sie es wagen? Sinead mit ihrem vollen Terminkalender, der daraus bestand, zwischen Lunchdates mit ihren Freundinnen Kinder zur Welt zu bringen. Obwohl ich zugeben musste, dass bei mir im Bereich des Gluteus Maximus die Orangenhaut tatsächlich prächtig gediehen war. Sollte mir jemals wieder das Vergnügen einer intimen Begegnung mit einem Mann zuteil werden, würde dieser beim Befummeln meines Hinterteils wohl eher das Gefühl haben, durch eine Plastiktüte hindurch einen welken Blumenkohl zu tätscheln.

»Ich war noch nie Betreuerin. Ich wüsste nicht, was ich tun muss.«

Das war eine Lüge. Ich war absolut geeignet für den Job. Es war nur ... Ich wusste selbst nicht genau, was es war.

»Unsinn«, sagte Sinead.

»Ich habe keine Zulassung für die Arbeit mit Kindern.«

»Das können wir Montag erledigen.«

»Ich müsste eine Schulung machen.«

»Ein eintägiges Seminar.«

»Es kann Jahre dauern, bis man eine Zulassung als Betreuerin bekommt. Der ganze Papierkram …«

»Dad hat Beziehungen, das bekommen wir an einem Tag durchgedrückt.«

»Aber …« Ich suchte nach einer neuen Ausrede.

»Nichts aber«, sagte Sinead triumphierend. »Das ist die ideale Chance für dich, den Hintern hochzubekommen und dich ins wahre Leben zurückzubegeben.«

Aus Protest nahm ich mir noch einen Muffin. »Du verdammte irische Prinzessin. Was weißt du schon vom wahren Leben?«

Alice und Jess hatten unseren Schlagabtausch verfolgt wie Zuschauer eines Ping-Pong-Turniers.

»Mummy?«, sagte Alice nun, da das Geplänkel offensichtlich vorbei war. »Auf Archies Storyboard ist ein blutiger Kopf.«

KAPITEL 11

Archies Szenenbuch trug tatsächlich einen blutigen Kopf auf dem Umschlag. Man hatte ihm eine Rolle in einem Zombie-B-Movie angeboten, der meinen Voraussagen nach geradewegs in den DVD-Grabbelkisten landen würde. Archie sollte Billy spielen, einen kleinen Jungen, dessen Vater auf einem Camping-Ausflug von einer mit dem Zombie-Virus infizierten Katze gebissen und dadurch prompt ebenfalls infiziert wird. Nach kurzem Überfliegen des Skripts konnte ich die Handlung überblicken und mir zusammenreimen, dass Billy und seine Zwillingsschwester Bella den Weg aus dem Wald finden mussten, ohne von der Zombie-Katzen-Meute und einigen Zombie-Campern (einschließlich Daddy) behelligt zu werden, um schließlich zurück zu Mummy nach London zu gelangen und sie zu überreden, mit ihnen in die Wälder zu gehen und ihren zombifizierten Ehegatten zu küssen. Denn Daddy war noch ein Zombie mit Herzschlag und nicht gänzlich untot, und durch die Liebe seiner Frau könnte er wieder zum Menschen werden. Anscheinend. (Ich war mir nicht sicher, wie diese Besonderheiten bei echten Zombie-Fans ankommen würden. Ich müsste Douglas zu Rate ziehen, der immerhin schon auf Comic-Conventions war, ein *Herr-der-Ringe*-Kostüm besaß und ziemlich versiert bei *Game-of-Thrones*-Foren mitdebattieren konnte.) Auf ihrem Weg durch die Wälder begegnen den Zwillingen andere Camper auf der Flucht vor den Zombies (sowohl vor denen in Katzen- als auch denen in Menschengestalt). Das Ganze war die Persiflage eines familientauglichen Slasher-/Zombie-Films mit romantischen Elementen. Wenn es denn so etwas geben konnte.

Ich legte das Skript zur Seite und sah Sinead an. Wir zogen ins

Wohnzimmer um, wo die Mädchen eine Kissenburg bauten und Archie sein Szenenbuch studierte.

»Hast du es überhaupt gelesen?«, fragte ich, nachdem ich ihr die Grundzüge der Handlung erklärt hatte.

»Äh ... nein«, sagt sie mit schuldbewusstem Lächeln.

»Nun ... seine Rolle ist gar nicht mal so klein. Und es geht um Zombies, nicht um Gespenster.« Ich sah hinüber zu meinem vierjährigen Vetter. Vielleicht in mancher Hinsicht frühreif, aber eben erst vier. »Da gibt es Szenen, in denen Mädchen in BHs rumrennen. Und eine Szene, in der ein Zombie in einem Delikatessengeschäft von der Salamischneidemaschine zerstückelt wird. Im Drehbuch steht wörtlich *Gedärme fliegen durch den Raum.*« Ich wandte mich wieder Sinead zu und sah sie durchdringend an. »Gedärme, Sinead. Gedärme und Büstenhalter.«

»Hmm«, sagte sie unbeeindruckt.

»Wie ist er an den Job gekommen?«

»Vor ein paar Wochen hat man ihn im Regent's Park entdeckt«, sagte sie. »Eine Lady kam zu uns und sagte, sie sei auf der Suche nach einem Ersatzdarsteller, weil der Original-Billy sich zwei Tage vor Beginn der Dreharbeiten das Bein gebrochen hatte. Alle anderen Kinder liefen kreischend durch die Gegend, nur Archie saß auf einer Bank und schaute zu, wie eine lahme Taube versuchte, eine andere lahme Taube zu töten.« Sie sah hinüber zu Archie mit seinem Szenenbuch. »Wie soll man das nennen? Leben imitiert die Kunst?«

»Ich hab keine Ahnung, wie man es nennen soll«, sagte ich. »Was meint denn Onkel Mike?«

»Oh, der darf das nicht wissen«, sagte Sinead, die grünen Augen weit aufgerissen. »Du darfst ihm nichts sagen. Ich verbiete es dir.«

»Du hast mir gar nichts zu verbieten!«

»Das habe ich durchaus, denn ich bin deine Tante, und als deine Tante verbiete ich dir, meinem Mann zu erzählen, dass sein Sohn in einem Gedärme-und-Büstenhalter-Zombie-Film mitspielt.«

»Hörst du eigentlich, was du da sagst?«

Wir betrachteten Archie, der sich so unschuldig wie scharfsinnig mit dem Skript beschäftigte.

Ich atmete laut aus. »Na gut, ihn zu betreuen ist wohl das Mindeste, was ich tun kann.«

Sineads Kopf schoss in die Höhe. »Im Ernst?« Ihre Augenbrauen glichen Ausrufungszeichen. »Das würdest du tun?«

»Jemand muss doch dafür sorgen, dass er mit fünf noch nicht rundherum verdorben ist.« Ich schmunzelte.

Ich freute mich sogar ein bisschen. Ich hatte fünf Wochen nicht mehr gearbeitet, und wer gewohnt war, tagtäglich zwölf bis vierzehn Stunden zu arbeiten, empfand das als kleine Ewigkeit. Und ich musste zugeben, dass es allmählich keinen Reiz mehr hatte, Donuts zu futtern und sich steinalte Oprah-Wiederholungen reinzuziehen. Wenn Mum nach Hause kam, taperte ich ihr überall hinterher und plapperte über Doctor Phil und Oprah und Jeremy Kyle, als wären sie meine Busenfreunde. Und obwohl ich fand, dass Doctor Phil ehrlich Anteil am Schicksal der Menschen nahm, fehlten mir doch ein paar dreidimensionale Freunde.

Ungefähr eine Stunde später, nachdem Sinead dafür gesorgt hatte, dass meine Lizenz zum Aufpassen durchgepeitscht worden war, kamen Mum und Charlie herein, gefolgt von Onkel Mike und ein paar Minuten später auch von Grandmas Anwalt im dreiteiligen Anzug samt Aktenkoffer und hehren Worten. Wir setzten uns an den Kamin, ein Tässchen Tee zur Hand. Der Anwalt öffnete seinen Aktenkoffer, raschelte mit Papieren und sagte Sachen, die ich nicht verstand. Da gab es spezifische Anweisungen zu bestimmten Gemälden und Schmuckstücken, und dann waren da ein paar Dinge zu verteilen, die keinen echten Geldwert besaßen: Onkel Mike erbte Rezeptbücher, Mum eine Tüchersammlung, Sinead bekam den Pelzmantel, auf den sie schon immer ein

Auge gehabt hatte. Erstausgaben bestimmter Bücher gingen an die Kinder, und Charlie bekam Grandmas Gartenbücher mit den handgeschriebenen Randbemerkungen. Nach (gefühlten) vierzig Tagen und vierzig Nächten voller juristischem Kauderwelsch nahm der strenge Blick des Anwalts mich ins Visier.

»Emma.«

Ich richtete mich auf. Mein Körper war inzwischen an Nachmittagsnickerchen gewöhnt, und die langweilige Stimme des Mannes hatte genau den richtigen Ton, mich in den Schlaf zu lullen.

»Ja«, sagte ich krächzend.

»Ihre Großmutter hat auch Ihnen etwas hinterlassen.«

»Aha?«

»Ihnen und Ihrer Schwester Alexandra.«

»Aha«, sagte ich, bemüht, interessiert zu klingen.

»Ein Drei-Schlafzimmer-Cottage in Wimbledon.«

»Ah ... *Was zum Teufel*?«

Der Anwalt rückte seine Brille zurecht. Mum, die sich an Charlie gekuschelt hatte, grinste.

»Du wusstest es?«, fragte ich.

Sie nickte. »Mum hat es in ihr Testament aufgenommen, nachdem dein Vater durchgebrannt ist.«

»Weiß Alex schon etwas?«

»Nein, ich dachte, du hättest Freude daran, es ihr zu verkünden.«

Charlie küsste sie auf die Stirn. Ich saß still da und verdaute die Nachricht. Noch an diesem Morgen war ich bankrott gewesen. Jetzt hatte ich einen Job und war zur Grundbesitzerin in London geworden. Das Cottage war um die Ecke von Sineads und Onkel Mikes Haus. Onkel Mike hatte beschlossen, in Grandmas Nähe zu ziehen, als Sinead anscheinend nicht aufhören wollte, Kinder zu werfen. Grandmas Haus lag mitten in einer Reihe von fünf weiteren Cottages am Rand eines Parks, und sie hatte es vor ungefähr zwanzig Jahren lavendelfarben anstreichen lassen. Die

Nachbarn waren ihrem Beispiel gefolgt und hatten die Farbpalette nach und nach um Fruchteisfarbtöne erweitert. Hier begrenzten Rosen die kleinen Vorgärten, und Glyzinien schmückten den Torbogen am Eingang. Rhabarber wuchs in großen Büscheln im rückwärtigen Garten und endete regelmäßig im Streuselkuchen mit hausgemachter Vanillesoße. Und dieses kleine Cottage mit dem Sonnenuhrmosaik, aus dem ich nie schlau wurde, sollte jetzt mir gehören. Und Alex natürlich, sobald sie sich entschied, ihren philanthropischen Lebensstil aufzugeben.

»So.« Sinead klatschte in die Hände. »Scheint, als wohnte demnächst ein Babysitter gleich um die Ecke.«

Am nächsten Morgen standen wir Schulter an Busen (Mum in ihren schlangenledernen Louboutin-Tretern hoch über mir in meinen Converse) auf dem Fußweg vor Grandmas Cottage. Es war eisig kalt, aber der Himmel war klar, und die niedrige Januarsonne spiegelte sich in den Fenstern. Junge Familien in bauschigen Jacken, die Ähnlichkeit mit Schlafsäcken hatten, spazierten zum Park, um die Gelegenheit zu nutzen, Vitamin D zu tanken, solange es im Angebot war.

»Schließ du auf«, sagte Mum und ließ ihr Schlüsselbund in der Chanel-Handtasche verschwinden.

Es war unkompliziert gewesen, die Immobilie auf Alex und mich zu überschreiben. Wir leisteten einige Unterschriften (Alex digital aus weiter Ferne), und mir wurden feierlich die Schlüssel überreicht. Jetzt wollten Mum und ich nachschauen, ob es etwas zu tun gab, bevor ich einzog. Mir konnte es jedenfalls gar nicht schnell genug gehen. Mum hatte alle Kohlehydrate aus ihrem Haus verbannt, und ich versteckte meine Kekse inzwischen in der Unterwäscheschublade. Das bescherte mir ein Ameisenproblem und Krümel in den Schlüpfern.

»Es wird mir komisch vorkommen, dass sie nicht mehr hier

ist«, sagte ich, als wir unter den kahlen Zweigen der winterschlafenden Glyzinie durchgingen.

»Mhm«, sagte Mum.

Ich schob den Schlüssel ins Schloss und öffnete die Bleiglastür. Es war, als sei Grandma eben zum Einkaufen gegangen. Ihre lila Gummistiefel standen an der Vordertür, und ihr Wintermantel hing über dem Garderobenständer. Auf dem halbrunden Tisch an der Tür lag ein kleiner Stapel ungeöffneter Post. Mum straffte die Schultern, schüttelte das Haar zurecht und trat ein. Grandmas Parfüm mit der Talkumnote hing noch schwach in der Luft. Das Cottage war quadratisch mit einem Flur in der Mitte, von dem zwei Schlafzimmer, ein Bad und eine schmale Treppe abgingen, bis er hinten in die Wohnküche mündete.

Nach einem kurzen Blick in Grandmas verblichen blumiges Schlafzimmer ging Mum den Flur hinunter. Auf dem Holzfußboden verursachten ihre Absätze Geräusche wie von langsamen Steppschritten. Ich folgte mit gummiquietschenden Converse. Bei den Fotos an der Wand blieb ich stehen. Es gab eines, das ich besonders liebte: Es zeigte die gesamte Familie, um Baby Onkel Mike in seiner Korbkarre versammelt. Meine Großeltern strahlten in die Kamera, während die neunjährige Mum in einer hausgeschneiderten plissierten Trägerschürze voller Verachtung auf ihren neuen Bruder hinuntersah. Es war derselbe Gesichtsausdruck, den sie sich beim Anblick meiner Schwangerschaftsjeans nicht hatte verkneifen können, die ich neulich gebraucht bei eBay gekauft hatte.

Ich folgte Mum in die Wohnküche. Der mit Terrakotta geflieste Küchenbereich lag links. Ein alter runder Tisch aus Kiefernholz stand in der Mitte. Rechts, im Wohnbereich, parkten ein gemustertes beigefarbenes Sofa und zwei passende Sessel im Halbkreis vor dem Kamin. Grandmas Strickkorb stand neben ihrem Lieblingssessel. Doppelte Fenstertüren öffneten sich auf die gepflasterte Terrasse und eine ebene Rasenfläche dahinter. Ich sah mich in der gemütlichen Küche um. Ein Haufen abgegriffener Rezeptbücher lag auf der Fensterbank über der Spüle. Mum gab ein leises Wimmern von sich und griff sich an die Brust.

»Mum?« Ich legte ihr die Hand auf die Schulter. »Ist dir nicht gut?«

Sie schüttelte den Kopf. »Ich sehe mich nur hier um«, sie holte mit dem Arm aus und wies in den Raum, »... und ich denke ... warum hat sie mir nicht erlaubt, das alles einzurichten?«

»Was?«

»Diese beigefarbenen Sofas. Der hässliche rote Teppich.« Sie machte auf dem Absatz kehrt und verzog beim Anblick der Küche das Gesicht. »Gefirnisste Holztäfelung. Wieso?«

»Mum?«

»Es geht mir gut, Schätzchen. Mir fehlt nur jedes Verständnis für schlechte Innenausstattung. Ich ...«, sie nahm ein selbstgehäkeltes Kissen in Braun, Gelb, Magenta und Türkis in die Hand und warf es angewidert zurück, »... verstehe es nicht.«

»Okay.« Während sie mit den Fingerspitzen missbilligend über die Rückenlehne des Sofas strich, ging ich hinüber zu den Fenstertüren und blickte hinaus in den winterlichen Garten. Die Bäume waren kahl, die Zweige funkelten dornig und bedrohlich in der tiefstehenden Sonne. Im Frühling jedoch würde der Garten wie immer in seiner Farbenpracht explodieren. Bougainvillea taumelte dann auf der linken Seite der Pergola abwärts, während von der anderen Seite Geißblatt aufwärtsrankte, um sie zu grüßen. Unzählige Töpfe würden dicht aneinandergedrängte Pflanzen und Blumen in allen Farbtönen sprießen lassen. Ich betrachtete die ungefähr zwei Meter hohe Seitenmauer des Gartens, über die im Sommer die Stangenbohnen kletterten, als darüber plötzlich ein faltiges Gesicht auftauchte. Ein paar antarktisch weiße Strähnen hatten sich aus einem kleinen Knoten befreit und umgaben das neugierige Gesicht wie aus einer Portion Zuckerwatte gezupfte Büschel. Der Blick der alten Dame tanzte über den Garten, als folgte er der Flugbahn einer nervösen Biene. Als er bei mir landete, machte die Frau große Augen, und ihr Hals wurde lang und länger. Dann tauchte sie ab. Bevor ich mit der Wimper zucken konnte, war sie jedoch wieder da, hatte ein Megaphon in der einen Hand und in der anderen etwas, das nach einer Videokamera aussah.

»EINDRINGLING!« Ihre piepsige Stimme, unterstützt von markerschütternder Rückkopplung, kreischte durchs Megaphon. »EINDRINGLING, SEIEN SIE GEWARNT, ICH HABE SIE UNTER BEOBACHTUNG! SCHAFFEN SIE IHRE CRACKPFEIFEN UND IHRE PROSTITUIERTEN ANDERSWOHIN!«

Mum kam zu mir geeilt.

»Verdammt, wer ist denn das?«, fragte ich, während Mum mit dem Türschloss hantierte.

Die kleine alte Dame zog eine bedrohliche Grimasse.

»WER IST DA? DIE POLIZEI IST ARLAMIERT! ZEIGEN SIE SICH!«

Mum stieß die Fenstertüren auf. »Harriet!« Entschlossenen Schrittes eilte sie auf die alte Dame zu. »Legen Sie das weg! Ich bin es, Diana!«

Die Dame senkte ihr Megaphon und blinzelte.

»Oh, Diana, meine Beste! Ich hatte Sie nicht erkannt. Wie geht es Ihnen?« Ihr Gesicht runzelte sich zu einem liebenswürdigen Lächeln mit Apfelbäckchen, als sie Mums Aufzug in Augenschein nahm. Enge schwarze Jeans, unmöglich hohe Stöckelschuhe aus Schlangenleder und ein Trenchcoat von Burberry. »Das ist aber ein hübscher Parka, meine Beste. Und wer ist diese liebreizende junge Dame?« Die alte Frau blickte über die zwei Meter hohe Mauer auf uns hinunter. Ihre Haut war leicht gebräunt wie die einer Bäuerin oder einer Südländerin und so runzlig, dass sie wie eine freundliche Walnuss aussah.

»Das ist meine Tochter Emma.« Mum legte mir den Arm um die Schulter. »Emma, das ist Harriet Spencer. Sie ist ein paar Wochen vor … vor dem Tod deiner Großmutter nebenan eingezogen.« Sie drückte meine Schulter.

»Ach, wie ist das traurig«, sagte Harriet, schürzte die Lippen und schüttelte den Kopf. »So eine nette Lady, wohl wahr. Wir haben uns darauf gefreut, ihre Nachbarn zu werden. Hat uns das Gefühl gegeben, willkommen zu sein, ja, wirklich. Ich hab ihr Cottage immer im Auge behalten. Ein leeres Haus wie dieses, da muss man auf der Hut sein vor Besetzern.«

»Harriet, was um Himmels willen tun Sie mit dem Ding da?« Mum richtete einen gelackten Fingernagel auf das Megaphon.

Harriets knorrige Hände legten sich schützend darüber. Sie erinnerte mich an ein Eichhörnchen.

»Ich hab es zu meiner Sicherheit.« Aus schmalen Augen fixierte sie uns. »Eine Frau meines Alters darf sich nicht auf ihre physische Kraft verlassen, wenn es darum geht, sich vor Mördern und Straßenräubern und Sittenstrolchen zu schützen. Seit ich in der Stadt lebe, nehme ich es überall mit hin. Und«, sie reckte den Kopf, »ich habe festgestellt, dass es auch in häuslichen Dingen nützlich ist.« Sie hob das Megaphon und richtete es auf ihr eigenes Haus. »ARTHUR, MEIN GUTER, SETZ BITTE DEN KESSEL AUF! WIR HABEN GÄSTE!«

Sie senkte das Megaphon und lächelte süß wie ein Chormädchen.

KAPITEL 12

»Daddy hat versucht, mein Dehirn aufzufressen ...«

»Versuch mal ›Gehirn‹ zu sagen«, forderte ich ihn auf. »Mit einem G. Geeehirn.«

»Dehirn, Dehirn ... Dehirn ... Scheiße.« Archie machte ein bekümmertes Gesicht. »Geeehirn.«

»Gut gemacht.«

Ich warf Sinead einen missbilligenden Blick zu.

»Was sage ich in diesem Bild?«

Weil Archie noch nicht lesen konnte, lernte er seinen Text, indem er das bebilderte Szenenbuch genau studierte und dann auswendig lernte, was er im jeweiligen Bild zu sagen hatte. Er merkte sich ganze Szenen besser als so mancher Schauspieler, mit dem ich gearbeitet hatte. Ich schätze, es lag daran, dass Archies Gehirnzellen noch nicht von Kokain zerfressen oder durch zwanghafte Berechnungen des körpereigenen Kalorienverbrauchs lahmgelegt worden waren. Ich drehte mich vom Beifahrersitz in Sineads Geländewagen zu Archie um, der auf ein Bild deutete. Es zeigte eine Frau, die vor einem Zombie davonrannte. Ihr Hausmantel war weit genug geöffnet, um ein unnötig großzügiges Dekolleté zur Schau zu stellen, und »Billy« schwenkte einen Feuerhaken.

»Du sagst: ›Lauf, Mummy, lauf!‹«

Archie wiederholte die Zeile ein paarmal, bis er sie seinem verblüffend guten Kindergedächtnis eingeprägt hatte, während Sinead den Geländewagen auf eine Reihe orangefarbener Leitkegel zusteuerte, von denen einer das Schild *Unit Base* trug. Ein Mann im Parka, der die Kapuze fest ums Gesicht gezurrt hatte und in dessen Mundwinkel eine Selbstgedrehte baumelte, dirigierte uns zu einem Parkplatz am Fuß eines gläsernen Wohnpalasts. Sinead gab Archie einen Abschiedskuss und eilte mit quietschenden Reifen ihrer relativen Freiheit der nächsten Stunden entgegen.

Nervös geleitete ich Archie in den Aufzug. Ich hatte eine ganze Weile nicht mehr gearbeitet, und davor war ich sechs Jahre lang bei ein und derselben Show im Einsatz gewesen, wo ich alle kannte. Ich hatte mich in einer kleinen Seifenoperhölle in Sicherheit wiegen können. Jetzt ging es an ein reguläres Filmset. In Archies Besetzungsliste hatte ich gelesen, dass Scott Vander, ein Schauspieler mit Sixpack, der oft Unterwäsche- und Whisky-Werbung machte, die Hauptrolle spielte. Als ich Sinead aufgeregt davon erzählte, hatte sie nicht die geringste Ahnung, von wem ich sprach, und war auch nicht daran interessiert. Meine Freundin Helen hingegen wollte, kaum dass ich ihr von dem Film erzählt hatte, unbedingt zur Abschlussparty mitgenommen werden und machte sich sofort daran, ihr Männerfang-Outfit zu planen.

Es gibt doch dieses Gähnen, das einen so überwältigt, dass man meint, der Hinterkopf küsse die Schulterblätter. Genau so müde war ich. Es war wie ein Schock, um sieben Uhr schon aus dem Bett, angezogen und außer Haus zu sein. Besonders schwergefallen war mir die Wahl meiner Kleidung. Mich von meinem rosa Leopardenmuster-Baumwollflanell-Pyjama zu trennen hatte sich als besonders schwierig erwiesen, und einen Augenblick lang hatte ich allen Ernstes geglaubt, mich nicht mehr in Straßenkleidung zeigen zu können.

Die Fahrstuhltüren öffneten sich zu einem riesigen Raum, der in unzähligen Nuancen von Cremeweiß schimmerte und voller geschäftiger Personen war. Auf einem Balkon hängten Beleuchtungsassistenten lange schwarze Stoffbahnen auf, die erfindungsreich »Blacks« genannt wurden und die Fenster abdecken sollten. Setarbeiter mit muskulösen Armen legten die Trassen für den Kamerawagen über den Fußboden. Jemand von der Ausstattung ging mit einem Karton vorbei, auf dem *Blut* stand.

»Hi Archie!« Ein dünnes blondes Mädel sprang uns vor die

Füße, ihre Haut so makellos, wie sie nur mit Anfang zwanzig sein kann. Sie legte eine Energie an den Tag, die zu so früher Stunde mehr als unangemessen erschien. »Wie geht's dir, mein Süßer?«

Sie hockte sich vor ihn. Ugg-Boots umhüllten ihre schlanken Waden, und so hausbacken ich in meinen aussah, so lässig und trendy wie ein Model nach Feierabend wirkte sie in ihren. Ihre Jeans waren gefährlich eng. (Wie schaffte sie es, den Kamelhuf im Schritt zu verbergen? Gab es vielleicht schon Einlagen zu kaufen, die das gespaltene Schamlippenpaar kaschierten?) Ihr schwarzes, von der Schulter gerutschtes T-Shirt ließ den Träger ihres pinken BHs hervorblitzen, dessen Farbe mit dem Nagellack korrespondierte. Mum würde das Mädchen lieben.

»Hi Amy«, sagte Archie mit einem schüchternen Lächeln.

Ich ahnte, dass er sich gerade zum ersten Mal verknallte.

»Du musst Emma sein. Archies neue Betreuerin?« Sie stand auf und streckte die Hand aus. »Ich bin Amy, Dritte Regieassistentin.«

Ich schüttelte ihr die Hand. Den Job einer Dritten Regieassistentin kannte ich gut. In einem anderen Leben vor nicht allzu langer Zeit waren Dritte Assistentinnen mir untergeben gewesen. Jetzt konnte ich nicht mal auf die Toilette gehen, ohne erst Amy zu fragen, ob dafür Zeit sei.

Amy scheuchte uns in die Garderobe (mit dem Aufzug hinunter und dann in einen beheizten Laster), wo Archie von einem Trupp ultrahip gekleideter Männer und Frauen begrüßt wurde. Es war mir immer ein Rätsel gewesen, wie man sich so zurechtmachen konnte. Als ich Zweite Regieassistentin gewesen war, arbeitete die Kostümabteilung zur selben (unchristlich frühen) Stunde wie ich, und dennoch fanden die Leute Zeit und Lust, sich mit einem Haufen unnötiger Accessoires zu schmücken, Westen oder geknotete Tücher, die man dort trug, wo sie nicht den Hals wärmten, zum Beispiel am Gürtel an der linken Hüfte oder ums Handgelenk geschlungen. Stellte man mich vor die Wahl, top auszusehen oder in den Genuss vier zusätzlicher Minuten Schlaf zu kommen, nur

T-Shirt und Jeans aus einem Haufen schmutziger Wäsche zu tragen und damit auszusehen wie eine, die bei keiner Girl-Band der neunziger Jahre hätte mitsingen dürfen, würde ich mich jederzeit für die schmutzige Wäsche entscheiden.

Nachdem Archie ausstaffiert war, eskortierte man uns in die Maske. Dabei kamen wir an Crew-Mitgliedern vorbei, die lauthals mit ihren Verdiensten renommierten (»Mann, ich komm gerade vom Blah-Dreh mit Blah«), während Mitarbeiter der Ausstattung mit gestressten Gesichtern durch die Gegend hetzten, Bilder gerade hängten, Teppichecken anklebten und jedem strenge Blicke zuwarfen, der ihnen in den Weg kam. Jeder der Anwesenden hielt einen Papierbecher Kaffee in der Hand oder hatte einen in Reichweite bei sich stehen.

»Das ist der ›Green Room‹ für die Kinder.« Amy deutete auf eine geschlossene Tür und wedelte mit ihren schlanken Hüften den Flur entlang, vorbei an kräftigen Handlangern in engen Westen und mit profimäßigen Werkzeuggürteln. Die Männer warfen sich in Positur und stießen anerkennende Laute aus. Ihr Funkgerät krächzte los, eine herrische weibliche Stimme – wahrscheinlich die der Ersten Regieassistentin – fragte, wann mit Melody zu rechnen sei. Amy nahm das Sprechfunkgerät vom Jeansbund, formulierte ein konstruktives »Wird sofort gecheckt« und öffnete die Tür zu einem schimmernden Marmorbad. Eine Konsole erstreckte sich durch den gesamten Raum, an der die beiden Maskenbildnerinnen sich ihre Arbeitsplätze eingerichtet hatten.

»Hi Ladys!«, grüßte Amys Singsang-Stimme.

»Hey Amy«, sagte ein freundliches Make-up-Mädel.

Sie kümmerte sich um das Lockenhaar einer umwerfenden blonden Frau, die mir unbedingt bekannt vorkam. Ich meinte, sie schon mal mit einer Waffe gesehen zu haben. Vielleicht in CSI? Oder *Criminal Minds*?

»Leute, das hier ist Emma«, sagte Amy. »Archies Betreuerin.«

»Hi, ich bin Melody«, sagte die Schauspielerin mit kalifornischem Akzent. »Ich spiele Natalie, die Mutter.«

»Freut mich«, sagte ich und staunte über ihre glatte Haut und die aquamarinblauen Augen.

»Und das hier sind Claire und Caroline«, sagte Amy und wies auf die Make-up-Mädels, die jeweils ihre schwer mit prachtvollen Armreifen bewehrten Handgelenke zum Gruß hoben. »Claire ist für Archies Make-up zuständig.«

Claire hätte hervorragend in ein Musikvideo der Sex Pistols gepasst. Ihr platinblondes Haar war zu einer Tolle toupiert, blutroter Lippenstift betonte ihren Schmollmund, und die Risse in ihren grauen Jeans gewährten ungehinderten Blick auf ihre ansehnlichen Oberschenkel. Archie trottete zu ihr, und sie half ihm auf den Make-up-Stuhl.

Amy wandte sich wieder mir zu. »Normalerweise machen wir das Make-up unten in den Lastwagen, aber es sind nur zwei Grad, und die Kostüme halten nicht gerade sonderlich warm.«

»Mein Kostüm trage ich schon!«, trällerte Melody und entblößte ihren nackten Oberkörper. Ihre sonnengebräunten Brüste hüpften, als sie sich zum Spaß schüttelte.

»Melody!«, ermahnte Caroline und tippte ihr kichernd mit der Haarbürste auf die Schulter. Claire schmunzelte, als sei sie den Anblick gewohnt. Mit glockenhellem Lachen raffte Melody den Morgenrock wieder um die Wespentaille.

»Caroline, kannst du sagen, wie lange es noch dauert?«, fragte Amy, die von der Spontanenthüllung ebenfalls ungerührt blieb. Als ich sah, dass Archie ganz unbefangen mit Claire sprach, trat ich zur Tür hinaus, einem atemberaubenden Kerl beinahe auf die Füße.

»Entschuldigung.« Ich wich dem wohlproportionierten Mannsbild aus, während Amy an mir vorbei aus dem Make-up-Raum hastete.

»Oh, hallo Andrew«, sagte sie und schürzte die Lippen. »Was gibt es?«

»Habt ihr einen Raum, in dem ich diese Objektive verstauen kann?« Er hob einen schwarzen Koffer. »Ich möchte nicht, dass ihnen was passiert.«

»Klar«, sagte Amy, mit den Wimpern flatternd.

Andrew machte schwer was her: Unter der Fleecejacke zeichneten sich seine breiten Schultern ab. Er war mindestens eins neunzig groß und aufrecht wie eine korinthische Säule. Sein dunkles Haar hatte er gekonnt zerzaust. Ein- oder Zweitagesstoppeln zierten seine Kinnladen, und die gebräunte Haut betonte seine blauen Augen.

»Du kannst sie ins große Schlafzimmer bringen«, gurrte Amy. »Da darf keiner rein. Erzähl nur niemandem, dass ich's dir erlaubt habe, okay?« Sie grinste und ging davon. Dass ich auch noch existierte, hatte sie vergessen.

»Danke.« Andrew folgte Amys geschmeidiger Gestalt den Flur hinunter, ebenfalls ohne auch nur einen einzigen Blick in meine Richtung zu werfen.

Dann waren sie verschwunden. Ungläubig stand ich da und schlich anschließend auf der Suche nach der Tür zum »Green Room« den Flur entlang.

»Ich bin Emma. Oh, hi Emma, wie geht es dir?« Ich machte mir den Spaß, Amy und Andrew nachzuäffen. *»Oh, ich? Ich bin nur Betreuerin. Du brauchst mich absolut nicht zu beachten. Oh, okay, Emma, machen wir. Oh, mein Andrew, was für große Muskeln du hast, oh, und Amy, du hast so schmale Hüften, hättest du etwas dagegen, wenn ich sie so richtig packen würde, während ich es dir von hinten besorge, natürlich werde ich mich im Spiegel betrachten, sobald ich loslege, ist das okay, wie wirkt meine Kinnlade? Stark und männlich?«*

Ich öffnete die Tür zum »Green Room« der Kinder, während ich noch immer vor mich hin redete, und wurde von einem Mann mit Brille begrüßt. Er trug eine Wollweste und ausgebeulte weiße Unterhosen und taumelte von einer Seite des Zimmers zur anderen.

»Ahh, ein Zombie«, las er mit tonloser Stimme aus einem Skript vor, das er in der Hand hielt. Sein weißer Hängehintern pendelte bei jedem Schritt. »Aaaah. Aaaah.«

»Entschuldigung.« Ich verschluckte einen Lacher. »Ich war nur …

ich bin im falschen Zimmer ... tut mir leid.« Ich schloss die Tür hinter mir und hastete davon.

»Ich hab auch bei Harry Potter als Betreuerin gearbeitet. Das war echt hart. Aber das Allerbeste war ein Film, den ich mit Clive Owen gemacht habe. Der ist doch wohl Sex am Stiel, oder? Wo hast du denn sonst noch als Betreuerin gearbeitet? Was Bekanntes?« Martha, die verbal ebenso wie physisch beachtlich ausgestattete zweite Betreuerin, schaufelte sich eine weitere Ladung Hühnercurry auf ihre Reislawine.

Ich stand neben ihrem ausladenden Leib vor dem Bain-Marie und wartete darauf, mich bedienen zu können. Wir hatten den Morgen damit verbracht, »Billy«, »Bella«, »Natalie« und den »Nachbarn« (der Typ in den Unterhosen) dabei zu drehen, wie sie in der Wohnung umherrennen und vor einem Zombie zu fliehen versuchen (der von einem Komparsen namens Peter verkörpert wurde, den ich irgendwann früher schon mal als Drogenopfer gebucht hatte). Bevor »Natalie« den Zombie mit einem Schüreisen harpunieren sollte, gab es erst einmal Mittagessen. Die Spezialeffektjungs und die Kostümbildner verzierten derweil Peters Brust mit »Squibs« – kleinen fernbedienten Knallkörpern, die mit Kunstblut gefüllt waren – und testeten das Teleskop-Schüreisen.

»Das hier ist mein erster Job als Betreuerin, aber ich ...«

»Ach du liebe Güte! Echt?« Der Löffel blieb Martha im Mund stecken. »Also, ich kann dir absolut alles beibringen.« Sie wandte sich wieder dem Curry zu und schwang inbrünstig die Schöpfkelle. »Ich leih dir mein überarbeitetes Handbuch *Filmen mit Kindern*. Ich hab es mit zusätzlichen Anmerkungen versehen. Trag es immer, *immer* bei dir. Du darfst dich *niemals* von irgendwelchen Regie-Assis herumkommandieren lassen.«

»Ich bin ja eigentlich auch ...«

»Die haben nämlich nicht den geringsten Respekt vor Kindern, oh, sieh doch, Papadams.«

Martha rückte in der Schlange voran, überhäufte ihren Teller und predigte gleichzeitig, niemals die gesetzlich vorgeschriebenen Kinderarbeitszeiten zu übertreten, und unterwies mich obendrein, wie ein Drehtagsablaufplan zu lesen sei.

»Hey. Läuft alles gut?« Amy reihte sich in die Essensschlange ein und griff sich einen Teller.

»Ja, danke«, sagte ich und sah in Richtung der Tische, an denen die Crew aß. Andrew saß mit dem Regisseur zusammen und führte ein intensives Gespräch, bei dem mit allen vier Händen gestikuliert wurde. Es hatte sich herausgestellt, dass er der Kameramann war.

»Eine große Crew. Ich bin bisher noch nie bei Dreharbeiten mit so vielen Menschen gewesen.«

»Tatsächlich nicht?«, fragte sie, ging am Reis vorbei und löffelte sich ein winziges Häufchen Curry auf den Teller. »Betreust du meistens fürs Fernsehen?«

»Nein, das hier ist mein erster Job als Betreuerin.« Ich sah hinüber zu Archie und Tilly, dem Mädchen, das seine Schwester »Bella« spielte. Sie saßen nebeneinander, aßen Mini-Burger mit Pommes und wirkten wie ein echtes Geschwisterpaar. Martha war aufgeregt damit beschäftigt, Tillys Burger in kindgerechte Happen zu zerkleinern.

»Ich bin eigentlich Zweite Regieassistentin.«

»Ach was!« Amy wurde munter. »Und warum machst du das hier?«

»Ich tue meiner Tante einen Gefallen. Archie ist mein Cousin.« Ich entschied mich, ihr nichts von der Kündigung/Fast-Entlassung bei meinem letzten Job zu erzählen.

»Cool!«, sagte sie mit erwachtem Interesse.

Martha winkte mir von der anderen Seite des Raums zu. »Emma, hier drüben!« Sie klopfte auf einen Platz neben sich.

Nachdem ich gegessen und mir die Liste der Stars (aufgezählt mit funkelnden Augen und Broccoli zwischen den Zähnen) angehört hatte, mit denen Martha gearbeitet hatte, nahm ich Archie zu einem Spaziergang mit nach draußen. Ich wollte ihn von Martha loseisen, die gerade Tilly einbläute, ihren Text zu lernen. Meine Güte, sie war doch erst fünf.

»Gefällt dir die Schauspielerei?«, fragte ich Archie. Wir schlenderten Hand in Hand.

Er wirkte kaum beeindruckt davon, an einem Filmset zu sein, spulte seinen Text ab, wusste, wie und wohin er sich zu bewegen hatte, und plauderte mit dem Regisseur, als hätte er seit Jahren nichts anderes getan.

»Ist okay«, antwortete er.

»Und weißt du auch, dass das Schüreisen Peters Brust nicht wirklich durchbohrt hat? Es war nur so ein Trick-Schüreisen, verstehst du?«

»Klar«, sagte Archie. »Es ist ein Telesstop-Ssüreisen.«

»Teleskop-Schüreisen. Genau.«

Wir gingen über den Parkplatz und sahen die Fahrzeuge der Produktion von hinten. Im Trailer der Kostümbildner saß eine gestresste Frau an einer Nähmaschine. Claire, die Sexpistols'sche Maskenbildnerin, lehnte am Make-up-Trailer und paffte eine Zigarette. Auf dem Beleuchterlaster saßen zwei Typen vom Ton, und aus ihrer Richtung verbreitete sich unverkennbarer Marihuanaduft. Sie winkten Archie zu.

»Emma?« Archie blieb stehen und sah zu mir auf. »Was ist ein Ohrtrastmuss?«

»Ähm …«

»Gute Frage«, sagte eine Stimme hinter mir. Ich wirbelte herum und sah Andrew, der eben noch auf die Tasten seines Handys eindrosch und es dann in der Jackentasche verschwinden ließ.

»Hi, ich bin Andrew«, sagte er und streckte die Hand aus.

»Emma.« Trotz der Kälte spürte ich, dass meine Wangen glühten. Andrew war ganz das Gegenteil von Ned. Muskulös, männlich, mit tiefer Stimme und wahrscheinlich im Besitz eines strammen Penis. »Ich bin Archies Betreuerin.«

»Weißt du vielleicht, was ein Ohrtrastmuss ist? Emma weiß es nämlich nicht.«

Ich versuchte, statt einer Antwort einfach darüber hinwegzulachen, aber es kam nur ein ersticktes Prusten heraus, und dann verschluckte ich mich auch noch an meinem Speichel.

Jetzt lachte Andrew. »Ich denke, Steve und Damo könnten es wissen.« Er deutete auf die Typen vom Ton. »Warum gehst du nicht rüber und fragst sie?«

»Okay.« Archie ging entschlossenen Schrittes über den Parkplatz zum Beleuchterlaster.

»Warten wir mal ab, was die sich einfallen lassen«, sagte Andrew und grinste verschmitzt.

Ich lächelte und bemühte mich, wieder in den Griff zu bekommen, was allen anderen in seiner Gegenwart anscheinend auch gelang: zu reden und zu atmen und dabei den Speichelfluss so zu kontrollieren, dass man nicht erstickte.

»Ich hab dich noch nie hier gesehen«, sagte er. »Was ist denn mit Fran?«

»Hat gekündigt, glaub ich«, antwortete ich. »Archie ist mein Cousin. Ich bin keine richtige Betreuerin, sondern nur Aushilfe.«

»Cool.« Er nickte. »Archie ist ein toller Bursche, ein richtiger kleiner Profi.«

Wir beobachteten, wie Archie den Typen vom Ton seine Frage stellte. Sie sahen einander an und fingen an zu prusten. Archie wartete am Fuß des Lasters geduldig auf eine Antwort. Der hoch aufgeschossene Typ mit den Dreadlocks schüttelte wild lachend seine schlaksigen Arme, während der andere, vierschrötig, klein und mit rasiertem Schädel, grinsend und nickend dasaß. Andrews Körperwärme drang sogar durch meine Jacke zu mir durch, und ich warf einen verstohlenen Blick auf ihn. Sein Profil erinnerte an das von James Bond. Kräftige Nase, blassrosa Lippen und ein kantiges Kinn. Auf seiner gebräunten Haut waren die Konturen einer Skimaske zu ahnen, und eine straffe Halssehne verriet, dass in seinem Parka ein starker Körper steckte.

»Andrew!« Amy tauchte am Trailer auf, wegen der Kälte die Arme um die schmale Taille geschlungen. »Sie wollen, dass du reinkommst, damit die nächste Szene besprochen werden kann.«

»Okay.« Andrew wandte sich mir zu. »Schön, dich kennengelernt zu haben.«

»Gilt auch für dich«, sagte ich lächelnd. Ich wünschte, ich hätte etwas Puder aufgelegt. Nun ja, eigentlich wünschte ich, überhaupt im Besitz von so was zu sein.

Andrew gesellte sich zu Amy und legte ihr zwanglos einen Arm um die Schultern.

»Emma«, sagte Archie. Er zupfte an meiner Jacke. »Es ist eine Bombe.«

»Was?« Ich beobachtete, wie Andrew die Tür des Apartmenthauses für Amy aufhielt.

»Ein Ohrtrastmuss. Das ist eine Bombe.«

»Ja, richtig«, sagte ich. Dann hielt ich inne und schenkte ihm wieder meine Aufmerksamkeit. »Was sagst du – eine Bombe?«

»Ja. Und Mädchen und Jungs kämpfen darum, wer die Bombe zuerst loslassen darf. Denn wenn sie explodiert, gibt es eine Party.«

»Hmm«, sagte ich und sah hinüber zu den beiden Ton-Typen.

»So einen Ohrtrastmuss wünsche ich mir zu meinem fünften Geburtstag.«

»Wirklich?«, sagte ich und bugsierte ihn fürs nächste Kapitel von »Gedärme und Büstenhalter für Vorschüler« nach drinnen.

KAPITEL 13

Ich stopfte den Rest meiner sauberen Wäsche in den Koffer, als die Türklingel sich mit einem so lauten Ding-Dong meldete, dass es durchs Haus schallte.

»Ich geh schon«, rief ich und polterte die Stufen hinunter.

Es waren Sophie, Helen und Douglas, die mir beim Umzug ins Cottage helfen wollten. Charlie war in Manchester, um einen Vortrag über nachhaltige Gebäude-Isolierung zu halten, und Mum hatte ich nicht um ihre Hilfe gebeten, weil sie sonst eventuell auf die Idee gekommen wäre, das Cottage umzudekorieren und womöglich das Vintage-Skelett aufzustellen, das sie letzte Woche mit neonpinkfarbenem Stoff bezogen hatte. Archie und ich hatten unseren ersten Tag am Filmset überlebt, und er musste erst wieder am nächsten Montag spielen. Allzu viele Gedärme hatte er nicht sehen müssen, und auch Melodys halb entblößte Brustpartie war ihm weitgehend verborgen geblieben. Insofern plagte mich noch kein allzu schlechtes Gewissen, dass ich Sineads erpresserische Anweisung »Kein-Wort-zu-deinem-Onkel-sonst-erzähle-ich-deiner-Mutter-du-hättest-dir-absichtlich-einen-Braten-in-die-Röhre-schieben-lassen« befolgte.

Mum und ich hatten Grandmas Cottage mit Hilfe von Sinead und den Kids aufgeräumt. Fünf Weihnachtskugeln waren in die Brüche gegangen, Honig war in den Strickkorb gesickert, eine Person die Treppe runtergefallen (Alice), ein Handgelenk wurde beim Hüpfen auf dem Bett verstaucht (Jess), und Archie hatte es irgendwie geschafft, die *BBC News* so einzustellen, dass die Kommentare auf Mandarin gesprochen wurden. Obwohl Mum protestierte, beschloss ich, die meisten Möbel zu behalten, wie zum Beispiel das alte beigefarbene Sofa, das sie so verabscheute. Ich erinnerte mich, wie ich mich auf dem Sofa an Grandma gekuschelt hatte, wenn sie für mich und Alex einen Apfel geschält und in Stücke geschnitten hatte. Ein Stück für mich, eins für Alex, eins für sie selbst, dann wieder von vorn. Nie wieder hatte ich so wohlschmeckende Äpfel gegessen wie jene, die uns vor diesem Kamin kredenzt worden waren.

Als ich die Tür öffnete, traf mich die klirrend kalte Luft, und ich blickte in drei strahlende Gesichter.

»Hi«, sagte Sophie und schlang mir ein wenig zu enthusiastisch die Arme um den Hals. »Ich bin so aufgeregt!«

Ich befreite mich beinahe gewaltsam aus dem Griff der gestreiften Handschuhe. »Das ist … freut mich sehr, Sophie«, sagte ich und musterte ihre winzige Gestalt. Sie sah aus, als führten sämtliche Zellen ihres Körpers Freudentänze auf.

»Sie leidet momentan an Lebensüberschwang«, sagte Helen. »Und jetzt mach schon, Tinkerbell, es ist eisig hier draußen.« Sie schubste Sophie freundlich über die Türschwelle, pflanzte mir einen parfümierten Kuss auf die Wange, kam hereinspaziert und legte dabei den Mantel ab.

Douglas, der Lederhandschuhe und einen grauen Wollmantel trug, den er bis unters Kinn zugeknöpft hatte, rieb beim Eintreten die Hände aneinander.

»Guten Morgen, Emma. Ziemlich kalter Tag zum Umziehen.« Mit kalten Lippen gab er mir einen kleinen Schmatzer auf die Wange und schloss sich Helen und Sophie beim Abladen von Mänteln, Jacken, Schals, Handschuhen und Mützen an.

»Also, dieser heiße Typ da bei deinem neuen Job …« Helen wickelte sich einen rubinroten Schal vom Hals. »Sollte ich ihn vielleicht kennenlernen? Und unter kennenlernen verstehe ich …«

»Ich weiß, was du darunter verstehst.« Ich lachte, glücklich, meine Freunde wieder um mich zu haben. Mir fehlte das tägliche Bürogeplänkel mit Sophie und Douglas, und mir fehlten auch die ungefähr fünfzig E-Mails, die Helen und ich an einem normalen Werktag auszutauschen pflegten. »Aber das kannst du vergessen.

Ich möchte ihm nicht bei der Arbeit über den Weg laufen und wissen, dass du nur ein paar Stunden zuvor sonst was von ihm zwischen den Lippen gehabt hast.« Ich schmunzelte, hob jedoch den Zeigfinger, um ihr zu bedeuten, dass es mir ernst war.

»Okay, okay, ganz wie du befiehlst.« Sie schnippte gegen meinen erhobenen Finger und ging an mir vorbei ins Wohnzimmer. »Aber wenn er es doch gern hätte, wer bin ich denn, es zu verweigern?«

»Ja, wer wohl?« Douglas schüttelte den Kopf und lächelte mir zu. »Weißt du eigentlich, wie sehr es mich überrascht, dass ausgerechnet du es zu einer ungewollten Schwangerschaft bringst?«

»Ich hab dich gehört, mein bebrillter Freund. Sieh dich vor, du stehst auf meiner Liste!« Helen meldete sich aus dem Nebenzimmer.

»Was für eine Liste?« Douglas wirkte besorgt.

»Entweder ihre schwarze Liste oder ihre Noch-zu-vögeln-Liste«, erklärte Sophie. Sie entledigte sich gerade der letzten Schicht ihrer vielfarbigen Kleidungsstücke. »Ich stehe auf der ersten.« Sie grinste, weil es ihr ziemlich wumpe war.

Ich hakte mich bei Sophie und Douglas ein und führte sie ins Wohnzimmer, wo Helen bereits auf dem Sofa saß und in einer *Vogue* blätterte.

»Tee?«, fragte ich entspannt.

Nachdem wir das Unvermeidliche mit Hilfe zahlreicher Tassen Tee, frischem Backwerk, einem Zwiegespräch mit einem höchst engagierten Douglas über Mängel in der Handlung des Zombie-Films und langen Diskussionen über die Statthaftigkeit sexueller Beziehungen zu Kollegen immer weiter aufgeschoben hatten, machten wir uns auf den Weg nach oben, um meine Sachen zu greifen. Viel besaß ich nicht. Abgesehen von einem Servierwagen mit leider nur drei Rädern, der Ned eines Abends auf der Straße vor die Füße gefallen war, hatten Ned und ich keine Möbel gehabt. Douglas belud Helens Auto mit meinen Koffern und Taschen, während Sophie, Helen und ich die Stufen zu Mums

Büro hinaufstiegen und an die Tür klopften, um uns zu verabschieden.

»Herein!«

Ich öffnete die Tür und wurde vom Lycra-Hinterteil meiner Mutter begrüßt, die gerade den »Herabschauenden Hund« ausführte.

»Hallo Liebes«, sagte sie zwischen den Beinen hindurch. Auf ihrem iPad auf der Yogamatte lief ein Bericht über eine Modenschau.

»Hi Diana«, sagte Helen.

»Oh, hallo Mädels.« Sie drückte beim Video auf Pause.

»Mu-hum«, quengelte ich. »Steh auf. Ist ja peinlich.«

»Ich find's toll. Ich hoffe, ich krieg das auch noch hin, wenn ich alt bin«, sagte Sophie fröhlich.

Mum löste sich aus der Stellung. »Alt?« Ihre Augen wurden zu Schlitzen.

»Diana, hätten Sie etwas dagegen, wenn wir uns Ihre Tüchersammlung anschauen?« Helen wechselte flink das Thema. »Haben Sie schon die neuesten Designs von Karantzou?«

Mum behielt Sophie im Auge und signalisierte ihre Zustimmung mit einer Handbewegung.

Helen packte Sophie beim Ellenbogen. »Meine Güte, du bist so unglaublich bescheuert. Ich wette, dich haben sie als Baby zu heiß gebadet.«

Die Tür schloss sich hinter ihnen, und Mums finstere Miene hellte sich auf. Sie trat zu mir und legte mir die Hände auf die Schultern.

»Nun gehst du also?«

»Ja.« Ich erwiderte Mums trauriges Lächeln.

»Ich hab was für dich.« Sie lehnte sich hinter die Glasplatte ihres Schreibtischs und zog mehrere Hochglanzeinkaufstüten hervor, aus denen Seidenpapier hervorquoll wie Sahne aus einem Baiser. »Nur ein paar Sachen für dein neues Heim«, sagte sie, als ich mich über die Tüten beugte, um darin zu kramen.

»Was für Sachen?«, fragte ich und gab den Kampf gegen das Seidenpapier auf.

»Ein paar Dinge, damit das Cottage sich wie ein Zuhause anfühlt. Natürlich nicht wie deine Art Zuhause, sondern meine.«

»Ich will das verdammte Skelett nicht!«

»Ich würde auch im Traum nicht daran denken, es dir zu geben! Das ist Einrichtung für Fortgeschrittene. So weit bist du noch nicht. Es sind nur ein paar Handtücher von Ungaro, ein Überwurf für die Sofarückenlehne von Missoni – was man an Raumtextilien eben so braucht, Schätzchen. Später kümmere ich mich dann um die Möbel.«

»Oh. Okay. Vielen Dank auch.« Ich lächelte. »Gut, wir sollten uns auf den Weg machen.«

Mum zog mich an ihre Brust. »Dienstag fliege ich nach Rom. Nur für ein, zwei Tage. Ich komm dich besuchen, sobald ich wieder da bin. Du schaffst es doch allein?«

Ich klärte Mum auf, dass alles gutgehen würde, umarmte sie, sagte ja, ich würde mich vor Kohlenhydraten in Acht nehmen und die Ungaro-Handtücher im Schongang getrennt waschen, umarmte sie nochmals, forderte sie auf, mit ihrem wehleidigen Gehabe aufzuhören – ich würde schließlich gerade mal eine Dreiviertelstunde U-Bahn-Fahrt entfernt wohnen –, raffte die Einkaufstüten zusammen, wobei ich geschickt einer weiteren Umarmung auswich, und eilte die Treppen hinunter. Dabei rief ich immer wieder Abschiedsgrüße, und ja, ich würde anrufen, wenn ich für mein Wohnzimmer ein Exemplar aus der ersten Druckauflage von *Hände unter den Händetrocknern öffentlicher Toiletten* irgendeines aufstrebenden Nachwuchsfotografen begehrte oder meine Dekokissen nicht mehr den Anforderungen entsprachen.

Um drei Uhr nachmittags saß ich schließlich auf Grandmas altem Sofa, trank Pfefferminztee und atmete die Atmosphäre meines neuen Zuhauses ein. Die Wände des Wohnzimmers waren kahl. Meine Mutter würde jedoch dafür sorgen, dass sie es nicht lange blieben. Ich stellte meine Teetasse auf den Couchtisch, rückte ein Häkelkissen zurecht und legte mich zurück. Mit den Handflächen umfing ich meinen Kugelbauch. In der vorherigen Nacht hatte ich zum ersten Mal gespürt, wie sich das Baby bewegte. Und es hatte nichts damit zu tun gehabt, was die Bücher sagen – dass es sei, als flatterten Schmetterlinge im Bauch. Nachdem ich es gespürt hatte, kam mir diese Beschreibung albern blumig vor. Es fühlte sich nämlich eher nach einer trägen Wellenbewegung an, wie sie ein Goldfisch im Wasser des Plastikbeutels verursacht, in dem er nach Hause getragen wird. Es war kein weltbewegendes Gefühl, aber es gehörte allein mir. So tief in mir verborgen. Mir kam es vor, als hätte ich ein wundervolles Geheimnis, das niemals geteilt werden durfte. Diese Bewegungen sollten von niemandem als mir allein wahrgenommen und genossen werden.

»Sieht so aus, als seien wir ganz auf uns gestellt, mein kleiner Parasit«, sagte ich und tätschelte mir den Bauch.

Helen, Sophie und Douglas hatten meine Sachen abgeladen und sich schnell auf den Weg gemacht, um ihre persönlichen Samstagabendpläne in Angriff zu nehmen. Helen wollte in einen Club, zu dem man durch eine Telefonzelle an der Rückseite eines Diners Zugang fand, einer Flüsterkneipe für diejenigen, denen die allgemeine Freiheit legalisierten Alkoholgenusses langweilig wurde. Sophie machte »etwas«, und zwar mit »jemandem«. Mehr bekamen wir nicht aus ihr heraus. Doch wer auch immer es sein mochte, seinetwegen zappelte sie vor Aufregung. Ich fragte mich, ob die Männerstimme, die ich vor Wochen bei ihr zu Hause am Telefon gehört hatte, diesem geheimnisvollen »Jemand« zugeordnet werden konnte. Douglas führte eine neue Freundin ins Theater aus. Und ich fühlte mich einfach erleichtert, als sie fort waren. Mir fehlte die Euphorie des Anfangs, die mit den Vorbereitungen des abendlichen Ausgehens verbunden ist, doch ein bisschen. Oft hatte ich festgestellt, dass ich diese Phase mehr genoss als alles andere. Als meine Freunde nun genau diese Wochenendvorfreude ausstrahlten, wollte ich sie und ihre Twentysomething-Freiheit so bald wie möglich loswerden, damit ich mich durch eine Schachtel Eclairs futtern und durch Netflix browsen konnte.

Mein Klingelton »You Can't Touch Me« von MC Hammer durchbrach die Stille. Ich antwortete, ohne nachzusehen, wer anrief.

»Hallo?«

»Emma?«, erwiderte die Stimme. »Ich bin's.«

Ned.

»Oh. Was willst du denn? Mir mein Geld zurückgeben?«

»Äh, nein«, sagte Ned. »Ich rufe an, um zu fragen, wie es dir geht. Und ... äh ... wie die Baby-Sache so läuft.«

»Die *Baby-Sache*?«

»Äh, ja ... Läuft das ... so weit okay? Nimmst du, du weißt schon, auch deine Vitamine?«

»Ob ich meine Vitamine nehme? Was soll der Scheiß, Ned?«

Ned seufzte. »Ich streng mich doch an, Emma.«

»Ja, kann man wohl sagen. Du bist mächtig anstrengend.«

»*Du* hast doch mit *mir* Schluss gemacht. *Du* hast beschlossen, das Baby zu behalten.«

Er hatte recht. Das alles hatte ich getan. Aber er hatte auch mein Konto leergeräumt und mich ohne einen Penny sitzengelassen.

»Worauf willst du hinaus?«

»Ich will auf nichts hinaus, sondern nur ...«, sagte er kleinlaut. »Ich wollte nur mal hören, wie's dir geht, und ... ich weiß auch nicht ...«

Ein leises Schuldgefühl machte sich bemerkbar. Er war der Vater, er hatte jedes Recht, sich nach dem Baby zu erkundigen. Ich wäre am Boden zerstört, wenn er es nicht täte.

Er räusperte sich. »Also, ich muss mich unbedingt mit dir unterhalten über ...«

»Ich hab Freitag einen Ultraschalltermin«, sagte ich. »Ich meine, na ja, du musst nicht ... ich brauche dich nicht oder so, aber du kannst kommen, wenn du möchtest.« Wenn Ned anstrengend war, durfte ich ja wohl versuchen, es ihm gleichzutun.

Ich war gespannt auf seine Antwort und erwartete schon seine üblichen Ausflüchte, dass Gerry zum Beispiel Hilfe bei seinem »Wo ist Walter?«-Puzzle brauchte oder dass seine Mum ihm verboten habe, aus dem Haus zu gehen, bevor er nicht seine Strümpfe sortiert hatte.

»Wirklich?«, sagte er fast ungläubig. »Ich darf mitkommen?«

»Du bist der Vater, oder? Ich kann dich nicht hindern, dir dein Kind mal anzugucken«, sagte ich, jedoch nicht ohne Wärme in der Stimme. Ned klang tatsächlich interessiert. Geradezu erpicht.

»Ich muss doch aber wohl nicht ... deine ... ich meine, sie werden doch nicht verlangen, dass ich in deine ...«

»Meine – was? Spuck's aus, Ned!«

»Deine ... Fagina?«

Während unserer gesamten Beziehung hatte es Ned nicht ein einziges Mal über sich gebracht, das Wort auszusprechen. Aber als er es jetzt tat, und zwar mit F statt mit V, musste ich lachen.

»Ja, Ned«, sagte ich. »Wenn du das Baby sehen möchtest, musst du tatsächlich einen Blick in meine Vagina werfen.«

»Halt die Klappe!«, sagte er. Ein Lächeln klang in seiner Stimme mit.

Er wartete darauf, dass ich zu kichern aufhörte.

»Ich benutze auch einen Schnorchel.«

Ich prustete von neuem los.

Ned machte noch ein paar unpassende Vaginaerkundungswitze und tat so, als habe er sich in meinem Uterus verlaufen und müsste sich nach dem Weg zum kleinen Zellhaufen erkundigen. Ich musste lachen, bis mir die Tränen kamen und sich ein mögliches Problem mit der Blase andeutete. Doch es tat gut (das Lachen – nicht das Blasenproblem).

»Heute ist Samstag«, sagte ich und wischte mir die Augen. »Gehst du gar nicht aus?«

»Doch, ich hab ein Date«, sagte Ned, immer noch lachend, und hielt inne, als ihm klarwurde, was er gesagt hatte. »Oh, ähm ... ja, ich geh aus, aber erst später ...«

Das Lachen war erstickt.

»Und wer ist die Glückliche?«, fragte ich so teilnahmslos wie möglich.

»Ähm, nur so 'n Mädel, das ich kennengelernt hab.«

Es wurde wieder ungemütlich zwischen uns.

»Okay«, sagte ich. »Dann viel Spaß.«

»Ja.«

Wir schwiegen.

»Emma?«

»Hier.«

»Wir sehen uns beim Ultraschall?«

»Ja, ja, natürlich.«

Befangen verabschiedeten wir uns voneinander. Ich legte auf, warf das Telefon aufs Sofa und starrte ins Feuer.

Ned hatte eine Neue?

»Archie und Tilly bitte ans Set«, krächzte die Erste Regieassistentin über Sprechfunk. Kaum hatte Amy erfahren, dass ich Zweite Regieassistentin gewesen war, hatte sie sich das zunutze gemacht und mir ein eigenes Sprechfunkgerät gegeben. Martha reagierte mehr als pikiert auf das vermeintliche Privileg, das mir zuteil wurde.

Ich drückte auf die Sendetaste. »Archie und Tilly im Anmarsch.« Ich öffnete die Tür und bedeutete Martha und den Kids, dass es Zeit sei, sich auf den Weg zu machen.

Martha legte ihre Jumbotüte Chips beiseite und drängte sich an mir vorbei.

»Szene siebenundvierzig, Leute. Die, in der ...«

»Wir wissen, welche das ist.« Martha stelzte auf ihren Säulenbeinen zu Tilly und fasste ihre Hand. »*Ich* mach das hier schon seit Jahren.«

»Okay«, sagte ich und schnitt Archie eine verschwörerische Grimasse.

Archie und Tilly sagten ihren Text wieder und wieder auf, während sie sich vor zwei Zombies versteckten. Bei einem der Untoten spritzte das Blut an der Stelle heraus, an der sich der linke Arm hätte befinden sollen, und der andere Zombie präsentierte seinen offenen Brustkorb. Ich hätte besorgt sein sollen, dass Archie, der doch erst vier war, zu viel Blut zu sehen bekam, aber es schien ihm nichts auszumachen – er hatte während der Lichtprobe fröhlich mit einem abgeschlagenen Kopf gespielt –, und außerdem musste ich die ganze Zeit an Ned und sein Date denken. Lud er sie in unsere billige Lieblingspizzeria in Balham ein? Küssten sie sich? Vögelten sie vielleicht schon? War sie schlanker, hübscher, cleverer oder einfach netter als ich? Würde etwas Ernstes daraus werden, oder wollte er sich einfach nur ins Getümmel stürzen und seinen Marktwert testen? Mir wurde schwer ums Herz. Ned hatte Angst vor dem Getümmel, das wusste ich. Eigentlich ließ er sich nur auf Dates mit Frauen ein, die er wirklich mochte.

»CUT!«, brüllte der Regisseur. »Wo bleibt das verdammte Blut?« Aus einem Bündel glitschiger künstlicher Gummivenen am Armstumpf des Zombies hätte Blut sprudeln sollen. Aus einem Blutbehälter führte ein Schlauch direkt in den Stumpf, und ein Mädchen von der Ausstattung stand bereit, um mit der Hand zu pumpen – sie pumpte, aber wir sahen es nicht sprudeln.

»Ich glaube, da ist was verstopft«, sagte sie und pumpte immer schneller. Sie war von oben bis unten mit Kunstblut besudelt und kam langsam ins Schwitzen.

Der Darsteller des armamputierten Zombies fiel aus seiner furchteinflößenden Rolle und inspizierte die offenen Venen am Schulterstumpf. Das lebendige Interesse, das er dabei zeigte, stand in interessantem Gegensatz zu der Verwesung, die sein Make-up vortäuschte.

»Fünf Minuten Pause, Leute, während wir das hier klären«, rief die Erste Regieassistentin.

Crew und Besetzung zerstreuten sich, legten Drehbücher auf Stühlen ab, Tongalgen auf Tischen, und die Kameras wurden arretiert.

»Wann soll es denn kommen, das Baby?«, fragte Caroline, die Archies Haar zurechtzupfte.

»Am sechzehnten Juli.« Ich löste die Manschette von einem Muffin.

Archie und ich nutzten die Gelegenheit für einen Imbiss, während Ausstatter mit Schlauchstücken, besorgten Gesichtern und Kunstblut an den Händen/Hosen/Wangen umhereilten. Es verteilte sich überall. Auch ich musste wohl einmal hineingetreten sein, denn die Sohlen meiner Converse sahen aus, als hätte ich einen Tatort verunreinigt.

Caroline und Claire hatten sich zu mir und Archie an einen Picknicktisch gesetzt.

Claire wandte uns den Rücken zu, blies Zigarettenrauch in den Himmel und plauderte am Telefon.

»Wow! Wie aufregend! Weißt du denn schon, was es ist?« Caroline sah mich an, wie Visagistinnen es zu tun pflegen: Ihr Blick wandert über dein Gesicht, schätzt den Collagengehalt ein, die Größe deiner Poren und die eventuelle Notwendigkeit einer Augenbrauenkorrektur oder eines Oberlippen-Waxings.

»Nein, der Ultraschall ist am Freitag.« Ich stopfte mir den Muffin in den Mund.

Caroline hm-hmmte und holte einen schicken Kasten mit unauffälligen Pudersorten hervor. Sie tupfte mit dem Pinsel auf einen Farbton.

»Willst du dir sagen lassen, was es ist?« Ihr Puderpinsel nahm Kurs auf mein Gesicht. »Oder wollen sich dein Partner und du überraschen lassen?«

Ohne zu fragen, ob die fahle Haut, die dunkellila Tränensäcke, der Knoten aus nassem Haar und die entgleisten Augenbrauen Teile eines von mir sorgfältig zusammengestellten Looks waren, begann Caroline mit dem Pudern.

»Ich habe keinen Partner.« Ich schreckte zurück und blinzelte. »Ich bekomme einfach nur … ein Baby.«

»Oh.« Caroline nickte. Sie öffnete einen weiteren schwarzen Kasten und schwenkte einen großen Borstenpinsel über dem schimmernden hautfarbenen Puder. »Künstliche Befruchtung«, sagte sie und puderte meine Nase und meine Wangenknochen.

»Nein.« Ich hüstelte, weil ich den Puder eingeatmet hatte. »Mein Freund und ich haben uns getrennt. Aber er wird, also … er wird trotzdem zum Ultraschall kommen.«

Meine Gedanken wanderten wieder zu Ned und seinem Date, und ich fragte mich, ob die Tussi jetzt schon seine Freundin war. Hoffentlich nicht. Mir wäre es lieber, er träfe sich mit einer nichtssagenden Tussi nach der anderen, als dass er eine neue und bedeutsame Beziehung zu einer coolen und toleranten Frau einging, die eine Meute sommersprossiger Bälger wollte.

»Wow! Das ist hart. Und kommst du damit zurecht, bald alleinerziehend zu sein? Mach die Augen zu.«

Die Arbeit als Visagistin bringt mit sich, dass man Werktag für Werktag nur Zentimeter entfernt vom Gesicht einer fremden Person arbeiten muss. Dadurch wird eine Art unechter Intimität geschaffen, so dass die Make-up-Künstler bohrende Fragen stellten und die Schauspieler ihr Herz ausschütteten. Sie behandelten die Make-up-Leute wie Therapeuten. Glamour-Therapeuten. Ich schloss die Augen, um die ungebetene Runderneuerung über mich ergehen zu lassen, und fuhr fort zu tun, was so viele vor mir schon getan hatten: Ich enthüllte meine innersten Gefühle einer fast völlig fremden Person, weil sie über die Fähigkeit verfügte, mich hübscher zu machen.

»Wow!«, sagte Caroline abermals, nachdem ich ihr die gesamte Ned-Geschichte erzählt hatte, und zwar einschließlich der Stellung, in der ich mich wohl befunden haben musste, als ich geschwängert wurde, und der Größe, also der exakten Größe, die Neds Penis vorzuweisen hatte. »Du bist so tapfer. Alle Achtung«, sagte sie und schwang einen Spiegel.

Jetzt war es an mir, »Wow!« zu sagen.

Ohne auch nur einen Lippenstifttouch in Pink oder einen Lidschattenstrich in Grün war es Caroline gelungen, mich ziemlich hübsch aussehen zu lassen. Clevere Abdeckungen und Farbtonanpassungen (was natürlich meine laienhaften Bezeichnungen waren) hatten mich von »Käsige geschwängerte Versagerin auf Crack« verwandelt in »Strahlende Schwangere, das eigene Schicksal in die Hand nehmend und geeignet für jeden Luftauffrischer-Werbespot«. Ich war beeindruckt.

»Ich sehe aus wie ich – bloß in hübsch!«, sagte ich und drehte mich in alle Richtungen, um herauszufinden, wo mein echtes Ich aufhörte und das der Luftauffrischer-Lady begann.

»Du bist hübsch. Du musst nur deine guten Seiten unterstreichen.« Caroline ließ einen Schminkkasten aufschnappen. »Ich hab nichts anderes gemacht, als das hier zu benutzen, das hier unten. Hab das mit ein wenig von dem da high-ge-lighted, diese beiden gemischt, damit sie zu dem Bereich hier passen, und anschließend hier unten kleine Akzente gesetzt. Nichts einfacher als das.«

»Mh-hm«, sagte ich zögernd. So einfach, dachte ich, wie es wäre, mit einer Wimper als Pinsel einen Monet zu malen. »Vielleicht wende ich das Zeug mal unter den Augen an.«

Caroline zuckte die Achseln.

Ein paar Minuten später wurde die Crew zurück ans Set gerufen.

Ich prüfte schnell, ob Archie seinen Text konnte. »Und du weißt, dass der Zombie auf dem Boden nicht echt ist, oder?«

»Ja, ist nur aus Tummi.«

»Gummi. Und die Person, die dich verfolgt, ist nur Peter mit falschen Augäpfeln und Zähnen. Du erinnerst dich doch an Peter? Getroffen haben wir ihn im ...«

»Ja-ha«, sagte Archie ungeduldig.

»Okay, okay«, sagte ich, ließ den Blick über das Set schweifen und merkte erst jetzt, wie höllisch blutig alles aussah. »Und das Blut ist auch nur Kunstblut, nicht wahr?«

»Ja. Es schmeckt nach Ssokolade.«

»Genau. Vielleicht solltest du aber nicht von dem Kunstblut essen.«

Archie nickte und trottete zu seiner Erste-Position-Markierung. Ich begab mich zu meinem harten Plastikstuhl hinter den Monitoren. Auf dem Weg kam ich an Andrew vorbei.

»Du siehst heute bezaubernd aus«, sagte er und blickte aus der himmlischen Höhe seiner göttlichen Gestalt auf mich hinab. »Heiß. Hast du irgendwas mit dir gemacht?«

»Ja, ich habe mich von Caroline renovieren lassen.« Ich grinste unter meiner Nude-Konturierung.

Andrew musste lachen.

»OKAY, UND JETZT DER NÄCHSTE TAKE!«, schrie die Erste Regieassistentin. »SET RÄUMEN!« Sie funkelte mich an.

Ich spürte, dass Andrew mir hinterherblickte, als ich an ihm vorbeiging. Als ich mich umdrehte und hinsetzte, sah er mich immer noch an. Er zwinkerte mir zu und widmete sich dann wieder seiner Kamera.

KAPITEL 14

Am Tag der Ultraschalluntersuchung wachte ich um 4:31 Uhr mit der Angst auf, das Baby könnte ohne Gehirn und ohne Knorpelgewebe geboren werden. Nichts als ein leerer Kopf, an dem Gummiarme und Gummibeine hingen. Ich kletterte aus dem Bett, schaltete alle Lampen ein und sah mir die letzten frühmorgendlichen Infomericals an. Ein wenig verliebte ich mich in einen Lockenstab, der auch als Bürste und Fön dienen konnte und einen dritten Zweck erfüllte, der mir entging, als ich im Bad war – vielleicht konnte er Dosen öffnen. Dann rief ich Alex in Bangladesh an, und sie sagte, wobei jedes zweite Wort von Rikscha-Gehupe übertönt wurde, dass ich mir keine Sorgen machen solle, weil mein Baby rosige Wangen, flaumiges Haar, alle nötigen Hirnbereiche, Knorpel, Zehennägel und so weiter haben würde. Ich konnte wieder auf normale Atmung umschalten. Alex war in solchen Situationen gut zu gebrauchen, reagierte auf meinen Widersinn mit Pragmatismus, auf meine Albernheiten mit Rationalität. Während sie unter erbärmlichen Bedingungen daran arbeite, dass Leben armer Leute zu verbessern, aß ich zum Frühstück feinste »Green & Blacks«-Schokolade und hoffte, dass mein Exfreund sich bei seinem Date einen Tripper geholt hatte.

Irgendwann verließ ich das Cottage und ging die Straße hinunter zu der Ecke, an der Ned mich mit dem Volvo seiner Mutter abholen wollte. Die nächsten siebzehn Minuten stand ich mir in der Dunkelheit die Beine in den schwangeren Bauch. Am Ende der Straße hupte ein Auto. Nicht Ned. Ich hüllte mich tiefer in meinen Daunenparka. Sehr bald würde meine Kugel nicht mehr hineinpassen, aber noch konnte ich den Reißverschluss über die

Beule zwängen. Mein Telefon klingelte, und im selben Moment wusste ich, welche Unterhaltung mich erwartete.

»Emma, ich bin's«, würde Ned außer Atem sagen.

»Ja«, würde ich kurz angebunden antworten.

»Ich bin spät dran, können wir uns im Krankenhaus treffen?«

Im Hintergrund würde ich Gerry darüber stöhnen hören, wie sehr meine schwangere Bedürftigkeit ihren Verkostungen von Eis mit Alkoholnote im Weg stand, »Hick«.

»Na gut«, würde ich noch angespannter sagen.

»Klasse, du bist die Beste. Chelsea Hospital, oder?«

»St George's«, würde ich fauchen.

»Ja, das meinte ich. Bis gleich«, würde er sagen.

Und dann würde mir die Galle hochkommen, und ich würde ihn im Geiste kastrieren. Und Gerry auch. Doch als ich mein Telefon aus der Jackentasche zog, war es nicht Ned, der anrief.

»Hi.«

»Hallo Schätzchen!«, sagte Mum enthusiastisch wie immer.

Während ihrer Ehe mit Dad war sie völlig anders gewesen. Damals trug sie marineblaue Blusen und zweckmäßige Schuhe, machte uns ein Lunchpaket (jeden Tag Marmite-Sandwiches) und fuhr uns schweigend zur Schule. Nach der Scheidung hatte sie sich in einen flatternden Schmetterling mit Prada-Flügeln und Lanvin-Handtasche verwandelt, der über mehr Energie verfügte als eine von den Pussycat Dolls auf Speed.

»Bist du schon im Krankenhaus?«

»Nein. Ich warte gerade auf ...« Ich entschied mich, Ned nicht zu erwähnen. »... ein Taxi.«

»Ich möchte, dass du mich anrufst, sobald du raus bis. Ich muss Gewissheit haben, dass es meine Nase hat und nicht die deines Vaters. Meine Güte, ihr Mädchen könnt von Glück sagen, dass ihr nicht seine Nase habt, sie hat die Größe eines Flugzeughangars. Für alle Fälle habe ich schon etwas Geld für die Operation beiseitegelegt.« Im Hintergrund hörte ich, wie Bügel über Stangen geschoben wurden und sah meine Mutter vor mir, wie sie durch eine Boutique stakste, das Telefon am Ohr, und links und rechts Verkäufer und andere Kunden anrempelte. »Trägst du eine richtige Unterwäschegarnitur?«

»Ja.«

»Du lügst, oder?«

»Natürlich. Und an meiner Unterhose ist das Gummi ausgeleiert.«

»Hmmm«, grummelte Mum. »Hör mal, ich habe einen Artikel über alleinstehende Mütter im Teenageralter gelesen …«

»Ich bin siebenundzwanzig!«

»Ja, Schätzchen, aber du bist sehr unreif.«

»Danke.«

»Wie auch immer. In dem Artikel ging es darum, wie man versucht, einen Partner zu finden, wenn man jung ist und ein Baby hat, und es heißt dort, dass *wenn man nicht gleich Erfolg hat …«*

»Mum, ich will keine Beziehung.«

»Hör's dir doch an.«

»Nein, danke«

»Es heißt, *wenn man nicht gleich Erfolg hat, sollte man sich fragen …«*

»Do you be-LIEVE in life after LOVE«, sang ich in mittelprächtiger Cher-Stimme.

Mum war eine Sekunde lang still.

»Willst du meinen Rat oder nicht?«

»Nein.«

»Kein Wunder, dass du immer wieder in Schlamassel gerätst.«

»Na ja, nichts passiert ohne Grund.«

»Ja, aber manchmal ist der Grund, dass man sich wie ein Idiot benimmt.«

»Danke schön.«

»Ich meinte das mit dem Vergessen der Pille.« Sie gab ein halb verzweifeltes/halb lachendes Geräusch von sich. »Ich mache mir doch nur Sorgen, mein Schätzchen.«

»Ich weiß.«

Mum war taktlos und herrisch, hatte das Herz jedoch am rechten Fleck. Es saß perfekt positioniert hinter einer gebräunten Brust und war mit einem Shirt von Yves Saint Laurent bedeckt.

»Eine Sache noch.« Mum wurde wieder ernst. »Hast du dein Geld schon zurückbekommen?«

»Nein. Werde ich aber, ich muss nur ...«

»Du musst einfach mal auf den Tisch hauen, Emma! Ich werde nicht zulassen, dass du in dieselbe Situation kommst wie ich in deinem Alter. Ich werde nicht mit meinem Geld seine lächerlichen Ideen finanzieren und auch nicht die Tatsache, dass du keine Eier in der Hose hast.«

»Ich habe ... Eier in der Hose ... ich bin nur ...« Ich stapfte auf dem Gehweg hin und her. Warum hatte ich nicht energischer mit Ned gesprochen? Auf mein Nachfragen hatte er geantwortet, er bräuchte noch ein paar Wochen, und, na ja, dabei hatte ich es belassen. »Sein Telefon ... es ist ... Er ist nicht erreichbar. Er ist untergetaucht. Er ist ...«

»Komm mir nicht mit ›Er ist untergetaucht‹. Er ist kein Jason Bourne, und wir sind nicht in einer Folge von *CSI: New York* mit diesem sexy Typen aus *Forrest Gump*.«

»Hä?

»Hol dir das Geld. Du hast zwei Wochen. Dann zeig ich ihn bei der Polizei an.«

»Er ist der Vater meines ungeborenen Kindes – du kannst nicht zu Polizei gehen ...«

»Schätzchen, ich habe dich lieb, aber ich muss dich ... wie heißt es so schön?«

»... zwingen. Mich zu meinem Glück zwingen.«

»Nein, das meine ich nicht. Es hat irgendwas mit Rache zu tun ...« Sie klang besorgt. »Wie auch immer, jedenfalls wollte ich immer, dass du auf eigenen Füßen stehst. Selbst wenn sie in diesen schäbigen Sneakers stecken, die du unbedingt tragen musst. Ich war eine alleinerziehende Mutter, und das war – das ist ja *süß* ...«

»Was?«

»Haben Sie das auch in Grau? Einem spanischen Taubengrau, nicht in diesem hässlichen Polyester-Trainingsanzug-Grau wie die Röcke, die dort drüben hängen.«

Ich hatte sie verloren. Verloren an eine Boutique in der Bond Street und eine zitternde Verkäuferin.

»Tschüss, Mum.«

»Tschüss, mein Liebling«, sagte sie. »Nein, das nicht. Holen Sie mir ...«

Weg war sie.

Ich sah zur Uhr. Ein paar Minuten wartete ich noch, mit einem vertrauten Gefühl in der Magengrube. Ned hatte es vergessen. Ich war nicht das Letzte, an das er dachte – er dachte gar nicht an mich. Ich wählte seine Nummer und sprach ein kindisches »Ich hasse dich« auf seine Mailbox. Dann rief ich ein Taxi. Während der Wagen den kurzen Weg durch die Seitengassen von Wimbledon zurücklegte, rief Ned zurück.

»Ja.« Es fühlte sich an, als hätte ich meine Selbstachtung zum Taxifenster hinausgeworfen, wo sie unter einen vorbeifahrenden Bus geraten würde.

»Ich hab's total vergessen!«

»Hab ich mir gedacht.«

»Ich komm dich abholen. Ich muss nur noch warten, bis Mum vom Chiropraktiker zurück ist.«

»Vergiss es. Ich sitze im Taxi.« Ich grollte. »Wenn du nicht kommen willst, dann lass es einfach. Ich habe dich nur gefragt ...«

»Ich will kommen!«, jammerte er.

Gott, wie sehr ich ihn in diesem Moment hasste. Meine Gefühle für Ned änderten sich so oft, dass ich davon beinahe seekrank wurde. Am Christmas Day, als er mir den kleinen Bierkrug geschenkt hatte (bevor er die Katze meiner Grandma umbrachte), hatte ich mich gefragt, ob die Trennung von ihm ein Fehler war. Und nur ein paar Tage später war ich eifersüchtig auf das Date gewesen, das er hatte. Ich erinnerte mich daran, wie wir am Anfang unserer Beziehung irgendwo Bier getrunken, eine billige Pizza gegessen und dann zu Hause *QI* angesehen hatten, wobei Ned die Experimente mit perfektem Stephen-Fry-Gesichtsausdruck nachgestellt hatte. Atemlos vor alkoholgeschwängerter Hysterie, mussten wir in der Regel vor irgendeinem schlecht abgemessenen, schnell überschäumenden Gebräu in Deckung gehen. Und vor ein paar Wochen noch – als mir nach einem Blick auf mein Bankkonto klargeworden war, dass ich mir die ergonomisch gestaltete Babytrage, auf die alle prominenten Mütter schwören, nicht würde leisten können, sondern dass ich mir stattdessen mein Baby wie eine Reisbäuerin mit einem Stück gebatikten Stoff auf den Rücken schnallen und es zum Stillen nach vorn zu meinen knielangen Brüsten würde schwenken müssen, während ich mit den knochigen Fingern weiter im Wasser stocherte –, hätte ich ihn noch allzu gern dem Zorn Helens und meiner Mutter überlassen und Beifall geklatscht, wenn er als Eunuch mit kahlen Stellen am Kopf und sonderbar verformten Nüstern wieder zu sich kam.

»Emma? Bitte?«

»Ich bin jetzt da«, sagte ich, als das Taxi am Krankenhaus vorfuhr. »Mir ist es egal, ob du auftauchst.«

»Ich bin gleich da! Versprochen.«

Ich legte auf und ging hinein.

»Miss George?« Eine lustig aussehende karibische Lady guckte aus der Tür zu einem der Sprechzimmer, in der Hand ein Klemmbrett.

Ein paar Minuten später waren meine Schwangerschaftsjeans runter- und mein Top hochgezogen, und Janice, die Hebamme aus der Karibik, fuhr mir mit dem Barcode-Dingsbums über den Bauch, während das kalte blaue Gel sich langsam erwärmte.

»Hallo, mein Kleines«, sagte Janice, als das Baby auf dem Bildschirm erschien. Ich blickte auf, und was ich sah, war jetzt unbestreitbar eine winzige Person.

»Es macht ein Nickerchen.« Sie gluckste. »Sehen Sie, die kleinen Hände.«

Das Baby ruhte mit dem Gesicht nach unten, Hintern in die Höhe gestreckt und die Minibeine darunter versteckt. Ein Embryo. Ein Embryo in Embryohaltung. Ich war zweifelsohne im Begriff, ein Genie von Kind zustande zu bringen.

Es klopfte an der Tür.

»Herein«, sagte Janice und drehte sich auf dem Stuhl herum.

Eine junge Schwester steckte den Kopf zur Tür herein. »Entschuldigen Sie die Störung. Der Vater ist hier. Darf ich ihn hereinlassen?« Sie sah von mir zu Janice.

Ich nickte. Über meinem Kopf bildete sich eine kleine schwarze Wolke. Die Frau verschwand, und eine Sekunde später tauchte Neds errötetes Gesicht in der Tür auf.

»Hi«, sagte er verlegen. »Tut mir leid, dass ich so spät dran bin. Ich wollte nur ... Darf ich ...?«

»Nehmen Sie sich den Stuhl dort, junger Mann«, sagte Janice und drehte sich wieder zum Bildschirm.

Ned zog sich einen Stuhl heran und starrte auf den Schirm, ohne zu bemerken, dass er dabei meine Handtasche mitgerissen hatte und der Inhalt herausgefallen war.

»Ist das ... unser Baby?«, fragte er ergriffen.

»Nein, das ist eine Liveübertragung zur Gebärmutter einer Frau in Brasilien.«

Ned sah mich mit zusammengekniffenen Augen an.

»Ja, das ist Ihr Baby. Da drinnen steckt es.« Janice zeigte auf meinen Bauch und sah mich an, als sei ich psychisch labil. Sie wandte sich wieder Ned zu. »Sehen Sie, wie es liegt? Niedlich, nicht wahr?«

Ned studierte den Bildschirm. Janice widmete sich wieder ihren Aufgaben. Sie klickte und scannte, machte sich Notizen und versorgte uns mit Fakten. Die Plazenta lag tief, was in diesem Stadium der Schwangerschaft kein Problem war (auch wenn ich sicherheitshalber schon mal angefangen hatte, mich zu ängstigen), aber bedeutete, dass ich in ein paar Wochen noch einmal untersucht werden musste, um sicherzustellen, dass sie sich verschoben hatte. Ned stellte Janice viele, viele Fragen, und sie beantwortete sie alle ausführlich, als hätte sie im Anschluss an meinen Mutterleib nicht noch über fünfzig weitere zu untersuchen. Sie gluckste, während sie Ergebnisse notierte, unterbrach die Arbeit hin und wieder, um sich die Hand auf die Brust zu legen und über eine von Neds Bemerkungen kringelig zu lachen. Die beiden taten so, als sei ich gar nicht da.

»Ein Wunder«, sagte Ned, während er auf den Bildschirm starrte, wo unser Baby den Kopf gedreht hatte und uns sein Gesicht zeigte. Soweit ich sehen konnte, hatte es nicht die große Höckernase meines Vaters. »Oder?« Er sah von Janice zu mir. »Wir haben ein Baby gemacht. Das ist ... ein solches Wunder ...«

Janice nickte und tätschelte Neds Hand. Ich kommentierte die gefühlsduselige Fummelei mit einer Grimasse.

»Mein Gott, es ist einfach nur Vermehrung. Bakterien vermehren sich ungefähr eine Milliarde Mal pro Sekunde.«

Janice und Ned ignorierten mich.

»Und? Wollen Sie wissen, was es ist?«, fragte Janice breit grinsend.

»Ja«, sagte ich.

»Nein«, sagte Ned im selben Moment.

»Was?« Ich drehte mich blitzschnell zu Ned. »Warum nicht?«

»Dann ist es bei der Geburt eine Überraschung.«

»Die Tatsache, dass ich ein Baby von dir bekomme, ist mir Überraschung genug«, sagte ich angesäuert. Ich wandte mich Janice zu. »Ich will es wissen.«

»Ich aber nicht«, sagte Ned bestimmt.

Ich sah ihn aus blitzenden Augen an.

»Ah, nicht gut«, sagte Janice und wandte sich vom Bildschirm ab. »Ich bekomme kein gutes Bild. Die wichtigen Teile zeigen nach unten. Sorry.«

Ned schenkte mir einen selbstgefälligen Blick.

Wäre ich eine verbitterte und misstrauische Person, dann hätte ich auf die Idee kommen können, Janice gebe sich absichtlich wenig Mühe, um Neds Partei zu ergreifen. Doch zum Glück war ich unvoreingenommen und rational.

»Ja, *klar*«, sagte ich, so sarkastisch ich konnte.

»Aber Sie können ein paar Bilder mitnehmen, wenn Sie möchten.« Janice überging meinen Kommentar.

»Ach, ja?«, sagte Ned übertrieben begeistert.

Janice klickte und gluckste und machte viel mehr Aufnahmen als vom NHS-Gesundheitssystem vorgesehen, während Ned über seine Zukunft als Eiscreme-Magnat plauderte und ich auf dem Bett schmollte, von mir selbst enttäuscht, denn seine Idee, im Sommer auf Musikfestivals Eis der Sorte Wodka-Limette aus einem Van zu verkaufen, gefiel mir. Leider bezweifelte ich, dass er sie verwirklichen würde.

Als sich die Schiebetüren des Krankenhauses öffneten und mich in den düsteren Vorabend entließen, schlug mir eisige Luft entgegen. Ned trottete hinterher, verzaubert von den körnigen Aufnahmen aus meinem Mutterleib.

»Kannst du mich zu Hause absetzen?«, fragte ich, als wir bei den kranken Rauchern stehen blieben, die sich an ihre Infusionsständer klammerten.

Ned sah von den Fotos auf, die Stirn über dem Sommersprossengesicht in Falten gelegt.

»Oh, äh ... nein, kann ich nicht. Ich ... äh, ich bin abgesetzt worden.« Er fummelte an seinem wirren Haar. »Ich nehme den Bus.«

»Na gut. Ich nehme ein Taxi«, sagte ich und blickte in Richtung der wartenden Wagen. »Bis später dann.«

»Okay. Klar.«

Wir sahen einander an und schienen beide dasselbe zu denken. Wie waren wir an diesen Punkt gelangt? Wieso standen wir vor einem Krankenhaus, würden in viereinhalb Monaten ein Baby bekommen, um das wir uns für den Rest unseres Lebens kümmern müssten, und waren zu verlegen oder gekränkt, um miteinander zu reden? Dabei war das Reden unser Ding gewesen. Emma und Ned lachend in der Ecke einer Bar – mit den Freunden über die

Tanzfläche zu hopsen interessierte uns nicht. Oder wir blieben mit ein paar Flaschen erschwinglichen Wein zu Hause, erzählten einander Geschichten, oft welche, die wir schon kannten. Isoliert, aber einig. Und dann, ohne dass wir es tatsächlich bemerkten, wurden der Wein und die Gespräche durch Tee und Nebeneinanderhocken auf dem Sofa ersetzt – ein Auge auf dem Fernseher, das andere auf dem Laptop. Die Storys waren längst erzählt, die Witze belacht, der Wein schmeckte mies. Und nun das: Ein Baby unterwegs, er lebte bei seiner Mutter und verabredete sich mit namenlosen Schlampen, und mein einziges Date war das mit der Kuhle im Sofa, die der Form meines Hinterns entsprach.

»Emma, es gibt etwas, das ich ...«, sagte er in dem Moment, als ich sagte: »Hör mal, Ned ...«

Wir tauschten das übliche unsichere »Du zuerst« – »Nein, du hast angefangen« – »Nein, kein Problem, du zuerst« aus, bis wir uns einigten, dass ich anfangen sollte.

»Ich brauche unbedingt das Geld zurück.«

Neds ließ den Kopf sinken »Aber ich ...«

»Ich muss allmählich Babysachen kaufen. Und Mum droht, zur Polizei zu gehen.«

»Was?« Sein Kopf schoss nach oben. »Nein! Ich brauche mehr Zeit!«, sagte er und gestikulierte wild mit den Armen. »Ich bin kurz davor, dieses neue Rezept an den Start zu bringen. Bitte! Wir stehen wirklich an der Schwelle zu einer ganz großen Sache. Dieses Mal bin ich hundertpro überzeugt! Und Gerry kennt jemanden, der einen kennt, der irgendwie die besten Sahneaufschlagmaschinen hat, und ...« Mein zynisches Schweigen ließ seinen leidenschaftlichen Eifer abflauen. »Ich brauche einfach nur mehr Zeit. Das ist alles. Gib mir bitte eine Chance!« Seine leise Stimme klang entkräftet. »Kannst du mir noch dieses eine Mal vertrauen? Bitte!«

»Mein Gott, Ned«, seufzte ich, blickte kurz zu den Rauchern und merkte, dass sie unseren Austausch verfolgten.

Ned sah aus, als sei er den Tränen nahe. Er war tatsächlich vernarrt in seine verdammte Eiscreme. Warum ließ ich mich immer wieder von ihm einwickeln?

»Na gut«, sagte ich. »Du hast noch ein paar Wochen, aber dann ist Schluss.«

Neds Gesicht hellte sich auf. Er nickte wie ein Wackeldackel auf der Hutablage eines Autos.

»Ja, definitiv. Du wirst sehen, Emma – das wird eine Riesensache. Danke, vielen, vielen Dank!«

»Okay«, seufzte ich.

Ned dankte mir wieder und wieder und wieder und zockelte dann in Richtung der Bushaltestelle in der Blackshaw Road. Ich kramte gerade mein Telefon aus der Tasche, als vor mir ein Taxi hielt. Die hintere Tür flog auf, und eine schwangere Frau im Nachthemd und ihr gehetzt dreinblickender Mann sprangen heraus. Mit panikverzerrten Gesichtern eilten sie nach drinnen. Die Taxitür hatten sie offen gelassen.

Ich beugte mich in die offene Tür und fragte: »Sind Sie frei?«

»Frei bin ich nie, meine Liebe. Aber ich fahre Sie, wohin Sie möchten«, antwortete der Fahrer.

Ich sprang hinein, nannte ihm meine Adresse und zog die Ultraschallbilder aus der Tasche. Ich gratulierte mir dazu, dass es mir so gut gelungen war, ein komplettes Baby zu formen. An alles hatte ich gedacht: zwei Hände, zwei Füße, einen Kopf und ein Gehirn (puh!), zwei Ohren, zwei Augen, eine Nase ohne Höcker. Es war perfekt, und es gehörte mir. Ein bisschen auch Ned. In erster Linie jedoch mir. Ich wünschte, ich hätte sein Geschlecht erfahren, aber es gab ja ein weiteres Ultraschall. Ich konnte warten. Als der Taxifahrer an der Ausfahrt des Krankenhauses anhielt und auf eine Lücke im Verkehr wartete, um auf die Blackshaw Road zu biegen, blickte ich auf. Während wir standen, sprang der Taxameter auf 4,20 Pfund. Ich verrenkte mich, um sehen zu können, wie weit der Verkehr sich zurückstaute.

Und in diesem Moment entdeckte ich ihn.

Ned auf dem Beifahrersitz eines geparkten Autos. Ein mir vertrauter türkisfarbener Ford Fiesta mit albernen Wimpern an den Frontscheinwerfern.

Er zeigte die Ultraschallbilder ...

Sophie ...?

Warum saß Ned in Sophies Ford Fiesta mit den albernen Wimpern an den Frontscheinwerfern? Sie war *meine* Freundin. Warum zeigte er ihr die Fotos von unserem Baby? *Meinem* Baby? Ich fühlte mich benommen. Ned deutete auf ein Foto und grinste. Sophie grinste zurück, und dann sah ich, während mir der kalte Schweiß den Rücken hinunterlief und mir schwindlig zu werden drohte, wie sie einander küssten.

KAPITEL 15

Ich schlug meine Haustür zu, schleuderte die Stiefel von mir, feuerte meine Jacke auf den Boden, stürmte in die Küche und setzte mich an den Tisch, wo ich eine Ausgabe von *Heat* in wütende kleine Schnipsel zerriss. Wäre ich eine Zeichentrickfigur gewesen, hätte man aus meinen Ohren Dampf aufsteigen sehen. *Verrat!* Was dachte Sophie sich dabei? Es ging nicht um das Unrecht, dass sie jemanden küsste, mit dem ich gern zusammen wäre – nein, danke. Es ging darum, dass sie jemanden küsste, der unwiederbringlich Teil *meines* Lebens war. Nicht ihres. Er war nicht einfach ein Freund, mit dem ich mal zusammen gewesen war, er war mein Exfreund, der mein Geld gestohlen und mich geschwängert hatte. Damit gehörte er mir, zumindest vorerst. Wo blieb da die Loyalität? Als meine Freundin sollte sie wütend auf ihn sein, statt ihn zu küssen. Und Ned? Wie konnte er es wagen, mir meine übergeschnappte Elfenfreundin zu stehlen, die immer gutgelaunt war, ganz gleich, wie übel das Leben ihr mitspielte? Auch sie gehörte mir. Und nun gehörten sie einander. Das war nicht richtig! Und fair schon gar nicht. Ich fühlte mich einsam wie noch nie. Als ich die ausdruckslosen Gesichter aus der Zeitschrift allesamt zerfetzt und zu einem großen Papiersalat vermengt hatte, schaufelte ich das *Heat*-Konfetti in eine leere Obstschale und brachte es zur Vordertür hinaus in die Altpapiertonne.

»Hallo Emma, meine Liebe.« Harriet stand auf dem Gehweg und hielt eine schwarze Nietenleine in der Hand, an deren anderem Ende ein Dobermann angebunden war.

»Hi Harriet«, sagte ich und schielte über meine Pforte hinweg auf den riesigen Hund, der auf seinem Hintern saß. »Wer ist das?«

»Das ist Brutus«, sagte sie und streichelte ihm den Kopf. »Sag hallo, Brutus.«

Brutus blieb ungerührt. Harriet lächelte herzlich.

»Gehört er Ihnen?«

»Ja, ich habe ihn gestern aus dem Tierheim geholt, nicht wahr, mein Junge.« Sie kraulte ihn unter seiner recht bedrohlich erscheinenden Schnauze.

»Um ihn zu behalten?«

»Natürlich, meine Liebe.« Sie sah mich an, als sei ich auf Freigang.

»Aber er ist so ... groß.« Ich lehnte mich weiter vor und streckte meine Hand aus, um ihm den Kopf zu streicheln. Ein tiefes warnendes Knurren ließ mich schnell einen Schritt zurücktreten. »Und ein bisschen beängstigend.«

»Das ist ja Sinn der Sache!«, sagte sie und blickte zu den Müttern der Mittel- bis Oberschicht mit ihren Superduperbuggys voller markenbekleideter Babys, die durch den Park bummelten, in der einen Hand einen Latte, an den Fingern der anderen ihre Brillis. »Hier in der Stadt ist es gefährlich! Was ist mit den Vergewaltigern und den Schlägern und den Sexsadisten? Eine alte Dame wie mich lassen die Leute blutend auf der Straße liegen. Blutend! Für meine persönliche Sicherheit muss ich selbst sorgen. Brutus ist ein ausgebildeter Wachhund, musst du wissen.«

»Verstehe.«

»Was ich dich fragen wollte – bist du eigentlich lesbisch?«

»Was?«

»Les-bisch.« Sie verzog bei jeder der beiden Silben den Mund.

Ich stand da in meinen rosa Socken und zögerte.

»Du bist schwanger und nicht verheiratet, ich sehe keinen jungen Mann zu Besuch kommen, und da dachte ich, du könntest eine nette lesbische Frau sein.«

Ich hatte nicht gedacht, dass mein Tag noch viel schlimmer werden konnte, aber ich hatte mich geirrt.

»Nein, ich bin nicht lesbisch.«

»Also, mir würde es nichts ausmachen. Meine Taekwondo-Lehrerin ist auch lesbisch.« Sie legte einen knorrigen Finger an die Unterlippe. »Glaube ich zumindest – sie trägt furchtbar oft Hosen.«

»Okay, ich muss jetzt wieder ins Haus«, sagte ich. Ich spürte, dass sich Kopfschmerzen anbahnten.

»Gut, meine Liebe, hat mich sehr gefreut, dich zu sehen. Grüß mir bitte deine Mutter. Sie ist ja so ein Herzchen.«

»Ja, das ist sie«, sagte ich und musterte Harriet in ihrem cremefarbenen Faltenrock, den dicken cremefarbenen Strümpfen und den cremefarbenen Schnürschuhen, daneben Brutus mit der Nietenleine und der Fähigkeit, zu verstümmeln und zu töten.

»Und komm doch mal auf ein Stück Kuchen rüber. Dann zeig ich dir, wie Brutus auf Befehl ein Kaninchen killt.« Sie winkte zum Abschied und wandte sich Richtung Village, ihr lautes Megaphon mit einem Lederriemen auf den krummen Rücken geschnallt. »Komm schon, mein lieber Brutus, wir wollen Marjorie im Buchladen besuchen.«

Ein paar Stunden später lag ich zusammengerollt auf Mums Sofa, heiße Schokolade in einem Becher mit schwarzen und goldenen Tigerstreifen wärmte meine Hände, und Mum saß bei mir und betrachtete mit feuchten Augen die Ultraschallbilder. Ich hatte ihr alles erzählt. Dass Ned nicht wissen wollte, ob Mädchen oder Junge, dass ich ihn dabei beobachtet hatte, wie er Sophie in deren Ford Fiesta mit den albernen Wimpern an den Frontscheinwerfern geküsste hatte (an dieser Stelle sagte Mum viele, viele böse Wörter, die ich nicht wiederholen möchte). Erst als ich, die Augen mittlerweile von Tränen verquollen, die Unterhaltung zwischen Harriet und mir wiedergab, besserte sich ihre Laune. Alle denken, ich wäre lesbisch, heulte ich. Dann hör auf, diese abscheulichen Ugg-Boots zu tragen, sagte sie. Aber dann bekomme ich kalte Füße, heulte ich noch lauter. Wer schick sein will, muss leiden, sagte sie und streifte einen Jimmy-Choo-Pumps ab, um mir zu zeigen, dass ihre Zehen in seiner spitz zulaufenden Form blieben.

»Und den Bereich hier solltest du lieber wachsen«, sagte sie und legte einen blutrot lackierten Fingernagel auf meine Oberlippe. »Kräftige Augenbrauen sind wieder in, Liebling, aber auf eigene Faust den Schnurrbart für Frauen in Mode bringen zu wollen, geht möglicherweise ein bisschen zu weit.«

Entsetzt flüchtete ich ins Bad, und ja, auf meiner Oberlippe war ein ganz leichter Streifen blonden Flaums zu erkennen. Ich sah aus wie ein dreizehnjähriger Junge. Würden bald meine Hoden wachsen? Ich ging zurück zum Sofa.

»Ich möchte mit irgendjemandem die Leben tauschen.« Ich ließ mich neben Mum niederplumpsen, blickte flüchtig auf eine *Vogue* mit Giselle Bündchen auf dem Titelbild. »Möglichst mit ihr.«

»Nichts, was sich durch einen kleinen Ausflug in die Balance-Klinik nicht beheben ließe. Ich kann dir einen Termin bei Amanda besorgen, wenn du möchtest.«

»Klar«, stöhnte ich.

Mum sah sich wieder die Fotos an. »So hübsch.« Dann schien ihr plötzlich etwas eingefallen zu sein.

»Hast du Ned gesagt, dass er dir das Geld zurückzahlen soll? Hast du ihm gesagt, dass ich sonst die Polizei rufe? Denn das *werde* ich tun, Schätzchen.«

»Äh, ja, habe ich.« Ich machte mich an meinen Nagelhäuten zu schaffen. »Er, ähm … er wird es tun …«

Mum stöhnte.

»Er muss es in Raten zahlen … wegen der … Rückzahlungsvereinbarung des … des …« Ich räusperte mich. Weil ich ihr nicht unverblümt ins Gesicht lügen wollte, versuchte ich, eine Art Schleier über das Thema zu stülpen. »Es läuft. Es ist alles geklärt, und ja, er fängt mit den Raten an … sehr bald.« Ich zeigte schnell auf die Fotos. »Siehst du seine kleine Nase?«

Sofort war Mum wieder verzückt. »Ich glaube, es ist ein Mädchen.« Andächtig fuhr sie mit dem Finger über das Foto. »Vielleicht überspringt der Sinn für Mode ja auch einfach eine Generation? Es wäre zu hoffen.« Sie blickte flüchtig auf meine an den Knien ausgebeulten Leggings von Mothercare und die Gap-Tunika, die ich mindestens viermal die Woche trug.

Mein Kinn zitterte. Ich war ein alleinstehendes schwangeres Mädchen mit Orangenhaut, Schnurrbart und Brustwarzen so groß wie Suppenschüsseln. Die silbrig weißen Anfänge meiner vielen kommenden Schwangerschaftsstreifen sahen aus, als hieße mein Exfreund Edward mit den Scherenhänden. Und wie meine Mutter betont hatte, fehlte mir außerdem jeder Sinn, mich wenigstens modisch ins rechte Licht zu rücken. Ich war zur Ehelosigkeit verurteilt. Ich würde das Cottage verkaufen, bei Mum einziehen und Teekannen sammeln.

Mum streichelte mein Gesicht.

»Du bist, wie du bist, und so liebe ich dich, Schätzchen.« Sie lächelte und wischte mir eine Träne von der Wange. »Aber ich gehe mit dir shoppen.«

Noch am selben Abend saß ich in meinem Cottage an der Frisierkommode und sah in den Spiegel. Während ich mir mit einem Finger über den flaumigen Schnurrbart fuhr, sinnierte ich über Sophie und Ned und über ein Leben als alleinstehende Frau mit Zeitschriften für Teekannensammler. Da klingelte mein Telefon.

»Hi.«

»Was geht ab?«, fragte Alex mit munterer Stimme.

»Ach, weißt du, nichts Besonderes.« Ich drehte mich vom Spiegel weg.

»Interessant. Willst du wissen, was ich tue?« Sie war keck.

»Na gut, was tust du?«

»Ich … PACKE!«

»Was? Wohin geht's?«

»Vanuatu! Im Südpazifik!«

»Aber ich dachte, du müsstest die nächsten Wochen noch in Bangladesh bleiben?«, sagte ich. Ich war verwirrt. Mein Körper dehnte sich aus – zog die Zeit sich etwa zusammen?

»Ich auch!« Sie war offenkundig begeistert. »Aber mich hat ein Typ angerufen, der letztes Jahr als Berater hier war. Wir haben uns damals ziemlich gut verstanden, und er hat wohl gehört, dass mein Vertrag fast ausgelaufen ist, und wollte mich bei seinem nächsten Projekt dabeihaben! Er musste schnell eine Mannschaft zusammenstellen, sonst wären die Fördergelder verlorengegangen, und so habe ich den Vertrag unterschrieben und meinen Job hier gekündigt, und in drei Stunden reise ich ab!«

»Das ist toll!«

»Und das Beste daran: Es ist eine Beförderung! Ich bin jetzt Projektmanagerin, und zwar richtig mit Titel: Wasseraufbereitungs- und Hygienemanager. Ich werde zwei Mitarbeiter haben und eine eigene Unterkunft. Angeblich direkt am Strand! Und dieses Mal werde ich tatsächlich bezahlt.«

»O Mann«, sagte ich und schleppte mich wegen dringenden Keksbedarfs in die Küche. »Als ich damals zum Film ging, dachte ich eigentlich, *ich* würde mal an diesen exotischen Orten landen, und *du* würdest beschissen bezahlt in einem Regierungsgebäude arbeiten.«

»Aber du arbeitest für einen großen Film mit Scott Vander, und sie werden dich alle lieben, und wahrscheinlich wirst du irgendwann mit dem Baby zusammen nach Hollywood gehen und dort beim Film arbeiten.«

Meine Schwester, die unbeirrbare, Mut machende Optimistin. Ich vermisste sie so sehr, dass ich es in den Backenzähnen spürte.

»Und was genau wirst du als Wasserhygiene-Dingsbums machen?« Eine mit Blumen verzierte Keksdose unterm Arm, ließ ich mich aufs Sofa fallen.

»Das Projekt ist so ziemlich dasselbe wie das in Dhaka, aber diesmal werde ich es selbst umsetzen und nicht nur Berichte darüber schreiben. Ich werde über die Insel fahren und die örtlichen Schulen besuchen. Die Wasserhygiene dort ist erbärmlich, und daher werde ich den Kindern beibringen, dass sie sich die Hände waschen müssen, keine Abwässer in ihre Flüsse kippen sollten, welche Vorteile Wegwerfwindeln haben und so weiter. Dann werde ich den Dorfvorstehern beim Bau einer einfachen Wasseraufbereitungsanlage helfen.«

»Du bist eine echte Mutter Teresa.«

»Ich bemühe mich.«

»Also«, sagte sie, »was gibt's bei dir Neues?«

»Na ja …« Ich biss ein Stück vom Shortbread ab und schluckte es halb zerkaut runter. »Ich bin jetzt lesbisch.«

»Toll!«, jubelte Alex. »Offen für Veränderungen zu sein ist immer gut. Wann hast du dich dazu entschlossen?«

Ich klärte sie über Harriet auf, über Teekannen, die Ultraschalluntersuchung und den Schnurrbart, ließ das mit Sophie und Ned jedoch aus, und nachdem wir vereinbart hatten, dass wir skypen würden, sobald sie gelandet sei, legten wir auf.

Das restliche Wochenende schlich ich im Cottage umher und ignorierte alle Anrufe und SMS von meinen Freunden. Sophie hinterließ eine Nachricht: Sie hatte an einer Pinnwand im Community Centre den Flyer von jemandem gesehen, der Geburten filmte, und fragte sich, ob ich die Nummer haben wolle. Helen schickte eine SMS mit einem Foto von einem Typen, der in ihrem Bett schlief. Und dann eine weitere mit Angaben zu dessen Maßen und Ausdauer.

Mir kamen ein paar halbgare Ideen, wie ich genügend Geld zusammenkratzen könnte, um mit der »Ratenzahlung« an Mum zu beginnen, darunter auch das Verkaufen von Dingen (zum Beispiel meines Körpers, meines Babys, meiner Hälfte des Cottage) und/oder die Vermietung von Dingen (zum Beispiel meines Körpers, meines Babys, meiner Hälfte des Cottage). Ich spielte mit dem Gedanken, über ein Inserat nach einem Mitbewohner zu suchen, befürchtete jedoch, ich könnte mir einen Psycho ins Haus holen, der mich im Namen Napoleons oder des globalen Materialismus oder sonst etwas im Schlaf umbringen würde. Dann zog ich in Erwägung, ein paar meiner Gedichte von früher bei Amazon einzustellen. Sonntagmorgen gegen zwei Uhr hatte ich einen Zweizeiler gedichtet und war mir sicher, er würde mich über Nacht zum Superstar machen.

Die meisten Jungstars sind doch mies,
ich liebe nach wie vor John Cleese

Ich brauchte Arbeit.

Montagmorgen am Set war ich noch immer sehr dünnhäutig. Außer Mum hatte ich niemandem von Sophie und Ned erzählt, und die eingesperrten Gefühle ließen meine Eingeweide zu Klumpen erstarren. Wenn Sophie und Ned sich trennten, wäre ich bald nicht mehr die Einzige mit einer Geschichte zu Neds vager Vorstellung von der Lage der Klitoris. Aber was, wenn sie sich nicht trennten? Was, wenn sie heirateten? Dann würde mein Baby Sophie »Stiefmami« nennen. Würde es Sophie vielleicht lieber mögen als mich? Und nach einem Wochenende auf der Farm von Sophies Eltern mit unbegrenzten Mengen Käse nicht mehr abgeholt werden wollen?

Archie hatte am Set »Haus der Familie« nur ein paar Sprechen/Verstecken-Szenen mit Tilly und Melody, die ziemlich langweilig waren. Von meinem Stuhl hinter dem Monitor des Regisseurs beobachtete ich, wie Amy mit den Tontechnikern plauderte. Ich hasste sie. Ich sah, wie die Erste Regieassistentin ein zuckerfreies Pfefferminzbonbon für Melody aus ihrem Werkzeuggürtel fischte. Ich hasste sie. Ich hasste Melody. Und ich hasste zuckerfreie Pfefferminzbonbons. Marthas vorsichtigen Hinweis, dass ich die falsche Szene im Blick hatte, wehrte ich mit einem kurzen »Leck mich« ab. Was ich jedoch sogleich bereute, denn Martha sah aus, als wäre sie scharf drauf, alles Mögliche zu lecken.

Zur Mittagszeit setzte Caroline sich neben mich. »Wie war der Ultraschall? War doch letzte Woche, oder? Weißt du jetzt, was es wird?«

»Nein, das Baby hat sich nicht zwischen die Beine schauen lassen. Nächstes Mal könnte es klappen«, sagte ich und schob eine Bratkartoffel auf meinem Teller umher.

»Ach, wie schade«, sagte sie und guckte noch viel enttäuschter, als ich es war. »Hast du die Bilder dabei?«

Ich fischte sie aus meiner Tasche. Caroline vertiefte sich in die Bilder, studierte jedes einzelne und gab leises Gemurmel von sich.

»Wunderschön«, sagte sie ein paar Minuten später und gab mir die Bilder mit glasigen Augen zurück.

»Oh, danke«, sagte ich und fand sie ein wenig zu emotional, aber sie war ja auch ein Make-up-Girl, und Make-up-Girls neigten dazu, lächerlich mädchenhaft zu sein. (Außer Claire, die mir vorkam wie eine abgebrühte Ringkämpferin mit rotem Lippenstift und nietenbesetzten Stiefeletten.)

»Ich werde immer ein bisschen traurig, wenn ich solche Bilder sehe«, sagte Caroline und überprüfte in einem kleinen Spiegel, ob ihre Augen verschmiert waren. Sie klappte ihn zu und lehnte sich mit tapferer Miene zu mir herüber. »Mein Mann und ich versuchen es mit In-vitro-Befruchtung, und … bislang hat es noch nicht allzu gut funktioniert.«

»Oh, tut mir leid«, sagte ich und erinnerte mich daran, wie oft ich das Baby im Spaß als Parasit oder Fehler bezeichnet und wie ich mich beklagt hatte, dass es nicht der richtige Zeitpunkt sei – schnell verpasste ich meinem früheren Selbst innerlich einen Tritt gegen das Schienbein. »Wie lange probiert ihr es schon mit In-vitro? Ich habe gehört, dass es manchmal erst nach ein paar Versuchen klappt.«

»Sechs Jahre«, sagte Caroline mit einem traurigen Lächeln.

»Oh.« Ich wusste nicht, was ich sagen sollte. »Das ist ... wohl schon ziemlich lange.

Caroline nickte. »Letztes Jahr habe ich Zwillinge verloren.« Zwei Tränen liefen ihr über die Wange. »Bis zur vierzehnten Woche hatte ich es schon geschafft.«

»Das ist ... das ist schrecklich.« Mit zugeschnürter Kehle kämpfte ich gegen Mitleidstränen. »Es tut mir so leid.«

Caroline zuckte mit einer Schulter. »Mein Mann schenkt mir jedes Mal, wenn wir wieder keinen Erfolg hatten, ein Schmuckstück.« Sie drehte ein filigranes diamantbesetztes Armband an ihrem Handgelenk. »Aber das erinnert mich nur immer wieder daran, dass es nicht geklappt hat.«

Ich blickte flüchtig auf Carolines Schmuck; Diamant-Ohrstecker, eine Halskette von Tiffany, ein paar Armreifen und Armbänder an jedem Handgelenk. Der Anblick machte mich sehr traurig.

»Ich bin achtunddreißig«, sagte sie und ließ die Hände in den Schoß fallen. »Jetzt ist es fast schon zu spät.«

»Aber achtunddreißig ist doch gar nicht alt?«

»Eigentlich nicht«, schniefte sie. »Aber bei mir beträgt die Wahrscheinlichkeit, schwanger zu werden, nur noch vierzig Prozent.« Sie tupfte sich die Augenwinkel mit einem Taschentuch trocken, dann stand sie mit dem Bratkartoffelteller auf, den sie nur zur Hälfte geleert hatte. »Du hast großes Glück, Emma. Sei nicht so streng mit dem kleinen Bündel da drinnen. Es gibt Leute, die würden liebend gern mit dir tauschen.« Sie schenkte mir ein tränenfeuchtes Lächeln und machte sich auf in Richtung Filmset-Gewusel.

Melody packte sie am Arm und zeigte finster dreinblickend auf ihr Haar. Caroline nickte und lächelte. Sie sah noch einmal zu mir, wischte sich die Tränen ab und steuerte dann mit Melody zusammen den Make-up-Trailer an. Ich bin mir sicher, dass es keine Absicht war, aber Caroline hatte mir das Gefühl gegeben, verwöhnt und undankbar zu sein. Natürlich war es nicht ideal, ungeplant schwanger zu werden und sich dann vom Vater zu trennen, erst recht nicht, wenn man weder Geld noch einen richtigen Job hatte. Und es war bestimmt nicht nett, dass mein Ex eine meiner besten Freundinnen küsste (und das in einem Ford Fiesta mit albernen Wimpern an den Frontscheinwerfern), aber in mir wuchs eine gesunde kleine Person heran. Und meine Grandma, Gott hab ihre zweimal gestopften kleinen Socken selig, hatte mir ein Zuhause geschenkt. Ich dachte an Carolines Schmuck, jedes Stück ein Zeichen des Verlusts.

»Emma?«, sagte Archie und legte seine Hand auf mein Knie.

»Ja.« Ich umarmte ihn heftig und küsste seinen Kopf, bemühte mich jedoch, nicht die Kunstblutklumpen in seinem raffiniert beschmutzten Haar zu treffen.

»Darf Tilly zum Spielen mitkommen? Sie wird meine beste Freundin.«

»Beste Freundin?«, sagte ich und konnte einen kleinen Lacher nicht unterdrücken. »Wie viele hast du denn?«

»Drei. Tilly ist die beste, dann Medan aus Mummys Fitnesskurs und dann du.«

Und obwohl Archie erst vier Jahre alt war und noch dazu mein Cousin und obwohl es in vielerlei Hinsicht falsch sein mochte, genoss ich es, dass jemand mich so sehr liebte, dass ich seine drittbeste Freundin sein durfte.

KAPITEL 16

Ich lag im Bett und lauschte den Geräuschen der Nacht. Das Baby, mittlerweile dreiundzwanzig Wochen alt, hatte seine Beine entdeckt und tanzte seit elf Uhr abends die *Fame*-Nummer quer durch meine Gebärmutter. Weil an Schlafen nicht zu denken war, schweiften meine Gedanken zu dem Tag in der vorigen Woche, an dem ich mit Mum unterwegs gewesen war. Wir waren in der Balance Clinic angekommen, und Mum hatte im Wartezimmer lauthals verkündet, ihre Tochter würde ungewollt eine »Geschlechtsumwandlung« vollziehen und ihr müsse umgehend ein Schnurrbart entfernt werden. Sie hätte zudem gern, dass sich jemand meine Bikinizone ansehen möge, weil sie ihre Balenciagas darauf verwetten würde, dass ich sie noch nie hatte mit Wachs enthaaren lassen und dort vermutlich eine Art behaarter Fahrrad-Shorts zur Schau trug. Es stimmte. Wenn ich meine Unterhosen auszog, konnte man dort unten einen echten Hipster-Bart bewundern. Als ich anderthalb Stunden später, vom Kopf einmal abgesehen, am ganzen Körper haarfrei aus der ruhigen Zufluchtsstätte der Balance Clinic entlassen wurde, brannte mir die Schamesröte noch immer im Gesicht. Denn mit am ganzen Körper meine ich wirklich *überall*. Aber ich hatte es alles über mich ergehen lassen, um nur ja nicht als Teekannensammlerin zu enden. Nachdem alle unansehnlichen Haare entfernt worden waren, auch die, die ohnehin nie jemand zu sehen bekommen würde, gingen wir shoppen. Mum schleuderte den Verkäufern Kleidungsstücke entgegen und blaffte dazu, dass wir sie in Grau bräuchten, in Rot, weniger muttihaft, busenbetonter. Sie hatte meine bei eBay erstandenen Schwangerschaftsjeans und mein Lieblingsoberteil, die Tunika von Gap, kurzerhand in den Mülleimer verbannt, und als ich die Oxford Street verließ, sah ich schon viel weniger nach bettelnder schwangerer Romafrau aus als viel mehr nach einer der aufstrebenden Yummy Mummys, bereit und willens, über kontrolliertes Schreienlassen und biologisch abbaubare Windeleinlagen zu diskutieren.

Andrew hatte neulich gesagt, ich sehe heiß aus. Heiß. Ja, ich war schwanger und für einen Mann wie Andrew vermutlich die letzte Wahl, aber träumen war erlaubt, also tat ich wenigstens das. Und gab mich Phantasien von Nacktheit, langen, dicken Schwänzen und normalgroßen aufgerichteten Brustwarzen hin.

Dabei kamen mir, wie so oft in dunklen, einsamen Stunden, Sophie und Ned in den Sinn. Waren sie inzwischen ein richtiges Liebespaar? Lagen sie in diesem Moment zusammen im Bett? Lachte sie beim Einschlafen über seine selbstausgedachten Witze, in denen ein Engländer, ein Ire und ein schottisches Ei vorkamen? Gelang es Sophie etwa besser als mir, ihn zur Klitoris zu dirigieren? War meine Klitoris einfach unnormal klein? Oder hatte Ned vielleicht recht, und sie zog sich wirklich zurück wie eine verängstigte Schildkröte? Ich hatte in den letzten Tagen ein paar weitere Anrufe und SMS von Sophie ignoriert. Wahrscheinlich ahnte sie allmählich etwas – aber eigentlich konnte man bei Sophie genauso gut davon ausgehen, dass sie annahm, ich sei von Außerirdischen entführt worden. Oder von Zentauren.

Meine Gedanken wurden von einem Klopfen an der Cottage-Tür unterbrochen. Laut meiner Uhr war es fünf Minuten nach Mitternacht. Nur Mörder klopften um diese Zeit bei anderen Leuten an die Tür! Mir schlug das Herz bis zum Hals, und ich suchte nach etwas, das scharf war und dennoch leicht zu handhaben. Ein rostiger Nagelknipser aus einem Knallbonbon war das Einzige, was mir in die Finger fiel, doch als ich gerade die integrierte Feile ausklappte und prüfen wollte, wie sie in der Hand lag, hielt ich inne. Seit wann klopften Mörder an die Tür? Harriets Paranoia war ansteckend. Aber ich bereute doch, den Panikknopf nicht installiert zu haben, den sie mir gegeben hatte. Das Klopfen wurde lauter. Ich sprang aus dem Bett, warf meinen Morgenmantel über und eilte den dunklen Flur hinunter.

»Wer ist da?«, fragte ich durch die Tür.

»Hamisshh!« Auf der anderen Seite lallte eine männliche Stimme. »Mach auf. Unser Pie wird – hicks – nass.«

Ein betrunkener Freitagabend-Partygänger, der am Samstagmorgen die Hauptverkehrsstraße mit Erbrochenem verzierte.

»Sie haben das falsche Haus erwischt«, rief ich nach draußen. »Hier gibt es keinen Hamish.«

Ich lauschte, ob er ging, hörte jedoch stattdessen ein Schlurfen auf unsicheren Beinen und Schluckaufgeräusche.

»Hamish, ich hab deine Vsssitenkarttn feddish. Tut m' leid, dasss'ss so lange gedauert hat. Aber welcher Anwalt hat auch ein Pferd auf seiner Vsssitenkarte, solltest du nicht dies … du weißt schon … diesen Hammer haben? Oder ein Gefängnis!« Er gluckste und hickste wieder. »Hamish, ich habe Pie mitgebracht!«

»Es gibt hier keinen Hamish!«, sagte ich so laut, wie ich es zu dieser nachtschlafenden Zeit wagte. »Gehen Sie bitte weg!«

An der Tür war plötzlich ein einzelnes dumpfes Geräusch zu hören. Mein Herz setzte mehrere Schläge aus.

»Hör mal, Hamish«, die lallende Stimme nahm einen tröstlicheren Ton an. Sie kam von einer Stelle, die weit über meinem Kopf lag, und es klang, als lehnte ihr Besitzer sich gegen die Tür. »Ich weiß, dass ich mich in letzter Zeit nicht gemeldet habe, wie nennt ihr Anwälte es? Mildernde Umst … wildernde Umstände. Aber hör mal!« Auf einmal klang er munter. »Ich habe dir Pie gekauft! Der, den du so gern magst, mit Kalbfleisch. Guck durch deinen Spion und sieh dir … Heeeeee … Wo ist dein Spion?«

»Es gib keinen Spion, weil das NICHT HAMISH' HAUS ist.« Ich gab jedem Wort so viel Platz, dass auch ein Betrunkener es entschlüsseln konnte. »BITTE. GEHEN. SIE.«

Ich wollte an einem kalten Freitag mitten in der Nacht keinem betrunkenen Fremden die Tür öffnen. Auch nicht, wenn er Pastete mitgebracht hatte. Ich überlegte, welche Möglichkeiten mir blieben. Ich könnte Onkel Mike anrufen. Oder die Polizei. Oder ein Taxi und hoffen, dass er einsteigt?

Die geräuschlose Nacht wurde von einem Hund unterbrochen, der zweimal scharf bellte und dann tief und feindselig knurrte. Der Hamish-Kumpel mit seiner Pastete kreischte wie ein kleines Mädchen.

»ACHTUNG, BRUTUS!«, trällerte Harriets Stimme.

»EIN HÖLLENHUND!«, schrie der Mann. »DER ZERBERUS!«

Brutus knurrte und kläffte.

»Gehen Sie einfach weg!«, brüllte ich. »Wenn Sie gehen, wird er Ihnen nichts tun!«

»HAMISH!« Der Mann hämmerte mit der Faust an die Tür. »HAMISH, *BITTE*!«

Brutus' Kläffen und Knurren steigerte sich bedrohlich und hallte durch die ansonsten stille Straße.

»Das ist Fluffy aus ›Harry Potter‹! Hamish, bitte lass mich rein. Er frisst mich auf! Er frisst deinen Pie auf!«

»Emma! Bleib im Haus, Mädchen!«, hörte ich nun Harriet. »Ich rufe die Polizei! Brutus hält ihn in Schach!«

»Ich werde sterben, ich werde sterben, ich werde sterben«, skandierte der Mann, begleitet von Knurren und heftigem Kläffen. Ich verfluchte meine sicherheitsbewusste Nachbarin, den zufällig aufgetauchten Betrunkenen und mein Glück im Leben ganz allgemein und riss die Tür auf. Ein ekelhaft süßer Geruch nach Bier und Schweiß waberte ins Haus. Der Mann stand mit dem Rücken zum Eingang, eine Papiertüte mit beiden Händen an die Brust gepresst. Mit glasigen, wild dreinblickenden Augen drehte er sich zu mir um.

»Gott sei Dank! Ich dachte schon, du würdest gar nicht mehr ...« Er blinzelte. »Hey ... du bist nicht Hamish.«

»Nein«, sagte ich, die Hände in die Hüften gestemmt, um eine möglichst respekteinflößende Erscheinung abzugeben. »Wie scharfsinnig.«

Der Mann sah mich von oben bis unten an und nahm allmählich meinen Aufzug wahr: blassblaue Pyjamahose mit fliegenden Schweinen darauf, plüschiger Morgenmantel und die in rosa Socken steckenden Füße, die Frisur einem ausbrechenden Vulkan nachempfunden.

»Ist das nicht das Haus von Hamish?« Auf unsicheren Füßen lehnte er sich zurück und blickte die Straße hinunter. »Bin ich nicht in Catford?«

»Sie sind in Wimbledon«, blaffte ich ihn an. »Und wenn Sie jetzt nicht gehen, ruft meine Nachbarin die Polizei. Das tut sie wirklich. Also, bitte, gehen Sie einfach.«

»Wimbledon?«, sagte er und begutachtete mit fassungslosem Gesichtsausdruck die umliegenden Häuser. »Sind Sie sicher?«

Ich zwängte mich an ihm vorbei, hielt jedoch inne, als ich Brutus erblickte, der auf seinen sehnigen Hinterbeinen stand, die Vorderpfoten auf eine niedrige Backsteinmauer gestützt, die unsere Vorgärten trennte. Mit besorgniserregender Entschlossenheit zerrte er am Ende der genieteten Leine. Die schwarzen Lippen aufgeklappt, offenbarte er rosa Zahnfleisch und Zähne, die ausgelegt waren, anderen Lebewesen üble, verstümmelnde Wunden zuzufügen. Mit dem permanenten unterirdischen Grollen aus seiner Kehle schäumte Hundespeichel auf.

»Harriet!«, sagte ich und blieb außerhalb von Brutus' Bewegungsradius. »Was tun Sie da?«

»Hallo Emma, meine Liebe«, sagte Harriet mit einem freundlichen Lächeln, das den aktuellen Umständen nicht angemessen schien.

Woher sie die Kraft nahm, Brutus zurückzuhalten und uns gleichzeitig zu filmen, werde ich nie erfahren. Vielleicht aß sie Weetabix zum Frühstück.

»Ruf die Polizei. Wenn er entkommt, habe ich alles gefilmt.« Sie wedelte mit ihrer Videokamera. »Er könnte ein Vergewaltiger sein.«

»Kein Vergeschwa … lltiger.« Der Mann streckte eine Hand nach mir aus.

Ich ignorierte sie.

»Ich Joe. Du Tarzan.« Er krümmte sich vor Kichern, aber wurde dann jedoch von einer neuen Schluckaufserie heimgesucht und torkelte wieder in Richtung meiner offenen Haustür. »Ist Hamish da?«

»Verdammt noch mal! Es gibt hier keinen Hamish! Das hier ist nicht Catford!«

»Und wir werden die Polizei rufen!«, fügte Harriet hinzu.

»Hey, gruselige alte Dame, warum wollen Sie die Polizei rufen?«, sagte der Mann. Sein Kinn zitterte, und seine Stimme wurde brüchig. »Ich wollte doch nur meinem Freund Pie bringen.« Er ließ sich auf der anderen niedrigen Mauer nieder, so dass er Brutus gegenübersaß. Der wiederum wurde gerade von Harriet zur Räson gebracht.

»Brutus, SITZ!«, befahl sie.

Brutus setzte sich.

Ich wandte mich Joe zu. »Wir wollen Ihren Pie nicht.«

»Du bist gemein.« Der Mann sah auf und schluchzte. »Hamish war nie gemein.«

»Hör schon auf mit Hamish! Es gibt keinen Hamish!«

»Gibt es wohl! Wir sind zusammen zur Schule gegangen.« Joe hob das Kinn an.

»Okay«, sagte ich einschmeichelnd. »Es gibt einen Hamish. Aber er ist nicht hier. Nur ich. Also, ich rufe dir jetzt ein Taxi, und du fährst nach Hause und gehst schlafen, ja? Hamish kannst du morgen früh anrufen.«

»Dürfte ich vielleicht ein Glas Wasser haben?«, sagte Joe und blickte an mir vorbei den Flur hinunter. »Und mich vielleicht ein bisschen hinlegen? Ich bin so müde.«

»Nein!«, kreischte ich.

»Sie hat einen Panikknopf, wissen Sie!« Harriet wackelte mit einem Finger, während Brutus mittlerweile friedlich neben ihr saß. »Wenn sie ihn drückt, wird in weniger als zwei Minuten ein Sicherheitsteam mit Sturmgewehren hier sein. Erst, wenn Sie im

Gefängnis aufwachen und Ihren Hodensack in der Hemdtasche wiederfinden, werden Sie wissen, wie Ihnen geschehen ist!«

»Harriet!«

Joe stierte Harriet an, als wolle er abschätzen, ob sie echt war oder nicht.

Harriet blickte finster zurück und richtete ihre aufgeregten Augen dann kurz auf mich. »Drück ihn! Los!«

Ich starrte Harriet an. Sie starrte funkelnd zurück.

»Nun, meine Liebe?«

Joe lächelte das gleichgültige Lächeln eines begriffsstutzigen Trunkenboldes.

Ich beugte mich in den Hausflur, griff den noch verpackten Panikknopf vom Tisch und hielt ihn hoch. Harriet presste die Lippen zusammen und sah mich mit einer Mischung aus Enttäuschung und Missbilligung an.

»Ich würde gern anmerken«, sagte Joe, »dass der Panikknopf noch gar nicht installiert ist.«

»Darum geht es nicht!«, warf Harriet ein. »Es geht darum ... es geht darum ...«

»Ich sag Ihnen was«, Joe wandte sich an Harriet. »Sie gehen die Polizei rufen ...«

»Gebongt.« Harriet schoss nach drinnen, Brutus trottete unterwürfig hinterher.

Joe drehte sich wieder mir zu. »Und während wir warten, installiere ich ihn für dich. Ich bin ein guter Heimwerker. Katy hat mich ständig ...«, Joe unterbrach sich, hob sein Kinn und blinzelte in den Nachthimmel, »gebeten ...«, seine Stimme stockte, »... im Flur eine neue Lampe aufzuhängen oder ...«, er gab ein Schluchzen von sich, und eine Träne lief ihm über die Wange, »... ein paar Bücherregale zusammenzuzimmern.« Er ließ den Kopf in die Hände fallen und setzte das schniefende Geplärre fort.

Ich blickte in beide Richtungen die Straße entlang und fragte mich, warum er ausgerechnet an meine kleine lavendelfarbene Tür geklopft haben mochte. Warum ich? Hatte ich nicht schon

Probleme genug? Wollte das Leben mich auf die Probe stellen? Ich würde sie nicht bestehen.

Joe ließ einen tiefen Seufzer los und feuerte eine weitere Schluchzersalve ab.

»Großartig«, seufzte ich.

Ich hatte einfach nur einen netten, ruhigen Freitagabend haben wollen. Samstagmorgen früh aufwachen und ein wenig herumwirtschaften, während ich wartete, dass Helens Kater abklang. Ich hatte nicht gewollt, dass eine meiner Nachbarinnen mir anbietet, die Polizei zu rufen. Hatte nicht vorgehabt, einen betrunkenen Mann mit seinem schmierigen Stück Pie zu trösten oder nach Mitternacht mit haltlosen Brüsten in meinem Vorgarten zu stehen.

Ich sah zu Joe. Er hatte goldblondes gelocktes Haar und einen etwa fünf Tage alten Bart. Er trug eine alte braune Lederjacke, irgendein schwarzes T-Shirt einer Band, deren Schriftzug nicht mehr gut zu erkennen war, Jeans und abgetragene Lederstiefel. Vornübergebeugt saß er auf der Mauer, das Gesicht in den Händen, und heulte wie ein kleines Mädchen.

Harriet kam aus dem Haus. »Die Polizei ist unterwegs – oh.« Als sie den wimmernden Joe sah, stockte sie. »Hast du ihn geschlagen, meine Liebe?«

»Nein, ich habe ihn nicht geschlagen. Er will …«, ich blickte auf Joe, »… einfach nicht aufhören zu weinen.«

»Tut mir leid«, jammerte Joe hinter seinen Händen. »Ich bin sonst nicht so.«

Das bezweifelte ich, aber ich legte ihm tröstend eine Hand auf die bebende Schulter.

»Schon in Ordnung«, sagte ich und dachte das genaue Gegenteil.

»Hab's nicht so leicht … hicks … gehabt in letzter Zeit.«

»Ja.«

»Musste aus meiner Wohnung ausziehen.«

»Mhm.«

Harriet kämpfe wild gestikulierend um meine Aufmerksamkeit und reichte mir ein geblümtes Taschentuch über die Wand.

»Hab mich mit meiner … hicks … Verlobten gestritten.«

»Das ist ja furchtbar.« Ich schob das Taschentuch in Joes Fäuste.

»Danke«, schniefte er. »Ging um die Hochzeit.«

»Das wird schon wieder.«

»Kam von der Arbeit nach Hause.«

»Aha.«

»Hab sie … sie … erwischt, wie …« Er schluchzte und schniefte etwas Unverständliches.

»Was haben Sie gesagt, mein Lieber?«, fragte Harriet und beugte sich vor, eine hohle Hand am Ohr.

»Ich … hab sie … erwischt, wie sie …« Joe nuschelte den Rest des verwirrten Satzes in seine vorgehaltenen Hände.

Ich sah Harriet an und zuckte mit den Achseln.

»Ich glaube, er will sagen, dass er sie nachts beim Schornsteinfegen erwischt hat«, grübelte Harriet mit krauser Nase. Sie wandte sich wieder an Joe und sagte mit scharfer Zunge: »Das ist doch kein Grund zum Heulen. Reißen Sie sich zusammen, junger Mann!«

Joe setzte sich auf und nahm die Hände herunter.

»Sie sind taub wie ein toter Dachs«, brummte er. »Ich sagte, ich hab sie NACKT AUF EINEM ARBEITSKOLLEGEN erwischt.«

Seine Stimme hallte in der leeren Straße wider.

»Oh«, sagte Harriet, jetzt eher mitleidig. »Verstehe, das ist etwas anderes, mein Lieber.«

Unsere eigenartige kleine Zusammenkunft wurde plötzlich durch blaues Blinklicht beleuchtet, und ein Funkstreifenwagen hielt vor dem Haus. Zwei Polizisten stiegen aus. Joe starrte die Cops an. Ihm lief die Nase, und er schnäuzte laut ins geblümte Taschentuch.

»Sie haben eine Ruhestörung gemeldet?«, sagte der Jüngere der beiden, als sie meine Gartenpforte erreichten.

Er war groß, attraktiv und sehr ernst. Harriet sah zu mir. Ich sah zu Joe, der verloren und sterbenselend dasaß.

»Ja, Officer ...«, setzte Harriet an.

»Tut mir leid, das war ein Irrtum«, unterbrach ich sie.

Was fiel mir ein?

»Ein Irrtum«, sagte der junge Polizist mit Leichenbittermiene.

»Ja. Ich dachte, ich würde diesen Mann nicht kennen, aber ich kenne ihn ... äh ...« Ich sah zu Joe, der auf seinem Schoß die zerknitterte, vom Fett mittlerweile fast durchsichtige Papiertüte liegen hatte. »Er ist ... äh ... mein ... äh ... mein Cousin.«

»Ihr Cousin?« Der Polizist glaubte mir nicht.

»Ja. Mein Cousin. Ich habe ihn nur eine Weile nicht gesehen und deshalb nicht gleich erkannt, das ist alles.«

»Ich wusste gar nicht, dass ich eine Cousine in Catford habe.« Joe blickte auf. »Mütterlicherseits oder väterlicherseits, was bist du?«

»Ha! Er ist nur ein bisschen betrunken«, sagte ich wenig überzeugend. Ich legte ihm einen Arm um die Schulter. »Stimmt's, Vetterchen?«

Joe grinste und umklammerte meine Oberschenkel so fest, dass ich fast den Halt verlor. Ich fand mein Gleichgewicht wieder und lächelte dem Polizisten zu. Der kleinere Cop musterte mich misstrauisch über seine lange Hakennase hinweg.

»Ich glaube nicht, dass Sie die Wahrheit sagen«, sagte er mit sanftem, fast neugierigem Tonfall. Er wandte sich seinem Partner zu. »Sie sagt nicht die Wahrheit, Guv.«

»Nein, tut sie nicht«, sagte der größere, strengere, ohne den Blick von mir abzuwenden.

Ich öffnete den Mund und wollte protestieren, aber der Cop sprach weiter.

»Aber ich befürchte, das ist mir egal.« Er blickte auf seine Uhr. »Hören Sie, ich weiß nicht, was hier vor sich geht, aber unsere Schicht ist zu Ende. Ich fahre nach Hause zu meiner Frau, wir arbeiten an unserem dritten Baby, und sie ist mitten im Eisprung, und Reg«, er zeigte auf den kleineren Cop, »fährt nach Hause, liest seine Wohnwagenzeitschriften und holt sich vielleicht noch einen runter.«

Reg nickte.

»Und Sie …«, er drehte sich und zeigte mit dem Finger auf Harriet.

Sie ging in Habachtstellung.

»Ich weiß nicht, woher Sie meine Privatnummer haben, aber wenn Sie nicht aufhören, mich anzurufen, verhafte ich Sie – zum zweiten Mal.«

Als er »zum zweiten Mal« sagte, warf Harriet mir einen flüchtigen verlegenen Blick zu und nickte dann liebenswürdig.

»Natürlich. Kommt nicht wieder vor. Tut mir leid, Dale«, sagte sie mit honigsüßer Stimme.

»Und nennen Sie mich nicht so«, sagte er in gedämpftem Ton, wobei in seiner strengen Miene nun auch ein Hauch Verlegenheit flackerte. »Ich heiße Smith. Sergeant Smith.«

Nachdem ich die wütenden Cops verabschiedet hatte, wandte ich mich Joe zu.

»Ich rufe Ihnen ein Taxi«, sagte ich und machte Anstalten, ins Haus zu gehen.

»Kann nirgendwohin.« Er blinzelte und blickte in meine offene Haustür. »Hortensie!«, platzte es aus ihm heraus, so dass ich in der Tür innehielt. »Ivy!«

»Weißt du was, ich glaube, er ist ein bisschen verrückt«, sagte Harriet. »Wollen wir Dale zurückholen?« Sie zog ein iPhone aus der Tasche ihres Morgenmantels.

»Nicht verrückt. Hortensie für Ivy. Ist sie da?«

»Meine Grandma?«, fragte ich verdutzt.

»Ja, Ivy. Hab ihr beim Aussuchen einer Kletterhortensie geholfen. Könnte ich mit reinkommen und nachsehen, wie's ihr geht?«

»Das glaube ich kaum, junger Mann.« Harriet schürzte die Lippen.

»Woher kennst du meine Grandma?«

»Hab sie im Gartencenter kennengelernt. Gehe nur hin, um zu sehen, was es so gibt. Und der Unterhaltung wegen. Rede gern mit alten Damen, die sind immer so freundlich.«

»Sie gehen in Gartencenter, um alte Damen aufzureißen?«, fragte ich.

Harriet japste entsetzt. »Ich wusste es! Als ich ihn sah, hab ich es sofort gewusst. Er hat einen Fetisch!«

»Das Interessante an dem Wort Hortensie«, sagte Joe und ignorierte Harriet, »ist, dass es für Lippenleser aussieht wie ›Wo sind Sie denn?‹.« Er schwankte in seiner sitzenden Position und blinzelte langsam. »Könnte ich vielleicht mit reinkommen? Ivy fragen, ob sie angewachsen ist?«

»Sie ist gestorben«, sagte ich.

»Die Hortensie?«

»Meine Grandma.«

»Oh.« Joe blinzelte. »Das ist traurig. Ich hatte sie wirklich gern.« Eine Träne rann ihm die Nase hinunter.

Einen Moment lang saßen und standen wir drei beziehungsweise vier, wenn man Brutus mitrechnete, der die Situation mit schokoladenbraunen intoleranten Augen beobachtete, still da.

»Gut«, seufzte Joe. »Ich werde dann wohl mal aufbrechen.« Er stand auf und schwankte. »Es war schön, Sie alle kennenzulernen.« Er schenkte uns ein bemitleidenswert zerbrechliches Lächeln.

Ich ließ den Blick über den Park schweifen und fragte mich, ob das, was ich gleich sagen würde, dumm war und dazu führen könnte, dass man mich umbrachte, missbrauchte oder vollkotzte. Er war betrogen worden. Ich war betrogen worden. Ich spürte so was wie Seelenverwandtschaft. Außerdem kannte er irgendwie auch meine Grandma.

»Hör mal, ich denke, du darfst auf meinem Sofa schlafen.«

Joe sah verblüfft drein »Wirklich?« Seine Augen wurden feucht, sein Kinn kraus.

»Wirklich, meine Liebe?«, fragte Harriet.

»Nur für eine Nacht. Gleich morgen früh rufe ich dir ein Taxi.« Ich packte ihn am Ellenbogen, um ihn zu stützen. »Gleich morgen früh, okay?«

Er nickte, während sein Unterbewusstsein schon die Bettruhe einläutete.

»Gute Nacht, Harriet«, sagte ich.

»Ja, meine Liebe.« Sie sah uns hinterher, als wir ins Haus gingen, eine besorgte Hand am Kinn.

»Sie sind zu lieb. Äußerst gastfreundlich. Ich werde Hamish auf jeden Fall wissen lassen, dass Sie eine Gehaltserhöhung brauchen.«

Ich seufzte. »Großartig.«

Ich unterstützte Joe beim Ausziehen der Stiefel und der Jacke, doch als die Jeans dran waren, ließ ich ihn allein weitermachen und ging ins Gästezimmer, um eine Bettdecke zu holen. Als ich sie über ihn warf, öffnete sich mein Morgenmantel und gab den Blick auf meinen geschwollenen Bauch frei, über den sich ein T-Shirt spannte, aus dem ich seit zwei Monaten rausgewachsen war.

Joe streckte den Kopf hoch und stierte mich an. »Du bist ja ganz schön dick.« Er lächelte munter. »Liegt das vielleicht an der leckeren jamaikanischen Reggae-Reggae-Soße?«, fügte er noch hinzu. Dann fiel er nach hinten und schnarchte los.

KAPITEL 17

Ich saß am Küchentisch und trat mit dem Fuß gegen das Tischbein. Joes unablässiges Schnarchen und sein Telefon, das ständig »Ping« machte, hatten mich wachgehalten, und jetzt war ich die Übellaunigkeit in Person. Das schnurlose Telefon neben mir schrillte, und ich nahm den Anruf grummelnd an.

»Oh, hallo Emma, meine Liebe«, sagte Harriet in ihrer üblichen herzlichen Art. »Ich rufe nur an, weil ich sichergehen wollte, dass der junge Mann dich nicht im Schlaf ermordet hat.«

»Nein«, sagte ich und blickte dabei wuterfüllt auf den schniefenden Klotz auf meinem Sofa. »Bin am Leben.«

»Er hat doch nichts versucht, oder? Er ist doch kein Sexmonster? Ich war ein wenig besorgt, weil du den Mann bei dir hast übernachten lassen. Die Polizisten hätten ihn wirklich mitnehmen sollen, habe ich zu Arthur gesagt. Ihn für eine Nacht in eine Zelle sperren.«

»Geht mir gut, danke«, sagte ich und nahm einen Schluck von meinem Kräutertee. Was ich eigentlich brauchte, war ein starker schwarzer Kaffee. »Sobald er aufwacht, werfe ich ihn raus.«

»Er ist noch da?«

»Mhm.«

»Na gut, sollte er dir irgendwelchen Ärger machen, wenn er aufwacht, schreist du einfach, ich halte die Ohren offen.«

Wir verabschiedeten uns voneinander, und ich watschelte den Flur hinunter ins Bad. Als ich zurückkam, lag Joe auf dem Rücken und rieb sich die Augen.

»Oh, guten Morgen«, sagte ich auf passiv aggressive Weise. »Gut geschlafen?« Ich trudelte in die Küche.

Ich würde mir jetzt einen Kaffee machen, verdammt noch mal.

Einen Tag lang musste das Baby das Koffeinflattern aushalten. Joe setzte sich auf und sah über die Rückenlehne des Sofas hinweg, Verwirrung kroch ihm übers zerknautschte Gesicht.

»Wer bist du?«, fragte er mit schlafschroffer Stimme.

Ich zog die Augenbrauen hoch und löffelte Kaffee in die Kanne. Joe blickte sich im Zimmer um, und als er an sich heruntersah und feststellte, dass er in seinen Boxershorts dasaß, zog er die Bettdecke über sich.

»Haben wir ...«, er sah mich misstrauisch an, »du weißt schon ...?«

»Kaum.« Ich ging quer durch die Küche zum Wasserkocher.

»Hoppla«, sagte Joe. »Du bist ja schwanger.«

»Ach, heute Morgen kannst du den Unterschied zwischen einer schwangeren Person und einem dicken Mädchen also erkennen?«

»Wir haben also nicht ...«

»Nein, haben wir nicht.« Ich schaltete den Wasserkocher ein und drehte mich ihm zu, die Hände auf den Hüften. »Du hast mitten in der Nacht an meine Tür geklopft und mir Pie angeboten. Genauer gesagt hast du einem gewissen Hamish Pie angeboten. Meine Nachbarin hat die Polizei gerufen. Aber ich habe ihnen gesagt, na ja ... du hast geweint, wegen deiner ... und anscheinend kanntest du meine Grandma, aber ...« Ich verstummte. Ich hatte keine Lust, den gesamten Ablauf zu schildern. Ich war mürrisch, verlor jedoch langsam die Entschlossenheit, es zu bleiben. Eigentlich wollte ich nur wieder ins Bett gehen. Joe saß auf dem Sofa, die Bettdecke vor die nackte Brust gehalten, verwirrt und desorientiert. Bis auf den brodelnden Wasserkocher herrschte Stille.

Er räusperte sich. »Na gut, ich sollte wohl lieber gehen. Dein Freund ist wahrscheinlich nicht so begeistert, dass ich hier bin.« Joe suchte den Boden nach seinen Klamotten ab.

»Ich habe keinen Freund«, sagte ich, als der Wasserkocher sich abschaltete.

»Ach so. Partner also«, sagte er, während er aufstand und sich die Decke um die Taille wickelte.

Nicht auf seine Brust zu schielen hätte der geballten Kraft des Gottes Zeus bedurft. Sie war breit und kräftig und mit genau der richtigen Menge Brusthaar versehen. Ich drehte mich um und kümmerte mich um den Kaffee.

»Nein, auch keinen Partner«, sagte ich.

»Ach so. Ja.« Joe klang verlegen.

»Aber ich bin keine künstlich befruchtete Lesbe, falls du das denkst!« Ich wirbelte herum.

Joe hielt abwehrend die Hände hoch und geriet ins Taumeln.

»Oh. Oh. Oh.« Er setzte sich wieder hin und stützte den Kopf in die Hände.

Allein und verlassen auf der Sofakante, nur noch halbwegs von der Bettdecke umhüllt, versuchte er, mit ein paar tiefen Atemzügen sein Gleichgewicht wiederzufinden. Ich spürte einen Anflug von Mitleid. Die Verlobte im eigenen Bett rittlings auf einem anderen Mann vorzufinden war Grund genug für ein paar Betrunkenheitsausfälle. Und schließlich hatte ich die Nacht überlebt, ohne ermordet oder sexuell belästigt zu werden.

»Deine Klamotten sind noch in der Waschmaschine. Möchtest du Kaffee?«

Joe bewegte den Kopf wenige Millimeter, so dass ein dankbares Auge zum Vorschein kam.

Während Joe duschte, nachdem er sich in der Toilette übergeben hatte, blätterte ich in meinem Kochbuch nach einem Rezept für Pfannkuchen, die so bekömmlich waren, dass sie in Joes mimosenhaftem Magen bleiben würden und er aufhören konnte, sich in meinem Bad zu erbrechen.

Beim gemeinsamen Frühstück fand ich heraus, dass Joe kein Gartencenter-Oma-Stalker war, sondern tatsächlich ein Gartenfan mit grünem Daumen, dessen botanische Ambitionen durch seine Exverlobte unterdrückt worden waren, die unbedingt in einem Loft in Shoreditch hatte wohnen wollen. Er hatte meiner Grandma bei den Hortensien (was für Lippenleser ganz und gar nicht wie »Wo sind Sie denn?« aussah! Ich hatte es morgens vor dem Spiegel geübt) kennengelernt und ihr geholfen, eine Kletterhortensie in genau dem richtigen Lavendelton auszusuchen, sie in den Wagen geladen und angeboten, beim Einpflanzen behilflich zu sein. Sie hatte sein Angebot angenommen, und die beiden hatten mit Tee, Kuchen und einer lavendelfarbenen Hortensie einen wunderbaren Nachmittag in der Wärme der spätherbstlichen Sonne verbracht. Im Moment hielt die Pflanze Winterruhe, war jedoch robust und gut angewachsen, erklärte Joe mir, nachdem er kurz draußen gewesen war, um das Wurzelwerk zu prüfen. Beim Frühstück machte sein Telefon ohne Unterlass »Ping«. Er sah kurz darauf, legte es aber wieder weg, ohne zu antworten. Gerade, als wir die Pfannkuchen aufgegessen hatten, kam die Waschmaschine rumorend zum Stillstand. Ich stand auf und leerte sie.

»Ich lege deine Klamotten auf die Heizung. Einen Trockner habe ich nicht, sorry.«

»Danke«, sagte Joe und rieb sich mit den Händen über den Stoppelbart. »Du bist unglaublich nett zu mir ... obwohl du mich gar nicht kennst.«

»Ich habe dich halbnackt gesehen und dein Erbrochenes von der Klobrille gewischt. Was ich von dir kenne, reicht fürs Erste.« Ich schenkte ihm ein flüchtiges Lächeln und räumte den Tisch ab.

»Ned und Sophie?«

»Ja.« Ich saß an Sineads Frühstückstisch und sah ihr zu, wie sie den Schaum ihres Cappuccinos schlürfte. Nachdem ich Joe die nötigen Fragen (»Wirst du irgendetwas stehlen, irgendetwas kaputtmachen, auf irgendetwas kotzen?«) gestellt und seine Antwort (»Hä?«) mich überzeugt hatte, ließ ich ihn in seinem Katzenjammer auf dem Sofa liegen und eilte um die Ecke zu Sinead, um die neuesten Entwicklungen in dem Low-Budget-Drama namens »Mein Leben« mit ihr zu teilen. Millie schlief oben, und Archie malte neben mir am Küchentisch Bilder. Onkel Mike hatte Alice und Jess zu einer Geburtstagsfeier gebracht, so dass es in ihrem Haus ausnahmsweise ruhig zuging. Ich brauchte eine zweite Meinung zu der Situation mit Ned und Sophie. Ich hatte es jetzt Alex und Helen erzählt. Alex, nervtötend weise wie immer, hatte gesagt, es sei verletzend und rücksichtslos von Ned und Sophie, sich hinter meinem Rücken zu treffen, aber wenn ich nicht mehr mit Ned zusammen sein wollte, dann konnte er ausgehen, mit wem immer er wolle. Sie hatte vorgeschlagen, dass ich mit beiden sprechen solle, ihnen sagen, wie verletzt ich sei, dass ich Zeit bräuchte, ihre Beziehung zu verarbeiten, jedoch sicher sei, dass unsere Freundschaft deswegen nicht beendet sein musste. »Scheiß drauf«, hatte ich gesagt, denn das klang ein wenig zu reif und rational für meinen Geschmack. Beschimpfungen waren mir lieber und Vorwürfe und dann auf unbefristete Zeit die kalte Schulter zeigen, wobei von nun an ich die Rolle der Sitzengelassenen spielen würde. Helens Reaktion hatte mich ziemlich überrascht. Die sind perfekt füreinander, hatte sie mit kehligem Lachen gebrüllt. Ich hatte mit Helens unbeirrbarer Solidarität gerechnet. Ich und sie gegen »Die Verräter«. Aber Helen sagte nur, sie würde Sophie wissen lassen, dass sie bei mir auf der schwarzen Liste (angeblich war es reinigend, eine zu führen) ganz oben stünde, und bot an, weitere Einzelheiten aus ihr herauszuquetschen.

»Welche von beiden ist Sophie? Die Schlampe?« Mit etwas Mühe gelang es Sinead, den Deckel der Dose mit Selbstgebackenem zu öffnen, und sie nahm sich einen großen krümeligen Keks heraus.

»Nein, das ist Helen. Und sie ist keine Schlampe, sie ist nur ... sehr ... offen.«

»Ein ganz bestimmter Teil von ihr ist offen«, sagte Sinead. »Sophie ist also die Dumme?«

»Sie ist nicht dumm«, sagte ich und war selbst überrascht, dass ich sie in Schutz nahm. »Sie hat ... einfach nur einen etwas anderen Blick auf die Welt.«

Sinead zog die Augenbrauen hoch und biss vom Keks ab. »Mmm. Wie heißen diese Dinger?«

»Das sind Walnuss-Kekse. Sie heißen eigentlich Afghanen. Aber die Frage ist, was mache ich?«

»Wegen der Afghanen?«

Sinead drehte den braunen Schokoladenkeks und inspizierte ihn aus jedem Winkel.

»Auf der Packung steht, dass sie aus Australien kommen.«

»Warum heißen sie dann nicht Australier? Warum wird etwas nach einem Land benannt, von dem man weiß, dass es dort terroristische Vereinigungen gibt?«

»Vielleicht hat man sie nach dem Hund benannt? Nach dem Afghanischen Windhund.«

Sinead biss noch einmal von ihrem Keks ab und schaute nachdenklich drein. »Ich weiß nicht, was verrückter ist.«

»Ja, ja. Also, was soll ich machen?«

Sinead sah mir in die Augen. »Nichts.«

»Nichts?«

»Nichts.«

»Klar.« Ich atmete aus. Würde denn niemand mit mir zusammen in der Wut-Ecke stehen wollen?

»Willst du mit Ned zusammen sein?«

»Nein.«

»Liebst du Ned noch?«

»Nein.«

»Dann werde damit fertig.«

»Gut«, sagte ich und schäumte innerlich. »Das tue ich, wenn ich nach Hause komme. Ich muss nur noch den Geschirrspüler ausräumen und meine Bettwäsche wechseln, und dann nehme ich mir schnell mal fünf Minuten Zeit, um ›damit fertig zu werden‹. Anschließend kann ich dann das Mittagessen kochen und Biobettwäsche für das Kinderbett shoppen, klingt das richtig?«

»Emma«, sagte Sinead mit sanfter Stimme. »Du bekommst ein Baby.«

»Mit Ned.«

»Ja. Mit Ned. Und du willst, dass er für das Kind da sein wird. Und deine Freunde sollen für dich da sein. Ein Kind zu haben ist schon anstrengend genug, wenn man nicht alleinerziehend ist.«

Ich nuschelte etwas Unverständliches und drehte meinen Becher auf dem Tisch herum.

»Geh nach Hause, nimm dir etwas Zeit, dir selbst leidzutun, und dann sieh nach vorn«, sagte sie und nahm sich einen weiteren Keks. »Und sag mir, wo du diese Dinger herhast, die sind verdammt köstlich!«

»Emma?«, sagte Archie und legte seinen Malstift nieder. »Das hab ich für dich demacht.« Er schob sein Bild zu mir herüber.

»Oh, danke, Archie.«

Strichfiguren in verschiedenen Farben und Größen waren übers Blatt verteilt. Eine hatte gelbes Haar, große runde Brüste und sah aus, als würde sie eine große rote Karotte tragen.

»Was ist das?«, fragte ich und zeigte auf einen Kreis mit einer Katze darin.

»Das bist du.« Er zeigte auf die Katze. »Und das ist das Zombie-Baby in deinem Bauch. Und das ist Melody.« Er zeigte auf die großbusige Strichfigur, die eine rote Karotte in der Hand hielt. »Sie hat einen Zombie-Arm abgerissen.«

»Großartig«, sagte ich und sah zu Sinead, die sich beiläufig ihren dritten Keks nahm.

KAPITEL 18

Als ich ins Cottage zurückkam, saß Joe mit nacktem Oberkörper auf dem Sofa und sah sich, um die Taille ein rosa Handtuch gewickelt, bei Tee und einem Stück Shortbread den Anfang von *Tatsächlich … Liebe* an.

»Ich liebe Filme von Richard Curtis, du auch?«, fagte er mit einem Grinsen.

»Ja, schon, aber ich bin ein Mädchen. Richard Curtis zu mögen ist in meinen Genen verankert.«

Joe schmunzelte zum Fernseher. Ich machte mir einen Tee, setzte mich zu ihm aufs Sofa und fragte mich, warum ich nicht den Drang verspürte, ihn zum Gehen aufzufordern. Vielleicht fehlte mir einfach die Energie dazu. Sein Telefon machte schon wieder »Ping«.

Ich wusste nicht, wie lange ich geschlafen hatte, aber als ich die Augen öffnete, sah ich Joe, der noch immer in mein rosa Handtuch gewickelt war und mit einer 3-D-Brille auf der Nase anscheinend über *Ice Age 3* kicherte. Es war wieder dunkel. Der ganze Tag war in einem Nebel aus Filmesehen, Kekseessen und Dösen verflogen.

Ich streckte mich und überprüfte meine Wange auf getrocknete Speichelreste. »Du bist noch hier.«

Joe sah kurz zur Seite und lächelte. Sein Stoppelbart war dichter geworden.

»Ja. Immer noch. Und ich habe dich sabbern gesehen. Aber ich dachte mir, das sei gerecht, weil du mich beim Kotzen gesehen hast.«

Er wandte sich wieder *Ice Age* zu und lachte über das Faultier.

»Toll.« Ich hievte mich in eine sitzende Position und wischte mir die Wange ab. »Der Anblick von Wangensabber ist normalerweise meinen Engsten und Liebsten vorbehalten. Du bist weder noch. Und ich habe nur gehört, wie du dich übergeben hast. Gott sei Dank.«

»Tut mir leid.« Joe tätschelte meine sockenbedeckten Füße. »Normalerweise trinke ich nicht so viel. Es ist nur ... im Moment ... du weißt ...« Er starrte auf den Fernseher und schluckte.

»Gestern Abend warst du wirklich sehr betrunken.«

Mein Magen rumorte und signalisierte Schwangerschaftshunger. Irrationalen Hunger auf Sandwich-mit-Speck-und-Marmelade-und-auf-keinen-Fall-etwas-anderes.

»Stimmt. Ich trinke, und dann, leider, weine ich ...« Ein Anflug von Traurigkeit huschte ihm übers Gesicht, und er sah mich verschroben lächelnd an.

Dass Joe so offen war, verunsicherte mich.

»Ich auch. Gib mir ein paar Gins, und ich flenne den ganzen Abend«, sagte ich, um dem Gespräch die Schwere zu nehmen. »Einmal habe ich auf einer Party zwei Stunden lang geheult, weil ein Song von Tracy Chapman mich an einen dreibeinigen Hund erinnerte, den ich mal an einer Haltestelle in Hoxton auf einem Plakat gesehen hatte.

»Du bist seltsam.«

»Ich war betrunken. Und im Übrigen bist du derjenige, der in einem rosa Handtuch und mit einer 3-D-Brille auf der Nase bei einer Fremden auf dem Sofa sitzt.«

Joe blickte auf das Handtuch. »Da hast du recht.«

Sein Telefon machte wieder »Ping«. Er sah drauf und legte es dann auf die Armlehne. Dass er nie antwortete, störte mich.

»Was ist das mit den ständigen Nachrichten? Und warum antwortest du nie?«

»Das ist meine Familie«, sagte er und nahm die 3-D-Brille ab. Ein kleines Lächeln zog einen seiner Mundwinkel nach oben. »Also, meine Schwägerinnen.«

»Wie viele hast du?«

»Drei. Und sie alle wollen, dass ich mich bei ihnen ›erhole‹.«

»Das ist süß.«

Er nickte. »Ja. Ich kann in Malta genesen, wo mein ältester Bruder auf Superyachten arbeitet, oder in Schottland, wo mein zweitältester Bruder in der Forstwirtschaft arbeitet, oder in Tahoe, denn dort produziert der dritte Schnee.«

»Ich an deiner Stelle würde mich für Malta entscheiden. Du bist also der Jüngste?«

»Ich bin das Baby, um das man sich kümmern muss.« Er nahm das Telefon zur Hand. »In der Hälfte der Nachrichten wird über mich diskutiert. Dass ich antworte, erwarten sie nicht.« Er grinste, offensichtlich gerührt von ihrem Getue.

»Warum besuchst du dann nicht einen von ihnen?«

Er zuckte mit den Achseln. »Die Ehefrauen, sie reden. Reden viel. Sie whatsappen, sie simsen, sie mailen, sie chatten, sie skypen, sie telefonieren. Sie sind wunderbar, wirklich großartig, aber ... ich möchte im Moment lieber nicht reden. Nur ... du weißt schon, ein bisschen für mich sein.«

Ich nickte, denn das verstand ich gut. Sich mit seinem Kummer zu verstecken war ein mir vertrauter Prozess.

»Und wo übernachtest du?«

»Hotels. Die eine oder andere Nacht auf dem Fußboden eines Pubs. Sofas von Kumpels.« Er sah mich an. »Sofas von sehr netten Fremden.«

Wir lächelten einander an. Er wusste zwar nichts über meine Situation, und ich kannte seine nur teilweise, aber wir schienen die Verwundbarkeit des anderen zu spüren.

Joe wurde durch ein schnelles, rhythmisches Klopfen vom Sofa katapultiert.

»Ich mach auf«, sagte er und zog sich das Handtuch fest um die Taille.

»Äh ... okay.«

»Hallöchen. Und wer bist du?« Helens kecke Stimmte drang von der Haustür herüber. Ich hatte vergessen, dass sie vorbeikommen wollte, um mir zu erzählen, was sie über Ned und Sophie herausgefunden hatte.

»Ich bin Joe. Ein Freund von Emma.«

»Er ist kein Freund!«, rief ich.

»Emma ruht sich auf dem Sofa aus. Ich hab gesehen, wie sie sabbert, und deswegen ist sie ein bisschen aufgebracht.«

Helen kam ins Wohnzimmer und löste mit vielsagendem Blick den Gürtel ihres Mantels.

»Er ist kein Freund«, sagte ich mit hochgezogenen Augenbrauen. »Ich habe ihn gestern Abend erst kennengelernt.«

»Ach, wirklich?« Helen wandte sich Joe zu, der hinter ihr ins Zimmer kam und seine Klamotten von der Heizung sammelte.

Sie musterte ihn langsam und unverblümt von oben bis unten, ihre Augen leuchteten.

»Sehr nett.«

»Okay«, sagte Joe, der kein bisschen pikiert war. »Ich werde mich mal anziehen, weil ich mir plötzlich vorkomme wie ein Stück Fleisch. Nett, dich kennenzulernen – ...?«

»Helen«, bot ich an.

»Nett, dich kennenzulernen, Helen.« Jetzt musterte er sie ebenso hemmungslos von oben bis unten. »Auch sehr nett.« Grinsend verließ er den Raum.

»Gefällt mir!« Helen schleuderte ihre Tasche auf den Küchentisch und holte einen Stapel DVDs heraus. »Und jetzt will ich alles wissen.«

Ich klärte Helen kurz über Joes Auftauchen auf.

»Das ist nicht gerecht.« Helen schüttelte den Kopf.

»Was meinst du?«, fragte ich und stand auf, um mir die DVD-Auswahl anzusehen.

»Na ja, mir passiert so etwas nie. Du musstest nicht aus dem Haus gehen, dir nicht Beine, Oberlippe und Frauenregionen wachsen und auf mörderischen Absätzen und in einem Kleid, das so eng ist, dass deine Brüste einfach nur rauswollen, die ganze Nacht zu mieser DJ-Musik tanzen. Du trägst labbrige Jogginghosen, dein Pferdeschwanz sieht so struppig aus wie der Schwanz eines echten Pferdes, und an deiner Wange klebt angetrockneter Sabber. Und trotz allem ist dieser Typ hier. Gott hat dir einen wunderschönen Mann betrunken und verletzlich an die Haustür geliefert. Das ist wie ein Sechser im Sexlotto.«

»Ekelhaft«, sagte ich und rieb mir die Wange.

Joe kam aus dem Bad, zum ersten Mal seit gestern Abend wieder bekleidet, und ging zum Stapel der DVDs.

»Was sehen wir?« Er prüfte die Auswahl der Filme und blickte auf.

Ich glaubte, in seinem Gesicht ein leichtes Flehen erkennen zu können. Helen feixte und deutete Greifbewegungen an, die seinem Hintern galten. Sein Lächeln erstarb. Er schien mein Schweigen als Aufforderung zum Gehen zu deuten. Sein Blick wanderte auf die DVD, die er in der Hand hielt. *Alles eine Frage der Zeit.* Von Richard Curtis.

Ich griff sie. »Lasst uns den ansehen!«

Dankbarkeit ließ Joes Gesicht erstrahlen. »Und Pizza bestellen?« Er wandte sich Helen zu, die umgehend ihre Greifbewegungen einstellte.

»Pizza klingt gut.« Helen verzog den rubinroten Mund zu einem anzüglichen Lächeln. »Und jetzt setz dich hier hin, und erzähl mir alles über dich.«

Später, als Helen ging und ich den Flur hinuntertapste, um das Licht auszuschalten, klingelte mein Telefon.

»Ich habe den jungen Mann nicht gehen sehen«, sagte Harriet.

»Nein, er ist noch hier.« Ich klemmte mir das Telefon zwischen Schulter und Ohr und zog die Bettdecke aus dem Flurschrank.

»Befindest du dich in einer Art Geiselsituation? Wenn ja, dann sag einfach das Codewort ›Apfelpfannkuchen‹, und ich komme mit Brutus rüber. Sag es jetzt. Bau es in einen Satz ein, zum Beispiel …«

»Harriet, es geht mir gut.« Ich unterdrückte einen Lacher. »Er bleibt einfach noch eine Nacht. Er weiß nicht, wo er sonst übernachten könnte. Ich komme morgen rüber und erzähle Ihnen alles.«

»Aber ...«

»Sie müssen sich keine Sorgen machen. Er ist wirklich ein netter Typ.«

»Bist du sicher, meine Liebe?«

»Bin ich.«

»Na gut, das Codewort kennst du ja jetzt.«

»Kenne ich.«

»Apfelpfannkuchen.«

»Apfelpfannkuchen.«

»Gut, gut.« Harriet schnalzte mit der Zunge. »Und komm morgen auf jeden Fall herüber. Arthur hat dir einen Key Lime Pie gebacken. Sehr cremig, sehr lecker.«

»Okay.«

»Du bist ein gutes Mädchen, meine liebe Emma.«

»Danke«, sagte ich gerührt.

Ich legte auf und brachte die Bettdecke ins Wohnzimmer. Joe war bei *Alles eine Frage der Zeit* auf dem Sofa eingeschlafen und lag sanft atmend auf dem Rücken, ein völlig anderer Mann als der schnarchende, stinkende Typ vom Abend zuvor. Seine mittlerweile sauberen Haare trockneten in lässigen Locken um seinen Kopf. Die Wimpern waren so lang, dass sie auf seinen Wangen ruhten und sich in elegantem Schwung nach oben bogen, und sein goldiger Bart war noch dichter geworden. Sein breiter Brustkorb hob und senkte sich im Einklang mit den Atemzügen. Wer könnte einen Mann mit einer so schönen Brust betrügen? Ich war überrascht, als er Helen erzählte, er sei Grafikdesigner. Er wirkte eher wie ein Frischluftfanatiker, der gern zupackt, nicht wie ein Bürohengst, der gern Klick-Klick macht. Joe schnaufte und drehte sich, so dass ich von meinem Beobachtungsposten zurückschreckte. Ich legte die Decke über ihn, schaltete das Licht aus und ging ins Bett.

Um 3:30 Uhr morgens stand ich auf, um zum 348sten Mal zu

pinkeln. Dann schlurfte ich in die Küche, schenkte mir ein Glas Saft ein, nahm mir zwei Schokosplitterkekse und schlich mich an Joe vorbei. Er lag auf der Seite, hatte sich die Decke bis zum Kinn hochgezogen und sah süß und verletzlich aus. Weil ich wegen des Mannes mit dem gebrochenen Herzen, der auf meinem Sofa schlief, nicht meine frühmorgendlichen Infomercials sehen konnte, kroch ich wieder ins Bett und knipste meine Nachttischlampe an.

Also.

Ned und Sophie waren tatsächlich glücklich vereint. Behauptete Helen zumindest. Sie hatten sich nach dem Leichenschmaus zu Ehren meiner Grandma zufällig an der U-Bahn-Station getroffen und waren schließlich in dieselbe Bar gegangen. Sophie verbrachte damals fast den ganzen Abend mit Ned, weil er so deprimiert schien. Sie sprachen über das Baby, über mich, über das Leben im Allgemeinen. Aber an dem Abend fand noch nichts Körperliches statt, hatte Helen gesagt und mir dabei das Knie gestreichelt. Als sei das irgendwie tröstlich. Oh, wie schön für sie, dass sie es geschafft haben, nicht am Abend der Beerdigung meiner Grandma zusammenzukommen. Verleihen wir ihnen doch den Friedensnobelpreis und schenken wir ihnen eine Kiste mit Katzenbabys. Ein paar Wochen später trafen sie sich zufällig in einer Bar, und Ned war mittlerweile viel weniger deprimiert und viel lustiger geworden und Sophie sehr betrunken. Sie tanzten und tranken und küssten sich. Und gingen dann zusammen nach Hause. Pfui. Am nächsten Morgen hatte ich Sophie angerufen, und was ich im Hintergrund gehörte hatte, war Ned gewesen, nicht ihr kranker Kater. Als Helen mir das erzählte, glaubte ich, in Ohnmacht zu fallen. Ned, dort, neben ihr. Nackt wahrscheinlich. Mit dem typischen Gerade-erst-gevögelt-Blick – direkt nach dem Sex hing eines seiner Lider immer schlaff herunter –, während ich am anderen Ende der Leitung plauderte. Ich dachte an die Treffen mit Sophie nach diesem Morgen, bei denen sie praktisch fünf Zentimeter über dem Boden schwebte und uns oft frühzeitig verließ, um sich mit einem mysteriösen Mann zu treffen, und wir überlegt hatten, wer es wohl sein mochte. Sie hatte kein Wort gesagt, sondern gelächelt und das Glück einer »neuen Liebe« ausgestrahlt, bei dem die Haut junger Mädchen leuchtet und sie Gewicht verlieren, ohne irgendetwas dafür zu tun. Dafür war also Ned verantwortlich gewesen. Das war mir unbegreiflich. Anscheinend hatte Sophie hysterisch reagiert, als Helen ihr erzählte, dass ich die beiden beim Küssen beobachtet hatte. Helen hatte sie unter Einsatz körperlicher Gewalt davon abhalten müssen, in ihren Ford Fiesta (mit den albernen Wimpern an den Frontscheinwerfern) zu springen und zu mir zu fahren, um mich um Vergebung zu bitten. Joe hatte sich die Unterhaltung vom Sessel aus angehört und dabei systematisch eine Schüssel gebuttertes Popcorn vertilgt.

Ich reckte einen Arm und nahm meinen Wochenplaner für den Zombie-Film zur Hand. In vier Tagen würden Archie und ich für sechs Wochen auf die Isle of Anglesey fahren, um dort die Camping- und Zombie-Katzen-Szenen zu drehen. Wir würden Melody zurücklassen und stattdessen Scott Vander, die »Camper« und eine Meute hoffentlich gut dressierter Katzen kennenlernen. Das Anwesen, auf dem wir drehen würden, hieß Bradley Manor. Dort waren wir während der sechs Wochen auch untergebracht. Ich warf den Planer zur Seite und nahm ein Stück Papier zur Hand, auf das ich den Entwurf für ein Mitbewohnergesuch gekritzelt hatte, nachdem ich Ned und Sophie beim Küssen erwischt hatte und mir klargeworden war, dass ich ihn keinesfalls kontaktieren und mein Geld zurückfordern würde. Mir graute vor den Vorstellungsgesprächen und Besichtigungen, die ich würde ertragen müssen. Aber ich brauchte das Geld. Nachdem ich Mum erzählt hatte, dass Ned dabei war, den Eiswagen zu verkaufen, würde ich ihr jede Woche ein hübsches Sümmchen meines Betreuerhonorars als »Rückzahlrate« geben müssen.

Joe hustete.

Ich blickte auf den zerknitterten Zettel in meiner Hand.

Ich knabberte an meinem Keks.

Ich war voreilig …

Ich kannte Joe kaum. Er könnte ein Identitätsdieb sein, der ein russisches Mädchen herbringt, das sich für mich ausgibt und von meinem Cottage aus einen internationalen Waffenring leitet, bevor sie eine Kreuzfahrt zu den Cayman Islands macht, während ich mit einem internationalen Strafregister zurückbleibe. Oder ich könnte nach Hause kommen und feststellen, dass er albanische Teenagermädchen an die Sexbranche verkauft oder ihnen in meinem Cottage Heroin verabreicht, bevor er sie in ein Puff in Croydon schickt.

Aber war das nicht sehr unwahrscheinlich?

Ich schob mir den Rest vom Keks in den Mund und beschloss, Joe am nächsten Morgen mein Angebot zu unterbreiten.

KAPITEL 19

Eine Woche später, kurz bevor ich nach Anglesey abgeholt werden sollte, erhielt ich einen Facetime-Anruf von der atemlosen Alex.

»Rate, was passiert ist!« Ihr Gesicht strahlte über das ganze Display.

»Was?«, fragte ich, während ich mit einer Hand den Reißverschluss meiner Kulturtasche zuzog, in der anderen das Telefon hielt.

»Rate!«

»Äh ... der Himmel ist blau, das Wasser ist warm, du gehst schwimmen und ich nicht?«

»Oh, sehr gut. Aber nein. Ich bin verlobt! Cal ist zu mir nach Vanuatu geflogen und hat mir einen Antrag gemacht!« Sie stieß ein aufgeregtes Kreischen aus.

»Mein Gott, wie aufregend!« Während mein Kopf sagte, ich sollte »mich freuen«, drehte sich mir der Magen um. Ich setzte mich auf mein Bett.

Warum bekommst du alles?, wollte ich brüllen. Ich bin von einem dürren Sommersprossengesicht schwanger, und du bist auf Tropical Island, wo ein reizender Investmentbanker mit perfektem Hintern um deine Hand anhält. Alex und Cal würden in Eigentumswohnungen investieren, um die Welt reisen und für wohltätige Einrichtungen spenden. Und sie würden mich mit ihren vorlauten Kindern in Mums Haus besuchen, und ich würde ihnen meinen neue Zauberer-von-Oz-Teekanne zeigen, die ich bei eBay gekauft hatte.

Plötzlich war auch Cals Gesicht zu sehen. »Hey, Emma!«, sagte er. Seine ebenmäßigen weißen Zähne füllten den Bildschirm aus.

»Glückwunsch!«, zwitscherte ich. »Willst zur Familie gehören, wie? Hat Mum dich nicht abschrecken können?«

»Dieser weibliche Charmebolzen?«, sagte er lachend. »Keine Chance. Du dagegen ...«

»Ah, ha ha.«

Alex kam lachend wieder ins Bild, und als ich die gequetschten Gesichter auf dem kleinen iPhone-Display betrachtete, lag ihre Zukunft vor mir wie ein offenes Buch. Glücklich, gebräunt, philanthropisch und gutsituiert. Niedliche Babys, ein guterzogener junger Beagle, Familienurlaube an bewusstseinserweiternden Orten wie in Nepal, in Machu Picchu und auf den Galapagosinseln, während mein Baby und ich auf unsere alljährliche Woche in den Center Parcs sparten.

»Okay, weg mit dir – ich will mit meiner Schwester reden.« Alex versetzte Cal einen zärtlichen Schubs aus dem Bild.

»Auf Wiedersehen!«, sagte seine körperlose Stimme. »Hoffe, mit der Schwangerschaft läuft alles gut!« Alex grinste in seine Richtung und wandte sich wieder ins Bild. Ihr Gesicht strahlte vor Freude.

»Also, wie hat er um deine Hand angehalten? Wann ist er angekommen? Erzähl mir alles!«, sagte ich mit gequälter Begeisterung.

»Ich habe nichts geahnt«, sagte sie grinsend. »Gestern Abend klopfte es an die Tür meiner Hütte, und da stand er vor mir! Ich konnte es kaum glauben! Wir gingen zum Strand, wo ein Einheimischer ein Lagerfeuer gemacht hatte, setzten uns dazu und tranken Rum aus Kokosnüssen. Auf einmal holte er diesen Wahnsinnsring hervor, und ich sagte *ja*, und die Kinder der Einheimischen begannen zu singen, und es war einfach ... unglaublich!« Sie seufzte schwer.

Ich hatte Alex noch nie so restlos begeistert oder so mädchenhaft erlebt.

»Das klingt ... unglaublich«, sagte ich so eifersüchtig, dass es chronisch zu werden drohte. »Zeig mir den Ring!«

»Oh, ja!« Sie bewegte das Telefon so, dass ich den Ring sehen konnte.

»Er hat meiner Grandma gehört«, sagte Cals Stimme.

Das Bild bewegte sich erneut, und Alex tauchte wieder auf, Cals Arm war um ihre gebräunte nackte Schulter gelegt.

»Emma, ich bin so glücklich«, sagte sie.

Cal küsste sie auf die Wange, was ihr Lächeln noch breiter werden ließ.

»Du hast es verdient«, sagte ich aufrichtig,

»Hilfst du mir, die Hochzeit zu planen?«

»Natürlich!«

»Du weißt, dass du meine erste Brautjungfer bist, oder?«

»Das will ich hoffen.« Ich drehte das Telefon kurz weg und wischte mir eine Träne von der Wange. Ich war nicht sicher, ob ich vor Freude oder vor Traurigkeit weinte – ich spürte beides gleichzeitig.

»Wie geht's meinem Baby?«, wechselte Alex den Kurs.

»Ach, gut. Ich bin jetzt ganz schön dick.« Ich hielt das Telefon so, dass sie meinen aufgeblähten Umfang sehen konnte.

»Alle Achtung! Ich wünschte, ich könnte bei dir sein.«

»Ich auch«, sagte ich und blickte auf das Foto an der Wand von Alex und mir in unseren Badeanzügen in Bournemouth, als wir fünf und acht Jahre alt waren.

»Ich muss aufhören. Die Alliance-Française-Gruppe gibt für uns eine Verlobungsparty am Strand – sie hat schon angefangen, und wir sind noch gar nicht dort.«

»Okay, viel Spaß. Vermisse dich«, sagte ich und hatte ein schlechtes Gewissen, weil ich froh war, das Gespräch beenden zu können.

»Vermisse dich auch!«

Eine Stunde später wurde ich zur Fahrt nach Anglesey abgeholt.

»Und vergiss nicht, freitags die Wertstofftonne rauszustellen«, sagte ich, als ich Joe hinterherschlurfte, der meinen Koffer zum abfahrbereiten Geländewagen trug.

»Werde ich nicht.«

»Und du weißt, wie du *Graham Norton* aufnehmen kannst?«

»Ja. Ich benutze nicht zum ersten Mal einen Fernseher.«

»Und du wäschst die Ungaro-Handtücher separat? Mum bringt mich um, wenn ...«

»Ich werde die Ungaro-Handtücher nicht einmal benutzen. Emma, ich komme zurecht. Es wird kein Problem sein, sich an alle Regeln zu halten.« Er hievte den Koffer in den Kofferraum und begleitete mich zur Autotür. »Keine Schlampen ins Haus bringen, keine nassen Handtücher auf dem Boden liegen lassen, keine stinkenden Socken unterm Sofa, keine Drogen, keine Partys, mich nicht an deinen Plastikschubladen vergreifen ... ähhm – das war's, oder?«

»Und wenn meine Mutter was Neonfarbenes anschleppt, nicht hereinlassen.«

»Ich sag ihr, du bist umgezogen.«

Ich sah zu ihm hoch, und wieder regten sich Zweifel in mir. Klar, er hatte die ganze letzte Woche bei mir gewohnt und sich völlig normal verhalten. Er hatte sein Geschirr abgewaschen, das Bad sauberer verlassen als ich und sich beim Schimpfwort-Scrabble als ernstzunehmender Gegner erwiesen. Er hatte es übernommen, ans Telefon zu gehen, falls Sophie dran wäre. Und als das einmal tatsächlich der Fall war, hatte er in einem Akzentgemisch gesprochen und ihr gesagt, sie habe »ein falsches Nuhmer gewählen, ey, Schwester«. Ich hatte ihm sogar erlaubt, vom Sofa ins Schlafzimmer in der oberen Etage aufzusteigen, aber trotzdem kannte ich ihn nicht wirklich. Was, wenn er jeden Abend andere Mädchen mitbrachte und das Cottage meiner Grandma als sexuellen Abenteuerspielplatz nutzte? Oder ich nach Hause kam und ihn in meinen Unterhosen vorfand und er ein PowerPoint-Seminar zum Thema Transvestismus abhielt?

»Du siehst mich seltsam an«, sagte Joe, und seine Lippen umspielte ein wissendes Lächeln. »Ich bin kein Amateur-Pornoregisseur, ich werde nicht all deine Sachen stehlen, und wenn du nach Hause kommst, wirst du mich nicht in deinen Unterhosen erwischen.«

»Das habe ich auch nicht gedacht«, sagte ich und wandte ertappt den Blick ab.

Joe hm-hmte.

»Du musst dir meinetwegen keine Sorgen machen, ich bin normal.« Er zog eine Grimasse. »Ab ins Auto mit dir.«

Mit einigen Schwierigkeiten kletterte ich auf die Rückbank des Geländewagens. Im fünften Monat schwanger, konnte ich mich nicht mehr in der Körpermitte einklappen, ohne möglicherweise ein Embryobeinchen abzuklemmen.

»Es ist sehr nett von mir, dass du mich hier wohnen lässt«, sagte Joe noch durchs Fenster zu mir, als er die Tür zugeschlagen hatte. »Und falls ich wirklich deine Unterhosen tragen muss, werde ich darauf achten, die ältesten auszuwählen, die mit Löchern und ohne Gummi. Und hinterher wasche ich sie gründlich.«

»Wirf sie einfach weg«, sagte ich.

Er grinste.

Ich winkte zum Abschied, während der Fahrer den Wagen in der engen Straße um die Trauben von Fußballmamis und die vielen Kinder auf Dreirädern navigierte, bevor er um die Ecke zu Onkel Mike und Sinead bog, wo wir Archie aufsammeln würden. Ich war mir sicher, dass Joe der war, der er zu sein schien. Das Cottage würde in Ordnung sein. Und meine Unterhosen würde ich ungetragen dort wiederfinden, wo ich sie zurückgelassen hatte.

Nach sieben langen Stunden kutschierte der Fahrer Archie und mich über die Britannia Bridge auf die Isle of Anglesey. Archie hatte sich als perfekter Reisegefährte erwiesen. Er war auf seiner Seite des Autos geblieben (auch deshalb, weil er in einem Kindersitz festsaß, der zwar technisch ausgereift schien, bei dem der Fahrer und ich nach der ersten Toilettenpause jedoch zwanzig

Minuten brauchten, um den Kleinen wieder anzuschnallen), und er hatte nur einmal die befürchtete »Wie lange noch«-Frage gestellt, und zwar drei Minuten, nachdem Sinead ihn festgegurtet hatte, ins Haus zurückgerannt war und dabei »Ein Kind los, bleiben nur noch drei!« gejubelt hatte.

Nachdem wir die Brücke hinter uns gelassen hatten, fuhren wir über Landstraßen und erreichten die Kuppe eines Hügels. Hier lenkte der Fahrer den Geländewagen auf eine Art Feldweg, der über eine Koppel steil nach unten führte. Er schaltete ein paarmal, dann schlingerten wir über Stock und Stein abwärts. Ich war nie Fan von Extremsportarten gewesen und hatte Sofas und Barhocker immer Mountainbikes oder Jet Skis vorgezogen. Während der Wagen auf dem unwegsamen Gelände unsanft durchgerüttelt wurde, umklammerte ich mit einer Hand den Türgriff, mit der anderen die Rücksitzkante.

»Das macht Spaß«, rief Archie und sah aufgeregt aus dem Fenster.

»Hmmm«, war alles, was ich in dem Gerumpel hervorbrachte.

Ein paar Minuten später erreichten wir eine Art Anhöhe am Rande eines dichten Waldes, und ich beschloss, die Filmgesellschaft zu verklagen, sollten bei meinem Baby die Ohren falsch herum gewachsen sein. Als wir dann endlich den Kiesweg zum Bradley Manor hinauffuhren, war es mittlerweile dunkel. Selbst von der Rückseite betrachtet, hatte das Gebäude etwas Imposantes. Die Wände waren aus grauem Stein, auf den Spitzdächern verbreiteten mehrere Schornsteine den wohligen Geruch von Holzfeuer. Hinter den Rautenfenstern des Herrenhauses flimmerten Lichter, und zahlreiche Leute eilten geschäftig hin und her.

Beim Anblick des regen Treibens erwachte in mir der Tatendrang. Trucks mit Beleuchtungstechnik und Generatoren, Kamera-Vans, Personentransporter und teure Geländewagen verstopften den Hof. Unser Fahrer stellte unser Fahrzeug neben dem Kamera-Van ab. Andrew stand mit einem Assistenten an dessen Hecktür und sortierte Equipment. Als wir einparkten, drehte er den Kopf und schenkte mir ein Grinsen, das in meinem Bauch schlagartig ein Kribbeln verursachte.

»Hi«, sagte er, als ich so elegant wie möglich ausstieg. »Gute Fahrt gehabt?«

»Ja, danke«, sagte ich und löste möglichst unauffällig meinen Rock, der sich während der Fahrt in meinen Pobacken verklemmt hatte. Doch bevor ich etwas sagen konnte, das meinen sprühenden Verstand und/oder Witz bewiesen hätte, wurde Andrew schon wieder von seinem Assistenten und einem wichtigem Kabel in Beschlag genommen, das mit einem anderen wichtigen Kabel hätte verbunden werden sollen oder auch nicht.

»Darf ich Brian hallo sagen?«, frage Archie und winkte dem stämmigen nordirischen Requisiteur zu, der bereits Mitte sechzig zu sein schein. Er hob gerade eine Plastikkiste mit Köpfen aus einem schäbigen Van.

»Klar«, sagte ich argwöhnisch. Als ich das letzte Mal Zeugin wurde, wie Brian und Archie miteinander plauderten, meinte ich die Wörter »Sinn Féin« und »aktive Organisation« gehört zu haben. »Aber steh ihm nicht im Weg.«

»Otay!« Archie trottete über den belebten Hof.

»Und Finger weg von der Tasche!«, rief ich hinterher, als ich sah, dass er in eine Tasche langen wollte, in der sich mit Blut präparierte künstliche Gedärme befanden.

Durch einen überdachten Gang führte man mich zu einer umgebauten Scheune, die mit dem Haupthaus verbunden war und die Archie und ich uns mit Martha und Tilly teilen würden. Mein Mut sank. Ich würde jede Nacht durch das Knittern und Rascheln von Chipstüten wachgehalten werden. Und ich wettete, dass sie schnarchte. Meine Visionen, in denen ich mitten in der Nacht auf dem Weg zum Bad halb zufällig, halb absichtlich Andrew in Boxershorts begegnen würde, lösten sich in Luft auf. Immerhin war das Barnhouse dafür gemütlich. Durch Glasschiebetüren gelangte man in ein Wohnzimmer mit einem langen samtbezogenen Sofa und zwei Sesseln, die um einen Holzofen gruppiert waren. Auf dem Boden lagen flauschige Schafsfelle, und eine Miniküche in der Ecke des Raums war schon mit Marthas Snacks bestückt worden. Dass ich nicht eingeladen war, mich daran zu bedienen, verstand sich von selbst. Als ich meinen Kindle neben dem Himmelbett ablegte, stieß ich einen leisen zufriedenen Seufzer aus. Ich freute mich auf das nächste Abenteuer, nicht zuletzt, weil es mich aus London weggebracht hatte, wo Ned vermutlich gerade Sophies Klitoris suchte.

»Paris?«, sagte ich in mein Handy. »*Paris*?!«

»Sorry.« Helen war soeben die wenig beneidenswerte Aufgabe zugefallen, mir mitzuteilen, dass Ned zu Sophies Geburtstag mit ihr nach Paris gefahren war. »Was für ein Wichser.«

»Er ist ein Fotzenwichser-Drecksbartfucker«, sagte ich, während ich in der frühen Morgensonne auf und ab marschierte. Archie und Tilly spielten im Gras mit dem hauseigenen Irischen Wolfshund namens Ivan und seinem Kumpel Wayne, einem Jack Russel, während sie darauf warteten, zum Set gerufen zu werden. Martha stand ganz in der Nähe und aß.

»Drecksbartfucker? Klingt nach Piratenzuhälter.«

»Wie hast du's herausgefunden?«

»Ich habe Sophie angerufen, um ihr zu gratulieren ...«

»Was? Du hast sie angerufen?«

»*Ich* bin nicht sauer auf sie. *Du* bist es.«

»Ja, stimmt. Aber könntest du dich meinem moralischen Richterspruch nicht einfach anschließen? Wie es sich für eine gute Freundin gehört?«

»Ich *bin* eine gute Freundin. Aber Sophie tut mir irgendwie leid. Sie ist mit *Ned* zusammen.«

Grummelnd äußerte ich meinen Unmut. Ich war sehr müde. Martha hatte die ganze Nacht geschnarcht, und wir schliefen zwar nicht im selben Zimmer, doch die holzverkleideten Wände waren nicht dick genug, um mich vor den Geräuschen zu schützen, die sie von sich gab. Es klang, als würde jemand die Saugnäpfe eines Oktopus ausschlürfen. Nachdem Martha glasklar angesagt hatte, dass wir in erster Linie den Kindern verpflichtet seien, hatte ich auf das Abendessen mit der Filmcrew im Herrenhaus verzichtet und stattdessen zu früher Stunde im Barnhouse mit Martha und den Kindern Hähnchen-Nuggets und Erbsen genossen. Es fühlte sich an, als würde ich eine Party verpassen, weil ich unter Hausarrest stand. Um sechs Uhr morgens riss Martha mich aus den Träumen, weil sie mit den Kindern einen Aufwachspaziergang um den See machen wollte. Nicht zum ersten Mal musste sie sich von mir ein »Leck mich« anhören. Eines Tages würde sie mein Angebot noch wahrnehmen wollen. Aber schließlich war ich doch ums Gewässer gestapft und hatte mich bei der Rückkehr vor dem brennenden Ofen im Barnhouse gefreut, mitgegangen zu sein. Nicht zuletzt, weil ich so einen Blick auf Andrew und Scott Vander erhaschen konnte, die in Sporthose und Unterhemd um den See joggten – Scott Vander war mindestens so sexy, wie die Fotos in den Boulevardblättern ahnen ließen. Allerdings hatte Martha mir die gute Laune verdorben, als sie mir erzählte, dass Amy und Andrew beim Frühstück sehr vertraut miteinander gewirkt hatten. Nicht, dass ich mit dem Gedanken spielte, ich könnte bei Andrew eine Chance haben (okay, in Wahrheit spielte ich nicht nur mit ihm, sondern ich hätte ihn am liebsten zu einem Vier-Gänge-Menü eingeladen und gebeten, für immer zu bleiben). Ich war eine Männer abschreckende, im fünften Monat schwangere Frau, die ein Kind von einem anderen Typ erwartete. Aber ich war mir sicher, dass ich von Andrew bestimmte Blicke geerntet hatte. Wenn er meinem Starren einen Moment zu lange standhielt, kam ich ins Grübeln – ob er etwa in der Lage sein sollte, über meinen geschwollenen Bauch und die gigantischen Brüste hinweg die nicht liierte Yummy Mummy zu sehen? Oder waren es nur die gigantischen Brüste, die seinen Blick fesselten …?

»Emma, ich finde zwar auch, dass Sophie eine gestörte Dünnbrettbohrerin mit bescheuertem Farbgeschmack ist, aber sie hatte nie vor, dir weh zu tun. Es ist nicht so, dass sie sich in dem Moment, als du dich von Ned getrennt hast, auf ihn gestürzt hat. Es war keine geplante Geschichte. Ich glaube, die beiden mögen einander wirklich und sind beide ernsthaft überrascht von der Sache. Sie ist am Boden zerstört darüber, dass du so sauer bist. Ist sie wirklich.« Helen klang sehr viel pragmatischer, als ich es von ihr gewohnt war.

»Arme Sophie«, spottete ich.

»Vergiss sie. Bete, dass sie in französischer Hundescheiße ausrutschen und von nicht pasteurisiertem Käse krank werden. Und jetzt sag mir, ob du schon Scott Vanders Penis gesehen hast. Helm oder Ameisenbär?«

Am Ende des Tages überzeugte ich Martha, dass es kein Problem sei, wenn ich im Haupthaus mit der Crew zu Abend essen würde. Schließlich schliefen Archie und Tilly bereits tief und fest, und sie würde zweieinhalb Meter von deren Schlafzimmertür im Wohnzimmer sitzen und eine Familienpackung Malteser-Schokokugeln verdrücken. Zu Helens großem Missfallen hatte ich Scott Vanders Penis noch nicht gesehen. Und es war nicht sehr wahrscheinlich, dass ich ihn zu Gesicht bekommen würde, denn trotz des Arguments, ich könnte einfach sagen, ich hätte mich »verirrt«, hatte ich nicht vor, in den frühen Morgenstunden mit einsatzbereiter Kamera rein zufällig in seinem Cottage zu landen.

Im Haupthaus angekommen, hörte ich aus dem »Raucherraum« angenehmes Geplapper. Ich stieß die Tür auf und wurde umgehend von der Wärme eines lodernden Feuers empfangen. Um den Kamin herum standen drei schwer ramponierte Chesterfield-Sofas, auf die sich Schauspieler und Crewmitglieder gequetscht hatten, in den Händen Gläser mit Wein und Pints mit Ale, die Wangen rot und rosig von einer Kombination aus Alkohol und Nähe zu den Flammen. Hinter ihnen lag ein reibungsloser erster Drehtag auf dem Landsitz (nur Archie, Tilly und Scott, die vor dem Eintreffen der Zombie-Katzen ein Zelt aufstellten), und wegen des entspannten Arbeitstempos und des Ortswechsels hatten alle gute Laune.

»Hey. Hat Martha dich rausgelassen?« Caroline kam mit einem wohlmeinenden Lächeln auf mich zu. »Komm, setz dich zu uns ans Feuer.« Sie schubste den bekifft wirkenden Steve von seinem Platz. »Was trinkst du?«

Caroline stellte mich ein paar der Mädels vor, die die »Camper« (Mädchen in Büstenhaltern) spielten, und schon bald plauderten wir innig wie eine Gruppe von Freunden. Das Dinner wurde in einem Speisesaal serviert. In dessen Mitte stand ein langer Holztisch, und auf dem massiven Steinfußboden lagen klassische Orientteppiche verstreut. Die Köpfe erlegter Tiere blickten tadelnd auf uns hinab, während wir uns mundgerechte Bissen ihrer butterweich gegarten entfernten Cousins mit Jus und Stangenbohnen im Prosciutto-Mantel einverleibten.

»Meine Mum hat Gras geraucht, als sie mit mir und meinem Bro schwanger war, und wir sind doch cool.« Steve, der schlaksige Tongalgen-Mann, wollte mich überreden, nach dem Essen einen Joint mit ihm zu rauchen.

»Nein, danke«, sagte ich, während ich die letzte Gabel klebrigen Dattelpuddings in meiner Schüssel kreisen ließ.

Die meisten Leute waren mit dem Essen fertig und hatten sich auf ihren Stühlen zurückgelehnt, um zu trinken, zu lachen und sich in übertriebener Lautstärke zu unterhalten.

»Wie du willst. Ich bin unten am See, falls du's dir anders überlegst. Es sei denn, du hast eine *Vander*-Einladung.« Steve versuchte, eine versnobte Miene zu imitieren. Er war ein Mann von wirklich bedauernswert schlechtem Aussehen, und die großkotzige Snobmiene machte es nur noch schlimmer.

»Eine Vander-Einladung?«

»Oh«, sagte er lächelnd. »Du hast keine?« Er schien froh zu sein.

»Was ist das?«

»Scott Vander«, Steve zog wieder seine hochnäsige Grimasse. »Er holt sich Leute auf seine Bude. Aber man muss eingeladen sein.«

»Oh«, sagte ich und fühlte mich wie ein Kind mit üblem Körpergeruch, das beim Sport in kein einziges Team gewählt wird und daher beim Lehrer sitzen muss.

»Man muss wichtig sein«, fuhr er fort. »Drogen mitbringen. Sich vernaschen lassen. Oder eben sonst wie ›wichtig‹ sein.« Er malte mit nikotinverfärbten Fingern Gänsefüßchen in die Luft.

»Ich bin weder noch«, sagte ich jämmerlich.

Steve nickte zustimmend. Ich ließ den Blick um den Tisch zu Claire und Caroline wandern, die mit weniger wichtigen Nebendarstellern in hautengen Jeans und einigen der muskelbepackten Beleuchtertypen mit den kantigen Gesichtern, tätowierten Armen und angesagten Bartschatten plauderten. Obwohl Caroline und Claire gerade einen dreizehnstündigen Drehtag hinter sich gebracht hatten, waren bei ihnen Frisur und Make-up tadellos, und sie hatten sich umgezogen. Amy saß auf dem Knie eines Kameramanns, der alt genug war, ihr Vater zu sein und mit ihrem Haar spielte. Andrew war vertieft in ein Gespräch mit einem anderen Kameramann, der Continuity-Frau und einer jungen Kostümbildnerin, die aussah, als gehöre sie eher in die erste Zuschauerreihe einer Chanel-Modenschau. Ein paar Männer und Frauen aus dem Art Department lehnten am Kamin und unterhielten sich über Nackttheater-Improvisationen oder über was auch immer diese kunstbeflissenen Leute so redeten. Sie würden alle bei Scott eingeladen sein. Ich drehte mich wieder zu Steve, der mich mit einem kleinen Lächeln beobachtete.

»Bist du eingeladen?«

»Ich?«, sagte er, nahm eine zerbeulte Dose aus der Tasche und drehte sich unter den Augen aller anderen am Tisch einen Joint. »Nee. Schere mich auch einen Dreck drum.«

KAPITEL 20

Am nächsten Morgen beim Frühstück wurde offensichtlich, wer eine Vander-Einladung gehabt hatte und wer nicht. Dunkle Sonnenbrillen blieben auf den Nasen derjenigen, die in allerfeinster Katerstimmung waren, und nur eine Handvoll der Anwesenden konnte mit klarem Blick, Farbe im Gesicht und der Fähigkeit, ohne Brechreiz Rührei zu essen, aufwarten. Sogar Steves Tongalgen-Kumpel mit dem rasierten Schädel hatte trübe Augen, und sein Atem hatte die leichte Duftnote von Erbrochenem.

»Was für jämmerliche Gestalten, oder?«, sagte Steve, als er seinen Teller mit Brot und Speck belud. Den Joint als Nachtisch hatte er sich schon hinters Ohr geklemmt.

»Ja.« Meine Verbitterung darüber, dass man mich übergangen hatte, versuchte ich zu verbergen. »Weißt du, was sie gemacht haben?«

Steve zuckte mit den Achseln. »Wahrscheinlich Unmengen Koks gezogen, vielleicht auch Acid geschluckt. Auf jeden Fall Ecstasy. Claire hatte eine ganze Tüte Pillen.«

»Ich meinte nicht, welche Drogen sie genommen haben«, sagte ich, obwohl ich leicht schockiert war, dass Claire eine Tüte mit Ecstasy mitgebracht hatte. »Ich war nur neugierig, was sich da oben abgespielt hat.«

»Sie haben Party gemacht.« Steve sah mich an, als sollte ich meine Medikamentendosis erhöhen. »Du bist schon mal auf einer Party gewesen, oder?«

»Ja«, sagte ich und schenkte ihm einen vernichtenden Blick.

»ALLE ZUM SET – BLOCKING!«, knarzte die Stimme des Regieassistenten aus dem Funkgerät, das an Amys Hosenbund befestigt war.

»Bis bald«, sagte Steve, stopfte ein paar Scheiben Speck in ein Brötchen und verschwand zum Set, um beim Blocking zuzuschauen (ein Fachausdruck für die Festlegung der Platzierung und Bewegung von Schauspielern, ähnlich einer Choreographie; in der Praxis: »Du stehst dort, dann gehst du hier entlang und stößt die Zeltstange in sein Auge, und *du*, du stirbst hier, damit wir am Ende eine Nahaufnahme von deiner leeren Augenhöhle machen können.«).

Vormittags gab es eine kurze Drehpause, in der Scott mit Zombie-Augäpfeln ausgestattet wurde. Sie glichen Kontaktlinsen, bedeckten jedoch den gesamten Augapfel, waren sehr steif und mussten von einem Optiker eingesetzt werden. Normale Kontaktlinsen konnten vom Maskenbildner oder dem Schauspieler selbst eingesetzt werden, aber die Zombie-Linsen ins Auge zu bekommen war schwierig. Sie zu tragen war außerdem höchst unangenehm, und weil sie kaum Licht durchließen, machten sie den Träger fast blind. Vermutlich deswegen verlegte sich Scott auf Verzögerungstaktiken, und sein Aufmerksamkeitsdefizit war noch ausgeprägter als sonst.

»OH, JA! OH, JA!« Scott, schon wieder vom Maskenstuhl gesprungen, twerkte mit nacktem Oberkörper zu einer Melodie, die nur er hörte. Zugegeben, mit den zerfetzten Hosen, der grausam klaffenden Schusswunde am Oberkörper und dem Zombie-Gesichts-Make-up sah das saukomisch aus. Doch im Wissen, dass man mich als Schwangere beim Thema Einladungen diskriminiert hatte, fiel es mir schwer, in das Gelächter der Crew einzustimmen.

Steve fing meinen Blick auf und zog wieder seine Scott-der-Snob-Grimasse. Fasziniert von der ganzen Augapfelei, saß Archie auf meinem Schoß. Ich hatte aufgehört, darauf achten zu wollen, dass er es nicht mit der Angst bekam. Er blieb von alldem gänzlich unbeeindruckt und wollte einfach wissen, wie *alles* funktionierte. Außerdem hatte er sich mit Leuten vom Team für Spezialeffekte angefreundet und wusste jetzt über Squibs und leichte

Sprengstoffe mehr als ich, die immerhin schon seit sechs Jahren in der Branche arbeitete.

»Kannst du deinen Text, Kleiner?«, fragte der Regisseur Archie, woraufhin dieser nickte. »Gut, gut.« Er holte eine Tüte mit irgendwelchen Körnern hervor und fing an, nervös zu knabbern.

»Sie haben noch fünf Minuten, um diese gottverdammten Linsen einzusetzen, dann reicht es für die Kinder.« Martha ließ sich schwer in einen Stuhl fallen und lenkte Tillys Aufmerksamkeit auf etwas, das nur ein Mathematikbuch sein konnte.

»Entspann dich, Martha, den Kindern geht es gut.«

Irgendwann gelang es dem Optiker, zwei Kostümassistenten, einem sehr ernst dreinschauenden Ersten Regieassistenten und Caroline, Scott so lange auf dem Stuhl zu halten, dass beide Augäpfel eingesetzt werden konnten, und nun wurde er an den Armen zu seiner ersten Position auf dem Set geführt. Als er an Martha, Tilly, Archie und mir vorbeikam (hinter diesen Linsen müssen wir wie wandernde Himmelskörper gewirkt haben) zog er eine furchteinflößende Grimasse.

»RAAAARRRRHHH!«, brüllte er in Richtung der Kinder, die zu kichern anfingen, während Martha kreischte wie Nathan Lane in *The Birdcage – Ein Paradies für schrille Vögel.*

»Welche Eltern muten ihrem Kind so einen Film zu? Das gehört sich einfach nicht.« Martha presste die Lippen zusammen, gaffte aber trotzdem auf Scotts nackte Brust, als sei sie ein glasierter Weihnachtsschinken und sie, Martha, der einzige Gast am Tisch.

Je weiter die Dreharbeiten voranschritten, desto mehr entfaltete der kollektive Kater seine Wirkung. Leute gähnten und rülpsten sich diskret in die Faust. Caroline schlürfte ihr Berocca-Vitamingetränk, Claire schluckte Pillen. Kameramänner lehnten auf ihren Stativen, der Tongalgen-Mann mit dem rasierten Schädel stützte sich auf seinen Tongalgen, und die Standby-Artdirektorin, die abkommandiert worden war, im hinteren Bereich des Sets Blut aus einer Art Shampooflasche auf ein einsames Körperteil zu spritzen, hatte eine Pause eingelegt und hing nun mit glasigen Augen angeekelt über dem Gummibein.

Ich fuhr mir mit der Hand über die Stirn. Es war nur eine Frage der Zeit, bis Onkel Mike herausfand, dass dieser Film nicht, wie Sinead ihm erzählt hatte, eine Mischung aus Historiendrama und Komödie war, etwa *Stolz und Vorurteil* vermengt mit *Little Miss Sunshine*.

Der Vormittag zog sich. Der Tongalgen-Mann geriet mit seinem Galgen immer wieder in den Bildausschnitt, Zombies vergaßen ihren Text (ich meine, wie schwer kann es sein, im richtigen Moment »arrrggghhh« zu sagen?), oder eine wichtige Requisite fehlte. Hirnlose verkaterte Leute. Nicht nur, dass sie verkatert und planlos waren, sie zeigten auch noch demonstrativ, wie wild sie gefeiert hatten, während ich im Barnhouse auf dem Sofa hatte sitzen und Martha dabei zusehen müssen, wie sie sich durch eine Tüte Marshmallows fraß, ohne mir auch nur einen einzigen anzubieten. Nun saß ich hinter dem Monitor des Regisseurs und konnte beobachten, wie er sich Kerne knabbernd immer weiter in einen nervenaufreibenden Zeitkontrollwahnsinn steigerte.

Als Mittagspause angesagt war, machte sich die katzenjammernde Crew mit Kaffeebechern, dunklen Sonnenbrillen, Zigaretten und Vitamindrinks dankbar aus dem Staub. Sobald das Essen verschlungen war, suchte sich jeder irgendwo auf dem Grundstück eine dunkle Ecke, um den Rest der Pause zu schlafen. Archie und Tilly kraulten die Bäuche von Ivan und Wayne, während Martha mit Steve auf einer Gartenbank saß und darüber diskutierte, was besser sei, Blätterteig oder türkischer Filoteig. Ich schaltete mein Telefon ein und hörte meine Mailbox ab. Die erste Nachricht war von Joes gutgelaunter Stimme hinterlassen worden.

»Hey, Emma, hoffe, mit dem berühmten Scott Vander läuft alles gut. Habe ihn mal bei einer Produktpräsentation kennengelernt. Guter Typ, glaube ich. Hat drei der Models mit nach Hause genommen, wenn ich mich recht entsinne. Egal, ich wollte nur etwas mit dir abklären. Harriet und Arthur fahren nach Cornwall zu einer Familienfeier, einem Geburtstag oder so, und können Brutus nicht mitnehmen. Harriet hat mich gefragt, ob ich auf ihn aufpassen könnte, weil er mit Fremden noch nicht so gut zurechtkommt. Er versucht wohl immer, sie anzufallen. Wäre es in Ordnung, wenn ich ihn übers Wochenende zu mir nehme? Sonntag kommen sie zurück, es wäre also nur für zwei Nächte. Anscheinend muss er Freitagabend Risotto fressen und Samstagabend Auflauf. Sag mir Bescheid. Ach, und mach dir keine Sorgen, ich trage keine von deinen Unterhosen und werde deinen BH nur anziehen, wenn ich nächste Woche die Lady Gaga Appreciation Night moderiere.«

Ich lächelte, speicherte die Nachricht und hörte mir die nächste an.

Wieder von Joe.

»Hab was vergessen«, sprach seine Stimme unmittelbar ins Telefon.

»Brutus hat meine Haustürschlüssel gestohlen und irgendwo im Park vergraben. Wir haben überall gesucht, konnten sie aber nicht finden. Daher musste ich deine Schlösser auswechseln lassen. Außerdem sind noch mehr Blumen abgegeben worden.« Ich spürte, wie sich mein Kiefergelenk verspannte. Seitdem ich begonnen hatte, Sophies Anrufe zu blockieren, hatte sie sich darauf verlegt, mir Blumen mit unterwürfigen Entschuldigungsworten zu schicken. »Sie sind wieder von Sophie. Sie hat auch eine Flasche mit Schwangerschaftsstreifencreme geschickt. Die ist ekelhaft – riecht nach verrotteten Orangen. Selbstgemacht, glaube ich. Ach ja, und dann liegt hier noch ein Paket aus Frankreich von einer Frau namens Diana George. Ist das deine Mutter? Soll ich es öffnen? Auf dem Packzettel steht *Dessous*. Ich glaube, ich sollte es öffnen. Okay, gut ... also, das war's ... okay, tschüss!«

Ich kicherte. Die dritte Nachricht war vom Krankenhaus. Man bestätigte, dass der Termin für meine nächste Untersuchung in vierzehn Tagen war. Ein langes Wochenende stand an, und Archie und ich würden nach London zurückfahren, während die übrigen Schauspieler und Crewmitglieder die Tage mit ihren Freunden und Familien irgendwo im Land verbringen wollten. Anschließend würden wir uns am Set wiedertreffen, um die restlichen Dreharbeiten hinter uns zu bringen. Ich speicherte die Nachricht und hörte mir dann die letzte an. Mum.

»Hi Schätzchen. Ich bin in Paris und sehe mir Hochzeitskleider für Alex an. Alles totaler Müll hier. Ich finde ja, sie sollte dem British Style treu bleiben. McQueen vielleicht. Aber das Mädchen möchte *Vintage* tragen. Ich meine – Vintage? Was sie darunter versteht, ist nichts weiter als Secondhand. Abscheulich. Egal, ich war in Montmartre und habe mich nach Vintage umgesehen, und da bin ich über Ned und diese Freundin von dir gestolpert, die mit den gestreiften Klamotten. Saßen da in einem Café. Tut mir leid, dass ich dir das sagen muss, aber ich dachte, du würdest es wissen wollen. In der Modehauptstadt der Welt trug dieses Landei gestreifte Strumpfhosen, einen moosgrünen Cordrock mit Messingknopfreihe und einen Mantel, der aussah, als stamme er aus einer Laieninszenierung eines schlechten Hippie-Musicals aus den Siebzigern. Unverzeihlich. Alex sagt, ich solle dir nichts erzählen, aber ich musste es einfach tun, Schätzchen. Macht es dir etwas aus? Wann bist du mit dem Film fertig und wieder in London? Muss auflegen, hab dich lieb.«

Bah. Schon wieder Sophie und Ned.

Während ich kurz nach Archie sah, der einen Wurm in Tillys Hand inspizierte, wählte ich meine Nummer zu Hause.

»Hallo, Residenz von Lady Emma, Butler Joe am Apparat, womit kann ich dienen?«

»Meldest du dich wirklich so, wenn du das Telefon abnimmst?«

»Aber ja. Und wenn ich die Tür öffne, trage ich eine Schürze. *Nur* eine Schürze.«

»Ha ha.«

»Du hast so einen Kasten, mit dem man die Anrufer-ID lesen kann.«

»Ach ja?«

»Hat Harriet dir gegeben. Erinnerst du dich?«

»Ja, richtig. Du hast ihn angeschlossen?« Harriet hatte mir einen Tag vor der Abreise das Anrufer-ID-Lesegerät gebracht. Sie glaubte wohl, die Anrufer-ID würde den Namen und die komplette Identität eines jeden Anrufers preisgeben. *Paul Ellis: ortsansässiger Fotograf, 1,81 Meter groß, graumelierte Haare, gewaltbereiter Chelsea-Fan. Andrea Cammell: Ausfahrerin für Gemüsekisten. Blond, groß, rechthaberisch, aber harmlos. Lee Rayner: diebisches Sexmonster, schwer an Tripper erkrankt und scharf auf Ihre Elektronikgeräte.* Ich hatte das Anrufer-ID-Gerät auf den Tresen gefeuert und vergessen.

»Ja, habe ich heute Morgen angeschlossen. Außerdem habe ich einen Kräutergarten angelegt. Bei dir wachsen jetzt Rosmarin, Minze, Petersilie und Basilikum. Und ich habe die Fächer im Bettwäscheschrank farblich gekennzeichnet, was nicht besonders anspruchsvoll war, da du nur weiße Bettwäsche hast.«

»Mein Gott, du musst unbedingt wieder arbeiten. Warum arbeitest du nicht? Hast du etwa so viel Geld?«

»Ha! Ich lebe bescheiden. Und bin Freiberufler. Wenn ich nicht arbeite, dann lasse ich niemanden außer mir selbst im Stich, und mir macht es im Moment nichts aus. Ich habe ein paar feste Verträge laufen, so dass trotzdem ein wenig Geld hereinkommt. Bisher haben meine Unterhosen noch keine Löcher und ich keine Probleme. Übrigens macht es mir echt Spaß, deine Sachen zu durchwühlen. Ich habe ein paar Gedichte gefunden, die du geschrieben hast.«

»Du darfst nicht meine Sachen durchwühlen!«, sagte ich nur leicht verärgert.

Es war nicht so, dass ich etwas zu verbergen hatte. In der Schule kritzelte ich immer, wenn ein leiernder Geographielehrer mit Langeweile drohte, Limericks oder Gedichte auf Zettel und reichte sie an Freunde weiter. Ich erinnere mich noch an eines, das ich Helen in einer besonders langweiligen Lateinstunde gab.

Müd bin ich, Helen, ganz und gar
Hier drinnen wittere ich Gefahr
Es gibt ganz bald 'ne Explosion
Dann sind wir nur noch Illusion.

Selbst jetzt, wenn ich während langer Szenen hinter dem Monitor saß, ertappte ich mich dabei, dass ich die Rückseiten von Skripts vollschmierte. Erst am Morgen hatte ich mich dem Thema Martha gewidmet.

Martha, oh Martha
ich weiß nicht wieso
du immer noch da bist
und nicht längst k. o.
Du bist fies, du bist herrisch
Deinen Formen fehlt die Form
Du schnarchst wie ein Schwein
Und isst alles allein.

»Warte mal, wo ist es ... Das hier ... das ist lustig ...« Ich hörte Papier rascheln.

»Finger weg von meinem Zeug!« Ich lachte.

»Da haben wir's ... Es heißt *Ich hab ein kleines Geheimnis* von Emma Patricia George.«

»Joe!«

Er hatte mein Teenager-Tagebuch gefunden. Ich war ein sehr unkomplizierter Teenager, der, so traurig es war, keine handfesten Skandale, echte Dramen oder verschmähte Lieben zu dokumentieren hatte. Unbeholfenes Knutschen mit Jungs besprach ich mit meinen Freundinnen, meine jugendliche Verliebtheit wurde entweder erwidert oder auch nicht, und somit war ich nicht anders als alle anderen Teenager auf der Welt. Nichts in meinem Leben schien mir so einzigartig zu sein, dass ich es hätte aufschreiben und unter meiner Matratze verstecken sollen. Also füllte ich die rosafarbenen, parfümierten Seiten des abschließbaren Tagebuchs, das meine Grandma mir geschenkt hatte, mit kindlicher Poesie.

Joe räusperte sich und tat so, als hätte er etwas Wichtiges vorzutragen.

»*Ich hab ein kleines Geheimnis, von dem niemand wissen darf.*«

»Verdammte Scheiße.«

»*Am Ende des Gartens ist es bei den Narrissen* ... Was bitte schön sind Narrissen?«, sagte Joe mit affektiert schwülstiger Stimme.

»Fresse!«

»*Des Nachts geh ich hin, wenn der Mond scheint helle, ich warte und hoffe, mein Geheimnis sprießt schnelle.*«

»Ich bringe dich um.«

»*Vor Wochen schon hab ich den Samen gesät, doch ich warte geduldig, bis mein Geldbaum aufgeht.* Nun, Emma, ich glaube, das ist dichterisches Genie.«

»Und ich glaube, wenn ich nach London zurückkomme, bist du tot.«

Joe kicherte. Es war ein mitreißendes, herzerfrischendes Lachen.

»Also, was sagst du zu der Sache mit Brutus? Darf er bei mir übernachten?«

Als wir bereits etwa eine Woche auf Bradley Manor waren, schlug ich Martha vor, sie solle mit der Crew essen und ich würde im Barnhouse bei den Kindern bleiben. In der Nacht zuvor war meine Nachtruhe, die ich mit jedem weiteren Schwangerschaftsmonat immer dringender benötigte, unterbrochen worden, und ich war erschöpft. Archie hatte mitten in der Nacht nach mir gerufen, und ich war sofort in sein Zimmer geeilt – natürlich in Angst, dass eine der Szenen des Tages (etwa die, in der ein Zombie-Dummy in einen Deckenventilator geworfen wurde, worauf die unvermeidliche Blutdusche folgte) ihm Alpträume beschert hatte. Doch als ich an seinem Bett stand und im Geiste schon die bevorstehende Unterhaltung mit Onkel Mike durchspielte, in der ich erklären musste, warum sein Sohn eine Schlaftherapie benötigte, sagte er: »Emma, kannst du das?«, und machte dann den Gruß der Vulkanier.

Martha schlurfte schon sehr früh hinüber zum Haupthaus. Sie hatte gehört, dass es Kanapees gab, und so durfte ich Archie und Tilly eine Gutenachtgeschichte vorlesen und sicherstellen, dass die beiden Süßen gut zugedeckt waren. Sie hatten gemäß den Richtlinien für *Filmen mit Kindern* jeder ein Zimmer zugeteilt bekommen, bestanden jedoch darauf, sich eines zu teilen. Normalerweise lasen Sinead und Onkel Mike Archie seine Einschlafgeschichte über Skype vor, aber an dem Abend besuchten sie eine Wohltätigkeitsveranstaltung, so dass ich einspringen konnte. Ich liebte es, wenn sich ihre kleinen Körper an mich schmiegten und ihre aufmerksamen Gesichter in die Geschichte vertieft waren. Wir lasen *Ein Tiger kommt zum Tee* und fragten uns, ob ein Tiger wirklich einen Wasserhahn leer trinken konnte, wenn dieser doch an eine Wasserversorgung angeschlossen war, die über ein riesiges Reservoir verfügte. Irgendwann einigten wir uns darauf, dass sich der Autor für diese Szene wohl auf seine »kreative Freiheit« berufen hatte. Zum Abschluss lasen wir noch ein Gedicht von A. A. Milne über Brot und Butter, das inhaltlich weitaus weniger kontrovers diskutiert wurde.

»Erzähl Archie was über Jesus«, sagte Tilly in einem letzten Versuch zu verhindern, dass das Licht ausgeschaltet wurde. »Er hat das falsch verstanden.«

»Hab ich nicht!« Archie hüpfte in sein Bett. »Du hast es falsch verstanden!«

»Hab ich nicht!« Tilly ließ sich aufs Kissen plumpsen. »Archie denkt, Jesus ist gestorben, weil er an einem Karfreitagsbrötchen erstickt ist. Das stimmt doch nicht, oder?«

»Nein, das ist nicht ganz richtig«, sagte ich, während ich Tilly gut zudeckte und ihr den Pony aus dem Augen strich. »Wie wär's, wenn wir morgen über Jesus sprechen? Jetzt müssen wir das Licht ausmachen und schlafen.«

Ich küsste beide Kinder auf ihre kleinen Nasen und schaltete das Licht aus.

»Siehst du!«, hörte ich Tilly flüstern. »Hab ich dir doch gesagt. Jesus ist in Brent Cross gestorben.«

Nachdem die religiös verwirrten Kinder im Bett waren, machte ich mich auf die Suche nach Snacks und fand einen Koffer voller Leckerbissen. Ich übertreibe nicht. Martha hatte tatsächlich ein zweites Gepäckstück mitgebracht, das randvoll mit Snacks gefüllt war. Pringles-Dosen, zig Riegel Twix, Bounty und Snickers, Mini-Geleebohnen, Toblerone, Marshmallows und andere ausgewählte Leckereien füllten farbenfroh aneinandergeschmiegt jeden Kubikzentimeter des Koffers. Wie bei einem fertigen Tetris-Spiel. Mit einem Yorkie-Riegel in der Hand schmiss ich mich aufs Sofa, knipste den Fernseher an, in dem wieder mal ein Kochwettbewerb lief, und rief Alex an.

»Ich bin ziemlich unleidig drauf. Erzähl mir irgendetwas, das mich aufheitert.«

»Warum bist du unleidig drauf?«, fragte sie.

Das mittlerweile vertraute Hintergrundgeräusch des tropischen Vogelgesangs war durch das unablässige Schwirren bengalischer Tischventilatoren ersetzt worden.

»Ah, mal sehen ... wahrscheinlich weil mein Exfreund meine beste Freundin zu ihrem Geburtstag nach Paris eingeladen hat. Und es ist nicht mal ein besonderer Geburtstag. Sie wird einfach nur siebenundzwanzig. Mit mir ist er nie irgendwohin gefahren, es sei denn, man möchte einen Ausflug nach Bristol mitrechnen, wo wir ein professionelles Waffeleisen aus den Fünfzigern abholen durften, das er auf eBay gekauft hatte.«

»Oh.«

»Oder vielleicht auch, weil ich kein Geld habe und daher die Betreuerin für meinen Cousin spielen muss, der dabei doppelt so viel verdient wie ich.«

»Tut er?«

»Und vielleicht auch, weil ich mit einem Haufen Leuten zusammenarbeiten muss, die jeden Abend feiern, als ginge es um ihr Leben, und mich einfach nicht einladen. Und selbst, wenn ich eingeladen wäre, müsste ich Wasser trinken, weil Wodka dem Baby schaden würde, mit dem ich ungewollt schwanger bin. Von meinem Exfreund. Der mit meinen Ersparnissen einen Eiswagen gekauft hat. Und mit meiner besten Freundin nach Paris gefahren ist, um Schleimschnecken ...«

»Was die essen, ist eine speziell dafür gezüchtete Landschneckenart.«

»Ich habe Schwangerschaftsstreifen. Mein Hintern geht auseinander wie Pizzateig. Meine Brustwarzen haben die Größe von fliegenden Untertassen. Und in meinem Cottage wohnt ein Mann, der in meinem Garten Kräuter pflanzt und meine Unterwäscheschubladen durchwühlt.«

Alex war einen Moment lang still.

»Ich dachte, Helen sei deine beste Freundin.«

»Nicht hilfreich.«

»Oh, okay. Nun, äh, es ist fast Sommer?«

»Es ist noch lange nicht Sommer, es ist März.«

»Ähm ... du wirst bald ein wunderschönes Baby haben?«

»Das ich zuerst durch meine Vagina quetschen muss, was ein relativ schmerzhafter Vorgang sein soll und mitunter Spuren für die Ewigkeit hinterlässt, wie man so hört.« Ich hatte nicht vor, Alex die Sache leichtzumachen.

»Was ich brauche sind richtig gute Neuigkeiten, Hardcore-Zeugs«, forderte ich. »Ich will einen prallen Sack Gold am Ende meines schlammfarbenen Regenbogens sehen.«

»Schönes Bild.« Sie lachte.

Ich stimmte ein und genoss das übertriebene Mäkeln.

»Ich leg jetzt auf, und du denkst bitte darüber nach, was in meinem Leben gut ist, wo ein Fünkchen Hoffnung zu sehen sein könnte, und dann rufst du mich an und sagst es mir!«, bat ich sie. Mein Tonfall hatte dramatische Züge angenommen.

»Sir, ja, Sir!« Alex lachte und legte auf.

Ich hatte kaum von meinem gestohlenen Yorkie-Bar abgebissen, als das Telefon wieder klingelte. Alex.

»Ist dir etwas Besseres eingefallen?«, begrüßte ich sie.

»Ja!«, sagte sie triumphierend. »Also, ich habe Cal erzählt, dass Ned dir dein Geld weggenommen hat und dass er mit Sophie ...«

»Du hast *was*?«, kreischte ich. »Warum?«

»Weil ... weil es so ist.« Alex klang überrascht, dass ich so empfindlich reagierte. »Und weil er mein Verlobter ist und ich ihm alles erzähle.«

»Es wäre mir wirklich lieber, du würdest nicht mit anderen Leuten darüber sprechen, wie beschissen es bei deiner älteren Schwester läuft.«

»Davon hast du nie etwas gesagt«, entgegnete sie mit einer Prise Empörung in der Stimme. »Und er fällt nicht unter ›andere Leute‹, er gehört zur Familie.«

»Noch nicht«, murmelte ich.

»Wirst du wohl aufhören, so dünnhäutig zu sein, damit ich dir erzählen kann, was Cal gesagt hat?«

»In Ordnung. Was hat Cal gesagt?«

Alex seufzte ungeduldig, dann fuhr sie fort. »Also, weil du doch nach diesem Film erst mal keinen Job in Aussicht hast ...« Alex machte eine Kunstpause, um dramatischer zu klingen. Ich biss wütend die Zähne zusammen. »... will er dir so viel Geld leihen, dass du dir ein Auto kaufen kannst und alles, was du fürs Baby brauchst, und dich eine Zeitlang über Wasser halten kannst, bis du wieder klarkommst. Ist das nicht lieb?«

»Mein Gott, Alex!«

»Was?«

»Ich will nicht, dass dein Verlobter mir aus der Klemme hilft! Das ist so peinlich!«

»Ist es nicht.« Sie klang beleidigt.

»Ist es doch«, fauchte ich. »Ich bin immerhin älter als er.«

»Na und?«

»Das ist ... das ist demütigend.« Ich seufzte. »Ich wünschte, ihr würdet alle aufhören, meine Probleme lösen zu wollen und mich einfach machen lassen. Du gibst mir das Gefühl, ich könnte nicht ... Als würdest du glauben, ich sei nicht in der Lage ... Du gibst mir das Gefühl, ich sei eine totale Versagerin.« Meine Stimme klang mittlerweile angespannt, und Alex hatte sicher bemerkt, dass ich versuchte, nicht zu weinen.

Sie war eine Weile still.

»Mir war nicht klar, dass du es so empfinden würdest«, sagte sie irgendwann kleinlaut.

Ich antwortete nicht.

»Emma, wir wollen doch nur ...«

»Lass uns über etwas anderes sprechen«, sagte ich.

»Okay.« Ihre Enttäuschung war nicht zu überhören, und sie schien zutiefst verletzt. »Wir haben ein Datum festgelegt. Die Hochzeit wird im Februar stattfinden.«

»Ach, ja? Zu der Zeit wird es eiskalt sein.«

»Ich weiß. Aber ich kann dieses schweißtreibende tropische Klima nicht mehr ertragen. Wir möchten in England heiraten, in der Kälte.«

»Cool.«

Etwas anderes fiel mir dazu nicht ein. Ich wollte keine Hexe sein und ihr sagen, dass ihr Gerede über winterliche Heiratspläne mich bestimmt nicht aufmunterte, sondern nur daran erinnerte, wie weit ich mich vom traditionellen Freund-haben-heiraten-Baby-Bekommen entfernt hatte.

»Die Hochzeitsparty werden wir in einem Pub auf dem Land feiern«, fuhr Alex fort. »Die Leute können sitzen, wo sie wollen, und Ugg-Boots tragen und Wollpullover mit Schneemännern drauf, wenn sie möchten. Es wird Guinness geben und Rinder-Pie und ein Kaminfeuer, und alle werden viel Bier trinken.«

»Weiß Mum Bescheid?«

»Noch nicht«, sagte sie. »Aber auf das Gespräch freue ich mich schon.«

Alex schwatzte weiter darüber, wie sie in Grasmere einen Pub gefunden hatten, der perfekt geeignet war, weil es einen riesigen gemauerten Kamin gab und ein hervorragendes Wintermenü, und meine Antworten bestanden irgendwann nur noch aus halbherzigem Gemurmel, so dass wir uns verabschiedeten und ich ins Bett ging.

Mitten in der Nacht wurde ich von einem lauten Knall geweckt, auf den ein furchterregendes Stöhnen folgte. Ich schoss in die Senkrechte und raste ins Zimmer der Kinder, aber die beiden schliefen, ihre Gesichter wirkten ruhig und entspannt. Aus Marthas Zimmer jedoch war lautes Poltern zu hören. Ich wollte schnell zur Hilfe eilen und platzte daher zur Tür hinein.

»Martha! Bist du – AAHHH!« Reflexartig hielt ich mir die Augen zu, aber da hatte ich leider schon alles gesehen: Martha war nackt und bewegte sich im Reitersitz rhythmisch auf und ab. Unter ihr ragten zwei behaarte Streichholzbeine hervor. Marthas Gesicht war tomatenrot und lustverzerrt. Hängebrüste, ein fleischiger Bauch und blasse wabbelnde Oberschenkel bebten im Takt. Zu Füßen des Paares lag die zerbrochene Porzellanbüste einer majestätischen Frauenstatur, und ich fragte mich, ob es dieser grausame Anblick gewesen war, der sie in den Selbstmord getrieben hatte.

»Sorry, sorry, sorry!«, sagte ich und eilte zur Tür heraus.

KAPITEL 21

»Ich bin ein sehr sexueller Mensch«, sagte Martha, nachdem sie einen reichlich ausgelaugten Steve verabschiedet hatte.

Sie saß auf einem Sessel, biss von einem Bounty ab und kaute gelangweilt darauf herum. Der flauschige Bademantel tat sich schwer, ihre Scham zu verhüllen. Schweißperlen hatten sich um ihren Haaransatz gesammelt. »Männer finden meine Queen-Size-Gestalt sehr erotisch.« Sie strich über ihren wogenden Busen.

Ich nickte. Mir war immer noch schwindlig nach dem fünfunddreißigminütigen Bumsen und Grunzen, die mich gerade akustisch malträtiert hatten.

»Männer himmeln meine Brüste an, und sie beschwören mich immer, zwischen meinen Schenkeln auf Safari gehen zu dürfen, bis sie im Dschungeldickicht auf meine Lotusblüte gestoßen sind.« Martha sah mich an. »Du kennst doch diese Safaris, oder? Wenn die Kerle schließlich mit vibrierenden Lippen das Juwel in der Lotusblüte freilegen und liebkosen.«

»Kann ich mir irgendwie vorstellen.«

»Ich komm echt schnell zum Orgasmus. Auf Penetration kann ich verzichten.« Sie beugte sich vor und schnappte sich ein weiteres Bounty. Dabei bot sie mir den unerwünschten Anblick ihres struppigen Bermuda-Dreiecks. »Du erinnerst dich doch noch an diesen Berg, den wir auf dem Weg hierher runtergefahren sind?«

»Ja«, sagte ich ermattet.

»Hatte viermal Sahne im Höschen.«

»Oh, das ist ja …« Mir fehlten die Worte.

»Natürlich wusste der Fahrer genau, was abging, der geile Bock, und ist deswegen absichtlich durch die schlimmsten Schlaglöcher gebrettert. Hatte einen Monstersteifen, als er unser Gepäck auslud.«

»Hast du etwa …? Mit dem Fahrer?«, fragte ich und bedauerte es schon im selben Moment.

»Auf dem Sofa da.« Martha leckte sich die Lippen.

»Oh.« Ich fühlte mich unsagbar unwohl in meiner Haut.

»Aber keine Sorge, Tilly war nicht hier. Die hat mit dem Stallmeister Pferde gefüttert. Der hat's auch drauf, wenn du weißt, was ich meine.« Marthas schelmisches Zwinkern scheuchte mich hinaus in die Dunkelheit. Als ich ging, murmelte ich etwas von Schwangerschaftsheißhunger und dass ich in die Küche wollte, um mir ein Panino mit Karotten und Marmite-Brotaufstrich zu machen. Draußen zitterte ich vor Kälte. Leise Drum&Bass-Musik wehte von Scotts Privatcottage im Wald herüber. Ich stellte mir vor, wie Amy sich Andrew an den Hals warf, und Claire ihre Tüte mit Partypillen herumgehen ließ, als wären es Smarties. Wäre ich nicht schwanger, würde ich hundertpro da oben mitmischen, und zwar in einem etwas zu kurzen Rock, einem etwas zu engen Oberteil und mit einer etwas zu leeren Wodkaflasche. Da gehörte ich nämlich hin. Ich war jung, Single und für jeden Spaß zu haben. Na ja, zumindest war ich das einmal gewesen, bevor ich auf jede Form von Spaß verzichten musste, um mein Baby in mir wachsen zu lassen. Aber ganz sicher gehörte ich nicht zu Martha und ihrem widerwärtigen Mitteilungsbedürfnis.

Am nächsten Morgen im Bett dachte ich über meine Karriereaussichten als alleinerziehende Mutter nach. Damit hatte ich wohl eine dicke fette Niete gezogen. Könnte durchaus passieren, dass ich wieder als Regieassistentin malochen und mein Leben mit Überstunden verbringen musste. Ich würde eine Nanny brauchen, und aus Kostengründen würde es vermutlich eine Portugiesin werden, die kein Englisch sprach. Das Baby würde am Ende

Portugiesisch sprechen, was ich dann wiederum lernen müsste, um mich mit meinem einzigen Kind zu verständigen. In Abendkursen würde ich mir mühsam die portugiesische Sprache aneignen. Natürlich würde die Nanny nicht Tag und Abend bleiben können, und daher würde ich eine Abend-Nanny anheuern müssen. Wahrscheinlich eine aus Polen, so dass die Zweitsprache des Babys Polnisch werden würde. Also der nächste abendliche Sprachkurs. Und die nächste Nanny. Der Klingelton bewahrte mich davor, nach meinem Laptop zu greifen und mich prophylaktisch zu einem Ukrainisch-Kurs anzumelden.

»Ich hab gerade die *Grazia* gelesen«, sagte Alex.

»Du rufst an, um mir das zu sagen?« Ich gähnte.

»Und laut *Grazia* – die wir, nebenbei gesagt, hier auf Vanuatu tatsächlich bekommen, allerdings nur, wenn ich auf die andere Seite der Insel radle, mit einem Fischkutter zur nächsten Insel übersetze, einen Feldweg entlanglaufe, der von den Spuren riesengroßer Schlangen übersät ist, bis ich das Heft schließlich von der kanadischen Liebesromanautorin leihen darf, die auf einem Berg wohnt (und ziemlich durchgeknallt ist). Natürlich muss ich mich anschließend auf den langen Heimweg machen – leidest du unter einer Viertellebenskrise.«

»Blödsinn.« Ich zog die Bettdecke bis unters Kinn. »Das ist eine völlig haltlose Behauptung.«

»Es steht hier aber schwarz auf weiß neben den Fotos von Russell Brand und Katy Perry. Und du wirst genau beschrieben. Aber sag mal ehrlich, was ist denn bloß in die gefahren, sich auf Elefanten trauen zu lassen?«

»Das ist doch Schnee von gestern. Du verbringst einen ganzen Tag in schlangenverseuchtem Gelände und auf altersschwachen Kuttern, nur um dir eine so alte *Grazia* zu besorgen? Wenn deine Wohltätigkeitsfirma mir die Flüge bezahlt, bringe ich dir gern immer die neuesten Zeitschriften rüber.«

Alex reagierte mit einem lakonischen »Ha!«.

»Könnte für mich eine berufliche Neuorientierung werden.

Man fliegt mich in die entlegenen Ecken der Erde, wo aufopfernde Menschen wie du minderbemittelten Lendenschurzträgern moderne Zeitläufte nahebringen. Und ich liefere die Grundnahrungsmittel junger westlicher Frauen an: Zeitschriften und anständige Schokolade.«

»Genau das ist sie! Die Viertellebenskrise. Du bist schnippisch und missmutig.«

»Ich war schon immer schnippisch und missmutig.«

»Wie wahr ...«

»Na ja, ich bin siebenundzwanzig, und insofern kommt das mit dem Viertelleben nicht hin. Hundertacht dürfte ich ja wohl kaum werden.«

»Du Mathegenie«, sagte Alex beeindruckt.

»Ich weiß. Auch ich habe meine Qualitäten. Es muss sich wohl eher um eine Drittlebenskrise handeln. Warum rufst du mich nicht zurück, wenn du einen vorzeitlichen Artikel über Drittlebenskrisen gelesen hast, über den wir uns dann unterhalten können? Aber bis du deine Insel auf einem Fahrrad aus den vierziger Jahren des achtzehnten Jahrhunderts überquert und auf den Berg deiner Schriftstellerin geklettert bist, stecke ich bereits in der Midlife Crisis, und wir müssen noch mal ganz von vorn anfangen. Vergiss es einfach.«

»Komm jedenfalls nicht heulend zu mir gelaufen, wenn du schon das zweite Kind auf die Welt gesetzt hast und die Psychiaterrechnungen nicht mehr bezahlen kannst.«

»Werd ich nicht. Mum muss blechen. Wie eigentlich für alle notwendigen Therapien. Wahrscheinlich erwartet sie es sogar.«

Wir schwiegen einen Augenblick.

»Und was hast du jetzt so vor? Ist es schon Zeit fürs Abendessen?«, fragte ich und warf einen Blick auf die Uhr am Bett.

»Isses. Die Jungs haben heute massenhaft Fisch gefangen. Der wird am Strand gegrillt. Und was ist mit dir?«

Ich dachte an Archies Termine. Heute hatte er vier Szenen im Freien zu drehen, ein paar Einstellungen für Spezialeffekte hinter sich zu bringen und schließlich noch eine Szene mit ungezähmten Chihuahuas zu überleben. Man hatte tatsächlich einsehen müssen, dass Katzen sich nicht einfach so darauf trainieren ließen, wie rachsüchtige Zombies zu agieren, und daher war eine Meute inzüchtiger Chihuahuas aufgeboten worden, die hinter den Campern herjagen sollte. Bei der Postproduction würden die Köter dann digital in Katzen verwandelt. Aber auch die Chihuahuas benahmen sich katastrophal: Einer biss Caroline, einer rannte mit einem Blutbeutel in den Wald, von woher er, soweit ich wusste, auch Tage später noch nicht zurückgekehrt war, zwei schienen so gut wie taub zu sein, und einer (schieläugig und im Besitz einer Zunge, die nicht ins Maul passte) war unablässig darauf aus, seine Schwester zu besteigen.

»Filmerei, was sonst?«, seufzte ich.

Wir verabschiedeten uns voneinander, und ich widmete mich weiter meinen Grübeleien, wo ich die Großfamilie der Filipina-Nanny unterbringen könnte, sollte es mir gelingen, eine zu engagieren.

Nachdem ich geduscht und gefrühstückt hatte, war ich immer noch angeschlagen und von Würgereizen geplagt, wenn ich an die Aktivitäten dachte, deren Zeuge ich in der vergangenen Nacht geworden war. Während ich Archie in der Garderobe nicht aus den Augen ließ, rief ich Helen an.

»Für einen Samstagmorgen bist du ziemlich früh dran, Emma.« Helen antwortete mit krächzender, aber nicht unfreundlicher Stimme. »Ich hoffe, du hast gute Nachrichten. So was wie Ich-hab-gerade-die-Scott-Vander'sche-Eichel-gesehen-und-die-ist-so-groß-wie-ein-Freiluftballon-und-deswegen-hab-ich-sie-für-dich-fotografiert.«

Ich musste lachen. »Ich hab tatsächlich eine Eichel gesehen, aber die gehörte nicht Scott Vander.«

»Erzähl«, bat Helen fasziniert.

Ich tischte ihr meine Erlebnisse der vergangenen Nacht auf, und Helen unterbrach mich immer wieder mit Seufzern des Abscheus. Dann besprachen wir die Attraktivitätsrangfolge der restlichen Männer am Set. Andrew thronte ganz oben, braungebrannt, stramm und einfach nur scharf, während Steve das Schlusslicht war, schlapp, dreadgelockt und von Martha geschändet. Als wir zu den delikateren Einzelheiten kamen (für den extrem unwahrscheinlichen Fall, dass Andrew sich überzeugen ließe, ein schwangeres und lediges Mädchen sei haargenau sein Fall) und spekulierten, welche Stellungen noch möglich und, wichtiger noch, trotz fünfmonatiger Schwangerschaft schmeichelhaft waren, tauchte Marthas rot angelaufenes Gesicht vor mir auf.

»Archie ist in der Garderobe fertig und muss jetzt in die Maske.« Sie starrte ungnädig auf mein Telefon.

Ich hob den Zeigefinger, um ihr zu bedeuten, kurz zu warten, womit ich mir eine erzürnte Grimasse einschließlich bebender Nasenflügel einhandelte. Ich verzog mich hinter eine fahrbare Garderobenstange voller Zombie-Camper-Kostüme.

»Und …«, sagte ich, obwohl ich genau wusste, dass ich lieber nicht fragen sollte, »was hört man so von … du weißt schon?«

Helen stöhnte entnervt. »Guter Gott. Einfach idiotisch.«

Ich wusste nicht, ob sich das auf Ned oder Sophie bezog.

»Sie hat ihm Geld gegeben.«

»Oh … das ist wirklich bedauerlich«, sagte ich. Ich stellte fest, dass ich aufrichtiges Mitleid verspürte. Die arme, gutgläubige Sophie. »So fängt es immer an. Nur ein weiteres, von der Freundin gesponsertes Projekt, um über Nacht reich zu werden. Im Augenblick geht es um Eiscreme, nächsten Monat ist es eine Online-Version von *The Voice,* diesmal für Papageien, oder es dreht sich um wasserlösliche Zahnbürsten.« Ich seufzte. »Das Geld bekommt sie nie zurück. Hat sie ihm viel geliehen?«

»Ich glaub, ein paar Tausend.«

»Ein paar *Tausend*?«, plärrte ich. »Was hat sie sich dabei bloß gedacht?«

»Anscheinend glaubt sie an ihn. Sie haben noch drei Eiswagen bestellt. Sie meint, die Eiscreme-Idee könnte wirklich einschlagen, wenn er das Kapital hat, Bio-Wodka und handgeschlagene Sahne zu verwenden, oder so ähnlich. Ich weiß nicht, Emma. Als sie anfing, von Gewinnmargen zu quasseln und dass sie die Verkaufswagen in den Farben der Geschmackssorten dekorieren wollen, hab ich nicht mehr hingehört. Und dann war da auch noch die Rede von fair gehandelten Kühen, glaub ich.«

Die Garderobenstange, hinter der ich stand, wurde beiseitegeschoben, und zum Vorschein kam Martha, die fleischigen Hände in die Hüften gestützt.

»Ich muss aufhören«, sagte ich.

Ich beendete unser Gespräch, drängte mich an Martha vorbei, ignorierte ihr indigniertes Schnaufen und brachte Archie zur Maske, wo man sein Gesicht mit Zombie-Katzen-Kratzern verzieren würde.

Arme Sophie. Das würde nicht gut ausgehen. Ich hätte sie am liebsten angerufen und gewarnt. Ich scrollte sogar zu ihrer Nummer, aber dann schaltete ich das Handy aus und stopfte es ganz tief in meine Tasche.

KAPITEL 22

Eine Woche später war ich wieder in London. Ich hielt in der Hand einen Becher Tee, während Joe mir stolz den neuen Kräutergarten zeigte und die Hochbeete, die er für das Sommergemüse vorbereitete, das ich anbauen wollte. Auf der gesamten Tagesreise von Anglesey nach Hause hatte ich mit Archie geübt, was er erzählen durfte und was nicht. Die Nachtszene etwa, in der er auf dem Waldboden einen sich windenden Halbtorso findet, musste unbedingt unerwähnt bleiben, vor allem seinem Vater gegenüber. Und auf keinen Fall sollte er Dinge sagen wie »Kopf abreißen«, »du Scheißzombie«, »Massaker« oder anderes Vokabular, das Rückschlüsse über seinen jüngsten Kontakt mit Gewalt oder Tod zugelassen hätte.

»Darf ich Dad das hier zeigen?« Archie hielt mein Handy hoch und zeigte mir ein Foto, auf dem er einen riesigen künstlichen Kopf hochhielt.

»Nein.« Schnell griff ich nach dem Handy, um den Zugangscode zu ändern.

»Darf ich ihm von den Blutbeuteln erzählen?«

»Nein.«

»Was ist mit …?«

»Erzähl Daddy das, was wir besprochen haben. Du drehst viele Szenen mit Chihuahuas, die so tun, als seien sie Katzen, du hast einen Haufen Freunde gefunden, und du magst die Donuts, die es umsonst gibt. Okay?«

Archie hatte genickt und dann gefragt, ob man Zombies mit einer Nagelbombe töten könnte, woraufhin ich mir vornahm, ihn in Zukunft nicht mehr allein in die Nähe von Brian von Sinn Féin zu lassen.

Wir hatten Archie zunächst bei seiner Mutter abgeladen, die ihn mit Freudentränen in den Augen und ausgestreckten Armen in Empfang nahm. Sinead war verrückt nach ihren Kindern, auch wenn sie manchmal einen anderen Eindruck erweckte. Dann hatte der Fahrer mich vor dem Cottage abgesetzt.

Zu Hause kam ich endlich in den Genuss einer herrlich ungestörten Nacht in meinem eigenen Bett (ohne Porno für Menschen mit Übergröße im Zimmer nebenan).

Es war ein wunderschöner, frischer Märzmorgen, und während Joe Kräuter putzte und stutzte und die Einsteckschilder aus Terrakotta arrangierte, erzählte ich ihm vom Leben am Filmset. Martha war, wie sich herausstellte, eine Superhure. In der letzten Woche hatte sie noch zwei weitere Male mit Steve geschlafen, jedes Mal laut und gefährlich (eine weitere Porzellanfigur war dabei zu Bruch gegangen), und mit einem der Komparsen, der den Männlichen Zombie-Camper Nummer 3 spielte. Letzteres war viel leiser vonstattengegangen, hatte jedoch sehr, sehr lange gedauert. Am nächsten Tag hatte ich den Männlichen Zombie-Camper Nummer 3 voller Bewunderung bestaunt. Wer zu stundenlanger körperlicher Aktivität fähig war, während Martha rittlings auf ihm saß, musste ein Athlet mit außergewöhnlichen Fähigkeiten sein.

»Na ja, Mädchen mit dicken Ärschen regieren die Welt«, sagte Joe, brach von der Minze einen Stängel ab und hielt ihn mir hin. »Hat Freddy Mercury gesagt.«

»Freddy Mercury war schwul und daher zu Äußerungen über superdicke Superhuren nicht qualifiziert.« Ich nahm Joe den Stängel ab, zerrieb die Blätter zwischen den Fingern und atmete genussvoll den intensiven Duft ein, der in mir Bilder von Mojitos und Stränden aufsteigen ließ.

»Klingt, als seist du eine kleine Fettistin.« Joe blinzelte mich in der Morgensonne an. Wenn er grinste, wurden um seine Augen sehr charmante Lachfältchen sichtbar. »Oder bist du eifersüchtig, dass sie all die heißen Typen abbekommt?«

»Diese Typen sind *nicht* heiß, und ich bin keine *Fettistin*!«

Während ich weg war, hatte Joe sich den »Bart des traurigen Mannes« abrasiert, und darunter waren ein breites Grinsen und ein bezauberndes einzelnes Grübchen auf der linken Wange zum Vorschein gekommen. Er war eigentlich ganz ansehnlich. Man hätte ihn auch für einen Studenten halten können, einen vorlauten Studenten mit goldblondem Haar und funkelnden Augen. Wenn er grinste, würde man am liebsten prüfen, ob er einem einen Zettel an den Rücken geheftet hat, auf dem steht: PFEIF, WENN DU SPITZ BIST. Ich fragte mich, warum seine Verlobte ihn betrogen hatte. Vielleicht gab es eine dunkle Seite an ihm, die ich erst noch entdecken sollte. Etwa dass er Babyschädel sammelte oder mit Vorliebe Sex im Freien praktizierte, aber nur, wenn seine Freundin sich als sein alter Physiklehrer verkleidete und eine Handtasche voller toter Fledermäuse bei sich trug. Oder etwas in der Art.

»Tagsüber benimmt sie sich mir gegenüber furchtbar, und nachts muss ich mir anhören, wie sie sich hemmungslos laut mit allem vergnügt, was über einen erigierten Appendix und geringes Niveau verfügt.«

Joe lachte und grub weiter um. Ich schlenderte an der Gartenmauer entlang und betrachtete das Werk seines grünen Daumens. Grandmas Rosen waren beschnitten und machten einen sehr gepflegten Eindruck. Frisch umgegrabene Erde war in ordentlichen Reihen angehäuft, an deren Ende jeweils Terrakottaschildchen eingesteckt waren: *Frühlingszwiebeln, Spinat, Erbsen* und *Ackerbohnen*. Joe war es eindeutig nicht gewohnt, sich tatenlos in einer miefenden Brühe aus Selbstmitleid zu wälzen. Schande über mich, denn ich hatte es durchaus genossen, wochenlang sinnlos mit meinen Donuts vor dem Fernseher zu vegetieren. Dass eine Frau, die auf dem Liebessektor angeschissen worden war, an der anschließenden »Selbstmitleidsparty for one« auch ein klein wenig Vergnügen haben konnte, würden Männer nie verstehen. Im Pyjama zu schmollen und Dinge zu essen, die sich kaum mehr als

Lebensmittel einstufen ließen, war total akzeptabel, wenn einem gerade das Herz gebrochen wurde. Doch unter diesem gebrochenen Herzen und hinter dem verletzten Stolz verbarg sich häufig ein winziges Etwas, das die uneingeschränkte Selbstbezogenheit genoss. Als ich den Garten halb umrundet hatte, klingelte mein Telefon. Alex. Beim Anblick ihres Namens auf dem Display drehte sich mir der Magen um. Ich würde ein weiteres Gespräch über ihre Winterzauberhochzeit vermutlich nicht ertragen können, und erst recht keins über meine Hundertsiebenundzwanzigstel-Lebenskrise oder darüber, dass ich als unzulängliche Versagerin ihren Verlobten dazu animierte, für meine Fehler zu zahlen. Gerade als ich den Klingelton stummgeschaltet und das Telefon in meine Tasche geschoben hatte, drangen von Harriets Seite des Zauns Poltergeräusche kombiniert mit anschließendem Kreischen herüber.

»IST ES EMMA, DIE ICH DA HÖRE?«, tönte Harriets dünne Stimme aus dem Megaphon. Im nächsten Moment tauchte ihr neugieriges Gesicht über der Mauer auf. »Ah! Du bist zurück! Hallo, meine Liebe.« Sie grinste, und Hunderte Falten zerfurchten ihr Gesicht.

»Hi Harriet«, sagte ich. »Sie sind aber früh auf den Beinen.«

»Ja, ist mir lieber so«, sagte sie, und ihr Blick sprang zwischen Joe und mir hin und her. »Arthur ist nach draußen gerollt, um Petersilie für unsere Eier zu holen, die wir pochieren wollten, und nach einer halben Stunde war er noch nicht zurück. Seine Räder sind im Rasen steckengeblieben. Ich hatte gesagt, er solle die Flüstertüte mitnehmen, aber er hört ja nie auf mich.« Spöttisch sah sie über die eigene Schulter. »Es geht ihm gut.« Sie drehte sich wieder zu uns. »Na ja, ich habe ihn noch nicht rausgeholt. Werde ihn ausgraben müssen, habe aber meine Knieschoner verlegt.«

Joe und ich tauschten Blicke aus, was ihr nicht verborgen blieb.

»Wir kommen klar.« Sie tat unsere Besorgnis mit einer knorrigen Handbewegung ab.

»Ich bin gleich bei Ihnen«, sagte Joe, ließ sein dreizinkiges

Umgrabding fallen und wischte sich die Hände an den Jeans ab.

»Ein reizender junger Mann, nicht wahr?«, sagte Harriet und lächelte ihm hinterher, als er ins Cottage verschwand. »Emma, meine Liebe, gestern ist übrigens etwas für dich angekommen. Weil Joe nicht zu Hause war, habe ich dem Kurier, so einem Chinamann, gesagt, ich würde es annehmen. Er war zunächst unschlüssig, aber dann habe ich ihm erzählt, wieso und warum. Ich flitze kurz ins Haus und hole es. Warte hier.« Ihr weißer Haarschopf verschwand hinter der Mauer. Ich hörte, wie sie Joe begrüßte und ihm verschiedene Rollstuhl-Ausgrab-Anweisungen gab, und dann begrüßte Joes erhobene Stimme den halbtauben Arthur, der im Matsch gefangen war.

Sekunden später erschien über der Mauer ein zerfetzter Styroporbehälter, aus dessen gezackten Öffnungen rohe Fleischbrocken hingen. Zweimal wurde er ruckartig weitergeschoben, bevor er als Gesamtkunstwerk aus Styropor und Fleisch sicher auf der Mauer ruhte.

»Was um Himmels willen ist das?«

Wegen meines schreckerfüllten Blicks musterte Harriet den blutigen Styrokadaver.

»Na ja, in diesem Zustand ist es nicht angekommen, meine Liebe.« Sie tätschelte das gruselige Unding. »Brutus und ich haben unsere Serien gesehen, weißt du. *CSI* und die andere, die mit dem reizenden Schriftsteller und dem hübschen Mädchen, das ein so schweres Schicksal zu tragen hat.«

»*Castle*?«

»Ja, genau die meine ich. Scharfer Typ, oder? Magst du ihn? Ich habe zu Arthur gesagt, wenn ich vierzig Jahre jünger wäre und er nicht diesen Rotschopf von Tochter hätte …«

»Harriet, das Fleisch?«

»Oh, ja. Also, Brutus hat von unseren Krimiserien viel gelernt, und er muss wohl gedacht habe, es könnten Drogen sein. Es wurde in so einer Kühlbox geliefert, weißt du, aus Styropor, aber äh …« Sie pflückte Styroporkügelchen aus einem trocknenden Fleischlappen und sah mich verlegen an. »Scheint nicht mehr viel davon übrig zu sein.« Sie hob einen zerbissenen Fetzen und inspizierte ihn von allen Seiten. »Ja, das meiste ist wohl weg, aufgefressen, wenn man's genau nimmt …«

»Es hätte ein menschliches Herz drin sein können, wissen Sie«, sagte ich, um sie ein wenig zu foppen.

»Genau!«, sagte sie, während sie sich aufrichtete wie ein erschrecktes Erdmännchen. »Menschliche Organe vom Schwarzmarkt! Das ist heute weit verbreitet. Besonders bei diesen Chinesen.«

»Verstehe.«

Ich hörte, wie Arthur dem armen Joe Anweisungen zum Anbau grüner Bohnen zubrüllte.

»Aber es war nur Biofleisch.« Mit errötenden Wangen sah Harriet auf mich herab. »Es tut Brutus sehr leid, meine Liebe. Du bekommst eine Karte von ihm. Ich gebe sie nachher Joe mit.«

»Das ist sehr aufmerksam von … Brutus.«

Harriet nickte großmütig. »Das stimmt, ja. Lieber Vorsicht als Nachsicht, oder? Hmm?« Sie lächelte auf mich herunter.

»So ist es wohl. Aber sind Sie sicher, dass es für mich ist? Ich habe kein Fleisch bestellt. Gab es denn keinen Lieferschein?«

»Eine Nachricht lag bei!« Sie griff in die Tasche ihrer Strickjacke, zog ein angefressenes und zerknülltes Stück Papier hervor und betrachtete es blinzelnd. »Es ist von einer Frau namens Sophie, und sie schreibt, dass es ihr sehr leidtut.«

Mein Lächeln versiegte. Harriet las weiter.

»Und sie hofft, du kannst ihr verzeihen. Dann kommen ein paar, na ja, Löcher …« Verlegen sah sie mich an. Ich runzelte die Stirn, und sie richtete die Aufmerksamkeit schnell wieder auf den Papierfetzen. »Ja, also, es heißt hier *so und so bio* und … das hier ist dann verwischt.« Wieder sah sie auf. »Das liegt am Sabber … Und jetzt heißt es hier, dass Eisen gut fürs Baby sei. Dann wieder Gesabber. Dieser Teil des Papiers fehlt, und, ah … Hier ist noch etwas, das ich nicht richtig entziffern kann.« Wieder sah sie mich an. Ich runzelte erneut die Stirn. »Bestimmt nicht wichtig.« Sie schüttelte den Kopf und stierte weiter auf den Zettel. »Dann wieder ein verwischtes Stück, und dann ... ja, dann steht hier *liebe Grüße, Sophie.*« Sie unternahm einen nutzlosen Versuch, das Stück Papier mit verspäteter Behutsamkeit zu falten, bevor sie es in eine aufgerissene Öffnung des Fleischpakets stopfte. »So, da hast du es. Lieb von ihr, oder? Sich solche Gedanken übers Baby zu machen? Soll ich es Joe mitgeben?« Sie richtete die Brille und lächelte.

»Verfüttern Sie es einfach an Brutus«, sagte ich. Bei dem Gedanken, dass Sophie sich zum Thema Schwangerschaft schlaumachte und mir vorschreiben wollte, was ich zu essen hatte, verspannten sich meine Schultern.

»Oh, nein, das darf er nicht fressen. Es enthält Styropor. Ganz schlecht für sein Bäuchlein.« Sie schürzte die Lippen und schüttelte den Kopf. »Mach doch einen schönen Eintopf daraus ...« Sie blickte noch mal auf die furchtbare Styrofleischsauerei.

»Also, aus dem, was übrig ist – was meinst du?«

Als Harriet und Arthur kurze Zeit später endlich im Haus waren und ihre pochierten Eier verspeisen konnten, kam Joe wieder herüber, im Gepäck das ruinierte Fleischpaket und eine Karte, auf deren Vorderseite, der Abdruck einer Pfote in Brutus-Größe prangte. Überbreit grinsend überreichte er mir das selbstgebastelte Kunstwerk. Nachdem wir den Fleischhorror entsorgt hatten, gingen wir wieder in den Garten, damit er weitergraben und ich meine Besichtigungsrunde fortsetzen konnte.

»Wir wär's, wenn ich heute Abend koche?«, sagte ich, als ich nach meiner Begutachtung wieder bei ihm angekommen war. »Aber nichts mit Fleisch.« Ich mimte Abscheu.

Joe richtete sich auf. Er schien mein Verhalten als Einladung zu einer Art Date zu deuten. Was ganz sicher ein Irrtum war, den ich aufklären würde, sobald er zu sprechen begann.

»Das wäre toll. Ich übernehme das Dessert.«

Den Rest des Tages versuchte er, mir beibringen, wie man mit den jeweiligen Kräutern und Pflanzen umzugehen hatte. Ich hörte zu, nickte und vergaß das meiste sofort wieder. Einige mussten beschnitten und andere mit Nährstoffen versorgt werden, einer unangenehmen, gefährlichen Mischung namens *Blood & Bone*. Ziemlich lustig kam ich mir vor, als ich ihn fragte, ob ich etwa Serienmörderspinat oder Killerkräuter anbauen würde. Joe schenkte mir ein mildtätiges Lächeln und setzte seine Unterweisungen fort. Ich erfuhr, dass man Tomaten regelmäßig düngen und ihnen Auszüge aus einem beliebigen Buch von Stephen Fry vorlesen musste. Spargelspitzen dagegen wollten verrotteten Mist und wünschten sich, dass man ihnen bei Abenddämmerung Klopf-Klopf-Witze erzählte. Vielleicht war es auch umgekehrt. Doch wie ich schon sagte, es fehlte mir wohl der rechte Sinn fürs Gärtnern.

Am Ende eines sehr entspannten Oma-genießt-den-Garten-Tages machten wir es uns auf seinem Bett unter einer flauschigen Decke gemütlich und legten *Thelma & Louise* ein. *Stirb langsam 1* und 2 lagen in ihren Hüllen auf dem Nachttisch bereit.

»Das ist einer meiner Lieblingsfilme.« Joe riss eine Tüte M&M auf, im Gesicht das pure Entzücken. »Der und *Die unendliche Geschichte*.« Er wurde ernst. »Aber falls dich mal irgendjemand aus der Grafikbranche fragt, sagst du, meine Favoriten seien die *Alien*-Trilogie, *Gravity* und *Requiem for a Dream*.«

»Okay …«

»Die andere Sache weiß außer dir, Katy und meiner Mutter niemand.«

»Ooh, mir scheint, ich gehöre zu einer Art Club«, sagte ich mit gespielter Begeisterung.

Joe warf mir einen mokanten Blick zu.

Ich grinste. »Fairerweise muss ich sagen, dass es ein ziemlich langweiliger Club ist.«

Gegen Ende von *Stirb langsam 1* fielen mir ein paarmal die Augen zu. Nur halb bei Bewusstsein nahm ich noch wahr, dass jemand eine Packung Malteser aus meiner Umklammerung befreite und ich zugedeckt wurde. Dann nichts mehr.

KAPITEL 23

»EMMA! MEIN SCHLÜSSEL PASST NICHT!«

Ich schlug die Augen auf. Joe und ich lagen Nase an Nase, und sein Oberkörper war nackt. Der digitale Wecker auf dem Nachttisch hinter ihm zeigte 6:41 Uhr an.

»EMMA, WACH AUF, DU FAULE TORTE, UND HILF MIR VON DIESEM VERDAMMTEN BAUM HERUNTER!«

»Mum?«

Ich stützte mich auf die Ellenbogen. Durch das dreieckige Dachfenster sah ich meine Mutter wie eine Marionette an der Eiche baumeln. Anscheinend hatte sich ein Zweig im Bund ihrer Designerjeans verhakt.

»MUM?«, kreischte ich. Bei dem Gewicht des Babybauchs hatte ich Mühe, mich aufzusetzen.

Joe wachte auf, orientierungslos. »Was ist denn ...?« Er stockte, als er feststellte, dass vorm Fenster eine Verrückte am Baum baumelte und mich verzweifelt nach draußen winkte.

Als meine Mutter den halbnackten Mann neben mir erblickte, klappte ihr die Kinnlade nach unten, und sie hörte auf zu zappeln. Ich wollte gerade erklären, dass es sich bei der Wildleder-Valentinos tragenden Frau im Baum um meine Mutter handelte und dass sie mindestens so sehr außer Kontrolle war wie eine Schar Frösche, die Angst um ihre Schenkel hat, als plötzlich das Telefon neben dem Bett klingelte.

»Hallo?«, sagte ich und bedeutete Mum mit erhobener Hand, sich einen Moment zu gedulden.

Erschöpft ließ sie die Arme sinken. Dann griff sie in die Handtasche, die an ihrem Handgelenk pendelte, und fummelte an ihrem BlackBerry.

»EMMA, MEIN MÄDCHEN«, brüllte Arthur von nebenan. »ICH MÖCHTE DICH JA NICHT BEUNRUHIGEN, ABER IM BAUM VOR DEINEM HAUS HÄNGT EINE FRAU. HARRIET WILL BRUTUS AUF SIE HETZEN, ABER – OH, SIEH MAL, HARRIET, DAS IST DIANA. SIE SCHEINT ZU TELEFONIEREN.«

»Was für ein ungewöhnlicher Ort, um einen Anruf entgegenzunehmen«, sagte Joe. »Wer *ist* das?«

»Arthur, tut mir leid ...«

»SPRICH LAUTER, MÄDCHEN. NUSCHELN HAT BEI MIR KEINEN SINN!«

Obwohl es mir immer noch schwerfiel, einen alten Mann anzuschreien, noch dazu, wenn er im Rollstuhl saß, hob ich die Stimme. »DAS IST NUR MEINE MUTTER, MR SPENCER ...«

»Deine Mutter?« Joe sprang aus dem Bett und stürmte die Treppe hinunter.

»Joe, warte!«

»WAS HAST DU GESAGT? ICH VERSTEHE DICH NICHT!«

»Nichts, Mr Spencer, ich muss meine Mutter befreien ...«

»HARRIET, DA STIMMT WAS NICHT MIT DER LEITUNG.«

»WIR SPRECHEN UNS SPÄTER!« Ich legte auf, watschelte die Treppe hinunter und zur Hintertür hinaus, bevor Brutus über die Mauer springen und seine Hauer in Mums Gucci-Beutel schlagen konnte. Bei einem Kampf um Mums Handtasche würde Brutus allerdings den Kürzeren ziehen. Barfuß lief ich über den kalten gepflasterten Weg ums Cottage herum und sah, dass meine Mutter telefonierte. Mit erhobener Hand wies sie Joe an, einen Moment abzuwarten.

Joe grinste.

»Halt die Klappe.«

»Ich hab nichts gesagt«, entgegnete Joe, der den absurden Start in den Tag sichtlich genoss.

Er winkte den Spencers zu, die Mums Showeinlage vom Schlafzimmer aus verfolgten. Harriet trug noch ihr Flanellnachthemd und versuchte offensichtlich, den Kamerawinkel zu justieren.

Arthur musste den Hals über die Fensterbank recken, um nichts zu verpassen.

»Mum, komm runter.«

»O nein, nicht schon wieder Brokat.« Mum deckte die Sprechmuschel ab und flüsterte: »Schätzchen, ich brauche noch eine Minute, lauf doch schon mal ins Haus und schalte den Wasserkocher ein.«

Joe kicherte. Ich boxte ihn.

»Ich weiß, Liebes – Alles Idioten – Florence, sag ihnen – Florence – Ich weiß, Darling. Ich weiß – Ich fliege nächste Woche hin.« Mum schob das Telefon zusammen, verstaute es umständlich in ihrer Jeanstasche und blickte von mir zu Joe. »Und wer ist das eigentlich?« Sie lächelte, als sei es die normalste Sache der Welt, morgens um 6:45 Uhr einen geschäftlichen Anruf entgegenzunehmen, wenn man gerade in einem Baum vor dem Haus der Tochter baumelte, vielen Dank auch.

Joe half Mum herunter, stellte sich als mein »Freund-Schrägstrich-Mitbewohner« vor (wir hatten uns angewöhnt, ihn so zu nennen) und ging nach drinnen, um den Wasserkocher anzustellen.

»Freund-Schrägstrich-Mitbewohner?«, wiederholte Mum mit ungläubigem Blick.

Ich wartete, bis sie ihre Klamotten wieder in Ordnung gebracht hatte. »Ja, Mum. Freund-Schrägstrich-Mitbewohner. Freund-Schrägstrich-Mitbewohner, der in seinem eigenen Bett schläft. Und was zum Teufel hattest du da im Baum verloren?«

»Mein Schlüssel passte nicht, und du bist weder ans Telefon noch an die Tür gegangen«, sagte sie. »Sich um seinen Nachwuchs zu sorgen ist ein ganz natürlicher Instinkt – das wirst du auch bald feststellen.«

Wir gingen ins Haus, und ich zog die Jalousien runter, weil ich ungern eine größere Rolle in einer neuen Folge von *Harriets Nachbarschaft* spielen wollte. Anschließend drehte ich die Heizung hoch und kümmerte mich um das Geschirr vom Vorabend.

»Was wolltest du eigentlich so früh bei mir?«

»Nur nach meiner Tochter sehen. Bei dir ist doch in letzter Zeit allerhand schiefgegangen, Schätzchen. Oder nicht? Außerdem habe ich einen frühen Termin in Kingston und wollte dem Berufsverkehr entgehen.« Mum lehnte sich gegen die Spüle und beobachtete Joe, der halbnackt umhertapste und Kaffee kochte. »Und ihr beide habt keinen …?« Sie hob die Augenbrauen.

»*Mum*«, sagte ich mit zusammengebissenen Zähnen.

»Nein«, sagte Joe lächelnd.

»Ah, gut so«, sagte Mum. »Ich bin nämlich nicht sicher, ob Sex während der Schwangerschaft angeraten ist. Das arme Baby.« Sie stieß mit dem Zeigefinger gegen meine Stirn. »Oder würde dir das gefallen, Emma?«

»Hör auf!« Ich schlug ihre Hand weg.

»Obwohl …« Mum senkte die Stimme. »Wenn ich ihn mir so ansehe, würde es sich wohl eher so anfühlen.« Feixend tippte sie mir die geballte Faust gegen die Stirn.

An ihrem gebräunten Handgelenk klimperte eine Sammlung Folklore-Armreifen. Ich stieß ihre Hand weg und bedachte sie mit meinem schlimmsten Du-bist-gleich-TOT-Blick.

»Die Ärzte sagen, es ist in Ordnung, Sex während der Schwangerschaft zu haben.« Joe wandte sich uns zu, während er Kaffee in die Kanne löffelte. »Es wird sogar empfohlen. Es geht wohl darum, dass die ›Wohlfühlhormone‹ gut fürs Baby sind. Aber wir haben trotzdem keinen, stimmt's, Emma?« Er lächelte. »Wir sind nichts als Freunde-Schrägstrich-Mitbewohner.«

»Na, das beruhigt mich.« Mum tätschelte mir den Bauch. »Sieh doch, was passiert, wenn Emma Sex hat. Schwanger und Single.«

»Oh. Mein. Gott.« Ich knallte einen Topf in die Spüle und stapfte schwer gekränkt in mein Schlafzimmer.

Dort nahm ich mir jede Menge Zeit, das Bett zu machen, und band mir wieder und wieder die Haare zum Pferdeschwanz. Irgendwann war der Knoten in meiner Brust wohl gelöst, und ich konnte dem Kaffeeduft aus der Küche folgen.

»… das gesamte Bankkonto. Leergeräumt! Und Emma musste ihn dazu bringen, den Eiswagen zu verkaufen, um die Schulden bei mir zurückzahlen zu können. Ich wollte zur Polizei gehen.« Als ich hereinspaziert kam, lächelte Mum mich an.

»Redest du schon wieder zu viel, Mutter?«

»Wahrscheinlich, Schätzchen.«

Ich schenkte mir Kaffee ein.

»Meinst du, du solltest …?«, setzte Mum an, doch mit dem tödlichen Blick brachte ich sie zum Schweigen.

»Mich vor einem Freund bloßstellen …«

»Schrägstrich-Mitbewohner«, sagte sie mit schelmisch gesenktem Kopf.

Ich starrte sie an und sprach weiter. »Häng dich frühmorgens unter den Augen meiner betagten Nachbarn in einen Baum, und wenn es wirklich sein muss, erzähl der ganzen Welt, dass ich schwanger und Single bin, aber halt mich nicht davon ab, Kaffee zu trinken, wenn ich einen verdammten Kaffee möchte!«

Mum zog die Augenbrauen hoch.

Mit einem charmanten Lächeln wandte sie sich Joe zu. »Und? Was gibt's zum Frühstück?«

Joe machte Eier mit Speck, und wir setzten uns um den Tisch. Mum und Joe plauderten ungezwungen, bis Mum irgendwann den letzten Bissen schluckte, Messer und Gabel in die Mitte des Tellers legte und mit den marineblau lackierten Fingernägeln an ihre Kaffeetasse trommelte.

»Und, Joe, durch welche Tragödie sind Sie vor der Tür meiner Tochter gelandet?«

»*Mum*«, fauchte ich sie an.

»Was?« Sie spielte die Unschuldige und wandte sich wieder Joe zu. »Also?«

Joe grinste.

»Tut mir leid, meine Mutter ist ohne jeden Feinsinn auf die Welt gekommen.« Ich schüttelte den Kopf. »Du wirst sie noch lieben lernen.«

»Ach, er liebt mich jetzt schon, Schätzchen.« Mum legte ein kleines Siegerlächeln auf. »Dahinter steckt eine Frau, hab ich recht?«

Wie eine Wolke, die sich plötzlich vor die Sonne schiebt, verdüsterte Schwermut Joes Miene.

»Du musst nicht antworten.« Ich blickte Mum finster an.

»Schon okay«, sagte Joe. »Ja. Es war eine Frau. Meine Verlobte.« Er starrte in seinen Kaffeebecher. »Meine *Ex*verlobte.«

Während ich an meiner Tasse fummelte, nickte Mum ermutigend. Ich hatte ihm bislang keine Fragen gestellt, weil ich ihn nicht zum Weinen bringen wollte, denn damit hätte ich nicht umzugehen gewusst.

»Wir hatten Ärger bei der Hochzeitsplanung.«

»Das ist kein guter Start …«, sagte ich, bevor Mum mich mit einem schnellen Klaps auf die Hand verstummen ließ.

»Sprich weiter«, sagte sie.

Mit schwachem Grinsen fuhr Joe fort. »Es fing wohl an, als ich auf der Vorankündigung zu unserer Hochzeit einen T. Rex versteckte.«

Ich schüttelte mich vor Lachen. »Das hast du gemacht? Das ist unglaublich lustig! Was …« Als Mum mich ernst anfunkelte, hörte ich abrupt zu grinsen auf. »Äh … Was ist dann passiert?«

»Ich verstand von vornherein nicht, wieso es eine ›Vorankündigung‹ geben musste«, sagte Joe mit ernstem Blick. »Ich meine, ein Jahr im voraus? Wozu? Kann man nicht einfach ein Datum aussuchen, einen Laden buchen und die Einladungen verschicken?«

»Weißt du, worum es bei einer Vorankündigung wirklich geht?«, sagte Mum. »Es bedeutet: ›Fangt mit der Diät an, ich will auf den Hochzeitsfotos keine Dickerchen sehen.‹«

Joe lächelte und nickte zustimmend. »Katy hatte für die Vorankündigung ein Strandfoto von uns ausgesucht. Stylish und, na ja, langweilig eben. Mir wurde alles zu ernst. Ich wollte ein bisschen Spaß in die Sache bringen. Hochzeiten sollten Spaß machen, oder?«

Mum und ich nickten.

»Also versteckte ich einen Tyrannosaurus Rex hinter den Palmen«, sagte Joe. Er ließ die Kaffeetasse los.

»Wahnsinn«, flüsterte ich.

Mums Lippen formten ein lautloses »Sei still«.

»Katy hat es zuerst gar nicht bemerkt«, sagte Joe mit Unschuldsblick. »Aber dann entdeckte eine ihrer Freundinnen den Saurier und lud die Einladung auf Instagram hoch. Katy rastete total aus.« Er ließ die Schultern sinken. »Wir hatten ein paar hitzige Diskussionen darüber, dass ich die Hochzeit angeblich nicht ernst genug nahm, aber ich war sicher, dass sich die Wogen wieder glätten ließen. Dann stritten wir irgendwann auch darüber, wo wir ein Haus kaufen würden, ob wir uns einen Hund oder eine Katze anschaffen sollten und noch mehr Blödsinn, der in einer weit entfernten Zukunft lag. Aber dann, eines Morgens«, er kaute auf der Unterlippe, »sagte sie, dass sie keine Kinder wollte.« Er rieb sich mit der Hand über die Stirn. »Ich war fassungslos. Ich hatte immer angenommen, wir würden Kinder haben.«

Stille legte sich über den Tisch. Joe spielte mit seiner Gabel.

»Ihr hattet noch nie drüber gesprochen?«, fragte Mum mit sanfter Stimme.

Joe schüttelte den Kopf, und es war zu sehen, wie hinter seiner glühenden Stirn die Gedanken hin und her jagten.

»Wir verabredeten uns für denselben Tag zum Abendessen, um in Ruhe über alles zu sprechen. Ohne einander anzuschreien. Dann gingen wir beide zur Arbeit.« Joe lehnte sich zurück, und ihm gelang ein trauriges, asymmetrisches Lächeln.

»Aber ich dachte, du ...« Ich zögerte, fragte mich, ob ich erwähnen sollte, was er an jenem ersten Abend im betrunkenen Zustand erzählt hatte. Das mit dem »Schornsteinfegen bei Nacht«. »Hast du sie nicht auf frischer Tat ...?«

Mum zog die Augenbrauen hoch.

»Ja«, sagte Joe leise. »Ich fühlte mich furchtbar schlecht. Ich wollte, dass sie nach Hause kam und ich ihr sagen konnte ... dass nichts davon wichtig war, solange wir nur einander hätten.« Er stockte und rieb sich das Kinn. »Also kaufte ich mittags ihre Lieblingsblumen, Tulpen, wollte sie in unserer Wohnung in Wasser stellen und dann wieder zur Arbeit fahren.«

Ich lehnte mich so weit vor, wie mein schwangerer Bauch es zuließ.

»Aber als ich die Tür öffnete, sah ich den Rock, den sie morgens getragen hatte, auf dem Sofa liegen. Im Flur fand ich Bluse und BH.« Er schluckte. »Ich ging ins Schlafzimmer, und da ritt sie auf diesem Typen aus ihrem Büro. Nackt, bis auf die roten High Heels, die ich ihr zu Weihnachten geschenkt hatte.«

»Das ist ja schrecklich.« Mum schüttelte den Kopf. »Welche roten High Heels? Die von Alaïa aus der letzten Sais…« Als sie meinen Blick wahrnahm, verstummte sie.

Joe war in Gedanken versunken. Ich spielte mit dem Salzstreuer und arrangierte mehrmals mein Besteck. Mum beobachtete ihn.

Irgendwann sprach sie es aus. »Was für ein Flittchen. Und offensichtlich eins mit grauenhaftem Geschmack – ich meine, *Tulpen*? Igitt.«

Joe sah erschrocken auf. Dann brach er in breites Grinsen aus, das von Mum zehnfach erwidert wurde.

Eine halbe Stunde später bedankte Mum sich bei Joe fürs Frühstück, stand auf, umarmte ihn fest und nahm ihm das Versprechen ab, sie jederzeit anzurufen, wenn er Redebedarf hätte. Ich erhielt eine kurze Umarmung und den Hinweis, dass ich etwas gegen meine sich kräuselnden Haare unternehmen sollte. Dann stob sie in Richtung Flur davon.

»Und ruf deine Schwester an, Emma, sie hat große Schwierigkeiten mit ihrer zukünftigen Schwiegermutter. Keinen Geschmack, diese Lucinda. Mit keinem Geld der Welt kann man Geschmack kaufen – liegt einem entweder im Blut oder nicht. Wusstest du, dass Alex in einer Kutsche vorfahren soll, wenn's nach ihr geht? Und ich habe gesagt …«

»Mum, musst du nicht los?« Ich wollte nicht darüber sprechen müssen, dass ich die Anrufe meiner Schwester mittlerweile ignorierte.

»Ich gehe ja, Schätzchen, aber nicht, weil du's mir so unhöflich nahelegst. Ich habe ein Meeting, meine Lieferung aus Argentinien ist eingetroffen, und ich muss alles zurückschicken. Hahnentrittmuster! Mal ehrlich, wann war das letzte Mal, dass du Vorhänge im Hahnentrittmuster haben wolltest?« Erwartungsvoll sah sie mich an, erntete von mir jedoch nichts als einen verständnislosen Blick.

Irgendwann stapfte sie kopfschüttelnd den Flur hinunter. »Ich weiß nicht, warum ich meine Zeit verschwende. Meine Tochter könnte ein Schottenmuster nicht von Paisley unterscheiden. Aus meiner Gebärmutter ist sie anscheinend direkt in ein Paralleluniversum hineingeboren worden.«

KAPITEL 24

Während ich in einer langen Schlange auf einen der Lamm-Burger wartete, die alle Geduld wert waren, klingelte mein Telefon. Alex. Ich schaltete auf Lautlos und rückte meine schwere Tasche zurecht, in der sich die Ausbeute einer zweistündigen Durchforstung des Borough Market befand. Für den Abend war ein Familienessen geplant, und ich war fürs Dessert zuständig. In Ahornsirup pochierte ungespritzte Biobirnen aus Kent (von einem familiengeführten Obsthof mit glücklich bestäubenden Bienenvölkern), dazu Joghurtkugeln mit Haselnusskruste (Joghurt aus der Milch von artgerecht und stressfrei gehaltenen Kühen, die auf wilden Wiesen grasten und abends ins Haus durften, um mit dem Bauern zusammen fernzusehen). Es waren nur noch drei Leute vor mir, und meine Speichelproduktion war bereits alarmierend angestiegen, als ein Mann, den ich kannte, sich mit einem frisch gemachten Burger in der Hand vom Grill wegdrehte.

»Emma? Hi!« Andrew schenkte mir ein überraschtes Lächeln und zeigte seine makellos geraden Zähne, die zu seinen makellos geraden Schultern und seiner makellos geraden Haltung passten.

»Hi.« Ich hielt ihm zum Begrüßungsküsschen meine Wange hin. »Was machst du hier?«

Er hielt seinen Burger hoch. »Hab mich schon die ganze Woche drauf gefreut.«

Andrew blieb stehen und plauderte, während ich bestellte.

»Hast du Lust auf einen Drink in der kleinen Bar dort drüben?«, fragte er, als der Mann am Grill mir den Burger reichte.

»Oh, äh …«

»Ach ja.« Er blickte auf mein Bäuchlein. »Du darfst ja nicht trinken. Und wenn du mir einfach dabei zusiehst?«

An ein Weinfass gelehnt, aßen wir unsere Burger und nippten an den Getränken – ein paar Biere für Andrew und eine Holunderschorle für mich. Andrew erzählte mir von dem Film, für den er vor dem jetzigen gearbeitet hatte, einem Spionagestreifen, der in den österreichischen Alpen spielte. Und ich schwatzte über Ned und das Baby, wobei ich hoffte, genau das richtige Maß an Informationen preiszugeben. Er sollte begreifen, dass ich verfügbar und interessiert war, nicht aber verzweifelt und bemitleidenswert. Ein schmaler Grat, der womöglich überschritten wurde, als ich erwähnte, dass jeder neue Verehrer ein zweites Kiefergelenk bräuchte, um seinen Mund um meine gullylochgroßen Brustwarzen zu legen.

»Ist es schon so spät?«, fragte ich, als ich kurz auf Andrews sportliche Uhr blicken konnte. »Ich muss nach Hause.«

In ein paar Stunden wurde ich bei Sinead und Onkel Mike erwartet, und dann musste der Joghurt bereits Kugelform angenommen haben.

»Wir sehen uns am Set«, sagte ich mit einem Lächeln, das hoffentlich charmant und frei von Essensresten in den Zahnzwischenräumen war.

»Auf jeden Fall.« Er hob meine Einkaufstasche auf und überreichte sie mir. Als meine Finger seine Hand berührten, spürte ich einen mädchenhaften Nervenkitzel.

»Nicht nur charmant, sondern kocht auch noch«, sagte er mit einem Funkeln im Auge. »Du bist ein guter Fang.«

Zu Hause schälte ich die Birnen, ließ den Joghurt abhängen und röstete Haselnüsse, während Joe herumalberte und meine Gedichte laut vorlas. Ich ließ mir die Worte *Du bist ein guter Fang* wieder und wieder durch den Kopf gehen. Meinte er damit, ich sei für *ihn* ein guter Fang? Oder einfach nur für irgendjemanden, der aufgeschlossen/bescheuert genug war, sich auf mich und das

Baby eines anderen Mannes einzulassen? War er nett, oder flirtete er? Es gab so viele Spielarten – nie konnte man sich sicher sein. Ich war so abgelenkt, dass mir die Haselnüsse immer wieder verbrannten.

»Hier, worum geht es bei diesem?« Joe räusperte sich, während ich mir den Finger an einer heißen Nuss verbrannte.

Ich fand 'nen kleinen Fingerhut, Fingerhut, Fingerhut
Ich fand 'nen kleinen Fingerhut
Unter Mutters Bett

Warnend knurrte ich Joe an.

Ich gab den kleinen Fingerhut, Fingerhut, Fingerhut
Ich gab den kleinen Fingerhut
Meinem Onkel Knut

Er ging zum anderen Ende der Küche und lehnte sich gegen den Tresen, während ich wie eine Irre im blubbernden Ahornsirup rührte.

»Joe, könntest du …?« Mit flatternden Händen zeigte ich auf einen Ofenhandschuh. Ohne die Augen von meinem Tagebuch abzuwenden, reichte er ihn mir.

Onkel legt den Fingerhut, den Fingerhut, den Fingerhut
Onkel legt den Fingerhut
In Tante Marys Schrank
Wo ist mein kleiner Fingerhut, Fingerhut, Fingerhut
Wo ist mein kleiner Fingerhut
Wo ist er?, fragt Herr Doktor Frank.

Er schielte über den Rand des rosageblümten Tagebuchs.

»Worum geht es hier?« Seine Augen strahlten.

»Um einen verdammten Fingerhut. Könntest du jetzt zur Abwechslung mal das Kochbuch zur Hand nehmen und mir etwas Sinnvolles vorlesen?«

»Okay, okay, behalt deine Schürze an«, sagte Joe und tauschte mein Tagebuch gegen Grandmas Kochbuch. »Weißt du, einige dieser Gedichte sind gar nicht so schlecht. Haben was von A. A. Milne. Vielleicht könntest du sie veröffentlichen.«

»Sei still.« Ich griff mir das durchnässte Seihtuch und zeigte energisch auf das Kochbuch. »Sag mir jetzt, was da über diese Kugeln steht.«

Wir näherten uns auf dem mit losen Kieselsteinen bedeckten Weg der Haustür von Sinead und Onkel Mike – Joe mit rosa Rosen aus dem Garten in der einen und dem Tablett mit den Joghurtkugeln in der anderen Hand, während ich die mit Alufolie abgedeckten Birnen trug.

»Du musst auf jeden Fall Gesprächsstoff bereithalten, und sobald mein Onkel Anstalten macht, Fragen zum Film zu stellen, greifst du ein ...« – ich verdeutlichte das Ausmaß der Intervention, das ich mir von ihm wünschte, mit einer ruckartigen Bewegung, bei der mir fast die Birnen runterfielen – »... und sagst irgendwas.«

Joe warf mir einen skeptischen Blick zu.

»Sprich möglichst schnell und flüssig.«

»Aber ...«

»Keine Pausen!«, sagte ich. »Keine Lücken in der Unterhaltung. Du musst der Lückenfüller sein. Erzähl Geschichten.«

»Aber ich habe keine Geschichten parat.« Joe sah besorgt aus.

»Ach, komm schon. Du hast mir am Telefon schon so viel Quatsch, erzählt! Tu einfach genau das den ganzen Abend.«

»Welchen Quatsch meinst du genau?«

»Weiß nicht – ich hör dir ja nur selten zu.«

Wir erreichten die Haustür und signalisierten unsere Ankunft mit einem »Ding-Dong«.

»Warum tue ich mir das an?«, fragte Joe.

Wegen der näher kommenden Schritte senkte ich die Stimme. »Weil Onkel Mike nie wieder mit mir spricht, wenn er erfährt, dass sein Sohn in einer Zombie-Blut-und-Bikini-Schnulze mitspielt.«

Joe schüttelte den Kopf. Onkel Mike schwenkte die Bleiglastür auf, und ich produzierte ein sanftmütiges Lächeln. Nach Umarmungen und Händeschütteln überreichten wir Rosen und unter Alufolie versteckte Birnen. Dann gingen wir nach drinnen, während Joe hinter mir murmelte: »Das wird niemals funktionieren.«

Vergnügt plauderte Joe mit meiner neugierigen Familie. Als Alice fragte, warum er nicht verheiratet sei, wich er aus; Mum quetschte ihn über die Einrichtung seines Lofts in Shoreditch aus (in dem seine Ex immer noch wohnte); Sinead interessierte, in welchem Alter man ihn ins Internat geschickt hatte, und Jess wollte wissen, ob er mit der Achselhöhle furzen konnte.

Als wir das Dessert fast hinter uns hatten, wandte Onkel Mike sich mir zu.

»Und, meine Liebe, wie macht der junge Mann sich beim Film?« Er lehnte sich zurück und nippte am Wein. »Soviel ich weiß, geht es mehr oder weniger um das Leben nach dem Tod?«

Ich sah kurz zu Joe und versuchte, mit den Augenbrauen »dein Einsatz« zu sagen, doch er blickte nur lampenfiebrig zurück.

»Mehr Wein, Liebling?« Sinead versuchte, ihn abzulenken.

Onkel Mike winkte ab und sah mit sanftem Nachdruck über den Tisch.

»Äh ...« Ich schubste eine Joghurtkugel umher. Sinead wand sich hilflos auf ihrem Stuhl.

Archie hob die Arme in die Luft, machte seine Hände zu Krallen und imitierte den Gesichtsausdruck eines angreifenden Zombies. »Es gibt ...«

Sinead trat mir gegen das Schienbein. »KATZEN!«, rief ich. Onkel Mike verschüttete vor Schreck den Rest seines Weins. »Äh ...

es sind Geisterkatzen«, murmelte ich und rieb mir das pochende Schienbein.

Archie runzelte die Stirn und öffnete den Mund.

»Und Chihuahuas«, nickte Sinead mit weit geöffneten Augen.

»Und ...«, setzte Archie an, und hob noch einmal die Krallenhände hoch.

»Aber sie geben vor, Katzen zu sein«, versuchte ich, die Situation zu retten.

»Ich dachte ...«, begann Onkel Mike.

»Der Film hat auch komische Seite«. Sinead täuschte einen herzhaften Lacher vor.

Archie startete einen neuen Versuch. »Und ...«

»Und romantische Momente«, sagte ich.

»Allerdings nicht zwischen Katzen und Hunden«, ergänzte Sinead finsteren Blickes.

Ich schüttelte den Kopf. »Neiiiin, das wäre nicht richtig.«

»Und zu schräg.«

»Und es ist definitiv kein schräger Film.«

»Nein, *Schräges* gibt's da nichts«, intonierte Sinead.

»Absolut nichts«, bekräftigte ich, was Sinead gesagt hatte.

Onkel Mike legte die Stirn in Falten. »Aber ...«

»Es ist ein ganz normaler Film über Geisterkatzen ...«

»Die von Hunden gespielt werden ...«

»Die auf *keinen* Fall romantische Gefühle für Katzen hegen«, ergänzte Sinead.

Hilfesuchend blickte ich zu Joe, sah in seinem Gesicht jedoch nur blanke Panik. Ich schoss eine Haselnuss ab.

»Autsch!« Er hielt sich die Hände vors Gesicht.

»Oh, Mist!«, sagte Sinead, als sie absichtlich ihr Weinglas umstieß.

»Sinead!« Onkel Mike nahm den verschütteten Wein mit einer Leinenserviette auf.

Mum genoss das Spektakel und vor lauter Verzückung hielt sie die Finger verschränkt.

»Daddy, es gibt …«, begann Archie.

»Joe, wolltest du nicht …«, sagte ich und warnte Joe durch einen starren Blick vor unmittelbar bevorstehenden Schmerzen.

»Hat irgendjemand die russische Zeichentrickserie *Mascha und der Bär* gesehen?«, bemühte er sich, während er sich eine Hand noch immer übers Auge hielt.

Ich warf ihm einen verächtlichen Blick zu.

Sinead sprang aus ihrem Stuhl auf und stellte klappernd ein paar Teller zusammen. »Okay, ich bin vollgestopft. Lasst uns den Tisch abräumen. Möchte jemand Kaffee? Tee? Whisky, ich werde einen Whisky trinken. Wie wär's, wenn wir ins Musikzimmer umziehen und Jess euch allen ein bisschen auf der Geige vorspielt. Sie ist unfassbar gut. Auf mit euch!«

»Danke fürs Dessert«, rief Sinead aus der Haustür heraus. »Gute Nacht!«

Onkel Mike winkte noch, dann schlossen sie die Tür und ließen Mum, Joe und mich in der dunklen Kälte zurück. Die Kiesel knirschten unter unseren Füßen, als wir zu Mums Wagen gingen.

Sie öffnete ihn mit ihrer Fernbedienung. »Hast du mit deiner Schwester gesprochen?«

»Hab's vor ein paar Tagen versucht, bin aber nicht durchgekommen«, log ich.

»Hmmm.« Finster blickte Mum über das Dach ihres Minis hinweg und überlegte, ob das Thema es wert war, mich zu bedrängen. Zu meiner großen Erleichterung entschied sie sich dagegen und sprang in den Wagen.

»Seid ihr sicher, dass ich euch nicht fahren soll?«, fragte sie durchs offene Fenster.

»Wir wohnen um die Ecke, Mum.«

Joe griff meinen Arm. »Ich passe auf Ihre Tochter auf.«

»Da bin ich mir ganz sicher«, sagte sie. Sie blies uns Luftküsse zu und brauste davon.

Joe und ich spazierten Arm in Arm Richtung Cottage. Ich bewunderte, wie gut Joe einen ganzen Abend mit meiner ungestümen Familie überstanden hatte. Außerdem war ich dankbar, dass er keine Fragen zu Alex stellte und nicht wissen wollte, warum ich ihre Anrufe nicht annahm. Er schien zu spüren, dass es kein Thema war, über das ich sprechen wollte. Ich dagegen zeigte kein solches Taktgefühl.

»Darf ich dir eine persönliche Frage stellen?«

»Schätze schon«, sagte Joe mit einem misstrauischen Lächeln.

»Was war das für ein Typ?«

Joes Arm versteifte sich, doch er gab sich ahnungslos. »Welcher Typ?«

»Der ... im Bett mit deiner Verlobten.«

»*Ex*verlobten.«

Ich schwieg und hoffte, ihn nicht verärgert zu haben.

»Ich weiß nicht«, sagte er irgendwann. »Ich habe nicht viel von ihm gesehen. Bin sofort wieder gegangen.«

»Oh.« Ich betrachtete unsere Füße, die im langsamen Gleichschritt über die mit Kaugummiflecken gesprenkelten Gehwegplatten stapften.

Ich stellte mir vor, wie es für Joe gewesen sein musste. Wie ich mich gefühlt hätte, wäre es Ned gewesen. Aber Joes Situation war viel, viel schlimmer. Er war mit Katy verlobt gewesen. Sie hatten eine gemeinsame Zukunft geplant. Ich dagegen hatte nie die Absicht gehabt, Ned zu heiraten. »Hast du irgendetwas zu ihnen gesagt?«

»Nein.« Er schluckte. »Aber er hat etwas zu mir gesagt.«

»Was?«

»Nachdem sie mich bemerkt hatten, unterbrachen sie ihr Tun, und Katy versuchte, sich mit dem Bettzeug zu bedecken, was mir irgendwie absurd vorkam, weil wir sie offensichtlich beide schon nackt gesehen hatten.« Bei der Erinnerung daran zog er eine ungläubige Grimasse. »Egal. Jedenfalls ging ich raus, und der Typ rief mir hinterher: ›Nichts Ernstes, Kumpel, nur ein bisschen Spaß‹.«

Ich bekam den Mund nicht zu.

Joe schüttelte den Kopf. »Er hat ›Kumpel‹ zu mir gesagt. Kannst du das glauben?«

»Warum bist du nicht reingegangen und hast ihn verprügelt?« Ich blieb stehen, zog den Arm von Joe weg und boxte mit der rechten Faust in die Fläche der linken Hand, um ein imaginäres Gesicht zu Brei zu schlagen.

Joe hielt an und sah mir zu. Als mein fiktives Opfer platt am Boden lag, hörte ich mit der Prügelei auf und benahm mich wieder normal.

»Musste da einfach weg«, sagte Joe und zuckte resigniert mit den Achseln. »Ich bin einfach irgendwohin gegangen, immer weiter.«

»Solltest du ihm je wieder begegnen, zeig ihn mir. Ich bleibe so lange auf seiner Brust sitzen, bis er den letzten Atemzug tut«, sagte ich und tätschelte mir das Bäuchlein. »Und außerdem mache ich Kartoffelbrei aus seiner Visage.«

Joe schmunzelte.

Wir erreichten die Pforte zum Cottage und öffneten schweigend die Tür, legten die Jacken ab, schalteten das Licht ein und gingen nacheinander ins Bad wie ein altes Ehepaar. Ich trat in meinem rosa Pyjama mit den fliegenden Schweinen aus dem Bad, als Joe gerade die Haustür abschloss.

»Nacht«, sagte ich.

»Nacht, Pummelchen.« Er machte einen Schritt auf mich zu, legte mir seine Hand auf die Schulter und küsste mich liebevoll auf die Stirn.

Als er zurücktrat, war offensichtlich, dass er von seiner Geste ebenso überrascht war wie ich. Ich kicherte. Joe bedachte mich mit einem Blick, den ich nicht entschlüsseln konnte, streichelte mir sanft über den Bauch und verschwand nach oben.

KAPITEL 25

»Miss George?« Janice, die Hebamme vom letzten Mal rief mich auf und ließ den Blick über die Wartenden schweifen.

Ich drückte mich aus dem Stuhl und lief in ihre Richtung. Fast entgleisten ihr die Gesichtszüge, als sie mich erkannte und suchend an mir vorbeiblickte.

»Nur Sie heute, Miss George?«

»Ja. Nur ich.« Janice zu sehen rief unangenehme Erinnerungen in mir wach. Das Küssen, das Lächeln, der Ford Fiesta mit den albernen Wimpern an den Frontscheinwerfern.

»Ach, das schade. Ihr Partner ist so reizender junger Mann.«

»Hmmm.« Ich folgte ihr ins Sprechzimmer.

»Und die Eiscreme? Wie läuft es damit? Hat gesagt, er bringt mir einen Becher ›Singapore Sling‹ mit.« Janice kicherte und plapperte, während ich auf der vinylbeschichteten Liege lag, ungeduldig und aufgeregt, weil ich endlich das Geschlecht meines Babys erfahren wollte.

Als sie das kalte Gel auf meinen mittlerweile sehr weit vorstehenden Bauch spritzte, zuckte ich zusammen. Das Bild meines Babys erschien auf dem Schirm. Janice notierte Daten und nahm Messungen vor, während ich darüber nachdachte, dass dieser kleine Fremdling bald die wichtigste Person in meinem Leben sein würde.

»Die Plazenta hat sich verschoben.« Janice lächelte »Das ist eine gute Neuigkeit.«

Das Baby sah so viel größer aus als bei der letzten Untersuchung und schien sich quetschen und verschiedene Gliedmaßen einklappen zu müssen, um mit dem Platz auszukommen. Beim Gedanken daran, wie es meinen Körper jemals unbeschadet und unversehrt verlassen sollte, erlaubte ich mir einen Moment der Panik. Dann tat ich schnell so, als läge dieser Tag unendlich weit in der Zukunft. In ungefähr achtundvierzig Stunden ging es erst einmal wieder nach Bradley Manor, und darauf freute ich mich aus mehr als einem Grund. Dort befand ich mich nicht in derselben Stadt, in der Sophie und Ned Sex hatten. Außerdem blieb mir die anstrengende Scharade mit Mum über Ned und den Fortschritt seiner Schuldentilgung erspart. Und nicht zuletzt fiel es mir am Telefon wesentlich leichter, mein schlechtes Gewissen zu verbergen, wenn Onkel Mike fragte, wie Archie mit dem »niedlichen kleinen Chihuahua-/Katzenfilm« zurechtkam. O ja, Anglesey und die Abkopplung vom wahren Leben machten alles sehr viel einfacher.

»Können Sie erkennen, ob es ein Junge oder Mädchen ist?«, fragte ich, als Janice die Mappe zuklappte und mit dem Kugelschreiber klickte.

»Nein.« Stillen Widerstand im Blick, sah sie auf den Monitor, dann zu mir. »Das Baby hat nicht die richtige Lage.«

»Aber … Sie haben es gar nicht versucht.« Ich war mir sicher, dass sie sich Neds wegen nicht bemühte. »Sie müssen es prüfen.«

Janice starrte mich an, bis ich wegsah.

»Ich mache das schon sehr lange, junge Dame. Das Baby hat *nicht* die richtige Lage.«

Bestimmt ging es hier unprofessionell zu. Ich wollte herausfinden, was für ein Baby ich erwartete. Ich hatte Rechte.

»Aber Sie müssen es zumindest versuchen.«

Janice reagierte mit einem kurzen Kopfschütteln.

»Hallo, Schatz, bin zu Hause!«, sagte ich, als ich die Haustür hinter mir schloss.

Joes abgewetzte Lieblingsboots lagen wie gerade erst abgeschüttelt im Flur.

Im Krankenhaus hatte es einigen Ärger gegeben, als ich in einer für mich untypischen Art und Weise den Scanner aus den Klauen der streitlustigen Janice gerissen und versucht hatte, meinen eigenen Bauch zu scannen (eine körperlich anspruchsvolle Aufgabe – ein wenig, als wollte eine auf dem Rücken liegende Schildkröte versuchen, sich die Schnürsenkel zu binden). Bei der anschließenden Rangelei um den Scanner war so manches unmanierliche Wort gefallen. Am Ende erreichte ich mein Ziel nicht, Janice war von oben bis unten voller blauem Gel, und der Sicherheitsdienst wurde gerufen. Nachdem ich meine Situation erklärte hatte – tiefe Trauer um die verstorbene Großmutter/fürchterliche Trennung/Gelddiebstahl/Jobverlust – bat der Wachmann Geoffrey darum, dass sich Janice noch einmal um die Bestimmung des Geschlechts bemühte. Sie erklärte sich einverstanden, bestand jedoch darauf, dass ich an Ort und Stelle eine förmliche Entschuldigung schrieb. Darüber hinaus freuten wir uns beide über die Entscheidung, dass sie in Zukunft absolut nichts mehr mit mir zu tun haben würde. Das verdammte Baby klemmte seine unkooperativen Beinchen aber leider so fest zusammen, das Janice am Ende recht behielt. Es ließ sich nicht erkennen, ob da ein Gehängsel hing oder nicht. Jetzt lag der letzte Ultraschall hinter mir, und ich würde erst am D-Day erfahren, ob es ein Junge oder ein Mädchen war.

»Hey«, sagte ich und schleuderte die Einkäufe auf den Tisch.

»Hey! Wie lief's?« Joe sprang vom Sofa auf und leistete mir in der Küche Gesellschaft. »Was bekommen wir? Rosa oder blau, Eisenbahn oder Teeservice, Jake oder Maggie?«

Ich schenkte ihm einen fragenden Blick.

»Die Gyllenhaals ...?«, sagte er, als sei ich sehr, sehr minderbemittelt.

Ich klärte ihn über die Vorfälle bei der Untersuchung auf. Joe gab mitfühlende Geräusche von sich, nannte mich aber einen Fall für die Anstalt.

»Gebratenes Huhn zum Abendessen?«, fragte ich, als ich die

letzten Lebensmittel wegsortierte und den Wasserkocher einschaltete.

»Das klingt zwar großartig, aber ich gehe aus«, sagte er und nahm zwei Becher aus dem Schrank. »Meine Freunde finden, es sei an der Zeit, wieder aufzusitzen. Die genauen Worte meines Kumpels Tim waren ›Zeit, mal wieder die Salami zu verstecken‹.«

»Na, der klingt ja nett.« Ich zog eine Grimasse, die das Gegenteil ausdrückte.

»Er ist Anwalt«, sagte Joe mit einem nachsichtigen Augenrollen. »Auf jeden Fall muss ich mal wieder etwas Testosteron um mich haben. In letzter Zeit hat sich alles sehr um Lyrik, Bettwäscheschränke und Richard Curtis gedreht. Ich glaube, mir wachsen allmählich Brüste.« Er tastete seine Nippelregion ab.

»Mir ist auch schon aufgefallen, dass du alle Geschirrhandtücher gebügelt hast …«

»Und ich habe dabei Lavendel-Leinenspray benutzt.«

Als Joe später aus seinem Zimmer nach unten kam, trug er enge Jeans, nagelneu wirkende Budapester und ein türkisblaues, oben aufgeknöpftes Hemd, in dem er, wie ich ihm versicherte, ganz und gar nicht wie ein Bandmitglied von One Direction aussah. Im Weggehen murmelte er, dass er seit Jahren nicht mehr mit den Kumpels ausgegangen war und hoffte, sie würden nur in einen Pub in der Nähe gehen, in dem man sich unterhalten konnte, und auf keinen Fall in einen Club mit Tanzfläche oder so etwas.

Ich verwarf die Idee mit dem Brathähnchen, bestellte Madras-Hühnchen-Curry und knöpfte mir eines der Schwangerschaftsbücher vor, weil ich wissen wollte, wie ein Tag im Leben eines sechs Monate alten Fötus aussah. Anscheinend reagierte es auf Licht, und wenn man mit einer Taschenlampe auf den Bauch leuchtete, würde das Baby seinen Kopf zum Licht drehen. Als ich mit hochgeschobenen Pyjamaoberteil auf dem Sofa lag und mit einer knallgelben Campingtaschenlampe meinen nackten Bauch anleuchtete, signalisierte mir ein blinkendes rotes Lämpchen über der Gartenmauer, dass Harriet wieder filmte. Sie lächelte und winkte, ich runzelte die Stirn und zog die Jalousien runter.

Irgendwann mitten in der Nacht stand ich auf, um zu pinkeln und einen frühmorgendlichen Snack einzuwerfen. Ich schnitt mir gerade in der dunklen Küche dicke Scheiben Käse ab (da ich mich nicht entscheiden konnte, ob mir eher nach Süßem oder Saurem war, belegte ich abwechselnd eine Schnitte mit Essiggurke und bestrich die nächste mit Marmelade), als von der Treppe ein Rascheln zu hören war. Ich hatte Joe nicht heimkehren gehört, nahm jedoch an, dass es spät geworden war, denn als ich irgendwann nach Mitternacht endlich vom Taschenlampenspiel hatte ablassen und ins Bett finden können, war er noch nicht zu Hause gewesen. Aber nicht Joe kam hereingetapst, sondern eine Brünette mit olivfarbener Haut, nackt, bis auf eine Bettdecke, die sie wie ein Handtuch an den Ecken über ihrem Busen zusammenhielt, während der Rest auf dem Boden hinter ihr her schleifte.

»Oh, hi«, kicherte sie und zog die Bettdecke straffer. Das dunkle Haar fiel ihr in lässigen Strandhaarwellen über den nackten Rücken. »Schuuuldigung, haben wirr gewecken?«

Sie war groß und attraktiv. Ich hätte geschworen, dass ich sie aus einem Musikvideo kannte. Einem, in dem sie nicht viel anders aussah als jetzt: nackt und kokett, verwischter Eyeliner und derangierte After-Sex-Mähne. Ihre Zehennägel waren in einem glänzenden Korallenrot lackiert, das ihrer sonnengebräunten Haut schmeichelte, und am Fußgelenk trug sie eine filigrane Goldkette. Ich hätte meinen Käse darauf verwettet, dass sie keinen Tag älter als neunzehn war.

»Äh ... nein. Ich mach mir nur gerade ...« Ich zeigte auf den Käse.

Plötzlich wurde mir allzu bewusst, dass ich einen alten Flanellpyjama voller Knötchen trug, mein Bauch weit herausragte und meine Socken nicht zusammenpassten.

»Oh, okay«, sie kicherte erneut. »Ich bin Juliana.«

»Emma.« Ich zeigte mit einem Marmeladenfinger auf mich.

»Ja, Joe gessagt von dir.« Sie schlich zum Kühlschrank und öffnete das Gefrierteil. »Ich wollte bisschen Eis fürr ...«, sie lächelte über ihre nackte Schulter hinweg, »... du wissen.«

Ja, wusste ich. Igitt.

»Juliana«, Joe betrat mit lallendem Flüstern die Küche. »Hast du das ...? Emma!« Als er mich entdeckte, hielt er sich schnell die Hände vor den Schritt, aber nicht so schnell, als dass ich keinen Blick auf seinen hühnerhäutigen Hodensack und einen Willy von überraschend ansehnlicher Größe erhascht hatte.

»Wa-was machst du denn hier?«

»Das ist mein Haus«, sagte ich und versuchte, seine Nacktheit zu ignorieren. »Man trifft mich hier gelegentlich an.«

»Ja. Natürlich. Äh ... wie geht's dir?« Er hob einen Arm, um sich nonchalant an den Türrahmen zu lehnen, verpasste diesen jedoch, stolperte, entblößte dabei wieder seinen Schwengel, bevor er sich fing und mit gequältem Gesichtsausdruck wieder aufrichtete.

Ich hob eine Augenbraue. »Mir geht's gut.«

»Ah, das ist schön, das ist schön.« Er nickte, als hätten wir uns zufällig vor einer Filiale von »Pret A Manger« getroffen.

Aber wir standen in meiner dunklen Küche, drei Silhouetten im Schein der Kühlschranklampe. Dass zwischen mir und Joe eine Art pantomimisches Geplänkel stattfand, schien Juliana nicht zu interessieren. Vielleicht fehlte ihr auch der nötige Grips, es zu erkennen.

(Ich) *Was fällt dir ein, mir diese Knöchelkette tragende osteuropäische Zigeunerhure ins Haus zu schleppen?*

(Er) *Geh bitte wieder ins Bett, damit ich meine Krallen ins Fleisch dieser Zigeunerhure mit der ach-so-funkelnden Knöchelkette schlagen kann.*

(Ich) *Wissen ihre Eltern, dass sie nicht zu Hause ist? Sie kann keinen Tag älter als neunzehn sein.*

(Er) *Ihre Eltern gehören zum russischen Adel; sie spricht sechs Sprachen und führt einen Mode-Blog. Und sie ist erst neunzehn!*

(Ich) *Wenn ich meinen nächtlichen Snack-Bedarf stille, sollte ich nicht befürchten müssen, nackten Austauschschülerinnen zu begegnen.*

(Er) *Schmeckt die saure Gurke? Hat Harriet gemacht.*

(Ich) *Sie könnte Herpes haben.*

(Er) *Vielleicht steht sie auf anal.*

Irgendwann war der lautlose Schlagabtausch zu Ende, und wir starrten einander nur noch trotzig an.

Juliana schob eine Hüfte vor. »Joe?«, sagte sie mit verführerischem Blick. »Gehen wir oben?«

Joe und ich versuchten es wieder mit nonverbaler Kommunikation. Während ich zu vermitteln versuchte, dass Eiswürfelsex mit einem Teenager in meinem Haus kein akzeptabler Zeitvertreib sei, flehte er mich lautlos an, wegzugehen, damit er Miss Langbein flachlegen konnte. Ich ging durch die Küche zum Kühlschrank und warf den Käse hinein. Juliana trat zur Seite, wobei sie ein glatthäutiges Bein präsentierte, das Joe kurzzeitig von seiner stillen Bitte ablenkte.

»Gute Nacht«, sagte ich extrakurz angebunden.

Joes schenkte mir einen flüchtigen schuldbewussten Blick. Ich ging an Juliana vorbei, die das Kinn an die Brust gelegt hatte, sich mit einem Eiswürfel über die Unterlippe fuhr und Joe durch ihre langen Wimpern hindurch schöne Augen machte. Als ich die Küche verließ, presste Joe sich gegen den Türrahmen und bedeckte seine Scham.

»Nacht«, sagte er.

Als ich am nächsten Morgen aus meinem Schlafzimmer trat, wurde ich von Joe und Juliana begrüßt, die in der offenen Haustür standen, er in Boxershorts, sie in einem schimmernden hautengen Fummel. Ihre postkoitale Verschlingung sprach eine eindeutige Sprache: Wir-sind-noch-immer-so-betrunken-dass-wir-nicht-bemerken-wie-unangebracht-es-ist-sich-morgens-um-neun-unter-den-Augen-der-vielen-Familien-die-mit-ihren-Welsh-Settern-im-Park-spazieren-gehen-gegenseitig-an-den-Arsch-zu-fassen. Ich konnte bei ihrem Anblick nur eines denken: wie grottenschlecht ihr Mundgeruch sein musste. Nach ausgiebigem zungenschlabberndem Knutschen ließen sie voneinander ab und nahmen die Anwesenheit der Anstandsdame Emma wahr.

»Oh, tschüss, Emma«, sagte Juliana, deren Stimme nach einer Nacht voller mit Sicherheit nur vorgetäuschter Orgasmen heiser klang. »Pass auf meinen ssexy *Golubtschik* auf.«

Joe zuckte zusammen, als sie ihre Klauen ein letztes Mal in seinem Hintern versenkte. Ich meisterte ein knappes Lächeln und watschelte den Flur hinunter, registrierte jedoch gerade noch, dass an Julianas manikürten Krallen Riemchen-Stilettos baumelten, während ihre Füße in einem Paar faltbarer Ballerinas steckten. War sie von vornherein davon ausgegangen, dass sie mit einem Fremden nach Hause gehen würde? Waren alle jungen Leute, wenn sie abends ausgingen mit dem geeigneten Schuhwerk für den »Walk of Shame« am nächsten Morgen ausgestattet? War diese pragmatische Einstellung zum Gelegenheitssex heutzutage die Norm? Durch den Flur drangen weitere Knutschgeräusche an mein Ohr, dann hörte ich inhaltsleer gemurmelte Versprechungen, sich während der Woche auf einen Kaffee zu treffen, und dass Mail-Adressen und Telefonnummern ausgetauscht wurden.

Die Tür fiel ins Schloss, und Joe kam mit Hundeblick ins Wohnzimmer geschlichen. Er sah furchtbar fertig aus.

»Oh, guten Morgen«, sagte ich und löffelte koffeinfreien Kaffee in eine Kanne. »Wie geht es dir so? Schämst du dich wenigstens?«

»Sag nichts«, entgegnete Joe, ließ sich aufs Sofa fallen und zog sich Mums Missoni-Decke über den Kopf.

»O doch.« Ich stapfte hinüber und stellte mich, die Hände in die Hüften gestemmt, vor ihm auf. »Ich hatte um Vorfälle wie den von heute Nacht nicht gebeten.«

Joe schickte ein trockenmündiges »Sorry« durch die Decke.

»Ich will mich morgens um vier in meinem Haus nicht nackten Schülerinnen vorstellen müssen.«

»Keine Schülerin. Praktikantin bei *Cosmo*.«

»Ich will nicht, dass du dir deine Sexrequisiten in meiner Küche beschaffst.«

»Wir haben nicht ...«

»Und ich will nicht drei Stunden lang Ohrenzeugin deiner Sex-Olympiade sein und dann sehen müssen, wie du vor meiner Haustür das Gesicht einer Teenieschlampe aus einem Musikvideo von Pitbull abschleckst.«

Joe zog die Decke nach unten. Er sah schlimmer aus als an dem Abend, als er sturzbetrunken mit seinem Pie unterm Arm bei mir angeklopft hatte. »Du findest, dass wir olympiareif waren?«

Ich schnaubte.

»Ich spüre Widerwillen«, stöhnte er.

»Und du bist widerlich.«

Joe hielt sich den ausgestreckten Arm über die Augen. Ich stampfte in die Küche zurück und widmete mich wieder dem Kaffeekochen. Ich griff sogar nach einem zweiten Becher für den verkaterten Trottel auf meinem Sofa.

»Ich hab so was noch nie gemacht, weißt du«, sagte er unter dem Arm hindurch. »Nie einen One-Night-Stand gehabt.«

»Und, war es die Erfüllung deiner kühnsten Träume?«

Joe schwieg einen Moment lang. »Es war eigentlich nicht so toll.«

Ich stieß aus tiefster Kehle ein höhnisches »Ha!« hervor.

»Sie war ziemlich ... herrisch.«

»Ich weiß«, sagte ich schaudernd.

Julianas blaffend erteilte Sexbefehle waren im Laufe der Nacht dem Tonfall eines weißrussischen Diktators immer ähnlicher geworden. Ich klemmte mir eine Packung Cornflakes unter den Arm und trug die Becher zum Sofa.

»Hier«, sagte ich und reichte Joe einen Becher.

»Danke«, sagte er und griff danach.

Ich gab ihm die Frühstücksflocken, die er am liebsten direkt aus der Packung aß, und setzte mich in den Sessel.

»Also.« Ich klappte die Beine ein und setzte mich auf meine Füße. »Ich bin nicht der Zerberus vor dem Eintrittstor zur Sexwelt oder so was, aber mir wäre wohler, wenn ich wüsste, dass du woanders deine ›Salami verstecken‹ würdest.«

Joe lächelte zerknirscht. »Es wird nicht wieder vorkommen. Wirklich ...« Er schüttelte den Kopf. »War echt nicht mein Ding.«

»Es klang sogar, als seist du überfordert gewesen.«

»War ich nicht!«

»Stecken da ein, Joe. Da! Stecken ein! Joe! Stecken ein! STECKEN EIN! DA!«, ahmte ich Juliana nach.

Joe stöhnte erneut.

»Wohin hast du denn eigentlich versucht, ihn zu stecken?«

»Halt die Klappe!« Joe feuerte ein Kissen auf mich ab. Wir grinsten.

»Mal im Ernst jetzt«, sagte ich und reckte mich nach der Cornflakes-Packung. »Ich fahre morgen wieder nach Anglesey. Ich will nicht, dass noch mal irgendein Mädchen meine Speisekammer als Sextoy-Selbstbedienungsladen missbraucht.«

Joe schüttelte den Kopf. »Niemals. Aus. Bin damit durch.«

»Gut.« Ich gab die Cornflakes zurück. »Wir wollen doch nicht, dass Harriet dich filmt und am Ende noch verhaftet wird, weil sie versehentlich einen voyeuristischen Pornofilm gedreht hat. Ich würde von der Polizei befragt werden, ob ich einem Pädophilen Unterschlupf gewähre, die Sozialbehörde würde mir das Baby wegnehmen, und ich müsste umziehen, weil vor meiner Tür Journalisten von der *Daily Mail* campieren, um ein Foto des neuen Internet-Pornostars zu schießen.«

Joe strahlte. »Du meinst, ich wäre ein Star?«

Ich warf das Kissen zurück.

KAPITEL 26

»Sie machen *was*?«

»Sie ziehen zusammen«, posaunte Douglas durchs Telefon.

»Wann?« Ich lief aufgeregt den Anlegesteg auf und ab.

Archie und ich waren wieder in Bradley Manor, wo wir eine weitere Woche verbringen würden. Im Wald am See sollte eine Camping-Szene mit den ungezähmten Chihuahua-Ersatzkatzen gedreht werden, aber ich hatte das Set postwendend verlassen, als ich eine SMS von Douglas bekam, in der stand, dass Sophie und Ned zusammenziehen wollten.

»Schon dieses Wochenende, glaube ich. Sie haben was in Norbiton gefunden.«

»Das heißt, sie meinen es ernst. Du hast gesagt, es würde nur so ein Techtelmechtel daraus werden.«

»Ja, aber eigentlich, ach ja, das hat Helen gesagt, glaub ich. Ja ... äh ...«

»Mir ist es völlig egal, wer was gesagt hat.« Ich hatte das Ende des Stegs erreicht und drehte mich um. »Ich glaub's einfach nicht. Werden sie etwa heiraten und sommersprossige Babys kriegen, die Wichtelgesichter haben und nur Gestreiftes tragen?«

»Also, na ja ... Das weiß ich auch nicht ... aber ich schätze, es könnte sein.«

»Douglas!«, heulte ich auf.

Ich wirbelte herum und wurde von Marthas tadelnden Blicken empfangen. »Was willst du denn hier?«

»Häh?«, sagte Douglas.

»Du bist nicht gemeint. Ich muss Schluss machen. Ich ruf dich später an. Tut mir leid, dass ich so rumgeblökt habe, ehrlich.« Ich brach das Gespräch ab, und Martha fiel über mich her.

»Archie musste austreten, und du warst nicht da.«

»Na und, ich komm ja jetzt mit zurück. Mach dir nicht ins Höschen.« Ich drängte mich in Richtung Wald an ihr vorbei. »Wenn du überhaupt eins anhast.«

»Ich hab's schon mit ihm erledigt. Ich musste deswegen meinen Schützling bei Claire lassen, die meiner Ansicht nach keine besonders gute Gesellschaft für kleine Kinder abgibt. Ihr Vokabular ist entsetzlich, und sie raucht wie ein Schlot.« Martha schnaufte neben mir.

»Also ist alles gut. Was ist dein Problem?«

Martha packte mich am Arm. »Du bist mein Problem!«, sagte sie und kam meinem Gesicht dabei näher, als mir lieb war. Ihre Knollennase zierten Monsterporen, und irgendwie roch die Frau nach Schweinespeck.

»Du bist eine unmögliche Betreuerin!« Martha stieß mit einem Stummelfinger in meine Richtung. »Du bist faul, ichbezogen und hängst ständig am Telefon. Du hilfst Archie nicht bei seinem Text und sorgst nicht dafür, dass er genügend trinkt. Du unterstützt mich nicht, wenn es um die Einhaltung der offiziellen Kinderarbeitszeiten geht, sondern gestattest dem Regisseur hier fünf Extraminuten und da noch mal einen Take. Du lässt die Kinder mit Gedärmen spielen – was total daneben ist –, und glaub ja nicht, mir sei entgangen, wie du sie bei dem Bluttorso und den explodierenden Blutplätzchen gefilmt hast. Du hältst dich für was Besseres, weil du mal Zweite Assistentin warst.« Sie ging ein paar Schritte voran, blieb stehen und wandte sich nach mir um. »Ich kann nur hoffen, dass du eine gute Assistentin warst, denn du bist eine völlig untaugliche Betreuerin, und ich werde der Behörde nahelegen, dir sofort die Genehmigung zu entziehen.« Mit verkniffener Miene sah sie auf meinen Babybauch. »Der Himmel weiß, wie grässlich du als Mutter sein wirst.«

Und damit drehte sie sich auf ihren Säulenbeinen um und stapfte in Richtung Wald. Ich stand wie zur Salzsäule erstarrt am Ende des Stegs. Martha würde dafür sorgen, dass man mich entließ. Ich überlegte, was das bedeuten würde. Auch für Archie. Wenn ich diesen Job verlor, blieb mir nichts, als an Sophie und Ned und ihre sommersprossige Brut zu denken. Und ich brauchte das Geld. Ich hatte für die erste Zeit mit dem Baby kaum etwas zurückgelegt. Alles, was Joe an Miete bezahlte, ging an Mum, wegen der angeblichen Rückzahlungen von Ned. Und dass ich mich an Ned wandte, wenn er doch gerade mit meiner Exfreundin auf trautes Paar machte, kam absolut nicht in Frage. Niemals. Ich durfte meinen Job nicht verlieren. Ich müsste zu Mum ziehen und die Teekannensammlung anleiern. Und Martha nahm an, dass ich eine furchtbare Mutter sein würde. Tatsächlich? Im Stillen hatte ich selbst schon befürchtet, dass die Aufgaben als Mutter mich total überfordern könnten. Ich riss mich zusammen und straffte die Schultern. Eine andere reife und verantwortungsvolle Mutter in spe sollte zum Vorschein kommen – und sofort aktiv werden. Na ja, zumindest sobald ich Martha überredet hatte, mich nicht anzuschwärzen. Ich hastete über den Steg und holte sie am Waldrand ein, von einem winzigen Panikgefühl geplagt, dass der kurze Sprint mein Baby in einen Milkshake verwandelt haben könnte.

»Martha! Warte!«

Sie drehte sich um, hob das Kinn. »Ja?«

»Bitte, sorg nicht dafür, dass ich entlassen werde! Bitte!«

»Du kommst zu spät. Die E-Mail hab ich schon geschrieben. Ich muss mir nur noch das Einverständnis der Produktion holen und auf *Senden* klicken.«

»Hör mir bitte zu. *Bitte!*« Ich hielt es für das Beste, ihr zu schmeicheln, mich untertänig zu verhalten und dazu noch ein wenig zu betteln. »Du hast ja recht. Ich bin eine furchtbar schlechte Betreuerin. Ich tauge nichts.«

Martha und ihre Glukoseschweißströme erstarrten.

»Gib mir noch eine Chance. Ich verspreche, ich werde mich bessern. Ganz bestimmt. Ich brauche diesen Job. Ich *will* diesen Job.«

Martha sah mich unschlüssig an, und mir kam aus heiterem Himmel der Gedanke, dass sie mit ein wenig Unterstützung durch Mac Cosmetics und stark gedämpfte Beleuchtung ganz hübsch aussehen könnte. Ihre Augen waren wunderschön kornblumenblau, und es ließ sich ahnen, dass die Wangenknochen unter der großzügigen Polsterung durchaus wohlgeformt waren. Gut, ihre Poren waren extrem groß – sie hätte ihr Kleingeld darin sparen können –, aber das könnte Caroline mit einigen wenigen Puderpinselstrichen korrigieren.

»Dass du den Job brauchst, heißt ja wohl noch lange nicht, dass du ihn bekommen solltest.« Sie stützte die Hände in die Hüften. »Eine gute Betreuerin zu sein, bedeutet, sich in erster Linie um die Bedürfnisse der Kinder zu kümmern. Dazu scheinst du leider nicht in der Lage zu sein.«

»Okay, ich mache dir einen Vorschlag.«

Marthas Augen verengten sich zu Schlitzen.

»Du schickst diese Mail nicht ab, und für den Rest der Dreharbeiten lerne ich von dir.« Diese Idee war mir gerade erst in den Kopf gekommen. Hoffentlich appellierte ich erfolgreich an ihre Selbstherrlichkeit. »Du wirst meine Mentorin, und ich bin sozusagen ... deine Schülerin. Du bringst mir alles bei, was du weißt und kannst.«

Martha kaute auf der Unterlippe.

»Ich erledige alles für dich, und wenn du sagst, ich soll springen, dann frage ich nur: ›Wann und wie weit, und soll ich dir dabei auch noch einen Kuchen backen?‹« Ich lächelte ihr zu, um ihr zu zeigen, dass ich willig war.

Martha kniff die Augen zusammen. »Das alles solltest du ohnehin tun, denn ich bin die ältere Betreuerin.«

»Ich hol dir jeden Morgen das Frühstück. Und ich bring die Kinder jeden Abend ins Bett. Am Wochenende setzen wir uns dann zusammen, und du besprichst mit mir, wie ich mich gemacht habe, und machst mich auf all meine Fehler aufmerksam.«

Marthas Augen leuchteten auf. Das war es. Eine Chance, mich

mit meinem vollen Einverständnis am Ende jeder Woche abzukanzeln.

»Abgemacht«, sagte sie und wischte sich den Zuckerentzugsschweiß von der Oberlippe. »Aber noch ein Ausrutscher, und du bist erledigt.

»Erledigt. Völlig klar. Kapiert.«

Die folgende Woche erlebte ich als personifizierte Erniedrigung. Ich unterstützte Martha darin, die Kinder augenblicklich vom Set zu reißen, sobald die erlaubte Zeit vorüber war, selbst wenn die Szene mit nur einem weiteren Take im Kasten gewesen wäre. Ich holte ihr jeden Morgen die gewünschten Backwaren, badete abends die Kinder und cremte sie mit Sonnenschutzmittel ein, selbst wenn der Himmel bewölkt war. Und wir Innenaufnahmen machten. »Ultraviolette Strahlung ist extrem schädlich für junge Haut, und wir drehen in der Nähe einiger äußerst großer Fenster«, sagte ich mit zusammengebissenen Zähnen. Martha nickte zustimmend. Claire fragte, was um Himmels willen in mich gefahren sei. Jeden Abend kroch ich unter die Bettdecke und hoffte, ich würde die Dreharbeiten überleben, ohne Martha mit ihren leeren Chipstüten erstickt zu haben. Tagsüber zerbrach ich mir den Kopf, ob es nicht eine Möglichkeit gab, *irgendeine*, Martha von ihrem hohem Ross runterzuholen, aber es gab einfach nichts, was man ihr hätte ankreiden können. Marta war eine exzellente Betreuerin.

Ich lag im Bett und wollte gerade das Licht ausmachen, als ich hörte, dass Martha vom Abendessen zurückkam. Sie hatte anscheinend jemanden bei sich. Schon nach wenigen Minuten drangen Seufzen und Stöhnen gefiltert durch die Wand. Ich löschte das Licht, zog mir die Decke über den Kopf und versuchte, den Mann anhand seiner Grunzlaute zu identifizieren. Steve war es nicht, der war eher ein Stöhner, der mittendrin ein langgezogenes

Uuuuh von sich gab. Und es war auch nicht Männlicher Camper Nr. 3, denn der grunzte in kurzen Abständen und blies die Atemluft in hastigen Stößen aus wie ein Langstreckenläufer. Der Beleuchter mit der Tätowierung eines chinesischen Fisches auf der Schulter gab normalerweise bis auf das laute *OH!*, wenn er kam, keinen Ton sonst von sich. Also konnte er es auch nicht sein.

Dieser Kerl muss neu sein.

Und dann begannen sie zu reden. Es gab außer mir also auch noch andere Amateurpoeten.

»O ja, bügel mich mit deinem Prügel«, forderte Martha in lustgesättigtem Tonfall. »Komm schon«, bedrängte sie den Mann. (Bedrängte sie mich denn nicht genug, musste der arme Kerl auch noch herhalten?) »Rammel mich, du strammer Hammel.« Und: »Ich will auf deiner Riesenrute reiten, mein wilder Hengst.«

»Dein Hinterteil sei mein Himmelreich«, ließ Scott Vander verlauten.

SCOTT VANDER?! Unmöglich!

Die Entdeckung, dass Scott, der Filmstar mit dem männlichen Kinn, den schneeweißen Zähnen und der ganzjährigen Ich-hab-mein-eigenes-Motorboot-in-Barbados-und-damit-krieg-ich-alle-Bräute-Bräune, unsere Martha nagelte, die Alle-Pasteten-und-Torten-vertilgende-und-bitte-reich-mir-schnell-den-Pudding-weiter-Betreuerin mit dem Prinzipienkomplex, wäre eine allzu köstliche Delikatesse für zukünftigen Tratsch und Klatsch. Ich musste ganz sicher sein, und daher schnappte ich mir mein Kissen, meine Bettdecke und mein Handy, um auf dem Sofa im Wohnzimmer in Lauerstellung zu gehen. Wenn der ausgelaugte stramme Hammel zum Desinfizieren herauskam, würde ich herausfinden, ob es sich wirklich um Scott Vander handelte. Kaum war ich mit der Decke über dem Kopf in Position gerutscht, da ging auch schon die Tür auf, und nackte Füße schlappten in den Flur. Ich vergrub mich ins Sofa, während eine durchtrainierte Gestalt das dunkle Zimmer durchquerte und die Melodie der Filmmusik von *Rockie III – Eye of the Tiger* summend Kurs auf den Kühlschrank nahm. Scott Vander war ihr Popper. Unglaublich! Im Licht aus dem Kühlschrank konnte ich die Konturen seines Musterprügels erkennen (schutzbehelmt, wenn's jemanden interessiert). Ich verfluchte mich dafür, dass ich mein Handy nicht zur Hand hatte, um dieses außergewöhnliche Ereignis fotografisch festzuhalten. Scott griff sich eine Handvoll Bananen und ein Glas Nutella. Dann stolzierte er durch den Flur zurück. Ich überlegte, was den armen Bananen bevorstehen mochte. Kürzlich hingen sie noch an einer Bananenpalme auf den Philippinen, und jetzt befanden sie sich im frostigen Wales auf dem Weg in unliebsam fremdes Gelände. Die Ausdauerprüfung fleischlicher Verlustierung begann, aber schon nach ein paar Minuten war ein lautes *OH!* zu hören, gefolgt von einem dumpfen Aufprall und einem schrillen Schrei. Ein Autsch-das-tut-weh!-Aufschrei, kein Ogottogottogott-ich-komme!-Wonneruf. Und dann: »Alles okay bei dir? Ich hol schnell mal Eiswürfel!«

Ich ergriff mein Handy, öffnete die Kamera-App, schaltete den Blitz aus und wartete. Helen würde ihr Foto bekommen. Schwere Schritte hallten durch den Flur, und Martha hastete ins Zimmer, nackt bis auf eine Schmierspur Nutella ... na ja, ich möchte eigentlich nicht sagen, wo. Aber schön sah es nicht aus. Sie bot mir die Intimsicht auf ihre nackten Hinterbacken, als sie Eiswürfel aus dem Tiefkühlfach holte und dann den Flur entlangtrudelte. Ich lag unter meiner Decke, den Finger am Auslöser. Ein paar Minuten später erschien Scott, vollständig bekleidet, den Arm über die Schulter Marthas gelegt, die sich dankenswerterweise in einen Morgenmantel gehüllt hatte, und humpelte schmerzgeplagt durch den Flur. So hatte sich Helen es vielleicht nicht vorgestellt, aber mir gelangen doch ein paar verstohlene Schnappschüsse durch eine winzige Öffnung der Bettdecke.

»Und wenn es gebrochen ist?«, flüsterte Scott, der neben Martha auf einem Bein hüpfte.

Keinem von beiden fiel der Bettdeckenberg auf dem Sofa ins Auge.

»Es ist nur eine Verstauchung.«

»Es fühlt sich aber gebrochen an.«

»Ist es aber nicht.«

»Ich hab dir doch gesagt, ich kann nicht mehr.«

»Ich konnte dich nicht hören. Dein Gesicht war doch …«

Und schon waren sie zur Eingangstür hinaus. Wo sein Gesicht sich befand, so dass seine Hilferufe erstickt wurden, wollte ich auf keinen Fall erfahren.

Als am nächsten Morgen alle ums Frühstücksbüfett wieselten, platzte der Zweite Regieassistent in den Raum, tiefe Ränder unter den Augen und ein Klemmbrett in der Hand. Er wandte sich an die Crew.

»Mal alle herhören. Bitte, alle. Kommt näher. Danke.«

Die Leute schütteten Zucker in ihre Pappbecher mit Kaffee, legten noch den einen oder anderen Bagel auf ihren Teller und nahmen dösig im Halbkreis Aufstellung. Ich konnte mich immer noch nicht daran gewöhnen, dass auch die Zombies mit ihren Frühstücksbrötchen zwischen uns standen und noch schlaftrunken gähnten.

»Scott Vander hat sich verletzt«, sagte der Zweite Regieassistent geradeheraus.

In der Menge wurde getuschelt, manche weibliche Mitglieder der Filmbesetzung japsten verstört nach Luft.

»Er ist okay. Und wird bald wieder ganz hergestellt sein«, sagte er ohne den geringsten Anflug von Mitgefühl. »Er ist heute Morgen beim Laufen gestürzt und hat sich eine Haarfraktur am Knöchel zugezogen. Oder am … Fußknochen.«

Schauspieler und Crew wechselten schockierte Blicke. Was bedeutete das für die Dreharbeiten? Konnten wir weitermachen? War Scott okay? Es war wohl nicht übertrieben, zu behaupten, dass ich – abgesehen von Martha, die in der Nähe der Backwaren auf dem Frühstücksbüffet erheblich erblasst war – als Einzige wusste, wie Scott sich die Haarfraktur wirklich zugezogen hatte. Bei nackter Körperertüchtigung mit Bananen und der Verköstigung eines Monstersnacks im Nutellamantel.

»Wann wird er wieder zurück sein?«, fragte jemand.

»Wir hoffen, heute Nachmittag. Man legt ihm einen Gipsverband an, aber er dürfte die Erlaubnis bekommen, von morgen an wieder zu drehen.«

»Wie soll das gehen, wenn er einen Gipsfuß hat?«, quetschte die Kostümbildnerin, eine Frau in den Fünfzigern mit der strapazierten Haut einer starken Raucherin, zwischen gekräuselten Lippen hervor. »Mit einem Gipsfuß kommt er in keines seiner Kostüme hinein.«

»Wie soll er die Szenen im Wald hinkriegen?«, fragte ein Typ von der Ausstattung.

»Oder die Sequenz in der Hütte? Die Schreiner fangen morgen an«, sagte der Nächste.

Die verschiedenen Abteilungen meldeten ihre Bedenken an. Equipment war geliehen, die Besetzung war engagiert und hergekarrt worden. In zwei Tagen sollte die große Zombie-Attacke auf die Camper stattfinden. Die Stunt-Leute hatten angefangen, das Gurtwerk vorzubereiten (für die fliegenden Zombies – laut Douglas ein Riesenfehler im Skript, der äußerst verstört darauf hingewiesen hatte, dass Zombies nicht fliegen konnten), die Tüftler von den Spezialeffekten hatten sich schon mit Squibs, Feuerattrappen und allen möglichen Arten von Teleskopwaffen ausgerüstet, und die Make-up-Mädels hatten gemeinsam mit den Ausstattungsleuten Tonnen amputierter Körperteile und Eingeweide aus Silikon hergestellt.

»Schon in diesem Moment werden Teile des Drehbuchs umgeschrieben«, sagte der Zweite Regieassistent angesichts der kollektiven Panikattacke.

Wenn das Skript in einer so späten Phase der Dreharbeiten umgeschrieben werden musste, hatte das weitreichende Folgen. Bevorstehende Szenen einschließlich der dazugehörigen Requisiten, der eingeplanten Schauspieler, Tiere und Stunt-Choreographen sowie des bereits bestellten und bezahlten Equipments würden eventuell ganz aus dem Drehbuch gestrichen. Manche Szenen, die bereits im Kasten waren, passten vielleicht nicht mehr und mussten deswegen verworfen werden. Der sexversehrte Knöchel wurde zum Auslöser einer Lawine von Rückschlägen. Ich sah zu Martha hinüber, die an ihren Nägeln kaute.

»Können wir nicht einfach eine Drehpause machen, bis der Gips abkommt?«, fragte der Artdirektor mit dem Silberhaar. »Sonst steht alles, was wir gemacht haben, auf dem Spiel.«

»Bradley Manor ist ab dem letzten Tag der Dreharbeiten für den Rest des Sommers ausgebucht. Jede Woche Hochzeiten. Eine Verlängerung ist nicht drin«, sagte der Zweite Regieassistent. »Uns bleibt keine Wahl. Andernfalls wird der Film nicht fertig.«

KAPITEL 27

Im Barnhouse erwartete mich Martha, das Nervenbündel.

»Wo bleibst du?«, bellte sie. »Wir müssen mit den Kindern die Texte üben.«

Tilly hockte auf der Sofakante, während Martha auf und ab marschierte, ein ziemlich ungeordnetes Drehbuch in der einen, eine Schachtel Schokolinsen in der anderen Hand.

»Weswegen denn?« Ich gab Archie eine Handvoll Weintrauben, ließ mich in einen Sessel sinken und die Füße baumeln. »Alles verschiebt sich. Wir wissen doch überhaupt nicht, welche Szenen wir üben sollten.«

»Das ist es ja. Wir sollten auf alles vorbereitet sein.«

Ich täuschte ein Gähnen vor und reckte die Arme. »Ach nee, hängen wir einfach ab.«

Martha blieb stehen. »Wie bitte?«

Ich griff nach meinem Telefon und tat so, als würde ich gelangweilt eine SMS schreiben. Ich fand das Bild von Scott und Martha. Es war körnig, unterbelichtet und aus einer kuriosen Perspektive geschossen, aber es gab keinen Zweifel, dass die beiden darauf zu sehen waren. Und auch keinen Zweifel, dass es sich um eine heimliche Begegnung handelte. Martha beobachtete mich. Ihre Nasenflügel blähten sich auf und entspannten sich, blähten sich auf und entspannten sich, und ich übertrieb derweil meine unbekümmerte Spielerei mit dem Telefon.

»Hier«, sagte sie und warf ihr Skript auf den Platz neben mir. »Die Seiten zu allen Szenen, die abgedreht sind, hab ich gefaltet. Aber das heißt noch lange nicht, dass wir sie vergessen können. Wir müssen den Text parat haben, sollten wir die Szenen nachdrehen müssen. Fang also noch mal ganz von vorn an. Ich werde mich umhören, ob es neue Informationen gibt. So können wir einfach nicht arbeiten. Kinder brauchen ihre Vorbereitungszeit.« Sie bewegte sich zur Tür, und dabei spähten ihre Schweinsäuglein in meine Richtung.

Ich nahm das Skript zur Hand, tat so, als käme ich ihren Anweisungen nach, und ließ es dann achtlos zu Boden fallen.

»Nein danke.«

Tilly und Archie schnippten sich gegenseitig Trauben in den Mund und beobachteten uns gespannt. Martha blieb an der Tür stehen.

»Ich schätze, damit hast du es endlich geschafft«, sagte sie, ein böswilliges Lächeln im Gesicht. Sie stolzierte zurück in die Zimmermitte. »Ich wollte die E-Mail ja schon die ganze Zeit abschicken. Heute werde ich es tun, und mit ein bisschen Glück wirst du dann sofort deine Stelle los.« Sie hielt inne. Ein Anflug von Argwohn huschte über ihr Gesicht. »Was gibt es da zu schmunzeln?«

»Ich weiß etwas, das du nicht weißt.«

»Das möchte ich bezweifeln.« Sie warf sich in Positur und verschränkte die Arme über der Brust.

Ihre Armbanduhr versank in der Haut um ihr Handgelenk, als sei sie zu fest um einen teigigen Laib Brot gebunden worden. Ich stemmte mich aus dem Sessel, trat einen Schritt auf sie zu und schob ihr mein Handy unter die bebenden Nasenflügel.

»Ich. Weiß. Etwas.«

Kaum erkennbare Zeichen von Panik wanderten über ihr Gesicht, gipfelten in Wut und geronnen schließlich zum Ausdruck feindseliger Erkenntnis.

»Tilly, nimm das iPad, und geht in eurem Zimmer spielen«, befahl Martha drakonisch. »Nur mit der Zahlenzorro-App natürlich.«

Gehorsam verließen Tilly und Archie das Zimmer. Martha und ich blieben zurück, von Angesicht zu Angesicht, das Telefon zwischen uns.

»Ich habe das Gefühl, dass du etwas von mir möchtest«, sagte Martha.

»Das Gefühl täuscht dich nicht.«

Sie nickte widerstrebend.

»Ich will, dass du ... verdammt noch mal ... zur Hölle fährst!« Bei jedem Wort schüttelte ich meinen Zeigefinger. »Ich will, dass du aufhörst, mit mir zu reden wie mit einer Schwachsinnigen. Ich will, dass du die Kinder ab und zu mal Zeichentrickfilme sehen lässt. Ich will, dass du dem Regisseur verdammt noch mal zehn Extraminuten gestattest, wenn er sie braucht. Hör auf, mich morgens um sechs zu wecken, um irgendwelche nebensächlichen Textzeilen zu besprechen. Und lass mich zufrieden mit deinen lauten Orgasmen – damit raubst du mir den Schlaf!« An dieser Stelle war Martha so anständig, rot zu werden. »Hör auf, dir immer alle Schokocroissants zu krallen, und tu bitte nicht mehr so, als würdest du an dem Drehbuch Anstoß nehmen, wenn du gleichzeitig dein Schlafzimmer zum Privatbordell machst. Miss nicht ständig bei den Kindern Fieber, kommandier mich nicht unentwegt herum, und hör endlich auf, so eine verdammte Zicke zu sein!« Ich rang nach Atem. »Und gib was von deinen Snacks ab!«

Marthas Busen wogte. Sie musterte mich hasserfüllt. »Okay«, sagte sie mit spitzen Lippen.

Ich griff zu ihr hinüber, entwand die Schokolinsen ihrer feisten Pranke und warf mir eine in den Mund.

Am nächsten Morgen kam das neue Drehbuch. Die Leute rissen es den Assis aus den Händen, und man hörte sie förmlich nach Luft ringen, als sie durch das Buch blätterten und ihnen die zahlreichen Änderungen auffielen. Scotts Szenen waren so umgeschrieben worden, dass sein unteres linkes Bein nie ins Bild kam. Viele Szenen hatte man herausnehmen müssen, und bei den meisten mussten irgendwelche Abstriche gemacht werden. Die Chefin der Kostümbildner warf das Skript von sich und lief unter Tränen davon. Mitglieder des Art Department sagten, das sei einfach unmöglich, und gingen ins Freie, um zu rauchen und mit ihren Retro-Doc-Martens im groben Kies der Auffahrt zu stochern. Der Regisseur hängte sich ans Telefon und brüllte bis nach Los Angeles.

Während der nächsten beiden Tage drehten wir nur bis zum Mittag, und an den Nachmittagen bekam die Crew die Gelegenheit, die Änderungen vorzubereiten. Scott Vanders ausufernden Partys wurde ein Ende gemacht, denn Crew und Schauspieler mussten die Abende nutzen, sich mit den Ergänzungen vertraut zu machen. Joe brachte mich zum Lachen, indem er mir meine Teenagerpoesie mit verschiedenen Komikerstimmen auf die Mailbox sprach. Er hatte immer noch nicht zu arbeiten angefangen, aber offenbar stand mein Gemüsegarten in voller Blüte, und außerdem hatte er genug damit zu tun, bei den zunehmend wärmeren Temperaturen nachmittags mit Harriet, Arthur und Brutus Tee zu trinken und dazu Kekse zu futtern. Von der Ned-und-Sophie-Front hatte ich nicht viel gehört, außer dass eine weitere Lieferung von Sophie bei mir zu Hause angekommen war: Diesmal war es Käse (Kalzium für die Babyknochen), und Joe war so schlau, ihn nicht erst schlecht werden zu lassen, sondern sofort zu vertilgen. Von Douglas hörte ich wenig, da er mit seiner neuen Freundin Jemima beschäftigt war, und Helen machte sich fit für den Sommer, indem sie Knaben mit nach Hause nahm, die Anfang zwanzig waren, und ihnen die Studentenseele aus dem Leib vögelte. Mit Alex hatte ich noch immer nicht gesprochen. Mir war inzwischen klargeworden, wie sehr mich Cals »gutgemeintes« Angebot kränkte. Es bedeutete letztlich nichts anderes, als dass sie sich – während sie ihre perfekte Hochzeit und ihre perfekte Zukunft planten – offensichtlich berufen fühlten, meine Lebensentscheidungen zu bewerten. Wahrscheinlich maßen sie ihr Leben an meinem und bedachten Letzteres mit mitleidvollem Kopfschütteln.

Mum war in Buenos Aires, um Möbel für die Heimstätten irgendwelcher Reicher aufzutun, aber das hinderte sie nicht daran, mir alle möglichen Schwafel-SMS zu schicken. Zum Beispiel:

Ich habe letzte Nacht geträumt, dass du ein Mädchen bekommst. Aber das hat nichts zu bedeuten, denn ich habe auch geträumt, dass ich mir einen Pony schneiden lasse, und das wird im Leben nicht passieren.

Zwei Minuten später:

Bin immer noch ein bisschen gerührt.

Dreißig Sekunden später:

Mit einer Ponyfrisur würde ich unmöglich aussehen.

Eine Woche später verliefen die Dreharbeiten wieder normal, und alle plagten sich wie immer, waren nur ein wenig müder und ein wenig mürrischer. Alle außer mir. Mir ging es fabelhaft. Und das lag einzig und allein an diesem körnigen Beweisfoto. Wenn mir nach einem KitKat war, brauchte ich nur mit dem Handy an mein Kinn zu tippen, meine Augenbrauen zu heben und den Blick in Richtung des Rucksacks zu lenken, den Martha stets zur Arbeit mitnahm. Wenn der Regisseur noch einen weiteren Take benötigte, wir jedoch unser Quantum an Kinderarbeitsstunden am Set schon erschöpft hatten, brauchte ich nur mit meinem Handy in Marthas Richtung zu wedeln, damit sie ihre protestierende Zuckerfutterluke schloss und widerwillig ihr Einverständnis gab. Ich bediente mich an ihren Chips; ich ließ die Kinder beim Abendessen *Looney Tunes* sehen; ich plauderte in aller Seelenruhe mit Claire und Caroline, während das Licht gesetzt wurde, statt Archie zu zwingen, seine perfekt sitzenden Textzeilen wieder und wieder aufzusagen, bis sie jegliche Bedeutung für ihn verloren hatten. Und ich aß jeden Abend mit der Crew, was den zusätzlichen Vorteil hatte, dass Martha keine durch Alkohol in ihrer Urteilskraft beeinträchtigten Crew-Mitglieder abschleppen konnte und ich mich himmlisch stiller Nächte erfreuen durfte. Es gab keine frühmorgendlichen Eilmärsche um den See und keine Feedback-Stunden am Ende der Woche, in denen unendlich an mir herumgemäkelt wurde.

»Ohne das Foto hast du nichts in der Hand«, flüsterte sie mir eines Tages zu, als wir am Cateringbüffet in der Nähe der Soßen und Dressings standen. »Du solltest dir dein Telefon nachts unters Kopfkissen legen, denn ich werde kommen, um es mir zu holen. Und wenn ich es habe …«

»Nichts wirst du tun«, sagte ich beiläufig, als unterhielten wir uns über den Wechsel der Jahreszeiten. »Denn es dürfte dir doch klar sein, dass ich das Foto inzwischen an meine Freunde und an mich selbst gemailt habe, damit es ja nicht verloren geht.«

Martha schürzte die Lippen zu einem winzigen Kreis, griff sich das Tomatenketchup und raunte gehässige Beschwörungsformeln. Ich ließ sie mit den Soßen allein und setzte mich neben Archie, der mit dem Messer gegen sein Steak zu Felde zog und dabei fauchte wie eine Zombie-Katze. Tilly saß kichernd neben ihm.

»Und was gibt's bei euch Neues?« Andrew nahm mit seinem kohlenhydratfreien Lunch bei uns Platz.

»Nicht viel. Ich recherchiere immer noch vergeblich nach einer Möglichkeit, ein Kind zu gebären, ohne dass etwas reißt oder ich aufgeschnitten werde. Außerdem sollte mein Körper anschließend wieder exakt die Form besitzen, die er hatte, bevor …«, ich fuchtelte mit dem Finger über meinem Bauch, »… er sich so aufgebläht hat.«

»Viel Glück dabei.«

»Und dann noch das Grauen der jahreszeitlich angemessenen Übergangsbekleidung.«

»Anscheinend eine große Hürde auf dem Weg zum Glück«, sagte er lachend.

»Wenn du meine Mutter hättest, wüsstest du, dass es sich um

eine sehr ernste Angelegenheit handelt.« Ich holte mein Handy hervor und suchte. »Das hat sie mir letzte Woche geschickt.« Ich imitierte die Stimme meiner Mutter. *»Schätzchen. Es ist jetzt offiziell Frühling. Bitte sag mir nicht, dass du an dreiviertel lange Hosen denkst.«*

Andrew stopfte sich ein paar dressinglose Salatblätter in den Mund und grinste.

»Ich hab geantwortet: *Ich kremple meine Jeans um.* Darauf sie: *Welche Schuhe dazu?* Und dann noch: *Sag bloß nicht Birkenstock!* Ich: *Birkenstock.* Sie: *Du hattest mal eine Mutter.* Und so geht es weiter und weiter und weiter ... und weiter.«

Ich reichte Andrew mein Telefon, und er scrollte durch die Nachrichten. Er musste lachen. Sein Daumen war sauber und breit wie eine flache Muschel. Ein sehr sexy Daumen

»Wer ist Joe?«, fragte er nach einer Weile.

»Ich wohne mit ihm zusammen.«

Andrew zog eine Augenbraue in die Höhe.

»Nein, so doch nicht«, sagte ich. »Er ist mein Mitbewohner. Aber nur für den Übergang.«

»Ach, tatsächlich?« Andrew klang skeptisch. »Und was hat es dann mit dieser Nachricht auf sich?«

Ich warf einen Blick auf das Display. »Das ist ein Scherz.« Ich ließ mir das Handy zurückgeben und genoss den Sekundenbruchteil, in dem meine Finger den sexy Daumen streiften. »Er behauptet, er würde meine Unterwäsche tragen.«

»Genaaau!«

»Also?«

»Wenn ich mir genau ansehe, was er so geschrieben hat, würde ich sagen, er will was von dir.«

»Wahrscheinlich hast du recht. Ich vergesse immer, wie unwiderstehlich ich zurzeit bin.«

Andrew zuckte mit den breiten Schultern. »Manche Leute finden schwangere Frauen besonders attraktiv.«

»Nur die Spinner. Ich sehe doch aus wie ein aufgepumpter Butternusskürbis.«

Andrew prustete vor Lachen.

»Aber wenn du darauf bestehst, nehme ich das mit der Attraktivität gern an.«

»Tu ich«, sagte er grinsend.

In unserer letzten Woche in Bradley Manor bekam ich einen Anruf von Joe.

»Wie sieht die Zahnfee aus?«

Wir waren schon lange darüber hinaus, einander am Telefon »Hallo« zu sagen, »Wie geht's dir?« oder gar »Gut, und wie geht's dir?« zu fragen, und kamen immer direkt auf den Kern der Sache.

»Was?«, fragte ich und versuchte dabei, mir die Umstandsjeans über meinen Ballonbauch zu zerren und dabei das Telefon zwischen Ohr und Schulter zu klemmen.

»Die Zahnfee. Aus deinem Gedicht. Wie sieht sie aus? Ich hab letzte Nacht von ihr geträumt, und ich glaube, sie hat langes weißes Haar ... irgendwie strähnig ...«

»Joe?«

»Ja?«

»Wird Zeit, dass du mal wieder arbeitest.«

»Kann ich nicht. Ich bin immer noch in Trauer.«

»So hörst du dich aber gar nicht an.« Ich stand vor dem Spiegel und wartete auf das Ende des Gesprächs, damit ich mein Top überstreifen konnte.

Der dehnbare Stoffaufsatz der Umstandsjeans rollte sich wie eine Lycra-Schlinge unter meine Babykugel, statt sich darüberziehen zu lassen. Mein Umstands-BH sah aus wie eine Kopie des Büstenhalter-Prototyps der Vorzeit, ein Wunderwerk der Technik, unattraktiv und irgendwie außerirdisch. Eine Art intergalaktischer Brustpanzer, ein Tittenharnisch für die gutausgestattete Sturmtrupplerin.

»Wir könnten doch zusammenarbeiten«, schlug Joe vor.

»Und auf welchem Sektor?«

»Kinderbücher. Du schreibst die Gedichte, und ich illustriere sie. Meine Mum hält das für eine tolle Idee. Ich hab auch schon Ideen für Grafiken zu *Per Knopfdruck ins Wunderland*.«

»Um Himmels willen!« Archie sollte in wenigen Minuten bei den Kostümbildnern sein, und ich hatte immer noch nicht die Mammutaufgabe bewältigt, mir die Socken anzuziehen – eine Unternehmung, die wegen meines erweiterten Körperumfangs mit jedem Tag schwieriger wurde. Immerhin war ich inzwischen auf eine raffinierte Methode gekommen, mir die Schlüpfer anzuziehen. Ich hielt sie auf den Fingerspitzen, ließ sie herumwirbeln, damit sie genügend Schwung bekamen, und warf sie dann wie ein Lasso über einen meiner Füße. Die Besockung erwies sich jedoch als komplizierter, und ich musste ihr gehörig Zeit widmen. »Ich schreibe doch gar keine Gedichte mehr.«

»Aber du könntest wieder loslegen«, sagte er hoffnungsvoll. »Selbst wenn nicht, wäre es egal, wir haben noch haufenweise Material, mit dem wir anfangen könnten. Wie zum Beispiel *Schwammkopf*. Na, wo ist es denn? Gerade hatte ich es doch noch …«

»Joe …«, seufzte ich. Ich hörte Papier rascheln.

»Weit weg kann es nicht sein … Bleib dran. Ich muss es im Bad vergessen haben.«

Joes Schritte waren durchs Telefon zu hören.

»Pfui! Du hast meine Gedichte auf der Toilette gelesen?«

»Nein, ich war in der Wanne.«

»Hast du die Badeöle benutzt, die Mum geschickt hat?«

»Ja, sehr entspannend.«

Ich musste grinsen. »Die sollen meinen Damm dehnbarer machen.«

Joe sagte nichts.

»Joe?«

»Ich fühle mich missbraucht.«

Ich lachte. »Vielleicht solltest du aufhören, in meinen Sachen zu stöbern, und stattdessen mal ein wenig arbeiten.«

»Schon gut, schon gut.« Joe seufzte. »Aber wirst du über die Idee mit den Kinderbüchern wenigstens nachdenken?«

»Nein.«

»Wie schön, dass du so wahnsinnig aufgeschlossen bist.« Er gab einen verächtlichen Laut von sich.

»Muss jetzt Schluss machen, Joe. Hab zu *arbeiten*. Solltest du auch mal versuchen. Bye!«

Dabei schrieb ich immer noch Gedichte. Zum Beispiel jenes, das ich am Tag zuvor auf die Rückseite meines Skripts gekritzelt hatte.

Martha, oh Martha, hat alle Pasteten vertilgt
Wir hoffen, dass sie verschwindet und vergilbt
Sie haut sich rein, was sie kriegen kann
Setzt sich rittlings auf jeden Mann
und zerquetscht ihn genüsslich zwischen ihren Buttermilchschenkeln.

Eine Dichterkrone bekäme ich dafür nicht aufgesetzt, aber ich hatte meinen Spaß daran.

Am Ende eines überaus frustrierenden Tages (die Chihuahuas weigerten sich, hinter den Campern herzujagen, und besprangen stattdessen lieber einander) brachte ich die Kinder ins Bett, setzte mich aufs Sofa und feilte an einer überaus wichtigen und hochintelligenten Mail an Helen, in der ich mich seitenweise über meinen Hass auf Martha ausließ. Da meldete sich Joe per Skype. Ich drückte auf *Annehmen*, und sein Grinsegesicht erschien auf dem Bildschirm.

»Hey!«, sagte er.

»Hi.«

»Was geht bei dir?«

»Du hast wohl Langeweile.«

»Nie. Hier gibt es massenhaft zu tun. Wusstest du, dass deine

Grandma erotische Liebesromane von Mills & Boon gesammelt hat? Was für eine versaute kleine Oma muss das gewesen sein.«

»Die Bücher gehören mir. Und würdest du dich bitte aus meinem Schlafzimmer fernhalten?« Inzwischen hatte ich mich so an Joes unverfrorene Neugier gewöhnt, dass ich nicht einmal mehr errötete, wenn er etwas Peinliches aufstöberte.

»Ach, tatsächlich?«, sagte er und ließ eine Augenbraue zucken.

»Rufst du deswegen an? Um über pulsierende Pimmel zu sprechen? Wenn du möchtest, kann ich von der ›feuchten Liebesgrotte‹ sprechen, und zwar am laufenden Band: feuchte Liebesgrotte, feuchte Liebesgrotte, feuchte Liebesgrotte …«

»Okay. Hör auf!« Er lachte.

»Feuchte Liebesgrotte, feuchte Liebesgrotte, feuchte Liebesgrotte …«

Joe hielt sich die Ohren zu. »LA LA LA LA LA – versteh dich nicht – LA LA LA …«

»Feuchte Liebesgrotte, feuchte Liebesgrotte …«

Martha kam ins Zimmer

»Dein Telefonsex ist wirklich erbärmlich«, sagte sie und trampelte zurück auf den Flur.

Jetzt wurde ich rot.

»Okay, ich hör ja schon auf.«

»LA LA LA LA …«

Ich schwenkte die Arme. »Joe! Ich hab aufgehört.«

Er ließ die Hände sinken und horchte. »Hörst du etwa auf damit, dich so ordinär zu benehmen?«

»Tu ich. Ja.«

»Okay, gut. Ich rufe dich nämlich an, um dir zu sagen, dass heute ein Kurier kam und eine Tiefkühlbox gebracht hat.«

»Noch eine Fleischlieferung?«

Er stand vom Küchentisch auf, ging an den Kühlschrank und nahm einen weißen Plastikbehälter heraus, der einem Joghurtbecher ohne Etikett glich.

»Nein.« Mit wissendem Blick hielt er den Behälter in die Höhe. »Eiscreme.« Meine leutselige Laune war dahin.

»Es war eine Nachricht dabei.« Er setzte sich wieder vor den Bildschirm und streckte die Hand nach etwas aus, das sich außer Sichtweite befand. »Da steht«, und jetzt las er von einem Zettel ab, »dass diese Geschmacksrichtung *salziges Whisky-Karamell* heißt und von der *abgefahrenen* Soße inspiriert wurde, die du immer gemacht hast.« Joe sah auf. »Wieso hast du mir diese Soße noch nie serviert?«

Ich kaute an meiner Innenwange.

»Deine Mutter meinte aber doch, dass Ned die Eiswagen verkauft habe«, fügte er hinzu, nachdem er ganz kurz nachgedacht hatte.

»Ich hab gelogen.«

»Er hat dir das Geld zurückgezahlt? Und du hast es deiner Mutter gegeben?«

»Nein. Deine Miete geht an sie.«

»Du belügst also deine Mutter?« Von der Höhe seines selbsterrichteten Sockels ließ er ein scheinheiliges »Tz-tz« hören.

»Na ja ...« Ich musste mir keine Predigt von Mister Schnüffelnase anhören und suchte krampfhaft nach einem Grund zum Gegenangriff. »Du ... du hast doch Angst vor Spinnen.«

»Ich werde diesen armseligen Einwand ignorieren – aber später wirst du dich gehörig dafür schämen.« Er stand auf, durchquerte die Küche, öffnete eine Schublade und kam mit einem Löffel zurück.

»Darf ich davon ausgehen ...«, er setzte sich wieder vor den Bildschirm, »... dass du immer noch Gefühle für Ned hegst?«

Ich war entrüstet. »Nein, darfst du nicht!«

»Und warum stellst du dich dann vor ihn? Und schadest dir selbst?«

Warum tat ich das? Ich schuldete ihm nichts, im Gegenteil, er war derjenige, der eine Riesenrechnung bei mir offen hatte. Es war nur so ... Ned war immer so voller Leidenschaft, wenn es um seine Ideen ging. Und obwohl nicht eine einzige davon je Erfolg hatte und die allermeisten ohnehin nur Hirngespinste sein mochten (dabei fiel mir die selbsttätig ausfahrende Pop-up-Enten-Anlaufstelle bei uns hinten im Garten ein), rührten mich doch immer wieder seine Hingabe und sein bedingungsloser Einsatz. Ned hatte Ideen. Und er setzte sich dafür ein. Viele Leute hatten Ideen und ließen sich endlos darüber aus. Aber nur wenige setzten sich wirklich für ihre Ideen ein. Mir dämmerte, dass ich irgendwie auch stolz auf ihn war. Diese Erkenntnis schockierte mich ein wenig.

»Hör mal«, sagte ich. »Ich weiß, dass ich mein Geld zurückfordern sollte und auch meine Mutter nicht belügen dürfte und so weiter und so fort.« Ich schlenkerte die Hände. »Und ich weiß, dass ich mir Gedanken über die Zukunft machen sollte, und natürlich tue ich das auch – ja wirklich. Schließlich hab ich wieder zu sparen angefangen. Und ich weiß, dass ich es nur zur Zweiten Assistentin gebracht habe, was kein passender Job für eine Mutter ist, erst recht nicht, wenn sie alleinerziehend ist. Ich sollte mir also mein Geld zurückholen und die Dinge in die Hand nehmen, aber …« Ich ließ die Schultern sacken.

Joe wartete.

»Ich kann ihm das Geld jetzt nicht abknöpfen«, sagte ich. »Er ist gerade dabei, sich seinen Traum zu erfüllen. Nach all der Zeit.«

Joe sah zu, wie ich Däumchen drehte. »Und was ist dein Traum?«

»Hmm.« Ich runzelte die Stirn.

Dass mein Leben mal leicht wäre. Dass es für eine Weile geradlinig verlaufen würde. Damit ich endlich einmal auf mich zukommen sähe, was am Horizont auf mich wartete. Ein paar Jahre lang keine plötzlichen Wendungen, Rückschläge und Hindernisse. Keine Überraschungsbabys oder Trennungen oder Freundinnen, die mit meinem Exfreund ins Bett gingen. Nur ein Kind, ein geregeltes Auskommen und immer genug neue Folgen von *Girls*. Ich brauchte kein »Und sie lebten glücklich miteinander bis ans Ende aller Tage«, mir reichte schon: »Und sie lebten ganz normal miteinander bis ans Ende ihrer Tage.«

»Dass ich bei der Geburt nicht plötzlich kacken muss«, sagte ich.

Joe nickte bedächtig, wie um anzudeuten, dass es jetzt gut sei, und öffnete den Eisbecher.

»Was tust du da?«

»Ich probiere das Eis«, sagte er und versenkte den Löffel.

»Schmeiß es weg. Ich will es nicht im Haus haben.«

Joe nickte und hob den Löffel, auf dem sich ein cremiger karamellfarbener Speiseeisklumpen häufte.

»Weg damit!«

»Okay.« Er führte den Löffel in den Mund.

»Verräter.«

Seine Augen wurden glasig, sein Blick verlor sich genussvoll im Nichts, als sei er in eine wonnige Trance gefallen.

»Wie schmeckt es?«, fragte ich widerwillig.

»Ganz übel«, sagte er mit eiscremevollem Mund.

Nur der Dümmste aller Dummen hätte ihm geglaubt.

»Und warum isst du weiter?«, fragte ich, als ich sah, wie der Löffel einen weiteren Trip vom Eisbecher in Joes Mund machte.

»Um ganz sicher zu sein.«

»Weg mit dem Zeug.«

»Wird gemacht.« Wieder hebelte er mit dem Löffel im Becher.

»Ich seh dich!«

KAPITEL 28

»Was für eine Abschiedsparty?« Ich ging im Hof auf und ab und wartete darauf, dass die Beleuchtung für die nächste Einstellung stand.

Archie saß auf einer Gartenbank, wo er die beiden Hunde Ivan und Wayne mit Chips fütterte und geduldig darauf wartete, dass wir endlich mit seinem Schlepperboot zum See gehen würden. In zwei Tagen würden die Dreharbeiten abgeschlossen sein, und ich hatte Helen angerufen, weil ich dringend einmal wieder einen Abend mit meinen Freunden nötig hatte. Aber Douglas hatte seine neue Freundin, die ich noch nicht kannte, und Helen hatte eine Gruppe neuer Ausgehfreunde. Wollte ich nicht demnächst jeden Abend mutterseelenallein auf dem Sofa verbringen, um mir *Das perfekte Promi-Dinner* und andere Super-Shows anzusehen, musste ich wieder Anschluss an meinen Freundeskreis finden. Gerade jetzt, da er um Sophie, »die Verräterin«, geschrumpft war, die neuerdings mit meinem Ex einen auf gemeinsam Wohnen machte.

»Sophies Party«, sagte Helen und klang ausnahmsweise ein wenig verlegen. »Sie hat gekündigt.«

»Ihren Job gekündigt? Warum?« Ich ahnte es. Sie hatte gekündigt, weil Ned im Lotto gewonnen hatte und die beiden auf Segelweltreise gehen und ihre Tage damit verbringen wollten, Kaviar zu naschen und Geld ins Meer zu werfen.

»Ja, also …« Helen wählte ihre Worte sorgfältig. »Die Eiswagen sind auf fast jedem Festival gebucht, das diesen Sommer stattfinden wird.«

»Und?«

»Sie mussten zwei weitere Wagen anschaffen, um die Nachfrage bedienen zu können, und drei ihrer Sorten werden demnächst in allen Filialen von Selfridges angeboten.«

Mir wurde schwindlig. War Ned etwa – erfolgreich?

»Was hat das mit Sophies Kündigung zu tun?«

»Sophie hat auch in die Firma investiert. Sie hat Gerry ausgezahlt. Angeblich war Ned ohnehin der Kopf der ganzen Sache. Sie haben den Namen in *Ned and Sophie's Organic Ice Creamery* geändert«, sagte sie. Ich musste mich an einem glänzenden Range Rover abstützen. »Sie hat die neuen Eiswagen gekauft und ihren Job aufgegeben, um sich um die Buchhaltung kümmern zu können. Es geht alles sehr schnell bei ihnen.«

Ned war tatsächlich erfolgreich. Was für ein Schock. Und das zweite Zuhause meiner Mutter würde drei seiner Eissorten anbieten. Ich bekam weiche Knie. Ich hatte spätestens dann aufgehört, ernsthaft an seine Idee zu glauben, als er mich dazu gebracht hatte, auf einer Veranstaltung für Linkshänder in Slough fünftausend Linkshänderscheren aus China zu kaufen. Damals hatte ich mir von Mum Geld leihen müssen, um die Miete zu zahlen, denn die Scheren verkauften sich natürlich nicht. (Ned gab die Schuld meinen Marketingstrategien, von denen keine einzige umgesetzt wurde, und eben das sei das Problem gewesen.) Wir lagerten die lästigen Dinger im Bad, in der Küche, neben dem Bett, im Schrank für sterilisierte Nadeln in Onkel Mikes Praxis und im Auto, bis wir sie schließlich in einem Gemeindezentrum loswurden.

»Aber Sophie liebt doch die Arbeit beim Fernsehen!«, sagte ich, während sich bei mir im Kopf alles drehte.

»Ich weiß!«, sagte Helen wieder viel lebhafter. »Aber wie sich herausgestellt hat, ist dieses unbedarfte Hippiemädchen eine Art Zahlenfuchs. Sie hat vom ersten Arbeitstag an konsequent ein Drittel ihres Gehalts gespart, und zu Hause war sie für die Buchhaltung der Käsefarm zuständig.«

»Käse*fabrik*«, korrigierte ich sie geistesabwesend.

»Stimmt.«

Ich dachte an Ned und seine Fähigkeit, sich nach jeder gescheiterten Idee wieder aufzurappeln und erwartungsvoll der nächsten entgegenzufiebern. Er fiel auf die Schnauze, er startete einen neuen Versuch; er fiel wieder auf die Schnauze, er startete wieder einen neuen Versuch. Und das immer wieder mit derselben blauäugigen Zuversicht, dass sich eines Tages eine seiner Ideen als das ganz große Ding erweisen musste. Mir wurde klar, wie bewundernswert dieser Wesenszug im Grunde war. Allerdings hatte ich ihn nach ein paar Jahren der finanziellen Not nicht mehr ertragen. Erst recht nicht, nachdem wir zahlreiche Gespräche wie dieses geführt hatten:

Ned: Ich habe eine geniale Idee.
Ich: Ach, ja?
Ned: Ich werde Hühner züchten.
Ich: Klar.
Ned: *(zappelig und begeistert)* Es gibt eine Hühnerrasse, die köstlich schmeckt, aber extrem teuer ist, weil sie so langsam wächst. Und dann gibt es eine Hühnerrasse, die nicht gut schmeckt, aber schnell wächst und daher sehr günstig ist. Ich werde die beiden Rassen miteinander kreuzen, um ein schnell wachsendes, köstlich schmeckendes Huhn großzuziehen. Und damit werde ich Millionen verdienen. Kaum zu fassen, dass noch niemand darauf gekommen ist!
Ich: Du hast keine Ahnung vom Hühnerzüchten. Es könnte genauso gut ein langsam wachsendes und ekelhaft schmeckendes Huhn dabei herauskommen.
Ned: *(sieht mich an, als sei ich geistig minderbemittelt)* Nein, es wird ein schnell wachsendes und leckeres Huhn.
Ich: Oder ein langsames, ekelhaftes.
Ned: *(meldet sich bei eBay an)* Schnell und lecker.

Im Anschluss an diese Unterhaltung hatten wir ein weiteres Gespräch darüber führen müssen, dass mit dem Geld auf meinem

Konto die Miete nebst Rechnungen bezahlt und billige, wenig schmackhafte Hähnchenbrüste für ein billiges, wenig schmackhaftes Pfannengericht gekauft werden mussten. Und dass dieses Geld ganz und gar nicht dazu gedacht war, auf einen industriellen Eibrutkasten zu bieten, mit dem er nicht im Geringsten umzugehen wusste.

»Alles in Ordnung mit dir?«, fragte Helen mit sanfter Stimme.

»Ja.« Mir schnürte es den Hals zu. »Nein.«

»Sorry.«

»Nicht deine Schuld.«

»Wie wär's mit einem Filmabend am Wochenende drauf?«

Ich stimmte zu, verabschiedete mich und legte auf. Das Telefon klingelte erneut, und ich nahm das Gespräch an, ohne auf die Anrufer-ID zu achten.

»Hallo?« Ich seufzte.

»Hab ich dich endlich erwischt!« Normalerweise stieg meine Laune, sobald ich Alex' Stimme hörte, aber jetzt legte sich ein Schleier des schlechten Gewissens über mich.

»Oh. Hi.«

»Ich versuche schon seit einer Ewigkeit, dich zu erreichen.«

»Ach, wirklich? Ich hatte, äh, viel zu tun mit der Filmerei.« Ich weiß nicht, warum ich mir die Mühe machte, zu lügen – Alex wusste natürlich, dass ich ihr aus dem Weg gegangen war.

»Klar. Wie geht's Archie? Hat er nach diesem Film schon einen neuen in Aussicht?«

»Nein«, sagte ich. »Er macht nur diesen.«

»Aha, okay.«

Ich hörte bei Alex im Hintergrund das Meer rauschen.

Sie hustete verlegen. »Tja, also, die Hochzeitsplanung läuft ziemlich mies.«

»Ja?«

»Cals Mutter ist ein totaler Kontrollfreak. Wir spielen inzwischen mit dem Gedanken, in Singapur zu heiraten und uns von der Idee einer großen Hochzeitsfeier zu verabschieden.«

»Klingt cool.«

Alex schwieg. Die Stille wog schwer, und ich wusste, dass mir jetzt der unangenehme Teil bevorstand.

»Ich hätte dich wirklich gebraucht, Emma«, sagte sie. In der Stimme klang ein leiser Vorwurf mit.

»Ich hatte viel um die Ohren.«

»Ich habe dir massenweise Nachrichten hinterlassen.«

»Mein Telefon hat hier nicht richtig funktioniert, ist schlechter Empfang in Anglesey.« Zwar glaubte ich nicht an die Hölle, aber der Ort, der mich in meinem Leben nach dem Tod erwartete, würde sicherlich kein schöner werden – immerwährender Heiligabend bei Primark oder eine Ewigkeit in der Camden Underground Station an einem Samstag im Hochsommer, und das in verkatertem Zustand.

»Ich hab eine schwere Zeit.«

»Eine schwere Zeit?« Ich wurde spöttisch. »Ach, wirklich. Was könnte in deinem Leben denn falschlaufen?«

»Was?« Alex wehrte sich. »Bist du so sehr mit dir selbst beschäftigt, dass du nicht mehr merkst, dass andere Menschen auch Probleme haben?«

»Ich wüsste nicht, dass du schwanger bist von einem Typen, der mit einer deiner Freundinnen schläft«, fauchte ich. »Ich bin mir ziemlich sicher, dass dir noch nie von einem Exfreund das Konto leergeräumt wurde. Dein Verlobter verdient doch so viel Geld, dass du nicht mal arbeiten müsstest!«

»Ich will arbeiten! Und meinen Verlobten sehe ich ungefähr drei Wochen im Jahr!«

»Immerhin hast du einen Verlobten.«

»Und soll deswegen ganz allein eine Hochzeit organisieren, vom anderen Ende der Welt aus.«

»Armes Ding.«

»Wusstest du, dass Cals Mutter meine Buchungen rückgängig gemacht hat? Auch die für den Pub. Jetzt ist natürlich alles ausgebucht. Und sie will uns überreden, die Hochzeit auf einem

Schloss zu feiern, mit ungefähr hundert Leuten, die ich nicht kenne. Weil sie meine kurze Gästeliste erbärmlich findet. Nein, kannst du ja gar nicht wissen, weil du ja nicht ans Telefon ...«

»Wie entsetzlich«, unterbrach ich sie. »Eine Hochzeit auf einem Schloss. Wie sollst du das nur überstehen?«

»Emma! Warum bist du so gemein?«

»Warum bist du so ein verwöhntes Biest?«, feuerte ich zurück.

Martha kam mit großen Schritten aus dem Herrenhaus auf mich zu. »Archie und Tilly müssen gleich am Set sein, und sie haben ihren Text noch nicht zusammen geprobt.«

»Archie ist da drüben.« Ich wies mit einem Daumen hinter mich. »Ich bin in einer Minute da.«

Martha bedachte mich mit einem verachtenden Blick und watschelte davon.

»Hör mal, Emma«, Alex' Stimme wurde sanfter. »Ich weiß, dass du es wirklich nicht leicht hast mit der Schwangerschaft und der ganzen Geschichte mit Ned und Sophie, aber das Leben geht weiter. Du musst aufhören, dir selbst leid zu tun, und ...«

»Ich muss mich nicht von dir belehren lassen«, zickte ich zurück.

»Na ja, irgendjemand muss es dir aber mal sagen.«

Martha stupste meine Schulter an. »Er ist nicht da.« Sie zeigte auf den leeren Gartenstuhl.

»Emma, es wird Zeit, dass ...« Alex fuhr fort.

»Es wird Zeit, dass man mich in Ruhe lässt.«

»Könntest du mal eine Sekunde lang mit dem Gequake aufhören und deinen Job machen?«, blaffte Martha mich an.

Ich schob mich an ihr vorbei, lief über den Hof und suchte zwischen den parkenden Autos und Lastwagen nach Archie.

»Alex, ich muss auflegen. Ruf mich einfach wieder an, wenn du richtige Probleme hast.«

Alex war einen Moment lang ruhig, dann brach sie in Tränen aus. »Was ist bloß mit dir los?«, schluchzte sie.

Der Zweite Regieassistent trat aus dem Herrenhaus. »Archie aufs Set, bitte«, dröhnte er in meine Richtung.

Das war zu viel für mich. Martha, die von ihrem hohen Ross (wie konnte der Gaul diese Massen an Kilos tragen?) auf mich herabsah; der Zweite Regieassistent, der, die Hände am Funkgerät, auf mich wartete, am anderen Ende eine ungeduldige Filmcrew; Alex, die durchs Telefon heulte, und Archie, der verschwunden war. Am liebsten hätte ich mit dem Telefon nach Martha geworfen und wäre losgerannt, um erst wieder in meinem Schlafzimmer in Wimbledon anzuhalten.

»Ich muss Schluss machen.« Während Alex am anderen Ende schniefte, legte ich, schwer enttäuscht von mir selbst, auf und rannte Richtung Barnhouse.

»Jetzt müssen sie aufs Set, ohne ihren Text geübt zu haben.« Martha stürzte hinter mir her.

»Sie haben heute Morgen geübt.« Ich betrat das Barnhouse. Das Wohnzimmer war leer. »Sie werden das schaffen.«

»Wir werden sehen«, schnaubte Martha.

Ich öffnete die Schlafzimmertür. Kein Archie. Martha schnaufte und keuchte hinter mir, während ich in meinem Zimmer, in ihrem Zimmer und im Bad nachsah. Von Archie keine Spur. Als Martha und ich wieder ins Wohnzimmer kamen, stand der Zweite Regieassistent in der Tür zum Barnhouse.

»Ist er hier?«, fragt er und ließ den Blick durchs Zimmer schweifen.

Ich schüttelte den Kopf. »Vielleicht ist er zum Set zurückgegangen?« Archie hatte schon öfter ganz von allein gemerkt, dass er gebraucht wurde. Die Abläufe auf einem Filmset schienen ihm von Natur aus vertraut zu sein. Martha bedachte mich mit einem scharfen Du-solltest-die-Daumen-drücken-dass-er-dort-ist-sonst-steckst-du-knietief-in-der-Scheiße-Blick und drängelte sich an mir vorbei. Da gerade im Haupteingang des Herrenhauses gedreht werden sollte, stand die Crew direkt vor unserer Nase, als Martha, der Zweite Regieassistent und ich aus der Tür kamen. Ihr erwartungsvoller Blick verriet uns allerdings sofort, dass Archie nicht bei ihnen war. Tilly stand zusammen mit einem Zombie-Camper-Komparsen auf dem Set bereit und wartete, dass es losging. Ich betrachtete die versammelte Crew: ungeduldige Ausstattungsleute, gelangweilte Kostümbildnerinnen, ein zappeliger Regisseur und die finster dreinblickende Erste Regieassistentin.

»Wo ist Archie?«, quäkte sie und warf einen fahrigen Blick auf ihren Multifunktions-Chronometer.

Erste Anzeichen von Panik machten sich bei mir breit und sorgten für ein Gefühl der Beklemmung. Weil Archie ein so verantwortungsvoller kleiner Mann war, vergaß man gern mal, dass er erst vier war und ich ihn eigentlich ständig im Auge behalten musste. Ich versuchte, mich zu erinnern, wann genau ich ihn zuletzt gesehen hatte. Es war, als ich den Anruf meiner Schwester entgegengenommen hatte. Das wusste ich so genau, weil er mit seinem Schlepperboot ...

»Der See!« Ich zwängte mich an Martha vorbei und rannte quer über den Hof, wobei ich stützend die Hände um meinen großen Bauch legte. »Archie!«, rief ich.

»ARCHIE!«, ertönte Andrews Stimme hinter mir.

Schritte jagten über den Hof. Andrew, Steve und ein paar andere Crew-Mitglieder überholten mich und verschwanden um die Ecke des Herrenhauses. Als ich ihnen ums Gebäude herum gefolgt war, hatte ich freien Blick auf den See, sah aber keinen Archie. Die eintreffenden Crew-Mitglieder, eine Handvoll davon in Zombie-Kostümen, rannten über die Grünflächen und schwärmten um den See herum in alle Richtungen aus. Andrew und Steve liefen auf den Steg, von wo Andrew nach einem kurzen, prüfenden Blick ins Wasser sprang. Archie! Einer der Beleuchter sprang von der anderen Seite in den See. Tränen verschleierten meinen Blick. Ich rannte weiter. Ich erreichte den Steg und entdeckte Archies Chipspackung, die sich in einem Grasbüschel verfangen hatte. Steve stand am Ende des Stegs und stierte auf das dunkle Wasser, während mehrere Beleuchter an den Kanten entlangliefen und Archies Namen riefen. Andrew tauchte kurz auf, um Luft zu holen, und war gleich darauf wieder verschwunden. Japsend erreichte ich Steve. Als ich sah, was er in der Hand hielt, schnürte sich mir die Kehle zu. Archies Schlepperboot. Eisige Schauer liefen mir über den Nacken, und ich musste heftigen Brechreiz unterdrücken. Als meine Beine nachgaben, packte Steve mich am Arm.

»O Gott«, brachte ich mit belegter Stimme hervor.

»Ich kann nichts sehen, es ist zu dunkel!«, rief Andrew, als er wieder die Wasseroberfläche durchbrach.

»Versuch's dort!«, brüllte jemand.

Andrew tauchte erneut. Mein Archie! Jemand stöhnte gequält auf, und als Steve die Arme um meine Schultern legte, wurde mir bewusst, dass ich dieser Jemand war. Andrew kam wieder hoch, keuchte und japste.

»Ich ... kann ... nichts erkennen.« Seine Brust hob und senkte sich unter dem durchnässten T-Shirt. »Kann ... ihn nicht finden.«

Auf der anderen Seite des Sees stieß der Beleuchter aus dem Wasser und schüttelte den Kopf. Crew und Schauspieler verharrten in angespanntem Schweigen.

Mein kleiner Archie.

Andrew tauchte noch einmal unter, wirkte jedoch immer weniger zuversichtlich. Ich stellte mir Sineads schreckverzerrtes Gesicht vor. Wie sollte ich ihr das beibringen? Und erst Onkel Mike? Kalter Schweiß lief mir den Nacken hinunter, und ich spürte, dass ich mein Bewusstsein zu verlieren drohte. Dann nahm ich hinter den gedämpft an mein Ohr dringenden Stimmen in der Ferne ein Bellen wahr. Dann ein weiteres. Dieses Bellen ... woran erinnerte es mich? Archie, Ivan, Wayne ... Als noch ein Bellen erklang, sammelte ich meine letzten Kräfte, hob den Kopf und blickte in Richtung Wald.

»Archie«, krächzte ich.

Andrew kletterte aus dem Wasser und rannte in den durchnässten Klamotten auf den Wald zu.

»Komm, los!« Steve half mir auf die Füße. So schnell meine geschwächten Beine es erlaubten, mühten wir uns den Steg entlang und übers Feld. Wir erreichten den Waldrand, und Steve dirigierte mich durchs feuchte Unterholz. Ich verfing mich in Zweigen und versank im feuchten Waldboden, doch Steve zog mich mit sich. Ich hörte ein weiteres Bellen, es schien von oben, von einer steilen Anhöhe zu kommen. Ich griff nach Büschen und Wurzeln und zog mich hoch, Steve schob mich jetzt von hinten. Schließlich kam ich außer Atem und völlig verdreckt oben an. Und da, umgeben von der schnaufenden und keuchenden Crew, neben Ivan, der sich friedlich abschleckte, und Wayne, der im Unterholz wühlte, saß Andrew – und neben ihm beobachtete der zufriedene und unversehrte Archie einen großen schwarzen Käfer, der einen bemoosten Baumstamm entlangkrabbelte.

Ich taumelte über den Baumstamm und fiel neben Archie auf die Knie, presste seinen warmen kleinen Körper an meine Brust und sog glücklich den Palmolive-Duft seines Haars ein.

KAPITEL 29

»Klopf, Klopf.«

»Herein.« Ich wischte mir mit einem zerfetzten Stück Papiertaschentuch die Nase.

»Wie geht's ihr?«, fragte Andrew und schob die Barnhouse-Tür sanft hinter sich zu.

Ich war enttäuscht, dass er nicht mehr das nasse Shirt trug. Vor versammelter Mannschaft im Matsch ohnmächtig zu werden hatte sich definitiv gelohnt. Das wusste ich, als ich wieder zu mir kam und feststellte, dass ich von Andrew getragen wurde (mit ziemlicher Anstrengung, was ich zu ignorieren beschloss), den Kopf an seine Brust gedrückt. Aber dann verlor ich wieder das Bewusstsein, und als ich erneut aufwachte, lag ich im Barnhouse auf dem Sofa, wo Des, der Setsanitäter, mir mit einer Taschenlampe ins Gesicht leuchtete. Sein Mundgeruch erinnerte an den Boden eines Papageienkäfigs, und seine Zähne sahen aus, als stamme jeder Einzelne von einer anderen Tierart. Ein im wahrsten Sinne des Wortes böses Erwachen.

»Der Blutdruck ist jetzt in Ordnung«, sagte Des und sog Luft durch seine animalischen Zähne. »Herzschlag und Herzschlag des Babys scheinen stabil zu sein. Der Blutzucker ist ein bisschen niedrig.«

»Mir geht es gut«, sagte ich, und mit der Anmut eines auf dem Rücken liegenden Igels versuchte ich, zum Sitzen zu kommen. »Wo ist Archie?«

»Er ist mit Martha in der Maske.« Andrew half mir, mich aufzusetzen. »Er ist okay.«

Ich nickte. Archie war in der Maske, weil sein Kostüm von oben bis unten verdreckt war. Weil er unbeaufsichtigt in den Wald gegangen und mit einem Käfer gespielt hatte, als seine ihn liebende, leider zu sehr mit sich selbst beschäftigte Cousine ein wachsames Auge auf ihn hätte haben sollen. Weil Ned seine eigene Eiscreme hatte und Sophie ihren eigenen Ned und weil meine in den Tropen lebende Schwester auf einem Schloss heiratete.

Mir stiegen Tränen in die Augen.

»Emma, es war nicht deine Schuld«, sagte Andrew. Er setzte sich neben mich und legte mir die Hand auf den Rücken.

Ich sah ihn an und zog eine Das-ist-nicht-dein-Ernst-Grimasse.

Ich drehte mich Des zu, der Notizen auf ein Klemmbrett kritzelte. »Kann ich jetzt weiterarbeiten?«

»Äh, das glaube ich kaum«, sagte er, klickte mit dem Kugelschreiber und überflog sein Formular. »Nein. Nein, ganz sicher nicht. Dein Blutdruck hat sich zwar normalisiert, aber es hat eine Weile gedauert. Deine Glukosewerte sind immer noch ein wenig niedrig, und da du eine Untersuchung im Krankenhaus abgelehnt hast, bestehe ich darauf, dass du für den Rest des Tages Bettruhe hältst.«

»Für den Rest des Tages?«

Nicht nur hatte ich öffentlich bewiesen, dass ich die schlechteste Betreuerin aller Zeiten war, und die Produktion, die wegen Scotts Nutella-Sex-Verletzung ohnehin schon im Verzug war, um zwei kostbare Stunden Drehzeit gebracht – nein, jetzt durfte ich obendrein nicht zurück aufs Set, um meinen Ruf wiederherzustellen. Ich hielt mir die Hände vors Gesicht und schämte mich bis in die letzte Zelle meines Körpers. Ich hatte meinen eigenen Cousin in Gefahr gebracht. Martha hätte jedes Recht, mich bei der Behörde zu melden.

»Hm-hmm«, sagte Des, der noch immer mit dem Kugelschreiber klickte. »Ich komme in einer Stunde oder so noch mal wieder, um nach dir zu sehen. Ich bin mir sicher, dass du morgen wieder arbeiten kannst. Aber nur, wenn deine Blutzuckerwerte gestiegen sind.« Er stand auf. »Bis dahin bleibst du bitte im Haus, hältst dich warm und nimmst in regelmäßigen Abständen kleine Mahlzeiten zu dir.« Er hielt mir eine Tüte Gummibärchen hin, die man aus Marthas Koffer beschlagnahmt hatte.

Des schob den Stift in seinen Werkzeuggürtel, sog Luft durch die Zähne ein und trug seinen Rettungskoffer und den schlechten Mundgeruch durch die Tür nach draußen.

»Soll ich Martha bitten, Archie herzubringen, bevor er ans Set geht?«, fragte Andrew.

O Archie. Ich wollte ihn in den Armen halten. Wollte den leibhaftigen Beweis spüren, dass er quicklebendig war. Als ich »Ja, bitte« zu sagen versuchte, brach ich stattdessen in Tränen aus.

»Tut mir leid«, sagte ich, als Andrew mich zu einer Umarmung an sich zog.

»Hey, hey«, beruhigte er mich. »Es ist doch gutgegangen. Kein Grund, sich so schlecht zu fühlen.«

Als ich mich wieder aufrichtete und ihm in die Augen blickte, die mich voller Besorgnis ansahen, fiel mir eine Plakatwand ein, die ich mal gesehen hatte und auf der für einen Energy-Drink mit hohem Fruktosegehalt geworben wurde. Sie zeigte einen Rugbyspieler von der Größe eines Zweifamilienhauses mitten im Sturzflug über die entscheidende Linie. Seine Haarsträhnen flogen zur Seite, die heftig ausgeprägten Oberschenkelmuskeln zeichneten sich respekteinflößend deutlich ab, dank Photoshop sah man Schweißtropfen fliegen, und am Rand prangte in dominanten schwarzen Lettern:

HOL
DIR
DEINEN
MOMENT

Ich hatte mich damals Sophie zugewandt, die gerade einen Lolli schleckte, und leicht pikiert gesagt: »Hol dir deinen Moment. Muss das sein? Kann man sich nicht auch mal locker machen und ein paar Momente verstreichen lassen?«

Sophie hatte das Plakat mit schiefgelegtem Kopf betrachtet.

»Ich meine, das klingt doch furchtbar anstrengend«, hatte ich weiterlamentiert. »Kann ich nicht ein paar Momente *Friends* widmen? Oder der *Ellen DeGeneres Show*?«

»Ich schätze, das gehört zu dieser ganzen Nutze-den-Tag-Geschichte«, hatte Sophie angeregt. »Du weißt schon, ähm, Carport diem.«

»*Carpe* diem«, sagte ich.

Ich hatte dem Plakat noch einen letzten kritischen Blick geschenkt, bevor ich weiterging. Sophie war mir hinterhergetrottet.

Irgendwie war die Hol-dir-deinen-Moment-Botschaft hängengeblieben und dröhnte mir nun wie ein Mantra im Kopf, weshalb ich eine Hand auf Andrews Nacken legte und ihn an mich zog, um ihn zu küssen. Erst wich er irritiert zurück, überdachte für einen Sekundenbruchteil die Situation und lehnte sich dann vor, um den Kuss zu erwidern. Einen kurzen Moment lang war ich nicht schwanger. Ich war einfach eine Frau, die einen heißen Typen zum ersten Mal küsste. Nach ein paar Sekunden Lippenflirt zogen wir unsere Köpfe zurück und sahen einander an. Seine Augen waren erfüllt von Verlangen, und ich hätte ihn zu gern ein bisschen ermutigt, hätte man nicht am Set auf ihn gewartet. Dann wären wir vermutlich im Schlafzimmer gelandet und hätten die »Tarantel« oder den »Glühenden Wacholder« oder sonst eine Stellung ausprobiert, die lüsternen Frauen mit Riesenbauch empfohlen wurden. Ich hatte ihn sozusagen voll und ganz in der Hand.

»Du gehst besser ans Set zurück«, sagte ich, nachdem meine rationale Hirnhälfte sich durchgesetzt hatte.

»Jaaa.« Andrew fuhr sich mit einer Hand durchs Haar und blickte in die Ferne, eine Spur nachdenklich. Lächelnd drehte er sich wieder mir zu und strich mit dem Daumen über meine Wange. »Ich komme später noch mal vorbei, um zu sehen, wie es dir geht.«

»Okay.«

Ein weiterer sanfter Kuss und ein kaum wahrnehmbares Zögern, dann stand er auf und gewährte mir freien Blick auf eine extrem auffällige Ausbuchtung seiner Jeans. Kaum hatte er die Tür zugeschoben, telefonierte ich schon mit Helen.

»Rate mal, wer mich gerade geküsst hat.«

»Scott Vander!«, japste Helen.

»Igitt, nein.« Mich schauderte bei dem Gedanken, seine Hände, die Martha liebkost hatten, könnten mich in irgendeiner Weise berühren. »Rate noch mal.«

»Besser als Scott?«

»Viel besser.«

Sie atmete hörbar scharf ein. »Joe! Ich wusste, ich hätte ihn mir schnappen sollen, als er verkatert und wehrlos war.«

»Doch nicht Joe«, sagte ich frustriert. »Warum sollte ich Joe küssen? Außerdem ist er gar nicht hier. Es war Andrew!«

»Wer ist Andrew?«

»Der sexy Kameramann, von dem ich dir erzählt habe.«

»Hmmm ...«, sagte Helen, während schnelles Tastaturgeklapper durchs Telefon mitklang. »Kann ich mich nicht mehr dran erinnern. Wie ist er?«

»Er ist sexy«, sagte ich leicht angesäuert.

Nachdem ich aufgelegt hatte, überlegte ich, welche Art Frau einen Mann küsste, wenn sie von einem anderen Mann ein Kind erwartete. Und was für ein Mann war Andrew, dass er zu so was bereit war? War er ein Lustmolch mit einer Art Schwangerschaftsfetisch? Würde er anderen davon erzählen? Würde es mir etwas ausmachen? Was würden sie denken? Bedeutete schwanger zu sein, dass es mir nicht gestattet war, mich zu anderen Männern als dem Vater des Kindes hingezogen zu fühlen? Waren mir solche Gefühle erst wieder erlaubt, wenn das Kind geboren war und mein Körper wieder mir gehörte?

Als Archie am Ende des Drehtages vom Set kam, umarmte und quetschte ich ihn, bis er mich irgendwann höflich bat aufzuhören. Dann stolzierte Martha mit Tilly an der Hand herein. Nachdem sie den Kindern ein pädagogisch wertvolles Puzzle vorgesetzt hatte, knöpfte sie sich mich vor.

»So.« Sie verschränkte die Arme vor der Brust, verlegte ihr Gewicht nach hinten auf einen Fuß und stellte den anderen nach vorn. Sogar ihre Schuhe nervten mich, denn sie trug tatsächlich Crocs. »Sieht so aus, als wäre dein kleines erpresserisches Spielchen jetzt vorbei, meinst du nicht auch?«

Ich nickte, vernichtend geschlagen. »Wie geht's jetzt weiter?«, fragte ich.

»Na ja …«, sagte Martha, die es genoss, wieder die Oberhand zu gewinnen. »Du hast noch immer dein Foto«, sagte sie mit spöttischem Blick. »Und ich habe jetzt einen unschlagbaren Grund, dich feuern zu lassen.«

Es gelang mir, sie gleichmäßig starr anzusehen. Sie sollte nicht wissen, dass ich innerlich vor Scham verging.

»Also?«, provozierte ich sie.

»Also.« Ihr Gesicht nahm harte Züge an. »Du kümmerst dich um deine Angelegenheiten, ich mich um meine. Wir mögen einander nicht, und es gibt keinen Grund, weiterhin so zu tun, als ob. Du hältst dich an die Regeln, und ich muss dir nicht mehr sagen, was du zu tun hast.«

Ich nickte.

»Ich schicke meine E-Mail nicht ab«, fuhr sie fort. »Und du erzählst niemandem … was du weißt. Niemals.« Ihre eiskalten Augen fixierten mich.

»Okay«, sagte ich leise.

Sie stieß eine Faust vor und schnappte sich die Gummibärchen aus meinen Händen. »Und geteilt wird auch nicht mehr.«

Der nächste Tag war der letzte Drehtag, aber es gelang mir nicht, die entsprechende Begeisterung aufzubringen, von der alle anderen erfüllt zu sein schienen. Am Set erntete ich mitleidige Seitenblicke. Wütende Blicke wären mir lieber gewesen. Alles besser als Mitleid. Die meiste Zeit des Tages blieb ich für mich oder fügte mich widerspruchslos sämtlichen Launen Marthas. Nach Archies und Tillys letzter Szene klatschten alle, umarmten die Kinder (Archie bekam zum Andenken einen künstlichen Finger geschenkt!) und machten sich dann daran, die allerletzten Szenen abzudrehen. Archie, Tilly, Martha und ich gingen rüber zum Barnhouse, das für die vergangenen sechs Wochen unser Zuhause gewesen war, um zusammenzupacken. Speisen und Getränke wurden im großen Speisesaal aufgebaut, und es sollte gefeiert werden. Mir graute davor. Den Abend mit einem Haufen fröhlicher, betrunkener und/oder unter Drogen stehender Leute zu verbringen, die allesamt darauf aus waren, einander an die Wäsche zu gehen, war so ziemlich das Letzte, wonach mir der Sinn stand. Ich konnte nur daran denken, dass am nächsten Morgen ein Wagen vorfahren und Archie und mich in unser normales Leben zurückbringen würde. Doch was für ein Leben wäre das? Ich legte Archies Sachen zusammen und fragte mich, ob zwischen Andrew und mir wohl noch etwas laufen würde, und wenn ja, was. Wir hatten uns nur einmal geküsst. Ja, ich erwartete ein Kind, aber ich war trotzdem eine alleinstehende Frau in den Zwanzigern, die es verdient hatte, Glück und Liebe zu finden. Und nur weil ich demnächst ein Baby zur Welt bringen würde (ja, ich weiß, eines von einem anderen Mann), fühlte ich mich kein bisschen weniger zu Männern hingezogen. Obwohl mir bewusst war, dass sich die Männer vermutlich wesentlich weniger zu mir hingezogen fühlten. Doch war Andrew nicht reif und Manns genug, über diesen meinen Lebensabschnitt hinausblicken zu können? Ich hoffte, er könnte sich die Frau vorstellen, die ich dann sein würde.

Später, nachdem ich Archie und Tilly Gutenachtküsse gegeben hatte, verließen Martha und ich das Barnhouse und marschierten in der Wärme des frühen Abends zum Speisesaal im Haupthaus. Die Produktionsleitung hatte uns einen Babysitter besorgt, damit wir beide am letzten Abendessen mit Schauspielern und Crew teilnehmen konnten. Martha ging ein paar Schritte vor mir. Da die Dreharbeiten jetzt vorbei waren, musste sie nicht mehr vorgeben, irgendetwas anderes für mich zu empfinden als Verachtung. Ich betrat den großen Saal, Sekunden nachdem Martha die Tür vor meiner Nase hatte zufallen lassen, und schlich mich an den Rücken der Crewmitglieder vorbei, die in Grüppchen zusammenstanden und Champagner und Kanapees genossen. Als ich mir ein Mineralwasser griff, kam Andrew auf mich zu.

»Da bist du ja«, sagte er, seine Wangen glühten schon von den ersten Drinks. Er beugte sich herab und gab mir einen Kuss auf die Wange. Nicht viel mehr als ein Küsschen, dennoch lief mir ein Schauer den Rücken hinunter.

»Hi«, sagte ich.

Caroline gesellte sich mit einem Glas Champagner in der Hand zu uns.

»Und, wie geht es dir jetzt?«, fragte sie und tätschelte mir den Rücken.

Sie hatte den ganzen Tag immer wieder nach mir gesehen.

»Es ist mir immer noch verdammt unangenehm.«

»Sollte es nicht. Das hätte jedem von uns passieren können«, sagte sie mit einem freundlichen Lächeln. »Du kommst doch heute Abend zu Scott, oder?«

Ich öffnete den Mund, um nein zu sagen, aber Andrew unterbrach mich.

»Natürlich kommt sie.«

Caroline warf ihm einen flüchtigen Blick zu und wandte sich wieder mir zu. »Es ist der letzte Abend, alle gehen hin.«

Ich schüttelte den Kopf. »Ich glaube nicht.«

»Komm schon. Ich weiß, dass du sonst keine Lust hattest, aber heute ist der letzte Abend. Du musst!«

Ich war sprachlos. Während ich die ganze Zeit angenommen hatte, ich sei nicht eingeladen, hatte sie gedacht, ich hatte nicht kommen wollen. Mein Bauch schien eine Menge falscher Signale zu senden.

KAPITEL 30

»Grüne Äpfel esse ich prinzipiell nicht. Da stecken Massen an Fruchtzucker drin, und die werden schon einen Tag später zu Fett.«

»Im Ernst?«

»Ja, schon am Ende des Tages ist man dann ein bisschen ... fetter.«

»Entschuldigung, ich muss ...« Ich stellte fest, dass es keines der unterernährten Mädels, die im Film die Ängstlichen Camperinnen spielten, interessierte, ob ich blieb oder ging. Ich war kugelrund, kein bisschen berühmt und gänzlich unbedeutend. »Ich muss jetzt mit dieser Kerze Suaheli reden und mit den leeren Erdnussschalen ›An der schönen blauen Donau‹ rasseln.«

»Tschüss«, sagte eines der Mädels. Man sah ihr an, dass sie überrascht war, mich überhaupt vor sich zu sehen.

Ich drängte mich durchs Menschengewühl. Alle waren betrunken, high und bester Laune. Scott zog in einem engen, weißen T-Shirt mit dem Aufdruck *Fuck me, I'm famous* durch die Menge und vergewisserte sich, dass auch niemandes Glas leer war. Er ging mit einem Tablett voller Bier an mir vorbei, überzeugte sich ernsthaft und aufrichtig davon, dass ich mit der Auswahl alkoholfreier Getränke zufrieden war, und verschwand wieder. Ich erblickte Martha, die im Gegensatz zu dem, was ihre Körperfülle vermuten ließ, auf dem Tanzboden verblüffende Beweglichkeit bewies. Einer der Lichtjungs rutschte im Dirty-Dancing-Style vor ihr auf den Knien, und Martha stampfte wie eine gewichtige Breakdance-Beauty um ihn herum. Trotz meiner Vorbehalte und der Tatsache, dass ich die einzige Person im Raum war, die nicht genügend Wodka getankt hatte, um damit ein kleines Flugzeug in die Luft zu bringen, hatte ich durchaus meinen Spaß. Andrew fiel mir am Rande des Geschehens hin und wieder auf, etwa als er an der Bar stand oder mit einigen Mädels aus der Kostümabteilung tanzte, was für mich bauchbedingt ausfiel, und mein etwas steifes Lachen aus der Ferne erwiderte. Nachdem Claire, begleitet von Scott ohne Shirt und ohne Schuhe, am Schlagzeug eine fabelhafte Rock-Version von *Moon Shadow* dargeboten hatte, sorgte wieder ein iPod für die Musik, und die Party kam immer mehr in Schwung. Ausflüge in die Marmorküche, wo Kokainlinien angerichtet waren wie Horsd'œuvres, wurden immer häufiger und weniger verstohlen. Die Tüte mit Ecstasy bekam ich nicht zu Gesicht, aber gemessen an der Anzahl von Personen, die mir gestanden, dass sie mich »in echt und ganz im Ernst liebten«, mussten die Pillen großzügig verteilt worden sein.

Viel später, als ich mir vorgenommen hatte, und viel vergnügter als erwartet, umarmte ich Caroline zum Abschied und sah ihr nach, als sie auf die Party zurückging und in der wogenden Menge der Feiernden abtauchte. Auch Martha amüsierte sich noch irgendwo da drinnen. Zuletzt hatte ich gesehen, wie sie mit lockerem Handgelenk eine Flasche Tequila geschwenkt und einem bereits reichlich angetrunkenen Lastwagenfahrer Nachschlag ins Glas gefüllt hatte. Ich machte mich auf den Weg zur Treppe, überzeugt davon, schon in ein paar Stunden von den Orgasmuslauten des Fahrers beglückt zu werden. Es sei denn, Martha hatte sich beim Einschätzen des Verhältnisses Tequilakonsum zu Erektionsstärke verkalkuliert und ihn zu sehr abgefüllt. Die Hoffnung starb noch immer zuletzt.

»Hast du was gegen *Move it, move it* einzuwenden?« Andrew stand plötzlich vor mir und schwenkte die Hüften im Takt der Musik.

Ich lachte. »Nur ganz selten. Aber im Moment kennt mein *Move it, move it* nur ein Ziel: mein Bett.«

»Neiiiin«, sagte er. »Komm, erst tanzt du mit mir.« Seine Augen funkelten, aber da war schon diese Verwaschenheit, die man hört, wenn Männer nur zwei Biere davon entfernt sind, betrunken und völlig nutzlos zu werden. Er strich an meinem Oberarm entlang, bis er den Ellbogen erreicht hatte. »Komm schon. Ein Tanz.«

»Ich kann nicht.«

»Du kannst.«

»Nein, ich bin physisch dazu nicht in der Lage.« Ich deutete auf meinen Bauch. »Ich kann mich nur im Stehen hin und her wiegen.«

»Na und?«

»So macht Tanzen einfach keinen Spaß«, sagte ich und löste meinen Ellbogen aus seinem Griff. Er nahm meine Hand. »Außerdem muss ich um sieben mit Archie aufstehen. Und ich sorge im Moment dafür, dass meinem Baby Fingernägel wachsen. Wenn ich also nicht genügend Schlaf bekomme, geht vielleicht etwas schief, und die Fingernägel wachsen ihm zur Nase heraus. Möchtest du dafür verantwortlich sein?«

»Dann begleite ich dich.« Sein Daumen streichelte meinen Handrücken.

»Das ist nicht nötig.«

»Ich weiß. Aber ich möchte es. Warte bitte hier, ich hol mir noch Bier für den Weg.«

Er drängte sich durch die Menge und war schon einen Augenblick später mit zwei Flaschen Bier wieder da. Eine schob er in seine Gesäßtasche, die andere öffnete er. Dann folgte er mir über den schwammweichen Waldboden. Als wir den dichtesten Teil des Waldes erreicht hatten und den Mond nicht mehr sehen konnten, griff Andrew nach meiner Hand.

»Was machst du?« Ich blieb stehen, um ihm ins Gesicht zu sehen.

Zittrige Erwartung schnürte mir die Kehle zu. Mit der unerschütterlichen Selbstsicherheit, die sich einstellen kann, wenn man einige Biere zu viel intus hat, näherte sich Andrew dem, was meine Paisleymuster-Röcke tragende Sozialkundelehrerin einst die schützende Blase meiner persönlichen Intimsphäre genannt hatte. Nervös machte ich einen Schritt nach hinten und stieß gegen einen rauen Baumstamm.

»Ich muss immerzu daran denken, wie du mich gestern geküsst hast«, sagte er.

»Ja.« Ich drehte mein Gesicht aus dem Dunst seiner Bierfahne. »Ich hab bereits daran gedacht, mich zu entschuldigen. Ich wollte …«

»Du wolltest es nicht?« Er trat einen Schritt näher und stützte die Hand mit der Bierflasche über meinem Kopf am Baumstamm ab.

»Nein … na ja … aber …«

Er beugte sich zu mir herab. Seine Lippen streiften meine Wange.

»Ich möchte dich ficken.« Sein Atem brannte in meinem Ohr. Zumindest redete er nicht um den heißen Brei herum.

»Ich … ich glaube, ich sollte wohl lieber …«, stammelte ich, und mein Herz schlug so laut, dass es bestimmt zu hören war.

Er wich zurück.

»Du bist so …« Sein Blick streifte meine überquellenden Brüste, bevor er wieder auf meinem Gesicht ruhte. »Weißt du eigentlich, wie sexy du bist?«

Ich wollte ihn unbedingt küssen. Keine Frage. Und zu behaupten, ich hätte mir noch nie vorgestellt, mit ihm zu schlafen, wäre eine Lüge. Aber es kam für mich nicht infrage, solange ich schwanger war. Wer immer mir die Karten gemischt und ausgeteilt hatte, war ein ziemlicher Versager, denn er hatte nicht die richtige Reihenfolge gewählt. Ich hätte Andrew begegnen und mich von ihm flachlegen lassen sollen, bevor ich von Ned geschwängert worden war. Besser noch, ich wäre gar nicht erst schwanger geworden, sondern hätte gleich Andrew kennengelernt und mit ihm gevögelt.

»Du bist betrunken«, sagte ich.

Andrew senkte die Lider und verzog die Lippen zu einem wissenden Grinsen.

»Ich merke doch, wie du mich ansiehst«, sagte er.

Er war reichlich bezecht und stand kurz davor, die überaus schmale Grenze zwischen äußerst sexy und äußerst gruselig zu überschreiten. Einerseits hätte ich ihn am liebsten beim Jeansbund gepackt und auf den Waldboden gezogen, um mit ihm den »Umgekehrten Reiter« zu machen. Andererseits gefiel meiner rationalen Seite (seit wann hatte ich die eigentlich?) der Gedanke an den »Umgekehrten Reiter« überhaupt nicht, und bei der Vorstellung, dass mein nackter, schwangerer Bauch beim inbrünstigen Waldbodensex hin und her geschleudert wurde, machten sich Würgereize bemerkbar. Andrew kam mir langsam mit dem Gesicht näher und versicherte sich immer wieder aufs Neue meiner Reaktion. Ich sah ihm in die Augen, bis er so nahe gekommen war, dass sie verschwammen. Dann folgte der Kuss. Seine Bartstoppeln kratzen über meine Haut. Er drängte sich näher, wurde aber von meinem Bauch behindert. In dem mein Baby war. Was tat ich nur? Ich legte ihm die Hände auf die Brust und stemmte ihn weg. Auf seinem Gesicht zeichnete sich die Qual des Begehrens ab, und zu wissen, dass dieses Begehren mir galt, war wiederum sehr verführerisch.

»Was ist los?«, raunte er. Er senkte den Kopf und setzte mir winzige Küsse auf die kalte Haut meines Nackens.

»Irgendwie fühle ich mich nicht wohl dabei ...«

Andrews Lippen tasteten über mein Schlüsselbein.

»... wegen ...«, ich schluckte, als er mit der Zungenspitze die andere Halsseite berührte und dann mein Ohrläppchen küsste, »... des Babys.«

Es war Jahre her, dass ich allein durchs Küssen so in Fahrt gekommen war. Ned war eher ein Liebhaber von der Sorte »Rein, raus und wieder ran an eBay« gewesen.

»Wann hattest du das letzte Mal Sex?«, fragte er. »Willst du nicht? Fehlt dir der Sex nicht?« Seine Hand strich über meinen Rücken nach unten und packte eine meiner Pobacken. Sein Griff war so fest, dass ich nur noch unkontrolliert atmen konnte. Er beugte sich zu mir und küsste mich von neuem. Ich legte eine

Hand auf seinen Nacken und zog ihn zu mir. Ermutigt ließ er die Bierflasche fallen und umfasste meine Brüste. Auf dem Boden zu unseren Füßen zischelte das auslaufende Bier. Ja, ich vermisste Sex! Oben bei der Party dröhnte inzwischen Drum & Bass, und die Stimmung stieg. Ich zögerte. Andrew und ich waren einvernehmlich handelnde Erwachsene, wie es so schön hieß. Was wir taten, war moralisch durchaus akzeptabel. Ich wollte es. Aber wollte mein Baby es auch? Ich schob ihn wieder von mir.

»Tut mir leid«, keuchte ich. »Ich weiß nicht …« Er presste meine Brust, und sein Daumen bewegte sich in engen Kreisen auf dem Stoff meines Kleides um meinen Nippel.

»Willst du es denn nicht?«

Der Träger meines Kleides rutschte von der Schulter und der BH-Träger gleich hinterher. Andrew ließ seinen Daumen weiterkreisen, beugte sich über meinen Nacken und küsste ihn.

»Doch«, sagte ich. »Ja … aber ich weiß einfach nicht, ob jetzt der richtige Zeitpunkt ist …«

Überzeugend war ich nicht. Ich stammelte die Wörter, aber stand in krassem Widerstand dazu, denn ich fuhr mit den Fingern durch sein Haar und küsste ihn.

»Sag mir einfach, wann ich aufhören soll«, flüsterte er mir ins Ohr. Leise zwar, aber dafür umso eindringlicher.

Er richtete sich auf, sah mir fest in die Augen, führte einen Finger zu meiner Brust und hakte ihn in den Ausschnitt des Kleides. Seine Finger fanden meinen BH, wobei er mir unentwegt in die Augen sah, mir die Möglichkeit ließ, ihn aufzuhalten. Er wandte auch den Blick nicht ab, als er mein Kleid und meinen BH runterzog und meine Brüste entblößte. Meine Nippel hatten sich in der kalten Luft steil aufgerichtet. Ich nickte, wenn auch so zaghaft, dass es wohl kaum zu erkennen war. Doch Andrew grinste, beugte sich hinunter, nahm einen meiner Nippel in den Mund, saugte und biss. Ich fasste stöhnend seinen Hinterkopf, dann hob ich sein Gesicht und küsste ihn wieder, immer zielstrebiger. Ich konnte dem Verlangen nicht mehr widerstehen.

»Himmel auch, du bist so verdammt sexy«, stöhnte er.

Ich griff nach seinem Gürtel.

»Schwangere Frauen sind immer scharf.«

Ich mühte mich mit der Gürtelschnalle ab.

»Alles ist so prall.« Er schob meine Hände aus dem Weg und löste den Gürtel selbst. »Meine Frau ist immer superschnell gekommen.«

Seine *was*?

Ich wich zurück. »Was?«

Er hatte den Hosenschlitz geöffnet und stand regungslos da, einen Daumen hinter den Bund der weißen Boxershorts geschoben.

»Du bist verheiratet?«

Er schwankte und blinzelte. »Also ...«

»O mein Gott!«

Plötzlich sah ich klar. Ich lehnte mitten im Wald an einem Baum, meine Brüste hingen mir entblößt aus dem Kleid, der Träger meines Umstandsbüstenhalters baumelte von meiner Schulter, breit und funktionsfähig wie ein Bergsteigergurt, und Andrew stand mit glasigem Blick schwankend vor mir. Seine mächtige Erektion war durch die Boxershorts gut zu erkennen. Und mein Bauch füllte die Lücke zwischen uns. Mein schwangerer Bauch.

»Scheiße, du bist verheiratet?«, schimpfte ich. Ich bedeckte meine schamlose Nacktheit.

Andrew erwachte aus seiner beduselten Starre. »Hey ...«, beschwichtigte er, »... ich dachte, das wüsstest du.«

»Nein, das wusste ich nicht! Ich hätte niemals ...« Ich stieß ihn von mir und schüttelte den Kopf.

»Für mich ist es okay, wenn es für dich okay ist«, lallte er und stolperte über eine Baumwurzel.

Ich hastete den Waldpfad entlang und zog dabei mein Kleid zurecht. Als ich hörte, wie hinter mir eine Bierflasche geöffnet wurde, war ich noch mehr angewidert von mir selbst. Ich blickte zurück und sah, wie Andrew mit einer Hand seine Jeans hochzog, mit der anderen die Bierflasche umklammerte und sich nur mit größter Mühe auf den Beinen hielt. Er schien nicht einmal auf den Gedanken zu kommen, mir zu folgen.

KAPITEL 31

»Ich brauche eine Pause. Können wir nicht haltmachen?«, fragte ich, als ich ein paar Meter vor uns eine Bank erspähte.

»Klar.« Mit leichter Hand schleuderte Joe den Stock für Brutus meilenweit in die Ferne. »Es sind schon zwei Minuten vergangen seit der letzten halbstündigen Rast. Du musst völlig erschöpft sein.«

»Ich möchte dich nur wissen lassen, dass ich nicht nur so etwas wie einen vollgestopften Handgepäckkoffer mit mir rumschleppe, sondern auch noch damit beschäftigt bin, die Feinarbeit an einer DNA-Helix abzuschließen. Und Wimpern wachsen zu lassen. Das kostet eben Kraft.«

»Du bist ein Genie. Eine Schöpferin.«

»Ich bin sozusagen eine Wissenschaftlerin.«

Wir erreichten die Bank, und ich oh-te und ah-te, als ich mich setzte.

»Es hat schon sein Gutes, dass ich nicht so schnell in Verlegenheit zu bringen bin«, sagte Joe. »Immer wenn du dich hinsetzt, gibst du Geräusche von dir wie beim Sex.«

»Das stimmt nicht.«

»Tust du doch. Das Pärchen da drüben hatte ganz sicher gerade den Eindruck, dass du dem Platz auf dieser Bank wirklich, wirklich zugetan bist.«

»Haha.« Ich schloss die Augen und legte den Kopf in den Nacken, um das Gesicht der Sonne zuzuwenden. Der Sommer war endlich da, und seit ich aus Wales zurück war, hatte es nur heiße Tage gegeben. Bei dieser Hitze im achten Monat schwanger zu sein war kein Zuckerschlecken. Daher hatte ich mich darauf verlegt, ein übergroßes Kittelding aus Leinen zu tragen, das maximale Durchlüftung erlaubte. Ich hatte es unter Grandmas abgelegten Sachen aus den Sechzigern gefunden und unverzüglich aus der Kleiderkiste befreit. Joe zufolge sah es aus, als reckte ich meinen Kopf aus der Spitze eines vielfarbigen Indianerzelts, aber das scherte mich nicht. Das Ding war kühl und luftig, und in Kombination mit einer Rieseneiswaffel aus dem Dorfladen schenkte es mir fast mehr Wohlbefinden und Trost, als ich in meinem gegenwärtigen Zustand erwarten konnte.

»Krebs mit Verstopfung«, sagte Joe leise.

Ich musste lachen. Den Joggern im Park Tiernamen zu geben, war ein Spiel, das Joe bei seinen Spaziergängen mit Brutus erfunden hatte. Er hatte sich mittlerweile mit Harriet und Arthur angefreundet, und da er nicht willens war, wieder normaler Arbeit nachzugehen, hatte er erst einmal meinem Garten ein neues Gesicht verliehen, alle meine persönlichen Dinge durchstöbert, sämtliche meiner Gedichte gelesen und die Bücher auf den Regalen alphabetisch sortiert, dann den Farbnuancen entsprechend geordnet und schließlich nach Sachgebieten in alphabetischer Reihenfolge mit einer leichten Tendenz zur Farbtonordnung arrangiert. Als ihm das alles schließlich zu langweilig wurde, hatte er sich eines Tages erboten, Brutus auszuführen. Aus dem einen Tag war jeder Tag geworden, und jetzt, da ich zurück war, schloss ich mich den beiden an. Joe musste sich im Schneckentempo bewegen und alle paar Meter stehen bleiben, damit ich mich ausruhen konnte, aber wir vertrieben uns die Zeit mit unserem Ratespiel »Welchem Tier gleicht dieser Jogger?«. Ich richtete meine Aufmerksamkeit auf den nächsten Läufer, der seine kleinen Hände zu festen Fäusten geballt hatte, die er nahe bei den Achseln schwenkte. Den Kopf hielt er gesenkt und das Kinn an den Hals gedrückt, so dass man den Eindruck gewann, die Stirn müsse den gesamten Joggerrest hinter sich her schleifen.

»Gemeingefährliche Stuka-Fledermaus.«

»Sehr gut.« Joe kämpfte mit Brutus um den Stock.

Meine Gedanken wanderten zu Andrew, und ich erinnerte

mich daran, wie ich ihn morgens bei seinen Läufen um den See beobachtet hatte. Bei der Erinnerung an ihn wurden meine Wangen verdächtig heiß. Am Morgen nach der Party und der würdelosen Fummelei im Wald war Bradley Manor Schauplatz wortkarger und verkaterter Aktivitäten gewesen. Mit hängenden Köpfen machten sich die Leute an die beschwerliche Aufgabe, sämtliche Utensilien der Filmproduktion einzuladen. Der Inhalt des Beleuchterlasters lag verstreut auf dem Rasen, und Kerle mit dunklen Brillen und tief in die Stirn gezogenen Basecaps taten sich schwer bei der Bestandsaufnahme und neuerlichen Verladung ihrer Geräte. Wie die Ameisen fielen gut gekleidete Männer und Frauen, beladen mit blutigen Kostümen in Plastikhüllen, über den erweiterten Garderobewagen her. Hinten auf ihrem Speziallaster verstauten die Ausstatter die Kisten mit den Eingeweideprothesen, den künstlichen Gliedern, den Halbkatzen und den Bluteimern, die mich anfangs allesamt so fasziniert hatten, die mir jetzt jedoch banal vorkamen. Claire und Caroline hatten ihre großen Make-up-Koffer zu einem wartenden Wagen gerollt und mit mir Mail-Adressen getauscht. Gleich danach waren sie eingestiegen und davongefahren. Martha und ich hatten das Barnhouse verlassen wie zwei Geschiedene, die nichts mehr dazu zwingt, auch nur den Anschein von Harmonie zu wahren, und jetzt standen wir zwischen unseren wartenden Geländewagen, in denen Tilly und Archie bereits angeschnallt saßen. Ich überlegte gerade, ob ich das obligatorische, aber absolut unwahre »Ich fand's schön, mit dir zusammenzuarbeiten. Hoffentlich findet sich irgendwann noch einmal die Gelegenheit« aussprechen oder mich für das weitaus ehrlichere »Ich hasse dich. Und ich kann nur hoffen, nicht irgendwann das Pech zu haben, dich an einem Flatrate-Büffet zu treffen« entscheiden sollte. Ich hatte bereits den Mund geöffnet, um eine Version der ersteren Abschiedsformel zu benutzen – denn tief im Innern bin ich eine konfliktscheue Angsthäsin –, aber Martha hatte sich schon gebückt, ohne einen weiteren Blick in meine Richtung ihren Rucksack aufgehoben und war in ihren Wagen geklettert. Es war allein der Scham über mein Verhalten am Vorabend zu verdanken, dass selbst diese üble letzte Abfuhr von Martha meinen Stolz nichts anhaben konnte. Als ich zu Archie in den Geländewagen gestiegen war, hatte ich Andrew entdeckt, der den bevölkerten Innenhof überquerte. Er musste mich ebenfalls gesehen haben, denn plötzlich nahm er die Brille ab, wich meinem Blick aus und wandte sich mit größtem Interesse einem Gerät in den Händen seines Kameraassistenten zu. Unser Geländewagen war langsam aus dem Innenhof gekurvt, und Andrew hatte sich die größte Mühe gegeben, unserem vorbeischleichenden Fahrzeug den Rücken zuzukehren.

Nun sah ich wieder zu dem Stuka-Fledermaus-Typen und überlegte, welches Tier Andrew sein könnte. Eine Ratte oder ein Wiesel oder sonst etwas Fieses und Schleimiges. Wie zum Beispiel ein Axolotl.

»Ein Axo-*was*?«, fragte Joe. »Ich würde eher sagen ein Kakadu mit Klumpfuß und einem Alkoholproblem.«

Ich lachte und betrachtete den Jogger, um den es jetzt ging. Seine linke Körperseite schien sich nur widerstrebend an dem Martyrium zu beteiligen und hing der rechten ein wenig hinterher, so dass der Eindruck eines humpelnden …

»Hey!«, sagte ich und sah mir den Jogger genauer an. »Das ist Douglas!«

»Wer? Der Kakadu?« Joe blinzelte.

»DOUGLAS!«, rief ich laut. »DOUGLAS! HIER DRÜBEN!« Ich schwenkte die Arme. Douglas blieb stehen und blickte in unsere Richtung. Seine Miene verriet, dass er uns erkannt hatte, und mühsam näherte er sich uns in seiner seltsamen Gangart, die an einen verletzten Vogel denken ließ.

»Emma«, schnaufte er, als er vor uns stand. »Du bist wieder da.« Er machte Anstalten, mich zu umarmen.

Brutus knurrte.

»Lieber nicht, Douglas, du bist völlig verschwitzt.«

»Ach ja, stimmt«, sagte Douglas und wich dem ungnädigen

Dobermann aus. Ich stellte ihm Joe vor. Sie schüttelten einander die Hände und tauschten sich sofort über das Wetter aus.

»Was treibst du denn hier? Du wohnst doch meilenweit entfernt«, sagte ich und unterbrach damit den Stumpfsinn des höflichen Small Talks zwischen zwei Personen, die sich gerade kennengelernt haben.

»Ja, ich jogge hier mit meiner Freundin.«

Joe und ich ließen den Blick über den Park schweifen. Weit und breit kein anderer Mensch zu sehen.

»Sie läuft lieber allein.« Douglas schob die Brille über die verschwitzte Nase nach oben. Joe und ich verkniffen uns das Lachen.

»Hast du, äh ... schon Sophie getroffen?«, fragte Douglas.

»Nein«, sagte ich. Auf der Stelle versiegten mein Lächeln und meine gute Laune. »Sollte ich?« Joe beobachtete mich aufmerksam. Douglas trat von einem Fuß auf den anderen.

»Ach, na ja ... also, sie hat gefragt, wann du wieder in der Stadt bist.«

»Wieso?«, fragte ich. »Hat sie es noch auf etwas anderes abgesehen, das mir gehört? Mein Haus? Oder vielleicht mein Baby?« Mir war durchaus klar, dass ich möglicherweise den Eindruck machte, nicht ganz bei Sinnen zu sein.

»Nein, nein, ich glaube nicht, dass sie so was will.« Douglas blickte nervös von mir zu Joe und Brutus, der wiederum ihn ansah. Und das mit abgrundtiefer Verachtung. »Ich denke, vielleicht möchte sie nur ... äh ... Sie hat sich nur erkundigt nach ...« Douglas wies auf meinen Bauch, der sich zwischen uns breitmachte. »Und sie wollte unbedingt mit dir reden über ... äh ... ich weiß eigentlich auch nicht mehr so genau.«

Stumm standen wir drei da.

»Tut mir leid, Douglas«, sagte ich. »Ich bin im Moment etwas kopflos.« Ich fuhr mit den Händen über meinen Bauch.

»Ach, das ist doch nur zu verständlich. Ich hätte den Mund halten sollen.« Er sah auf die Uhr. »Meine Güte, ich muss los. Wenn ich nicht weiterlaufe, könnte Jemima mich auf ihrer zweiten Runde einholen.« Dann musterte er mich aufmerksam durch seine Brille. »Du siehst unglaublich schön aus, Emma.«

»Danke. Hat mich wirklich gefreut, dich zu treffen«, sagte ich.

Douglas machte einen weiten Bogen um Brutus, beglückte mich mit einem eigenartig minimalistischen Körperkontakt, einer Art Schulterklopfen statt einer Umarmung, verabschiedete sich von Joe und hastete den Pfad hinunter, wobei sich seine rechte Körperseite wieder unwillig zeigte, die linke mitzuschleppen.

»Du musst Jemima bald mal kennenlernen«, rief er mir noch über die Schulter zu.

Nach einigen weiteren Stockwürfen für Brutus machten Joe und ich uns auf den gewundenen Rückweg zum Cottage. Joe blieb stumm und gab mir Gelegenheit, darüber nachzudenken, was Douglas über Sophie gesagt hatte. Erst als wir uns dem Golfplatz näherten, sagte er:

»Weißt du, Sophie hat es wahrscheinlich nicht auf dein Baby abgesehen.«

»Hm.«

»Vielleicht möchte sie sich ja mit dir versöhnen.« Wir sahen zu, wie Brutus es einem flauschigen Minihündchen gestattete, an seinem Hintern zu schnüffeln.

»Und wenn ich mich nun gar nicht versöhnen will?«

»Solltest du aber vielleicht.«

»Wieso?«

»Na ja, wenn Sophie und Ned zusammenbleiben ...«, er gönnte mir eine Pause, um eine Grimasse zu ziehen, »... dann wird sie für immer Teil deines Lebens sein. Und des Lebens deines Babys.«

»Was willst du damit sagen?«, grollte ich.

»Ich will sagen ...«, erwiderte Joe sanft, »dass es vielleicht ratsam ist, nach vorn zu blicken.«

Ich blieb stehen. »Da hupt der Richtige.«

Joe trat einen Schritt zurück.

»Deine Schlampe von Exverlobter besetzt noch immer deine Wohnung, während du bei mir unterm Dach kampierst. Du arbeitest so gut wie nicht, hast die absurde Idee, Kinderbücher zu illustrieren, und vergeudest deine Tage, indem du mit dem Hund unserer Nachbarn Gassi gehst. Du hast mir einen Gemüsegarten angelegt, den ich nie wollte, und du ziehst dir jeden Tag zwei Filme von Richard Curtis rein. Nenn mir ein besseres Beispiel für jemanden, der nicht nach vorn blickt.«

Weder Betroffenheit noch Empörung waren Joes Miene abzulesen. Er lächelte nur mitleidsvoll. Das schlechte Gewissen überfiel mich, und ich marschierte in der Gewissheit weiter, grausame und überflüssige Dinge gesagt zu haben. Joe kam nicht hinter mir her, und nach einigen Metern tat mir der Rücken so weh, dass ich wusste, ich musste mich so schnell wie möglich setzen, weil ich mir sonst womöglich in die Hose machen würde. Da entdeckte ich eine weitere Bank (dem gütigen Herrn sei gedankt, dass er im Wimbledon Common so viele Bänke hat aufstellen lassen). Ich ließ mich darauffallen und rührte mit meinem Flip-Flop-Fuß im Staub. Nach einer Weile senkte sich Joes Schatten über mich. Auch Brutus kam, schnüffelte an meinen Knien und hinterließ auf meinem Kleid/Indianerzelt eine schimmernde Speichelspur. Ich scharrte noch etwas länger mit den Füßen und versuchte, mich zu sammeln. Die Sache mit Andrew war ein würdeloses Desaster gewesen. Douglas war mit seiner neuen Freundin beschäftigt, und Helen hatte irgendein besonders wichtiges Event vorzubereiten. Die Beziehung zu meiner Schwester war nachhaltig beschädigt. Seit dem Tag, an dem Archie verschwunden war und ich sie zum Weinen gebracht hatte, hatte sie nicht mehr versucht, mit mir zu reden. Aus dem Krankenhaus war mir kürzlich ein Formular zur Geburtsplanung zugeschickt worden. Ich musste Kästchen zum Kaiserschnitt im Notfall, zur Epiduralanästhesie, zu Latexallergie und so weiter ankreuzen und sollte die Namen etwaiger Geburtsbegleiter angeben. Das machte mir bewusst, wie klein meine Auswahl war. Vor einer Weile hatten Alex und ich noch davon gesprochen, dass sie nach Hause kommen und diese Rolle übernehmen könnte, aber danach sah es jetzt wohl nicht mehr aus. Helen war so zimperlich, dass sie schon bei dem Wort Presswehen das Weite suchte. Sinead sagte, sie werde nie wieder einen Fuß in einen Kreißsaal setzen. Sophie? Nein. Ned? Teufel auch, nein. Mum? Nie und nimmer. Da blieb mir eigentlich nur noch ... niemand. Mein Herz war gebrochen, und ich hatte keine Ahnung, auf welche Weise oder wann es geheilt werden könnte. Ich fühlte mich völlig verlassen und ganz allein. Meine einzige Konstante war Joe, der freundliche und unverhohlen unkomplizierte Mann, der uneingeladen in mein Leben getreten war. Mit gelassener Miene stand er jetzt vor mir. Wie das Monument eines gelangweilten Hundes hockte Brutus neben ihm.

»Tut mir leid«, sagte ich. »Ich habe nichts davon so gemeint, wie ich es gesagt habe.« Joe nahm Platz und zog mich an sich. Er roch nach Seife und Hundesabber.

»Alles ist irgendwie Mist.« Ich seufzte. »Ich wollte es aber nicht an dir auslassen.«

»Was genau ist denn Mist?«

Ich schnaubte ein Ich-weiß-gar-nicht-wo-ich-anfangen-soll-Schnauben.

»Erst mal die ganze Geschichte mit Andrew.« Mich schauderte. »Ich meine, wie widerlich muss ich dabei ausgesehen haben?«

»So schlimm kann es nicht gewesen sein.« Joes Stimme hallte in dem Ohr nach, das ich an seine Brust gepresst hatte.

»Dann stresst es mich total, Mum zu belügen. Aber ich kann Ned jetzt wirklich nicht zwingen, die Eiswagen zu verkaufen. Es hört sich nämlich so an, als wäre ihr Geschäft gut angelaufen. Und Onkel Mike wird irgendwann herausfinden, dass sein Sohn Archie nicht in einer Art Disney-Film über freundliche Katzen aus dem Jenseits mitgespielt hat, und ich glaube nicht, dass ich seine Enttäuschung ertragen kann, wenn er feststellen muss, dass sein Sohn in einem Gedärme-und-Mädchen-in-Unterwäsche-Slasher-Zombie-Movie auftritt. Und was ist, wenn sie erfahren, dass ich Archie am See beinahe verloren hätte? Sie würden ihn mir nie wieder anvertrauen. Ich bekomme ein Baby und weiß nicht einmal, ob ich mir selbst trauen kann.« Ich holte tief Luft. »Und obwohl das alles wirklich schlimme Dinge sind, bin ich am allermeisten traurig wegen …« Ich zog die Nase hoch. »… meiner Schwester. Ich vermisse sie so sehr, dass mir davon ganz übel ist.«

Joe blieb stumm und streichelte meinen Kopf.

»Ich hab Angst davor, es allein durchzustehen.«

»Die Geburt?«

»Alles. Das Leben, das vor mir liegt. Einfach alles.«

»Denkst du, du bist allein?«, sagte Joe. Er lehnte sich zurück, um mir in die Augen sehen zu können. Ich nickte.

Joe lächelte. »Was bin ich? Eine Ausgeburt deiner Phantasie?«

»Nein.« Ich sah zu ihm auf und fing zu weinen an. »Wenn du ein Produkt meiner Phantasie wärst, dann hätte ich dir eine bessere Frisur verpasst.«

Joe schloss mich in die Arme und wartete darauf, dass meine Schluchzer versiegten.

»Alles wird gut. Du wirst schon sehen«, sagte er und drückte einen Kuss auf mein Haar.

Ich setzte mich auf und wischte mir die tränennassen Wangen ab. »Das ist es?«, sagte ich. »Das ist dein Rat?«

Joe beugte sich vor und kraulte Brutus unter der Schnauze.

»Genau.« Er schmunzelte.

»Na ja, als Ratgeber bist du nicht gerade eine Martha Beck.«

»Ich hab keine Ahnung, wovon du sprichst.« Er befestigte die Leine an Brutus' Halsband, stand auf und bot mir die Hand. »Gehen wir nach Hause.«

Ich stand ebenfalls auf. Joe hakte mich unter, und wir machten uns in einvernehmlichem Schweigen auf den Weg zum Cottage. Ich lief zur Eingangstür, und Joe ging zu Harriet und Arthur, um Brutus abzuliefern.

»Joe«, sagte ich über die niedrige Mauer hinweg.

»Hmm?«

»Ich finde den Gemüsegarten wunderschön.«

Joe grinste. »Ich weiß.«

Nachdem wir uns Essen vom Thai-Imbiss geholt hatten, kam Joe später am Abend aus seinem Zimmer herunter. Er trug ein schickes Shirt und Jeans und stellte sich vor mir auf. Ich saß auf dem Sofa.

»Wie sehe ich aus?«, fragte er und breitete die Arme aus.

»Wie ein netter Mann, der ausgehen, sich mit netten Freunden einen netten Abend machen und ein paar nette Biere kippen will, um schließlich ein ordinäres Teenieflittchen abzuschleppen, das ich um vier Uhr morgens in meiner Küche kennenlernen darf.«

Joe zog eine Grimasse. »So ein Abend wird es heute nicht.« Er prüfte sein Spiegelbild in der Glastür, zog das Shirt aus der Hose, stopfte es wieder in den Bund. »Und sie war kein Teenie.«

»Seit wann ist man mit neunzehn schon in den Zwanzigern?«, sagte ich und schaltete durch die Fernsehkanäle.

»In der Woche drauf ist sie zwanzig geworden.«

»Als sie in meinem Kühlschrank nach Eiswürfeln für sexuelle Zwecke gesucht hat, war sie neunzehn.«

Joe stopfte sein Shirt noch mal in die Hose.

»Was ist denn eigentlich aus *Julïana* geworden?« Ich sprach ihren Namen mit einem extragruseligen russischen Akzent aus.

»Hab ich dir doch gesagt«, sagte er und zog sein Shirt wieder hervor. »Wir sind Kaffee trinken gegangen. Und dann nichts mehr. Wir passten nicht zusammen.«

Ich grinste und beschloss, ihn zufriedenzulassen. Er schien mir mit seinem »Shirt raus/Shirt rein«-Problem ausreichend gestraft zu sein. Er ging vor den Flurspiegel und quälte sich mit einer abstehenden Haarlocke ab, während ich im Gefrierfach einen irritierenden Behälter fand.

»Was ist denn das?«

»Was ist was?« Joe kam in die Küche gestürzt und schob die Locke zur Seite. Widerspenstig fiel sie sofort zurück.

»Das hier«, sagte ich und zog mit einer schwungvollen Geste den unbeschrifteten Eisbehälter hervor, den ich vor ein paar Wochen bereits auf Skype zu Gesicht bekommen hatte.

»Oh.«

»Ich meine, ich hätte dir gesagt, du sollst das Zeug entsorgen.«

»Hab ich nicht fertiggekriegt.« Joe schien sich mit einem moralischen Problem zu quälen. »Es schmeckt einfach zu köstlich. Und dann – sieh dir das an.« Hinter einem Kühlschrankmagneten, der dem Marmorpenis von Michelangelos David nachempfunden war, zog er eine Karteikarte hervor. »Jede Geschmacksrichtung der Eiscreme aus Neds and Sophies Organic Ice Creamery ist Spendengeber für eine bestimmte Wohltätigkeitsorganisation. So gehen beispielsweise fünf Prozent der Erlöse aus dem Verkauf dieser Geschmacksrichtung an die Bedfordshire Wildlife Rescue.« Er schenkte mir seinen allerliebsten mitleiderregenden Welpenblick. »Sieh dir nur das Foto von dem verwaisten Otterbaby an ... oooh.«

Ich nahm ihm die Karte weg.

»Dieser verdammte Mistkerl«, sagte ich, konnte aber meinen Blick nicht von der bärtigen Nase des Otterbabys lösen.

Eiscreme der Nächstenliebe? Selfridges? Verwaiste Otterbabys? Ned traf hiermit genau die richtigen Töne. Er machte auf Mister Charity. Und was war mit mir und meinen Geldern? Wir spielten nur die zweite Geige, genau wie Prinz Philip. Es klopfte an der Tür, und Joe trottete los.

»Wer ist das?«

»Meine Freunde«, sagte Joe, der inzwischen schon die Hälfte des Flurs hinter sich gebracht hatte.

»Warum hast du denn nichts gesagt. Ich bin ja noch im Pyjama!«, schimpfte ich und prüfte schnell, ob ich mich mit Thai Food bekleckert hatte.

Die Tür ging auf. Lauthalsige und ungestüme Begrüßungsfloskeln hallten durch den Flur. Ich verstaute die Eiscreme wieder im Tiefkühlfach und überzeugte mich eilig davon, dass meine Pyjamahosen am Hintern keine Löcher hatten.

»Wo haben wir denn die kleine Lady?«, war eine dröhnende Stimme zu hören, und dann betrat ein bärtiger Mann grinsend die Küche. »Das muss sie sein.« Er stürzte auf mich zu. »Hi, ich bin Dan. Hab mich schon lange drauf gefreut, dich kennenzulernen.« Mit seiner fleischigen Pranke packte er meine Schulter, küsste mich auf beide Wangen und drückte mir einen kühlen, matschigen und in Plastikfolie gewickelten Klumpen in die Hand. »Joe sagt, du verstehst ziemlich viel vom Kochen. Schieb dir diese Dingerchen zwischen die hübschen Beißer, und lass mich wissen, was du von ihnen hältst.«

»Okay, danke«, sagte ich. Mir war noch immer schwindlig von der überschäumenden Begrüßung. »Und was ist das?«

»Würste!«, sagte Dan durch seinen struppigen, schwarzen Bart. Seine braunen Augen funkelten vor natürlicher Ausgelassenheit. Riesige Bizepse schwollen unter seinem karierten Flanellhemd wie Polsterkissen, und in seinem voluminösen Brustkorb hauste eine Stentorstimme.

»Okay«, sagte ich noch einmal. »Ein ungewöhnliches Geschenk, aber danke.«

Joe brachte einen hochgewachsenen Mann mit zerzaustem blondem Haar und vergnügtem Grinsen mit in die Küche. »Dan ist Metzger«, sagte er.

»Bessere Würste wirst du nie und nimmer finden«, sagte der blonde Mann. »Hi, ich bin Tim.« Er durchquerte den Raum und drückte mir zwei weniger haarige Küsse auf die Wangen. »Freut mich, dich kennenzulernen, nachdem wir so viel über dich gehört haben.«

»Ich auch über dich«, sagte ich, denn mir fiel ein, dass Tim der Anwalt war, der Joe nach der Katy-Geschichte den Rat gegeben hatte, loszugehen und eine Menge Frauen flachzulegen. Immerhin hatte er ihn auch daran erinnert, »immer schön was drüberzuziehen, bevor es zum Äußersten kommt«.

»Joe sagt, du bist die coolste schwangere Maus, die ihm je begegnet ist.« Tim legte Joe die Hand auf die Schulter.

»So, sagt er das?« Ich sah hinüber zu Joe. Er grinste.

»Erinnerst du dich noch an Stephanie, damals zu Weihnachten?« Dan schüttelte sich. »Mann, was für eine Irre.«

»Wer ist Stephanie?«, fragte ich.

»Die Frau meines Bruders«, sagte Joe. »Schwanger mit Zwillingen und auf einem hormonellen Horrortrip.«

»Ist mit einem Tranchiermesser hinter Alistair hergerannt«, sagte Tim. »Habt ihr vielleicht ein Bier?«

»Sie wollte doch nur tranchieren.« Joe öffnete den Kühlschrank. »Jedenfalls nicht ihn töten.«

»Sie machte gerade Omeletts. Und Rührei muss man doch wohl nicht tranchieren, Alter.«

Joe nahm drei Flaschen Bier heraus, goss mir einen Saft ein, und wir zogen in den Wohnbereich um. Die nächste halbe Stunde lachte ich über Dan und Tim, die einander darin überboten, die peinlichsten Geschichten aus Joes Jugend zu erzählen. Und als Joe mit Dan draußen war, um ihm den Gemüsegarten zu zeigen, eröffnete Tim mir seinen Plan. Laut Tim war Joe noch viel zu jung gewesen, als er Katy mit Haut und Haar verfiel. Er hatte vorher »mit seiner Rute noch nie was geangelt«, und daher sei es seine Pflicht, Joe auf die freie Wildbahn zu führen, damit er merkte, was ihm seit der Highschool entgangen war. Langsam wurde mir klar, dass Tim zwar ziemlich raubeinig war (besonders für einen Steueranwalt), aber doch nicht so übel, wie ich anfangs gedacht hatte. Seine Absichten waren anerkennenswert. Er stand seinem besten Freund auf die Art zur Seite, die er für richtig hielt. Er füllte ihn ab und schickte ihn auf die Pirsch nach Mädels, die leicht zu haben waren. Keine Therapieform, die von unserem Gesundheitswesen unterstützt wurde, aber eine, die noch immer bei vielen Männern Anklang fand.

»Joe geht es besser, seit er hier wohnt. Vielen Dank, dass du dich um unseren Freund kümmerst. Du bist eine Frau, auf die man sich verlassen kann«, sagte er aus voller Überzeugung.

»Es ist toll, Joe um sich zu haben, und ich muss sagen, dass ich seine Gesellschaft genieße.«

»Joe ist der Beste.« Tim beugte sich vor und wurde plötzlich ernst. »Er hat diesen Scheiß nicht verdient. Ich hab Katy nie gemocht. Ich meine, sie war die heißeste Biene in der Schule, und alle wollten sie flachlegen, aber für sie ging es immer nur um sie selbst, nie um jemand anderen. Devon war ihr nicht gut genug. Sie wollte Shoreditch. Sie wollte Cocktails und nur in schwarzen Taxis durch die Gegend kutschieren. Und sie wollte unbedingt 'ne Handtasche von Schamel.« Er schüttelte den Kopf. »Nichts zum Heiraten.« Er ließ sich nach hinten in den Sessel sinken. »Aber die Scheiße ist, dass Freunde sich mit so einer Meinung zurückhalten müssen.« Er zuckte die Achseln und wirkte bedrückt. »Nachdem sie ihn betrogen hatte, hat er ein paar Nächte bei uns geschlafen, aber ich glaube, unser trautes Familienleben war ein bisschen viel für ihn. Joe ist ein feinfühliger Kerl. Das weiß er gut zu verbergen, aber auf Menschen wie ihn sollte man immer ein Auge haben. Wegen Depressionen und so 'm Zeug.«

»Hast du Kinder?«

»Ja, eine Tochter.« Tims Gesicht erstrahlte. Er zog sein Telefon aus der Tasche. »Die kleine Annie Lou.« Er zeigte mir das Foto eines rosagesichtigen Babys in einem rosa Schlafsack auf einem rosa Laken und umgeben von rosa Kuscheltieren. Das viele Rosa machte mir Kopfschmerzen.

»Was für ein Wonneproppen.«

»Nächste Woche wird sie drei Monate alt. Wir schmeißen eine kleine Party für sie. Blöd, ich weiß, aber die kleinen Dinge sollte man doch feiern, oder? Sonst wird man bei all der Scheiße da draußen blind für das Schöne im Leben.«

Ich nickte. Nicht gerade poetisch formuliert, aber grundsätzlich war ich damit einverstanden.

Dan und Joe kamen herein. Sie debattierten über die Kombination von Minze und Schweinefleisch.

»Komm jetzt, zieh dich an, und wir hau'n ab.« Dann ließ er die Hand auf Joes Schulter fallen.

»Ich bin angezogen«, sagte Joe und sah an sich hinunter. Er hatte sich letztlich doch für »Shirt in der Hose« entschieden.

»Aber auf deinem T-Shirt ist doch gar nichts zu lesen ...?«, sagte Dan stirnrunzelnd. »Da muss was draufstehen, damit man ins Gespräch kommt.« Er knöpfte sein kariertes Hemd auf und enthüllte darunter ein eng anliegendes weißes T-Shirt mit dem Schriftbalken *I can MEAT your needs!* quer über der Brust. »Wir tragen die auch in der Schlachterei«, sagte er strahlend lächelnd. »Die Damen fahren voll drauf ab.«

»Ja?«, fragte ich skeptisch.

Dans Lächeln wurde schwächer. »Nicht wirklich.« Dann war das Grinsen zurück. »Aber es siebt die Ungeeigneten aus. *Du kannst hiermit nicht leben?*« Er strich mit der Hand über die Buchstaben. *»Dann kannst du auch mit dem hier nicht leben.«* Mit einer theatralischen Geste deutete er auf sich und führte einen Balztanz auf.

Joe lachte. »Knöpf dich wieder zu!« Er griff nach seiner Brieftasche und dem Handy und umarmte mich. »Warte nicht auf mich«, schickte er hinterher.

Ich bekam noch einen Haufen weiterer Küsse, wurde umarmt, zur Geburtstagsfeier eines drei Monate alten Babys eingeladen, aufgefordert, beim sonntäglichen Fußballspielen Zaungast zu sein, und bekam das Angebot, mich für alle Fragen rund ums Baby mit Tims Frau in Verbindung zu setzen. Dann trampelten sie durch den Flur, diskutierten, auf wessen Konto sie das »Uber« bestellten und in welchem Pub sie ihre Tour beginnen sollten. Und natürlich stritten sie darüber, auf wen die erste Runde ginge. So sehr sie auch lärmten und einen auf dicke Hose machten, so froh machte es mich, wie viel ihnen unverkennbar an Joe lag.

»Hast du deine Lümmeltüten?«, fragte Tim an der Vordertür.

»Du bist widerlich«, sagte Joe, und Dan bekam einen Lachanfall.

Die Tür knallte hinter ihnen zu, und ich brauchte noch mindestens zwei Sekunden, um zu schnallen, was eine »Lümmeltüte« war.

KAPITEL 32

Als ich am nächsten Morgen meine Schlafzimmertür öffnete, die Blase zum Bersten gefüllt, erblickte ich Joe, der in Boxershorts und mit wild zerzaustem Haar in der offenen Haustür stand und schon wieder eine langbeinige Tussi küsste, die vor ein oder zwei Tagen noch die Schulbank gedrückt haben mochte.

»Lasst euch nicht stören«, zickte ich, als ich mich im Flur an Joes nacktem Rücken vorbeizwängte. Unser Weiberheld trug noch Socken an den Füßen.

Joe ließ vom Schmatzen ab: »Emma! Ich wollte gerade ... das ist ...«

Ich bedeutete ihm mit einer Geste, die Klappe zu halten, und trippelte mit winzig kleinen Schritten ins Bad. Bei jeder plötzlichen Erschütterung würden sich die Blasentore selbsttätig öffnen, und das durfte auf keinen Fall passieren – nicht um acht Uhr fünfzehn morgens und erst recht nicht unter den Augen der Spaziergänger auf dem Weg zum Park und vor Joe und seiner spätpubertären Barbiepuppe, die ein figurbetontes Kleid von Reiss trug. Ausgerechnet diesen Fummel hatte ich neulich im Internet gesehen und bewundert, bis ich mir eingestanden hatte, dass ich ihn in diesem Lebensalter auf keinen Fall mehr würde tragen können, da ich mittlerweile den Umfang eines Peugeot 106 erreicht hatte. Als ich aus dem Bad kam, stand Joe noch immer da und unterhielt sich flüsternd mit dem kichernden Mädchen, das um diese Zeit eigentlich im Haus seiner Eltern den Samstagmorgen-Zeichentrickfilm hätte sehen sollen. Ich stampfte durch den Flur in die Küche und formulierte im Kopf die geeignete Strafpredigt. Irgendwann kam Joe in die Küche geschlichen, ließ sich aufs Sofa sinken und legte den Kopf in die aufgestützten Hände.

»Ich glaube, ich muss mich übergeben«, stöhnte er.

»Ach? Warum das denn?«, sagte ich, fest im Sattel meines hohen Rosses. »Weil du zu viel getrunken hast oder weil du ein Borderline-Pädophiler bist?«

Joe hob den Kopf. Sein Gesicht fiel in sich zusammen, und plötzlich sah er aus wie ein Vierjähriger, der versucht, nicht zu weinen. Sein Kinn verriet, wie sehr er mit den Tränen zu kämpfen hatte. Meine Strafpredigt löste sich in Luft auf.

»Ich weiß nicht, was ich hier eigentlich tue. Das bin ich nicht.« Er schüttelte den Kopf und verzog dabei das Gesicht. Theatralisch stützte er den Kopf wieder in die Hände. »Ich bin heute Morgen aufgewacht, und da hockte sie am Bettende und hat mir einen …«

»Halt!«, herrschte ich ihn an. »Erspar mir die Details.«

»Sorry. Jedenfalls hat sie … du weißt schon, und mir wurde bewusst, dass ich mich nicht an ihren Namen erinnerte. Welcher Mann nimmt ein Mädchen mit nach Hause, von dem er nicht mal den Namen weiß?«

»Ich befürchte, davon gibt's viele«, sagte ich, drückte meinen Teebeutel aus und ließ ihn in die Spüle fallen. »Und du bist kein bisschen besser als sie.«

Joe seufzte. Sein breiter Rücken hob und senkte sich mit dem Atem. Was ich gesagt hatte, war verletzend. Ich bedauerte es auf der Stelle. Wir alle hatten in betrunkenem Zustand schon Dummheiten mit dem anderen Geschlecht angestellt. Verdammt! Erst kürzlich hatte ich selbst mir von einem verheirateten Mann mitten im Wald die Brüste freilegen lassen, und dabei war ich stocknüchtern gewesen. Und stockschwanger. Ich schüttelte mich, um mich von der Vorstellung zu befreien. Dann griff ich meinen Teebecher und ging zu ihm hinüber.

»Mich erinnert die ganze Situation sehr an *Und täglich grüßt das Murmeltier*.«

»Ich weiß«, sagte er, ohne den Kopf zu heben. »Tut mir leid.«

Ich setzte mich neben ihn und legte ihm den Arm um die Schultern. Kaum wahrnehmbar lehnte er sich an mich. Dass ich Trost spenden konnte, war mir ein Trost.

»Obwohl, ihr Kleid hat mir gefallen.«

Bei Speck und Eiern mit Bratkartoffeln erzählte Joe mir dann, wie sein Abend abgelaufen war.

»Schuld waren wohl die Kurzen«, sagte er trübsinnig.

»Das ist durchaus möglich.«

»Ich hatte den Jungs gesagt, dass ich im Moment nicht so sehr an Frauen interessiert sei, und plötzlich war das ihr einziges Thema. Als hätten sie nur auf eine Herausforderung gewartet.«

»Männer«, sagte ich mit vollem Mund.

»Tim nannte mich eine Schwuchtel und bestellte einen Regenbogen.«

»Regenbogen?«

»Kurze Schnäpse, aufgereiht in den Farben des Regenbogens«, sagte er. »Ist so 'n Schwulending.«

»Klar«, sagte ich, und mir war klar, dass ich offensichtlich jegliche Verbindung zu meiner eigenen Generation verloren hatte.

»Er sagte, es sei zu Ehren meines schwuchteligen Verhaltens.«

»Reizend.«

»Ich kippte die Kurzen herunter, um vor Tim meine Ruhe zu haben, aber dann ... An viel erinnere ich mich nicht.« Er legte sein Besteck zusammen, das Messer richtig herum, und schob den Teller weg. »Ich weiß noch, dass ich vor einem Club in Piccadilly stand. Dass Dan ein paar Mädels sagte, ich sei auf dem Markt, bräuchte eine neue Freundin und so. Dann weiß ich nur noch, wie ich auf einer beleuchteten Tanzfläche jemanden geküsst habe.« Er schüttelte den Kopf. »Und dann bin ich aufgewacht, als sie gerade ...«

»Halt!«

»Sorry.« Er nestelte an der Tischkante.

»Isst du die noch?« Ich zeigte auf die Kartoffeln.

»Ich weiß nicht, was ich tun soll.« Joe schob seinen Teller zu mir. »Vor letzter Nacht und vor der Nacht mit Juliana hatte ich ...« Er war verlegen. »Ich hatte nur ...«

Ich nickte ermutigend.

»Ich hatte nur mit ...« Er machte sich an der Sirupflasche zu schaffen.

»Spuck's aus!« Ich riss ihm die Sirupflasche aus der Hand. »Hatte nur mit einer ...?«

»... einer Frau geschlafen.« Joe errötete.

»Ja, ich weiß, hat Tim mir erzählt.« Ich grinste.

Joe schüttelte zutiefst empört den Kopf.

»Und wie konnte das passieren?«, fragte ich.

Er fummelte an einem Serviettenring herum, den ich in diesem Haus noch nie gesehen hatte. »Ich habe Katy kennengelernt, als ich auf der Highschool war. Mal waren wir zusammen, dann wieder nicht, es ging hin und her, und ich fand sie so toll, dass ich jedes Mal, wenn wir wieder ...«, er ließ den Serviettenring fallen und malte Anführungszeichen in die Luft, »... ›Zeit für uns‹ brauchten, einfach abwartete und hoffte, wir würden wieder zusammenkommen. Andere Mädels waren gar nicht erst interessant für mich. Ich habe sie vom ersten Augenblick an geliebt, nicht wie in den Kitschfilmen – ich habe sie wirklich geliebt.«

Ich wusste nicht, was ich sagen sollte. So hatte ich noch nie empfunden. Diese Gefühle konnte ich nicht nachvollziehen. Ich ging nicht auf Joes Kummer ein und dachte über meinen eigenen nach. Würde ich jemals so für jemanden empfinden können? Von einer solchen Liebe mein Leben bestimmen lassen? Wollte ich das überhaupt? Es klang, als würde davon alles überschattet, ein bisschen gruselig. Wann würde ich noch Zeit finden, zu basteln oder Jetboot zu fahren oder zu tun, was sonst noch wichtig war? Als Joe klarwurde, dass ich seiner Äußerung nichts hinzuzufügen hatte, widmete er sich wieder dem scheußlichen Plastikserviettenring. Finster sah ich das Ding an, als sei es empfänglich für meine Vorwürfe. Warum lag er hier auf meinem Tisch, glänzend und hässlich?

»Wie wär's, wenn ich heute Abend die Cannelloni mache, die du so gern isst?«, fragte ich betont gutgelaunt.

Joe zuckte mit den Achseln.

»Mit extra viel Käse?« Ich würde ihn schon noch ködern.

Joe ließ sich zu einem leisen »Klingt toll« hinreißen.

»Perfekt.«

Ich stand auf, klaubte ihm den grässlichen Serviettenring aus den Händen und marschierte damit direkt zum Mülleimer.

Später an diesem Nachmittag kehrte ich mit prall gefüllten Supermarkttüten vom Einkaufen zurück, stieß die Haustür hinter mir zu und watschelte den Flur hinunter.

»Zum Nachtisch backe ich deine Lieblingsbrownies.« Ich schleuderte die Tüten auf den Küchentisch.

»Klasse«, sagte Joe. Anders als sonst schien er kaum ansprechbar und saß regungslos auf dem Sofa, in der Hand sein Smartphone, das Gesicht bedeutungsvoll ernst.

»Was ist los?« Ich packte Papaya, Oliven, Senf, Manchego-Käse und alle die anderen Dinge aus, die mich verlockt hatten, als ich hungrig durch die Gänge des Supermarkts gestapft war. »Joe? Alles in Ordnung?«

Langsam hob er den Kopf. Seine Miene war undurchdringlich, als hätte er die Fensterläden zu seiner Seele geschlossen.

»Katy hat angerufen«, sagte er tonlos. »Sie will sich nach der Arbeit mit mir treffen.«

»Wozu?«, fragte ich mit einem Anflug von Verärgerung. Wir hatten eigentlich geplant, uns *Auf der Jagd nach dem grünen Diamanten* und *Auf der Suche nach dem Juwel vom Nil* anzuschauen. Klassiker!

Er blickte kurz auf, schien aber geradewegs durch mich hindurchzusehen. »Ich weiß nicht, was sie will.«

Gegen fünf kam Joe die Treppe herunter. Er war frisch rasiert, schick angezogen und machte einen etwas fahrigen Eindruck. Beim Hinausgehen versprach er, rechtzeitig zum Essen wieder zurück zu sein. Um halb acht hatte ich drei der fünf Cannelloni-Röhren aufgegessen. Um zehn nach acht war auch der Rest vertilgt. Beim Essen sah ich mir die letzten Szenen von der *Jagd nach dem grünen Diamanten* an. Als der Film zu Ende war, spielte ich mit dem Gedanken, die Küche aufzuräumen und ins Bett zu gehen, doch stattdessen ging ich die Treppe hinauf und durchwühlte, wie jede vernünftige, reife junge Frau es tun würde, Joes Sachen.

Sein Bett hatte er gemacht, aber darauf verstreut lagen jede Menge Klamotten. Es war ein kleiner Trost, zu wissen, dass nicht nur Frauen sich mit der Frage quälten, was sie zum Treffen mit dem Ex anziehen sollten. Ich streifte durchs Zimmer, unnötigerweise auf Zehenspitzen, und suchte nach ... Beweisen? Ich war auf der Suche nach den wirklich interessanten Dingen. Zerrissenen Fotos von Katy, bei denen die Augen mit einer Nadel durchstochen waren; einem Tagebuch mit Einzelheiten zu ihrem Liebesleben und darüber, wie ihre Genitalwarzen die Beziehung immer mehr belastet hatten. War das unreif? Ja. Hatte irgendjemand etwas anderes erwartet? Ich hatte mir natürlich ein Bild von Katy gemacht, und zwar das einer übernatürlich hübschen Hexe mit rabenschwarzem Haar, blutrotem Lippenstift und einer Vorliebe für Seidenstrümpfe mit Naht. Ich öffnete die Nachttischschubladen. Nichts. Unter dem Bett auch nichts. Im Kleiderschrank hingen ein paar Anzüge. Ich versuchte, mir Joe darin vorzustellen, da ich ihn bislang fast nur in Jeans, verwaschenen Band-T-Shirts und weiten Wollpullovern gesehen hatte. Ich schloss den Schrank und erspähte seinen Computer auf der Frisierkommode. Als ich auf eine Taste tippte, erwachte der Bildschirm zum Leben, verlangte jedoch ein Passwort. Aber da Joe ein offener Mensch war, hatte er dieses Geheimnis schon in der ersten Woche unseres Kennenlernens gelüftet. Also tippte ich *Nö_fehlt_Knob-*

lauch ein, sein Lieblingszitat aus einem Film, und schon war ich drin. Der Bildschirmhintergrund zeigte den in die Kamera grinsenden Joe, Sonnenbrille auf der Nase, Shirt ausgezogen, den durchtrainierten Arm um eine auffallend blonde Frau in einem türkisfarbenen Bikini geschlungen, angesagte Fliegersonnenbrille und Zähne bleckendes Lächeln. Könnte seine Schwester sein, dachte ich, wenn auch nicht überzeugt. Die Tatsache, dass Joe nur Brüder hatte, ließ jedoch Zweifel daran aufkommen. Noch war ich nicht bereit, mich von meinem Bild der dunkelhaarigen Katy zu lösen, und klammerte mich an die Vorstellung einer kaltherzigen Verführerin auf der Jagd nach sanften Seelen, die sie schreddern konnte. In Joes Dateien fand ich weitere Bilder der Frau – es konnte sich also nur um die Eine handeln. Katy schien niemals unnahbar wirkenden blutroten Lippenstift zu tragen, und ihr Haar war nicht rabenschwarz, sondern hatte jenen unnachahmlichen Ich-trage-schwedische-Gene-in-mir-und-daher-hat-mein-Haar-natürlich-die-Farbe-von-biologisch-angebautem-Weizen-an-einem-Sommertag-in-einem-Gemälde-von-van-Gogh-Ton, den eigentlich jede Frau haben will. Ich nahm den Laptop und machte es mir auf Joes Bett gemütlich. Beim Durchsehen der Fotos erhielt ich einen kleinen Einblick in sein früheres Leben. Jenes Leben, bevor ich ihn kennengelernt hatte. Ich fand Fotos von Joe und Katy in Daunenjacken und mit glänzenden Sonnenbrillen auf Berggipfeln. Fotos, auf denen sie inmitten großer fröhlicher Gruppen an langen Tischen saßen und aus überdimensionierten Zinnbechern tranken. Joe und Katy vor Tempeln, auf den Dächern von Kultstätten und in Taucherausrüstung auf Booten. Ich scrollte zu den zuletzt hinzugefügten Fotos und stoppte bei einem Selfie, auf dem Joe im Wohnzimmer eines Loft-Apartments mit freigelegten Backsteinwänden und ultrastylisher Einrichtung stand, in der Hand ein Schild mit dem Schriftzug *VERKAUFT*. Am Bildrand war Katy zu sehen, die ihn auf die Wange küsste. Joe grinste wie die Katze, die sahnige Milch von glücklichen Kühen direkt aus dem Melkeimer schlecken durfte. Mir wurde bewusst, dass er sich für einen Mann, dessen Leben derart auf den Kopf gestellt worden war, bislang erstaunlich gut gehalten hatte. Nach dem Anruf von Katy war seine Fassade jedoch eingestürzt, und er schien plötzlich nicht mehr mein Leidensgenosse zu sein. Ich scrollte zurück zu ein paar Fotos von Joe und Katy auf einer Party, wo sie in römische Gewänder gehüllt waren und Lorbeerkränze trugen, jeder ein großes Weinglas in der Hand. Ich vergrößerte den Ausschnitt mit Joes Gesicht. Einerseits hoffte ich tatsächlich, die beiden würden versuchen, sich wieder zusammenzuraufen. Sie schienen ein so perfektes Leben gehabt zu haben. Das alles wegen eines Fehltritts wegzuwerfen wäre eine Schande. Andererseits wünschte ich mir von Herzen, Joe würde sie mit einem kurzen »Fick dich« zum Teufel schicken und sich ein Mädchen suchen, das ihm nie im Leben antun würde, was Katy ihm angetan hatte. Ich spürte starken mütterlichen Beschützerinstinkt in mir aufsteigen.

Gegen Mitternacht hörte ich die Pforte zufallen und die Steine unter Joes Schuhen knirschen, als er auf die Haustür zusteuerte. Ich war schon vor einer Stunde ins Bett gegangen, lag jedoch hellwach und konnte nicht schlafen. Aus dem Klang seiner Schritte versuchte ich zu schließen, wie es mit der schwedischen Weizenhaarhexe gelaufen war, aber sie hörten sich einfach wie die Schritte eines Mannes an, der spät nach Hause kommt und sich Mühe gibt, seine Nachbarn nicht zu wecken. Er schloss die Tür auf, kam die Treppe hinauf, und schon nach wenigen Minuten hörte ich ihn schnarchen.

KAPITEL 33

Als wir am nächsten Morgen durch den sonnigen Park spazierten, konnte ich kaum abwarten zu erfahren, was geschehen war.

»War es seltsam, sie zu sehen? Ich meine, hättest du ihr am liebsten, du weißt schon, ein Messer ins Gesicht gerammt oder so was?«

»Nein«, sagte Joe verwirrt. »Ich wollte ihr kein Messer ins Gesicht rammen.«

»In die Brust?«

Er stieß ein amüsiertes Pff aus, starrte aber weiterhin auf seine Füße. »Nein.«

»Einen Zeh abschneiden? Ohrring ausreißen?«

Joe schüttelte den Kopf. »Weder hatte ich das Verlangen, gewalttätig zu werden, noch trug ich mich mit Mordgedanken.«

»Oh«, sagte ich. Zutiefst enttäuscht.

Wir trödelten weiter durch den Park, Brutus dicht hinter Joe, ich mit einer Plastiktüte voller Milchbrötchen unterm Arm. Harriet hatte darauf bestanden, dass wir sie an die Enten verfütterten, und natürlich hatte sie alle mit Butter und Marmelade bestrichen. Nach dem Abend mit Katy war Joe heute früh schweigsam und distanziert gewesen. Ich war es nicht gewohnt, ihn so nachdenklich zu sehen. Es beunruhigte mich. Sogar Brutus schien zu spüren, dass Joe abgelenkt war, und lief daher lieber hinter ihm, statt um den Stock zu kämpfen, den Joe in der Hand trug. Als wir ein paar stille Minuten später den Rand des Teichs erreichten, rannte Brutus wie immer bellend am Ufer hin und her, während Joe und ich kleine Stücke von den bleischweren Brötchen abrissen und sie den desinteressierten Enten zu warfen.

»Und, was ist passiert?«, fragte ich, als uns die Backwaren allmählich ausgingen.

Joe schien mich nicht gehört zu haben. Mein Rücken schmerzte, und da ich vergeblich auf eine Antwort wartete, tippelte ich zu einer Bank ganz in der Nähe. Joe blickte schwermütig zu den Brötchenstückchen, die auf dem Wasser trieben. Dann schnalzte er mit der Zunge nach Brutus, schlenderte in meine Richtung und setzte sich neben mich.

Nachdem wir eine Weile geschwiegen hatten, fing Joe schließlich an zu sprechen. »Sie möchte wieder mit mir zusammen sein.«

»Was?«, platzte es aus mir heraus. »Jetzt dreht sie wohl völlig durch!«

Als ich Joes ins Gesicht sah, wurde mir klar, dass es besser wäre, meine Antworten zu diesem Thema zukünftig etwas rücksichtsvoller zu formulieren.

»Sorry«, murmelte ich.

Eine weitere Minute verstrich.

»Und, was hast du gesagt?«

Joe sah nach unten und schien zum ersten Mal den Stock in seiner Hand wahrzunehmen. Er warf ihn, und Brutus, der bislang mit der Haltung eines Staatsmannes zu Joes Füßen gesessen hatte, jagte übers trockene Gras. Da ich schon in guten Zeiten nicht gerade der geduldige Typ war und in diesem späten Stadium der Schwangerschaft erst recht nicht, trieb mich der immer wieder stockende Fluss unseres Gesprächs fast in den Wahnsinn.

»Joe?«

»Ja?«

»Was hast du geantwortet, als sie gesagt hat, dass sie wieder mit dir zusammen sein wolle?«

»Oh.«

Brutus kam zurück und ließ den nun speichelnassen Stock zu Joes Füßen fallen.

»Ich habe gesagt, dass ich darüber nachdenken muss.«

Meinem traurigen Freund zuliebe verschluckte ich den Kommentar »Miese Fot ...«.

»Also, wenn ich mal etwas dazu sagen darf ...«, sagte ich.

Joe sah mich erstaunt an.

»Und selbst, wenn nicht ... Was gibt es da groß nachzudenken? Sie hat dich betrogen.«

Sein Gesicht verdüsterte sich noch weiter. »Ich weiß.«

»Und ihr wart noch nicht mal verheiratet.«

Joe warf den Stock erneut, verfolgte Brutus' enthusiastische Bemühungen, ihn zurückzubringen, und nickte. Als ich Joe betrachtete, fielen mir die dunklen Ringe unter seinen Augen auf und die frischen Sorgenfalten, die sich in sein Gesicht gegraben hatten.

»Okay, ich versuche wirklich, taktvoll zu sein«, sagte ich.

Joe bedachte mich mit einem zweifelnden Blick. Zu Recht.

»Findest du nicht – und ich sage das nur, weil ich als deine Freundin die Anwältin des Teufels zu spielen habe –, dass sie eine Riesenschlampe ist?«

Joe ignorierte mich, aber die Muskeln um sein Kiefergelenk verkrampften sich. Ich fragte mich, ob ich zu weit gegangen war, fuhr aber dennoch fort.

»Glaubt sie, ihr beide kommt einfach wieder zusammen und macht weiter, als sei nichts gewesen? Ich meine, wie könntest du ihr jemals wieder vertrauen?«

Joe schleuderte den Stock noch einmal fort und ließ sich dann gegen die Rückenlehne der Bank fallen. Weil er aussah, als würde er gleich etwas sagen wollen, wartete ich ab und nahm mir vor, so aufgeschlossen wie möglich zu reagieren. Ihm sollte endlich klarwerden, dass Katy Abschaum war, und er sollte aufhören, über eine Beziehung zu grübeln, die nicht einen einzigen weiteren Gedanken wert war. Denn ich wollte, dass endlich alles wieder so war wie vorher. Er und ich, die beiden Gehörnten, die sich mit einer Packung M&M auf dem Schoß *Tatsächlich ... Liebe* ansehen.

»Sie findet ...« Er legte eine weitere ausgedehnte Pause ein. Ich war kurz davor, ihn zu kneifen. »Sie findet, wir sollten zur Paarberatung gehen und dann ...« Er erinnerte mich an eine Website mit Ladehemmungen. Ich stieß ihn mit dem Ellenbogen an. »... und dann unsere Neuverlobung bekanntgeben.«

Ich biss mir auf die Zunge. Am liebsten hätte ich sämtliche Flüche und alle Schimpfwörter, die ich kannte, zusammen mit einer Ladung Schwefelsäure in einen stacheligen Massageball gestopft und ihn ihr ins symmetrische Gesicht geschleudert.

Irgendwann blickte Joe wieder auf. »Und?«, fragte er. »Dazu hast du doch sicherlich eine Meinung, oder?«

»Natürlich habe ich die«, sagte ich, riss die Augen weit auf, lächelte aber dazu, um zu signalisieren, dass ich mich zurückhalten würde. »Aber was denkst du? Was *willst* du?«

Er lehnte sich vor, stützte die Ellbogen auf die Knie und ließ seine Hände dazwischen baumeln.

»Ich weiß nicht.« Er blickte auf den staubigen Boden. »Will ich wirklich zur Paarberatung gehen, mit neunundzwanzig? Noch bevor ich eine Ehe eingehe, die ein Leben lang halten soll?«

Mir entfuhr ein bekümmertes Schnauben.

»Kein gutes Zeichen, oder?«

Ich schüttelte den Kopf. Ich beobachtete Brutus, der sich von seinem Stock abgewandt hatte und nun der Stelle, an der sich einst seine Hoden befanden, eine gründliche Reinigung verpasste.

Joe lehnte sich zurück. »Ich bin für eine Partnersuche nicht geschaffen. Die Frauen sind alle so jung und draufgängerisch, und jede von ihnen will Moderatorin bei Channel 4 werden.« Er fuhr sich mit einer Hand übers Stoppelkinn. »Mit Katy ist es ... war es bequem. Sie war meine Familie«, sagte er mit der Ausstrahlung eines vom Schicksal schwer gebeutelten Mannes.

Die Anziehungskraft seines Elends drohte mich zu verschlingen wie ein schwarzes Loch. Ich legte ihm eine Hand auf die Schulter. Er füllte seine Lunge mit Luft und ließ sie mit einem tonnenschweren Seufzer wieder hinaus. Ich litt mit meinem Freund. Ich wollte ihm sagen, dass diese Frau kaum seine Verachtung wert war, aber schon gar nicht seine Liebe. Dass eine Paarberatung totaler Unsinn war. Dass er ihr sagen sollte, sie möge sich ein paar Ambosse an ihre schlanken Fesseln hängen und einen netten kleinen Schnorchelausflug in den Atlantik machen.

»Ich glaube, du solltest es noch einmal versuchen«, sagte ich stattdessen und kam mir dabei überaus reif und erwachsen vor.

»Was?!« Joe drehte sich mir zu und sah mich zum ersten Mal an diesem Tag richtig an. Ich war selbst nicht überzeugt.

»Was?!«, sagte er noch einmal.

»Ich glaube, du solltest es noch einmal versuchen«, wiederholte ich, noch weniger überzeugt.

Joe blickte mich fragend an, schien jedoch keine Worte zu finden.

»Es ist einfach ... ihr habt so viel miteinander erlebt«, sagte ich, die Fotoschnüffelei vom Vorabend noch frisch in Erinnerung. »Es wäre schade, das alles wegen eines einzigen Fehlers wegzuwerfen.«

Ich wartete auf Joes Antwort. Seine Augen huschten hin und her und spiegelten das Chaos seiner Gedanken wider.

»Aber was, wenn es nicht nur dieses eine Mal passiert ist?« Er starrte mich an, als sei ich ein Orakel, was ich ganz sicher nicht war.

Ich zuckte mit den Achseln. »Die Antwort auf diese Frage wirst du vielleicht nie erfahren.«

Er sackte auf der Bank in sich zusammen.

»Du hast sie mal geliebt«, sagte ich. »Vielleicht könntest du es wieder tun. Sollte Liebe nicht alles überwinden? Wie sagt Bryan Ferry so schön: *Love is the drug I've been thinking of*. Oder der Klassiker: *All You Need is Love*. Selbst in der *Eiskönigin* heißt es: *Liebe öffnet Tür'n*.« Ich zwang mich zu einem Lacher.

Joe runzelte die Stirn.

»Liebst du ...« Plötzlich musste ich schlucken. »Liebst du sie noch?«

Joe wandte sich mir zu. Seine Augen suchten in meinen nach der Antwort. Wenn man diese Frage nicht sofort beantworten kann, liebt man den anderen nicht, dachte ich mir. Und genau das wollte ich auch sagen. Dass Liebe mit Leichtigkeit einhergehen sollte. Schwarz und Weiß. Ist Liebe nicht eigentlich einfach eine

Steigerung echter Freundschaft? Eine erhebliche Steigerung, zugegeben, eine um Sex und Verbindlichkeit und Hingabe und so weiter erweiterte Freundschaft, aber dennoch – wenn die Person, mit der man den Rest seines Lebens verbringen will, nicht auch der beste Freund ist, dann kann man das Ganze doch verdammt noch mal gleich bleiben lassen, oder etwa nicht? Der Sex verliert spätestens dann seinen Reiz, wenn beide Partner künstliche Hüften haben oder wenn es nur noch ein sehr kleines Zeitfenster gibt, in dem beider Blasen stark genug sind, um Bewegungen standzuhalten, die kraftvoller sind als das Ausdrücken eines Teebeutels. Backgammon, ein Stück Torte am Nachmittag und hoffentlich gute Unterhaltungen – das ist es doch, was einem dann noch bleibt. Joes Situation war kompliziert. Katy hatte zwei Monate nach ihrer Verlobung mit einem anderen Mann geschlafen. Wer weiß, aus welchen Gründen. Vielleicht war sie sexsüchtig. Vielleicht war sie Alkoholikerin und wusste nicht, was sie tat. Oder – und das schien mir wahrscheinlicher zu sein – sie war von Panik ergriffen worden, weil sie kurz davor stand, ihren Freund aus Highschool-Tagen zu heiraten, und musste ihrer Kleinen daher noch ein letztes Mal etwas anderes bieten. Also ihrer Vagina, meine ich. Was für eine Schlampe!

»Ich glaube, du liebst sie noch«, sagte ich.

Joe bewegte seinen Kopf um einen Millimeter, ließ den Teich jedoch nicht aus den Augen.

»Und ich glaube, ihr solltet zu dieser Beratung gehen und versuchen, eure Probleme zu lösen. Wie du selbst gesagt hast, sie ist deine Familie. Ihr wart schon auf der Highschool ein Paar, habt zusammen eine Wohnung gekauft, euch verlobt, übers Kinderkriegen gesprochen. Vielleicht stand sie einfach zu sehr unter Druck.«

»Aber …«, sagte Joe und wandte sich mit großen sorgenvollen Augen mir zu.

»Sieh mal, du bist ganz sicher nicht für die Welt der Partnersuche geschaffen. Du warst der Sache überhaupt nicht gewachsen.«

Joe öffnete den Mund, um zu protestieren.

»Das letzte Mädchen hat dich fast zum Krüppel gemacht.«

Ich versuchte, unbeschwert zu sein, spürte jedoch Traurigkeit in mir aufkommen. Ich überzeugte gerade meinen Freund davon, Schritte zu ergreifen, die irgendwann zum Ende unserer Freundschaft führen würden. Vielleicht nicht wirklich zum Ende, aber zweifellos würde es zwischen uns nicht mehr sein, wie es jetzt war.

»Dass sie dich liebt, steht fest. Sie will an eurer Beziehung arbeiten. Du bist es dir schuldig, es zumindest zu versuchen.«

Joe saß reglos da. Ich konnte fast spüren, wie der Nachhall meiner Worte ihm kreuz und quer durch den Kopf sauste. Ich war mir ziemlich sicher, das Richtige zu tun. Es war nur so, dass das Richtige mir unheimlich sauer aufstieß. Blieb ich dabei auf der Strecke? Und warum war es wichtig, wo ich dabei blieb?

»Joe?«, sagte ich. »Was denkst du?«

Blinzelnd erwachte er wieder zum Leben. »Sieh mal, der blinde Mann dort.« Er wies zum Teich. »Ist der nicht niedlich?«

Ausweichmanöver waren eine mir sehr vertraute Taktik, und ich wollte ihn bitten, sie zu vermeiden, doch stattdessen beschloss ich, ihn in Ruhe zu lassen. Ich blickte in die Richtung, in die er zeigte. Ein alter Mann schlurfte den Weg entlang. Trotz des feuchtwarmen Wetters trug er schwere Kleidung, wie man sie bei einem nach Mottenkugeln riechenden Schuldirektor in einer Geschichte von Roald Dahl erwarten würde. Eine knorrige Hand hielt das Geschirr des Blindenhundes mit goldenem Fell, und die andere ließ einen Blindenstock von links nach rechts schlittern. Eine Leinentasche vom Bioladen hing schwer beladen an seinem Handgelenk, oben spross etwas Grünkohlartiges heraus.

Ich kräuselte die Nase. »Ich weiß nicht, was daran niedlich sein soll. Das sagst du nur, weil er blind ist.«

»Jetzt geht das schon wieder los.« Er stand auf, strich sich nicht vorhandene Krümel vom Schoß und bot mir seine Hand.

Ich nahm sie an und hievte mich von der Bank, wobei ich wenig attraktive Grunzlaute von mir gab. Sogar Brutus schien sich für mich zu schämen.

»Ich wette, er ist Berufsverbrecher«, sagte ich und wartete darauf, dass sich der Krampf in meinen überlasteten Hüftbeugern löste.

»Okay.« Joe drehte sich in Richtung Zuhause und schien sich zu wünschen, er wäre schon dort.

»Vermutlich ist er bei einer Explosion in seinem LSD-Labor erblindet, wo er Drogen hergestellt hat, um sie an Kinder zu verkaufen, die ihre Eltern ausrauben und sich der Prostitution und Bandenkriminalität hingeben müssen, um ihre Sucht zu befriedigen. Nichts daran ist niedlich. Man sollte höchstens die Polizei alarmieren.«

Joe betrachtete mich. Dann grinste er zum ersten Mal an diesem Tag.

»Du hast ernsthafte Probleme.«

Ich tätschelte mir den Bauch. »Erzähl mir doch zur Abwechslung mal was Neues.«

KAPITEL 34

Die Haustür flog auf, und Sinead rauschte uns entgegen, die eine große schwarze Sonnenbrille trug, dazu eine ehemals weiße Schürze mit Flecken auf Busenhöhe und einem grünen Zuckergussstreifen, der von der Brust bis zur Taille reichte. Eine nicht mehr frische Alkoholfahne wehte mir entgegen.

»Hi …«

»Halt dich so gut es geht von deinem Onkel fern«, sagte sie und zog mich zur Tür herein.

Joe folgte mir mit einem knallbunt eingepackten Geschenk im Arm und beobachtete uns amüsiert.

»Warum?«

»Er ist wütend.«

»Auf mich?«

»Dich. Mich. Die gesamte britische Filmbranche.«

Mist. Am Abend zuvor hatte die offizielle Abschlussparty stattgefunden, an der alle Londoner Mitarbeiter der Produktionsfirma und hochrangige Leute aus L. A. teilnehmen sollten. Ich hatte meine Einladung aus zwei Gründen abgesagt. Äußerst guten Gründen. Das mögliche Wiedersehen mit Andrew, das ich um jeden Preis vermeiden wollte. Und das mögliche Wiedersehen mit Martha, für das genau das Gleiche galt. Ich war zu Hause bei Joe geblieben und hatte herauszufinden versucht, wo wir in Sachen Katy standen. Doch er war so verschwiegen, als hätte er ein Staatsgeheimnis zu hüten. Eine Woche war es schon her, dass ich ihm vorgeschlagen hatte, seiner Beziehung noch eine Chance zu geben, aber außer, dass er zum Supermarkt, zum Schnapsladen und einmal wegen eines Blattläusenotfalls zum Blumenladen gegangen war, hatte er das Haus nicht verlassen. Allerdings hatte er ein paar

Telefongespräche nicht wie sonst laut und lustig am Küchentisch, sondern mit gedämpfter Stimme von seinem Zimmer aus geführt – mit Katy, wie ich vermutete. Außerdem hatte er sich sehr viel mit seinem Laptop beschäftigt. Und ein paarmal telefoniert und Wörter wie Satzspiegel und Farbsättigung benutzt, woraus ich schloss, dass er wieder zu arbeiten begonnen hatte. Was gut war. Aber er war noch immer nicht wieder er selbst, sondern verhielt sich mir gegenüber so reserviert wie noch nie. Langsam befürchtete ich, das mit der letzten Chance für die Beziehung sei eine schrecklich schlechte Idee gewesen. *Meine* schrecklich schlechte Idee. Ich hatte ihn in die Arme einer Teufelin gedrängt, die ihr wahres Ich unter einem Teint verbarg, der einem Stück Luxusseife glich.

»Ihr seid also tatsächlich zu der Party gegangen?«, sagte ich und überreichte Sinead das gewünschte Blech mit Cupcakes, die mit verschiedenen Insekten aus Zuckerguss dekoriert waren.

Archie war ganz verrückt nach Insekten, vermutlich seit dem Käfer-auf-Baumstamm/vermisst-am-See-Zwischenfall. Von dem Sinead und Onkel Mike und der Rest der Familie nichts ahnten, also – psst.

»Ich habe alles versucht, um es zu verhindern.« Das Blech mit einer Hand tragend, drückte sie die Tür hinter sich zu und schleppte sich den dunklen Flur hinunter, wobei sie sich zwecks Stabilisierung hier und da mit der freien Hand an der Wand abstützte. Aus dem hinteren Teil des Hauses drangen Kinderparty-Geräusche an unsere Ohren.

»Ich habe ihm ein falsches Datum genannt«, sagte sie. »Aber er zog die Einladung aus einem Stapel. Ich tat so, als hätte ich Magen-Darm, aber er gab mir eine Pille gegen Übelkeit, die wirklich ekelhaft geschmeckt hat.« In der Küche blieb sie vor einem grünen Monstrum stehen, das auf dem Küchentisch thronte. Es sollte wohl Archies Geburtstagstorte sein.

Joe warf mir einen schockierten Blick zu, und seine Lippen formten ein lautloses »Was zum Teufel ist das?«.

»Spinne?« Ich versuchte mich an einer entsprechenden Pantomime.

»Ich hab sogar mit dem Gedanken gespielt, eines der Kinder die Treppe hinunterzustoßen«, fuhr Sinead fort. Sie klemmte sich eine verschmierte Schüssel mit grünem Zuckerguss vor den Bauch und spachtelte ungeschickt große Klumpen auf das … Ding. »Vermutlich hätte das mit Jess am besten geklappt. Hab mich dann aber doch dagegen entschieden.«

»Und, was ist dann passiert?« fragte ich weiter.

Joe ging am Tisch entlang und betrachtete die Torte, wobei er wie ein Kunstkritiker den Kopf zur Seite neigte.

»Ich hatte mir für den Abend einen Plan zurechtgelegt«, sagte sie und klatschte noch mehr giftgrünen Zuckerguss auf das Ungetüm. »Ich wollte sehr, sehr viel trinken und dann unablässig über alle Anwesenden tratschen, so dass Mike keine Chance bekäme, irgendjemandem Fragen zum Film zu stellen. Mich einfach komplett danebenbenehmen, damit ich vorzeitig nach Hause geschafft werden musste.«

»Und dieser überaus geniale Plan hat nicht funktioniert?«

Joe Mund fragte ein lautloses »Grashüpfer?«.

»Nein«, schnaubte Sinead. »Ich hatte nicht bedacht, dass sie Szenen aus dem Film zeigen könnten. Die Pannen und Versprecher.«

»Oh. Und?«

»Frisches Blut, getrocknetes Blut, ausgestopfte Zombie-Katzen, Mädchen, die nur mit BHs bekleidet aus Zelten rennen und stolpern, eine ganz Horde Chihuahuas, die auf blutigen Organen kauen. Wobei ich annehme, dass es keine echten waren. Ein Zombie, der mit heraushängenden Gedärmen auf Menschenjagd geht – das war eigentlich ganz lustig. Archie, der ›Verfickte Scheiße‹ sagt, weil er sich versprochen hat. Noch mehr Rennende-Mädchen-im-BH-Aufnahmen und ein Crew-Mitglied, das so tut, als sei ein abgetrennter Arm sein Penis.« Sie feuerte den Spatel in die Schüssel, trat einen Schritt zurück und begutachtete die Insektentorte.

»Ich dachte, er kriegt einen Herzinfarkt.« Sie befreite sich von der bekleckerten Schürze. »Jetzt versucht er wieder, die Supernanny zu erreichen, und einen Familientherapeuten hat er auch schon bestellt. Heute früh hat er sogar die Produzenten angerufen und versucht, alle Szenen mit Archie streichen zu lassen. Ohne Erfolg. Und nun spricht er nicht mehr mit mir. Und von dir ist er *sehr* enttäuscht.« Sie schleuderte die Schürze auf die Bank.

»Von mir? Du warst doch diejenige, die Archie zu dem Film geschickt hat. Ich hab nur ausgeholfen. Hast du ihm das gesagt? Hast du mich in Schutz genommen?«

»Nein. War zu betrunken.«

»Gut, aber hast du's ihm heute gesagt?«

»Zu verkatert.«

Joe kicherte und tauchte einen Finger in den Zuckerguss, schleckte ihn ab und verzog angewidert den Mund.

»Na toll«, murmelte ich.

Ich fand Onkel Mike draußen im Garten. Er stand mit ein paar Eltern im Schatten und unterhielt sich, wobei er Archie ansah, als sei dieser eine Art beschädigter Ware. Joe begrüßte er freundlich, aber was mich betraf, vermied er jeden Augenkontakt. Wann immer ihn irgendwer nach Archies Film fragte, hustete Onkel Mike, trank einen kräftigen Schluck von seinem Mineralwasser und sagte, er müsse nach den Würstchen im Schlafrock sehen. Sinead versteckte sich vorsichtshalber in der Küche und nahm letzte Schönheitskorrekturen an der komplett misslungenen Torte vor. Kinder rannten in Faschingskostümen über den sonnigen Rasen und droschen fröhlich mit Luftballonschwertern aufeinander ein. Eine Seifenblasenmaschine blies fußballgroße Seifenblasen in den wolkenlosen Himmel. Eltern hielten sich an Champagnerflöten fest, während ihre hüfthohen Kinder mit viel zu viel Zucker im Blut sie von allen Seiten anrempelten. Helen hockte in einem wallenden, tief ausgeschnittenen Sommerkleid auf einer Sonnenliege und bezauberte ein paar Väter, während Mum Getränke und Teller mit Kanapees brachte.

»*Happy Birthday to Youu-UUUH-uuuu*«, trällerte Joe.

Ungefähr dreißig Leute waren im sonnigen Garten versammelt und sangen, aber ich hörte nur die tiefe, melodielose Version, die Joe hinausschmetterte. Als er die letzte lange Note sang und dann tief Luft holte, konnte ich das Kichern nicht mehr zurückhalten.

»Da hast du aber wirklich vollen Einsatz gezeigt«, sagte ich.

Wir mussten ausweichen, weil zuckergierige Kinder in Richtung der Torte stürmten, die, wie wir nun erfuhren, eine Gottesanbeterin darstellte. Klar.

»Wenn es ein Lied gibt, bei dem man alles geben sollte, dann ist es ›Happy Birthday‹ für ein Geburtstagskind«, sagte Joe selbstgefällig.

»Und bei Eurythmics' ›Sisters Are Doing It For Themselves‹, wenn man gerade sitzengelassen wurde«, antwortete ich.

Joe signalisierte Zustimmung.

»Oder bei ›Take On Me‹, wenn man unter der Dusche steht«, fuhr er fort.

»Aber bei dem Song muss man die Keyboardsequenz in der Luft mitspielen, und das geht auf dem Beifahrersitz eines Autos besser, weil man das Armaturenbrett benutzen kann.« Ich spielte in Achtzigerjahre-Manier auf einem imaginären Synthesizer.

»Stimmt«, sagte Joe und nickte ernst. »Ah, und noch bei dieser schlimmen Hoffnungshymne ›The Sun Will Come Out Tomorrow‹, aber das geht nur, wenn man allein zu Hause ist.«

»Bei dem Song darf es auf keinen Fall Zeugen geben.«

»Hab doch gesagt, wenn *man allein zu Hause ist*.«

»Ihr beide redet einen solchen Müll«, sagte Helen und kippte ihren Champagner hinunter.

Wir wandten uns der Traube von Kindern zu und beobachteten, wie Sinead Tortenstücke abschnitt und verteilte. Nachdem sie das riesige Tortenungeheuer erst auf dem Küchentisch zu voller Größe zusammengesetzt hatte, war ihr klargeworden, dass es nicht transportfähig war. Also hatte man kurzerhand die französischen Fenstertüren geöffnet, und fünf Väter plus Joe hatten den ganzen Landhaustisch in den Garten getragen. Sinead hatte reumütig eingeräumt, dass sämtliche Küchentätigkeiten in Zukunft Onkel Mikes Domäne bleiben würden und sie sich auf das konzentrieren sollte, was sie am besten konnte. Und weil es uns schwerfiel zu definieren, was das sein könnte, zündeten wir stattdessen die Kerzen an und sangen noch einmal »Happy Birthday«.

»Und, hast du schon einen Geburtsplan? Wer wird dich begleiten?« Sinead trank einen großen Schluck von ihrem extralangen Long Island Iced Tea. Nachdem der erste Alkoholkater verflogen war, arbeitete sie auf den nächsten hin.

Die Masse der kreischenden, überzuckerten Kinder hatte sich verabschiedet, um ihren Eltern zur Schlafenszeit die Hölle heiß zu machen; der Rasen war von halbaufgegessenen Tortenstücken befreit worden, und Sinead, Mum und ich saßen auf Gartenstühlen unterm Sonnenschirm und genossen die Ruhe des ausklingenden Nachmittags. Archies Geburtstagsparty sollte nahtlos in eine Familien-Baby-Party plus Helen und Joe übergehen. Wir wollten ein paar Würste grillen, Geschenke auspacken und Namen fürs Baby diskutieren. Onkel Mike und Joe versuchten verzweifelt, eine Strickleiter zu entwirren, die zu einem neuen Fertighaus-Bausatz gehörte, während Helen auf einem Stuhl danebenhockte, plapperte und Champagner trank, als wäre es Saft.

»Weiß nicht«, seufzte ich. »Und nein, du wirst es nicht sein«, sagte ich, als Mum den Mund öffnete. »Ich will, dass die Schwestern mich *mögen*. Und mir Medikamente geben.«

»O nein, keine Medikamente«, sagte Sinead, die so verrückt gewesen war, vier Geburten ohne jegliche Schmerzmittel zu ertragen. »Die könnten dem Baby schaden.«

»Es ist von Ned«, sagte Mum. »Es wird sowieso sonderbar sein.«

»Danke«, sagte ich.

Mum grinste. »Wollte Alex nicht zur Geburt nach Hause kommen?« Sie schob ihre Sonnenbrille herunter und funkelte mich mit scharfsinnigen blauen Augen an. »Steht das nicht mehr auf dem Plan?«

Ich wandte den Blick ab und schüttelte den Kopf.

»Was ist los mit euch beiden?«

»Ich weiß nicht.« Ich rieb mir den Bauch und spürte etwas, das ich für das spitz zulaufende Hinterteil des Babys hielt. »Ich möchte nicht darüber reden, okay?«

»Schön, aber ich glaube wirklich, du ...«

»Mum.«

Sie hob kapitulierend die Hände, tauschte mit Sinead einen Sie-benimmt-sich-genau-so-wie-ich-gesagt-habe-Blick und schob die Sonnenbrille wieder an ihren Platz. Wir wandten unsere Aufmerksamkeit den Männern zu, die gerade eine Holzplatte und einen Fensterrahmen aufhoben, die Anleitung konsultierten und dann alles wieder ablegten, um erst einmal mehr Bier zu trinken. Der Anblick brachte Helen endgültig zum Gackern, dann schwang sie ihre nackten Beine auf den leeren Stuhl neben mir, entdeckte in einem silbernen Eiskühler eine weitere Flasche Champagner, langte über den Tisch und füllte ihr Glas auf.

»Also, wann öffnen wir die Geschenke fürs Baby?«, fragte ich und nahm den kleinen Berg pastellfarben eingepackter Pakete auf dem Tisch ins Visier.

»Warum nicht jetzt?«, sagte Mum. »Ich hole nur kurz meines von drinnen.« Sie stand auf.

»Ach ja«, lallte Helen. »Ich habe im Tiefkühlfach eines von Sophie und Ned liegen. Das darf ich nicht vergessen.«

Ich erstarrte.

Mum drehte sich herum. »Warum ist es im Tiefkühlfach?«

»Weil es Eiscreme ist.« Helens Champagnerflöte ging auf eine schwankende Reise in Richtung ihrer Lippen. »Und hier draußen würde es ...« Erst als sie meinen warnenden Blick wahrnahm, brach sie ab. »Was denn?«

»Warum schenken Sophie und Ned dir *Eiscreme*, Emma?«, fragte Mum, und während sie eins und eins zusammenzählte, wurde ihr Ton schärfer.

Millie, die neben Sinead in ihrem Buggy saß, begann sich zu rühren. Sinead beugte sich hinunter, um sie zu beruhigen.

»Ich hole Limettenlimo.« Ich stand auf. »Sonst noch jemand einen Drink?«

Mum schob sich energisch die Sonnenbrille auf den Kopf. »Emma, du bleibst hier und erklärst mir, warum Ned dir Eiscreme geschenkt hat.«

Millies Jammern steigerte sich zu einem durchdringenden Heulton.

»Ich glaube, sie ist von irgendetwas gestochen worden«, sagte Sinead und hob die Kleine aus dem Buggy.

»Ich kann Salbe holen«, bot ich an.

»Emma!« Mum schlug die flache Hand mit mehr Kraft als nötig auf den Tisch. »Warum, verdammt noch mal, schenken Sophie und Ned dir Eiscreme, wenn Ned diese Eiswagen doch längst verkauft hat? Emma, sieh mich an!«

Schuldbewusst, aber verwirrt schwenkte Helen den Kopf von Mum zu mir.

Millies Heulen wurde noch lauter.

»O Gott, ich glaube, sie ist wirklich gestochen worden.« Sinead stand auf und nahm die gequälte Millie auf den Arm. »Michael!«

Onkel Mike eilte herbei, gefolgt von Joe.

»Emma«, sagte Mum, löste den Blick von Millie und fixierte mich. »Antworte mir! Hat Ned die Eiswagen verkauft? Hat er dir das Geld zurückgezahlt?«

Ich schüttelte den Kopf. Mum fiel die Kinnlade herunter. Onkel Mike blickte kurz auf, während er die mittlerweile kreischende und sich windende Millie untersuchte. Alice, Jess und Archie kamen mit aufgeregten kleinen Gesichtern aus verschiedenen Ecken des Gartens angerannt.

»Was ist los?«, wollte Joe von Helen wissen.

»Ich bin mir nicht sicher, aber es ist nicht gut, und es ist meine Schuld«, lallte sie.

»Es ist ein Bienenstich«, sagte Onkel Mike besorgt, aber besonnen. »Sie reagiert allergisch. Wir werden ins St George's fahren müssen.«

»Was?«, sagte Sinead, und ihr versagte die Stimme. Sie versuchte, Millies sich qualvoll krümmenden Körper halbwegs ruhig zu halten. »Kann man ihr dort helfen?«

»Ja, kann man.« Onkel Mike wandte sich an Mum. »Diana, passt du auf Archie und die Mädchen auf?«

Mum nickte, das Gesicht noch zum mütterlichen Tadel verzogen. Er zog die Schlüssel aus seiner Tasche und nahm Millie aus Sineads Armen.

»Hol ein Kühlkissen aus dem Eisschrank. Wir treffen uns am Auto.« Er hatte in den ärztlichen Effizienzmodus geschaltet. »Emma, steckst du in finanziellen Schwierigkeiten?«, fragte er, ohne mich anzusehen, während er Millies wichtigste Sachen aus dem Buggy sammelte.

»Noch nicht«, murmelte ich peinlich berührt.

»Gut. Wir unterhalten uns, wenn ich wieder zurück bin.« Er nickte Mum zu und ging dann forschen Schrittes Richtung Garage, während Millie in seinen Armen brüllte. Mum starrte mich an.

Jess zog an Mums Shirt. »Muss Millie sterben?« Dicke Tränen quollen aus ihren blauen Augen.

Alice stand daneben und knetete still die Finger.

»Nein, meine Süße.« Mum ging in die Hocke und umarmte Jess. »Daddy hat nur nicht die richtige Medizin hier, und deswegen muss er mit ihr ins Krankenhaus fahren und die Medizin besorgen. Millie wird ganz bald wieder da sein.«

Mum blickte auf und sah mich stirnrunzelnd an. »Emma, wir müssen reden.«

Ich sagte nichts.

Joe spielte an seiner Uhr. »Ich muss los, bin noch verabredet.«

»Ich mach mich auch auf den Weg.« Helen erhob sich und leerte ihr Glas.

Als ich die Chance witterte, Mums Verhör zu entkommen, hob ich schnell meine Tasche vom Boden auf.

»Ich gehe auch.«

»Emma ...«, sagte Mum.

Ich reichte Helen ihre Handtasche. »Komm.«

Mum seufzte ihre Enttäuschung hinaus.

»Vielleicht solltest du bleiben«, sagte Joe.

»Geht nicht. Ich muss Helen nach Hause bringen. Sie ist betrunken.«

»O ja, das bin ich«, sagte Helen und strich sich den Pony aus den Augen. »Das bin ich wirklich.«

»Emma ...«, setzte Mum an, aber als ich ihr hartnäckig trotzig entgegensah, sprach sie nicht weiter, sondern schüttelte nur den Kopf. Ich packte Helen am Ellbogen und ging los. Joe sagte etwas zu Mum und trabte dann hinter uns her. Auf dem Fußweg vor der Gartenpforte war Helen voll und ganz damit beschäftigt, sich mit Hilfe ihres Taschenspiegels den Pony zu ordnen, während Joe mich mit bohrenden Blicken quälte.

»Was hast du jetzt vor?«, fragte er.

»Helen nach Hause bringen, ihr einen Kaffee verabreichen und ihr helfen, nüchtern zu werden.«

»Wein wäre mir lieber«, sagte Helen. Wir ignorierten sie.

»Kommst du mit?«, fragte ich ihn.

»Ich bin verabredet.« Er sah wieder auf seine Uhr.

»Ach ja.«

»Wir sehen uns zu Hause. Ich brauche ungefähr eine Stunde. Bist du dann da?« Sein beunruhigter Gesichtsausdruck setzte meinem ohnehin schon verletzten Stolz nur noch mehr zu.

»Klar.«

Er schenkte mir einen letzten sorgenvollen Blick und ging in Richtung Hauptstraße.

»Gehen wir in den Pub?«, fragte Helen und schielte mich unter ihren adrett gelegten Ponysträhnen an. Sie sah schon wieder munterer aus.

»Okay.«

Während wir die Straße hinunterschwankten, klingelte mein Telefon. Mum. Ich drückte auf *Ablehnen* und schaltete es dann aus, da ich mir um Millie keine großen Sorgen machte. Onkel Mike wusste, was zu tun war.

Während Helen bei einem Glas Hauswein »ausnüchterte«, erklärte ich ihr, warum ihre scheinbar harmlosen Bemerkungen mich in Schwierigkeiten gebracht hatten.

»Warum hast du mir nicht einfach gesagt, dass es ein Geheimnis war?«, fragte sie entnervt.

»Weil du Geheimnisse nicht für dich behalten kannst.«

»Das stimmt.« Sie lächelte, dann runzelte sie die Stirn. »Sag mal, warum fällt es dir so schwer, Hilfe anzunehmen?« In einem dahinschwindenden Lichtstrahl der letzten Nachmittagssonne lehnte sie sich an die verblichene Tapete. »Deine Mutter hätte dich niemals gebeten, das Darlehen zurückzuzahlen, wenn sie gewusst hätte, dass du das Geld nicht hast.«

»Ich weiß, aber …«

»Vergiss das Aber.« Verärgerung hackte ihre Worte ab. »Du benimmst dich einfach seltsam, was das betrifft.«

»Ich benehme mich nicht seltsam«, sagte ich. »Ich weiß, dass ich um Hilfe bitten kann, und ich weiß, dass meine Familie mir alles leihen würde, was ich brauche, aber …« Ich suchte nach den richtigen Worten. Helen saß mir gegenüber, und so betrunken diese zierliche, kleine Person auch sein mochte, wurde sie offenkundig langsam ungeduldig und wartete auf eine Erklärung.

»Ich habe das Gefühl, bis jetzt immer nur gewartet zu haben. Gewartet, dass meine Karriere anfängt, gewartet, dass das Gefühl, jung zu sein, aufhört oder dass es wenigstens durch ein Gefühl der Reife ersetzt wird. Gewartet, dass meine Beziehung zu

Ned im Sande verläuft oder dass er ... ich weiß auch nicht. Ich habe immer darauf gewartet, dass mein Leben beginnt. Und dann ist das hier passiert.« Ich zeigte mit beiden Händen auf die alpine Erhebung unter meinem Busen. »Und ich dachte: Scheiße, mein Leben hat längst angefangen, und ich habe so gut wie gar nichts dazu beigetragen.«

Helens Gesichtszüge waren nicht zu deuten.

»Hast du noch nie so ein Gefühl gehabt?«, bohrte ich nach. »Als würden alle anderen ihren Lebensplan umsetzen, während du immer noch auf dem Sofa hockst und Listen anfertigst? Als seist du nur der Beifahrer, aber eine Woche, einen Monat oder ein Jahr später würdest du vielleicht am Lenkrad sitzen?«

Helens Blick verdüsterte sich.

Ich vermisste meine Schwester. Sie hätte meine Sorgen mit einem aufschlussreichen Einzeiler auf den Punkt gebracht, eine Lösung parat gehabt und dafür gesorgt, dass ich über mich lachte. Mit meiner Schwester war alles besser.

»Hast du eine Ahnung, wovon ich rede?«

»Nicht wirklich. Vielleicht, weil du in Doctor-Phil-Sprache sprichst.«

»Ich möchte einfach bei dem nächsten Teil meines Lebens eine Rolle spielen«, sagte ich ernüchtert. »Ich will ihn nicht mit dem Geld von jemand anderem bestreiten. Dann wäre es nicht *mein* Leben. Es wäre subventioniert, nicht echt. Ich werde nicht mehr nur die Beifahrerin sein.« Ich machte mich an meiner Nagelhaut zu schaffen. Helen beobachtete mich.

»Wenn ich mich es so sagen höre, klingt es irgendwie pathetisch«, murmelte ich.

»Allerdings.«

Ich blickte auf.

»Emma, ich sage das als deine Freundin, die dich lieb hat.« Sie legte sich eine Hand auf ihre großzügig dekolletierte Brust. »Halt verdammt noch mal die Klappe.«

»Okay ...«

»Mach dich mal frei von diesem ganzen Quatsch, und sieh dich um. Du hast Freunde, eine Familie, und du besitzt ein verdammtes Cottage mit drei Schlafzimmern am Wimbledon Common. Das Leben meint es gut mit dir.« Sie durchwühlte ihre Handtasche und überprüfte ihr Telefon. »Also, ich muss jetzt nach Hause in mein gemietetes Studioapartment. In Stockwell.« Sie sah mich scharf an. »Es ist Samstagabend, ich habe keine Verabredung, und in meiner Jacuzzi-Wanne gibt es einen Wasserstrahl, mit dem ich mich jetzt auf eine bestimmte Art und Weise beschäftigen muss.«

»Verstehe. Igitt, ekelhaft.« Ich stand auf und bemühte mich, das Bild aus meinem Kopf zu verdrängen.

Wir bahnten uns einen Weg durch das Gewühl des vollbesetzten Pubs.

»Entspann dich ein bisschen«, befahl sie mir über den frühabendlichen Trubel hinweg. »Mit einer ›Beifahrerin‹ wäre ich nicht befreundet.« Sie stieß die Schwingtüren auf, und draußen erwartete uns die Dämmerung. »Und frag dich mal, was du für Joe empfindest. Das macht mich nämlich langsam wahnsinnig.«

Ich hielt inne. »Häh?«

Sie grinste. »Du bist in ihn verliebt.«

»Was?«

Helen lächelte nur.

»Was?!«, wiederholte ich.

Sie blinzelte mich nur an.

»Hey ... hast du mich gehört? Ich würde gern wissen, was du da gerade gesagt hast.«

»Wenn ich für eine Sache auf der Welt Expertin bin, dann sind es Angelegenheiten des Herzens«, sagte sie und schwankte ein wenig.

»Nein.« Ich betrachtete sie. »Nein, du bist eher Expertin für Angelegenheiten der Genitalien.«

»Treffer, meine Liebe, der Punkt geht an dich.« Sie lehnte sich vor und gab mir einen Kuss auf die Wange. »Vielleicht liege ich falsch.« Sie torkelte rückwärts die Hauptstraße entlang. »Was weiß ich schon? Ich führe eine Beziehung mit einem Jacuzzi.« Sie schenkte mir ein anzügliches Lächeln, dann drehte sie sich auf den Absätzen um.

»Aber …?«, rief ich ihr hinterher.

Zu Hause aß ich, von Helens Bemerkungen verwirrt, einen Keks.

Dann noch fünf weitere.

Ich schaltete mein Telefon ein und entdeckte einen Haufen verpasster Anrufe.

Mehrere SMS informierten mich darüber, dass Millie wohlbehalten und gesund zu Hause sei, und forderten mich auf, zu Onkel Mike und Sinead zurückzukommen, es werde jetzt doch noch gegrillt. Joe schrieb, dass er zu Hause sei, und wollte wissen, wann ich da wäre. Er war jedoch nirgends zu finden, und als ich seine Nummer wählte, war sein Telefon ausgestellt. Also schaltete ich den Fernseher ein, konnte mich aber für keinen Sender entscheiden.

Ich dachte über Helens Bemerkung nach.

Ich aß noch einen Keks.

Ich schmiss die Fernbedienung aufs Sofa, griff meine Schlüssel und ging aus dem Haus.

KAPITEL 35

»Oh, hallo meine Liebe.« Harriet lächelte durch den Spalt ihrer halboffenen Tür. »Ich mache nur schnell die Sicherheitsschlösser auf.« Sie klappte die Tür zu und fummelte an Ketten und Sperrbügeln. Brutus knurrte, worauf Harriet ihm befahl, in seinen Korb zu gehen und auf »Häschen Hopp« aufzupassen. Irgendwann öffnete sich die Tür, und Harriet winkte mich mit knorriger Hand herein.

»Komm nur rein, meine Liebe, Arthur hat gerade Ingwerbrot gebacken. Sie hob ihr Megaphon an den Mund und drehte sich um. »ARTHUR! WASSERKOCHER EINSCHALTEN, EMMA IST HIER!«

»Ich bleibe nicht lange«, sagte ich, streifte meine Flip-Flops ab und trat auf den Teppich. »Ich suche Joe. Haben Sie ihn gesehen?«

»Nicht mehr, seitdem er vor etwa einer Stunde das Haus verlassen hat.«

Harriet humpelte den Flur hinunter, ich folgte ihr. Sie zog einen Stuhl unterm Küchentisch hervor und klopfte auf den kitschig geblümten Stoff der Sitzfläche. »Setz dich.«

Brutus lag in seinem mit Schafsfell ausgekleideten Korb an der Tür, und seine dunklen Augen verfolgten mich durch den Raum. Neben ihm eingekeilt ruhte Häschen Hopp, ein durchgekauter Plüschhase.

»GUTEN ABEND, EMMA!«, brüllte Arthur vom Küchentresen herüber, wo er den Ingwerbrotlaib in Scheiben schnitt. Dass sie üppig ausfielen, bewies, dass er an einem Punkt im Leben angelangt war, an dem einen Kalorien einen Dreck interessieren.

Er legte die ziegelsteingroßen Stücke auf einen verzierten Teller. Ein Teil des Tresens war abgesenkt worden, damit er vom Rollstuhl aus bequem daran arbeiten konnte.

»INGWERBROT?«, schrie er, als er die Scheiben vom Tresen zum Küchentisch fuhr.

»JA, DANKE!«

Ich hatte mich inzwischen damit abgefunden, diesen lieben älteren Herrn anschreien zu müssen, um mich mit ihm zu verständigen.

»Tee?«, fragte Harriet, nahm Becher aus dem Schrank und stellte sie auf den normal hohen Abschnitt der Arbeitsfläche.

Ich nickte und beobachtete Harriet und Arthur, die ohne jedes »Entschuldige bitte« oder »Rückst du mal ein Stück nach links« umeinander herumwerkelten, weil sie aus jahrelanger Erfahrung instinktiv wussten, in welche Richtung der andere sich bewegen würde. Harriet füllte die Teekanne und griff das Zuckerglas; Arthur reichte ihr einen Teelöffel. Er formte drei Butterröllchen, wie man sie in Teestuben in Devonshire bekommt, sie deckte drei Teller auf. Der Anblick dieses eingespielten Seniorenteams ließ mich demütig werden, und plötzlich sehnte ich mich nach der Geborgenheit eines festen Platzes auf dieser Welt, die das Alter im Glücksfall mit sich bringen würde.

»Sie haben Joe gesehen, sagten Sie?«

Harriet und Arthur nahmen ihre Plätze am Tisch ein, und der Tee wurde eingeschenkt.

»Ja. Er ist vor einer Weile weggegangen. Mit einer blonden jungen Frau.«

»Einer blonden jungen Frau?« Die Schärfe des Ingwers attackierte meinen Rachen, so dass ich husten musste. »Wie sah sie aus?«

»Ich weiß nicht, meine Liebe.« Harriet musterte mich durch die Gläser ihres durchsichtigen Brillengestells. »Aber es war ein hübsches kleines Ding. Zucker?«

Ich nahm ihr das Glas ab und schaufelte mir, irritiert durch meine heftige Reaktion, achtlos vier Löffelladungen in den Tee.

»Harriet.« Mir kam eine Idee. »Haben Sie es gefilmt?«

»Nein.« Sie schien plötzlich fasziniert von ihrem Tee.

»Harriet?«, sagte ich in einem Ton, den man normalerweise frechen Kindern gegenüber anschlägt. Ihre Augen ließen von der eingehenden Untersuchung des Tasseninhalts ab und wanderten auf der Flucht vor meinem fordernden Blick durch den Raum.

»Ich werde auch nicht böse sein.«

Harriet pflückte einen nicht existenten Fussel von einer geblümten Serviette. Arthur aß eifrig den Kuchen – das meiste davon landete auf seinem Hemd –, und bekam nicht mit, dass die junge Nachbarin seine geliebte Ehefrau gerade ins Visier des Todesblicks nahm.

»Harriet«, sagte ich noch einmal mit meiner Sie-sagen-jetzt-sofort-die-Wahrheit-Stimme.

»Du versprichst, dass du nicht böse sein wirst?«

»Versprochen.«

»Ich hab deinen Garten nur gefilmt, weil Marjorie vom Buchladen sagte, es könne auf keinen Fall sein, dass dein Spargel so kurz nach dem Sprießen schon blüht, und ich sagte, sehr wohl könne das sein, und dass meine liebenswerte und, äh, kluge Nachbarin«, sie sah auf, um sich der Wirkung ihrer Schmeichelei zu versichern, »über ein wunderbares Spargelbeet verfüge. Ich musste deinen Garten filmen, um zu beweisen, dass die neunmalkluge Krähe unrecht hat.« Sie legte beide Hände flach auf den Tisch und lehnte sich vor. »Weißt du, nur weil sie in einem Buchladen arbeitet und ständig Bücher liest, heißt das noch längst nicht, dass sie von allem Ahnung hat! Mit dem Gärtnern kenn ich mich aus, und mein Arthur …«, sie tätschelte Arthur den Arm, und der schreckte mit einem verwirrten »Häh?« hoch, »… bringt Pfingstrosen in jedem Boden zum Wachsen, selbst in London. Nur weil ich vom Land komme, heißt das nicht, dass ich nicht lese. Ich lass mir von ihr nicht erzählen, dass …«

»Die Aufnahme?« Bevor Harriet hier noch einen Herzinfarkt erlitt, unterbrach ich sie höflich.

»Bitte was, meine Liebe?«

»Die Videoaufnahme. Haben Sie die noch?«

»Ah ...« Sie spielte mit den Fingern. »Ja-aa.«

Fünf Minuten lang musste ich sie davon überzeugen, dass ich sie nicht den Behörden melden würde, und ihr beipflichten, dass sie wirklich nur mein Bestes wollte, dass es in der Stadt von Vergewaltigern, Räubern und Serienmördern wimmelte und dass diese Kriminellen, wenn man keine Videoaufnahmen und eine vollständige Helix ihrer DNA hatte, ungeschoren davonkommen würden. Dann stieg ich endlich hinter ihr die Treppe hinauf, damit sie mir ihr Video von Joe, einer Blondine und ein paar Reihen blühenden Spargels zeigen konnte.

»Kennst du die Nachbarn in Nummer zweiundvierzig? Die Montgomerys?«

Ich gab unverbindliche Geräusche von mir.

»Du kennst sie bestimmt, es sind die mit dem hässlichen Baby.«

»Harriet«, schimpfte ich. »Babys sind nicht hässlich.«

»Ach, papperlapapp!« Sie ließ ihre freie Hand durch die Luft schwingen, während die andere das Geländer umklammerte. »Mir musst du nicht beweisen, dass du gute Manieren hast, meine Liebe. Dieses Baby ist das hässlichste, das ich je gesehen habe. Und ich bin alt. Ich habe jede Menge Babys gesehen. Das Gesicht des Montgomery-Babys sieht aus wie ein Klumpen geschmolzener Käse.«

Harriet sprach die Wahrheit. Das Baby hatte ein mit Dellen übersätes Hängebackengesicht. Dennoch konnte ich ihr nicht zustimmen, solange mein eigenes Kind noch nicht draußen und begutachtet war. Harriet lästerte weiter über die Montgomerys und erzählte, dass sie den Ehemann mit einem verdächtig wirkenden Paket unterm Arm gefilmt habe und mit der Aufnahme eigentlich zu Constable Smith gehen wollte, was aber leider nicht möglich sei, weil der sie nicht mehr empfangen wollte.

»Daher habe ich mir überlegt, dass du das übernehmen könntest. Was meinst du?«, sagte sie, als sie die Treppe erklommen hatte.

»Nein.«

Sie murrte.

Harriet öffnete die Tür und kicherte nervös. Ich bekam den Mund nicht mehr zu: Auf einem antiken Schreibtisch stand die größte Heimcomputeranlage, die ich jemals gesehen hatte. Die Flachbildschirme in Sport-Bars waren nicht größer.

»O mein Gott!«

Sie murmelte etwas, dass der Monitor gar nicht so groß sei und trippelte zu ihrem Schreibtisch, setzte sich und schüttelte die kabellose Maus. Der Bildschirm wurde aktiviert, und Harriet navigierte durch Menüs und Fenster, während ich noch zu begreifen versuchte, auf welch hohem Niveau sich ihre IT-Kompetenz bewegte.

»Hier ist es.« Sie klickte auf einen Ordner.

Über Harriets Strickjackenschulter hinweg sah ich, wie sich ein Fenster öffnete, in dem seitenweise Dateien angezeigt wurden, mehrere Hundert mussten es sein. Und in fast jedem Dateinamen kam *Emma* vor.

Joe und Emma graben Gemüsebeet um – 26. März
Joe und Emma sehen Filme – 28. März
Joe jätet Kräuterbeet – 2. April
Joe tanzt Zumba – 3. April
Joe und Emma sehen Filme – 11. April
Joe und Emma …
Joe und Emma …
Joe und Emma …

»Harriet!«, schrie ich. Besonders entsetzt war ich über eine Datei mit dem Namen *Emma sonnt sich im Garten – 15. Juni*, weil sie mich offensichtlich in Schwangerschaftsbüstenhalter und Schlüpfer gefilmt hatte. »Sie filmen mein ganzes Leben!«

»Nur zu deiner Sicherheit, meine Liebe«, sagte sie nüchtern.

Sie drehte sich auf ihrem Stuhl und sah mich aus wässrigen Augen an.

»Es ist …« Ich blickte wieder auf die Dateien. Ich konnte nicht fassen, dass die Einzelheiten meines Privatlebens in einem Haufen Dateien auf dem übertrieben modernen Computer einer alten Dame gespeichert waren. »Das ist … total schräg. Und ich hatte Sie gebeten, damit aufzuhören.« Ich löste die Augen von einer Datei namens *Emma misst ihren Bauch* und machte ein böses Gesicht.

»Ich hab ja aufgehört. Hab ich wirklich!«, sagte sie mit kindlicher Beharrlichkeit. »Hier siehst du, dass es eine ziemlich große Lücke gibt.« Sie fuchtelte mit einem ihrer geschwollenen, arthritischen Finger vor dem Bildschirm herum. »Aber dann kam dieser neue Postbote, der wie ein Nazi aussah, und eines Morgens stand die Pforte des Nachbarn von Marjories Tochter sperrangelweit offen, und ihre Katze kam mit einem komplett rasierten Bein nach Hause, und darum habe ich …«

»Harriet!«, blaffte ich sie an, weil ich nicht hören wollte, warum sie glaubte, dass sie einem rechtsradikalen, Katzen rasierenden, Pforten öffnenden Postboten das kriminelle Handwerk legen könnte, indem sie Joe und mich am 12. Juni beim *Kuchenbacken* oder am 17. Juni beim *Jengaspielen* filmte.

Sie schwenkte den Kopf wieder zum Bildschirm, anscheinend einsichtig, klickte auf eine Datei mit dem Datum des heutigen Tages, und wir warteten, bis sie geladen wurde. Ein schwarzes Fenster öffnete sich, in der Mitte erschien ein *Abspielen*-Symbol.

»Setz dich.« Sie wies mit der Hand auf einen Hocker in der Zimmerecke und klickte auf das Dreieck.

Ich griff mir den Hocker, und ohne die Augen vom Bildschirm abzuwenden, zog ich ihn so nahe an den Schreibtisch, wie mein Bauch es zuließ. Die wackelige Aufnahme zeigte den Gehweg von oben (wahrscheinlich aus dem Arbeitszimmer aufgenommen, in dem ich gerade saß) und fokussierte einen Postboten, der ein paar Häuser weiter eine Pforte öffnete, vermutlich, um die Post durch den Briefschlitz in der Tür zu werfen. Wie rassistisch von ihm.

»Das ist der Postbote«, verriet Harriet.

»Was Sie nicht sagen.«

Harriet hob das Kinn. Der Postbote verließ das Grundstück, zog die Pforte hinter sich zu und lief den Gehweg entlang.

»Er hat die Pforte zugemacht«, sagte ich. »Das bedeutet dann wohl, dass er kein Nazi ist.«

Harriet murrte und klickte auf den Schnellvorlauf. Der Postbote erledigte seine Arbeit jetzt mit raschen, abgehackten Bewegungen, die er nur unterbrach, um eine Katze zu streicheln (zu streicheln, nicht zu rasieren, wie ich der stocksteif dasitzenden Harriet gegenüber anmerkte), und lief ruck, zuck aus dem Bild. Eine Minute war nichts zu sehen, dann wurde die Aufnahme jedoch aus demselben steilen Winkel fortgesetzt. Allerdings war die Kamera nun auf Joes Spargelbeet im Garten hinter meinem Haus gerichtet. Harriet schaltete wieder auf normale Abspielgeschwindigkeit um.

»Sieh dir diesen Spargel an!«, sagte Harriets Stimme im Video voller Stolz, als seien die üppigen Spargelsprossen ihr Verdienst.

Die verwackelte Aufnahme erfasste Harriet, deren runzeliger Mund von einem leichten Lächeln umspielt wurde. Das Bild wackelte noch stärker, als sei die filmende Person abgelenkt, dann wurde nach links geschwenkt, und die Kamera nahm meine Fenstertüren ins Visier, die gerade von innen geöffnet wurden. Plötzlich trat Joe in die offene Tür. Er schien mit jemandem zu sprechen, der oder die sich im Haus befand, aber durch die Glastüren konnte ich nichts erkennen, denn eine strategisch platzierte Kletterrose in einem großen Topf versperrte die Sicht. Ich sage strategisch, weil sie dort nicht ohne Grund stand: Eines Tages, als ich mich allein wähnte, blendete mich ein Sonnenstrahl, der von einem Objektiv gespiegelt wurde. Ich musste feststellen, dass Harriet soeben mitschnitt, wie ich in an den Bündchen stark strapazierten Schwangerschafts-Funktionsunterhosen durchs Haus tapste. Joe hatte daraufhin freundlicherweise umgehend seinem geliebten Gartencenter einen Besuch abgestattet und eine Pflanze erworben, die ganzjährig Blätter trug, im Sommer blühte und bienenfreundlich war oder was auch immer. Für mich war es lediglich eine süß duftende Abschirmung vor einer nicht ganz so süßen alten Dame, gegen die ich am liebsten eine einstweilige Verfügung erwirkt hätte.

Wir sahen jetzt auf dem Bildschirm, wie Joe die Terrasse betrat und auf den Garten zeigte. Der Umriss einer schmalen Person näherte sich dem Türrahmen, blieb jedoch halb hinter der ökologisch wertvollen Bienenrose verborgen. Lediglich einen schlanken Arm, das Profil eines kleinen Busens und eine blonde Haarsträhne unter einem hellgrauen Filzhut mit dunklem Band konnte ich ausmachen. In einem aussichtslosen Versuch, mehr zu erkennen, verrenkte ich den Kopf zu beiden Seiten, um an der Pflanze vorbeisehen zu können.

Harriet bedachte mich mit einem strengen Blick.

»Hätten Sie nicht aus einem besseren Winkel filmen können?«, sagte ich verärgert.

»Hätte ich, wenn nicht irgendjemand dieses immergrüne Gewächs davorgestellt hätte.«

Auf dem Bildschirm zog Joe sein Handy aus der Tasche seiner Shorts, wählte und hielt es sich ans Ohr. Er lief im Hof auf und ab, sprach etwas ins Telefon und schob es dann wieder in die Tasche. Dann hielt er inne, führte seine Arme weit vor seinem Bauch zusammen, um entweder eine dicke Frau oder – ich biss die Zähne zusammen – eine sehr schwangere Frau zu imitieren, und watschelte grinsend nach drinnen. Er machte sich über mich lustig. Und das vor einer hübschen Blondine, die, wie ich annahm, auf den Namen Katy, die betrügerische Superschlampe, hörte.

Harriets scharfsinniger Blick ruhte schwer auf mir.

Joe zog die französischen Türen zu. Hinter den Scheiben war noch kurz schemenhaft eine Bewegung zu erkennen, dann sah man nur noch die von den Fenstern reflektierte Nachmittagssonne.

Harriet drückte auf *Pause* und drehte sich mir zu. Ich starrte auf das Standbild meiner französischen Türen.

»Sie waren eine ganze Zeitlang drinnen«, sagte sie sanft.

»Sind sie zusammen weggegangen?«

Sie nickte. Ihre wässrigen Augen funkelten mich weiterhin an.

»Wohin sind sie gegangen?«, fragte ich kleinlaut, als handelte es sich bei Harriets kleiner Kamera um eine revolutionäre Errungenschaft der Technik, eine Art Drohne, deren Reichweite über den Rand des Parks hinausführte. Bis zu Joes und Katys Wohnung vielleicht, wo man verfolgen konnte, wie sie sich gegenseitig die Kleider vom Leib rissen.

»Ich weiß nicht, meine Liebe.« Harriet runzelte die Stirn. »Der Akku hat mich im Stich gelassen.« Sie warf einen gereizten Blick auf das Ladegerät, das auf dem Schreibtisch lag.

Ich machte mich an meinen Fingernägeln zu schaffen und fragte mich, warum ich mich so fühlte, als sei ich ... als sei ich ... was für ein Gefühl war das?

Harriet musterte mich.

»Ich glaube, der ist dir durch die Lappen gegangen. Wie schade.« Sie klickte ein paarmal, bis wieder der Desktop mit einem Bild von Arthur und ihr vor der Chelsea Flower Show angezeigt wurde.

Es fühlte sich an, als hätte ich einen Schlag auf den Solarplexus bekommen. Ich war mir nicht sicher, wo genau der sich befand, aber es war schlimm, und in jedem Falle lastete irgendetwas sehr schwer auf meiner Brust.

Durch die Lappen gegangen?

KAPITEL 36

Als ich meine Eingangstür öffnete, sah ich einen hellgrauen Filzhut mit dunklem Hutband auf dem Tisch im Flur liegen.

Während ich von Harriets Haus zu meinem hinübergegangen, okay – hinübergewatschelt war (Joe hatte ja recht, so beleidigend es auch sein mochte), war in mir eine brodelnde Abneigung gegenüber Katy erwacht. Und schon als sich die Gartenpforte hinter mir schloss, war ich zu der Erkenntnis gelangt, dass es für meinen Widerwillen gegen sie nur einen Grund geben konnte: Ich musste in Joe verliebt sein. Ich wäre gar nicht erst auf die Idee gekommen, hätte die betrunkene Helen nicht *ihn*, *mich* und *Liebe* in meinem Kopf zum ersten Mal miteinander verknüpft.

Noch auf dem Weg zur Tür hatte ich eine SMS an Alex abgeschickt. Nachdem mir meine Gefühle für Joe zu einem so unpassenden Zeitpunkt klargeworden waren (war nicht mein ganzes Leben eine Aneinanderreihung »unpassender Zeitpunkte«?), musste ich meiner Schwester Abbitte leisten. Menschen verschwanden wie erfolglose Schauspieler von der Bildfläche meines Lebens in der Versenkung, aber Alex war die eine und einzige Person, die ich zurückbekommen musste. Sie fehlte mir mehr, als mir schon sehr bald mein intakter Beckenboden fehlen würde. Ich sendete ihr ein knappes *Tut mir leid. Du fehlst mir*, holte tief Atem, um mich zu rüsten, und zog die Haustür hinter mir zu.

»Emma?« Joes Stimme klang vom anderen Ende des Hauses herüber.

Ich warf meine Schlüssel neben den abscheulichen Hut (eigentlich war er gar nicht abscheulich, sondern sogar ziemlich schick, sehr angesagt und auf jeden Fall die Art Hut, die meine Mutter liebend gern auf meinem Kopf gesehen hätte) und ging zur

Küche. Joe erschien am anderen Ende des Flurs. Er sah besorgt aus.

»Wo bist du gewesen? Ich hab dich überall gesucht.«

»Wieso?« Seine aufrichtige Besorgnis verwundete mein ohnehin schon malträtiertes Herz noch mehr. Ach wirklich? Er dürfte kaum überall gesucht haben. Ich war in unserem Pub um die Ecke gewesen, danach zu Hause und anschließend bei unseren Nachbarn gleich nebenan. Als Detektiv wäre er eine Niete.

»Wir haben uns Sorgen gemacht.«

Wir? Er und die Filzhut-Hetäre?

Mum erschien an seiner Seite. »Schätzchen, wo bist du nur gewesen? Wir haben uns Sorgen gemacht.«

Bevor ich antworten oder auch nur annähernd begreifen konnte, warum meine Mutter mit Joe und seiner reaktivierten Verlobten abhing oder warum meine Mutter dabei meine bevorzugten Umstandsleggins und eine große Schere in der Hand hielt, näherte sich hinter ihnen jemand. Ich glättete meine Gesichtszüge zu höflichem Interesse. Nichts sollte sie über meinen tatsächlichen Gemütszustand erfahren, diese weizenblonde Oberschlampe, die modische Hüte trug, sorglos mit empfindsamen Herzen spielte und mit einem defekten Moralkompass durchs Leben navigierte. Aber dann traten Mum und Joe zur Seite, und zwischen ihnen näherte sich – meine Schwester.

Mir blieb vor Staunen der Mund offen stehen.

Alex lächelte mich erwartungsvoll an.

Mum lächelte mich erwartungsvoll an.

Joe lächelte mich erwartungsvoll an.

Es ihnen gleichzutun schaffte ich nicht. Mein Mund formte die Lippen zu einem großen »O«.

»Du fehlst mir auch«, sagte Alex und hielt mir ihr Handy entgegen, dann zog mein ausladender Bauch ihre Aufmerksamkeit auf sich. Niemand sagte etwas.

Bevor ich meine Realität neu justiert hatte – keine Oberschlampe im Haus; Schwester da; muss ich mich jetzt gleich wegen meines abscheulichen Benehmens entschuldigen?; dieses Blau steht Joe unglaublich gut; trägt Alex etwa einen *Ehering* am Finger?!; nimm Mum bloß die Scheißschere weg –, war Alex längst zu mir geflogen und hatte mich fest umschlungen. Mir fehlten die Worte. Wie sollte ich ihnen erklären, dass ich während der vergangenen Monate mehr schlecht als recht mit dem Leben fertig geworden war und versucht hatte, genau das vor ihnen zu verheimlichen? Dass ich umso mehr an meine Grenzen geriet, je größer dieser Bauch wurde, und dass ich langsam befürchtete, die Kontrolle zu verlieren. Die Kontrolle über meinen Verstand, über mein Leben und manchmal auch die Kontrolle über meine Blase. Dass meine Schwester die einzige Person war, die ich in meiner Nähe haben wollte, weil ich wusste, dass sich mit ihr alles zum Besseren wenden würde. Dass ich mir nie verzeihen würde, mich ihr gegenüber wie ein undankbarer Psycho verhalten zu haben, wobei sie doch nichts anderes im Sinn gehabt hatte, als mir zu helfen. Dass ich ihr keine gute Schwester gewesen war und schon gar keine gute Freundin. Wie sollte ich ihr all das sagen und gleichzeitig noch glaubhaft rüberbringen, wie leid es mir tat?

»Es tut mir leid.« Ich flennte und presste sie an mich.

Sie roch nach Blumen und Gras und Kokosnuss-Shampoo.

»Mir tut es auch leid«, sagte sie irgendwo in meinem Pferdeschwanz. Sie drückte mich fester. Da ich meine Füße weit genug hinter mir gelassen hatte, um meinem Bauch den notwendigen Raum zu gewähren, ich mich jedoch in der Umarmung nach vorn beugte und das Gewicht des hängenden Babybauchs mein Kreuz strapazierte, befand ich mich in einer reichlich unbequemen Position. Als der Schmerz zu schlimm wurde, drückte ich meine Handballen auf ihre Schultern und stemmte mich in die Senkrechte zurück.

»Wie bist du bloß hergekommen?«, fragte ich und sah über ihre Schulter hinweg, wie Joe grinste und Mum sich eine Träne aus dem Augenwinkel wischte.

»Relativ hilfreich waren die Flugkünste von Virgin Airlines«, sagte sie. Sie strich über meinen Bauch. »Mein Gott, wie groß der ist.«

Ich ergriff ihre linke Hand. »Und was soll das hier sein?«, fragte ich und deutete auf einen schmalen Ring neben einem Verlobungsring.

»Ach das.« Alex zog ihre Hand zurück und spielte mit den Ringen. »Ich habe geheiratet.«

Bei Tee und Kuchen erzählte uns Alex, dass sie und Cal ein Standesamt in Singapur aufgesucht hatten, um es kurz und schmerzlos hinter sich zu bringen. Keine riesige Gästeliste; keine Feier auf einem Schloss; keine Amuse-Bouches, keine personalisierten Geschenketüten oder Einladungen auf handgeschöpftem Papier. Kein Eisbildhauer. Keine Ententerrine. Offenbar hatte meine Schwester an ebendem Tag geheiratet, als ich Joe im Park vorgejammert hatte, wie sehr sie mir fehlte. Ich weinte. Alex weinte. Mum weinte und verteilte parfümierte Papiertücher. Sogar Joe ließ sich eines geben, wenn auch nur, weil ihm »eine Biene oder so was ins Auge geflogen« sei. Ich fragte, ob es sich eventuell um einen Rotfußfalken gehandelt haben könne, und wurde dafür mit Verachtung gestraft. Am Tag nach der Hochzeit, als Alex ihren dicken Kopf auf dem Flughafen auskurierte und sich immer noch darüber wunderte, plötzlich den Status *verheiratet* zu haben, erreichte sie ein Anruf von Joe.

»Du hast sie einfach so angerufen?«, wollte ich von Joe wissen. »Woher hattest du überhaupt ihre Nummer?«

»Von mir«, sagte Mum.

»Also wusstest du davon?«

»Alle wussten es«, erwiderte Joe.

»Alle? Sogar Sinead und Onkel Mike?«

»Ja«, sagte Alex. »Ich sollte bei Onkel Mike zu deiner Babyparty auftauchen und dich überraschen.«

»Aber, Schätzchen, den Plan hast du ruiniert, weil du auf einmal finanziell am Ende warst, mächtig rumgejammert hast und schließlich abgehauen bist«, sagte Mum.

»Ich hab nicht rumgejammert«, sagte ich und spürte, dass mir zum Jammern zumute war. »Und überhaupt, Millie wurde von einer Biene gestochen.« Ich wandte mich an Joe. »Von einer echten Biene, nicht von einem Falken.«

Er spreizte die Finger zu einem Victory-Zeichen.

»Und, Schätzchen, was ist nun mit diesem Eiscremeproblem? Und deiner finanziellen Situation?« Mum tz-tzte. »Darüber müssen wir noch sprechen.«

Ich wich ihrem Blick aus.

»Ich bin dir nicht böse. Ich bin nur besorgt.«

»Ich möchte aber nicht, dass du besorgt bist. Ich werde das regeln, okay?«

»Wie denn?«

Ich nahm mir ein Stück Kuchen. »Ich krieg das hin, Mum. Wirklich. Ich hab schon einen Plan.«

»Welchen?«

»Dass ich diesen Kuchen essen werde.«

Mum gestattete sich einen Whisky. Ich wandte mich wieder Alex' iPad zu und schaute mir die Fotos aus dem Standesamt an.

»Mum, findest du es schade?«, fragte ich. »Dass du es nicht miterlebt hast?«

»Nein, ich glaube nicht, Schätzchen«, sagte sie und strich Alex übers Haar. »Ich bin ja so froh, dass ich von dieser schrecklichen Lucinda keine Mails mehr bekomme.« Mum schüttelte sich. »Aber es ist wirklich schade, dass ihr keine Hochzeitsfeier hattet. Wenn man bedenkt, was euch an Geschenken entgangen ist.«

Alex zog eine Grimasse. »Wir hätten sowieso keine Wunschliste gehabt. Wir wollten, dass die Leute stattdessen einer Wohltätigkeitsorganisation spenden.«

Mum sah Alex an, als hätte sie davon gesprochen, nach Kambodscha auszuwandern und die Reise dorthin auf einem Floß zu bewältigen. »*Spenden*?«

»Ja, Mum. Denjenigen geben, die weniger wohlhabend sind –

schon mal davon gehört? Wir brauchen keine Berge von Tellern oder Dessertgabeln.«

»Ja, aber wenn ihr euch irgendwann irgendwo niederlasst, braucht ihr doch bestimmt schöne Dinge für euer Zuhause.«

Auf der Flucht vor dem sich anschließenden Streitgespräch über Schönes versus Nötiges machte ich mich in der Küche nützlich. Immer wieder schielte ich zu Joe, der sich im Kreise meiner Familienmitglieder pudelwohl zu fühlen schien. Er lachte häufig, und jedes Mal strahlte er dabei übers ganze Gesicht. Oh, oh, dieses aufregende Gesicht! Seit wann war er so attraktiv?

Da ich die Grillparty bei Onkel Mike und Sinead wegen der jämmerlichen Suchaktion verpasst hatte (Also, wirklich! Wo wollten sie mich denn gesucht haben? Unter den Kissen?), improvisierte ich eine gemischte Antipasti-Platte, auf die wir uns stürzten wie ausgehungerte Geier. Danach saßen wir entspannt im Wohnzimmer, nippten Gin Tonic (Mum und Alex), Bier (Joe) und Sprudelwasser (seufz ... ich). Alex klebte an mir, während ich in der Küche werkelte, und sie trottete hinter mir her, als ich ins Schlafzimmer ging, um mein zweitliebstes Paar Leggins zu verstecken. Auf dem Sofa hätte sie mich dann beinahe unter sich begraben. Ich kam mir vor, als hätte ich meinen persönlichen Trabanten.

»Mein Gott, ich kann's noch gar nicht glauben. Ich werde Tante.« Alex bedachte meinen Bauch immer wieder voller Staunen.

Ich kam mir langsam vor wie eine zur Schau gestellte Kuriosität.

Joe stand vom Sofa auf, ging hinüber in die Küche und öffnete den Kühlschrank. »Und ich bin von jetzt an der liebe Onkel Joe.« Er nahm ein Bier heraus, knallte die Kühlschranktür zu und öffnete die Flasche so schwungvoll, dass es zischte. »Der Typ, den der Kleine zu Rate ziehen wird, wenn es um Garten, Grafik und Girls geht.« Er strahlte.

»Ach tatsächlich?« Ich lachte.

Er zog eine Grimasse. Sah aber trotzdem noch gut aus.

»Schön.« Mum schwang ihre Glieder vom Sessel. »Ich fahre nach Hause. Morgen früh muss ich zur Farbberatung.«

»Ich dachte, das hättest du schon vor Jahren gemacht?«, sagte Alex.

»Ja, aber mit zunehmender Reife ...«

»Du meinst mit zunehmenden Alter?«, sagte ich.

Mom sah auf mich herab. »*Mit zunehmender Reife ...*«

»Wenn man alt wird.«

»Ton und Struktur der Haut ändern sich, und daher wird es essentiell, die Farbwahl anzupassen.«

»Mum, du solltest vielleicht einmal das Wort ›essentiell‹ nachschlagen«, sagte Alex.

Mum ließ ihren Geht-das-schon-wieder-los-Seufzer hören.

»Sauberes Trinkwasser ist essentiell, also lebensnotwendig.« Alex nahm für die folgende Aufzählung die Finger zur Hilfe. »Die Gleichberechtigung der Frau in allen Ländern der Welt ist essentiell. Nahrung, Obdach und soziale Gemeinschaften, die den Menschen Schutz und Sicherheit bieten, sind essentiell. Dafür zu sorgen, dass deine Bluse den zu deiner Haut passenden Pfirsichfarbton hat, ist ganz bestimmt *nicht* lebensnotwendig.«

Wir sahen Mum an. Sie war mit den Gedanken längst ganz woanders. Vielleicht träumte sie sich ja in die Abendkleiderabteilung von Harrods.

»Isabel Marant hat eine neue Kollektion in Pfirsich ...« Mum tippte sich mit einem bordeauxfarbenen Fingernagel ans Kinn. Und wandte sich wieder uns zu. »Okay, meine Süßen, ich muss los.«

Joe stand auf, ganz der Gentleman.

»Bleib schön sitzen, Emma«, sagt Mum.

»Keine Sorge. Hast du gesehen, wie viel ich zu stemmen habe?«

Mum machte ein Und-ob-ich-das-habe-Gesicht. »Und bitte tu mir den Gefallen, an diesem Wochenende noch keine Wehen zu bekommen. Ich muss meine neuen High Heels eintragen und wäre dir keine Hilfe.«

»Ich kneif die Beine zusammen«, sagte ich.

Alex kicherte und tastete meinen Bauch ab: »Hab ich da jetzt den Po, oder ist es der Kopf?«

Joe begleitete Mum zur Tür und erklärte sein Einverständnis mit ihrem Terminplan zur High-Heel-Inbetriebnahme.

»Ich kann es nicht glauben, dass er dich einfach so angerufen hat.« Ich reichte Alex einen Kissenbezug. »Einfach ... angerufen.«

»Ja«, sagte Alex und stopfte das Kissen in einen von Grandmas verblichenen Blumenbezügen.

»Und du hast einfach so einen Flug bekommen?«

»Kann man sagen.« Alex schüttelte das Kissen auf, warf es aufs Bett und ergriff die Ecke des dazu passenden Lakens, die ich ihr entgegenstreckte.

Alex bevorzugte militärisch korrekt gemachte Betten, mit eingefalteten Ecken wie im Krankenhaus, straff gespannt ohne die kleinste Falte. Jedermann hätte mit dieser Herausforderung seine Mühe gehabt, aber als werdende Mutter im neunten Monat war ich in der Bewegungsfreiheit doch ziemlich eingeschränkt. Genauso wenig, wie ein Nashorn Yoga-Übungen machen kann, fehlten auch mir die notwendigen physischen Voraussetzungen. Trotzdem schafften wir es, jede eine Ecke der Bettdecke zu greifen und sie so auszurichten, dass sie zu beiden Seiten des Betts in gleicher Breite überlappte. Es war inzwischen fast elf Uhr abends, und der Jetlag ließ Alex trotz ihrer tropischen Bräune ein wenig käsig aussehen.

»Was genau hat er denn gesagt?«

Alex stöhnte. Sie war dabei, ihren Rucksack auszuleeren und die Sachen in einer leeren Kommode unterzubringen.

»Er sagte ...« Ungehalten starrte sie mich an, um darauf hinzuweisen, dass sie es mir schon hundertmal erzählt hatte und ich ihr langsam auf die Nerven ging. »Dass er glaube, du seist unglücklich und ich dich wieder froh machen könne.«

»Das war alles?«

»Das war alles.«

»Und deswegen bist du heimgekommen? Nur meinetwegen?«

»Stimmt.«

Ich stand am Bettende und sah zu, wie Alex bunte Tops auspackte und derbe Lederflipflops. Ich war beschämt und konnte immer noch nicht fassen, dass sie tatsächlich da war. Seit Weihnachten vor anderthalb Jahren hatte ich sie nicht mehr gesehen, aber es war mir nie so lange vorgekommen, solange wir fast jeden Tag telefonierten, E-Mails austauschten oder SMS schickten.

»Joe liegt wirklich viel an dir«, sagte Alex, schob die Schubladen zu und verstaute ihren Rucksack unter dem Bett.

»Mir liegt auch etwas an ihm.« Bedrückt ließ ich mich aufs frisch gemachte Bett fallen, aber ein scharfer Blick von Alex sorgte dafür, dass ich mich schnell aufrappelte.

»Läuft da was?«

»Mit Joe?«

Sie nickte.

»Mein Gott, nein.« Ich ging zur Tür. »Null. Er ist nur ein Mitbewohner. Wir haben uns angefreundet, natürlich, und er ist ein guter Typ, klar, aber nein, er ist nur ... mein Mitbewohner ...« Ich verstummte ...

»Okay, gut.« Alex' Blicke sagten, dass sie mir kein Wort glaubte. Dann klatschte sie in die Hände und bugsierte mich zur Tür hinaus. »So, ich muss jetzt ins Bett.«

»Ich bin wirklich, wirklich froh, dass du gekommen bist.«

»Ja. Ja, das bin ich auch.« Sie schob mich auf den Flur und schloss die Tür. »Nacht!«, rief sie, und es klang so, als hätte sie schon die Decke über den Kopf gezogen.

Ich drehte mich um und erschrak, als ich Joe im Flur stehen sah. »Also, ich mach mich jetzt auch auf den Weg ins Bett«, sagte er. Dabei gähnte er und reckte sich.

Sein T-Shirt rutschte in die Höhe und gewährte mir einen kurzen Blick auf den straffen Streifen unter seinem Bauchnabel. Ein kleines Haarbüschel lugte über den Hosenbund und scheuchte Schmetterlinge in meinem Bauch auf. Er lächelte und lehnte sich an die gegenüberliegende Wand. Die müden, sanftmütig blickenden Augen und die abendlichen Bartstoppeln ließen ihn großartig aussehen. Und so vertraut. Mich überfiel ein so heftiges Verlangen, dass es mir einen Schrecken einjagte, und ich bemühte mich, nicht rot zu werden.

»Vielen Dank, dass du ...« Ich suchte die richtigen Worte. Joe hatte mir zugehört – und verstanden, was in mir vorging. Wenn er gewusst hatte, dass die Gegenwart meiner Schwester mich so beruhigen und mir ein solches Gefühl der Sicherheit geben würde, wäre er dann vielleicht auch in der Lage, meine Gefühle für ihn zu erkennen? Ich fühlte mich ertappt. »Einfach nur ... nur danke.«

»Gern geschehen«, sagte er, abgespannt, aber lächelnd.

Wir standen einander gegenüber, beide mit dem Rücken zur Wand. Der Raum zwischen uns schien elektrisch aufgeladen. War dies die Gelegenheit, einander große Gefühle zu gestehen? Ich wartete mit immer stärkerem Herzklopfen. Auch Joes Gesicht war angespannt. Seine Lippen zuckten, und seine Stirn runzelte sich, als sei er drauf und dran, etwas zu sagen. Aber dann entspannten sich seine Züge, und er lächelte wieder mit sanftem, müdem Blick.

»Gute Nacht.« Seine Stimme schien aus tiefster Kehle zu kommen. Er schluckte, sein Adamsapfel tanzte.

Ich spürte, dass er eine Entscheidung getroffen hatte. Er breitete die Arme aus.

»Nacht«, sagte ich und vergrub mein Gesicht an seiner Brust.

Wir verweilten in unserer Umarmung, und es fühlte sich wie ein Abschied an. Er ließ mich gehen. Traurigkeit überkam mich. Er küsste mein Haar, zog sich dann zurück und stieg die Treppe nach oben, und ich, im Hals einen Kloß, tappte langsam in mein Schlafzimmer.

KAPITEL 37

Das köstliche Aroma dessen, was in der Küche zum Frühstück brutzelte, holte mich aus dem Schlaf. Ich kämpfte mich in meinen Schwangerschafts-BH (niemand sollte beim Frühstück von einer frei schwingenden Riesentitte belästigt werden), zog meine Pyjamajacke wieder darüber und schwankte schlaftrunken den Flur entlang, immer in Richtung Schinkenspeck. In der Küche traf ich auf Joe. In Boxershorts und T-Shirt war er emsig dabei, zu wenden und zu rühren, zu kochen und zu brühen.

»Morgen!«, dröhnte er gutgelaunt. »Tee? Pfannkuchen? Speck? Rösti? Eier? Ich bin im Üppiges-Frühstück-Modus.«

»Ja, bitte, möchte ich.«

»Was?« Er schwenkte eine Pfanne.

»Alles.«

»Gute Wahl.« Joe jonglierte mit Teebeuteln und Kesseln und Pfannenwendern und Rührbesen.

Schon in den ganz frühen Morgenstunden, jenen Stunden, die kein empfindsamer Mensch wach erleben sollte, hatte ich im Bett gelegen und das Baby darüber zu informieren versucht, dass es um diese Uhrzeit absolut inakzeptabel war, mir unablässig gegen die Blase zu treten. Und sollte es damit sein künftiges Verhalten andeuten wollen, müsse es damit rechnen, dass ich ein ernstes Wörtchen mit ihm zu reden hatte. Weil ich infolge dieser Konversation mit meinem Nachwuchs nicht mehr einschlafen konnte, fand ich leider auch Zeit, über meine nun ans Licht gekommenen Gefühle für Joe zu grübeln. Von Helen verkündet und von Alex zumindest angedeutet, hatte mich die Realität meiner Empfindungen wie ein Faustschlag in den Magen erwischt, und ich konnte ihn inzwischen nicht mehr unbefangen ansehen. Bei seinem Anblick sträubten sich die Härchen auf meinem Nacken vor lauter Zuneigung. Joe rutschte ein Ei aus der Hand.

»Mistding«, sagte er.

Und dann noch eins.

»Doppelt hält besser.«

Er grinste über die Schulter, drehte sich um und konzentrierte sich auf das nächste Ei.

Während dieser schlimmen Morgenstunden, vor denen die Vernunft stets Reißaus zu nehmen scheint, hatte ich beschlossen, Joe zu gestehen, dass ich ihm einen furchtbar schlechten Rat gegeben hatte. Dass er keinesfalls mit Katy einen zweiten Anlauf wagen solle. Er müsse hier bei mir bleiben und Brownies essen. Wenn möglich für immer und für ewig. Da ich nun wusste, dass die gewisperten Telefongespräche hinter geschlossenen Türen nicht mit Katy geführt worden waren, sondern mit meiner Schwester, war mir klar, dass ich schnell handeln musste. Ich hatte mir vorgenommen, dieses Thema schon beim Frühstück anzusprechen. So schnell wie möglich zur Sache zu kommen. Alles auf den Tisch zu legen, ohne zu zagen oder zu zaudern. Ohne Umschweife und geradeheraus würde ich mich erklären. Und zwar schleunigst.

Ich ließ mich elegant auf einen Stuhl sinken. Na ja, nicht ganz. Ich musste mich sozusagen auf die Sitzfläche runterschrauben. Und um ehrlich zu sein: Dabei entwischte mir ein kleiner Furz. Und wenn ich ganz ehrlich bin: So klein war er nicht, der Furz.

Joe schüttelte sich, um kundzutun, dass er geruchsempfindlich war.

Prompt landete Tee vor mir auf dem Tisch, so hastig serviert, dass die toffeebraune Flüssigkeit in der Tasse aufschwappte wie ein Tsunami. Joe war schon wieder am Herd, um irgendeinen Garzustand zu prüfen. Ich trank einen Schluck und schaute zu, wie Joe hektisch vom Kühlschrank zum Herd zur Speisekammer und zurück hetzte.

»Morgen, Leute.« Alex kam zur Tür herein und lahmte mit

schlafsteifen Beinen durch die Küche. Sie zog sich mir gegenüber einen Stuhl heran und setzte sich.

»Gibt's hier vielleicht einen Kaffee?«

»Für nette Menschen immer«, erwiderte Joe.

Alex stemmte sich vom Stuhl und schlurfte lethargisch zu Joe, der ihr vom Schlaf zerzaustes Haar kommentierte, ihren zerknautschten Pyjama, die Menge Zucker, die sie in ihren Kaffee versenkte, ihren morgendlichen Mundgeruch und dergleichen mehr. Ich schlürfte meinen Tee, hörte den beiden zu, schaute hinaus auf meinen sonnigen Garten, in dem die Bienen summten und machte mir wohltuende Gedanken.

Während des Frühstücks plauderte Joe auffällig wohlgelaunt. Ich fragte mich, was in ihn gefahren sein mochte. Vielleicht stimmte etwas nicht mit seinem Kaffee-Kalorien-Haushalt. Alex und er schienen sich während der vergangenen Woche, in der sie ihre heimlichen Überraschen-wir-Emma-Absprachen getroffen hatten, äußerst gut verstanden zu haben und lachten miteinander wie dicke Freunde. Nachdem ich von Joes Nacht-und-Nebel-Telefongesprächen mit Vanuatu und Alex' Version vom anderen Ende der Leitung gehört hatte, fühlte ich mich wie im siebten Himmel, und selbst wenn man mir Matt Damon (zwei Jahrzehnte jünger und noch kinderlos) auf einem silbernen Tablett präsentiert hatte, wäre ich nicht zufriedener gewesen.

»Noch Kaffee?«, fragte Joe, als er den Tisch abräumte.

»Nein danke. Ich spring erst mal unter die Dusche.« Alex stellte ihren Teller und ein paar Frühstücksüberbleibsel auf dem Küchentresen ab. »Was ist heute geplant?«

»Im Park spazieren gehen, Sinead und die Kinder besuchen, später Lunch im Pub oder so?« Ich wandte mich Joe zu. »Kommst du mit?

»Eigentlich bin ich beschäftigt.«

»Beschäftigt?« Allein schon die Vorstellung war absurd.

Schwungvoll wischte er die Tischplatte mit einem Tuch ab.

»Ich ... treffe heute Katy.«

Eine lange Pause.

»Ich habe deinen Rat beherzigt.« Er wischte nicht mehr, sondern richtete sich auf und lächelte. Ein gezwungenes Lächeln, oder wollte ich es so sehen?

»Meinen Rat?« Mir war klar, dass meine Stimme verändert klang, und ich merkte, dass Alex auf dem Weg zur Dusche stehen geblieben war und meine Reaktion abwartete.

»Ja, du hast gesagt, dass ich es noch mal mit ihr versuchen sollte. Ich hab eine Weile nachgedacht und bin zu dem Schluss gekommen, dass du recht hast. Ich muss in die Zukunft schauen. Ich kann nicht ewig dein Mitbewohner bleiben.« Er drehte sich um und beschäftigte sich mit dem Geschirr im Spülbecken. Das Wort »Mitbewohner« versetzte mir einen Stich in die Brust. »Also hab ich sie heute Morgen angerufen, und wir treffen uns zum Mittagessen und ...«, er drehte sich wieder zu mir und sah mich merkwürdig an, »... dann wird sich zeigen, wie es weitergeht.«

Ich schaffte es nicht, ihm in die Augen zu sehen. Also senkte ich den Blick, bis ich feststellte, dass ich unter seine Gürtellinie starrte. Ich reagierte leicht panisch. Hitze stieg in mir auf, und ich sah zum Küchenfenster hinaus.

»Ja, das ist toll«, sagte ich. Mein Versuch, es enthusiastisch klingen zu lassen, scheiterte kläglich.

»Ja.«

Ich fummelte an meinen Fingernägeln.

»Toll«, wiederholte ich. »Ich hoffe, es geht alles gut.«

Joe griff sich wieder das Geschirrhandtuch. Alex harrte auf der Türschwelle.

»Willst du zuerst duschen, oder darf ich?«, fragte ich sie.

Mit einer Geste ließ sie mir den Vortritt. Ich sah mich nach Joe um, schenkte ihm ein flüchtiges Lächeln und zottelte ins Bad.

Als eine Stunde später die Tür hinter Joe ins Schloss gefallen war, wurde ich von Alex gestellt.

»Da läuft doch was.«

»Wo?« Ich sah mich um.

»Verkauf mich nicht für dumm. Zwischen dir und Joe.«

»Sei nicht albern. Hast du eigentlich schon die Wickeltasche gesehen, die Mum mir gekauft hat?« Ich hielt das Objekt der Ablehnung in die Höhe. »Bisschen zu viel Krokodilleder für meinen Geschmack und vielleicht auch zu viel Gold.«

»Probleme löst man nicht, indem man ihnen aus dem Weg geht.«

»Ich bin bisher gut damit gefahren.«

»Ach ja, wirklich?«

Ich dachte kurz daran, ihr die vielen Situationen zu schildern, in denen Leugnung und Ausweichen ihre Wirkung getan hatten: zum Beispiel, um mein Geld von Ned nicht zurückzubekommen; um mit Joe nicht über meine Gefühle für ihn sprechen zu müssen; ihn stattdessen seiner Ex wieder in die Arme zu treiben; zu wissen, dass mein Baby in elf Tagen fällig war, und nicht den geringsten Schimmer zu haben, was ich dann mit ihm anstellen sollte; meine finanzielle Situation; meine Donut-Sucht, die Lügen gegenüber Mum, die Lügen gegenüber Onkel Mike, der inzwischen erledigte Schwesternstreit wegen einer Lappalie.

»Nein, eigentlich nicht.«

Ich trennte mich von der Wickeltasche, Alex sich von ihrer strengen Miene.

»Komm, reden wir darüber im Park. Nach diesem fetten Frühstück muss ich mich bewegen.«

Und wie wir redeten. Alex fing gleich mit dem Anfang an. Es war verantwortungslos von mir, die Pille zu vergessen; verantwortungslos, nicht zu bemerken, dass eine Periode ausgeblieben war; verantwortungslos, meinen Job zu kündigen und nicht zu wissen, wie es weitergehen sollte, wenn das Baby da war; verantwortungslos, jemandem wie Ned Zugang zu meinem Bankkonto zu gewähren. Ich konnte verdammt noch mal von Glück reden, dass Grandma gestorben war und mir eine Cottage-Hälfte hinterlassen hatte; dass ich einen Job bei Archies Film bekommen hatte, dass Joe in mein Leben getreten war. Außerdem sei ich dämlich, dass ich ihn in die Arme seiner Ex getrieben hatte, dämlich, zu glauben, keine Gefühle für ihn zu haben. Ich sei dämlich, Ned nicht gezwungen zu haben, die Eiswagen zu verkaufen; dämlich, Mum nicht von meiner finanziellen Situation erzählt zu haben, und ganz besonders dämlich, nicht gewusst zu haben, dass die Familie mir doch nur helfen wollte. Emma, Inbegriff einer verantwortungslosen und dämlichen Frau. Ich wies alles weit von mir und zeigte auf eine Wolke, die aussah wie ein Schwanz mit dazugehörigen Eiern.

Nachmittags machten wir eine Stippvisite bei Onkel Mike und Sinead, und dort wurde ich Zeugin eines demütigenden Familiengesprächs über meine wirtschaftlichen Angelegenheiten. Einschließlich Tabellen, strenger Mienen und feierlichen Kopfnickens. Dass ich arm, bedauernswert und schwanger war, hatte jedoch auch sein Gutes: Onkel Mike vergaß vorerst seinen Zorn über die perfide Täuschung, was Archies Auftritt in dem Zombie/Gedärm/BH-Filmkunstwerk betraf, und konzentrierte sich stattdessen auf die Klärung meiner »Situation«, wie Mum ständig zu sagen pflegte. Ich versuchte mit aller Kraft, von eben dieser Situation abzulenken und auf ein sehr reales Problem hinzuweisen: Jesses neuen Haarschnitt. Morgens hatte Sinead nämlich Jesse beim Friseur abgesetzt, war dann mit den anderen drei Kindern in ein Café gegangen und hatte bei der Rückkehr feststellen müssen, dass ihre unbeaufsichtigte sechsjährige Tochter einen Irokesenschnitt in Auftrag gegeben hatte. Der dienstfertige, aber etwas beschränkte Friseur rasierte ihr an den Seiten bis auf fünf Millimeter alles runter und machte sich anschließend mit grellgrüner Farbe über den verbleibenden Hahnenkamm her. Meine Bemühungen blieben jedoch fruchtlos, denn alle meinten, dass Jess tatsächlich so aussah wie einer von Gwen Stefanies Söhnen. Und das Haar würde ja schließlich nachwachsen – anders als mein Geld. Ich möge mich also auf dringlichere Probleme konzentrieren. Ungeduldig und darauf bedacht, zu Hause zu erfahren, wie Joes Lunch mit Katy gelaufen war, erklärte ich mich einverstanden, in den nächsten Tagen Ned anzurufen (und zwar im Beisein von Mum – schauder, schauder, welche Schmach!) und ein Darlehen von Onkel Mike und Sinead anzunehmen, das sie nicht wieder zurückfordern würden, wie ich nur zu genau wusste. Ich kam mir erbärmlich und entwürdigt und so unselbständig vor, als sei ich nicht älter als fünfzehn. Dass Alex auf dem Nachhauseweg versuchte, mich aufzubauen, half auch nicht.

»Was ist das für eine Gedichtsammlung, von der Joe mir erzählt hat? Er findet, dass dir damit echt etwas gelungen ist.«

»Er ist bescheuert. Nichts als einige alberne Gedichte, die ich als Teenager geschrieben habe. Ich wünschte, er würde den Mund halten. Und das gilt auch für dich.«

»Okay, okay.«

Wir kamen gegen fünf zu Hause an, und die schamlose Durchforstung von Joes Zimmer und seinen Habseligkeiten verriet mir, dass er noch nicht zurückgekehrt war. Alex gab sich Mühe, mich in ein Gespräch über Kindernamen zu verwickeln, über Stillen und Schadstoffe in Babyprodukten, aber als ihr meine Geistesabwesenheit schließlich zu viel wurde, schlug sie vor auszugehen.

»Ausgehen, wohin?«, fragte ich desinteressiert und spähte in Joes Schränke.

»In die Stadt«, flehte sie. »Lass uns essen gehen. In eine Bar. Raus hier.«

Ich sah sie an, blickte auf meinen Bauch und dann wieder zu ihr. Hatte sie den Verstand verloren? Ich widmete mich wieder der Schrankspionage.

»O bitte. Komm schon. Seit mehr als einem Jahr bin ich nicht mehr an einem Ort gewesen, wo man Schuhe an den Füßen trägt. Da wo ich herkomme, wird jede Mahlzeit mit Reis und Erbsen aus der Konserve angerichtet, und der einzige Drink, den man sich gönnen kann, enthält fünfzigprozentigen Rum, der dir die Nasenhärchen verätzt. Bitte geh mit mir aus. Es könnte auch deine letzte Chance sein, bevor das Baby kommt.«

Ich hielt inne. Mich überkam die Vision, für die nächsten achtzehn Jahre zu Hause eingesperrt zu sein. London, wie ich es kannte, existierte dann vielleicht gar nicht mehr. Pendler würden sich mit Raketenstiefeln bewegen, Fußwege wären zu Beförderungsbändern geworden, Autos abgelöst von Schwebefahrzeugen. Entlang der Verkehrsrouten würden kleine Meditationsbuden schweben und Bars, in denen nur Saft ausgeschenkt wurde. Die Straßen würde man in Grünanlagen umgewandelt haben, in denen Kinder spielten, und es würde Flüsse voller laichender Biolachse geben, in denen sie planschen konnten. Alex hatte völlig recht. Ich musste raus ins gewohnt graue London, solange ich noch konnte.

»Lieber Gott, war London schon immer so schmutzig?«, fragte Alex bestimmt schon das zwanzigste Mal, seit wir Wimbledon verlassen hatten.

»Du wolltest in die Stadt«, sagte ich. Wir schlängelten uns die geschäftige Portobello Road entlang. Vom Pflaster stieg Hitze auf, und der Geruch von Bier und After Shave waberte aus Fenstern und Türen der Pubs. Es war ein typischer englischer Sommertag, an dem es hoch herging und die Säume der Minikleider in noch höhere Höhen kletterten. Wir würden uns mit Helen und Douglas zum Essen treffen. Douglas brachte seine Freundin Jemima mit.

»Ich kann mich nicht erinnern, dass es so schmutzig war wie jetzt«, sagte Alex und machte einen langen Schritt über etwas, das ein zu Boden gefallener Kebab sein konnte, ein Hühnchen-Curry oder frühabendlich Erbrochenes.

»Auf den Gehwegen von Vanuatu habt ihr bestimmt keine mit Alcopop angereicherte Kotze.«

»Wir haben keine Gehwege«, sagte Alex und wich vier freundlichen jungen Männern aus, die so freundlich waren, sich bei ihrem Anblick in den Schritt zu greifen und ihr Gemächt zu schütteln, damit sie sich attraktiv und wertgeschätzt fühlte.

Im Restaurant wiesen freundliche Kellnerinnen und Kellner uns einen Tisch zu, fragten mich, wann es so weit sei, sorgten dafür, dass ich ein Extrakissen für den Rücken bekam, und boten an, mir jeden ihrer Cocktails auch »jungfräulich« zu servieren.

»Lecker, dann möchte ich bitte eine Piña-Colada-Jungfer«, sagte ich grinsend.

»Und ich möchte auch eine, aber die mannstolle Version bitte«, sagte Helen.

Alex bestellte einen kompliziert klingenden Cocktail, Douglas und Jemima orderten eine Flasche Cabernet Sauvignon, und entgegen meiner anfänglichen Vorbehalte erwies es sich als recht unterhaltsam, an einem Sommerabend in London auszugehen, selbst wenn man schwanger war und deswegen auf mannstolle Cocktails verzichten musste. Jemima war ein faszinierendes Geschöpf. Ihre intensiven grauen Augen fixierten einen hinter übergroßen unprätentiösen Brillengläsern, wenn sie mit einem sprach, und aus ihren herzförmigen rosa Lippen feuerte sie schonungslose, aber durchaus zutreffende Beobachtungen ab.

»Ich bin Lichtingenieurin«, antwortete sie auf die obligatorische Frage. »Und was machst du?«.

»Für Konzerte?«, sagte ich, bemüht, meine Überraschung zu verbergen. Sie wirkte auf mich kaum wie jemand, der mit Steve Tyler über Stadionauftritte diskutiert und fragt, welchen seiner Körperteile er besonders ins Licht gerückt haben wolle.

»Nein. Für private Haushalte. Galerien. Installationen.« Sie nippte an ihrem Wein.

»Oh, wie cool. Ich wusste gar nicht, dass es so was gibt.«

»Gibt es«, sagte sie.

Ich hätte sie gern noch mehr gefragt, aber sie wandte sich an Alex und erkundigte sich nach Korruption bei der Vergabe von

Hilfsgeldern. Ich mochte sie. Sie war so unverblümt und direkt, dass man sie einfach mögen musste. Und Douglas war offensichtlich total verschossen.

Nach ein paar Stunden Nahrungsaufnahme, Unterhaltung und Genuss diverser »jungfräulicher« Cocktails wollte ich langsam nach Hause.

»Gönnen wir uns noch einen letzten Drink an der Bar drüben, bevor wir aufbrechen?«, fragte Alex.

Ich sah sie von der Seite an.

»Oh, bitte, bitte, bitte!«, sagte sie. Sie faltete die Hände zum Bittgebet unterm Kinn. »Die einzigen Bars, die ich normalerweise zu sehen kriege, haben keine Wände und kaputte Bananenpaletten als Sitze.«

»Hört sich besser an als hier«, sagte Jemima.

Alex setzte von neuem ihren flehentlichen Blick auf.

»Aber dort werden mich für eine schwangere Tussi halten, die keinen abgekriegt hat«, sagte ich.

»Ist doch nicht so schlimm, du wirkst auch hier schon fehl am Platz«, sagte Jemima.

»Ich könnte jedenfalls noch einen Drink vertragen«, sagte Helen. Ihr Blick folgte einer Truppe heißer Hipster, die auf dem Weg an die Bar war.

»Bitte«, sagte Alex und untermalte ihren sehnlichen Wunsch mit weit aufgerissenen Augen. »Nur noch einen, und dann komm ich mit dir nach Hause.«

Auf dem Weg an die Bar tauchte Helen in einem Haufen geschniegelter Yuppie-Typen unter. Alex mogelte sich im Zickzack durch die Menge an den Tresen. Ich folgte ihr und sah mich um. Während Jemima ihrem hingerissenen Douglas die raffinierte Lichttechnik des Ladens erläuterte, schaute ich mir die Jungen und Hippen und die Bin-in-der-Werbung-Typen in der Bar an, als mein Blick an einem irgendwie bekannten Gesicht hängen blieb.

»Großer Gott! Da ist ja Katy!«, stieß ich hervor und packte Alex' Arm.

»Katy Perry?« Alex nahm ihren pinkfarbenen Cocktail vom Barkeeper entgegen und wirbelte herum. »Wo?«

»Nein.« Ich duckte mich hinter Alex, als Katy ihren Kopf in unsere Richtung drehte. »Katy, Joes ehemalige Verlobte. Schnell, gib mir Deckung.«

»Wer ist Joe?«, fragte Jemima, die eine zweifellos gemeingefährliche, klare Flüssigkeit durch einen dünnen Strohhalm saugte.

»Emmas Mitbewohner«, meldete Douglas und fügte nach einem Blick von mir hinzu: »Und ihr Freund.«

»Oh.« Jemima folgte meinem Blick. »Warum musst du dich denn vor der Verlobten deines Mitbewohners verstecken?«

Alex beugte sich vor. Die Cocktails des Abends machten sich bemerkbar. »Weil Emma ihren Mitbewohner liebt.«

»Tu ich nicht!«, widersprach ich.

Jemima zog interessiert die rehfarbenen Augenbrauen in die Höhe.

»Und welche ist es?«, fragte Alex.

»Die Blondine. Die besonders hübsche in der Gruppe da drüben.«

Alex verrenkte sich, um besser sehen zu können. »Die sind alle hübsch. Und alle blond.«

»Beweg dich nicht. Sonst sieht sie mich.« Ich senkte meinen Kopf hinter Alex' bloßer braungebrannte Schulter.

»Ich dachte, du hättest sie noch nie getroffen.«

»Oh.« Ich richtete mich auf. »Hab ich ja auch nicht.«

»Wieso weißt du denn, dass sie es ist?«, fragte Jemima.

»Ach ... ich weiß es einfach«, spielte ich Hellseherin.

Alex fixierte mich mit einem unerbittlichem Blick.

»Also schön – ich hab Fotos von ihr auf seinem Laptop gesehen«, nuschelte ich. »Aber nur, weil sein Computer dastand. Direkt vor mir, angeschaltet.«

»Du lügst«, sagte Alex.

»Ich war zufällig in seinem Zimmer und hab rumgeschnüffelt, aber ...«

Alex spöttelte. Douglas schüttelte den Kopf.

»Das ist übergriffig und eine Verletzung des Vertrags zwischen Mieter und Untermieter«, sagte Jemima. »Er kann dich verklagen.«

Ich nahm Katy wieder ins Visier.

»Emma, bist du sicher, dass sie es ist?«, fragte Douglas und blinzelte, da Katy nun mit einem bärtigen Typen auf Tuchfühlung ging, dessen Stirntolle so gegelt war, dass sie an das Dach des Guggenheim Museum in New York erinnerte. »Vielleicht, also … vielleicht ist sie es doch nicht.«

»Sie ist es ganz sicher. Da, der Mann mit dem Bart, der flirtet doch mit ihr«, sagte ich aufgeregt. »Sie berührt seinen Arm. Sie nimmt einen Schluck von seinem Drink! Douglas, tu doch was!«

Douglas sah mich an, als hätte ich den Verstand verloren. Jemima nippte und beobachtete.

»Du steigerst dich da in was rein«, sagte Alex. »Sie ist einfach nur mit ein paar Freunden unterwegs. Ich glaube, du bist diejenige, die hier ein Problem hat.«

»Was willst du damit sagen?« Ich wandte mich an Alex.

»Ich will sagen, dass …«

»Jetzt küsst sie den Typen«, sagte Jemima unbewegt.

Alex und ich drehten unsere Köpfe zu Katy, die nun mit dem Guggenheimer an eine Wand gelehnt stand und ihn abknutschte.

»Was für eine Schlampe.« Alex schüttelte den Kopf.

»Dein Mitbewohner ist jetzt wahrscheinlich Single«, sagte Jemima. »Aber wenn die sein Typ ist, dann bist du es mit Sicherheit nicht.«

KAPITEL 38

»Du musst es ihm sagen. Du musst es ihm gleich sagen, bevor er sich emotional noch weiter auf Katy einlässt«, ermahnte Alex mich, als das Taxi am düsteren Rand des Wimbledon Common entlangfuhr. Ich sah auf die gespenstisch anmutenden Bäume und dachte an kopflose Reiter und Spinnen und Vergewaltiger.

»Sie ist seine Verlobte. Es ist anzunehmen, dass sie sich schon vor längerem emotional aufeinander eingelassen haben.«

»Du weißt, was ich meine«, sagte sie.

Ich schwankte zwischen Joe-alles-erzählen und Joe-nichts-erzählen. Warum zögerte ich, ihn aufzuklären? Weil ich ihm nicht weh tun wollte. Weil ich nicht zugeben wollte, dass ich seinen Computer ausspioniert hatte. Weil ich Angst hatte, er könnte die Hoffnung in meinen Augen lesen, dass er Katy ein für alle Mal vergessen und sich für mich entscheiden würde.

Als das Taxi hielt, brannte im Cottage noch Licht.

Joe saß auf dem Sofa. Die Beine ausgestreckt, Füße auf dem Couchtisch und mit seinem Laptop beschäftigt. Mit den aufgekrempelten Jeans und der Tasse Tee neben sich bot er ein Bild der Ruhe und Zufriedenheit.

»Wie war euer Abend?«, fragte er und sah vom Computer auf.

»Toll!«, antwortete Alex. »Ich mach mir einen Kräutertee. Sonst noch jemand?«

Joe schüttelte den Kopf.

»Wie war das Mittagessen mit Katy?«, fragte ich mit aufgesetzter Beiläufigkeit, als ich mich in den Sessel plumpsen ließ. Durch und durch entspannt schaute Joe mich an.

»Es war gut.« Bei der Erinnerung daran funkelten seine Augen. Er wandte sich wieder dem Computer zu.

»Klasse.« Ich blickte zu Alex hinüber in die Küche und zog eine Was-jetzt?-Fratze. Sie mimte mit ausdrucksvollen Augenbrauen und gestikulierenden Händen eine Art griechische Tragödie in Kurzform. Ich machte ein Ich-will-nicht-Gesicht und fragte sie ebenfalls ohne Worte: »Warum tust du es nicht?«, worauf sie mit einer komplizierten Hände-Arme-und-Grimassen-Kombination reagierte, die ich nicht entschlüsseln konnte. Ich zuckte mit den Achseln.

Sie zeigte mit einem Finger von mir zu ihm und formte mit den Lippen ein lautloses »Jetzt, verdammt noch mal!«. Ich streckte ihr die Zunge raus.

»Joe?«, fing ich an.

Er blickte auf. Er schien so glücklich zu sein, wie er da auf dem Sofa saß und zu einem nicht hörbaren Rhythmus mit den Zehen zuckte. Ausgeglichen und friedvoll sah er aus. Und ich war kurz davor, all das zu ruinieren. Ein solcher Schlag konnte verletzen. Ich musste taktvoll vorgehen, einfühlsam sein und lieb. Sanft würde ich ihn an das Thema heranführen, damit es nicht mehr als ein zarter, federleichter, kaum spürbarer Klaps wurde.

»Ich habe gesehen, wie Katy einen Mann geküsst hat, einen Typen mit Bart und einem ganz schlimmen Pony.« Ich deutete den Guggenheim-Style seiner Tolle an.

Alex vergrub ihr Gesicht in den Händen. Einfühlsamkeit war wohl nicht meine Stärke.

Joe blinzelte mich an. »Katy hatte einen Networking-Termin mit ein paar neuen Kunden«, antwortete er.

Ich dachte an die Männer, mit denen sie in der Bar war, und fragte mich, ob es Kunden waren und ob sie einer Art Business für Bärtige nachgingen. Einem Bart-Handel.

»Ja, mit ›Networking‹ war sie ganz bestimmt beschäftigt, als ich sie sah.« Ich malte Anführungszeichen in die Luft, was ich umgehend bedauerte. »Sorry«, murmelte ich.

Joe blinzelte wieder. »Du irrst dich«, sagte er.

»Ich irre mich nicht«, sagte ich mit möglichst milder Stimme.

»Ich habe sie gesehen. Wir beide haben sie gesehen.« Ich zeigte auf Alex.

Joe drehte sich um und sah sie an. Alex nickte traurig. Joe sah wieder mich an, sein Gesicht blass und angespannt.

»Du irrst dich«, sagte er noch einmal.

»Tu ich nicht«, gab ich zurück. »Es tut mir wirklich leid.«

»Aber ...« Er schüttelte verwirrt den Kopf. »Du weißt doch gar nicht, wie sie aussieht.«

»Doch, weiß ich«, sagte ich, während meine Wangen vor Scham die Farbe wechselten.

»Woher?«

Ich senkte den Blick auf meine Finger. »Ich hab in den Fotos auf deinem Laptop geschnüffelt.«

Joe klappte seinen Computer zu und schmiss ihn beiseite. Sein Gesicht verdüsterte sich.

»Du hast *was*?«

»Er stand offen rum. Ich hab nicht richtig darüber nachgedacht, was ich tue. Und ich habe nur die Fotos angesehen. Sonst nichts, ich schwöre«, stammelte ich hastig.

Joe stand auf. »Ich dachte, du hättest etwas mehr Respekt vor der Privatsphäre anderer«, sagte er mit bösem Blick und eisiger Stimme.

Mit steifen Beinen trat er hinters Sofa und blickte in den Garten, die Hände wütend zu Fäusten geballt.

»Vor der Privatsphäre anderer?« Ich stemmte mich aus dem Sessel hoch und folgte ihm, während ich Alex einen Hilf-mir!-Blick zuwarf. Mit erhobenen Handflächen und an den Fingern baumelnden Teebeuteln schickte sie ein hilfloses »Wie denn?« zurück.

Ich stand hinter Joe und versuchte, meinen gemäßigten, nicht vorwurfsvollen Tonfall beizubehalten. »Was das ›Respektieren der Privatsphäre anderer‹ betrifft, sollst du dich vielleicht nicht gerade beschweren, nachdem du meine Tagebücher gelesen hast.«

»Das ist was anderes«, fauchte er. Er sah noch immer in den Garten.

»Inwiefern?«

»Die waren bloß Kinderkram. Alberne Gedichte.« Er drehte sich um und sah mich an. »Ich spreche hier über eine Beziehung zwischen zwei erwachsenen Menschen. Etwas, wovon du keine Ahnung zu haben scheinst.«

Das hatte gesessen. Joe hatte noch nie ein unfreundliches Wort von sich gegeben. Nicht einmal, als er zum ersten Mal von Katy und dem Fremdgehen erzählte. Ich atmete tief durch, um mich zu sammeln. Joe war gekränkt. Was er sagte, meinte er nicht so, und ich musste die Situation unter Kontrolle bekommen. Ich gestattete mir einen kurzen Moment der Selbstbeweihräucherung. Ich verhielt mich tatsächlich gerade erwachsen und ziemlich abgeklärt. Bemerkenswert.

»Hör mal, Joe, du lässt deine Wut an der falschen Person aus.« Ich versuchte, ganz ruhig zu klingen. »Nicht ich habe ...«

»Ich fasse einfach nicht, dass ich dir nicht vertrauen kann.« Er warf die Hände in die Luft. »Woher weiß ich, dass du Katy wirklich gesehen hast? Dass du nicht lügst?«

Du liebe Güte. Er war so was von irrational.

»Warum sollte ich dich anlügen, was das betrifft?«

»Was weiß ich«, sagte er feindselig. »Vielleicht bist du nicht glücklich und gönnst es auch sonst keinem. Vielleicht bist du eifersüchtig, weil mein Leben weitergeht und deins nicht.« Er marschierte auf und ab und fuchtelte wie ein Geisteskranker mit den Armen. »Vielleicht ...«

Alex nutzte die Chance, um aus dem Raum zu schlüpfen, warf mir jedoch noch einen mitfühlenden Blick zu, als sie ging.

»Joe ...«

»Weißt du, du watschelst durch die Gegend, ziehst dein Ding durch und verteilst Ratschläge, als seist du eine Autorität, was zwischenmenschliche Beziehungen betrifft.« Er ahmte meinen Watschelgang auf wenig schmeichelhafte Weise nach. Wäre die Stimmung nicht so gewesen, wie sie war, hätte ich möglicherweise gekichert. »*Geh zu ihr zurück. Geh nicht zu ihr zurück. Katy ist eine Rie-*

senschlampe. Du musst nach vorn schauen. Du gibst diese Scheiße von dir, obwohl du keine Ahnung hast, wovon du sprichst!«

»Joe, ich weiß gar nicht, warum du so wütend auf mich bist.« Meine Stimme wurde brüchig.

»Weil du sie nicht mal kennst und trotzdem diesen Katy-hat-einen-anderen-geküsst-Müll von dir gibst. Warum erzählst du mir das?« Er blieb stehen und sah mich aufgewühlt an.

»Weil ... weil du mein Freund bist und weil ich ... ich nicht verstehe ... Wieso kümmert es dich, warum ich's dir erzähle?«

»WIESO KÜMMERT ES *DICH*?« Joes dröhnende Stimme ließ mich zusammenschrecken.

Ich biss mir auf die Lippe, um nicht zu weinen.

Er stürmte in die Küche, griff seine Schlüssel und sein Telefon aus der Obstschale – ich hatte ihn immer wieder gebeten, diese Dinge nicht dort hineinzulegen. Verdreckte Schlüssel gleich neben Nektarinen? Unhygienisch. Als er wieder an mir vorbeikam, blickte er mich traurig an, aber seine Stimme klang ganz ruhig.

»Warum kümmert es *dich*? Ich bin doch nur der verdammte ›Mitbewohner‹, oder nicht?«

Er stampfte aus dem Raum und die Treppe hinauf. Wie gelähmt verharrte ich in meiner Position. Eine Minute später polterte er die Treppe wieder herunter, und die Haustür knallte zu. Alex kam ins Wohnzimmer, wo ich noch immer wie angewachsen stand.

»Alles in Ordnung?«, fragte sie und legte mir einen sonnengebräunten Arm um die Schultern.

Ich schüttelte den Kopf, die Tränen liefen.

KAPITEL 39

Joe kam in jener Nacht nicht nach Hause. Ich hätte es gehört, weil ich kein Auge zumachte. Stattdessen drehte und wälzte ich mich und ging ins Bad und aß Cracker, die ich in einen Becher gerade gelieferter »Ned and Sophie's Chocolate Chip and Chipper«-Eiscreme (sämtliche Erlöse gehen an eine Anti-Mobbing-Aktion!) tunkte. Ich drehte und wälzte mich aufs Neue und machte mich schließlich mit einem riesigen Servierlöffel über die Eiscreme her. Irgendwann war es endlich halb sechs (eine gerade eben akzeptable Uhrzeit, um vom »nächsten Tag« zu sprechen), und daher konnte ich aufstehen und mich schon mal darüber ärgern, dass Joe tatsächlich nicht nach Hause gekommen war. Nachdem ich schon einige Stunden auf den Beinen gewesen war und ein halbes Brot weggemampft hatte, kam Alex mit ihrem Rucksack aus dem Schlafzimmer.

»Ich muss den Zug um viertel nach neun ab St Pancras nehmen. Wie lange brauche ich dorthin? Welche Linie muss ich nehmen?«

Alex wollte nach Leeds fahren, um Cals Eltern mitzuteilen, dass sie geheiratet hatten und es keine Hochzeit auf dem Schloss geben würde. Ich rief ihr die U-Bahn-Verbindungen ins Gedächtnis und machte ihr einen Tee. Nicht zu stark, keine Milch.

»Wann bist du zurück?«, fragte ich und reichte ihr den Tee in einem sonnengelben Becher, Alex' Lieblingsfarbe, passend zu ihrem Temperament.

»Ich bleibe nur zwei Nächte weg. Kommst du zurecht?«

»Na klar«, sagte ich. Mir blieb die Stimme im Hals stecken. »Mir geht's gut. Ich brauch nur einen kleinen Mittagsschlaf. Bin heute Nacht nicht besonders gut zur Ruhe gekommen.«

Alex bedachte mich mit einem wissenden Blick. Ich versuchte, die Ahnungslose zu spielen, hielt jedoch nicht lange durch.

»Ich weiß nicht, was ich tun soll«, sagte ich.

»Du musst ihm sagen, was du für ihn empfindest.«

Ich riss die Augen auf und schüttelte den Kopf.

»Dann musst du sehen, dass du ganz flott darüber wegkommst und dich voll und ganz auf dieses Baby konzentrieren kannst, das bald da sein wird.« Sie sah mich mitleidig an.

Ich hasste Mitleid.

»Ich glaube, er weiß, was du für ihn empfindest, und ich glaube, er ist verwirrt.«

»Das bin ich auch.« Ich hockte auf einem Stuhl am Esstisch und kam mir sehr einsam und verlassen vor.

»Wenn du nicht weißt, was du willst, dann musst du ihn ziehen lassen.«

Ich fummelte an der Tischkante.

Alex sah auf ihre Uhr. »Hör mal, ich muss gehen. Sobald ich angekommen bin, rufe ich dich an. Lass mich wissen, was passiert, wenn er zurückkommt.«

»Was, wenn er nicht zurückkommt?«

»Wird er. All seine Klamotten sind hier. Und sein Laptop.«

Alex dachte wie immer praktisch. Von ihr gab es kein mutmachendes »Er kann ohne dich nicht leben – er wird zurückkommen und dir sagen, wie sehr er dich liebt«. Einfach nur: »Er braucht seine Sachen – er wird zurückkommen.«

Panik machte sich in meiner Brust breit. Ich wollte, dass er zurückkam, und gleichzeitig wollte ich es nicht. Ich wollte kein anstrengendes Gespräch über Gefühle führen müssen. Alles sollte einfach wieder so sein wie vorher. Alex versprach anzurufen und machte sich auf den Weg.

Und dann war ich allein. Wieder mal.

Den Rest des Tages verbrachte ich in einem Zustand nervöser Erwartung. Ich versuchte, mir vorzumachen, dass ich nicht auf Joes Rückkehr wartete, indem ich zur Ablenkung putzte und Sachen sortierte. Während ich in Anglesey war, hatte Charlie ein wunderschönes selbstgebautes Gitterbett hergebracht – das Holz stammte natürlich aus nachhaltiger Forstwirtschaft. Er und Joe hatten es in einer Ecke meines Zimmers aufgestellt, um mich zu überraschen. Ich strich über das Flanelllaken und die pastellfarbenen Decken, die zusammengefaltet auf der Matratze aus Naturfasern lagen, und mein Kopf quälte sich mit der Frage, wo Joe abgeblieben sein könnte. War er bei Katy? Überzeugte sie ihn davon, dass ich eine verblendete Lügnerin war? Oder machte er gerade mit ihr Schluss und würde sogleich mit dem gewohnten Grinsen und den vertrauten Lachgrübchen im Gesicht bei mir einfliegen und Popcorn machen? Hasste er mich jetzt? Und das womöglich zu Recht?

Zum Abendessen schob ich eine tiefgefrorene Pizza in den Backofen. Gegen zehn Uhr war ich zu der Überzeugung gekommen, dass Joe auf jeden Fall bald nach Hause kommen und frische Klamotten holen müsste, und fing an, die Geschenke von der Babyparty zu ordnen, wobei ich wie ein Schießhund auf Geräusche an der Haustür achtete. Da niemand wusste, ob Junge oder Mädchen, hatte ich weiße, grüne und zitronengelbe Babysachen bekommen. Ich häufte sie nach Farben sortiert auf nutzlose Stapel. Dann nach Altersabschnitt. Dann nach Funktion. Dann stopfte ich die ganze Sammlung in eine übertrieben große Mothercare-Tasche. Irgendwann sah ich ein, dass die Bewachung der Haustür ein aussichtsloses Unterfangen war, und ging ins Bett, wo ich sofort einschlief.

Um 1:34 Uhr riss ich die Augen auf und war auf der Stelle so wach, dass ich glaubte, irgendetwas Unheimliches müsse mich geweckt haben. Ich lag in der Dunkelheit und horchte, ob ein Nazi-Postboten-Vergewaltiger mit seinem Elektrorasierer durch den Flur schlich, hörte aber nur das gleichmäßige Brummen des mitternächtlichen Verkehrs. Hinter mir lagen ein paar Stunden unruhigen Schlafes. Ich hatte von Dreiecksbeziehungen mit Joe und Katy geträumt und dass Alex ausgerechnet in dem Moment, als meine Wehen einsetzten, dringend nach Vanuatu zurückmusste. Es sei dort Cocktailzeit. Ich stand auf, um Toilette und Kühlschrank einen Besuch abzustatten. Nachdem ich ein paar lächerliche Tropfen hinausgequetscht hatte, watschelte ich durch den Flur und spürte, als ich die Treppe zu Joes Zimmer passierte, einen Anflug von Sehnsucht und Traurigkeit. Ich rieb mir den Rücken – er schmerzte vom vielen Putzen und Sortieren – und blickte leidenschaftslos in den Kühlschrank. Nichts darin sprach mich an, also ging ich zur Speisekammer, aber auch dort weckte nichts meinen Appetit. Ich schloss die Speisekammertür und zog zunehmend verärgert verschiedene Blechdosen mit Selbstgebackenem vom Küchenregal. Kuchen und Kekse – alles ekelhaft. Genervt schob ich eine Dose mit Shortbread über den Küchentresen. Wie konnte es sein, dass nichts im Haus war, was ich essen wollte! Immerhin war ich schwanger! Ich ging wieder ins Bett, konnte aber nicht schlafen. Die Rückenschmerzen schienen in kleinen Wellen aufzutreten, die in ihrer Intensität kaum wahrnehmbare Unterschiede aufwiesen. Einige Minuten lang waren die Schmerzen ein klein wenig stärker, dann wieder ungefähr eine halbe Stunde lang schwächer. War ich in den Wehen? Eine Stunde später hatte ich drei eindeutige Intervalle eines dumpfen Stechens gezählt. Nicht übermäßig schmerzhaft, nur die bewusste Wahrnehmung von Muskeln, deren Existenz mir neu war. Als die Intervalle sich klarer ausmachen ließen, rief ich Sinead an.

»'llo«, murrte sie mit genau der Stimme, die man um 3:23 Uhr morgens erwarten würde.

»Wie weiß man, dass die Wehen eingesetzt haben?«

»Schmerzen«, nuschelte sie.

»Ich hab keine richtigen Schmerzen, aber ich spüre diese Intervalle.«

»Was für Intervalle?«, fragte sie gähnend.

Ich schilderte ihr, was während der letzten Stunde oder so passiert war, und erwähnte auch das verblüffende Desinteresse am Essen.

»Du kannst dir sicher sein, dass deine Wehen eingesetzt haben«, sagte Sinead sachlich. »Ruf im Krankenhaus an. Und dann setz dich vor den Fernseher. Kann noch ewig dauern.«

»Okay«, sagte ich und war überrascht, wie ruhig ich blieb. In irgendeinem Bereich meines Gehirns, in dem *Leugnen* zur Standardeinstellung geworden war, glaubte ich nicht ernsthaft daran, dass dieses Baby jemals kommen würde. Selbst jetzt, da mit einigermaßen hoher Wahrscheinlichkeit die Wehen eingesetzt hatten, schien die Vorstellung, dass ich schon sehr bald ein echtes menschliches Wesen in den Armen halten würde, für das ich allein verantwortlich wäre, mit meiner Realität nicht das Geringste zu tun zu haben. Es fühlte sich an, als hätte ich bislang nur eine Rolle in diesem Szenario gespielt: Schwangeres Mädchen; Verschmähte Geliebte; Verräterische Mitbewohnerin. Irgendwann würde der Abspann zu dieser Farce über die Leinwand laufen, und ich würde wieder an meinem Schreibtisch sitzen, mich übers Funksprechgerät ein wenig beschimpfen lassen und mit Sophie eine rauchen gehen. Ich legte auf und setzte mich auf die Bettkante, das Telefon auf dem Schoß. Ich legte die Hände um die große Kugel und konnte mich kaum noch erinnern, wie es ohne sie gewesen war.

Es ging los.

KAPITEL 40

Ich holte die Plastikhülle mit meinen Schwangerschaftsunterlagen hervor und wählte die Nummer der Entbindungsstation im St George's, die in Neonorange markiert war. Schon seit meinem ersten Ultraschall hatte mich die Dringlichkeit dieser Signalfarbe genervt. Der Tag, an dem ich sie tatsächlich brauchen würde, schien damals noch Jahre entfernt zu sein. Nun sprach ich mit einer Dame, die mich nach meinem Aktenzeichen fragte – nicht etwa nach meinem Namen. Es war sehr seltsam, um halb vier Uhr morgens jemanden anzurufen und von einer erwartungsvollen Stimme begrüßt zu werden. Als sei es eine durchaus übliche Uhrzeit, um einen Anruf zu erhalten. Die Hebamme am Telefon erzählte mir, dass sie für die nächsten Stunden mit einer großen Zahl von Gebärenden rechneten.

»In welchen Abständen kommen Ihre Wehen?«, fragte sie.

»Ich bin mir nicht sicher. Manchmal spüre ich definitiv etwas, und manchmal ist da nichts. Und dann denke ich wieder, da könnte etwas sein.«

»Bluten Sie?

»Nein.«

»Harnabgang?«

Musste sie wirklich *dieses* Wort benutzen?

»Nein.«

»Irgendwelche ungewöhnlichen Schmerzen? Ist Ihnen schwindlig? Übel?«

»Nein. Richtige Schmerzen habe ich eigentlich gar nicht. Nur ... na ja, ich glaube hin und wieder ist da *etwas*.«

Die Hebamme seufzte. »Okay, meine Liebe, rufen Sie wieder an, wenn Sie ein definitives ›Etwas‹ spüren und wenn Ihnen bis zum darauffolgenden ›Etwas‹ nur zwei Minuten Pause bleiben. Oder wenn Ihre Fruchtblase platzt.«

Ich sagte »okay« und legte auf. Ich kam mir naiv vor und war mir nicht sicher, was ich als Nächstes tun sollte. Also legte ich mich ins Bett und machte mir Sorgen wegen Joe.

Eine Stunde später war ich mir sicher, dass ich ein echtes »Etwas« spürte, mehrmals hintereinander. Ich rief Alex an.

»Alles in Ordnung mit dir?«, flüsterte sie besorgt ins Telefon.

»Meine Wehen haben eingesetzt«, antwortete ich ebenfalls flüsternd, obwohl ich nicht den geringsten Grund hatte, leise zu sein.

»Eigentlich bist du doch erst in neun Tagen fällig!«

»Acht. Denn es ist schon morgen. Kannst du nach Hause kommen?«

»Scheiße! Lass mich nachsehen, wann die Züge fahren.«

Ich wartete am anderen Ende der Leitung.

»Okay, der nächste Zug fährt in einer Stunde.« Sie flüsterte noch immer. »Die Fahrt dauert drei Stunden. Und vom Kings's Cross zu dir brauche ich im Taxi noch mal eine Stunde.« Sie rechnete murmelnd vor sich hin. »Ungefähr um halb zehn kann ich bei dir sein. Kommst du bis dahin klar? Ruf doch Mum an.«

»Nein. Die könnte ich jetzt nicht ertragen. Sinead hat gesagt, dass es wahrscheinlich noch ewig dauert. Ich komme zurecht. Beeil dich einfach, okay?«

»Okay! Ich packe schon«, flüsterte sie. »Wegen der Absage unserer Hochzeit spielt sich hier gerade ein kleines Drama ab. Cals Mutter …«

»Erzähl mir das, wenn du hier bist.« Ich spürte die dumpfen Anfänge eines erneuten »Etwas«.

»Du wirst das ganz toll machen«, flüsterte Alex. »Du bist viel stärker, als dir bewusst ist, glaub mir. Vergiss das nicht, okay?«

Wie hatte ich mich meiner Schwester gegenüber nur so furchtbar benehmen können?, dachte ich, als ich auflegte. Sie war der beste Mensch, den ich kannte. Buchstäblich. Eine Bessere als sie gab es nicht. Ich kannte niemanden sonst, der für einen Hungerlohn in armen Dörfern auf Inseln arbeitete, wo ein relativ hohes Risiko bestand, von einer Spinne in der Größe einer Hauskatze tödlich gebissen zu werden oder eine Böschung hinabzurutschen und in einer tiefen Schlucht, die seit mehr als dreihundert Jahren niemand mehr besucht hat, einsam und allein zu sterben, obwohl er einen Masterabschluss hat, mit dem er in der Londoner Urban-Design-Szene einen extrem gut bezahlten Job in erster Reihe hätte haben können. Ich schwor mir, sie nie wieder schlecht zu behandeln.

Um 5:37 Uhr bekam ich eine SMS.

Im Zug. Wie geht's dir?

Ich hatte in der letzten Stunde fünf Wehen gehabt. Nicht so stark, dass ich hätte schreien wollen, aber es war definitiv die Art Schmerz, bei dem man aufsteht und sinnlos umhergeht, weil man lieber davor weglaufen würde. Ich antwortete:

Alles okay. Bis gleich.

Anschließend setzte ich meine Wanderung durchs Haus fort. Um halb acht waren die Wehen zwar nicht häufiger, dafür aber sehr viel stärker geworden. Sie erreichten blitzschnell ihren Höhepunkt und zwackten und zwirbelten sich so heftig durch Rücken und Becken, dass ich nach allem, was sich in Armeslänge befand, griff und es so fest packte, dass meine Fingerknöchel weiß hervortraten. Wenn der Schmerz verschwand, war ich jedes Mal atemlos, aber auch überrascht darüber, ihn ausgehalten zu haben. Als gerade wieder eine Wehe abklingen wollte, rief Alex an.

»Der Zug hat irgendwo zwischen Leicester und Luton angehalten. Seit zwanzig Minuten stehen wir schon hier.«

»Aha«, sagte ich völlig außer Atem.

»Mein Gott, alles in Ordnung mit dir?«

»Nur eine Wehe.«

»Oh, okay. Also, ich bin mir nicht sicher, wie lange ich jetzt noch brauche. Sie haben gesagt, es gibt eine Leitungsstörung. Ehrlich gesagt, war der Bahnverkehr in Bangladesch besser. Und wenn der Zug anhielt, dann kletterten zumindest immer Leute an der Seite hoch und boten durch die offenen Fenster Chai und Bhajis an. Hier in Leicester kann ich keine Bhajis entdecken.«

Wir sprachen ein paar Minuten über die Vorzüge des gemeinen Bhaji, doch als wir beim Thema Samosas (die vegetarische Variante im Vergleich zu der mit mysteriöser Fleischfüllung) angelangt waren, mussten wir die Diskussion abbrechen, weil sich eine weitere Wehe ankündigte. Einige Zeit später kam eine weitere SMS.

Wir fahren wieder. Lass Mum zu dir kommen, du dumme Nuss.

Ich würde Mum nicht anrufen. Ich würde Ned nicht anrufen. Ich hatte alles genau geplant. Alex würde genau dann eintreffen, wenn die Wehen die vom St George's geforderte Bedingung des Abstands von zwei Minuten erfüllten. Entspannt würden wir im Krankenhaus ankommen, das Baby rausholen, mir den Jungen/das Mädchen (o Gott, bitte lass es nicht beides sein) in den Arm legen und für ein Foto posieren, das in einem klotzigen Kristallrahmen auf Mum Kaminsims landen würde. In Wirklichkeit spielte sich die Geschichte etwa folgendermaßen ab:

Heftiger Wind kam auf, und plötzlich ging ein Platzregen über London nieder, wie ich ihn noch nie erlebt hatte.

Ich hatte eine Wehe.

Alex rief an und sagte, sie sei in King's Cross angekommen, aber wegen des Regens gebe es keine Taxis.

Ich hatte eine Wehe.

Alex rief an und sagte, dass sie sich mittlerweile in einem Taxi mit beschlagenen Fenstern jenseits von King's Cross befände, wo der Verkehr allerdings zum Erliegen gekommen sei. Ein netter

Geschäftsmann habe ihr bereitwillig sein Taxi überlassen, weil sich ihm dadurch eine willkommene Ausrede bot, warum er zu einer Sitzung nicht erscheinen könne.

Ich hatte eine Wehe.

Mir wurde übel und ich öffnete die Fenstertüren, um die muffige Luft aus dem Haus zu vertreiben. Mit ohrenbetäubendem Lärm peitschte der Regen auf die gepflasterte Terrasse.

Trotz des lauten Prasselns hörte ich, dass an die Haustür geklopft wurde, und schleppte mich durch den Flur. Ein Gefühl der Erleichterung machte sich in mir breit. Aber es war nicht Alex. Vor mir standen Harriet mit einer durchsichtigen, gepunkteten Regenhaube, unterm Kinn zugebunden, und Brutus im passenden Hunderegenmantel mit Kapuze und allem Drum und Dran. Brutus schien sich für sein Erscheinungsbild zu schämen.

»Hallo Emma, meine Liebe!«, sagte Harriet fröhlich über den Regenlärm hinweg.

Ich war einigermaßen verblüfft, Harriet in ihrer Regenhaube an meiner Haustür zu sehen, während hinter ihr ein monumentaler Sommersturm die Bäume im Park peitschte.

»Harriet, was machen Sie bei diesem Wetter draußen?«

»Ach, papperlapapp, meine Liebe. Ihr Stadtmenschen habt ja kein Rückgrat. Glaubst du, dieses bisschen Regen könnte uns davon abhalten, unserem normalen Alltag nachzugehen? Von wegen. Äh, ich habe eine Kleinigkeit für das Baby. Darf ich hineinkommen?« Sie tapste an mir vorbei und zog Brutus an der Nietenleine hinterher. Der Hund schien es kaum abwarten zu können, den höhnischen Blicken der Nachbarn zu entkommen.

»Ähm, Harriet, im Moment passt es nicht so …«, setzte ich an, aber sie war schon halb den Flur hinuntergetippelt und erinnerte Brutus daran, keine Pfotenabdrücke auf den Möbeln zu hinterlassen.

Ich schloss die Haustür und folgte dem in Plastik gehüllten Paar ins Wohnzimmer.

»Das ist für dich, meine Liebe«, sagte Harriet, während sie in ihrer großen beigefarbenen Handtasche kramte und ein als Geschenk verpacktes Paket in Buchform zum Vorschein brachte. Dass ich meinen Schwangerschaftspyjama trug, schien sie weder zu bemerken noch zu stören.

»Es ist ein Kinderbuch.«

»O danke«, sagte ich und nahm das Geschenk in die eine Hand, während ich mir mit der anderen den unteren Rücken massierte. »Harriet, wissen Sie ...«

»Das Baby ist eigentlich noch ein bisschen zu klein dafür, aber Marjorie hat gesagt, die Kunden reißen es ihr aus der Hand, und daher musste ich es einfach mitnehmen, weißt du. Sie hat schon Nachschub bestellt. Es ist vom Autor selbst veröffentlicht worden. Offenbar jemand aus der Gegend hier. Scheint jetzt der letzte Schrei zu sein, alles selbst zu machen, ohne die großen Verlage.« Sie nickte, als wolle sie ihre Aussage bestätigen.

»Harriet, ich bin eigentlich ...«

»Das war das letzte Exemplar«, sagte sie und zeigte mit ihrem knorrigen Finger auf das Paket in meiner Hand. »Marjorie wollte es diesem garstigen Muffy verkaufen, dem Vorsitzenden des Vereins für pensionierte Windhunde, aber ich konnte nicht zulassen, dass dieses Buch an einen Freund magersüchtiger Hunde geht.« Harriets Lippen wurden schmal, ihre wässrigen Augen blickten feindselig. »Eines dieser Viecher hat letzte Woche Brutus sexuell belästigt.«

»Oh, das ist ...«

»Hat versucht, ihn zu bumsen.«

»Oh.«

»Brutus mag es nicht, wenn man ihn bumst.«

»Nein.«

Und ich mochte es nicht allzu gern, das Wort »bumsen« aus dem Mund einer kleinen alten Dame von über achtzig zu hören.

»Der Arme. Jetzt fürchtet er sich vor diesen entsetzlichen Kötern. Und allem, was ihnen ähnelt: Zweigen, Fahrradständern, dem jungen Mädel mit den dürren weißen Beinen, das am Saftstand arbeitet. Er ist traumatisiert, nicht wahr, mein lieber Junge?« Sie tätschelte ihn an der Schnauze, die unter der Kapuze kaum zu sehen war. Brutus blickte mich aus beschämten Augen an. In meinem Körper trieb eine weitere Wehe ihr Unwesen.

»Harriet«, sagte ich und schwankte zur Rückenlehne des Sofas, um mich abzustützen. »Ich bin ein wenig ...« Die Wehe setzte mir immer stärker zu. Harriet fuhr fort. Dass ich schwer atmete und nach der Sofalehne greifen musste, schien sie gar nicht zu bemerken.

»Und nur weil mein Sohn homosexuell ist und meine Tochter ein Leben als ›freiwillig kinderlose‹, unverheiratete Frau gewählt hat, heißt das nicht, dass ich nicht gern Kinderbücher kaufe.«

Ich stöhnte. Brutus, der in seinem gepunkteten Regenmantel auf den Hinterbeinen saß, knurrte.

»Gott, was machst du für schreckliche Geräusche, meine Liebe. Brutus bekommt es ja mit der Angst zu tun.« Sie zerrte an seiner Leine. »Na ja, wir müssen sowieso los. Arthur backt Milchbrötchen, und wir gehen zum Eckladen, um frische Sahne zu holen. Komm doch später rüber, und iss ein paar mit uns. Arthur liebt deine Gesellschaft. Er kann bei diesem Wetter nicht nach draußen, weil seine Räder so schnell rosten. Na gut«, sagte sie und schlurfte Richtung Flur. »Hab einen schönen Vormittag, wir sehen uns später beim Milchbrötchen.« Dann verschwand sie.

Die Haustür ging auf, und ein Schwall feuchter Luft wurde durch den Flur geblasen. Ich hörte sie zu Brutus sagen, dass er entzückend aussehe und die anderen Hunde einfach nur neidisch auf seine fesche Regenbekleidung seien. Dann wurde die Haustür zugeknallt, und alles war wieder ruhig. Während ich mich emotional davon erholte, während einer Wehe von einem Dobermann angeknurrt zu werden, rief ich Mum an.

»Ich brauche dich«, sagte ich. Ich erzählte ihr von den Wehen. »Kannst du mich ins Krankenhaus bringen?«

»Oh, Schätzchen, dein Timing ist wie immer katastrophal daneben. Abgesehen davon, dass mein Louis-Vuitton-Mini neue Sitzbezüge bekommt, bin ich gerade bei Amanda, und sie hat eben erst den Schlauch eingeführt.«

»Schlauch eingeführt?«, sagte ich, aber da fragte Mum schon Amanda, wie schnell sie fertig sein könne mit was auch immer sie tat.

Dann war Mum wieder am Telefon. »Schätzchen, ich vermute, ich werde erst in einer Stunde bei dir sein können. Hältst du es so lange aus?«

»In einer Stunde?«, sagte ich, Panik in der Stimme.

»Es tut mir wirklich leid, meine Süße. Aber ich muss warten, bis das Wasser abgelaufen ist. Sie hat es gerade erst alles reingepumpt. Ungefähr zehn oder fünfzehn Minuten dauert es, und dann muss ich auf dem Klo sitzen und die Stücke rauslassen, die sich gelöst haben.«

»Was?«

»Ich kann nicht einfach von der Liege hüpfen und direkt zu dir fahren! Die Schwerkraft wird ihr Werk verrichten, ob ich will oder nicht. Kannst du dir vorstellen, wie ekelhaft das ist? Es riecht grässlich, Schätzchen. Zeugs, das seit Wochen da drinnen festsitzt, drängt nun mit aller Macht hinaus. Ich muss dabei unbedingt auf der Toilette sitzen und zwar etwa ...« Sie fragte Amanda, wie lange. »Nachdem das Wasser rausgelaufen ist, noch ungefähr fünfzehn Minuten. Sie tut es jetzt in diesem Moment, meine Süße, ich spüre, wie sie ihn rauszieht.«

»Mum, *wovon* redest du?«

Kneifen und Zwicken strahlte vom Unterleib in den unteren Rücken und kündigte eine weitere Kontraktion an.

»Scheiße, Schätzchen. Ich habe meine monatliche Darmspülung.«

Reizend.

Meine Muskeln krampften, und ich krallte mich in die Rückenlehne des Sofas.

»Würde dir nach der Geburt auch guttun«, fuhr Mum fort. »Den Donutfraß einfach direkt aus dir rausspülen. Wenn ich schon mal hier bin, kann ich dir gleich einen Termin machen ... Wie bitte?« Im Hintergrund hörte ich Amandas Spa-Behandlungsstimme. »Amanda sagt, sechs bis acht Wochen nach einer Vaginalgeburt kann man es machen.«

»Mum. Eine Wehe. Ich muss auflegen.«

Während Mum beunruhigt versprach, Amandas Liege und das Klo zu verlassen, sobald Schwerkraft und Duft es erlaubten, legte ich auf und keuchte in die Rückenlehne des Sofas. Als Minuten später die Wehe nachließ und ich beschloss, mir eine Tasse süßen Tee zu machen, wie die Hebamme am Telefon vorgeschlagen hatte, hörte ich, dass die Haustür geöffnet und wieder geschlossen wurde. Alex besaß noch keinen Schlüssel, weil die Schlösser ja ausgetauscht wurden, nachdem Brutus die Schlüssel im Park vergraben hatte. Mum hatte zwar einen neuen bekommen, war aber noch mindestens eine Stunde entfernt oder länger, falls Amanda auf etwas Unverdautes stoßen sollte. Onkel Mike rief stets vorher an (Manieren), und Sinead kam nie ohne die Kinder, die stets an die Tür hämmerten wie ein Trupp viktorianischer Grubenarbeiter. Es konnte nur Joe sein. Ich stand in der Küche, hielt die französische Kaffeedose mit den Teebeuteln in den Händen und wartete. Zögerliche Schritte näherten sich über den knarrenden Dielenboden im Flur, und dann stand er vor mir, müde, nass und in denselben Klamotten, in denen er zwei Tage zuvor aus dem Haus gestürmt war. Unschlüssig drückte er sich in der Tür herum, sein verlegener Blick schweifte durchs Zimmer, und in seinem unrasierten Gesicht stand nichts als Erschöpfung und Mutlosigkeit zu lesen.

»Ich will nur meine Sachen holen«, sagte er tonlos.

Ich wartete ab, ob er noch weiterreden würde, aber er schwieg.

»Okay«, sagte ich irgendwann.

Er sah auf seine Füße und spielte mit dem Schlüsselbund. Wieder dachte ich, er würde etwas sagen wollen, doch dann drehte er sich um und ging nach oben.

»Ein paar deiner Klamotten sind in der Waschmaschine«, sagte ich. Ich spürte einen Kloß im Hals.

Bereits halb zur Treppe gewandt, blickte er über die Schulter zurück. In seinem angespannten Kiefergelenk zuckte ein Muskel.

»Nur ein paar Socken und ein T-Shirt, das im Bad lag, hab vergessen, die Sachen aufzuhängen, sie werden noch nass sein.«

Er blinzelte, nickte und drehte sich wieder um. Plötzlich wurde ich von einer heftigen Kontraktion überrascht, die mir einen reißenden Schmerz in den Rücken jagte. Ich schrie laut auf und ließ die Teebeuteldose fallen. Geräuschvoll schepperte sie über die Terrakottafliesen.

Joe drehte sich herum. »Emma?«

Ich japste und klammerte mich wehklagend an die Kante des Küchentresens.

Joe sprang an meine Seite. »Was ist los?«

In meinen Augenwinkeln sammelten sich Tränen. *Warum passiert mir das?*, dachte ich. Alles. Die ganze Geschichte. Warum ich? Warum musste ich Neds verdammtes Baby zur Welt bringen? Warum war er mit seinem Wohltätigkeitseis so erfolgreich und so glücklich verliebt in meine übergeschnappte, farbenblinde ehemalige Freundin von der Käsefarm? Warum war die einzige Person, mit der ich zusammen sein wollte, zwar bei mir, jedoch im Begriff zu gehen? Aus meinem Haus zu verschwinden und auch aus meinem Leben. Als die Kontraktion ihren Höhepunkt erreichte, stöhnte ich gequält.

»Was passiert denn hier?«, fragte Joe beunruhigt. »Haben die Wehen eingesetzt?«

Ich nickte und versuchte, gleichmäßig zu atmen.

»Aber das ist zu früh! Wo ist Alex?«

»Irgendwo bei King's Cross«, sagte ich und rang nach Luft.

Die Kontraktion verflüchtigte sich. Während Joe darauf wartete, dass meine Atmung sich wieder normalisierte, harrte er hilflos neben mir aus. Der Schmerz zog sich zurück wie zurückgehendes Hochwasser, verschwand genauso schnell, wie er gekommen war. Ich wischte mir über die Oberlippe, stand einfach nur da und starrte vor mich hin.

»Emma?«, sagte Joe.

Ich wollte ein neutrales Gesicht machen, das keine Gefühle verriet, und drehte mich ihm zu. Unter seinen Augen lagen tiefe, dunkle Schatten.

Zwischen seinen Augenbrauen bildete sich eine Furche der Besorgnis. »Bist du etwa allein hier?«

Ich atmete stockend ein und nickte. Gefühle flackerten über seine schönen Gesichtszüge, aber ich konnte nicht enträtseln, was in ihm vorging, und das brach mir das Herz. Sein Blick suchte meinen.

Er schluckte. »Möchtest du … willst du, dass ich bei dir bleibe?«

Ich biss mir auf die Zunge. Er hatte den einen Satz gesagt, den ich von ihm hören wollte. Nur wünschte ich mir, dass er damit »für immer« meinte.

»Ja, bitte.«

Er sah mich nachdenklich und mit feierlichem Ernst an.

»Okay.« Er ließ seine Schlüssel in die Obstschale fallen, auf die Nektarinen. »Okay.«

KAPITEL 41

»Was ist mit deiner Mutter?«

»Sie ist unpässlich.«

Joe warf mir einen zweifelnden Blick zu und machte sich an seiner Uhr zu schaffen.

»Was mit ihr los ist, willst du nicht wissen. Frag sie nicht. Sie würde dir Einzelheiten schildern, die du nicht mehr ungehört machen könntest.«

»Okay, aber ...«

Ich zuckte zusammen und nahm meine Lieblingsposition hinter dem Sofa ein.

»Schon wieder eine?«, fragte Joe und sah auf seine Uhr.

Ich nickte.

»Sie sind nur viereinhalb Minuten auseinander. Ich glaube, wir sollten ...«

Ein Klopfen an der Tür unterbrach ihn. Alex konnte es nicht sein – sie hatte gerade erst angerufen und gesagt, dass die Waterloo Bridge zwar schon hinter ihr lag, sie jedoch noch immer nur im Schneckentempo vorwärtskam.

»Die gehen wieder weg.« Er trat zu mir und massierte mir den unteren Rücken. Ich keuchte und blies zischend Luft aus. Wieder ein Klopfen an der Tür. Joe ignorierte es und gab beruhigende Laute von sich. Das Klopfen wurde hartnäckiger, und dann meldete sich mein Handy mit dem »Sir Mix-A-Lot«-Klingelton.

»Es ist Helen«, sagte ich zwischen zwei schwerfälligen Atemzügen.

Als die Kontraktion abklang, verschwand Joe im Flur und öffnete die Tür.

»Warum dauert das so verdammt lange?«, fragte Helen.

»Emmas Wehen haben eingesetzt.«

Joe eilte wieder an meine Seite. Helen kam ins Wohnzimmer gestakst. Sie trug hohe Absätze und ein bordeauxrotes, sehr kurzes und hautenges Kleid, das nicht recht zu diesem Sonntagmorgen passen wollte, zumal es wie aus Eimern regnete.

»Oh«, sagte sie und versuchte, die Situation durch ihre schimmernden Ponysträhnen hindurch einzuschätzen. »Ich bin mir nicht sicher, ob ich damit umgehen kann.«

»Was machst du hier?«

»Hast du unser Lunchdate vergessen?«, fragte sie, während sie noch immer zaudernd in der Tür stand, statt wie sonst die Handtasche auf den Tisch zu schleudern und sich aufs Sofa plumpsen zu lassen.

Ich griff nach meinem Telefon. »Tut mir leid, ich war wohl irgendwie abgelenkt.«

Ich rief im Krankenhaus an, während Joe sie über die jüngsten Ereignisse aufklärte und Helen mich misstrauisch von oben bis unten musterte. Wenn es um andere Körperflüssigkeiten als Ejakulat ging, war sie überaus zimperlich. Als eine nasale Stimme meinen Anruf entgegennahm, ratterte ich mein Aktenzeichen herunter. Anschließend beantwortete ich sämtliche Fragen noch einmal: In welchen Abständen kamen die Wehen? Spürte ich irgendwelchen Druck? Hatte ich Blutungen? War die Fruchtblase geplatzt? Und so weiter.

»Es tut mir sehr leid, aber wir können Sie erst aufnehmen, wenn die Abstände nur noch zwei Minuten betragen oder der Muttermund sich mindestens vier Zentimeter geweitet hat«, sagte die nasale Dame. »Aber vielleicht haben wir in Ihrer Gegend eine Hebamme, die vorbeikommen und nach Ihnen sehen kann … Wie wär's damit?«

Ich wollte der Frau sagen, dass ich sie hasste. Dass sie der Teufel war. Dass ich sie aufspüren und am Boden festnageln würde, um ihr mit einem Elektroschocker sieben Stunden lang immer wieder den Rücken zu tasern. Wie ihr das wohl gefallen würde? Doch stattdessen bestätigte ich meine Adresse und legte auf.

Ich wandte mich wieder Helen und Joe zu. »Könnt ihr …«

Helen entgleisten plötzlich die Gesichtszüge. »Du pinkelst«, sagte sie und starrte auf die Pfütze zwischen meinen Beinen.

Ich sah nach unten. Aus meinem Unterbau tropfte es.

»Meine Fruchtblase ist geplatzt.« Scham überkam mich. Was hier stattfand, war entwürdigend.

»Ich dachte, es würde … spritzen.« Joe versuchte, ein angewidertes Zucken zu kaschieren.

Helen blickte skeptisch drein. »Bist du sicher, dass du nicht pinkelst?«

»Das ist Fruchtwasser«, sagte ich, aber auch mir kamen Zweifel.

Ein paar Sekunden lang betrachteten wir angeekelt das langsame Tropfen der nicht eindeutig definierbaren Flüssigkeit, dann wurden wir aktiv.

»Ich muss ins Krankenhaus.«

»Ich glaube, mir wird schlecht«, sagte Helen. Sie war kreidebleich.

»Ich rufe ein Taxi«, sagte Joe.

»Nein!«, schrie ich. »Ich bringe mein Baby nicht in einem Taxi zur Welt, das nach Bier und Zigaretten vom Vorabend stinkt. Wir können Helens Auto nehmen.«

»Bin mit der U-Bahn gekommen«, sagte sie panisch. »Ich war noch gar nicht zu Hause.«

Mit beiden Händen deutete sie auf ihr Outfit.

»Dann bleibt nur das Taxi«, sagte Joe.

»Nein! Ich werde nicht …« Eine erneute Kontraktion hielt mich davon ab, weiterzuprotestieren. Joe sprang an meine Seite, während Helen damit beschäftigt war, besorgt aus der Wäsche zu gucken.

»Douglas!«, platzte es dann aus ihr heraus, und sie wühlte in ihrer Handtasche. »Er hat einen Van gemietet, um seine Sachen in Jemimas Wohnung zu schaffen. Er ist gerade in Mitcham.« Sie holte ihr Telefon hervor und wählte.

Helen befahl Douglas, sofort herzukommen; Joe massierte meinen Rücken; ich japste und stöhnte. Dann packte Helen eine Krankenhaustasche für mich und übernahm die Bewachung der Haustür, während Joe den Glibber vom Boden entfernte und ich die durchnässten Klamotten wechselte.

»Er ist da!«, brüllte Helen.

Joe griff meine Tasche, stützte mich auf dem Weg zur Haustür und spannte einen Regenschirm auf. Helen rannte als Erste hinaus und kletterte schnell in den Laderaum des sicherlich kleinsten Minivans der Welt. Joe schleppte mich zum Auto und riss die Beifahrertür auf. Zum Vorschein kamen ein mit Luftpolsterfolie ausgelegter Beifahrersitz und ein nervös wirkender Douglas, der allen Ernstes baumwollene Lenkradhandschuhe trug.

»Muss ich auf so was sitzen?«, fragte ich und ließ mich nieder. Mehrere Plastikblasen platzten unüberhörbar laut.

»Äh, ja, das war Jemimas Idee«, sagte Douglas. »Wegen des ...« Er warf einen flüchtigen Blick auf meinen Unterleib. »... des, äh, Lecks.« Mit einer behandschuhten Fingerspitze rückte er sich die Brille zurecht. Ich bekundete meine Empörung mit einem sarkastischen Lachen. »Sorry«, sagte er.

Joe schloss die Tür und sprang zu Helen in den sitzlosen Laderaum. Der stickige Zwergtransporter war so eng, dass ich im Nacken sowohl Joes als auch Helens Atem spürte. Ich hätte mit der Hand das Heckfenster berühren können. Prasselnder Regen peitschte gegen die Windschutzscheibe.

Douglas drehte sich nach hinten um. »Ihr könnt euch an der ... äh ...« Er suchte den Laderaum des Vans ab, in dem sich nur ein Vorrat an Luftpolsterfolie befand, sonst nichts. »... an der ... äh, ach, haltet euch einfach irgendwo fest.« Er bemerkte Helens tief ausgeschnittenes Kleid und drehte sich mit schulmeisterhafter Miene wieder nach vorn. »Dürfte ich anmerken, dass dein Aufzug nicht gerade angemessen ist?«, sagte er, nutzte den Rückspiegel, um einen erneuten Blick auf Helens Dekolleté zu werfen, und sah dann schnell wieder weg.

Ruckelnd setzte er den Wagen in Bewegung. Die Polsterfolie unter mir ließ in einer Symphonie kleinster Explosionen ihre Blasen zerbersten.

»Von jemandem, der mit Handschuhen fährt, nehme ich keine Ratschläge an«, sagte Helen.

»Das ist ein gemieteter Van.« Douglas stellte den Scheibenwischer auf die schnellste Stufe.

»Van würde ich das nicht nennen«, sagte Joe über meine permanenten Knallgeräusche hinweg.

»Na und?«, sagte Helen.

»Man weiß nie, wer vorher damit gefahren ist.«

»Das ist doch lächerlich«, spottete Helen. »Die reinigen die Wagen.«

»Da kann man nicht sicher sein.«

Eine weitere Wehe war im Anmarsch. Da ich mich nirgends anlehnen konnte, krümmte ich mich von links nach rechts, stöhnte und ließ die Blasen knattern, während Helen den armen Douglas wegen seiner hypochondrischen Neigungen verhöhnte und Joe mir die Schulter tätschelte, war zwar sinnlos war, aber immerhin lieb gemeint.

»Manchen Menschen ist es nicht total egal, was sie anfassen«, sagte Douglas und brachte den Wagen an einer Ampel so abrupt zum Halten, dass Joe und Helen nach vorn geschleudert wurden.

Meine Wehe flaute ab. Helen richtete sich auf, reckte sich über Douglas' Schulter, wobei dieser ihr Dekolleté aus nächster Nähe begutachten durfte, und leckte langsam und anzüglich das Lenkrad ab. Douglas Lippen verformten sich vor Ekel zu einer straffen Linie. Unter mir platzten noch ein paar Blasen. Mit sündhaftem Blick hockte sich Helen wieder nach hinten.

»Das ist abstoßend.« Douglas wischte das Lenkrad mit einem Taschentuch ab.

»Ich hab schon schlimmere Dinge abgeleckt.« Sie zwinkerte Joe zu.

Die Ampel wurde grün, und wir setzten uns in Bewegung. Weitere Blasen verabschiedeten sich knallend aus dem Leben.

»Kannst du Alex anrufen und ihr sagen, dass sie direkt ins Krankenhaus kommen soll?«, bat ich Joe, während ich mich an den Türgriff klammerte. »Und sag ihr, sie soll Mum Bescheid geben.«

Joe tat, wie ihm befohlen. Helen wies Douglas darauf hin, dass er fahre wie die alte Dame aus *Mord ist ihr Hobby*, und ich krümmte mich stöhnend und knallend durch eine weitere Wehe, während wir durch die Blackshaw Road rumpelten, wo der Sonntagsverkehr wegen des Regens noch zäher floss als sonst.

»Ich soll dir sagen, dass sie Ned angerufen hat«, sagte Joe. Mit einer Hand hielt er sich das Telefon ans Ohr, mit der anderen stabilisierte er sich an der Seitenwand des Vans. Seine Haltung erinnerte an eine Yogaposition.

»*Was*?« Ich kochte vor Wut und keuchte dem Ende eines besonders schmerzhaften Krampfs entgegen.

Joe lauschte auf das, was am anderen Ende gesprochen wurde.

»Sie sagt, er hat ein Recht, dabei zu sein.« Er lauschte wieder. »Schließlich ist er der Vater.«

»Er ist ein schwanzlutschendes Wichserarschsackgesicht«, fauchte ich.

Joe blinzelte und wiederholte dann artig: »Emma sagt, er ist ein ›schwanzlutschendes …‹ – Ja, okay … – Ja, mach ich.« Er legte auf. »Sie trifft uns dort.«

Douglas lenkte den Wagen auf den Parkplatz und stoppte vor dem Gebäude, so dass die Fahrgäste im hinteren Bereich abermals zu Boden geschleudert wurden. Joe sprang zur Seitentür hinaus und half mir, mich von der Polsterfolie zu wälzen, während Helen unserem Fahrer befahl, wo er zu parken hatte. Douglas protestierte höflich, er müsse wieder zu Jemima fahren und ihr bei der Zusammenlegung ihrer beider Büchersammlungen assistieren.

»Park einfach, und halt die Klappe!«, sagte Helen und kletterte in ihrem zu engen und zu kurzen Kleid über den Vordersitz ins Freie. »Wenn Emma kurz davor ist, ein Baby zu kriegen, wirst du nicht mit deiner Freundin eure Privatbibliothek katalogisieren! Jemima kann sich ihre Wörtersammlung sonst wohin stecken!«

Helens Stimme wurde übertönt, als Douglas' unsanft einen Gang einlegte.

Joe hievte sich die Krankenhaustasche über die Schulter und führte mich durch die Schiebetüren und über den strapazierten Linoleumboden zur Anmeldung.

Jetzt war es so weit. Als eigenständiges Wesen betrat ich das Krankenhaus. Beim Verlassen dieser Einrichtung würde ich einen neuen Mitbewohner dabeihaben, der so schnell nicht wieder auszöge. Ein Doppelwesen würden wir sein. Bei diesem Gedanken stockte mir der Atem.

KAPITEL 42

Ich lag im Kreißsaal auf einem robusten Krankenhausbett. Schwestern gingen ein und aus, und Joe betupfte meinen Kopf mit einem kalten Tuch, was ein beruhigender Kontrast zu den brennenden, reißenden Schmerzen war, die im restlichen Körper wüteten.

»Als Gott die Frau schuf, hat er's echt versaut«, sagte ich.

»Ja?« Joe schenkte mir ein mitfühlendes Lächeln.

»Ja. Das hier ist barbarisch. Prähistorisch. Der Mensch hätte sich längst weiterentwickeln sollen. Wir müssten mittlerweile in der Lage sein, Babys in Handtaschen zu züchten.«

Ich erinnerte mich, wie wir bei meinem ehemaligen Job eine Geburtsszene gedreht hatten. Vom Platzen der Fruchtblase bis zu dem Moment, in dem die Mutter ein süßes Baby im Arm hielt, vergingen nur zwanzig Minuten. Und in dieser Zeit hatte sie natürlich frischen Lipgloss aufgelegt, und ihre Haare, die wie durch ein Wunder schon wieder getrocknet waren, fielen ihr in luftigen, attraktiven Wellen über die Schulter. Ich war empört, dass es für meine Geburt kein Drehbuch gab und niemand da war, der meine Haare schönmachen und mir das ruhigste der vier sauberen Babys reichen würde, die am Set verfügbar waren. Eine Lady kam herein und stellte sich als Tina, die Hebamme, vor. Nach drei schnellen Wehen und einer weiteren Überprüfung des Muttermunds, bei der ich auf gerade mal vier Zentimeter Öffnung kam, machte sich in mir Verzweiflung breit.

»Können Sie nicht einfach, Sie wissen schon ... den Muttermund mit Gewalt öffnen?«, fragte ich atemlos. Mittlerweile lag ich nicht mehr auf dem Bett, sondern stand an dessen Ende vornübergebeugt und auf die Unterarme gestützt. »Mit 'ner Küchenzange oder so?«

Tina lächelte und maß meinen Puls.

»Ich verspreche auch, dass ich mich nicht bei der Hebammenvereinigung beschweren werde. Sehen Sie in Ihrer Werkzeugkiste nach.« Ich nickte in Richtung einer Art Arztkoffer, den Tina in der Ecke des Zimmers abgestellt hatte. »Darin wird sich etwas finden lassen, womit man einen Muttermund öffnen kann. Wir sind doch auch in der Lage, ein Ohr auf dem Rücken einer Maus wachsen zu lassen, verdammt noch mal – warum hat noch niemand etwas erfunden, womit man einen Scheißmuttermund öffnen kann!?!«

Joe sah mir von der anderen Seite des Bettes hilflos zu. Tina hielt weiterhin mein Handgelenk und blickt auf ihre Uhr.

»Wir brauchen so ein kleines Teil.« Ich machte mit der freien Hand kreisförmige Bewegungen. »Du weißt doch, was ich meine!« Ich blickte zu Joe und wiederholte das Kurbeln mit der Hand.

Er runzelte die Stirn und schüttelte den Kopf.

»Dieses Ding, mit dem man so macht«, ich drehte noch schneller, »und ein Auto in die Luft schraubt.«

Tina ließ mein Handgelenk los, steckte sich ihr Stethoskop in die Ohren, schob das Bruststück unter mein Pyjamaoberteil und fuhr damit über den unteren Teil meines Bauchs.

»Einen Wagenheber?«, fragte Joe, während er der Hebamme nervöse Blicke zuwarf.

»Ja! Das ist es, ein Wagenheber!« Ich zeigte mit dem Finger auf Tinas große schwarze Tasche. »Sieh nach, ob sie so was in ihrem Werkzeugkasten hat! Oder ein ...«

»So, Emma, ich möchte, dass Sie jetzt ganz ruhig bleiben«, unterbrach Tina mich mit ruhiger Stimme.

Ich ließ den Arm sinken und spürte umgehend Panik aufkommen.

»Die Herztöne Ihres Babys sind schwächer geworden. Es könnte sein, dass sich die Nabelschnur um seinen Hals gelegt hat. Wir müssen Sie in den OP bringen.« Sie nahm sich das Stethoskop aus den Ohren und drückte auf einen roten Knopf an der Wand, auf dem *NOTRUF* stand.

Tina half mir aufs Bett. Schwestern kamen, befestigten Klebebänder an meinen Bauch und schlossen mich an Maschinen an, die piepten und Linien anzeigten. Sie lasen Nachnamen, Adressen und die im Notfall zu benachrichtigenden Angehörigen vor, und Joe bestätigte mit ernster Miene, dass die Angaben korrekt waren. Ein Arzt kam an mein Bett und gab mir ein Klemmbrett mit der Einverständniserklärung für einen Notkaiserschnitt. Ich blätterte durch die Seiten und las, welche Risiken ich eingehen würde: innere Blutungen, Infektion, Notwendigkeit einer Totaloperation, Darmverschluss, Lungenkollaps (Mein Gott! Wie weit wollten sie mich aufschlitzen?), Verletzung des Babys, Verletzung anderer Organe, Herzinfarkt, Schlaganfall, tödliches Blutgerinnsel, tödlicher Narbenbruch, künstlicher Darmausgang, Unfruchtbarkeit, Tod der Mutter, Tod des Babys.

»Klingt großartig.« Ich kritzelte meinen Namen unlesbar auf die Erklärung und wurde, umgeben von aufgeregten Schwestern und Maschinen, aus dem Raum geschoben.

Joe trottete meinem schnell davonrollenden Bett hinterher und rief Alex an.

»Sie steckt in der Nähe vom Clapham Common im Stau«, sagte er und schob das Handy in die Tasche seiner Jeans. »Ich glaube nicht, dass sie rechtzeitig hier sein wird.«

»Scheiße.«

Wir erreichten Doppeltüren mit dem Schild *OPERATIONSSAAL 9 – FÜR UNBEFUGTE KEIN ZUTRITT*. Mein Team aus Schwestern und Maschinen passierte die Tür. Nur Joe blieb im Flur zurück.

»Joe!«

»Nur nächste Angehörige oder Geburtsbegleiter«, sagte eine Schwester vom Kopfende des Bettes, und in ihrer Stimme klang Dringlichkeit mit. »Sind Sie der Vater, Sir?«

Joe sah die Schwester an, seine Miene war nicht zu deuten. Mit verzweifelten Blicken drängte ich ihn, ja zu sagen. Alex würde es nicht rechtzeitig schaffen. Ich hatte Angst.

»Ja. Ja, das bin ich.« Er eilte durch die Tür an meine Seite und nahm meine Hand.

»Sieh ja nicht ans hässliche Ende«, warnte ich ihn.

»Habe ich nicht vor.«

Im OP wimmelte es von Gestalten in Blau. Joe wurde beiseitegenommen und musste einen Papierhut aufsetzen und einen Kittel anlegen. Maskierte Fremde hoben mich vom Rollenbett auf ein schmaleres, höheres, das mitten im Raum stand. Ich wand und krümmte mich durch die nächste Wehe, während Schwestern ihre Hände gegen meinen Rücken stemmten oder mir erlaubten, mich an ihnen festzukrallen. Als die Schmerzen nachließen, weinte ich. Eine Dame mit liebenswertem Lächeln und großen weißen Zähnen trat ans Bett, die Maske hing ihr um den Hals. Sie stellte sich als Lizzie vor, die Gynäkologin.

»Ganz bald werden Sie Ihr Baby im Arm halten, aber jetzt muss ich Sie bitten, sich aufzusetzen und so still zu halten wie möglich, während unser Anästhesist eine Nadel in Ihren Rücken einführt.«

»Wie still?«

Lizzie mit den großen Zähnen sagte, ich dürfe mich möglichst gar nicht rühren, auch nicht, wenn die nächste Wehe käme, da ich sonst für den Rest meines Lebens gelähmt sein könne. Wie unglaublich offen unsere Lizzie doch war. Sie lächelte das Lächeln mit den großen Zähnen und sagte, wenn ich das schaffen würde, würde ich die Schmerzen nicht mehr spüren.

»Keine Schmerzen mehr?«, fragte ich mit rauer Stimme.

Eine weitere Wehe nahm ihren Lauf. Alles wartete. Ich packte Joes Schultern und schluchzte an seiner Brust. Ich meinte, es nicht mehr aushalten zu können. Stillhalten, verdammt? Genauso gut hätte sie mich bitten können, nach Australien zu schwimmen und einen Wombat zu holen. Oder meine Mutter auffordern, einen Trainingsanzug anzuziehen. Die Wehe ließ nach.

»Ich bin bereit«, japste ich.

Jemand vereiste den unteren Teil meiner Wirbelsäule. Als die

Nadel in meine Haut eindrang, fühlte ich einen ganz leichten Stich. Fast augenblicklich breitete sich von der Wirbelsäule abwärts Schwerelosigkeit in mir aus, die mir die Schmerzen nahm. Als würde ich von einer reinigenden, kühlenden Welle geflutet.

»Ist gesetzt«, sagte der Anästhesist.

Von einem Moment auf den anderen herrschte im Raum emsige Betriebsamkeit. Joe trat aus dem Weg, hielt jedoch Augenkontakt zu mir. Das Betäubungsmittel verteilte sich blitzschnell, und binnen Sekunden schien mein Körper unterhalb der Brust eine Art gasförmigen Zustand angenommen zu haben. Als sei ich unterhalb meines Busens nur noch ein schwebender Geist. Oder die untere Hälfte des seidenen Chiffonkleides von Marchesa, das Mum letztes Jahr auf einer Upper-Class-Hochzeit getragen hatte und mir schenken wollte, wenn ich doch nur etwas Hüftspeck verlöre. Ich fühlte mich, als hätte ich bislang immer nur gelitten und sei nun zum ersten Mal im Leben schmerzfrei. Ich war euphorisch, und nun, da es keine Wehen gab, die mich zu zerreißen drohten, wurde ich sehr, sehr müde. Ich schloss die Augen und ließ die Leute machen. So musste es sein, wenn man Heroin nahm, dachte ich. Was für eine herrliche Erfahrung. Als ich die Augen öffnete, lag ich auf dem Rücken, und man hatte quer über meinen Bauch ein Tuch gespannt, ähnlich wie einen Theatervorhang, so dass ich meine Beine nicht mehr sehen konnte. Als würde dahinter ein klitzekleines Drama aufgeführt ... Ich kämpfte gegen die Erschöpfung und hoffte, dass die Vorführung bald beginnen würde. Plötzlich ließ lautes Klopfen jeden im Raum zur Tür blicken, wo ein junger Krankenpfleger mit bedeutungsschwerer Miene stand.

»Der Vater ist hier«, sagte er.

Die maskierten Fremden sahen den Pfleger an. Dann Joe. Dann mich. Im Fenster der anderen Doppeltür tauchte Neds Sommersprossengesicht auf.

»Emma!«

Lizzie sah sich zu mir um und zuckte gleichmütig mit den Achseln. »Schicken Sie den auch noch rein.«

Ned kam hereingeschlurft, quälte sich in einen Kittel und stolperte über seine offenen Schnürsenkel. Seine Augen waren weit aufgerissen wie die eines verschreckten jungen Kaninchens.

»Hallo«, sagte er, als er neben meinem Bett stand. Argwöhnisch warf er einen flüchtigen Blick auf Joe, dann auf Joes Hand, die in meiner lag. Nervös rückte er sich die papierne Duschhaube zurecht.

»Ned, Joe – Joe, Ned.« Der überaus lässigen Geste meiner freien Hand war der Drogeneinfluss anzumerken.

»Hi«, sagte Joe.

»Hi, ja, hi«, sagte Ned heftig nickend.

Eine Schwester mit prachtvoll geformten Augenbrauen starrte uns drei an, als seien wir Gäste in einer Trash-Talkshow und würden gleich einen Vaterschaftsstreit vom Zaun brechen. Dann widmete sie sich wieder ihrer Aufgabe hinterm Vorhang.

»Okay, sind Sie bereit, Emma?«, fragte Lizzie, die Gynäkologin.

Ich nickte. Ärzte und Schwestern wurden aktiv. Ich sah flüchtig zu Joe, der mir unbeirrt in die Augen schaute. Ned dagegen stand in seinem Kittel, der ihm von den schmalen Schultern zu fallen drohte, neben Joe und konnte sehen, was sich hinter dem Vorhang abspielte. Sein Gesicht zeigte Anzeichen von Besorgnis. Ich spürte, dass ich demnächst das Bewusstsein verlieren würde. Meine letzte Erinnerung war, dass Neds Augen sich weiteten und sich eine zentnerschwere Schluckbewegung auf seinem dünnen sommersprossigen Hals abzeichnete, als Gynäkologin Lizzie sagte: »Fertig für den Schnitt.«

Als ich aufwachte, wusste ich nicht, wie viel Zeit vergangen war. Es mochten mehrere Minuten gewesen sein, vielleicht aber auch nur eine einzige Sekunde. Jedenfalls hatte ich beim Aufwachen das seltsame Gefühl, dass an meinem Unterleib gedrückt und gezerrt wurde, dass er energischem Stoßen und Reißen ausgesetzt war. Als sei mein Bauch eine Waschmaschine, in der ein Paar

Laufschuhe geschleudert wurde. Dann war ein schreckliches Sauggeräusch zu hören, Ned wurde grün um die Nase, und Gynäkologin Lizzie verkündete: »Sie ist raus.«

Sie?

Ist es ein Mädchen? Habe ich ein kleines Mädchen?

Warum die Hektik? Joe sagte etwas, aber seine Stimme klang, als befände er sich am Ufer eines Sees, während ich tief unten in meinem Marchesa-Kleid durchs Wasser getragen wurde. Ich meinte, gefragt zu haben, ob sie gesund sei, war mir aber nicht sicher. Wieder spürte ich einen überwältigenden Sog ins Unbewusste. Bevor ich wegdriftete, nahm ich noch wahr, dass Joe fragend in Richtung Ned blickte, der mit offenem Mund und hängenden Armen blass und angsterfüllt am Ende des Bettes stand.

Dann wurde es dunkel um mich.

KAPITEL 43

Meinem Gefühl nach nur eine halbe Sekunde später merkte ich, wie ich aus dem ton- und inhaltslosen Nichts im unverkennbar penetranten Geruch eines Krankenhauses ins Leben zurückkehrte. Bis auf das Surren der Klimaanlage und der medizinischen Geräte war kein Geräusch zu hören.

Mein Baby!

Ich öffnete die Augen. Ich befand mich nicht mehr im hektischen OP, sondern in einem ruhigen Zimmer, fest eingehüllt in steife Laken auf einem Bett mit schräg aufgestelltem Kopfteil. Ich sah mich um. Ned stand bewegungslos an einer Wand, als hätte jemand seinen Akku entfernt. Er war bleich. Irgendwie benommen. Offensichtlich stand er kurz davor, in einen katatonischen Zustand zu verfallen. Auf einem Plastikstuhl an der gegenüberliegenden Wand saß Joe, der in den Anblick eines winzigen Bündels in seinen Armen versunken war.

»Joe.« Mein Mund war trocken.

Sein Kopf schoss in die Höhe. Er grinste und stand vorsichtig auf. Ned riss den Blick von etwas Interessantem los, das anscheinend auf dem Boden lag.

»Ist mit dem Baby alles gut?«, fragte ich.

»Sie ist perfekt.« Joe lächelte und trat zu mir ans Bett.

Der Gedanke, dass mein Baby und ich nun getrennt waren und wir uns nicht mehr meinen Körper teilten, irritierte mich auf einmal, und ich wollte es so schnell wie möglich bei mir haben. Ich wand meine Arme unter dem Laken hervor und scannte meinen Körper innerlich nach etwaigen furchtbaren Schmerzen, aber das Schlimmste, worunter ich litt, war Durst. Und nun legte Joe das Winzbündel in meine ausgestreckten Arme und stützte dabei den wackligen Kopf der Kleinen in der hohlen Hand. Zum ersten Mal bekam ich meine Tochter zu Gesicht. Vor lauter Hingabe wurde mir ganz flau im Magen, obwohl das kleine Geschöpf furchtbar rosa und fleckig erschien und überdies an manchen Stellen von einer Substanz bedeckt war, die von einem Bagel gerutscht zu sein schien. Eine Art Mischung aus Marmelade und Frischkäse. Sie lag ganz still, und ihre unvorstellbar feinen Wimpern ruhten leicht verklebt auf den unvorstellbar zarten Wangen.

»Sie ist unglaublich«, hauchte ich und sah hinüber zu Ned. Der hatte sich jedoch wieder darauf verlegt, den Fußboden anzustarren. Mein Herz schien zerspringen zu wollen. »Wie lange war ich weggetreten?«

»Ungefähr zwanzig Minuten«, sagte Joe.

»Und du hast sie die ganze Zeit gehalten?«

Joe warf einen verstohlenen Blick auf Ned, der immer noch regungslos dastand, aber wachsam zu uns rüberschaute. »Hab ich.« Er bedachte Ned mit einem freundlichen Lächeln und sah dann wieder mich an. »Wir haben uns übers Gärtnern unterhalten, über Sozialökonomie, darüber, wie wichtig Mannschaftssport ist, und über den Sinn des Lebens im Allgemeinen. Der im Gärtnern liegt, wie wir uns einig sind.«

Ich kicherte und blickte gebannt auf meine Tochter. Sie lag wahrhaftig da, eine reale Person. Ein sehr, sehr kleiner Mensch. Ich zog die Decke beiseite und musterte die Froschbeinchen. Ein Band um den Fußknöchel wies sie als *George, Mädchen/Baby* aus. Sie war so winzig und perfekt, dass ich nicht glauben konnte, sie selbst gemacht zu haben. Und sie mit nach Hause nehmen zu dürfen. Und die Verantwortung für sie übernehmen zu dürfen. Und sie so anziehen zu dürfen, wie es mir gefiel.

»Ich verspreche dir, dass du in Leggins zur Schule gehen darfst«, flüsterte ich ihr zu.

Neds Handy vibrierte. Nach einem Blick aufs Display sah er mich an.

»Ich muss nur mal eben … nach draußen. Bin aber gleich wieder da, ich hab …« Er gestikulierte mit den Händen und verließ das Zimmer.

Ich seufzte. Er hatte beim Ultraschall so begeistert reagiert, dass ich annehmen musste, er würde bei der tatsächlichen Ankunft ebenso enthusiastisch sein. Doch er wirkte verängstigt und distanziert. Joe zog einen klapprigen Stuhl heran und setzte sich. Mädchen/Baby lag in meinem Arm, entspannt und perfekt. Ich liebte sie, wie ich es nicht für möglich gehalten hatte.

»Danke dir«, sagte ich und blickte zu Joe auf. »Ich glaube nicht, dass ich es ohne dich geschafft hätte.« Ich verdrehte die Augen, weil diese Aussage so schrecklich hohl klang. »Natürlich hätte ich es *ohne dich* geschafft. Klar hätte sie nicht bis zur Volljährigkeit in meinem Bauch bleiben können. Was ich sagen will, ist nur – weil du da warst, hatte ich das Gefühl … es würde alles irgendwie gutgehen …« Ich zuckte mit den Achseln bei dem unbeholfenen Gebrabbel, das ich von mir gab.

Joe rückte mit dem Stuhl näher an mein Bett und beugte sich vor, um mein schlafendes Baby zu betrachten. »Wo immer du mich haben möchtest, werde ich für dich sein.«

Ich suchte in seinem Gesicht nach Anzeichen von Doppeldeutigkeit, konnte aber nur Erschöpfung entdecken. »Joe?«

Ein Klopfen an der Tür bewahrte mich davor, etwas unglaublich Dämliches zu sagen. Verdammt, welche dumme Kuh kommt denn auf die Idee, einen Mann anzumachen, nachdem sie eine Stunde zuvor ein Kind zur Welt gebracht hat? Ganz klar eine, die sich attraktiven Arbeitskollegen lüstern an den Hals wirft, obwohl sie doch bereits von einem anderen Mann schwanger ist. Also ich. Eine Person mit hohen Erwartungen und niedriger Moral.

Ned schaute um die Ecke.

»Äh, darf … darf Sophie reinkommen?«, sagte er mit einem kurzen Seitenblick auf Joe. »Sie wartet draußen und möchte dich besuchen.«

Ich musterte ihn genauer. Er hatte sich seiner Tochter bisher nur auf zwei Meter Entfernung genähert, und jetzt wollte er, dass seine Freundin hereinkam. Erschöpft und nicht fähig, meinen eigenen Entscheidungen zu trauen, sah ich Joe fragend an. Er nickte.

»Ist okay, denke ich.«

Ned wuselte aus dem Zimmer und kehrte mit Sophie zurück. Ihre Augen waren rotgerändert, und sie hatte dunkle Augenringe. Beim Anblick der alten Freundin verschwand meine gute Laune. Ich hatte sie nicht mehr zu Gesicht bekommen seit dem Tag, als ich miterleben musste, wie sie Ned vor dem Krankenhaus (in dem Scheißfiesta) küsste. Sie sah immer noch haargenau so aus wie früher, vom Kurzhaarschnitt bis zum abgetragenen Rolling-Stones-T-Shirt, das in einem braunen Maxirock steckte, unter dem die Spitzen ihrer pinkfarbenen Converse hervorlugten. Aber etwas hatte sich verändert. Man erkannte sofort, dass es ihr hundeelend ging. Sie blieb am Fußende meines Betts stehen. Neds Arm stützte sie behutsam, und sie wickelte sich die Wildlederfransen ihrer Schultertasche um die Finger. Ihr bekümmerter Blick wanderte von mir zum Baby. Mit einem durchweichten Papiertaschentuch putzte sie sich die Nase.

»Ich werde euch mal eine Tasse Tee besorgen.« Joe stand von seinem Stuhl auf.

Er tippte Ned auf die Schulter und bedeutete ihm, mitzukommen, damit Sophie und ich einen Moment für uns hatten. Man sah Ned an, dass er es bedauerte, nicht selbst auf die Idee gekommen zu sein. Er vergewisserte sich, dass bei Sophie alles in Ordnung war, und fragte, ob sie auch gern einen Tee hätte. Welche Sorte? Und fühlte sie sich nicht besser, wenn sie etwas in den Magen bekäme? Vielleicht einen Muffin? Sie hatte doch morgens einen Blaubeermuffin gegessen, vielleicht würde sie jetzt etwas Herzhafteres vorziehen? Er glaube, in der Kantine gebe es Würstchen im Schlafrock. Hielt sie immer noch daran fest, sonntags kein Fleisch zu essen? Alles Dinge, die ich furchtbar süß gefunden hätte, wären die beiden nicht meine ehemals beste Freundin und mein Exfreund gewesen, die am Fußende meines Betts standen, auf dem ich mit meinem fünfundvierzig Minuten alten Baby lag, dessen Coproduzent besagter Exfreund war. Mit detaillierten Informationen zur gewünschten Muffin- und Teesorte verließ er das Zimmer. Sophie blieb schniefend am Fußende stehen. Dann schlurfte sie schluchzend und unsicher etwas näher und spähte nach Mädchen/Baby.

»So wunderschön«, sagte sie fast unhörbar leise. Sie trat an den sicheren Platz am Fußende zurück, sah mich gepeinigt an und brach in Tränen aus. »Ich hatte solche ... solche Angst ... du müsstest sterben«, sagte sie schluchzend.

Ich betrachtete sie, und in mir regte sich der Impuls, ihren Tränenstrom zum Versiegen zu bringen, aber mein Herz wollte nicht vergessen, dass sie während der vergangenen Monate mit dem Vater meines Kindes in Paris Crêpes gegessen und Eiscreme fabriziert hatte.

»Mir geht es gut.«

»Aber die Nabelschnur ... und der Puls, der schwächer wurde?«

»Alles gut«, sagte ich und wandte den Blick ab.

Im Nebenzimmer schrie ein Baby. Ich spürte Sophies tränenverschleierten Blick auf meinem Gesicht.

»Es war nicht geplant, Emma, ich schwöre es«, bat sie um Verständnis. »Ned und ich. Das war Zufall.«

Ich erwiderte ihren Blick, wollte es genauer wissen und doch nicht wissen. Wie hatte sie »zufällig« eine Beziehung mit Ned anfangen können? Indem sie gestolpert, auf ihn gefallen und dann gleich die nächsten paar Monate liegen geblieben war? Sophie rieb sich die Nase mit dem Papiertaschentuch, das sich langsam auflöste.

»Keiner von uns beiden wollte, dass das geschieht, wirklich nicht.« Eine Träne rann über ihre Wange. »Ich hab das nicht geplant. Ich will sagen, ich hab nicht wie so ein hinterlistiges Weibsstück darauf gewartet, dass ihr zwei euch trennt. Ich war nach dem Begräbnis deiner Oma traurig und bin dann auf diese Party. Eine blöde Party, du hättest es dort gehasst, das reinste Rumba-Rambazamba. Und dann traf ich Ned, und er war lustig.« Sie hielt inne, um sich die Nase zu putzen. »Er war so süß, und irgendwann stellten wir fest, dass wir beide Eiscreme mögen. Ich meine, wer mag keine Eiscreme? Aber wir beide mögen sie ganz besonders. Aber wir hatten keinen Geschlechtsverkehr. Da noch nicht. Nur, also, einen Kuss und andere Sachen, aber keinen Geschlechtsverkehr.«

Ich bekam Gänsehaut.

»Aber da warst du ...« Sie deutete mit einer um den vollgeschleimten Zellstoff geballten Faust auf mich. »Und du solltest das ...« Sie bewegte ihre Schnodderfaust in Richtung Mädchen/Baby. »Und ich dachte, es wäre nur diese eine Nacht, und, na ja, auch weil ich einen Chartreuse nach dem anderen getrunken hatte. Irgendwie habe ich daran geglaubt, dass das Zeug gesund ist, weil er doch von Mönchen gemacht wird, aber stell dir vor: Deine Kotze wird grün davon. Aber wir hatten da noch keinen Geschlechtsverkehr.«

»Bitte sag nicht noch einmal ›Geschlechtsverkehr‹.«

»Was? Oh, richtig. Entschuldige. Na ja, dann kam da die Fondue-Party, und Mum machte ihren Hummersalat, und Tante Patty brachte ihm das Häkeln bei und, na ja, du kannst dir vorstellen, was passierte.«

Konnte ich nicht. Wie auch, bei dieser total lachhaften Erklärung. Häkeln? Hummersalat? Rumba? Und (iiih!) auch noch Geschlechtsverkehr. Ich gab mir größte Mühe, unbeteiligt und emotionslos zu wirken, aber ihre Trübsal stellte meine Standhaftigkeit auf eine harte Probe. Sie schniefte einen Schluchzer in sich hinein und presste die Lippen aufeinander.

»Und jetzt ...«, sagte sie mit hoher Piepsstimme, »... hasst du mich.«

Ich betrachtete Sophie, dieses Häufchen Elend, diese farbenblinde Punkfee, die jämmerlich schlotternd am Fußende meines Betts stand.

Fünf Jahre lang hatten wir einander unterstützt und waren Seite an Seite durch die Hölle gegangen, die es bedeutete, mit Y-Prominenten zu arbeiten. Ich hatte fast jede Woche täglich vierzehn Stunden mit ihr verbracht. Immer wieder war sie eingesprungen und hatte jede Menge Blutende Opfer von Stichwunden oder Verletzte Demonstrantinnen gespielt, wenn ich vergessen hatte, die richtigen Komparsen zu engagieren, und ich war da gewesen, wenn sie einen Zerfleischten Radfahrer oder eine Von Drogen zerfressene Hure benötigte. Und wenn wir tatsächlich einmal ein ganzes Wochenende freihatten, mieteten wir uns ein Häuschen auf dem Lande, waren aber so fertig, dass wir nur schliefen, während Helen »Zum Teufel mit euch« sagte und allein in den Pub ging. Wir überstanden gemeinsam nächtliche Dreharbeiten im tiefsten Winter, waren oft genug die Letzten in dem verlassenen, bitterkalten Büro, quatschten über Männer und unsere Pläne fürs Leben. Und bestellten um Mitternacht auf Produktionskosten Pizza. Wir hatten gefeiert, wir hatten gearbeitet, wir hatten Strapazen erduldet, wir hatten getrunken und so gelacht, dass wir uns beinahe in die Hose gemacht hätten. Sophie hatte mich in meinen besten Zeiten und in meinen schlimmsten erlebt. In meinen glücklichsten Momenten und in meinen verletzlichsten.

Und umgekehrt.

»Ich hasse dich nicht«, sagte ich und ärgerte mich ein wenig über mein mangelndes Durchhaltevermögen.

Ich hatte mir vorgenommen, Ned und Sophie für mindestens ein Jahrzehnt ins Abseits zu schicken, aber das erschien mir auf einmal nicht mehr so wichtig. Sophie war einfach unglücklich. Ich sah hinunter auf meine Tochter. Wenn Sophie zu Neds Leben gehörte, hätte sie Anteil am Leben meines Babys. Und ich wollte nicht, dass meine Tochter mich für eine verbitterte alte Frau hielt, die andere unglücklich machte. Es war klar, dass Mädchen/Baby ihren Spaß bei *Dad und Sophie* haben würde, schon allein weil es immer Eis gab. *Bio-Eis*. Ich fummelte an den gestärkten Bettlaken, Sophie putzte sich die Nase.

»Liebst du ihn?«, fragte ich mit fester Stimme

Sophie hielt inne, schien zu überlegen, ob es eine Fangfrage sein könnte, dann nickte sie. Ihre Augen füllten sich wieder mit Tränen, und sie versuchte, das Schluchzen zu unterdrücken. Sie war der reinste Trauerkloß.

»Dann möge Gott dir gnädig sein – ich bin durch damit.« Ich streckte die Hand aus.

Sie preschte vor und ergriff sie – dankenswerterweise mit der Hand ohne Papiertaschentuch. Ihre Nägel waren abgekaut, und nur hier und da funkelten letzte Reste des blauen Nagellacks.

»Es wird etwas dauern ...«

Sophie nickte ungestüm.

»... aber ...« Ich zögerte. »... wir werden wieder Freundinnen sein.«

Sophies zarte Schultern hoben und senkten sich im Rhythmus ihres Schluchzens.

KAPITEL 44

Joe und Ned, das ungleiche Paar, kehrten mit Tee und Muffins zurück, die so altbacken hart waren, dass ich sie hätte durch die Wand schießen und drei Zimmer weiter damit eine frisch gebackene Mutter plattmachen können. Joe hatte sich anscheinend nach der Eiscreme erkundigt, und Ned war wieder lebendig geworden und dozierte mit leuchtenden Augen über den Nervenkitzel, die außergewöhnlichsten Geschmacksnuancen zu kreieren.

Bald darauf kündigte ein sehr spezieller Dialog, der durch die gesamte Station hallte, an, dass man meine Familie und meine Freunde eingelassen hatte.

»Ich musste so schnell losrasen. Ich befürchte, Amanda hat deswegen nicht die ganze Vaseline abwischen können. Und jetzt sind meine Pobacken beim Gehen ganz glitschig.« (Mum)

»Diana, *muss* das sein?« (Onkel Mike – seit ewig und drei Tagen leidgeprüft)

»Es ist etwas ganz Natürliches.« (Mum)

»Ein Schlauch im Hintern soll natürlich sein?« (Sinead – angewidert)

»Du kannst mich mal.« (Helen)

Unbehagliches Husten. (Douglas)

»Mum, würdest du bitte nicht in aller Öffentlichkeit von deinen Enddarmmassagen reden?« (Alex)

Und dann stand sie in der Tür.

»O mein Gott!« Sie hastete an mein Bett. »Ich kann es nicht fassen, dass ich alles verpasst habe!«

Die Besuchertraube bevölkerte den Raum und applaudierte, so

dass mein erschrecktes Mädchen/Baby mit allen vier Gliedmaßen zuckte.

»Erzähl mir alles«, sagte Alex. Sie hatte den privilegierten Platz an meiner Schulter eingenommen. »Ich will die ungeschminkte Version.«

»Wieso ungeschminkt?«, sagte Alice, die am Fußende stand und eine geradezu grotesk aufgedonnerte Bratz-Blondinen-Puppe im Arm hielt.

»Das sagt man so, wenn nichts beschönigt werden soll«, antwortete Joe. »Also, wenn man die nackte Wahrheit hören will.«

»Für die bin ich auch«, sagte Helen. »Nackt ist immer gut.«

»Dass du so denkst, hätte ich mir denken können«, kommentierte Douglas naserümpfend.

Während der folgenden Stunde klauten meine Familienangehörigen und Freunde Stühle aus den Nachbarzimmern, plünderten den Snackautomaten auf dem Gang, stritten sich lautstark darüber, wer das Baby halten durfte, wetteiferten mit grotesken Geschichten über ihre Wehen (Mum und Sinead) und verärgerten sämtliche Krankenschwestern der Station, die immer wieder hereinkamen und um Ruhe ersuchten. Charlie wurde Mädchen/Baby über Facetime vorgestellt, da er gerade auf einer Tagung in Frankfurt einen Vortrag über »Biologisch abbaubare Plastikprodukte« hielt. Die Kleine fand alles so aufregend, dass sie es verschlief. Jess zeigte stolz ihren Irokamm und gab ihre neuesten Capoeira-Tricks zum Besten, was in einem kleinen und aktuell überbevölkerten Krankenzimmer leider etwas unpassend war, zumal ihre Koordination nicht viel besser war als die einer Ente auf Skiern. Alice hockte im Schneidersitz am Fußende meines Betts und kleidete ihre Puppe mit Wespentaille in zweifelhafte Outfits, und Archie verstrickte sich mit Douglas in eine Debatte über widersprüchliche Handlungsstränge im Zombie-Film und präsentierte ihm dann ein neues Szenenbuch. Offenbar hatte man ihn zu einem Vorsprechen für eine permanente Rolle in einer Kindersendung der BBC eingeladen. Onkel Mike hatte sein Einverständnis erklärt, nachdem er den Prozenten über etwaiges Blutvergießen und das Vorkommen von Nacktheit ausgequetscht hatte. Da es sich um eine Produktion für Kleinkinder handelte, konnte ich mir vorstellen, wie konfus der Produzent reagiert haben musste. Sinead hatte die kleine Millie auf dem Schoß, die ein klebriges Zwieback-Speichel-Gemisch absonderte und in einem Rinnsal an sich hinunterlaufen ließ, und Onkel Mike war beständig auf der Flucht vor Jess' unkoordiniert kreiselnden Armen und Beinen. Ned und Sophie standen inmitten des Schlachtgewühls dicht beieinander, anscheinend nervös, wie meine Familie sich ihnen gegenüber verhalten würde, von der sich allerdings niemand für sie zu interessieren schien. Wahrscheinlicher war jedoch, dass Alex ihnen einen Verhaltenskodex eingebläut hatte.

Mein Baby war von Besucher zu Besucherin zu Besucher gereicht worden, aber nicht bei Ned angekommen, der die Arme fest an den Körper presste, sobald sie in seine Nähe geriet. Jetzt saßen, standen oder lehnten alle im Zimmer und nippten den mittelmäßigen Krankenhaustee aus sich langsam auflösenden Pappbechern. Joe hing erschöpft in seinem Stuhl in der Ecke, unrasiert, und begutachtete meine Familie und meine Freunde mit mattem Interesse.

»Bist du nicht wirklich der allerallersüßeste Unfall, der mir je untergekommen ist«, gurrte Mum und wiegte meine Tochter in den Armen.

»Nenn sie bitte nicht so.« Alex stand so dicht an Mums Schulter, dass sie fast in deren Handtasche hing. »Und lässt du vielleicht auch mal zu, dass jemand anders sie hält?«

»Da hast du recht«, sagte Mum, ignorierte jedoch Alex' Anregung. Sie sah mich eindringlich an. »Aber wie soll sie denn genannt werden?«

»Oh.« Ich blickte hinüber zu Ned. »Ich bin nicht sicher.«

Die Tatsache, dass ich keinen Schimmer hatte, welchen Namen ich dem Kind geben sollte, untermauerte den Verdacht, dass ich bis zum Schluss nicht hatte wahrhaben wollen, neun Monate

Schwangerschaft würden mit einem frisch erschaffenen menschlichen Wesen enden. Einem Menschen, mit dem ich für den Rest meiner Tage verbunden wäre. Ich würde niemals wieder eine Entscheidung treffen, in die nicht auch dieses Individuum einbezogen war. Wir waren zwei, wo bisher nur eine gewesen war. Und ich hatte schon mit einer meine Mühe gehabt.

»Irgendwelche Vorschläge?«

Lautstark vorgetragene Meinungen ballten sich zu einer üblen Kakophonie.

»Wie wär's mit Ophelia, aus *Hamlet*?«, sagte Douglas.

»Oder Ivy, nach deiner Großmutter?«, sagte Onkel Mike und konnte gerade noch einem Capoeira-Tritt ausweichen, der ihn an seiner empfindlichsten Stelle getroffen hätte.

»Oder Elsa wie in der *Schneekönigin*?«, sagte Alice.

»Oder Alex. Nach mir!« Beifallheischend grinste Alex so breit sie konnte.

»Ich finde, sie sieht aus wie eine Mabel«, sagte Mum und überreichte sie Alex.

Helen beäugte das rosagesichtige Baby. »Sie sieht aus wie ein inneres Organ.«

»Helen!«, schalt Douglas.

Viele weitere Namen wurden in den Raum geworfen. Ich betrachtete das Baby auf Alex' Arm und fragte mich, wie sie direkt neben mir sein konnte, von mir stammen und durch mich geschaffen worden sein, aber doch ein Niemand blieb, solange sie keinen Namen hatte.

»Wie ... wie wäre es mit Dixie?« Neds Stimme übertönte das Durcheinander der wetteifernden Namenspaten.

»Warum sollte sie deinen Nachnamen bekommen?«, sagte ich. »Wem hat denn ein Fremder mit Gummihandschuhen die Finger in die Vagina gesteckt und nach der Öffnung des Muttermunds getastet, dir oder mir?«

Ned, Onkel Mike und Douglas zuckten synchron zusammen. Archie sah ganz kurz von seinem Szenenbuch auf.

»Hast du fünfzehn Stunden unter so unsäglichen Schmerzen gelitten, dass du am liebsten deinen Körper für immer verlassen und alles Umliegende in Stücke gehauen hättest? Hat jemand deine Eingeweide komplett durcheinandergebracht und wieder zurückgestopft? Ich glaube nicht.«

»Ich meinte ja nur …«, sagte Ned, bleich geworden. »Was wäre mit deinem und meinem Nachnamen? Wir könnten …«

»Keine Doppelnamen bitte«, sagte ich und bedeutete Alex, mir meine Tochter zurückzugeben.

»Nein, was ich meine …« Er schluckte unter Mums ungeduldigem Blick. »Was … was ich meine, ist …«

Mum seufzte. »*Was* meinst du denn nun?«

»Ich meine Dixie als Vornamen. Und … und George als Nachnamen.« Geknickt zuckte er die Achseln. »Dann wären doch die Namen von uns beiden …« Er verstummte, und Schweigen breitete sich aus.

Ich musterte Ned und blickte dann auf unser Baby, das in meinem Arm lag. Friedlich. Seelenruhig. Still wie ein Sommersee. Einer ohne Kite-Surfer. Oder alte Männer, die angelten. Bevor die lärmenden Sommerausflügler mit ihren Picknickkörben kamen und den glitschig eingecremten Kindern. Ein Ganz-früh-am-Morgen-Sommersee. Aber zurück zum Baby.

Dixie …

Ich sah auf. »Gefällt mir«, sagte ich.

Ned blinzelte überrascht.

»Schöne Idee, Ned«, sagte Mum und schenkte ihm ein großzügiges Kopfnicken.

Ned sackte der Unterkiefer ab. »Äh, danke, Mrs George.«

»Na ja, wurde auch Zeit«, sagte sie. Ihre Überheblichkeit hatte sich schnell zurückgemeldet.

»Dixie.« Ich prüfte den Klang.

Jeder von uns sprach den Namen in Gedanken vor sich hin, und langsam bestimmten Ruhe und Frieden die Atmosphäre im Zimmer.

Dixie fand ihren Platz als einhellig akzeptierter Neuling in unser aller Leben.

»Wir haben ein Geschenk für dich«, durchbrach Sophie die Stille. Sie stieß Ned mit dem Ellbogen an.

»Ach ja.« Ned grub in seiner Gesäßtasche, holte ein Handy hervor und tippte zweieinhalb Ewigkeiten lang darauf herum.

Als die Kinder langsam zappelig wurden und Joe schließlich doch eingenickt war und zusammengekauert wie der Buchstabe G auf seinem Stuhl in der Ecke schlief, fand Ned, wonach er gesucht hatte.

»Sieh mal!« Er trat vor und reichte mir sein Handy.

Vor ein paar Jahren hatte er das schon einmal mit mir gemacht. Ich hatte auf den Bildschirm geblickt und eine Großaufnahme seines Hodensacks bewundern dürfen. Diesmal war es ein Bankkonto bei Lloyds.

»Was soll das sein?«, fragte ich. Mein Herz schlug ein wenig schneller.

»Meine Schulden bei dir«, sagte Ned mit einem schüchternen Lächeln.

Sophie strahlte wie ein Honigkuchenpferd. Mum und Alex tauschten Blicke. Jess stürzte krachend zu Boden.

»Aber …« Ich schüttelte den Kopf und sah noch einmal auf die Summe, die auf dem Display angezeigt wurde. Es war viel mehr Geld auf dem Konto, als er sich genommen hatte. Sehr viel mehr.

»Das Geld, das ich mir geliehen hatte, und …«, er sah Sophie an, »… dein Anteil an dem, was wir bisher mit dem Geschäft verdient haben. Wir sind nämlich Partner!«, rief er aus und hob die Arme zu einer verlegenen Hurra-Geste, immer noch eingeschüchtert von Mums skeptisch prüfendem Blick.

»Was?«, fragte ich.

»Ich hab dir doch gesagt, das mit der Eiscreme ist eine gute Idee.« Ein breites Lächeln nahm sein Gesicht in Beschlag. »Du, ich und Sophie.« Er nahm Sophies Hand. Sie nickte so heftig, dass ich kurz fürchtete, sie sei vom Schlag getroffen. »Wir sind jeweils zu einem Drittel gleichberechtigte Partner.«

»Lass mal sehen«, sagte Mum, nahm mir das Telefon aus der Hand, studierte das Display und hob die Augenbrauen.

Alex entriss es ihr, sprach ein schlimmes Wort aus und zeigte das Display allen anderen.

Helen stieß Jess, die gerade eine Pirouette drehte, aus dem Weg, um besser sehen zu können. »Heilige Scheiße!«

»Gut gemacht, junger Mann.« Onkel Mike packte Neds schmale Schulter und rüttelte ihn ordentlich durch.

Ned, schüchtern, aber heilfroh, nahm das Lob dankend entgegen. Er lächelte. Alex gab mir das Telefon zurück. Ich sah mir das Guthaben von neuem an und wandte mich an Ned. Er wartete auf meine Reaktion, gespannt, aber auch selbstgewiss. Er war derjenige gewesen, der mit alles ermöglichender Zuversicht nach vorn geschaut hatte, der sicher gewesen war, dass alles gutgehen würde. Während ich mir Gedanken wegen der Rechnungen gemacht hatte, wegen des Immobilienmarktes, meiner Karriere, wegen eventuellen Schlafmangels und Darmkrebs.

»Aber ... wieso Partner?«, fragte ich. »Das musstest du doch nicht tun.«

»Du hast immer an mich geglaubt«, sagte er.

Schmerzhafte Scham ergriff mich. Nein, hatte ich nicht.

»Ich weiß, dass du unter Druck warst, das Geld so schnell wie möglich wiederzubekommen.« Er warf einen kurzen Seitenblick auf Mum. »Aber du hast mir eine Chance gegeben. Du hast mir jede Menge Chancen gegeben. Ich habe immer wieder versagt. Die Scheren? Die Einwegleiter? Die Jesusstiefel?«

Ich nickte.

»Alles, was du getan hast, war für uns.« Er blinzelte. Seine Augen sprachen die Wahrheit. »Und das wusste ich, auch wenn ich es nicht immer gezeigt habe. Ohne dich hätte ich es nie so weit gebracht.« Er zuckte die Achseln, als sei es keine große Sache, ein Drittel seines Geschäfts zu verschenken.

Ich kaute von innen an meiner Wange, um nicht loszuheulen.

»Noch sind wir ein kleiner Laden«, fuhr er fort, »aber wir werden größer.«

»Zu Weihnachten wird Selfridges alle Geschmacksvarianten ins Sortiment nehmen, und unsere Eiswagen sind für diese Festival-Saison und auch die nächste ausgebucht!« Sophie unterbrach ihn mit einem schrillen Begeisterungsschrei, der um ihre Stimmbänder bangen ließ.

»Und nächstes Jahr wollen wir nach ...« Ned wandte sich Sophie zu.

»Wir, ähm, wir gehen ...«, begann Sophie, widmete sich dann aber doch lieber ihren Fingernägeln.

»... werden wir ...« Ned versuchte es noch einmal.

»... nach New York gehen?«

Ned biss sich auf die Unterlippe. »Ja.« Er wurde rot und senkte den Blick. Mich traf das überwältigende und unerwartete Gefühl, etwas verloren zu haben. Ned hatte angefangen, seinen Weg zu gehen.

Aber das hatte ich auch.

Ich blinzelte, um eine Träne zu vertreiben. »Das ist ... das ist echt toll, Ned«, sagte ich.

Ein Lächeln huschte über sein offenes, argloses Gesicht.

»Danke«, sagte ich. »Ich bin wirklich stolz auf dich.« Ich streckte ihm meine freie Hand entgegen. Ned trat heran und umschloss sie mit beiden Händen. Sophie schniefte und stöberte in ihrer Handtasche nach einem Papiertuch. Dabei schaffte sie es, allerlei fallen zu lassen, darunter eine Schachtel Buntstifte, ein paar Tampons, eine Trillerpfeife, Papierknäuel und einen Handschuh, obwohl wir Juli hatten und mitten in einer Hitzewelle steckten.

»Gott, gib mir Kraft!«, stöhnte Helen. Sie pflückte ein frisch gestärktes Tuch aus Douglas' Hemdentasche und warf es Sophie zu. »Du leckst doch aus allen verdammten Löchern.«

In diesem Moment entschied sich Jess für einen »Flying Kick« mit Drehung, der furchtbar schiefging und Alice die Puppe aus der Hand katapultierte. Sie flog durchs Zimmer und erwischte Millie voll im Gesicht. Alice schrie wie am Spieß. Dixie zuckte auf meinem Arm zusammen. Millie, noch stumm vor Schreck, saugte so viel Luft ein, dass in Kürze bestimmt markerschütterndes Geschrei folgen würde. Jess wollte die Situation retten, indem sie die Kampfübung zu wiederholen versuchte.

»Jess! Es reicht!« Sinead stand auf und schaukelte die empörte Millie, die immer noch nach Luft schnappte.

»Aber Muuuuum, Mister Fantasma hat gesagt, dass ich üben muss, wenn ich mal Profi werden will.«

»Dieser Arsch Fantasma will uns doch nur schröpfen.«

»Sinead!« Mit schamrotem Gesicht sah Onkel Mike zu Douglas hinüber. Jess brach in Tränen aus.

Eine großbusige Krankenschwester streckte den Kopf zur Tür herein. »Die Besuchszeit endet in fünfzehn Minuten.« Mit finsterem Blick musterte sie die drei krakeelenden Kinder.

»Du lieber Himmel.« Mum rückte ihre Handtasche zurecht und erhob die Stimme über den Lärm. »Wollen wir nicht Ned und Emma einen Moment unter vier Augen gönnen?«

Sie bugsierte alle aus dem Zimmer. Alle außer Joe, der die Szenen aus dem Tollhaus, die meine Familie so grandios darzubieten wusste, in aller Ruhe verschlafen hatte.

»Teufel auch«, murmelte Sinead, als sie auf den Korridor hinausging. »Ned und ein erfolgreiches Business? Scheiße, das krieg ich verdammt noch mal nicht in meinen Schädel.«

»Sinead, ich muss doch bitten«, flehte Onkel Mike.

»Ich war schon immer überzeugt, dass was in ihm steckt«, sagte Sophie.

»Und ich war schon immer überzeugt, dass er zum Gas-Wasser-Scheiße-Klempner bestimmt wäre«, entgegnete Mum.

Die Tür schloss sich hinter ihnen, und in der folgenden Stille lächelte ich Ned verlegen an. »Tut mir leid, wie die sich aufgeführt haben.«

»Schon okay.« Er lächelte sein warmherziges Alles-ist-palettiwollen-wir-nicht-Pizza-bestellen-du-darfst-auch-den-Belag-auswählen-Lächeln, bei dem die Augen funkelten und in das ich mich fünf Jahre zuvor verliebt hatte. »Ich habe mich in dich verliebt, nicht in deine Familie.« Er rang sich ein gequältes Seufzen ab. »Aber sie können einem tatsächlich manchmal auf den Geist gehen.«

Ich sah hinunter auf Dixie. Das zwei Stunden alte unschuldige Produkt einer längst zerrütteten Beziehung. Und ich hatte gehofft, sie würde normal aufwachsen und nicht unter Umständen, die sie zur Psychokillerin machen könnten.

»Was ist nur mit uns geschehen?«, fragte ich. »Wir waren doch so ... verliebt.«

»Ich habe dich geliebt. Sehr.« Er lächelte. »Und das tue ich noch immer.« Er blickte auf Joe. »Und ich vermute, das tut noch jemand.«

»Was?« Ich drehte mich zu der schlafenden Gestalt in der Zimmerecke um und sah dann wieder Ned an, der jedoch nichts hinzuzufügen hatte.

Er lächelte und sah Dixie an. Die Fältchen, die sich zwischen seinen Augenbrauen bildeten, verrieten seine ängstliche Vorahnung, als ich ihm unsere Tochter vorsichtig entgegenstreckte. Seine Hände bebten, und ich merkte, dass er schneller atmete.

»Warum nimmst du sie nicht?«, fragte ich.

Ned machte ein langes Gesicht. »Oh, ich ...« Er machte schnell einen Schritt zurück, klemmte die Arme an den Körper. »Ich hab ... ich hab ...« Zentimeter für Zentimeter bewegte er sich in Richtung Tür. »Ich hab mir die Hände nicht gewaschen und ...«

»Das ist doch egal«, beruhigte ich ihn. »Hier, nimm sie einfach.«

»Sie braucht ihre Ruhe. Sie sieht fertig aus. Du siehst auch fertig aus. Ich mein, nicht hässlich oder so, nein, du siehst hübsch aus. Ein bisschen verschwitzt vielleicht, aber ...« Er bewegte sich rückwärts zur Wand und stolperte.

»Mein Gott, Ned. Sie ist deine Tochter! Irgendwann solltest du sie wirklich mal anfassen.«

»Werd ich ja, werd ich ja. Ich bin jetzt nur ... also, ich hab in letzter Zeit so oft geniest und ...« Er bemühte sich um einen ernsten Gesichtsausdruck und öffnete die Tür. »Aber wenn das abgeklungen ist ... dann werde ich ...« Er hob beide Daumen. »... dann bin ich ... werde ich auf jeden Fall ... ganz bestimmt ...« Er blieb an der offenen Tür stehen und hörte auf mit dem Theater. Seine Arme hingen schlaff nach unten wie bei einem von Grandmas selbstgehäkelten und politisch höchst unkorrekten Golliwogs.

»Ned, bitte?«

Er musterte mich mit bekümmertem Blick und ließ den Kopf hängen. »Ich muss zu Sophie«, nuschelte er und ging. Die Tür machte er hinter sich zu.

Dixie schnuffelte. »Das war Daddy«, erklärte ich ihr. »Es tut mir so leid.« Sie schürzte die winzigen Lippen. Ich konnte kaum aushalten, wie süß sie war, und himmelte sie an, völlig gefangen davon, wie sie ihre Lippen bewegte, was Unbeteiligten vermutlich furchtbar banal vorgekommen wäre. Sie schnuffelte noch einmal und ergab sich ihrem Schlummer, erschöpft von der beschwerlichen Reise aus meinem Schoß auf die Arme all dieser Leute. Ich beugte mich so weit hinüber, wie die Kaiserschnittnarbe es zuließ, und legte sie in ihrem Bettchen ab, das gleich neben meinem stand. Sie machte keinen Pieps mehr.

»Es verheißt Gutes, dass du in diesem Chaos schlafen kannst«, sagte ich. »Ich glaube nämlich nicht, dass ich dir ein anderes Leben bieten kann als ein chaotisches.«

Ich wandte mich Joe zu. Er hatte die Arme über der Brust gekreuzt, sein Kopf ruhte an der Rückenlehne, sein Oberkörper hob und senkte sich. Langsam und entspannt. Ich liebte ihn. Ich liebte ihn von seinem goldblonden Lockenkopf bis zu seinen Zehen, die so oft zu einem unhörbaren Takt wackelten. Wer könnte einen Mann mit tanzenden Zehen nicht lieben? Aber lag Ned richtig? Erwiderte Joe meine Gefühle? Wie konnte Ned sich so sicher sein? Er war sich oft nicht einmal sicher, ob er Unterwäsche trug. Und was war mit Katy?

Nein. Joe würde aufwachen und fortgehen. Er würde versprechen, in Kontakt zu bleiben, aber sobald er wieder mit seiner Arbeit beschäftigt war und sein soziales Leben führte wie jeder normale Mensch, während ich zunehmend mit Windelwechseln und Kaffeekränzchen unter Müttern beschäftigt war, würde er langsam aus meinem Leben verschwinden. Er würde jemand werden, der früher einmal bei mir gewohnt und nichts hinterlassen hatte als ein paar Erinnerungen und einen Kräutergarten. Der Gedanke tat weh.

Joe regte sich, und ich wandte schnell den Blick ab, damit er nicht mitbekam, dass ich ihn wie eine verzweifelte ledige Mutter anstarrte, die sich am liebsten mit der ganzen Last ihrer Probleme an ihn gekettet hätte. Ich sah die Wickeltasche auf dem Nachttisch. Eine Ecke des Geschenks, das Harriet rübergebracht hatte, als ich mit den Wehen beschäftigt war, lugte oben hervor. Ich zog es heraus und nestelte an der Verpackung, sorgsam darauf bedacht, die beiden Schläfer nicht zu wecken. Eigentlich war ich es, die ihren Schlaf verdient hatte, denn es war ziemlich anstrengend gewesen, einen neuen Erdenbürger ins Leben zu schicken. Aber ich fühlte mich seltsam munter. Ich befreite das Geschenk und ließ die Verpackung zu Boden segeln. Es war ein Buch, wie Harriet gesagt hatte, und auf dem Umschlag prangte eine kunstvolle digitale Collage, die zweifellos eine kindliche Phantasiewelt zeigte. Ich strich mit der Hand über die hinreißenden Bilder, und plötzlich fühlte ich mich in ein Paralleluniversum versetzt, in dem man nicht mehr weiß, ob man träumt oder wach ist oder einen missratenen Drogencocktail zu sich genommen hat.

KAPITEL 45

Der Titel auf dem Umschlag lautete *Per Knopfdruck ins Wunderland.*

Das war doch wohl nicht möglich ...

Ich öffnete das Buch auf gut Glück.

Ich habe ein kleines Geheimnis, von dem niemand wissen darf.

Was?

Ich schlug das Buch wieder zu und sah erneut auf den Umschlag. Um die Blütenblätter eines Stiefmütterchens rankten sich kleine geschwungene Buchstaben und behaupteten: *Gedichte von Emma George. Illustrationen von Joe Fisher.*

Ich fuhr herum zu Joe. Er schnarchte leise und lag inzwischen da wie ein verwackeltes R. Er hatte ein Buch aus meinen Gedichten gemacht. Ich schlug die Seiten auf und las die Wörter, die mir so vertraut waren. Auf dickem Glanzpapier gedruckt und in einen festen Einband gebunden, wirkten sie so seltsam neu. Auf der gegenüberliegenden Seite war die Collage einer Gartenlandschaft zu sehen. Im Vordergrund stand ein Baum, dessen Zweige sich aus Nahaufnahmen von Borke, Schokolade, Ziegelsteinen und vielerlei anderen strukturierten braunen Dingen zusammensetzten. Die Blätter glichen Banknoten. Trauben glänzender Münzen nahmen die Stellen ein, an denen Beeren hätten hängen sollen.

Ich blätterte zur nächsten Seite.

Ich drück einen Knopf, und der führt in ein Land
Ich glaube, das geht über Mummys Verstand

Ich schloss das Buch und betrachtete wieder die Vorderseite des Einbands. Riesige Narzissen und Mohnblumen wuchsen darauf in die Höhe. Ihre Blütenblätter bestanden aus gelben Gummi-

Entchen und hellroten Federn. Unten liefen winzige Elfenkinder mit Rucksäcken aus Stiefmütterchen im hohen Gras, das aus Bildern gezaubert worden war, die ein grünes Glas, Palmenblätter und die Schale von Wassermelonen zeigten Am blauen Himmel thronte die Eiskönigin auf einer Wolkenkutsche, und pustete schimmernde Blasen durch einen Ring aus Eiszapfen. Ihr silberweißes Gewand bestand aus kleinen Perlen, silbernen Autos, Platinringen, Tränen und Eisbergen. An seinem unteren Saum ging es in Regen über, der auf die Schirme prasselten, die von den Pilzmenschen in ihrem Pilzdorf hochgehalten wurden. Verblüfft durchblätterte ich das Buch von vorn bis hinten und genoss Seite für Seite. Die »Zahnfee«-Collage zeigte ein Schloss, dessen Mauern aus lauter Zähnen bestanden. Kronleuchter erstrahlten im Licht von Rubinen und Orangenspalten. Die Zahnfee, bekleidet mit einem schwarzen Umhang, gestaltet aus Lakritzstreifen, saß unter den Leuchtern an einem polierten Backenzahntisch und las eine Zeitung namens *Toothy Times*. Pilzmenschen bewohnten ein geschäftiges kleines Dorf mit einen pilzweichen Marktplatz und Verkaufsständen. Die Pilzer ritten auf Marienkäfern, führten Raupen mit Stachelbäuchen Gassi und verständigten sich über ihre Eichel-Handys. Zum »Wunderland« gehörten auch ein Wasserfall, der Bildern von Kristallen zusammengesetzt war, und Wellenkaskaden, die sich über den »lachenden Lachs« ergossen, der stromaufwärts zappelte. Seine Liedtexte waren ebenfalls in geschwungen Lettern am Rand zu lesen. Je mehr Seiten ich sah, desto faszinierter war ich von Joes Illustrationskunst. Ich fragte mich, welche bildliche Darstellung seiner Phantasie entspringen würde, wenn er das Gedicht illustrierte, das ich vor ein paar Monaten zusammengebastelt hatte.

Auf Orgasmen musst du verzichten
Finden wird Ned die Klit mitnichten
Sophie, du Miststück, singt der Chor
Da hilft dir nur noch ein Vibrator

Ich verdrängte das Bild einer collagierten Dildowelt, in der Ned mit verbundenen Augen hilflos in einem Klitoriswald umhertappte, und klappte das Buch zu. Auf der Rückseite war fast dieselbe Illustration wie auf der Vorderseite, außer dass es Nacht geworden war, all die kleinen Pilzmenschen in ihren Pilzhäuschen schliefen und die Zahnfee vor dem Mond schwebte. Ich strich mit der Hand über den Umschlag und hatte plötzlich das seltsame Gefühl, beobachtet zu werden. Joe war aufgewacht und hatte sich auf dem Stuhl aufgerichtet. Sein verschlafener Blick wanderte zwischen dem Buch und mir hin und her. Er sah gelöst aus und zugleich so ernst, als müsse er herausfinden, ob E wirklich gleich mc zum Quadrat war.

»Joe, ich …« Ich strich wieder mit der Hand über das Buch. »Ich kann's gar nicht glauben …« Ich verstummte.

Im Etwas-nicht-wahrhaben-Wollen war ich mittlerweile eine echte Spezialistin geworden – und ich war zu dem Schluss kommen, dass mit dieser Strategie verdammt noch mal nichts zu reißen war. Absolut nichts. Wenn man im Leben etwas erreichen wollte, dann musste man zupacken und machen. Wie es Ned tat. Und mochte er oft erfolglos geblieben sein, hatte er letztlich doch Unglaubliches erreicht. Ich wollte Joe sagen, was ich empfand. Selbst wenn es zur Folge hätte, dass er »Vielen Dank auch« nuschelte, sich ein Taxi schnappte, nach Hause fuhr und sein Leben lebte. Oder zu Katy zurückkehrte. Du meine Güte! Katy … sollte sie sich doch den Strick nehmen.

»Joe? Ich glaube …«

Joe sah mich an. Seine Miene war undurchdringlich.

»Bis vor kurzem war es mir überhaupt nicht klar, aber … ich glaube, während ich mit ganz anderen Dingen beschäftigt war …« Ich atmete tief ein und ganz ruhig wieder aus. »Ich glaube, ich habe mich in dich verliebt.« Indem ich die Worte aussprach, ließ ich meinen Gefühlen freien Lauf. Aus dem Augenwinkel zog eine Träne ihre kitzelnde Spur hinunter über die Wange. Joes Gesichtsausdruck war noch immer unergründlich, aber sein Brustkorb hob und senkte sich etwas schneller als zuvor. Ich bearbeitete meine Nagelhaut. Warum sagte er nichts? Hatte ich ihn in den Wahnsinn getrieben?

»Mein Gott! Ich weiß gar nicht, was ich hier rede! Ich komm gerade von einem heftigen Drogentrip runter. Hast du schon mal Heroin genommen? Das ist ...«

Joe stand auf, legte die drei Schritte an mein Bett zurück. Eine ganze Schar von Gefühlen flimmerte über sein Gesicht, als er sich zu mir beugte und mich küsste. Und das Verrückte war, dass es gar nicht verrückt war.

Er wich ein wenig zurück. »Während ich damit beschäftigt war, nichts zu tun«, sagte er, »muss ich mich wohl auch in dich verliebt haben.«

Ich lachte und zog ihn zu mir, damit er mich weiterküsste. Seine Hand fand meine auf dem Bett, und wir verschränkten die Finger. Wir hatten einander auch früher schon berührt, einander in der Küche aus dem Weg geschoben oder vorm Fernsehen um die bequemste Sofakuhle gerangelt. Wir hatten einander freundschaftlich umarmt und an langweiligen Abenden stundenlang »Daumenkämpfe« ausgetragen. Ich hatte ihm die schwangerschaftsmüden Beine auf den Schoß gelegt, und unbewusst hatte er sie massiert, bis ihm aufgegangen war, was er da tat, und er sie entrüstet von sich geschoben hatte. Aber jetzt, diese neuen, ganz anderen Berührungen, diese bislang noch ungekannten Annäherungen an den Körper des anderen ... wie wundervoll. Wir lösten uns voneinander, besahen einander und grinsten dabei wie die Deppen. Joe saß auf der Bettkante. Er hielt meine Hand und taste mit dem Daumen über die Kette meiner Knöchel. Ich musste fragen.

»Was ist mit Katy?«

Joe verriet mit seinem Lächeln, dass er auf die Frage gewartet hatte. »Ich hab sie besucht.«

»Oh.« Ich sah auf die Bettdecke. »Und?«

»Ich habe ihr gesagt, dass ich nicht wieder mit ihr zusammen sein will«, sagte er. »Dass ich mich in dich verliebt habe.«

Ich schaute ihn an. Sein Gesicht sah so müde aus, so schön. So aufrichtig.

»Sie wurde ziemlich wütend.« Er zog eine Grimasse. »Sie hat mein iPad gegen die Wand geworfen. Aber es stellte sich heraus, dass es ihres war. Da wurde sie noch viel wütender.«

Ich musste kichern. »Bist du sicher, was das hier betrifft?« Ich entzog ihm meine Hand und ließ einen Finger zwischen uns beiden hin und her schnellen. Ich wandte mich Dixie zu, die still und süß in ihrem Kinderbett schlief. »Ich meine, ich hab ein Baby. Und einen Ned. Und eine Sophie!«

Joe schüttelte den Kopf. Man sah ihm an, dass er innerlich lachte. Ich kannte auch die kleinste seiner Lachfalten. »Emma.«

»Und ich bin nicht so welterfahren wie du«, sagte ich, um mein Panikthema hinter mich zu bringen. »Ich habe noch nie in Vietnam Käfer gegessen und war noch nie im Ballett ...«

Joe schüttelte amüsiert den Kopf.

»Ich hab *Spartacus* noch nicht gesehen. Natürlich kenne ich den Ausspruch ›Ich bin Spartacus!‹, aber was danach geschieht, weiß ich nicht. Auch nicht, was vorher passiert. Ich weiß immer noch nicht genau, was ein Concept Store sein soll, und diese Hashtag-Chose hab ich auch noch nie kapiert. #Woichschonimmerhinwollte, #GlückausderKonservendose, #MehrSahnealsKuchen. Und dann? Was soll ich damit machen?«

Joe wollte etwas sagen, aber ich kam ihm zuvor. Es ging mir darum, dass er wusste, worauf er sich einließ. Ich deutete auf meine Brüste.

»Die hier sind nicht immer so groß, musst du wissen. Wenn ich mit dem Stillen aufhöre, hängen sie hier unten.« Ich deutete auf meine Hüften. »Du müsstest eine von ihnen von meinem Bauch heben und sie streicheln wie einen Dackel.«

Joe lachte.

»Bist du sicher, dass du nicht lieber ...«

»Emma«, sagte er, um die Augen immer noch sein Lachen.

»Ja?«

»Klappe.« Er beugte sich vor.

Ein Klopfen an der Tür unterbrach unseren Kuss. Alex streckte den Kopf herein. »Die Schwestern schmeißen alle raus.« Ihr scharfer Blick fiel auf meine Hand. In seiner Hand. Sie runzelte die Stirn. Und strahlte.

»Komm doch rein«, forderte ich sie auf.

Alex stieß die Tür auf, und alle marschierten ein. Ich bekam Wangenküsse, Abschiedsworte und letzte Glückwünsche. Helen erspähte das Buch mit den Gedichten. Es wurde herumgereicht und erntete zunehmend Begeisterung.

»Also ... heißt das, du bist eine publizierte Autorin?«, fragte Douglas, während er behutsam blätterte.

Ich sah Joe an.

»Das nehme ich an«, sagte er. »Ich hab es im Selbstverlag herausgebracht und Marjorie gebeten, ein paar Exemplare in ihrem Buchladen auszustellen, um zu sehen, was passiert. Wie ich höre, verkauft es sich ziemlich gut. Ich schätze, die Sache hat Zukunftsaussichten. Wenn Emma weiterdichtet.«

Alle wandten sich mir zu, lauter gespannte Mienen.

»Moment mal! Entschuldigung, aber ich habe gerade ein Baby bekommen, und ich bin zu einem Drittel an einer sehr erfolgreichen Eiscremeschmiede beteiligt. Vielen Dank.« Hätte Ned in einem Federkleid gesteckt, würde er vor Stolz flattern. »Die Eroberung des Buchmarkts spare ich mir für morgen auf, wenn ihr nichts dagegen habt.«

Dixie regte sich, und mit seinem zarten Maunzgeräusch lenkte das kleine rosa Baby dankenswerterweise die Aufmerksamkeit aller auf sich. Joe nahm sie hoch und besänftigte sie mit leisen Tönen.

»Darf ich sie zum Schluss auch noch einmal halten?« Alex drängte sich an Joe und streckte die Arme aus.

Dixie wurde durchs Zimmer gereicht und sowohl mit Liebeserklärungen bedacht wie mit wiederkehrender Wertschätzung ihres »klitzekleinen Näseleins« oder ihrer »winzig kleinen Patschehändchen«. Nachdem Mum die einseitige Abmachung besiegelt hatte, dass Dixie niemals einen Schritt über die Schwelle bei Primark tun würde, gab sie Dixie an Joe zurück. Die einzige Person, die sie nicht auf dem Arm getragen hatte, abgesehen von Sinead, die Millie auf den Schultern hatte und stumm »Sehe ich so aus, als müsste ich unbedingt noch ein Baby schleppen?« verkündete, war ihr Vater. Joe durchquerte das Zimmer und wollte Ned das Töchterlein reichen. Diesmal schüttelte Ned nicht den Kopf und suchte auch keinen Rückzugsort an der nächstgelegenen Wand, sondern nahm das Baby nach einem aufmunternden Kopfnicken von Sophie zögerlich auf den Arm – wenn auch mit Panik im Blick. Als er nicht sofort wusste, wie er ihren Kopf stützen sollte, sprang Mum zur Hilfe.

»Diana«, mischte sich Onkel Mike ein. »Lass ihn.«

Helen kniff die Augen zusammen. Mit nervöser Neugier sahen wir zu, wie Ned zum ersten Mal Kontakt zu seiner Tochter aufnahm.

»Hallo«, flüsterte er. »Ich bin …« Er holte Luft, um sich zu beruhigen. »Ich bin dein Dad.« Voller Staunen hob er den Blick. »Sie ist so winzig.«

»Ich weiß«, sagte ich und vergoss glückliche Tränen. Ned senkte den Kopf und drückte einen Kuss auf Dixies Stirn. Sogar Mum schien besänftigt von so viel Ehrfurcht.

Bis sie der Harmonie abrupt ein Ende machte.

»Schätzchen, es tut mir leid, aber ich muss wirklich nach Hause.« Sie zupfte am Hosenboden ihrer Jeans. »Ich hab einen Vaselinehintern, und meine Backen fangen an zu schwitzen.«

»Diana!«, schalt Onkel Mike.

Alex lachte und wühlte ihr Telefon aus der Handtasche. »Kommt alle her, und quetscht euch zusammen.« Sie stand vorm Bett und hielt das Telefon in die Höhe. Alle versammelten sich und grinsten in die Kamera.

»Jetzt mal alle nett lächeln«, forderte Alex.

»Oder sagt Ameisenscheiße!«, warf Helen ein.

»AMEISENSCHEISSE!«

Alex sah sich das Foto an, reichte mir das Handy und himmelte weiter ihre Nichte an. Ich betrachtete die vielen strahlenden Gesichter auf dem Foto – und während die Menschen, die ich liebte, ihre Sachen einsammelten, ihre Taschen, ihre Puppen, Flip-Flops, den einzelnen Handschuh, die iPhones und Lippenstifte und übers Abendessen sprachen und die hohen Parkgebühren des Krankenhauses und Helen nicht umhin kam, Sophie aufzuklären, dass ihr Rock nicht zum Oberteil passte, und Ned das Baby wieder Joe anvertraute und Sinead meine Mum wegen Babysitting fragte, worauf Mum sagte, dass sie unbedingt nach Ostafrika müsse, an keinen spezifischen Ort, aber für längere Zeit, und Jess an Onkel Mikes Schulter schnarchte und Alice ihren Bruder Archie ermahnte, in der Nähe eines Babys nicht das Wort »Penis« auszusprechen, und Douglas sich an Schokolade verschluckte und ein Pfleger den Kopf zur Tür hereinsteckte und nach Helens Nummer fragte und Sophie meiner Schwester von der neuen Eiscreme mit dem Namen »Ice Bean« für Menschen mit Laktoseintoleranz erzählte, die zu hundert Prozent aus chinesischen roten Bohnen hergestellt wurde –, bahnte sich Joe, der immer noch meine wunderschöne Tochter hielt, den Weg zu mir und küsste mich auf die Lippen.

Und Ned bemerkte es und lächelte.

Und mein Herz war gekittet.

DANKSAGUNG

Ein riesiges Dankeschön an meine brillante Lektorin Clare Hey für ihre allumfassende Großartigkeit.

Bei Simon & Schuster möchte ich außerdem Emma Capron dafür danken, dass sie die Zügel in die Hand genommen hat, Richard Vlietstra für die Hilfestellung in puncto Technik (wo ich immer noch so meine Probleme habe) und Pip Watkins für den großartigen Umschlag.

Riesendank an meine Agentin, Alice Lutyens, für ihren Einsatz und ihre goldrichtigen Ratschläge. Meine Kinder halten sie für eine Spionin, weil wir sie Agent Alice nennen und sie von den Lippen ablesen kann.

Außerdem danke ich dem Team bei Curtis Brown Creative: Anna Davis, Rufus Purdy und meinem Tutor Chris Wakling. Und meinen »Mitschülern«, deren Feedback für mich von unschätzbarem Wert war. Vor allem danke ich Alice Clark-Platts, Heidi Perks, Alex Tyler, Grace Coleman, Dawn Goodwin, Elin Daniels, Julietta Henderson und Moyette Gibbons für den unermüdlichen Mail-Austausch und die große Unterstützung.

Meine Familie hat für diesen Teil des Buches viele Forderungen an mich gestellt. Würde ich alle erfüllen, käme ich auf vierhundert Seiten und bräuchte eine lange Erholungsphase.

Meine nächstjüngere Schwester wollte einen ganzen Absatz für sich. Ich sollte ihren Namen voll ausschreiben, Andrea Lillian Cammell, und alle wissen lassen, dass »sie mich inspiriert« hätte und »das Buch ohne sie niemals zustande gekommen« wäre. Ich sagte: »Es geht nicht um dich, sondern um mich!«, und sie antwortete: »Wie, du willst dich ja wohl nicht bei dir selbst bedanken, oder?« Und ich antwortete: »Da hast du auch wieder recht.